RICK YANCEY
Die 5. Welle

Buch

Seit der Ankunft der Anderen existiert die Welt, wie wir sie kennen, nicht mehr. Eine Welle der Zerstörung folgte der nächsten. Die erste brachte Dunkelheit, die zweite Verwüstung, die dritte eine Seuche und die vierte sogenannte »Silencer«, die jeden umbringen, dem sie begegnen. Cassie hat überlebt. Jetzt ist sie völlig allein auf der Flucht. Alles, was ihr geblieben ist, passt in einen kleinen Rucksack. Doch noch hegt sie die schwache Hoffnung, vielleicht irgendwann ihren Bruder Sam wiederzusehen, den die Anderen mitgenommen haben. Aber auch diese Hoffnung schwindet, als sie sich von einem Silencer angeschossen und schwer verletzt auf einem Highway wiederfindet. Ihre letzte Stunde scheint geschlagen zu haben, als sie Evan Walker begegnet. Er rettet sie, und sie beginnt, ihm zu vertrauen. Aber ist er wirklich ein Freund? Oder ist sie in eine tödliche Falle getappt? Vier Wellen der Zerstörung hat sie überlebt, welche Grausamkeit hält die fünfte Welle bereit? Sie wird es herausfinden, und sie wird kämpfen, mit allen Mitteln!

Autor

Rick Yancey ist ein preisgekrönter Autor, der mit seiner Trilogie »Die fünfte Welle« die internationalen Bestsellerlisten stürmt. Wenn er nicht gerade schreibt oder darüber nachdenkt, was er schreiben könnte, oder das Land bereist, um übers Schreiben zu reden, verbringt er seine Zeit am liebsten mit seiner Familie in seiner Heimat Florida. Weitere Informationen zum Autor auf www.rickyancey.com.

Von Rick Yancey außerdem lieferbar:

Das unendliche Meer. Die fünfte Welle 2
(📖 auch als E-Book erhältlich)

Rick Yancey
Die 5. Welle

Roman

Ins Deutsche übertragen
von Thomas Bauer

GOLDMANN

Die Originalausgabe erschien 2013 unter dem Titel
»The Fifth Wave« bei G.P. Putnam's Sons, an imprint
of Penguin Young Readers Group, New York.

Der Goldmann Verlag weist ausdrücklich darauf hin, dass im Text
enthaltene externe Links vom Verlag nur bis zum Zeitpunkt der
Buchveröffentlichung eingesehen werden konnten. Auf spätere
Veränderungen hat der Verlag keinerlei Einfluss. Eine Haftung des
Verlags ist daher ausgeschlossen

 Dieses Buch ist auch als E-Book erhältlich.

Verlagsgruppe Random House FSC® N001967
Das FSC®-zertifizierte Papier *Pamo House* für dieses Buch
liefert Arctic Paper Mochenwangen GmbH.

1. Auflage
Taschenbuchausgabe Februar 2016
Copyright © 2013 by Rick Yancey
Copyright © der deutschsprachigen Ausgabe 2013
by Wilhelm Goldmann Verlag, München,
in der Verlagsgruppe Random House GmbH
Umschlaggestaltung: UNO Werbeagentur, München
Umschlagmotiv: Motion Picture Artwork: © 2015
Columbia Pictures Industries, Inc. All rights reserved.
NG · Herstellung: Str.
Druck und Einband: GGP Media GmbH, Pößneck
Printed in Germany
ISBN: 978-3-442-48280-1
www.goldmann-verlag.de

Besuchen Sie den Goldmann Verlag im Netz

Für Sandy,
deren Träume inspirieren
und deren Liebe andauert.

Falls uns jemals Außerirdische besuchen, wird das meiner Meinung nach ähnliche Folgen haben wie die Landung von Christopher Columbus in Amerika, was für die Ureinwohner nicht besonders gut ausging.

– *Stephen Hawking*

DIE ERSTE WELLE: Licht aus

DIE ZWEITE WELLE: Hohe Brandung

DIE DRITTE WELLE: Seuche

DIE VIERTE WELLE: Silencer

INTRUSION: 1995

Es wird kein Erwachen geben.

Die schlafende Frau wird am nächsten Morgen nichts spüren, nur ein vages Unbehagen und das hartnäckige Gefühl, von jemandem beobachtet zu werden. Ihre Unruhe wird sich in weniger als einem Tag legen und bald vergessen sein.

Ihr Traum wird ihr noch etwas länger in Erinnerung bleiben.

In diesem Traum sitzt eine große Eule vor dem Fenster und starrt sie mit ihren riesigen, weiß umrandeten Augen durch die Scheibe an.

Sie wird nicht aufwachen. Auch ihr Ehemann neben ihr nicht. Der Schatten, der über die beiden fällt, wird sie nicht im Schlaf stören. Und das Baby im Bauch der schlafenden Frau, dessentwegen der Schatten gekommen ist, wird nichts spüren. Die Intrusion lässt ihre Haut intakt, verletzt keine einzige Zelle ihres Körpers oder des Körpers ihres Babys.

Nach weniger als einer Minute ist alles vorbei. Der Schatten zieht sich zurück.

Der Mann, die Frau, das Baby in ihr und der Eindringling in dem Baby sind jetzt wieder allein und schlafen.

Die Frau und der Mann werden am Morgen erwachen, das Baby ein paar Monate später bei seiner Geburt.

Der Eindringling in ihm wird weiterschlafen und erst einige Jahre später erwachen, wenn die Unruhe der Mutter und die Erinnerung an den Traum längst verblasst sind.

Fünf Jahre später, bei einem Besuch im Zoo mit ihrem Kind, wird die Frau eine Eule sehen, die identisch ist mit der aus ihrem Traum. Der Anblick der Eule ist für die Frau beunruhigend – aus Gründen, die sie nicht versteht.

Sie ist nicht die Erste, die von Eulen in der Dunkelheit träumt. Sie wird nicht die Letzte sein.

I. TEIL
DER LETZTE HISTORIKER

1. Kapitel

Außerirdische sind doof.

Ich spreche nicht von echten Außerirdischen. Die Anderen sind nicht doof. Die Anderen sind uns so weit voraus wie der dümmste Mensch dem schlauesten Hund. Wir sind für sie keine Konkurrenz.

Nein, ich spreche von den Außerirdischen in unseren Köpfen.

Von denjenigen, die wir erfunden haben – die wir erfinden, seit uns bewusst geworden ist, dass es sich bei den funkelnden Lichtern am Himmel um Sonnen wie die unsere handelt, um die aller Wahrscheinlichkeit nach Planeten wie der unsere kreisen. Von den Außerirdischen, die wir uns vorstellen, die Art von Außerirdischen, von denen wir uns *gerne* angreifen lassen würden. Von menschlichen Außerirdischen, wie man sie schon x-mal gesehen hat. Die in ihren fliegenden Untertassen vom Himmel herabsausen, um New York, Tokio und London dem Erdboden gleichzumachen, oder in riesigen Maschinen durch die Landschaft marschieren, die aussehen wie Roboter-Spinnen, und mit Strahlengeschützen um sich feuern. Und jedes, wirklich jedes Mal begräbt die Menschheit ihre Zwistigkeiten und verbündet sich, um die Außerirdischen-Horde zu besiegen. David tötet Goliath, und alle – außer Goliath – gehen zufrieden nach Hause.

Was für ein Schwachsinn.

Als würde eine Kakerlake einen Plan aushecken, um den Schuh zu besiegen, der dabei ist, sie zu zerquetschen.

Wir werden es nie erfahren, aber ich wette, die Anderen wussten von den menschenähnlichen Außerirdischen, die wir uns vorgestellt hatten. Und ich wette, sie haben sich köstlich darüber amüsiert. Vermutlich haben sie sich vor Lachen den Bauch gehalten. Falls sie einen Sinn für Humor haben ... und Bäuche. Sie haben bestimmt so gelacht, wie wir lachen, wenn ein Hund etwas total Niedliches und Drolliges macht. *Ach, diese niedlichen, drolligen Menschen! Sie glauben tatsächlich, wir würden genauso denken wie sie! Ist das nicht hinreißend?*

Vergessen Sie fliegende Untertassen und kleine grüne Männchen und riesige Roboter-Spinnen, die Todesstrahlen ausspucken. Vergessen Sie monumentale Schlachten mit Panzern und Kampfjets und dem letztendlichen Sieg von uns unerschrockenen, unbeirrten, unerschütterlichen Menschen über die glupschäugige Meute. Das ist so weit von der Wahrheit entfernt, wie ihr sterbender Planet von unserem lebendigen entfernt war.

Die Wahrheit lautet: In dem Augenblick, als sie uns entdeckten, schlug unsere letzte Stunde.

———— **2. Kapitel** ————

Manchmal denke ich, dass ich womöglich der letzte Mensch auf Erden bin.

Was bedeuten würde, dass ich der letzte Mensch im Universum bin.

Mir ist klar, dass dieser Gedanke bescheuert ist. Sie können nicht alle getötet haben – noch nicht. Allerdings kann ich mir durchaus vorstellen, dass es irgendwann so weit sein wird. Und dann denke ich, die Anderen wollen, dass ich mir genau das vorstelle.

Erinnern Sie sich noch an die Dinosaurier? Genau.

Also bin ich wahrscheinlich nicht der letzte Mensch auf Erden, aber ich bin einer der letzten. Völlig allein – und das bleibe ich wahrscheinlich auch –, bis mich die Vierte Welle überrollt und unter sich begräbt.

Das ist einer meiner nächtlichen Gedanken. Einer von diesen Drei-Uhr-morgens-, Oh-mein-Gott-ich-bin-erledigt-Gedanken. Wenn ich mich zu einer kleinen Kugel zusammenrolle, solche Angst habe, dass ich es nicht wage, die Augen zu schließen, und mich eine so entsetzliche Panik überkommt, dass ich mich daran erinnern muss zu atmen und mein Herz dazu zwingen muss zu schlagen. Wenn mein Gehirn aussetzt und hängen bleibt wie eine verkratzte CD. *Allein, allein, allein, Cassie, du bist allein.*

So heiße ich nämlich: Cassie.

Nicht Cassie von Cassandra. Oder Cassie von Cassidy. Cassie von Cassiopeia, dem Sternbild, der am Nordhimmel an ihren Stuhl gefesselten Königin, die schön, aber eitel war und zur Strafe für ihr Prahlen vom Meeresgott Poseidon ans Himmelszelt verbannt wurde. Im Griechischen bedeutet ihr Name: »Die, deren Worte sich auszeichnen«.

Meine Eltern hatten keinen blassen Schimmer von diesem Mythos. Ihnen gefiel der Name einfach.

Selbst als noch Leute da waren, die mich beim Namen nennen konnten, nannte mich nie jemand Cassiopeia. Nur mein Vater, und auch nur dann, wenn er mich hänseln wollte, und immer mit richtig schlechtem italienischem Akzent: *Cass-ie-oh-PEI-a.* Das hat mich wahnsinnig gemacht. Ich fand es weder lustig noch nett, und es hat dafür gesorgt, dass ich anfing, meinen eigenen Namen zu hassen. »Ich heiße Cassie!«, fuhr ich ihn jedes Mal an. »Einfach nur Cassie!« Jetzt würde ich alles dafür geben, wenn ich es ihn nur noch ein einziges Mal sagen hören könnte.

Als ich zwölf wurde – vier Jahre vor der Ankunft –, schenkte mir mein Vater ein Teleskop zum Geburtstag. An einem frischen, klaren Herbstabend stellte er es im Garten auf und zeigte mir das Sternbild.

»Es sieht aus wie ein *W*, findest du nicht?«, fragte er mich.

»Warum haben sie es dann Cassiopeia genannt, wenn es die Form von einem *W* hat?«, erwiderte ich. »*W* wofür?«

»Na ja … ich weiß nicht, ob es überhaupt für irgendwas steht«, entgegnete er mit einem Lächeln. Mom hat ihm immer gesagt, sein Lächeln wäre das, was ihr am besten an ihm gefiele, deshalb stellte er es häufig zur Schau, vor allem, nachdem seine Haare angefangen hatten auszugehen. Um den Blick seines Gegenübers nach unten zu lenken. »Also steht es, wofür du möchtest! Wie wär's mit *wunderbar*? Oder *wohlwollend*? Oder *weise*?« Er legte mir die Hand auf die Schulter, als ich durch das Okular die fünf Sterne betrachtete, die über fünfzig Lichtjahre von der Stelle entfernt leuchteten, an der wir standen. Ich spürte den Atem meines Vaters auf meiner Wange, warm und feucht in der kühlen, trockenen Herbstluft. Sein Atem so nah, die Sterne der Cassiopeia so unglaublich weit weg.

Jetzt wirken die Sterne viel näher. Näher als die dreihundert Billionen Meilen, die uns voneinander trennen. So nah, als könnte ich sie berühren, als könnten sie mich berühren. Sie sind mir genauso nahe, wie mir sein Atem war.

Das klingt verrückt. Bin ich verrückt? Habe ich den Verstand verloren? Man kann jemanden nur dann als verrückt bezeichnen, wenn es jemand anderen gibt, der normal ist. Wie gut und böse. Wenn alles gut wäre, dann wäre nichts gut.

Langsam! Das klingt, na ja … verrückt.

Verrückt: das neue Normal.

Ich nehme an, ich könnte mich als verrückt bezeichnen, da es eine andere Person gibt, mit der ich mich vergleichen kann: mich. Nicht mit meinem jetzigen Ich, das in einem Zelt tief im Wald zittert und zu verängstigt ist, um auch nur seinen Kopf aus dem Schlafsack zu recken. Nicht mit dieser Cassie. Nein, ich spreche von der Cassie, die ich vor der Ankunft war, bevor die Anderen ihre außerirdischen Hintern in der Umlaufbahn geparkt haben. Von der zwölfjährigen Cassie, deren größte Probleme die Ansammlung winziger Sommersprossen auf ihrer Nase, das gelockte Haar, mit dem sie nichts anzufangen wusste, und der süße Junge waren, der keinen blassen Schimmer hatte, dass sie existierte, obwohl er sie jeden Tag sah. Von der Cassie, die dabei war, sich damit abzufinden, dass sie nur okay war. Okay, was ihr Aussehen anbelangt. Okay in der Schule. Okay in Sportarten wie Karate und Fußball. Genau genommen waren das einzig Besondere an ihr der seltsame Name – Cassie von Cassiopeia, was sowieso niemand wusste – und ihre Fähigkeit, mit der Zungenspitze ihre Nase berühren zu können, eine Fertigkeit, die schnell ihre Wirkung verlor, als sie in die Mittelschule kam.

Wenn man die Maßstäbe dieser Cassie anlegt, bin ich wahrscheinlich verrückt.

Und wenn ich meine Maßstäbe anlege, ist sie auf jeden Fall verrückt. Manchmal schreie ich sie an, diese zwölfjährige Cassie, die Trübsal bläst wegen ihres Haars oder ihres seltsamen Namens oder weil sie nur okay ist. »Was soll das?«, brülle ich sie an. »Weißt du denn nicht, was auf dich zukommt?«

Aber das ist nicht fair. Tatsache ist, sie wusste es nicht, konnte es unmöglich wissen, und das war ihr Glück und ist der Grund, weshalb ich sie so vermisse, mehr als alle anderen, wenn ich ehrlich bin. Wenn ich weine – wenn ich es mir gestatte zu weinen –, dann ist sie diejenige, um die ich weine. Ich weine nicht um mich selbst. Ich weine um die Cassie, die es nicht mehr gibt.

Und ich frage mich, was diese Cassie von mir halten würde.

Von der Cassie, die tötet.

─────── **3. Kapitel** ───────

Er kann nicht viel älter gewesen sein als ich. Achtzehn. Vielleicht neunzehn. Aber was sage ich, soweit ich weiß, könnte er auch sieben*hundert*neunzehn gewesen sein. Nach fünf Monaten bin

17

ich mir immer noch nicht sicher, ob es sich bei der Vierten Welle um Menschen handelt oder um irgendeine Mischform oder sogar um die Anderen selbst, wobei ich mir nicht vorstellen will, dass die Anderen genauso aussehen wie wir, genauso sprechen wie wir und genauso bluten wie wir. Ich stelle mir lieber vor, die Anderen wären … na ja, anders eben.

Ich befand mich auf meinem allwöchentlichen Beutezug, um Wasser zu beschaffen. Nicht weit von meinem Camp entfernt gibt es einen Bach, aber ich mache mir Sorgen, dass er verseucht sein könnte, entweder von Chemikalien oder Abwasser oder vielleicht auch von ein oder zwei Leichen bachaufwärts. Oder vergiftet. Uns sauberes Wasser vorzuenthalten wäre eine ausgezeichnete Methode, um uns rasch auszurotten.

Deshalb schultere ich einmal in der Woche mein treues M16-Gewehr und marschiere aus dem Wald hinaus zum Highway. Zwei Meilen weiter südlich, unmittelbar neben der Ausfahrt 175, gibt es zwei Tankstellen mit Mini-Markt. Ich nehme so viele Wasserflaschen mit, wie ich tragen kann – also nicht allzu viele, da Wasser schwer ist –, und kehre dann so schnell wie möglich zum Highway und in den verhältnismäßig sicheren Schutz der Bäume zurück, bevor es ganz dunkel wird. Die Abenddämmerung ist die beste Zeit, um sich fortzubewegen. In der Dämmerung habe ich noch nie eine Drohne zu Gesicht bekommen. Ich sehe drei oder vier im Lauf des Tages und deutlich mehr in der Nacht, aber nie eine in der Abenddämmerung.

Von dem Augenblick an, als ich durch die kaputte Eingangstür der Tankstelle schlüpfte, wusste ich, dass irgendetwas anders war. Ich *sah* nichts anderes – der Laden präsentierte sich genauso wie eine Woche zuvor: die mit Graffiti beschmierten Wände, die umgestürzten Regale, der mit leeren Schachteln und vertrockneten Rattenexkrementen übersäte Fußboden, die aufgebrochenen Kassen und die geplünderten Bier-Kühlregale. Es herrschte das gleiche ekelerregende, stinkende Chaos, durch das ich seit einem Monat jede Woche watete, um zu dem Lagerraum hinter den Kühlregalen zu gelangen. Warum Leute das Bier und die Erfrischungsgetränke, das Bargeld aus den Kassen und dem Safe und die Rollen mit Lotterietickets mitgenommen, aber die beiden Paletten Mineralwasser zurückgelassen hatten, war mir ein Rätsel. Was haben sie sich dabei gedacht? *Das ist die außerirdische Apokalypse! Schnell, schnappt euch das Bier!*

Das gleiche Chaos aus Abfällen, der gleiche Gestank nach Ratten und verdorbenen Nahrungsmitteln, das gleiche sporadische Aufwirbeln von Staub im trüben Licht, das sich durch die verschmutzten Fenster zwängte – jeder deplazierte Gegenstand an seinem Platz, unangetastet.

Trotzdem.

Irgendetwas war anders.

Ich stand in der kleinen Ansammlung von Glasscherben unmittelbar hinter der Türöffnung. Ich sah es nicht. Ich hörte es nicht. Ich roch und spürte es nicht. Aber ich wusste es.

Irgendetwas war anders.

Es ist lange her, dass Menschen Beutetiere waren. Etwa hunderttausend Jahre. Aber tief in unseren Genen ist die Erinnerung daran noch vorhanden: die Achtsamkeit der Gazelle, der Instinkt der Antilope. Der Wind streicht flüsternd durchs Gras. Ein Schatten huscht zwischen den Bäumen hindurch. Und schon meldet sich die kleine Stimme, die sagt: *Psst, es ist nahe. Ganz nahe.*

Ich erinnere mich nicht, mein M16 von der Schulter geschwungen zu haben. Im einen Moment hing es auf meinem Rücken, im nächsten hielt ich es in den Händen, entsichert, die Mündung gesenkt.

Nahe.

Ich hatte noch nie auf etwas Größeres als einen Hasen geschossen, und dabei hatte es sich um ein Experiment gehandelt, weil ich herausfinden wollte, ob ich das Ding überhaupt benutzen konnte, ohne mir dabei einen meiner eigenen Körperteile wegzuschießen. Einmal hatte ich einen Schuss über ein Rudel verwilderter Hunde abgegeben, die sich ein bisschen zu sehr für mein Camp interessiert hatten. Ein anderes Mal beinahe senkrecht in die Luft, nachdem ich einen winzigen, leuchtenden Fleck grünen Lichts erspäht hatte, bei dem es sich um ihr Mutterschiff handelte, das lautlos vor dem Hintergrund der Milchstraße dahinglitt. Okay, ich gebe zu, dass das bescheuert war. Ich hätte ebenso gut eine Plakatwand mit einem großen Pfeil, der auf meinen Kopf zeigt, und den Worten *HUHU, HIER BIN ICH!* aufstellen können.

Nach dem Hasen-Experiment – bei dem das arme kleine Häschen in Stücke gerissen wurde und Meister Lampe sich in eine unkenntliche Masse zerfetzter Eingeweide und Knochen verwandelte – gab ich die Idee auf, das Gewehr für die Jagd zu benutzen. Ich machte nicht einmal mehr Schießübungen. In der Stille, die herrschte, seit die Vierte Welle angerollt war, klang das Krachen der Salven lauter als eine atomare Explosion.

Trotzdem betrachtete ich das M16 als meinen allerbesten Freund. Immer an meiner Seite, sogar nachts, mit mir in meinem Schlafsack verborgen, treu und zuverlässig. Seit Beginn der Vierten Welle kann man sich nicht mehr darauf verlassen, dass Menschen noch immer Menschen sind. Aber man kann sich darauf verlassen, dass ein Gewehr immer noch ein Gewehr ist.

Psst, Cassie. Es ist nahe.

Nahe.

Ich hätte das Weite suchen sollen. Die kleine Stimme ist nämlich mein Schutzengel. Die kleine Stimme ist älter als ich. Sie ist älter als der älteste Mensch, der jemals gelebt hat.

Ich hätte auf diese Stimme hören sollen.

Stattdessen lauschte ich der Stille in dem verlassenen Laden, lauschte angestrengt. Irgendetwas war ganz nahe. Ich entfernte mich einen winzigen Schritt von der Tür, und die Glasscherben knirschten leise unter meinen Füßen.

Und dann gab das Etwas ein Geräusch von sich, das irgendwo zwischen einem Husten und einem Stöhnen lag. Es kam aus dem Lagerraum, von hinter den Kühlregalen, wo sich mein Wasser befand.

Das war der Moment, in dem ich keine kleine alte Stimme brauchte, die mir sagt, was zu tun ist. Es lag auf der Hand, verstand sich von selbst. Wegrennen.

Aber ich rannte nicht weg.

Die erste Regel zum Überleben der Vierten Welle lautet: Trau niemandem. Es spielt keine Rolle, wie jemand aussieht. Die Anderen sind in dieser Hinsicht äußerst clever – okay, sie sind in jeder Hinsicht clever. Es spielt keine Rolle, ob jemand richtig aussieht und das Richtige sagt und sich genauso verhält, wie man es von ihm erwartet. Hat der Tod meines Vaters das nicht bewiesen? Selbst wenn es sich bei dem Fremden um eine kleine alte Dame handelt, die reizender als Großtante Tilly ist und ein hilfloses Kätzchen knuddelt, kann man sich nicht sicher sein – kann man nie wissen –, ob sie nicht eine von ihnen ist und ob sich hinter dem Kätzchen nicht eine geladene .45er befindet.

Es ist nicht undenkbar. Und je länger man darüber nachdenkt, desto denkbarer wird es. Die kleine alte Dame muss weg.

Das ist der schwierige Teil, der Teil, der mich in meinen Schlafsack kriechen, den Reißverschluss schließen und langsam verhungern ließe, wenn ich zu viel darüber nachdenken würde. Wenn es niemanden gibt, dem man trauen kann, kann man keinem trauen. Besser das Risiko in Kauf nehmen, dass Tante Tilly doch keine von ihnen ist, als auf die Möglichkeit zu bauen, dass man auf einen anderen Überlebenden gestoßen ist.

Das ist verdammt teuflisch.

Es zermürbt uns. Es sorgt dafür, dass wir viel leichter zur Strecke gebracht und ausgelöscht werden können. Die Vierte Welle zwingt uns in die Einsamkeit, wo es keine zahlenmäßige Stärke gibt, wo uns die Abgeschiedenheit und die Angst und die fürchterliche Ahnung des Unausweichlichen langsam wahnsinnig machen.

Also bin ich nicht weggerannt. Ich konnte nicht. Ob es sich um einen von ihnen oder um eine Tante Tilly handelte, ich musste mein Revier verteidigen. Allein zu bleiben ist die einzige Möglichkeit, um am Leben zu bleiben. So lautet Regel Nummer zwei.

Ich folgte dem schluchzenden Husten oder hustenden Schluchzen oder wie auch immer man es nennen mochte, bis ich bei der Tür ankam, die in den Lagerraum führte. Kaum atmend, auf den Zehenballen.

Die Tür stand einen Spalt offen, der gerade breit genug war, dass ich seitlich hindurchschlüpfen konnte. Ein Stahlregal an der Wand direkt vor mir und zu meiner Rechten ein langer schmaler Gang, der hinter den Kühlregalen entlangführte. Hier hinten gab es keine Fenster. Das einzige Licht war das blasse Orange des sterbenden Tages hinter mir, das noch hell genug war, um meinen Schatten auf den klebrigen Fußboden zu werfen. Ich duckte mich; mein Schatten duckte sich mit mir.

Ich konnte nicht um die Ecke des Kühlregals in den Gang blicken. Aber ich konnte jemanden – oder etwas – am anderen Ende husten und stöhnen hören. Und sein gurgelndes Schluchzen.

Entweder ist er schwer verletzt, oder er tut so, als wäre er schwer verletzt, dachte ich. *Entweder braucht er Hilfe, oder das ist eine Falle.*

Das ist seit der Ankunft aus dem Leben auf Erden geworden: eine Entweder-oder-Welt.

Entweder ist er einer von ihnen und weiß, dass du hier bist, oder er ist keiner von ihnen und braucht deine Hilfe.

So oder so, ich musste mich aufrichten und um die Ecke biegen.

Also richtete ich mich auf.

Und bog um die Ecke.

——— 4. Kapitel ———

Er saß gut fünf Meter entfernt an der hinteren Wand auf dem Fußboden, seine langen Beine ausgestreckt und gespreizt, und hielt sich mit einer Hand den Bauch. Er trug einen Kampfanzug und schwarze Stiefel und war mit Schmutz und schimmerndem Blut bedeckt. Alles war voller Blut. Die Wand hinter ihm. Der kalte Betonfußboden, auf dem es sich sammelte. Seine Uniform. Sein verklebtes Haar. Im Halbdunkel glitzerte das Blut wie schwarzer Teer.

In der anderen Hand hielt er eine Pistole, und diese Pistole war auf meinen Kopf gerichtet.

Ich spiegelte ihn wider. Seine Pistole gegen mein Gewehr. Gekrümmte Finger am Abzug: seiner, meiner.

Dass er seine Pistole auf mich richtete, hatte nichts zu bedeuten. Vielleicht war er tatsächlich ein verwundeter Soldat und hielt mich für eine von ihnen.

Oder vielleicht auch nicht.

»Lass deine Waffe fallen«, zischte er mich an.

Von wegen.

»Lass deine Waffe fallen!«, schrie er. Die Worte kamen völlig abgehackt und zerstückelt heraus, erstickt von dem Blut, das aus seinem Mund quoll. Es rann über seine Unterlippe und hing in zitternden Tropfen an seinem stoppeligen Kinn. Auf seinen Zähnen glänzte ebenfalls Blut.

Ich schüttelte den Kopf. Ich stand mit dem Rücken zum Licht und betete, dass er nicht sehen konnte, wie stark ich zitterte, und dass ihm die Angst in meinen Augen verborgen blieb. Er war nicht irgendein verdammter Hase, der dumm genug war, eines sonnigen Morgens in mein Camp zu hoppeln. Er war ein Mensch. Und wenn er keiner war, sah er zumindest genau wie einer aus.

Die Sache mit dem Töten ist die, dass man nicht weiß, ob man dazu imstande ist, bevor man es tatsächlich versucht.

Er forderte mich ein drittes Mal auf, leiser als beim zweiten Mal. Es klang beinahe wie eine Bitte.

»Lass deine Waffe fallen.«

Seine Hand, in der er die Pistole hielt, zuckte. Die Mündung senkte sich zum Boden. Nicht weit, doch meine Augen hatten sich inzwischen an die Lichtverhältnisse gewöhnt, und ich sah einen Blutstropfen am Lauf herunterrinnen.

Und dann ließ er die Pistole fallen.

Sie landete mit einem scharfen *Kling* zwischen seinen Beinen. Dann hob er seine leere Hand über die Schulter und hielt sie mit der Handfläche nach vorn.

»Okay«, sagte er. »Jetzt bist du dran.«

Ich schüttelte den Kopf. »Die andere Hand«, sagte ich und hoffte, dass meine Stimme stärker klang, als ich mich fühlte. Meine Knie hatten zu zittern begonnen, meine Arme schmerzten, und mir war schwindlig. Außerdem kämpfte ich gegen das Bedürfnis an, mich zu übergeben. Man weiß nicht, ob man es kann, bevor man es versucht.

»Das geht nicht«, sagte er.

»Die andere Hand.«

»Ich habe Angst, dass mir der Magen rausfällt, wenn ich die Hand hier bewege.«

Ich rückte den Kolben meines Gewehrs an der Schulter zurecht. Ich schwitzte, zitterte, versuchte nachzudenken. *Entweder/oder, Cassie. Was wirst du tun, entweder/oder?*

»Ich sterbe«, stellte er nüchtern fest. Aus dieser Entfernung waren seine Augen nur winzige Punkte reflektierten Lichts. »Also erledigst du mich entweder ganz, oder du hilfst mir. Ich weiß, dass du ein Mensch bist …«

»Woher willst du das wissen?«, fragte ich schnell, bevor er mir vor der Nase wegsterben konnte. Falls er ein echter Soldat war, wusste er vielleicht, wie man den Unterschied erkennt. Das wäre eine extrem nützliche Information gewesen.

»Wenn du keiner wärst, hättest du mich bereits erschossen.«
Er lächelte erneut, mit Grübchen in den Wangen, und mir wurde
bewusst, wie jung er war. Nur ein paar Jahre älter als ich.

»Siehst du?«, sagte er leise. »Daher weißt du es bei mir ebenfalls.«

»Daher weiß ich was?« Meine Augen füllten sich mit Tränen. Sein gekrümmter Körper schlängelte sich in meiner visu-
ellen Wahrnehmung wie ein Zerrspiegelbild. Doch ich wagte es
nicht, eine Hand von meinem Gewehr zu nehmen, um mir die
Augen zu reiben.

»Dass ich ein Mensch bin. Wenn ich keiner wäre, hätte ich
dich erschossen.«

Das klang logisch. Oder klang es logisch, weil ich wollte, dass
es logisch klang? Vielleicht hatte er seine Waffe fallen lassen, damit ich meine ebenfalls fallen ließ, und sobald ich das tat, würde
die zweite Pistole zum Vorschein kommen, die er unter seinem
Kampfanzug verbarg, und eine Kugel würde hallo zu meinem
Gehirn sagen.

Das ist es, was die Anderen mit uns gemacht haben. Ohne ge-
genseitiges Vertrauen kann man sich nicht verbünden, um gemeinsam zu kämpfen. Und ohne Vertrauen gibt es keine Hoffnung.

Wie befreit man die Erde von den Menschen? Indem man die
Menschen von ihrer Menschlichkeit befreit.

»Ich muss deine andere Hand sehen«, forderte ich ihn auf.

»Ich habe dir doch gesagt …«

»Ich muss deine andere Hand sehen!« Dann versagte mir die
Stimme. Ich konnte nichts dagegen tun.

Er rastete aus. »Knall mich doch einfach ab, du Miststück!
Bring's hinter dich und knall mich ab!«

Sein Kopf kippte nach hinten gegen die Wand, sein Mund ging
auf, und er stieß einen schrecklichen, gequälten Schrei aus, der
von Wand zu Wand und vom Fußboden zur Decke geworfen

wurde und mir in den Ohren dröhnte. Mir war nicht klar, ob er vor Schmerz schrie oder weil ihm bewusst wurde, dass ich ihn nicht retten würde. Er hatte die Hoffnung aufgegeben, und das bringt einen um. Das bringt einen um, bevor man stirbt. Lange bevor man stirbt.

»Wenn ich sie dir zeige …«, keuchte er und wippte an der blutverschmierten Betonwand vor und zurück. »Wenn ich sie dir zeige, hilfst du mir dann?«

Ich antwortete nicht. Ich antwortete nicht, weil ich darauf keine Antwort hatte. Ich spielte dieses Spiel von einer Nanosekunde zur nächsten.

Also nahm er mir die Entscheidung ab. Rückblickend glaube ich, er wollte die Anderen nicht gewinnen lassen. Er wollte nicht aufhören zu hoffen. Wenn ich ihn tötete, würde er zumindest einen kleinen Rest seiner Menschlichkeit mit ins Grab nehmen.

Mit einer Grimasse zog er langsam seine linke Hand hervor. Inzwischen war vom Tag nicht mehr viel übrig, und das verbliebene Licht schien von seiner Quelle wegzufließen, weg von ihm, an mir vorbei und zur halb geöffneten Tür hinaus.

Seine Hand war mit halb getrocknetem Blut verkrustet. Es sah aus, als trüge er einen purpurroten Handschuh.

Das verkümmerte Licht küsste seine blutige Hand und wurde von etwas Langem, Dünnem und Metallenem reflektiert, und mein Finger riss am Abzug, und der Gewehrkolben rammte hart gegen meine Schulter, und der Lauf zuckte in meinen Händen, als ich den Ladestreifen leerte, und aus weiter Ferne hörte ich jemanden schreien, doch es war nicht er, der schrie, sondern ich, ich und alle anderen, die noch übrig waren, falls überhaupt noch jemand übrig war, wir hilflosen, hoffnungslosen, dummen Menschen schrien alle gemeinsam, weil wir es falsch verstanden hatten, weil wir es völlig falsch verstanden hatten: Es gab keine Meute von Außerirdischen, die in ihren fliegenden Untertassen vom Himmel herabsausen, keine großen marschierenden Ro-

boter wie in *Krieg der Sterne* und keine niedlichen, runzeligen
E.T.s, die nur ein paar Blätter pflücken und ein paar Erdnuss-
butterdragees essen möchten, bevor sie wieder nach Hause gehen. So endet es nicht.

So endet es ganz und gar nicht.

Es endet damit, dass wir uns im sterbenden Licht eines Spät-
sommertages hinter einer Reihe leerer Bier-Kühlregale gegenseitig umbringen.

Ich ging zu ihm, bevor der letzte Rest des Lichts verschwand.
Nicht, um nachzusehen, ob er tot war. Dass er tot war, wusste
ich. Ich wollte nachsehen, was er in seiner blutigen Hand hielt.

Es handelte sich um ein Kruzifix.

───── **5. Kapitel** ─────

Das war der letzte Mensch, den ich zu Gesicht bekommen habe.

Inzwischen fallen die Blätter in rauen Mengen, und die Nächte sind kalt geworden. Ich kann nicht länger im Wald bleiben.
Da kein Laub mehr an den Bäumen ist, das mir Tarnung vor den
Drohnen bieten würde, kann ich kein Lagerfeuer mehr riskieren – ich muss hier weg.

Ich weiß, wohin ich muss. Das weiß ich schon lange. Ich habe
ein Versprechen gegeben. Eine Art von Versprechen, das man
nicht bricht, denn wenn man es bricht, bricht man einen Teil
von sich selbst, den vielleicht wichtigsten Teil.

Doch man sagt sich Dinge. Dinge, wie: *Ich muss mir zuerst etwas einfallen lassen. Ich kann mich nicht ohne einen Plan in die
Höhle des Löwen begeben.* Oder: *Es ist hoffnungslos und hat
keinen Sinn mehr. Du hast zu lange gewartet.*

Aus welchem Grund auch immer ich nicht schon früher aufgebrochen bin, ich hätte an dem Abend aufbrechen sollen, an
dem ich ihn getötet habe. Ich weiß nicht, welche Art von Ver-

letzung er hatte, da ich seinen Leichnam nicht untersucht habe, was ich hätte tun sollen, ganz egal, wie fertig ich mit den Nerven war. Womöglich war er bei einem Unfall verletzt worden, doch die Wahrscheinlichkeit war höher, dass jemand – oder etwas – auf ihn geschossen hatte. Und wenn jemand oder etwas auf ihn geschossen hatte, war dieser Jemand oder dieses Etwas noch immer irgendwo da draußen … es sei denn, der Kruzifix-Soldat hatte sie/ihn/es umgelegt. Oder er war doch einer von ihnen gewesen und das Kruzifix eine Finte …

Eine weitere Methode, wie die Anderen dir im Kopf herumpfuschen: die unsicheren Umstände deiner sicheren Vernichtung. Vielleicht wird das die Fünfte Welle sein – dass sie uns von innen angreifen und unseren eigenen Verstand in eine Waffe verwandeln.

Vielleicht wird der letzte Mensch auf Erden nicht verhungern oder erfrieren oder von wilden Tieren gefressen werden.

Vielleicht wird der letzte, der stirbt, vom letzten, der noch lebt, getötet werden.

Okay, das ist kein Ort, an den du dich begeben möchtest, Cassie.

Um ehrlich zu sein, möchte ich eigentlich gar nicht von hier weg, auch wenn es Selbstmord wäre zu bleiben und ich ein Versprechen einzulösen habe. Dieser Wald ist seit langem mein Zuhause. Ich kenne jeden Pfad, jeden Baum, jede Kletterpflanze und jeden Busch. Ich habe sechzehn Jahre lang in ein und demselben Haus gewohnt und kann mich nicht mehr genau erinnern, wie unser Garten ausgesehen hat, aber ich könnte jedes Blatt und jeden Zweig in diesem Waldstrich im Detail beschreiben. Allerdings habe ich keinen blassen Schimmer, was hinter diesem Wald und dem zwei Meilen langen Highway-Abschnitt liegt, den ich jede Woche entlangmarschiere, um Vorräte zu hamstern. Ich nehme an, eine Menge mehr vom Selben: verlassene Städte, die nach Abwasser und verwesten Kadavern stinken, die Überreste ausgebrannter Häuser, verwilderte Hunde und Katzen, kilometerlange Massenkarambolagen auf dem Highway. Und Leichen. Eine Unmenge von Leichen.

Ich packe meine Sachen. Dieses Zelt war lange mein Zuhause, aber es ist zu sperrig, und ich muss mit leichtem Gepäck reisen. Nur das Wichtigste, wobei die Luger, das M16, die Munition und mein treues Bowie-Messer ganz oben auf der Liste stehen. Schlafsack, Verbandskasten, fünf Flaschen Wasser, drei Packungen Trockenwürstchen und ein paar Büchsen Ölsardinen. Vor der Ankunft habe ich Sardinen gehasst. Inzwischen habe ich richtig Geschmack an ihnen gefunden. Das Erste, wonach ich Ausschau halte, wenn ich auf einen Lebensmittelladen stoße? Sardinen.

Bücher? Die sind schwer und nehmen zu viel Platz in meinem Rucksack ein, der ohnehin schon prall gefüllt ist. Aber ich habe eine Schwäche für Bücher. Bei meinem Vater war das genauso. Unser Haus war bis unters Dach voll mit Büchern, die er fand, nachdem die Dritte Welle mehr als dreieinhalb Milliarden Menschenleben ausgelöscht hatte. Während der Rest von uns Trinkwasser und Nahrungsmittel bunkerte und sich mit Waffen für das letzte Gefecht eindeckte, mit dem wir fest rechneten, war Daddy mit dem Radio-Flyer-Handwagen meines kleinen Bruders unterwegs und karrte Bücher nach Hause.

Er ließ sich nicht von den überwältigenden Zahlen aus der Fassung bringen. Die Tatsache, dass wir binnen vier Monaten von sieben Milliarden auf ein paar hunderttausend dezimiert worden waren, vermochte seine feste Überzeugung, dass unsere Spezies überleben würde, nicht zu erschüttern.

»Wir müssen an die Zukunft denken«, behauptete er beharrlich. »Wenn das alles vorbei ist, müssen wir fast jeden Aspekt der Zivilisation neu aufbauen.«

Solartaschenlampe.

Zahnbürste und Zahnpasta. Ich bin fest entschlossen, zumindest mit sauberen Zähnen ins Gras zu beißen, wenn es so weit ist.

Handschuhe. Zwei Paar Socken, Unterwäsche, eine Reisepackung Waschmittel, Deodorant und Shampoo. (Ich werde einen sauberen Abgang hinlegen. Siehe oben.)

Tampons. Ich mache mir ständig Sorgen um meine Vorräte und ob es mir gelingen wird, Nachschub zu besorgen.

Mein Plastikbeutel voller Fotos. Dad. Mom. Mein kleiner Bruder Sammy. Meine Großeltern. Lizbeth, meine beste Freundin. Eines von Ben »Du warst echt ein verdammt Niedlicher« Parish, das ich aus meinem Jahrbuch ausgeschnitten habe, da Ben mein zukünftiger Freund und/oder vielleicht mein zukünftiger Ehemann war – nicht dass er davon etwas gewusst hätte. Ihm war kaum bewusst, dass ich überhaupt existiere. Ich kannte einige Leute, die auch er kannte, war aber immer nur ein Mädchen im Hintergrund, mehr als eine kleine Welt entfernt. Das einzige Problem an Ben war seine Größe: Er war fünfzehn Zentimeter größer als ich. Na ja, genau genommen sind es jetzt zwei Probleme: seine Größe und die Tatsache, dass er tot ist.

Mein Handy. Es hat während der Ersten Welle den Geist aufgegeben und lässt sich nicht mehr laden. Die Sendemasten funktionieren auch nicht mehr, und selbst wenn sie funktionieren würden, gäbe es niemanden, den man anrufen könnte. Aber es ist schließlich mein Handy.

Nagelschere.

Streichhölzer. Ich mache kein Feuer, aber irgendwann werde ich vielleicht etwas verbrennen oder in die Luft jagen müssen.

Zwei Notizbücher mit Spiralbindung, liniert, eines mit violettem Einband, das andere mit rotem. Meine Lieblingsfarben, und außerdem handelt es sich dabei um meine Tagebücher. Das fällt auch in die Kategorie Hoffnung. Falls ich jedoch tatsächlich die Letzte bin und es niemanden mehr gibt, der sie lesen könnte, wird sie vielleicht einer der Außerirdischen lesen und erfahren, was ich von ihnen halte. Falls Sie ein Außerirdischer sind und das hier lesen:

IHR KÖNNT MICH MAL.

Meine Starburst-Kaubonbons, aus denen ich die mit Orangengeschmack bereits herausgepickt habe. Drei Packungen Wrigley's-Spearmint-Kaugummis. Meine letzten beiden Tootsie-Pops-Lutscher.

Moms Ehering.

Sammys schäbiger alter Teddybär. Nicht, dass er jetzt mir gehören würde. Nicht, dass ich jemals mit ihm kuscheln würde oder so.

Das ist alles, was ich in den Rucksack stopfen kann. Seltsam. Es scheint so viel zu sein und trotzdem nicht genug.

Der Platz reicht gerade noch für zwei Taschenbücher. *Huckleberry Finn* oder *Früchte des Zorns*? Die Gedichte von Sylvia Plath oder Sammys Shel Silverstein? Wahrscheinlich ist es keine gute Idee, Plath mitzunehmen. Deprimierend. Silverstein ist für Kinder, bringt mich aber immer noch zum Schmunzeln. Ich beschließe, *Huckleberry* (erscheint mir passend) und *Wo der Gehweg endet* einzupacken. Bis bald, Shel. Komm an Bord, Jim.

Ich hieve den Rucksack über eine Schulter, schwinge das Gewehr über die andere und marschiere auf dem Pfad in Richtung Highway los. Ich blicke mich nicht um.

Vor der letzten Baumreihe lege ich eine Pause ein. Eine gut fünf Meter hohe Böschung führt zu den Fahrspuren Richtung Süden hinunter, die übersät sind mit fahruntüchtigen Autos, Bergen von Kleidungsstücken, zerfetzten Plastik-Müllsäcken und den ausgebrannten Überresten von Sattelzügen, die alles Mögliche von Benzin bis Milch transportiert haben. Überall stehen Wracks herum, manche nur mit kleinen Blechschäden, andere in Massenkarambolagen, die sich meilenweit auf dem Highway entlangschlängeln, und die Morgensonne glitzert auf unzähligen Glassplittern.

Leichen sind keine zu sehen. Diese Autos stehen schon seit der Ersten Welle hier, zurückgelassen von ihren Besitzern.

Bei der Ersten Welle, dem gewaltigen elektromagnetischen Impuls, der am zehnten Tag um Punkt elf Uhr vormittags durch die Atmosphäre schoss, kamen nicht viele Menschen ums Leben. Nur etwa eine halbe Million, schätzte Dad. Okay, eine halbe Million klingt nach einer Menge Menschen, aber genau genommen ist das nur ein Tropfen im Bevölkerungsfass. Der Zweite Weltkrieg forderte über hundertmal so viele Opfer.

Und wir hatten ein wenig Zeit, um uns darauf vorzubereiten, wenngleich wir uns nicht ganz sicher waren, worauf wir uns vorbereiteten. Zehn Tage von den ersten Satellitenbildern vom Mutterschiff, als es am Mars vorbeiflog, bis zum Beginn der Ersten Welle. Zehn Tage Chaos. Ausnahmezustand, Sit-ins bei den Vereinten Nationen, Demonstrationen, Dachpartys, endlose Diskussionen im Internet und Berichterstattung rund um die Uhr in allen Medien. Der Präsident wandte sich an die Nation – und verschwand anschließend in seinem Bunker. Der Sicherheitsrat zog sich unter Ausschluss der Presse zu einer Dringlichkeitssitzung zurück.

Eine Menge Leute suchten einfach das Weite wie unsere Nachbarn, die Majewskis. Am Nachmittag des sechsten Tages packten sie alles in ihr Wohnmobil, was hineinpasste, und nahmen Reißaus. Sie schlossen sich einem Massen-Exodus an, da es überall anders sicherer erschien. Tausende Menschen machten sich auf den Weg in die Berge … oder in die Wüste … oder ins Sumpfland. Woandershin eben.

Das Woandershin der Majewskis war Disney World. Sie waren nicht die Einzigen. Disney verzeichnete während der zehn Tage vor dem elektromagnetischen Impuls Besucherrekorde.

Daddy fragte Mr Majewski: »Und warum ausgerechnet Disney World?«

Und Mr Majewski erwiderte: »Na ja, die Kinder waren noch nie dort.«

Seine Kinder gingen beide zur Uni.

Catherine, die am Tag zuvor nach ihrem ersten Jahr an der Baylor University nach Hause gekommen war, fragte mich: »Und, wohin fahrt ihr?«

»Nirgendwohin«, sagte ich. Und ich wollte auch nirgendwohin fahren. Ich verschloss noch immer die Augen vor der Realität und tat so, als würde diese ganze verrückte Außerirdischen-Geschichte gut ausgehen, obwohl ich nicht wusste, wie. Vielleicht mit der Unterzeichnung eines intergalaktischen Friedensvertrages. Vielleicht waren sie auch nur gekommen, um ein paar Bodenproben zu nehmen, und würden sich anschließend wieder auf den Weg nach Hause machen. Oder vielleicht machten sie hier Urlaub – wie die Majewskis in Disney World.

»Ihr müsst von hier verschwinden«, sagte sie. »Die Städte werden sie als Erstes heimsuchen.«

»Da hast du wahrscheinlich recht«, entgegnete ich. »Sie würden nicht im Traum dran denken, das Magic Kingdom zu vernichten.«

»Wie würdest du lieber sterben?«, fauchte sie mich an. »Während du dich unter deinem Bett versteckst oder bei einer Fahrt mit der Thunder-Mountain-Achterbahn?«

Gute Frage.

Daddy sagte, die Welt würde sich in zwei Lager teilen: in Ausreißer und Einnister. Die Ausreißer machten sich auf den Weg in die Berge – oder zum Thunder Mountain. Die Einnister verbarrikadierten ihre Fenster, deckten sich mit Konserven und Munition ein und hatten den Fernseher rund um die Uhr auf CNN gestellt.

Während jener ersten zehn Tage gab es keine Botschaften von unseren ungeladenen galaktischen Gästen. Keine Landung auf dem Südrasen des Weißen Hauses und keine glupschäugigen, stummelköpfigen Männchen in silberfarbenen Overalls, die verlangten, zu unserem Anführer gebracht zu werden. Keine leuchtenden Kreisel, aus denen die Universalsprache Musik dröhnte.

Und keine Antwort, als wir unsere Botschaft sendeten. Etwas wie: »Hallo und willkommen auf der Erde. Wir hoffen, Sie genießen Ihren Aufenthalt. Bitte töten Sie uns nicht.«

Niemand wusste, was zu tun war. Wir nahmen an, die Regierung hätte zumindest eine vage Ahnung. Da die Regierung für alles einen Plan hatte, gingen wir davon aus, sie müsse auch einen Plan für den Fall haben, dass E.T. ungebeten und unangekündigt auftaucht wie der merkwürdige Cousin, über den niemand in der Familie sprechen will.

Die einen nisteten sich ein. Die anderen nahmen Reißaus. Die einen heirateten. Die anderen ließen sich scheiden. Die einen zeugten Babys. Die anderen begingen Selbstmord. Wir wandelten wie Zombies umher, mit ausdruckslosem Gesicht und roboterhaften Bewegungen, und waren nicht in der Lage, die Dimension der Geschehnisse zu begreifen.

Rückblickend ist es kaum zu glauben, aber meine Familie und ich gingen wie die meisten Leute unserem Alltagsleben nach, als würde das bedeutendste und beängstigendste Ereignis in der Geschichte der Menschheit nicht genau über unseren Köpfen stattfinden. Mom und Dad gingen zur Arbeit, Sammy ging in die Kindertagesstätte, und ich ging zur Schule und zum Fußballtraining. Alles war so normal, dass es völlig absurd war. Am Ende von Tag eins hatte jeder, der älter war als zwei Jahre, das Mutterschiff x-mal aus der Nähe gesehen, dieses grünlich grau leuchtende Monstrum von der Größe Manhattans, das zweihundertfünfzig Meilen über der Erde kreiste. Die NASA gab ihren Plan bekannt, ein eingemottetes Spaceshuttle wieder in Betrieb zu nehmen, um zu versuchen, Kontakt aufzunehmen.

Tja, das ist gut, dachten wir. *Diese Stille ist erdrückend. Warum sind sie Milliarden von Meilen hierhergereist, wenn sie uns dann nur anstarren? Das ist echt unhöflich.*

Am Tag drei ging ich mit einem Typen namens Mitchell Phelps aus. Na ja, genau genommen gingen wir nur *nach draußen.* Das

Date fand wegen der Ausgangssperre in unserem Garten statt. Er fuhr auf dem Weg zu mir bei Starbucks am Drive-in-Schalter vorbei, und wir setzten uns auf die Terrasse hinter unserem Haus, schlürften unsere Getränke und taten so, als würden wir Dads Schatten, der sich hin und her bewegte, als er im Wohnzimmer auf- und abging, nicht bemerken. Mitchell war ein paar Tage vor der Ankunft in unsere Stadt gezogen und saß in Weltliteratur hinter mir. Ich hatte den Fehler gemacht, ihm meinen Leuchtmarker zu leihen. Ehe ich mich's versah, bat er mich um eine Verabredung, denn wenn einem ein Mädchen seinen Leuchtmarker leiht, muss es einen heiß finden. Ich weiß nicht, warum ich einem Date zustimmte. Er war weder besonders süß noch besonders interessant, abgesehen von seiner Neulingsaura, und er war ganz sicher kein Ben Parish. Das war niemand – außer Ben Parish selbst, und genau das war das Problem.

Am dritten Tag sprach man entweder die ganze Zeit über die Anderen, oder man versuchte, gar nicht über sie zu sprechen. Ich fiel in die zweite Kategorie.

Mitchell gehörte zur ersten.

»Was ist, wenn sie wir sind?«, fragte er.

Nach der Ankunft dauerte es nicht lange, bis all die Verschwörungsfreaks anfingen, von streng geheimen Regierungsprojekten zu schwatzen oder von einem heimlichen Plan, eine Außerirdischen-Krise zu inszenieren, um uns unserer Freiheiten zu berauben. Ich vermutete, dass er darauf hinauswollte, und stöhnte.

»Was?«, fragte er. »Ich meine ja nicht *wir* wir. Ich meine, was ist, wenn sie wir aus der Zukunft sind?«

»Und es wie in *Terminator* ist, oder?«, sagte ich und verdrehte die Augen. »Sie sind gekommen, um den Aufstand der Maschinen zu stoppen. Oder vielleicht *sind* sie die Maschinen. Vielleicht handelt es sich bei ihnen ja um Skynet.«

»Das glaube ich nicht«, sagte er, als hätte ich es ernst gemeint. »Es handelt sich dabei um das Großvater-Paradox.«

»Wobei? Und was zum Teufel ist das Großvater-Paradox?« Er sagte das, als gehe er davon aus, dass ich wüsste, worum es sich beim Großvater-Paradox handelte, denn wenn ich es nicht wusste, war ich eine Idiotin. Ich hasse es, wenn Leute das tun.

»Sie – ich meine, wir – können nicht in die Vergangenheit reisen und irgendwas ändern. Wenn man in die Vergangenheit reisen und seinen Großvater töten würde, bevor man geboren wird, wäre man nicht in der Lage, in die Vergangenheit zu reisen, um seinen Großvater zu töten.«

»Warum sollte man denn seinen Großvater töten wollen?« Ich verdrehte den Trinkhalm in meinem Erdbeer-Frappucino, um das einzigartige »Trinkhalm im Deckel«-Quietschen zu produzieren.

»Der Punkt ist, dass es die Geschichte schon verändern würde, wenn man nur auftaucht«, sagte er. Als sei ich diejenige gewesen, die das Thema Zeitreisen angeschnitten hatte.

»Müssen wir darüber reden?«

»Was gibt es denn sonst zu bereden?« Seine Augenbrauen kletterten zu seinem Haaransatz. Mitchell hatte äußerst buschige Augenbrauen. Das war so ziemlich das Erste, was mir an ihm aufgefallen war. Außerdem kaute er an seinen Fingernägeln. Das war das Zweite, was mir aufgefallen war. Nagelpflege kann einem eine Menge über einen Menschen verraten.

Ich holte mein Handy hervor und schrieb Lizbeth eine SMS: **hilf mir**

»Hast du Angst?«, fragte er, um meine Aufmerksamkeit auf sich zu lenken. Oder, um sich rückzuversichern. Er sah mich gespannt an.

Ich schüttelte den Kopf. »Ich bin nur gelangweilt.« Eine Lüge. Natürlich hatte ich Angst. Mir war bewusst, dass ich gemein war, aber ich konnte es mir nicht verkneifen. Aus irgendeinem unerfindlichen Grund war ich wütend auf ihn. Vielleicht war ich in Wirklichkeit wütend auf mich selbst, weil ich ja zu einem Date mit einem Typen gesagt hatte, an dem ich eigentlich nicht interessiert war. Oder vielleicht war ich wütend auf ihn, weil er nicht Ben Parish war, wofür er nichts konnte. Aber trotzdem.

helfen wobei?

»Mir ist es egal, worüber wir reden«, sagte er. Er hatte den Blick auf das Rosenbeet gerichtet, ließ den Bodensatz seines Kaffees kreisen und wippte unter dem Tisch so heftig mit dem Knie, dass meine Tasse wackelte.

mitchell. Ich glaubte nicht, mehr sagen zu müssen.

»Wem simst du denn da?«

hab dir doch gesagt, du sollst dir das date mit ihm sparen

»Niemandem, den du kennst«, entgegnete ich. **keine ahnung, warum ich es getan habe**

»Wir können ja was anderes machen«, schlug er vor. »Möchtest du ins Kino gehen?«

»Es herrscht Ausgangssperre«, erinnerte ich ihn. Nach neun durfte niemand auf die Straße außer Militär- und Rettungsfahrzeugen.

lol, um ben eifersüchtig zu machen

»Bist du sauer oder was?«

»Nein«, entgegnete ich. »Überhaupt nicht.«

Er zog einen Schmollmund. »Ich versuche doch nur herauszufinden, wer sie sind«, sagte er.

»Du und alle anderen auf diesem Planeten«, erwiderte ich. »Niemand weiß es, und sie verraten es uns nicht, also sitzen alle da und spekulieren und theoretisieren, und das ist ziemlich sinnlos. Vielleicht sind sie raumfahrende Mäusemänner vom Planeten Käse und wegen unseres Provolone hier.«

bp weiß nichts von meiner existenz

»Weißt du«, sagte er, »es ist ziemlich unhöflich zu simsen, während ich versuche, mich mit dir zu unterhalten.«

Er hatte recht. Ich ließ mein Handy in der Hosentasche verschwinden. *Was ist los mit mir?*, fragte ich mich. Die alte Cassie hätte das niemals getan. Die Anderen veränderten mich bereits, aber ich wollte so tun, als hätte sich nichts verändert, vor allem nicht ich.

»Hast du es schon gehört?«, fragte er und kehrte damit genau zu dem Thema zurück, von dem ich gesagt hatte, dass es mich langweilt. »Sie bauen einen Landeplatz.«

Ich hatte es gehört. Im Death Valley. Ganz genau: Death Valley.

»Ich persönlich halte das für keine besonders gute Idee«, sagte er. »Ihnen den roten Teppich auszurollen.«

»Warum nicht?«

»Es sind bereits drei Tage vergangen. Drei Tage, und sie haben jeglichen Kontakt verweigert. Wenn sie freundliche Absichten haben, warum haben sie dann nicht schon hallo gesagt?«

»Vielleicht sind sie einfach nur schüchtern.« Ich wickelte mir eine Haarsträhne um den Finger und zog leicht daran, um diese halb angenehmen Schmerzen auszulösen.

»Als wären sie Neuzugänge?«, sagte er, der Neuzugang.

Es ist bestimmt nicht einfach, ein Neuzugang zu sein. Ich hatte das Gefühl, dass es angebracht war, mich für meine Unhöflichkeit zu entschuldigen. »Ich war vorher ein bisschen gemein«, gab ich zu. »Tut mir leid.«

Er warf mir einen verwirrten Blick zu. Er sprach über Außerirdische, nicht über sich selbst, und dann sagte ich etwas über mich, was weder mit dem einen noch mit dem anderen etwas zu tun hatte.

»Schon okay«, sagte er. »Ich habe gehört, dass du nicht oft Dates hast.«

Autsch.

»Was hast du denn sonst noch gehört?« Eine von den Fragen, bei denen man die Antwort nicht hören möchte, die man aber trotzdem stellen muss.

Er schlürfte seine Latte macchiato durch das kleine Loch im Plastikdeckel.

»Nicht viel. Es ist nicht so, dass ich rumgefragt hätte.«

»Immerhin hast du jemanden gefragt, der dir gesagt hat, dass ich nicht viele Dates hätte.«

»Ich habe nur erzählt, dass ich darüber nachdenke, dich zu fragen, ob du mit mir ausgehst, und dann hieß es, Cassie ist ziemlich cool. Und als ich wissen wollte: Wie ist sie denn so?, hieß es, du wärst nett, aber ich solle mir keine großen Hoffnungen machen, weil du auf Ben Parish stehst …«

»Das haben sie dir gesagt? Wer hat dir das gesagt?«

Er zuckte mit den Schultern. »Ich erinnere mich nicht mehr an ihren Namen.«

»War es Lizbeth Morgan?« *Ich bringe sie um.*

»Ich weiß nicht, wie sie heißt«, sagte er.

»Wie sah sie denn aus?«

»Lange braune Haare. Brille. Ich glaube, sie heißt Carly oder so ähnlich.«

»Ich kenne keine …«

Oh, Gott. Irgendeine Carly, die ich nicht einmal kannte, wusste Bescheid, was zwischen mir und Ben Parish war – oder vielmehr, was nicht zwischen mir und Ben Parish war. Und wenn Carly-oder-so Bescheid wusste, dann wussten alle Bescheid.

»Tja, sie haben sich getäuscht«, haspelte ich. »Ich stehe nicht auf Ben Parish.«

»Für mich spielt das keine Rolle.«

»Für mich spielt es schon eine Rolle.«

»Vielleicht funktioniert das einfach nicht«, erwiderte er. »Egal, was ich sage, entweder langweilt es dich, oder du wirst sauer.«

»Ich bin nicht sauer«, fauchte ich ihn an.

»Okay, ich liege falsch.«

Nein, er hatte recht. Und ich lag falsch, weil ich ihm nicht sagte, dass es sich bei der Cassie, die er kennengelernt hatte, nicht um die Cassie handelte, die ich früher gewesen war, die Cassie vor der Ankunft, die keiner Mücke etwas zuleide hätte tun können. Ich war nicht bereit, die Wahrheit zuzugeben: Mit dem Eintreffen der Anderen hatte sich nicht nur die Welt verändert. Wir hatten uns verändert. Ich hatte mich verändert. In dem Moment, als das Mutterschiff aufgetaucht war, hatte ich einen Weg eingeschlagen, der im Lagerraum eines Mini-Markts hinter ein paar leeren Bier-Kühlregalen enden sollte. Jener Abend mit Mitchell war nur der Anfang meiner Entwicklung.

Mitchell hatte recht damit, dass die Anderen nicht nur vorbeigekommen waren, um hallo zu sagen. Am Abend der Ersten Welle erschien der weltweit führende theoretische Physiker, einer der klügsten Köpfe der Welt (Genau das wurde auf dem Bildschirm unter seinem Kopf eingeblendet, während er sprach: EINER DER KLÜGSTEN KÖPFE DER WELT.), auf CNN und sagte: »Das Schweigen gefällt mir nicht. Mir fällt kein harmloser Grund dafür ein. Ich fürchte, wir müssen eher mit etwas wie der Landung von Christopher Columbus in Amerika rechnen als mit einer Szene aus *Unheimliche Begegnung der dritten Art*, und wir wissen alle, welche Folgen diese für die Ureinwohner Amerikas hatte.«

Ich drehte mich zu meinem Vater und sagte: »Wir sollten sie atomar vernichten.« Ich musste die Stimme erheben, um den Fernseher zu übertönen, da Dad die Lautstärke während der Nachrichten immer aufdrehte, damit er trotz Moms Fernseher in der Küche etwas verstehen konnte. Sie sah immer gerne TLC, während sie kochte. Ich nannte das den »Krieg der Fernbedienungen«.

»Cassie!« Dad war so geschockt, dass sich seine Zehen in seinen Sportsocken krümmten. Er war mit *Unheimliche Begegnung der dritten Art*, *E.T.* und *Raumschiff Enterprise* aufgewachsen und glaubte fest daran, dass die Anderen gekommen waren, um uns von uns selbst zu befreien. Kein Hunger mehr. Keine Kriege mehr. Die Ausrottung von Krankheiten. Die Enthüllung der Geheimnisse des Kosmos. »Begreifst du denn nicht,

dass das der nächste Schritt in unserer Entwicklung sein könnte? Ein riesiger Sprung nach vorn. Riesig.« Er umarmte mich
tröstend. »Wir können uns alle glücklich schätzen, dass wir hier
sind und das miterleben dürfen.« Dann fügte er beiläufig hinzu, als würde er erklären, wie man einen Toaster repariert: »Außerdem kann eine Atombombe im Vakuum des Weltalls nicht
viel Schaden anrichten. Dort gibt es nichts, was die Druckwelle
transportieren könnte.«

»Dann labert dieses Superhirn im Fernsehen also nur
Scheiße?«

»Nicht diese Ausdrucksweise, Cassie«, rügte er mich. »Er darf
seine Meinung vertreten, aber mehr ist es nicht. Eine Meinung.«

»Aber was ist, wenn er recht hat? Was ist, wenn dieses Ding
da oben ihre Version des Todessterns ist?«

»Durchs halbe Universum reisen, nur um uns in die Luft zu
jagen?« Dad tätschelte mir das Bein und lächelte. Mom stellte
den Fernseher in der Küche lauter. Er erhöhte die Lautstärke im
Wohnzimmer auf siebenundzwanzig.

»Okay, aber was ist mit einer intergalaktischen Horde Mon-
golen, wie er gemeint hat?«, hakte ich nach. »Vielleicht sind sie
gekommen, um uns zu erobern, um uns in Reservate abzuschieben, um uns zu versklaven …«

»Cassie«, sagte er. »Nur weil etwas passieren *könnte,* heißt das
nicht, dass es auch passieren *wird.* Außerdem ist alles sowieso
bloß Spekulation. Von diesem Typen. Von mir. Niemand weiß,
warum sie hier sind. Ist es nicht genauso wahrscheinlich, dass
sie den ganzen weiten Weg gekommen sind, um uns zu retten?«

Vier Monate nachdem mein Vater diese Worte gesagt hatte,
war er tot.

Er hat sich getäuscht, was die Anderen anbelangt. Ich habe
mich auch getäuscht. Und einer der klügsten Köpfe der Welt hat
sich ebenfalls getäuscht.

Es ging ihnen nicht darum, uns zu retten. Und es ging ihnen nicht darum, uns zu versklaven oder uns in Reservate abzuschieben.

Es ging ihnen darum, uns zu töten.

Uns alle.

—— **6. Kapitel** ——

Ich überlegte lange hin und her, ob ich mich tagsüber oder nachts auf den Weg machen sollte. Dunkelheit ist das Beste, wenn man Angst vor ihnen hat. Aber Tageslicht ist vorzuziehen, wenn man eine Drohne entdecken möchte, bevor man von ihr entdeckt wird.

Die Drohnen tauchten ganz am Ende der Dritten Welle auf. Zigarrenförmig und mattgrau gleiten sie schnell und lautlos in mehreren tausend Fuß Höhe dahin. Manchmal huschen sie über den Himmel, ohne anzuhalten. Manchmal kreisen sie wie Bussarde in der Luft. Sie können auf der Stelle umdrehen und unvermittelt anhalten, von Mach 2 auf null in weniger als einer Sekunde. Daher wussten wir, dass es sich bei den Drohnen nicht um unsere eigenen handelte.

Wir wussten außerdem, dass sie unbemannt (oder unbe-Andert) sind, da eine von ihnen ein paar Meilen von unserem Flüchtlingscamp entfernt abstürzte. Ein *Ka-bumm!*, als sie die Schallmauer durchbrach, ein ohrenbetäubendes Kreischen, als sie zur Erde herabgeschossen kam, und der Boden erbebte unter unseren Füßen, als sie in ein brachliegendes Maisfeld einschlug. Ein Aufklärungsteam marschierte zur Absturzstelle, um sich ein Bild zu machen. Okay, es handelte sich nicht wirklich um ein Team, sondern nur um Dad und Hutchfield, den Typen, der das Kommando über das Camp hatte. Als sie wieder zurückkamen, berichteten sie, dass das Ding leer gewesen sei. Ob sie sich sicher waren? Vielleicht war der Pilot ja vor dem Aufprall mit dem Fallschirm abgesprungen. Dad sagte, es sei randvoll mit Instrumenten gewesen; ein Pilot hätte darin keinen Platz gehabt. »Es sei denn, sie sind nur fünf Zentimeter groß.« Das löste großes Gelächter aus. Irgendwie machte es den Schrecken weniger schrecklich, wenn man sich die Anderen als fünf Zentimeter große *Borger*-Typen vorstellte.

Ich entschied mich dafür, tagsüber aufzubrechen. So konnte ich mit einem Auge den Himmel beobachten und das andere auf den Boden richten. Letzten Endes bewegte ich den Kopf auf und ab, auf und ab, hin und her, dann wieder nach oben, wie ein Groupie bei einem Rockkonzert, bis mir schwindlig und ein wenig übel war.

Außerdem muss man sich nachts nicht nur wegen der Drohnen Sorgen machen. Verwilderte Hunde, Kojoten, Bären und Wölfe, die aus Kanada heruntergekommen sind, vielleicht sogar ein Löwe oder ein Tiger, der aus einem Zoo entkommen ist. Ich weiß, ich weiß, das klingt nach einem *Zauberer von Oz*-Witz. Tut mir leid.

Und auch wenn es nicht *viel* bringen würde, ich glaube, dass ich bei Tageslicht bessere Chancen gegen einen von ihnen hätte. Oder auch gegen einen von uns, falls ich doch nicht die Letzte bin. Was ist, wenn mir ein anderer Überlebender über den Weg läuft, der beschlossen hat, dass es seine beste Option ist, mit jedem, der ihm begegnet, das zu machen, was ich mit dem Kruzifix-Soldaten gemacht habe?

Das wirft die Frage auf, was meine beste Option ist. Schieße ich beim ersten Sichtkontakt? Warte ich ab, bis der andere den ersten Schritt tut, und riskiere dabei, dass dieser Schritt tödlich ist? Ich frage mich nicht zum ersten Mal, warum zum Teufel wir uns nicht irgendeinen Code oder einen geheimen Händedruck haben einfallen lassen, bevor sie aufgetaucht sind – etwas, anhand dessen wir uns gegenseitig als die Guten identifizieren könnten. Wir konnten zwar nicht wissen, dass sie auftauchen würden, doch wir waren uns ziemlich sicher, dass früher oder später irgendetwas auftauchen würde.

Es ist schwierig, sich auf das vorzubereiten, was als Nächstes kommt, wenn man das, was als Nächstes kommt, nicht kennt.

Versuche, sie zuerst zu entdecken, nahm ich mir vor. Geh in Deckung. Kein Kräftemessen. Keine Kruzifix-Soldaten mehr!

Der heutige Tag ist klar und windstill, aber kalt. Der Himmel ist wolkenlos. Ich marschiere dahin, schaue nach oben und nach unten, nach links und nach rechts, wobei mein Rucksack rhythmisch gegen das eine Schulterblatt prallt, das Gewehr gegen das andere, gehe am Rand des Mittelstreifens entlang, der den Fahrstreifen Richtung Süden von dem Richtung Norden trennt, und bleibe alle paar Schritte stehen, um mich umzudrehen und den Blick über die Gegend hinter mir schweifen zu lassen. Eine Stunde. Zwei. Und ich bin noch nicht weiter als eine Meile gekommen.

Das Unheimlichste, noch unheimlicher als die verlassenen Autos und das Gewirr von zerknautschtem Metall und das zersplitterte Glas, das in der Oktobersonne glitzert, unheimlicher als all der Müll und der herumliegende Abfall, der zum größten Teil mit kniehohem Gras zugewuchert ist, sodass das Gelände uneben wirkt, als sei es mit Geschwüren übersät, das Unheimlichste ist die Stille.

Das Summen ist verschwunden.

Man erinnert sich an das Summen.

Sofern man nicht auf einem Berggipfel aufgewachsen ist oder sein ganzes Leben in einer Höhle verbracht hat, war man immer von dem Summen umgeben. So war das Leben. Es war das Meer, in dem wir schwammen. Die unablässigen Geräusche all der Dinge, die wir erschaffen haben, um uns das Leben einfacher und ein bisschen weniger langweilig zu machen. Das mechanische Lied. Die elektronische Symphonie. Das Summen von all unseren Dingen und von uns allen – weg.

So muss die Erde geklungen haben, bevor wir sie eroberten.

Spätabends in meinem Zelt bilde ich mir manchmal ein, die Sterne am Himmel kratzen hören zu können. So still ist es. Nach einer Weile kann ich es kaum noch ertragen und würde am liebsten aus vollem Hals schreien. Ich möchte singen, brüllen, mit den Füßen aufstampfen, in die Hände klatschen, alles tun, um meine Anwesenheit kundzutun. Was ich zu dem Soldaten gesagt hatte, waren die einzigen Worte, die ich seit Wochen ausgesprochen habe.

Das Summen verstummte am zehnten Tag nach der Ankunft. Ich saß in der dritten Unterrichtsstunde und tippte eine SMS an Lizbeth – die letzte, die ich jemals verschicken werde. Ich kann mich nicht mehr genau erinnern, wie sie lautete.

Elf Uhr vormittags. Ein warmer, sonniger Vorfrühlingstag. Ein Tag, um zu kritzeln und zu träumen und sich zu wünschen, man säße irgendwo, nur nicht in Ms Paulsons Infinitesimalrechnungsunterricht.

Die Erste Welle rollte ohne großes Trara heran. Ohne Dramatik. Ohne Schock und Schrecken.

Das Licht erlosch.

Ms Paulsons Overheadprojektor ging aus.

Das Display meines Handys wurde schwarz.

Im hinteren Teil des Klassenzimmers kreischte jemand. Typisch. Ganz egal, zu welcher Tageszeit es passiert – der Strom fällt aus, und irgendjemand schreit, als würde das Gebäude einstürzen.

Ms Paulson forderte uns auf, auf unseren Plätzen sitzen zu bleiben. Das ist das andere, was Leute tun, wenn der Strom ausfällt. Sie springen auf, um … Um was zu tun? Seltsam. Wir haben uns so sehr daran gewöhnt, Strom zu haben, dass wir nicht wissen, was wir tun sollen, wenn er ausfällt. Deshalb springen wir auf oder kreischen oder quasseln wie Idioten. Wir geraten in Panik, als hätte uns jemand den Sauerstoff abgedreht. Die

Ankunft hatte das Ganze allerdings noch verschlimmert. Zehn Tage lang auf glühenden Kohlen zu sitzen und darauf zu warten, dass etwas passiert, während nichts passiert, macht einen nervös.

Deshalb rasteten wir ein wenig mehr aus als sonst, als sie uns den Stecker herauszogen.

Alle fingen gleichzeitig an zu reden. Als ich verkündete, dass mein Telefon tot sei, holten alle ihr totes Telefon hervor. Neal Croskey, der ganz hinten saß und auf seinem iPod Musik hörte, während Ms Paulson unterrichtete, zog seine Ohrstöpsel heraus und fragte sich laut, weshalb er nichts mehr hörte.

Nachdem einem der Stecker herausgezogen wurde und man in Panik geraten ist, rennt man zum nächsten Fenster, ohne wirklich zu wissen, warum. Vermutlich liegt es an diesem »Lieber sehen, was los ist«-Gefühl. Die Welt funktioniert von außen nach innen. Deshalb schaut man nach draußen, wenn das Licht ausgeht.

Und Ms Paulson wandelte ziellos durch die aufgebrachte Meute, die sich an den Fenstern scharte, und schrie: »Ruhe! Zurück auf eure Plätze. Es wird bestimmt gleich eine Ansage geben …«

Es gab tatsächlich eine, etwa eine Minute später. Allerdings nicht über die Lautsprecheranlage und nicht von Mr Faulks, dem Konrektor. Sie kam aus dem Himmel, von ihnen. In Form einer Boing 727, die aus einer Höhe von zehntausend Fuß kopfüber zur Erde stürzte, bis sie hinter einer Baumreihe verschwand und explodierte und ein Feuerball emporschoss, der mich an einen Atompilz erinnerte.

Hey, Erdlinge! Lassen wir die Party steigen!

Man möchte meinen, dass uns dieser Anblick unter unsere Tische abtauchen ließ. Fehlanzeige. Wir drängten uns ans Fenster und suchten den wolkenlosen Himmel nach der fliegenden Untertasse ab, die das Flugzeug abgeschossen haben musste. Es musste doch eine fliegende Untertasse gewesen

sein, oder etwa nicht? Wir wussten, wie eine erstklassige Außerirdischen-Invasion abzulaufen hatte: Fliegende Untertassen
schwirrten durch die Atmosphäre, während ihnen Staffeln von
F-16-Kampfjets dicht auf den Fersen folgten und aus Bunkern
Boden-Luft-Raketen und Leuchtspurgeschosse abgefeuert wurden. Obwohl es unwirklich und zugegebenermaßen irgendwie
krank war, wünschten wir uns, so etwas zu sehen, da es das
Ganze zu einer völlig normalen Außerirdischen-Invasion gemacht hätte.

Wir blieben eine halbe Stunde an den Fenstern stehen und
warteten. Niemand sagte viel. Ms Paulson forderte uns auf, uns
wieder auf unsere Plätze zu setzen. Wir ignorierten sie. Die Erste Welle dauerte gerade einmal dreißig Minuten an, und schon
ging die gesellschaftliche Ordnung in die Brüche. Alle kontrol-
lierten immer wieder ihre Handys. Wir waren einfach nicht in
der Lage, den Zusammenhang herzustellen: der Flugzeugab-
sturz, das Ausgehen der Beleuchtung, unsere toten Telefone,
die Uhr an der Wand, auf deren Zifferblatt der große Zeiger auf
zwölf, der kleine Zeiger auf elf erstarrt war.

Dann flog die Tür auf, und Mr Faulks forderte uns auf, uns in
die Sporthalle zu begeben. Das fand ich echt clever: uns alle an
einen Ort zu schaffen, damit die Außerirdischen nicht viel Munition zu verschwenden brauchten.

Also marschierten wir zur Sporthalle hinüber und setzten uns
in fast völliger Finsternis auf die Zuschauertribüne, während der
Rektor ruhelos auf und ab ging und gelegentlich stehen blieb,
um uns anzubrüllen, dass wir still sein und warten sollten, bis
unsere Eltern kommen.

Was war mit den Schülern, die ihr Auto an der Schule geparkt
hatten? Durften sie nicht nach Hause fahren?

»Eure Autos werden nicht funktionieren.«

*Wie bitte? Was meint er damit, unsere Autos werden nicht
funktionieren?*

Eine Stunde verging. Dann noch eine. Ich saß neben Lizbeth. Wir redeten nicht viel miteinander, und wenn wir etwas sagten, flüsterten wir. Nicht weil wir vor dem Direktor Angst hatten; nein, wir lauschten. Ich bin mir nicht sicher, worauf wir lauschten, aber es herrschte eine Stille wie in jenem Moment, bevor sich die Wolken öffnen und ein Blitz herabschießt.

»Das könnte es sein«, flüsterte Lizbeth. Sie rieb sich nervös die Nase. Vergrub ihre lackierten Fingernägel in ihrem blond gefärbten Haar. Klopfte mit dem Fuß auf den Boden. Rollte eine Fingerkuppe auf ihrem Augenlid. Sie trug seit kurzem Kontaktlinsen, die sie ständig nervten.

»Irgendwas ist es auf jeden Fall«, flüsterte ich zurück.

»Ich meine, das könnte *es* sein. Das Ende.«

Sie nahm immer wieder den Akku aus ihrem Handy und setzte ihn wieder ein. Das war vermutlich besser, als nichts zu tun.

Dann fing sie an zu weinen. Ich nahm ihr das Telefon ab und hielt ihre Hand. Blickte mich um. Sie war nicht die Einzige, die weinte. Andere Jugendliche beteten. Und wieder andere taten beides: weinen und beten. Die Lehrer standen dicht gedrängt an der Tür der Sporthalle und bildeten einen menschlichen Schutzschild, falls die Wesen aus dem All beschließen sollten, den Laden zu stürmen.

»Es gibt so viel, was ich noch tun wollte«, sagte Lizbeth. »Ich habe noch nie …« Sie unterdrückte ein Schluchzen. »Du weißt schon.«

»Ich habe den Verdacht, dass genau in diesem Augenblick eine Menge ›Du weißt schon‹ stattfindet«, entgegnete ich. »Wahrscheinlich genau unter dieser Tribüne.«

»Meinst du?« Sie wischte sich mit der Handfläche über die Wangen. »Was ist mit dir?«

»Mit ›Du weißt schon‹?« Ich hatte kein Problem damit, über Sex zu sprechen. Ich hatte ein Problem damit, über Sex im Zusammenhang mit mir zu sprechen.

»Oh, ich weiß, dass du noch nicht ›Du weißt schon‹ hast. Mein Gott! Das habe ich nicht gemeint.«

»Ich dachte schon.«

»Ich habe unser Leben gemeint, Cassie! Meine Güte, das könnte das Ende der verdammten Welt sein, und du willst nur über Sex reden!« Sie riss mir ihr Telefon aus der Hand und fummelte an der Akkuabdeckung herum. »Und deshalb solltest du es ihm einfach sagen«, schlug sie vor, während sie an den Kordeln ihres Kapuzensweatshirts zupfte. »Wem was sagen?« Ich wusste genau, was sie meinte, und versuchte nur, Zeit zu gewinnen.

»Ben! Du solltest ihm sagen, wie du empfindest. Wie du seit der dritten Klasse empfindest.«

»Das soll ein Witz sein, oder?« Ich spürte, wie mein Gesicht heiß wurde.

»Und dann solltest du Sex mit ihm haben.«

»Lizbeth, halt die Klappe.«

»Das ist die Wahrheit.«

»Ich möchte nicht seit der dritten Klasse Sex mit Ben Parish haben«, flüsterte ich. Seit der dritten Klasse? Ich warf ihr einen Blick zu, um zu sehen, ob sie mir überhaupt zuhörte. Offenbar tat sie das nicht.

»An deiner Stelle würde ich einfach zu ihm gehen und sagen: ›Ich glaube, das war's. Das war's, und ich denke nicht im Traum daran, in dieser Schulturnhalle zu sterben, ohne jemals Sex mit dir gehabt zu haben.‹ Und weißt du, was ich dann tun würde?«

»Was denn?« Ich unterdrückte ein Lachen, als ich mir seinen Gesichtsausdruck vorstellte.

»Ich würde ihn mit nach draußen in den Blumengarten nehmen und hätte Sex mit ihm.«

»Im Blumengarten?«

»Oder in der Umkleide.« Sie fuchtelte wie wild mit der Hand

herum, um die ganze Schule einzuschließen – oder die ganze Welt. »Wo, spielt keine Rolle.«

»In der Umkleide stinkt es.« Ich blickte zwei Reihen nach unten auf die Silhouette von Ben Parishs umwerfendem Kopf. »So was passiert doch nur im Film«, sagte ich.

»Ja, total unrealistisch, nicht so wie das, was momentan gerade passiert.«

Sie hatte recht. Es war total unrealistisch. Beide Szenarien: eine Invasion der Erde durch Außerirdische und eine Invasion von mir durch Ben Parish.

»Du könntest ihm wenigstens erzählen, wie du empfindest«, sagte sie, als sie meine Gedanken las.

Könnte, ja. Werde, na ja …

Und ich tat es nie. Das war das letzte Mal, dass ich Ben Parish gesehen habe, und auch nur den hinteren Teil von ihm, als er in der dunklen, muffigen Sporthalle (Heimat der Hawks!) saß, zwei Reihen unter mir. Wahrscheinlich kam er wie fast alle anderen während der Dritten Welle ums Leben, und ich habe ihm nie gesagt, wie ich empfand. Ich hätte es tun können. Er kannte mich, da er in ein paar Fächern hinter mir saß.

Wahrscheinlich erinnerte er sich nicht mehr, aber wir waren in der Mittelschule mit demselben Bus gefahren, und eines Nachmittags hatte ich ihn sagen hören, dass am Tag zuvor seine kleine Schwester auf die Welt gekommen sei, und ich hatte mich umgedreht und gesagt: »Mein Bruder ist letzte Woche auf die Welt gekommen!« Worauf er erwidert hatte: »Tatsächlich?« Nicht sarkastisch, sondern so, als hielte er es für einen coolen Zufall, und ich war ungefähr einen Monat lang herumgelaufen und hatte gedacht, wir hätten eine spezielle Verbindung, die auf Babys basiert. Dann kamen wir in die Highschool, und aus ihm wurde der Star-Wide-Receiver des Footballteams, während aus mir nur ein weiteres Mädchen wurde, das ihn von der Tribüne aus beobachtete, wenn er Punkte erzielte. Ich sah ihn im Unterricht oder auf dem Gang, und manchmal musste ich gegen das Bedürfnis ankämpfen, zu ihm hinzurennen und zu sagen: »Hi, ich bin Cassie, das Mädchen aus dem Bus. Erinnerst du dich noch an die Sache mit den Babys?«

Das Lustige ist, er hätte sich vermutlich erinnert. Ben Parish begnügte sich nicht damit, der umwerfendste Typ an der ganzen Schule zu sein. Um mich mit seiner Perfektion zu quälen, bestand er zusätzlich darauf, auch einer der schlauesten Typen zu sein. Und habe ich schon erwähnt, dass er nett zu kleinen Tieren und zu Kindern war? Seine kleine Schwester stand bei jedem Spiel an der Seitenlinie, und als wir Bezirksmeister wurden, rannte Ben geradewegs zur Seitenlinie, hievte sie sich auf die Schultern und führte die Ehrenrunde auf der Laufbahn an, wobei sie der Menge zuwinkte wie eine Homecoming Queen beim alljährlichen Ehemaligentreffen.

Oh, und noch eine Sache: sein Killer-Lächeln. Ich fange besser erst gar nicht an.

Nach einer weiteren Stunde in der dunklen, muffigen Sporthalle sah ich meinen Dad in der Türöffnung auftauchen. Er winkte mir beiläufig zu, als würde er jeden Tag an meiner Schule auftauchen, um mich nach Außerirdischen-Attacken abzuholen. Ich umarmte Lizbeth und versprach ihr, sie anzurufen, sobald unsere Handys wieder funktionierten. Ich dachte noch immer wie vor der Invasion: Der Strom fällt aus, aber er setzt immer wieder ein. Also umarmte ich sie einfach, und ich kann mich nicht daran erinnern, dass ich ihr sagte, wie sehr ich sie mag.

Wir gingen nach draußen, und ich fragte: »Wo steht das Auto?«

Und Dad erwiderte, dass es nicht mehr funktionierte. Kein Auto funktionierte mehr. Die Straßen waren übersät mit liegen gebliebenen Autos und Bussen, Motorrädern und Lastwagen. Karambolagen und Ansammlungen von Wracks an jeder Ecke, Autos, die um Laternen gewickelt waren oder aus Gebäuden herausragten. Eine Menge Leute waren gefangen, als der elektromagnetische Impuls zuschlug: Die Zentralverriegelungen funktionierten nicht mehr, und sie mussten ihre eigenen Autos von innen aufbrechen oder darin sitzen bleiben und darauf warten, dass sie jemand rettete. Die Verletzten, die sich noch bewegen konnten, krochen zum Straßenrand und auf die Bürgersteige, um auf die Sanitäter zu warten, doch es kamen keine Sanitäter, da die Krankenwagen, die Feuerwehrfahrzeuge und die Streifenwagen der Polizei auch nicht mehr funktionierten. Alles, was auf Batterien oder Strom angewiesen war oder einen Motor besaß, versagte um elf Uhr vormittags den Dienst.

Dad sprach im Gehen und hielt mein Handgelenk fest umklammert, als habe er Angst, irgendetwas könne vom Himmel herabstoßen und mich schnappen.

»Nichts funktioniert mehr. Kein Strom, kein Telefon, kein Wasser ...«

»Wir haben ein Flugzeug abstürzen sehen.«

Er nickte. »Sie sind bestimmt alle abgestürzt. Alles, was sich in der Luft befunden hat, als er zugeschlagen hat. Kampfjets, Helikopter, Truppentransportflugzeuge ...«

»Als wer zugeschlagen hat?«

»Der EMI«, erwiderte er. »Der elektromagnetische Impuls. Wenn er stark genug ist, brechen sämtliche Netze zusammen. Das Stromnetz. Das Telefonnetz. Das Transportnetz. Alles, was fliegt oder fährt, wird lahmgelegt.«

Von meiner Schule bis nach Hause waren es anderthalb Meilen. Die längsten anderthalb Meilen, die ich jemals zu Fuß gegangen bin. Es fühlte sich an, als sei vor allem ein Vorhang gefallen – ein Vorhang, der genauso aussah wie das, was er verbarg. Hier und da erhaschte man jedoch einen Blick, einen flüchtigen Blick hinter den Vorhang, der einem verriet, dass irgendetwas völlig schiefgegangen war. Man sah all die Leute, die auf ihren Veranden standen, ihre nicht mehr funktionierenden Telefone in der Hand hielten und zum Himmel hinaufblickten oder sich unter die geöffneten Motorhauben ihrer Autos beugten und an Kabeln herumfummelten, da man das nun einmal tut, wenn das Auto den Geist aufgibt: Man fummelt an Kabeln herum.

»Aber es ist schon okay«, sagte er und drückte mein Handgelenk. »Es ist alles okay. Die Chancen stehen gut, dass unsere Bereitschaftssysteme unversehrt geblieben sind, und ich bin mir sicher, die Regierung hat einen Notfallplan, gesicherte Stützpunkte, so was in der Art.«

»Und wie passt die Tatsache, dass sie uns den Stecker rausgezogen haben, zu ihrem Plan, uns beim nächsten Schritt in unserer Evolution zu helfen, Dad?«

Ich bereute meine Worte sofort, nachdem ich sie ausgesprochen hatte. Aber ich war drauf und dran durchzudrehen. Er nahm sie mir jedoch nicht übel, sondern sah mich an, lächelte ermutigend und sagte: »Alles wird gut werden«, denn das war es, was ich von ihm hören wollte und was er sagen wollte und was man tut, wenn der Vorhang fällt – man sagt die Worte, die das Publikum hören möchte.

——— 7. Kapitel ———

Auf meiner Mission, mein Versprechen einzulösen, lege ich gegen Mittag eine Pause ein, um Wasser zu trinken und ein Trockenwürstchen zu essen. Jedes Mal, wenn ich mir ein Trockenwürstchen, eine Büchse Sardinen oder irgendetwas anderes Abgepacktes genehmige, denke ich: *Tja, jetzt gibt es eins weniger davon auf der Welt.* Ich lösche die Beweise für unsere Existenz auf Erden Bissen um Bissen aus.

Ich habe mir vorgenommen, eines Tages den Mut aufzubringen, ein Huhn zu fangen und ihm seinen schmackhaften Hals umzudrehen. Für einen Cheeseburger würde ich einen Mord begehen. Ehrlich. Wenn ich auf jemanden stoßen würde, der gerade einen Cheeseburger isst, würde ich ihn dafür umbringen.

Es gibt noch jede Menge Kühe. Ich könnte eine davon erschießen und sie mit meinem Bowie-Messer zerstückeln. Ich bin mir ziemlich sicher, dass ich kein Problem damit hätte, eine Kuh zu schlachten. Das Schwierige daran wäre, sie zuzubereiten. Ein Feuer zu machen, selbst bei Tageslicht, wäre die sicherste Methode, um die Anderen zur Grillparty einzuladen.

Gut zehn Meter vor mir huscht ein Schatten übers Gras. Ich zucke mit dem Kopf zurück und schlage ihn mir hart an dem Honda Civic an, gegen den ich mich gelehnt habe, um meinen Snack zu genießen. Es hat sich nicht um eine Drohne gehandelt, sondern um einen Vogel, und zwar ausgerechnet um eine Möwe, die vorbeigeglitten ist, ohne mit ihren ausgebreiteten Flügeln zu schlagen. Ein Schauder des Ekels läuft mir den Rücken hinunter. Ich hasse Vögel. Vor der Ankunft habe ich sie nicht gehasst. Nach der Ersten Welle auch noch nicht. Genauso wenig nach der Zweiten Welle, die mich eigentlich nicht besonders betroffen hat.

Aber seit der Dritten Welle hasse ich sie. Es ist nicht ihre Schuld, das weiß ich. Ich bin wie jemand, der einem Erschießungskommando gegenübersteht und Kugeln hasst, aber ich kann nichts daran ändern.

Vögel sind zum Kotzen.

—— **8. Kapitel** ——

Nach drei Tagen auf Achse bin ich zu dem Schluss gekommen, dass Autos Rudeltiere sind.

Sie streifen in Gruppen umher. Sie sterben im Pulk. Massenkarambolagen. Massenpannen. Sie schimmern wie Edelsteine in der Ferne. Und plötzlich hören die Ansammlungen auf. Die Straße ist meilenweit leer. Nur ich und der Asphaltfluss, der durch eine Schlucht voller halb nackter Bäume führt, deren Blätter zerknittert sind und verzweifelt an ihren dunklen Ästen hängen. Die Straße und der blanke Himmel und das hohe braune Gras und ich.

Diese öden Streckenabschnitte sind die schlimmsten. Autos bieten Deckung. Und Unterschlupf. Ich schlafe in den unbeschädigten (wobei ich bislang noch kein abgeschlossenes entdeckt habe). Falls man es überhaupt Schlaf nennen kann. Abgestandene, stickige Luft. Die Fenster kann man nicht einschlagen, und die Tür offen zu lassen, kommt nicht infrage. Nagender Hunger. Und die nächtlichen Gedanken. *Allein, allein, allein.*

Und die schlimmsten der schlimmen nächtlichen Gedanken:

Ich bin keine Konstrukteurin außerirdischer Drohnen, aber wenn ich eine konstruieren würde, dann würde ich sicherstellen, dass ihr Ortungsgerät sensibel genug ist, um Körperwärme durch ein Autodach wahrnehmen zu können. Es ist immer dasselbe: In dem Moment, in dem ich in den Schlaf gleite, stelle ich mir jedes Mal vor, wie alle vier Türen auffliegen und dutzende Hände nach mir greifen. Hände, die an Armen angebracht sind, die wiederum an ihnen angebracht sind, wie auch immer sie aussehen mögen. Und schon bin ich wieder hellwach, fummle an meinem M16 herum, spähe über den Rücksitz und drehe mich anschließend im Kreis, wobei ich mir gefangen und hinter den beschlagenen Fensterscheiben mehr als nur ein bisschen blind vorkomme.

Die Dämmerung setzt ein. Ich warte, bis die Sonne den morgendlichen Nebel verbrennt, dann trinke ich in kleinen Schlucken etwas Wasser, putze mir die Zähne, kontrolliere zweimal meine Waffen, mache eine Bestandsaufnahme meiner Vorräte und breche wieder auf. Ich sehe nach oben, sehe nach unten, sehe mich um. Lege keine Pause bei den Ausfahrten ein. Wasser habe ich vorerst genug. Einer Stadt werde ich mich auf keinen Fall nähern, es sei denn, es muss unbedingt sein.

Aus einer Menge von Gründen.

Woran man erkennt, wenn man sich einer nähert? Am Geruch. Eine Stadt kann man meilenweit riechen.

Sie riecht nach Rauch. Und nach ungeklärtem Abwasser. Und nach Tod.

In einer Stadt ist es schwierig, auch nur zwei Schritte zu gehen, ohne über eine Leiche zu stolpern. Wie es der Zufall will, sterben Menschen ebenfalls im Pulk.

Ich rieche Cincinnati bereits ungefähr eine Meile, bevor ich das Ausfahrtsschild entdecke. Eine dicke Rauchsäule steigt träge in den wolkenlosen Himmel empor.

Cincinnati steht in Flammen.

Das überrascht mich nicht. Nach der Dritten Welle waren Feuer nach Leichen das Zweithäufigste, was man in Städten antraf. Ein einziger Blitz konnte zehn Häuserblocks ausradieren. Es war niemand mehr da, der die Feuer hätte löschen können.

Meine Augen beginnen zu tränen. Der Gestank von Cincinnati lässt mich würgen. Ich bleibe kurz stehen, um mir ein Tuch um Nase und Mund zu binden und erhöhe anschließend mein Tempo. Ich nehme mein Gewehr von der Schulter und halte es in den Armen, während ich im Schnellschritt dahinmarschiere. Was Cincinnati anbelangt, habe ich ein ungutes Gefühl. Die alte Stimme in meinem Kopf meldet sich wieder zu Wort.

Beeil dich, Cassie. Beeil dich.

Und dann, irgendwo zwischen Ausfahrt 17 und 18, entdecke ich die Leichen.

9. Kapitel

Es sind drei, nicht auf einem Haufen wie Stadtbewohner, sondern in Abständen auf dem Mittelstreifen. Bei der ersten handelt es sich um die eines älteren Mannes, ungefähr so alt wie mein Dad, schätze ich. Er trägt Jeans und ein Sweatshirt mit Cincinnati-Bengals-Aufdruck. Er liegt mit dem Gesicht nach unten da, die Arme ausgestreckt. Ihm wurde in den Hinterkopf geschossen.

Die zweite Leiche, die etwa vier Meter entfernt liegt, ist die einer jungen Frau. Sie ist ein bisschen älter als ich und mit einer Männer-Schlafanzughose und einem Victoria's-Secret-T-Shirt bekleidet. Ein dunkelroter Streifen in ihrem kurz geschnittenen Haar. Ein Totenkopf-Ring an ihrem linken Zeigefinger. Schwarzer Nagellack, größtenteils abgeplatzt. Und ein Einschussloch am Hinterkopf.

Ein Stück weiter liegt die dritte Leiche. Ein etwa elf- oder zwölfjähriger Junge. Nagelneue weiße Basketballstiefel. Schwarzes Sweatshirt. Schwer zu sagen, wie sein Gesicht einmal ausgesehen hat.

Ich entferne mich von dem Jungen und gehe zurück zu der jungen Frau. Knie mich neben ihr ins hohe braune Gras. Berühre ihren blassen Hals. Er ist noch warm.

Oh, nein. Nein, nein, nein.

Ich trotte zurück zu dem ersten Typen. Knie mich hin. Berühre die Innenseite seiner ausgestreckten Hand. Werfe einen Blick auf das blutige Loch zwischen seinen Ohren. Es glänzt. Ist noch feucht.

Ich erstarre. Hinter mir, Straße. Vor mir, ebenfalls Straße. Rechts von mir, Bäume. Links von mir, ebenfalls Bäume. Ansammlungen von Autos auf der Fahrbahn Richtung Süden, die nächste Gruppe ungefähr dreißig Meter entfernt. Irgendetwas sagt mir, dass ich nach oben blicken soll. Senkrecht nach oben.

Ein mattgrauer Fleck vor dem Hintergrund blendenden herbstlichen Blaus.

Regungslos.

Hallo, Cassie. Ich bin Mr Drohne. Freut mich, dich kennenzulernen!

Ich richte mich auf, und in dem Moment, in dem ich mich aufrichte – wenn ich auch nur eine Millisekunde länger in meiner Erstarrung verharrt hätte, würden Mr Bengals und ich jetzt Löcher im Partnerlook tragen –, schlägt etwas in mein Bein ein, ein heißer Hieb unmittelbar oberhalb des Knies, der mich aus dem Gleichgewicht bringt und mit ausgestreckten Armen rückwärts auf den Hintern fallen lässt.

Ich habe den Schuss nicht gehört. Der kühle Wind, der durchs Gras weht, mein eigener heißer Atem unter dem Tuch und das Rauschen des Bluts in meinen Ohren – mehr war nicht zu hören gewesen, bevor die Kugel einschlug.

Schalldämpfer.

Logisch. Natürlich verwenden sie Schalldämpfer, um uns zum Schweigen zu bringen. Und jetzt habe ich den perfekten Namen für sie: *Silencer.* Ein Name, der zur Tätigkeitsbeschreibung passt.

Irgendetwas übernimmt das Kommando, wenn man mit dem Tod konfrontiert wird. Der vordere Teil des Gehirns gibt die Zügel aus der Hand und die Kontrolle über den ältesten Teil von uns ab, den Teil, der sich um den Herzschlag, die Atmung und das Blinzeln der Augen kümmert. Den Teil, den die Natur als Erstes erschaffen hat, um uns den Arsch zu retten. Den Teil, der die Zeit wie ein gigantisches Karamellbonbon dehnt, eine Sekunde wie eine Stunde erscheinen lässt und eine Minute länger als einen Sommernachmittag.

Ich hechte zu meinem Gewehr – das M16 hatte ich fallen lassen, als die Kugel eingeschlagen war –, und der Boden vor mir explodiert und lässt einen Regen aus zerfetztem Gras und Erdbrocken auf mich niedergehen.

Okay, vergiss das M16.

Ich reiße meine Luger aus dem Hosenbund und renne hoppelnd – oder hopple rennend – auf das nächste Auto zu. Ich spüre keinen starken Schmerz – wobei ich vermute, dass wir uns später noch ziemlich gut kennenlernen werden –, bemerke jedoch, dass Blut in meine Jeans sickert, als ich bei dem Auto ankomme, einer Buick-Limousine älteren Baujahrs.

Die Heckscheibe zersplittert, als ich abtauche. Ich robbe auf dem Rücken, bis ich ganz unter dem Auto liege. Ich bin keineswegs dick, passe aber nur mit Mühe darunter und habe keinen Platz, mich umzudrehen, falls er auf der linken Seite auftauchen sollte.

Ich sitze in der Falle.

Clever, Cassie, echt clever. Lauter Einsen im vergangenen Halbjahr? Auf der Liste der besten Schüler? Genau.

Du hättest in deinem kleinen Waldstück bleiben sollen, in deinem kleinen Zelt mit deinen kleinen Büchern und deinen niedlichen kleinen Erinnerungsstücken. Dort hättest du wenigstens genug Platz gehabt, um wegzurennen, wenn sie gekommen wären, um dich zu holen.

Die Minuten schleppen sich dahin. Ich liege auf dem Rücken und blute auf den kalten Asphalt. Rolle den Kopf nach rechts, dann nach links, hebe ihn einen Zentimeter an, um an meinen Füßen vorbei zum Heck des Wagens zu schauen. Wo zum Teufel steckt er? Warum dauert es so lange? Dann dämmert es mir: Er benutzt ein Hochleistungs-Scharfschützengewehr. Kein Zweifel. Was bedeutet, dass er womöglich über eine halbe Meile von mir entfernt war, als er auf mich schoss.

Was außerdem bedeutet, dass ich mehr Zeit habe, als ich zunächst angenommen hatte. Zeit, um mir noch etwas anderes einfallen zu lassen außer einem verheulten, verzweifelten, unzusammenhängenden Gebet.

Mach, dass er weggeht. Mach, dass er sich beeilt. Lass mich am Leben. Mach, dass er ihm ein Ende setzt …

Ich zittere unkontrolliert. Ich schwitze. Mir ist eiskalt.

Du stehst unter Schock. Denk nach, Cassie.

Denken.

Das ist es, wofür wir gemacht sind. Das ist es, was uns so weit gebracht hat. Das ist der Grund dafür, dass es dieses Auto gibt, unter dem ich mich verstecken kann. Wir sind Menschen.

Und Menschen denken. Sie planen. Sie träumen, und dann verwirklichen sie ihren Traum

Verwirkliche ihn, Cassie.

Er wird mich nur erwischen, wenn er sich bückt ... wenn er den Kopf senkt, um mich anzusehen ... wenn er die Hand ausstreckt, um mich am Fußgelenk zu packen und mich herauszuzerren ...

Nein. Dafür ist er zu clever. Er wird davon ausgehen, dass ich bewaffnet bin. Dieses Risiko wird er nicht eingehen. Nicht dass es Silencer interessieren würde, ob sie überleben oder sterben ... oder interessiert es sie doch? Kennen Silencer Angst? Sie lieben das Leben nicht – ich habe genug gesehen, was das beweist. Aber lieben sie ihr eigenes Leben mehr, als sie es lieben, anderen das Leben zu nehmen?

Die Zeit dehnt sich aus. Eine Minute ist länger als eine Jahreszeit. Warum braucht er so verdammt lange?

Inzwischen heißt es nur noch entweder/oder: Entweder kommt er, um die Sache zu beenden, oder nicht. Aber er muss sie beenden, nicht wahr? Ist das nicht der Grund, weshalb er hier ist? Ist das nicht der einzige verdammte Grund?

Entweder/oder: Entweder renne ich weg – oder hopple oder krieche oder rolle –, oder ich bleibe unter diesem Auto liegen und verblute. Wenn ich es riskiere, die Flucht zu ergreifen, werde ich abgeschlachtet werden. Ich werde keinen halben Meter weit kommen. Wenn ich bleibe, wird das Ergebnis dasselbe sein, nur schmerzhafter, furchtbarer und viel, viel langsamer.

Schwarze Sterne erblühen und tanzen vor meinen Augen. Ich

bekomme nicht genug Luft in meine Lunge, deshalb greife ich nach oben und reiße mir das Tuch vom Gesicht.

Das Tuch.

Cassie, du bist eine Idiotin.

Ich lege die Pistole neben mir ab. Das ist das Schwierigste überhaupt – mich dazu zu zwingen, meine Pistole loszulassen.

Ich winkle mein Bein an und schiebe das Tuch darunter. Den Kopf kann ich nicht anheben, um zu sehen, was ich tue. Ich starre vorbei an den schwarzen, erblühenden Sternen auf die schmierigen Eingeweide des Buick, während ich die beiden Enden zusammenführe, an ihnen ziehe, so fest ich kann, und sie miteinander verknote. Dann greife ich nach unten und untersuche die Wunde mit den Fingerspitzen. Sie blutet noch immer, aber verglichen mit der sprudelnden Springquelle vor dem Anbringen des Druckverbands handelt es sich jetzt nur noch um ein Rinnsal.

Ich nehme die Pistole wieder in die Hand. Besser. Meine Sicht klärt sich, und mir ist nicht mehr ganz so kalt. Ich rutsche ein paar Zentimeter nach links, da ich nicht gerne in meinem eigenen Blut liege.

Wo ist er? Er hat genug Zeit gehabt, um die Sache zu beenden …

Es sei denn, er ist bereits fertig.

Dieser Gedanke lässt mich erstarren. Ein paar Sekunden lang vergesse ich völlig zu atmen.

Er kommt gar nicht. Er kommt nicht, weil er nicht zu kommen braucht. Er weiß, dass du es nicht wagen wirst, hinauszukriechen und wegzurennen, und wenn du nicht hinauskriechst und wegrennst, wirst du es nicht schaffen. Er weiß, dass du verhungern oder verdursten oder verbluten wirst.

Er weiß, was du weißt: wegrennen = sterben. Bleiben = sterben.

Es ist Zeit für ihn, sich um den Nächsten zu kümmern.

Falls es überhaupt noch einen Nächsten gibt.

Falls ich nicht die Letzte bin.

Komm schon, Cassie! Von sieben Milliarden Menschen zu einem in fünf Monaten? Du bist nicht die Letzte, und selbst wenn du das letzte menschliche Wesen auf Erden bist – vor allem, wenn du das bist –, darfst du es nicht so enden lassen. Unter einem gottverdammten Buick gefangen und blutend, bis du kein Blut mehr hast. Verabschiedet sich die Menschheit auf diese Art und Weise?

Verdammt, nein.

—— 10. Kapitel ——

Die Erste Welle forderte eine halbe Million Menschenleben.

Die Zweite Welle stellte diese Zahl in den Schatten.

Falls Sie es noch nicht wussten: Wir leben auf einem ruhelosen Planeten. Die Kontinente sitzen auf Felsplatten, sogenannten tektonischen Platten, und diese Platten schwimmen auf einem Meer aus flüssiger Lava. Sie schaben und reiben und drücken ständig aneinander und gegeneinander, wodurch enormer Druck entsteht. Im Lauf der Zeit baut sich immer mehr Druck auf, bis die Platten rutschen und riesige Mengen Energie in Form von Erdbeben freisetzen. Wenn eines dieser Beben an einer der Verwerfungslinien auftritt, die jeden Kontinent umgeben, erzeugt die Druckwelle eine riesige Flutwelle, die als Tsunami bezeichnet wird.

Mehr als vierzig Prozent der Weltbevölkerung leben nicht weiter als sechzig Meilen von einer Küste entfernt. Das sind drei Milliarden Menschen.

Die Anderen brauchten es nur regnen zu lassen.

Man nehme eine Metallstange, die doppelt so lang ist wie das Empire State Building hoch und dreimal so schwer, und positioniere sie über einer dieser Verwerfungslinien. Dann lässt man sie aus der oberen Atmosphäre fallen. Man benötigt keinen Schub und kein Leitsystem, sondern lässt sie einfach fallen. Wenn sie die Erdoberfläche erreicht, bewegt sie sich dank der Schwerkraft mit einer Geschwindigkeit von zwölf Meilen in der Sekunde – zwanzigmal schneller als eine Gewehrkugel.

Sie schlägt mit einer Wucht auf der Erdoberfläche ein, die eine Milliarde Mal größer ist als die der auf Hiroshima abgeworfenen Atombombe.

Bye-bye, New York. Bye, Sidney. Lebt wohl, Kalifornien, Washington, Oregon, Alaska, British Columbia. Mach's gut, Ostküste.

Japan, Hongkong, London, Rom, Rio.

War nett, euch gekannt zu haben. Hoffentlich habt ihr euren Aufenthalt genossen!

Die Erste Welle war binnen Sekunden wieder vorbei.

Die Zweite Welle dauerte etwas länger an. Ungefähr einen Tag.

Die Dritte Welle? Sie dauerte noch etwas länger: zwölf Wochen. Zwölf Wochen, um Dads Schätzung zufolge siebenundneunzig Prozent derer von uns zu töten, die das Pech gehabt hatten, die ersten beiden Wellen überlebt zu haben.

Siebenundneunzig Prozent von vier Milliarden? Rechnen Sie es sich selbst aus.

Das war der Zeitpunkt, als das Außerirdischen-Imperium in seinen fliegenden Untertassen landete und anfing draufloszuballern, nicht wahr? Als sich die Völker der Erde unter einer Flagge zusammenschlossen, um David gegen Goliath zu spielen. Unsere Panzer gegen eure Strahlenkanonen. Los geht's!

Wir hatten nicht so viel Glück.

Und sie waren nicht so dumm.

Wie vernichtet man in drei Monaten fast vier Milliarden Menschen?

Vögel.

Wie viele Vögel gibt es auf der Welt? Möchten Sie schätzen? Eine Million? Eine Milliarde? Wie wär's mit über dreihundert Milliarden? Das sind ungefähr fünfundsiebzig Vögel für jeden Mann, jede Frau und jedes Kind, die nach den ersten beiden Wellen noch am Leben sind.

Auf jedem Kontinent gibt es tausende Vogelarten. Und Vögel kennen keine Grenzen. Außerdem kacken sie eine Menge. Sie kacken fünf- oder sechsmal am Tag. Das sind über eine Billion kleine Geschosse, die tagtäglich herabregnen.

Man könnte kein effizienteres Liefersystem für ein Virus entwickeln, das eine Tötungsrate von siebenundneunzig Prozent hat.

Mein Vater war der Ansicht, dass sie vermutlich etwas wie das Ebola-Zaire-Virus genommen und es genetisch verändert haben. Das Ebola-Virus wird nicht über die Luft übertragen. Aber man braucht nur ein Protein zu ändern, um es luftübertragen zu machen wie die Grippe. Das Virus nistet sich in der Lunge ein. Man bekommt starken Husten. Fieber. Der Kopf beginnt zu schmerzen. Heftig zu schmerzen. Man fängt an, kleine Tröpfchen vireninfiziertes Blut zu husten. Dann wandern die Viren in die Leber, in die Nieren, ins Gehirn. Man trägt jetzt eine Milliarde von ihnen mit sich herum. Man ist zu einer Virenbombe geworden. Und wenn man explodiert, bombardiert man alle um sich herum mit dem Virus. Das nennt man ausbluten. Wie Ratten, die das sinkende Schiff verlassen, bricht das Virus aus jeder Körperöffnung aus: aus dem Mund, der Nase, den Ohren, dem After und sogar aus den Augen. Man weint sprichwörtlich blutige Tränen.

Wir hatten verschiedene Namen dafür. Der Rote Tod oder die Blutpest. Die Seuche. Der Rote Tsunami. Der Vierte Reiter. Wie auch immer man es nennen mochte, nach drei Monaten waren siebenundneunzig von hundert Infizierten tot.

Das sind eine Menge blutige Tränen.

Die Zeit lief rückwärts. Die Erste Welle versetzte uns ins achtzehnte Jahrhundert zurück. Die nächsten beiden beförderten uns in die Jungsteinzeit.

Wir waren wieder Jäger und Sammler. Nomaden. Das Fundament der Pyramide.

Aber wir waren nicht bereit, die Hoffnung aufzugeben. Noch nicht.

Noch waren genug von uns übrig, dass wir zurückschlagen konnten.

Wir konnten sie nicht frontal angreifen, doch wir konnten einen Guerillakrieg führen. Wir konnten ihnen in ihre außerirdischen Hintern treten. Dazu besaßen wir genügend Waffen und Munition und sogar einige Transportmittel, die die Erste Welle überlebt hatten. Unser Militär war dezimiert worden, doch es gab auf jedem Kontinent noch einsatzbereite Einheiten. Wir verfügten über Bunker und Höhlen und unterirdische Stützpunkte, in denen wir uns jahrelang hätten verkriechen können. *Wenn ihr Amerika spielt, außerirdische Eindringlinge, dann spielen wir Vietnam.*

Und die Anderen sagen: *Ja, okay, gut.*

Wir glaubten, sie hätten ihr gesamtes Pulver bereits verschossen – oder zumindest das schlimmste davon, da man sich etwas Schlimmeres als den Roten Tod nur schwer vorstellen konnte. Diejenigen von uns, die die Dritte Welle überlebt hatten – die eine natürliche Immunität gegen die Krankheit besaßen –, versteckten sich, deckten sich mit Vorräten ein und warteten darauf, dass ihnen die Verantwortlichen sagten, was zu tun sei. Wir wussten, dass irgendjemand verantwortlich sein musste, da hin und wieder ein Kampfjet dröhnend über den Himmel schoss, in der Ferne etwas zu hören war, das nach Feuergefechten klang, und unmittelbar hinter dem Horizont das Grollen von Truppentransportern ertönte.

Ich nehme an, meine Familie hatte mehr Glück als andere. Der Vierte Reiter ritt mit meiner Mom davon, aber Dad, Sammy und ich überlebten. Dad prahlte mit unseren überlegenen Genen. Unter normalen Umständen würde man so etwas nicht tun, auf einem Mount Everest von fast sieben Milliarden Toten zu prahlen, aber Dad war einfach nur Dad und versuchte, am Vorabend des Aussterbens der Menschheit möglichst positive Meinungsmache zu betreiben.

Die meisten Ortschaften und Städte wurden infolge des Roten Tsunamis von den Überlebenden verlassen. Es gab keinen Strom und keine Wasserversorgung mehr, und aus den meisten Geschäften war längst alles von Wert geplündert worden. In manchen Straßen stand das Abwasser zwei bis drei Zentimeter hoch. Von Sommergewittern ausgelöste Brände waren an der Tagesordnung.

Und dann war da noch das Problem mit den Leichen.

Sprich, sie waren überall: in Häusern, Notunterkünften, Krankenhäusern, Wohnungen, Bürogebäuden, Schulen, Kirchen und Synagogen und in Lagerhallen.

Irgendwann kommt der Kipppunkt, wenn einen das schiere Ausmaß des Todes überwältigt. Wenn man mit dem Beerdigen oder Verbrennen all der Leichen einfach nicht mehr hinterherkommt. Der Sommer der Seuche war brutal heiß, und der Gestank von verwesendem Fleisch hing wie ein unsichtbarer giftiger Nebel in der Luft. Wir tränkten Stoffstreifen in Parfum und banden sie uns vor Mund und Nase, doch letztendlich drang der Gestank in den Stoff ein, und man konnte nur noch dasitzen und würgen.

Bis man sich – erstaunlicherweise – daran gewöhnte.

Wir saßen die Dritte Welle verbarrikadiert in unserem Haus aus. Zum Teil, weil Quarantäne verhängt worden war, zum Teil, weil einige ziemlich fertige Gestalten durch die Straßen streiften, in Häuser einbrachen, Brände legten und das volle Mord-, Vergewaltigungs- und Plünderungsprogramm durchzogen. Und zum Teil, weil wir eine Riesenangst davor hatten, was uns als Nächstes erwartete.

Aber in erster Linie, weil Dad Mom nicht alleinlassen wollte. Sie war zu krank, um zu reisen, und er brachte es nicht übers Herz, sie im Stich zu lassen.

Sie sagte ihm, er solle gehen. Solle sie zurücklassen. Sie werde ohnehin sterben. Es gehe nicht mehr um sie. Es gehe um mich und Sammy. Um unsere Sicherheit. Um die Zukunft und darum, sich an die Hoffnung zu klammern, dass der morgige Tag besser als der heutige wird.

Dad ließ sich nicht auf eine Diskussion ein. Und er ließ sie auch nicht im Stich. Er wartete auf das Unvermeidliche, unterstützte sie nach Kräften, studierte Landkarten und bunkerte Vorräte. Das war ungefähr zu der Zeit, als sein Bücher-Horten-, »Wir müssen die Zivilisation wiederaufbauen«-Fimmel einsetzte. In Nächten, in denen der Himmel nicht völlig rauchverhangen war, gingen wir in den Garten und wechselten uns an meinem alten Teleskop ab, um zu beobachten, wie das Mutterschiff majestätisch vor dem Hintergrund der Milchstraße über den Himmel schwebte. Die Sterne waren jetzt heller, strahlend hell, nachdem unsere menschengemachten Lichter sie nicht mehr ausblendeten.

»Worauf warten sie?«, fragte ich ihn jedes Mal. Ich rechnete noch immer – wie auch alle anderen – mit fliegenden Untertassen, Roboter-Spinnen und Laserkanonen. »Warum bringen sie es nicht einfach hinter sich?«

Und Daddy schüttelte jedes Mal den Kopf. »Das weiß ich nicht, mein Schatz«, sagte er. »Vielleicht ist es schon vorbei. Vielleicht haben sie gar nicht vor, uns alle zu töten, sondern möchten uns nur auf eine überschaubare Zahl reduzieren.«

»Und was dann? Was wollen sie?«

»Ich glaube, die bessere Frage wäre, was brauchen sie«, erwiderte er in sanftem Tonfall, als würde er ganz schlechte Nachrichten übermitteln. »Sie sind eben sehr vorsichtig, weißt du?«

»Vorsichtig?«

»Um keinen größeren Schaden anzurichten als unbedingt nötig. Das ist der Grund, warum sie hier sind, Cassie. Sie brauchen die Erde.«

»Aber uns nicht«, flüsterte ich. Ich war drauf und dran auszurasten – wieder einmal. Ungefähr zum billionsten Mal.

Er legte mir die Hand auf die Schulter – ungefähr zum billionsten Mal – und sagte: »Tja, wir hatten unsere Chance. Und wir sind mit unserem Erbe nicht besonders gut umgegangen. Ich wette, wenn wir irgendwie die Zeit zurückdrehen und die Dinosaurier interviewen könnten, bevor der Asteroid einschlug ...«

Daraufhin boxte ich ihn, so fest ich konnte. Rannte nach drinnen.

Ich weiß nicht, wo es schlimmer ist: drinnen oder draußen. Im Freien fühlt man sich total verletzlich, dauernd beobachtet, nackt unter dem nackten Himmel. Aber drinnen herrscht ständiges Halbdunkel. Verbarrikadierte Fenster, die tagsüber das Sonnenlicht aussperren. Abends Kerzenschein, aber uns gehen langsam die Kerzen aus, deshalb müssen wir uns mit einer pro Zimmer begnügen, und in einst vertrauten Ecken lauern dunkle Schatten.

»Was ist denn, Cassie?« Sammy. Fünf. Hinreißend. Große braune Teddybär-Augen. Er umklammert das andere Familienmitglied mit großen braunen Augen, das Plüschtier, das ich jetzt ganz unten in meinem Rucksack verstaut habe.

»Warum weinst du?«

Der Anblick meiner Tränen löste seine aus.

Ich hastete an ihm vorbei und steuerte auf das Zimmer des sechzehnjährigen menschlichen Dinosauriers *Cassiopeia Sullivanus exstinctus* zu. Dann kehrte ich wieder zu ihm zurück. Ich konnte ihn nicht einfach so weinen lassen. Seit Mom krank geworden war, standen wir uns ziemlich nahe. Fast jede Nacht trieben ihn Albträume in mein Zimmer, wo er dann zu mir ins Bett kroch und das Gesicht an meine Brust presste. Manchmal nannte er sogar mich Mommy.

»Hast du sie gesehen, Cassie? Kommen sie?«

»Nein, Kleiner«, sagte ich und wischte seine Tränen fort. »Niemand kommt.«

Noch nicht.

————— **11. Kapitel** —————

Mom starb an einem Dienstag.

Dad beerdigte sie im Garten, im Rosenbeet. Das hatte sie sich vor ihrem Tod gewünscht. Auf dem Höhepunkt der Seuche, als jeden Tag hunderte starben, wurden die meisten Leichen an den Stadtrand transportiert und verbrannt. Sterbende Städte waren von den stetig schwelenden Feuern der Toten umringt.

Er trug mir auf, bei Sammy zu bleiben. Bei Sammy, der sich in einen Zombie verwandelt hatte und mit einer tiefen Leere in seinen Teddybär-Augen umherschlurfte, mit offenem Mund oder Daumen lutschend, als sei er wieder zwei Jahre alt. Noch ein paar Monate zuvor hatte Mom ihn auf einer Schaukel angeschubst, ihn zum Karatetraining gebracht, ihm die Haare gewaschen und mit ihm zu seinem Lieblingssong getanzt. Jetzt war sie in ein weißes Laken eingewickelt und auf Daddys Schulter unterwegs in den Garten.

Ich sah Dad durchs Küchenfenster neben dem flachen Grab knien. Er hielt den Kopf gesenkt. Seine Schultern zuckten. Seit der Ankunft hatte ich nicht ein Mal erlebt, dass ihm die Nerven durchgingen, nicht ein einziges Mal. Alles wurde immer schlimmer, und wenn man glaubte, es könne nicht mehr schlimmer kommen, wurde es noch schlimmer, aber Dad rastete niemals aus. Selbst als sich bei Mom die ersten Anzeichen für eine Infektion zeigten, bewahrte er die Ruhe, vor allem vor ihr. Er sprach nicht über das, was vor den verbarrikadierten Fenstern und Türen passierte. Er legte ihr feuchte Tücher auf die Stirn. Er badete sie, zog sie an, fütterte sie. Nicht ein einziges Mal sah ich ihn in ihrer Gegenwart weinen. Während sich manche Leute erschossen oder aufhängten, ganze Hände voll Tabletten schluckten oder in den Tod sprangen, drängte Dad die Dunkelheit zurück.

Er sang ihr vor und wiederholte alberne Witze, die sie schon tausendmal gehört hatte, und er log sie an. Er log sie an, wie Eltern ihre Kinder anlügen: mit guten Lügen, die einem beim Einschlafen helfen.

»Ich habe heute wieder ein Flugzeug gehört. Klang wie ein Kampfjet. Das heißt, ein Teil von unseren Sachen muss es überstanden haben.«

»Dein Fieber ist ein bisschen gesunken, und deine Augen sehen heute klarer aus. Vielleicht ist es doch etwas anderes. Womöglich hast du bloß eine stinknormale Grippe.«

In den letzten Stunden, als er ihre blutigen Tränen fortwischte.

Als er sie hielt, während sie den schwarzen, virenverseuchten Eintopf herauskotzte, in den ihr Magen sich verwandelt hatte.

Als er Sammy und mich ins Zimmer holte, damit wir uns von ihr verabschieden konnten.

»Keine Angst«, sagte sie zu Sammy. »Alles wird gut.«

Zu mir sagte sie: »Er braucht dich jetzt, Cassie. Pass auf ihn auf. Pass auf deinen Vater auf.«

Ich sagte ihr, sie würde wieder gesund werden. Manche Leute wurden wieder gesund. Sie erkrankten, und dann ließ das Virus plötzlich von ihnen ab. Niemand verstand, warum. Vielleicht kam es zu dem Schluss, dass ihm nicht gefiel, wie man schmeckte. Und ich sagte nicht, sie würde wieder gesund werden, um ihr die Angst zu nehmen. Ich glaubte es tatsächlich. Ich musste es glauben.

»Du bist alles, was die beiden haben«, sagte Mom. Ihre letzten Worte an mich.

Der Verstand verabschiedete sich bei allen als Letztes, fortgeschwemmt von den roten Fluten des Tsunami. Das Virus übernahm die völlige Kontrolle. Manche Leute verfielen in Wahnsinn, wenn es ihr Gehirn zum Kochen brachte. Sie schlugen und traten um sich und bissen. Als ob das Virus, das uns brauchte, uns gleichzeitig hasste und es kaum erwarten konnte, uns loszuwerden.

Meine Mutter sah meinen Dad an, ohne ihn zu erkennen. Ohne zu wissen, wo sie sich befand. Wer sie war. Was mit ihr geschah. Sie hatte ein permanentes unheimliches Lächeln auf ihren gesprungenen Lippen, das ihr blutiges Zahnfleisch und ihre blutbefleckten Zähne entblößte. Aus ihrem Mund drangen Laute, bei denen es sich jedoch nicht um Worte handelte. Der Teil ihres Gehirns, der Worte formte, war voller Viren, und das Virus kannte keine Sprache – es wusste nur, wie es sich vermehren konnte.

Und dann starb meine Mutter in einem Anfall von Zuckungen und gurgelnden Schreien, wobei ihre ungeladenen Gäste aus sämtlichen Körperöffnungen schossen, weil sie erledigt war, weil sie sie aufgebraucht hatten. Zeit, um das Licht auszuschalten und sich ein neues Zuhause zu suchen.

Dad badete sie ein letztes Mal. Kämmte ihr das Haar. Schrubbte ihr das getrocknete Blut von den Zähnen. Als er zu mir kam, um mir zu sagen, dass sie tot sei, wirkte er ruhig. Er verlor nicht die Fassung. Er hielt mich, als ich die Fassung verlor.

Jetzt beobachtete ich meinen Vater durchs Küchenfenster. Als er neben ihr im Rosenbeet kniete und glaubte, niemand könne ihn sehen, ließ er das Seil los, an das er sich geklammert hatte, lockerte die Leine, die ihn die ganze Zeit gehalten hatte, während sich alle um ihn herum im freien Fall befanden.

Ich vergewisserte mich, dass mit Sammy alles in Ordnung war, und ging nach draußen. Setzte mich neben ihn. Legte ihm die Hand auf die Schulter. Das letzte Mal, als ich meinen Vater berührt hatte, war es wesentlich fester gewesen und mit der Faust. Ich sagte nichts, und er schwieg ebenfalls lange Zeit.

Dann drückte er mir etwas in die Hand. Moms Ehering. Er sagte, sie hätte gewollt, dass ich ihn bekomme.

»Wir brechen auf, Cassie. Morgen früh.«

Ich nickte. Ich wusste, dass sie der einzige Grund war, weshalb wir nicht schon früher aufgebrochen waren. Die zarten Stiele der Rosen schwankten und wogten, als bestätigten sie mein Nicken. »Wohin gehen wir denn?«

»Weg.« Er blickte sich um, und seine Augen waren weit aufgerissen und verängstigt. »Hier ist es nicht mehr sicher.«

Was du nicht sagst, dachte ich. *Wann war es das jemals?*

»Der Wright-Patterson-Luftwaffenstützpunkt ist nur gut hundert Meilen von hier entfernt. Wenn wir uns beeilen und das Wetter gut bleibt, sind wir in fünf oder sechs Tagen da.«

»Und was dann?« Die Anderen hatten uns konditioniert, so zu denken: *Okay, das, und was dann?* Ich sah meinen Vater an, damit er es mir sagte. Er war der schlaueste Mensch, den ich kannte. Wenn er keine Antwort hatte, dann hatte niemand eine. Ich auf jeden Fall nicht. Und ich wollte unbedingt, dass er eine hatte. Er musste eine haben.

Er schüttelte den Kopf, als hätte er die Frage nicht verstanden.

»Was gibt es denn in Wright-Patterson?«, fragte ich.

»Ich weiß nicht, ob es dort irgendetwas gibt.« Er probierte ein Lächeln aus und schnitt eine Grimasse, als bereite es ihm Schmerzen zu lächeln.

»Warum gehen wir dann hin?«

»Weil wir hier nicht bleiben können«, erwiderte er durch zusammengebissene Zähne. »Und wenn wir hier nicht bleiben können, müssen wir woanders hingehen. Falls es überhaupt noch so etwas wie eine Regierung gibt …«

Er schüttelte den Kopf. Dafür war er nicht nach draußen gegangen. Er war nach draußen gegangen, um seine Ehefrau zu beerdigen.

»Geh rein, Cassie.«

»Ich helfe dir.«

»Ich brauche keine Hilfe.«

»Sie ist meine Mutter. Ich habe sie auch lieb gehabt. Bitte, lass mich dir helfen.« Ich weinte wieder. Er sah es nicht. Er sah mich nicht an, und er sah Mom nicht an. Eigentlich sah er gar nichts an. Da war dieses schwarze Loch, wo sich einst die Welt befunden hatte, und wir fielen beide darauf zu. Woran konnten wir uns festhalten? Ich zog seine Hand von Moms Leichnam, presste sie mir gegen die Wange und sagte ihm, dass ich ihn lieben würde und dass Mom ihn geliebt habe und dass alles gut werden würde, worauf das schwarze Loch ein wenig von seiner Anziehungskraft verlor.

»Geh rein, Cassie«, wiederholte er in sanftem Tonfall. »Sammy braucht dich dringender als sie.«

Also ging ich wieder ins Haus. Sammy saß in seinem Zimmer auf dem Fußboden, spielte mit seinem X-Wing-Starfighter und zerstörte den Todesstern. »Schruuuuuum, schruuuuuum. Ich komme, Alarmstufe Rot!«

Und draußen kniete mein Vater im frisch umgegrabenen Erdreich. Braune Erde, rote Rosen, grauer Himmel, weißes Laken.

—— **12. Kapitel** ——

Ich nehme an, ich muss jetzt von Sammy erzählen.

Ich weiß nicht, wie ich sonst dort hingelangen soll.

Mit *dort* meine ich die ersten Zentimeter im Freien, wo die Sonnenstrahlen meine aufgeschürfte Wange küssten, als ich unter dem Buick hervorkroch. Diese ersten Zentimeter waren die schwierigsten. Die längsten Zentimeter im Universum. Die Zentimeter, die sich zu tausend Meilen ausdehnten.

Mit *dort* meine ich die Stelle auf dem Highway, wo ich mich dem Feind stellte, den ich nicht sehen konnte.

Mit *dort* meine ich das Einzige, was mich davon abhielt, völlig den Verstand zu verlieren, das Einzige, das mir die Anderen nicht nehmen konnten, nachdem sie mir alles andere genommen hatten.

Sammy ist der einzige Grund, warum ich nicht aufgegeben habe. Warum ich nicht unter dem Auto liegen blieb und auf das Ende wartete.

Das letzte Mal habe ich ihn durch das Heckfenster eines Schulbusses gesehen. Er presste die Stirn gegen die Scheibe. Winkte mir zu. Und lächelte. Als würde er einen Schulausflug machen: aufgeregt, nervös, überhaupt nicht verängstigt. Die Gegenwart all der anderen Kinder half. Und der Schulbus, der so normal erschien. Was ist alltäglicher als ein großer gelber Schulbus? Er wirkte so normal, dass sein Anblick, als er nach dem Horror der vergangenen vier Monate in das Flüchtlingslager einbog, beinahe schockierend war. Es war, als würde man auf dem Mond ein McDonald's-Restaurant sehen. Total seltsam und verrückt. Etwas, das es eigentlich gar nicht geben *konnte*.

Wir waren zu diesem Zeitpunkt erst seit ein paar Wochen in dem Flüchtlingslager. Von den etwa fünfzig Leuten dort waren wir die einzige Familie. Bei allen anderen handelte es sich um Witwen, Witwer oder Waisen. Die letzten Überlebenden ihrer Familien und Fremde vor ihrer Ankunft im Camp. Der älteste von ihnen war über sechzig. Sammy war der jüngste, aber es waren noch sieben andere Kinder da, von denen außer mir keines über vierzehn war.

Das Camp befand sich zwanzig Meilen östlich von unserem Haus und war während der Dritten Welle im Wald aufgebaut worden, damit ein Feldlazarett errichtet werden konnte, nachdem sämtliche Krankenhäuser in der Stadt voll ausgelastet waren. Die Gebäude waren aus von Hand gesägtem Holz und geborgenem Blech zusammengeklatscht worden, eine Krankenstation für die Infizierten und ein kleinerer Schuppen für die beiden Ärzte, die sich um die Sterbenden kümmerten, bis sie schließlich selbst vom Roten Tsunami überrollt wurden. Es gab einen Garten und eine Vorrichtung, mit der sich Regenwasser zum Waschen, Baden und Trinken sammeln ließ.

Wir aßen und schliefen in dem größeren Gebäude. Zwischen fünf- und sechshundert Menschen waren darin ausgeblutet, doch der Fußboden und die Wände waren gebleicht worden, und die Feldbetten, auf denen sie gestorben waren, hatte man verbrannt. Trotzdem roch es noch leicht nach der Seuche (ein bisschen wie nach saurer Milch), und das Bleichmittel hatte nicht alle Blutflecken entfernt. Muster von winzigen Spritzern bedeckten die Wände und lange, sichelförmige Flecken den Fußboden. Es war, als würde man in einem dreidimensionalen abstrakten Gemälde leben.

Bei dem Schuppen handelte es sich um eine Kombination aus Lagerhaus und Waffenversteck. Gemüsekonserven, abgepacktes Fleisch, getrocknete Lebensmittel und Salz. Schrotflinten, Pistolen, halbautomatische Waffen und sogar ein paar Signalpistolen. Jeder Mann spazierte bis an die Zähne bewaffnet umher. Es war wie früher im Wilden Westen.

Hinter dem Gelände, ein paar hundert Meter entfernt im Wald, war eine flache Grube ausgehoben worden. Diese Grube hatte zum Verbrennen von Leichen gedient. Uns war verboten worden, dorthin zu gehen, deshalb taten ich und ein paar der älteren Kinder es natürlich erst recht. Es gab einen fiesen Typen, der Crisco genannt wurde, wie die Bratfettmarke – vermutlich wegen seiner langen, mit Pomade nach hinten geklatschten Haare. Crisco war dreizehn und ein Trophäenjäger. Er watete tatsächlich in die Asche, um nach Schmuck, Münzen und anderen Dingen zu stöbern, die ihm wertvoll oder »interessant« erschienen. Allerdings schwor er, dass er das nicht täte, weil er ein kranker Typ sei.

»Das ist jetzt der Unterschied«, sagte er glucksend, während er mit schmutzverkrusteten Fingernägeln seine neueste Beute durchsah, die Hände mit dem grauen Staub menschlicher Überreste bedeckt.

Der Unterschied zwischen was?

»Der Unterschied, ob man der Boss ist oder nicht. Der Tauschhandel ist zurück, Baby!« Er hielt eine Diamanthalskette hoch. »Und wenn es so gut wie gelaufen ist, geben die Leute mit den guten Sachen den Ton an.«

Dass sie uns *alle* töten wollten, hatte immer noch nicht jeder begriffen, nicht einmal alle Erwachsenen. Crisco betrachtete sich selbst als einen amerikanischen Ureinwohner, der Manhattan für eine Handvoll Perlen verkauft hatte, und nicht als einen Dodo, was der Wahrheit wesentlich näher gekommen wäre.

Dad hatte von dem Camp ein paar Wochen zuvor erfahren, als sich bei Mom die ersten Symptome der Seuche bemerkbar machten. Er versuchte, sie dazu zu bewegen, dorthin zu gehen, doch sie wusste, dass ihr niemand helfen konnte. Wenn sie sterben musste, wollte sie das in ihrem eigenen Haus tun, nicht in einem Pseudohospiz mitten im Wald. Als schließlich ihre letzten Stunden anbrachen, kam das Gerücht auf, dass aus dem Lazarett ein Sammelpunkt geworden war, eine Art geheimer Unterschlupf für Überlebende, der weit genug von der Stadt entfernt war, um bei der nächsten Welle, wie auch immer diese aussehen mochte (wenngleich Insider darauf setzten, dass es sich um irgendeine Form von Luftbombardement handeln würde), einen gewissen Schutz zu bieten, aber trotzdem nahe genug an der Stadt, dass die Verantwortlichen ihn finden würden, wenn sie kamen, um uns zu retten – vorausgesetzt, es gab Verantwortliche und vorausgesetzt, sie kamen.

Der inoffizielle Boss des Camps war ein pensionierter Marine namens Hutchfield. Er war ein menschliches LEGO-Männchen: viereckige Hände, viereckiger Kopf, viereckiges Kinn. Er trug jeden Tag dasselbe Muskelshirt, auf dem sich Flecken befanden, bei denen es sich um Blut handeln mochte, während seine schwarzen Stiefel immer auf Hochglanz poliert waren. Er rasierte sich den Kopf (allerdings nicht die Brust und den Rücken, was er wirklich in Betracht hätte ziehen sollen). Außerdem war er übersät mit Tätowierungen. Und er mochte Schusswaffen: zwei Pistolen an der Hüfte, eine hinten im Hosenbund und ein Gewehr am Riemen über der Schulter. Niemand trug mehr Schusswaffen bei sich als Hutchfield. Vielleicht hatte das etwas damit zu tun, dass er der inoffizielle Boss war.

Wachposten hatten uns kommen sehen, und als wir die unbefestigte Straße erreichten, die in den Wald zum Camp führte, empfing uns Hutchfield dort mit einem anderen Typen namens Brogden. Ich bin mir ziemlich sicher, dass wir die Feuerkraft zur Kenntnis nehmen sollten, die sie überall am Körper hängen hatten. Hutchfield verlangte, dass wir uns trennten. Er wollte sich mit Dad unterhalten; Brogden bekam Sams und mich zugeteilt. Ich sagte Hutchfield, was ich von dieser Idee hielt. Wohin genau an seinem tätowierten Hinterteil er sie sich stecken konnte.

Ich hatte gerade einen Elternteil verloren und war nicht scharf darauf, noch einen zu verlieren.

»Schon gut, Cassie«, versuchte mein Vater mich zu beruhigen.

»Wir kennen diese Typen nicht«, protestierte ich. »Sie könnten genauso gut irgendwelche Twigs sein, Dad.« *Twigs* war ein Slangausdruck für »bewaffnete Schlägertypen«, für die Mörder, Vergewaltiger, Schwarzmarkthändler, Kidnapper und sonstigen Dreckskerle, die während der Dritten Welle aufgetaucht waren. Ihretwegen hatten Leute ihre Häuser verbarrikadiert und Essensvorräte und Waffen gehortet. Nicht die Außerirdischen hatten uns ursprünglich dazu gebracht, dass wir uns für einen Krieg rüsteten, sondern unsere Mitmenschen.

»Sie sind nur vorsichtig«, hielt Dad dagegen. »Ich würde an ihrer Stelle das Gleiche tun.« Er tätschelte mich. Und ich dachte mir: *Verdammt noch mal, alter Mann, wenn du mich noch einmal so herablassend tätschelst ...* »Alles in Ordnung, Cassie.«

Er ging mit Hutchfield außer Hörweite, blieb aber im Blickfeld. Das beruhigte mich ein wenig. Ich hievte Sammy auf meinen Schoß und gab mir alle Mühe, Brogdens Fragen zu beantworten, ohne ihm mit meiner freien Hand eine zu knallen.

Wie lauteten unsere Namen?

Woher kamen wir?

War einer von uns infiziert?

Konnten wir ihm irgendetwas darüber sagen, was vor sich ging?

Was hatten wir gesehen?

Was hatten wir gehört?

Warum waren wir hier?

»Sie meinen, hier, in diesem Camp, oder ist das eine existenzielle Frage?«, wollte ich wissen.

Seine Augenbrauen zogen sich zu einer barschen Linie zusammen, und er sagte: »Hä?«

»Wenn Sie mich das gefragt hätten, bevor dieser ganze Scheiß passiert ist, hätte ich etwas gesagt wie: ›Wir sind hier, um unseren Mitmenschen zu dienen oder um etwas zur Gesellschaft beizutragen.‹ Wenn ich klugscheißen wollte, würde ich sagen: ›Weil wir woanders wären, wenn wir nicht hier wären.‹ Da aber all dieser Scheiß passiert ist, sage ich, wir sind hier, weil wir einfach verdammtes Glück hatten.«

Er sah mich kurz mit zusammengekniffenen Augen an, ehe er höhnisch erwiderte: »Du bist eine Klugscheißerin.«

Ich weiß nicht, wie Dad diese Frage beantwortete, aber offenbar bestand er den Test, da wir mit allen Privilegien ins Camp eingelassen wurden, was bedeutete, dass sich Dad (im Gegensatz zu mir) Waffen aus dem geheimen Lager aussuchen durfte. Dad hatte etwas gegen Schusswaffen. Hatte sie noch nie gemocht.

Sagte, Schusswaffen würden zwar nicht unbedingt jemanden töten, würden es aber auf jeden Fall einfacher machen. Jetzt hielt
er sie weniger für gefährlich, sondern eher für lächerlich unzu-
reichend.

»Für wie wirksam halten Sie unsere Schusswaffen gegen eine
Technologie, die unserer tausende, wenn nicht sogar Millionen
Jahre voraus ist?«, fragte er Hutchfield. »Das ist, als würde man
eine Keule und Steine gegen eine Kurzstreckenrakete einsetzen.«

Hutchfield verstand das Argument nicht. Schließlich war er
ein Marine, Herrgott noch mal. Sein Gewehr war sein bester
Freund, sein zuverlässigster Begleiter, die Antwort auf jede er-
denkliche Frage.

Damals habe ich das nicht begriffen. Heute verstehe ich es.

—— **13. Kapitel** ——

Bei gutem Wetter blieben alle draußen, bis es Zeit wurde, ins
Bett zu gehen. Das baufällige Gebäude hatte eine schlechte Aura.
Aus dem Grund, aus dem es errichtet worden war. An manchen
Abenden war die Stimmung gut, fast wie in einem Ferienla-
ger, wo auf wunderbare Weise jeder jeden mochte. Oft sagte irgendjemand, er habe am Nachmittag einen Helikopter gehört,
was eine Runde hoffnungsvoller Spekulationen darüber auslös-
te, dass die Verantwortlichen sich am Riemen reißen und zum
Gegenschlag ausholen würden.

Dann wieder war die Stimmung schlechter, und Angst hing
schwer im Halbdunkel. Wir konnten uns glücklich schätzen.
Wir hatten den elektromagnetischen Impuls überlebt, die Aus-
löschung der Küstengebiete und die Seuche, die alle dahinge-
rafft hatte, die wir kannten und mochten. Wir hatten uns dem
Schicksal widersetzt. Wir hatten dem Tod in die Augen gesehen,

und der Tod hatte als Erster geblinzelt. Man möchte meinen, das hätte uns das Gefühl vermittelt, wir wären tapfer und unbesiegbar. Aber das war nicht der Fall.

Wir waren wie die Japaner, die die Explosion der auf Hiroshima abgeworfenen Atombombe überlebt hatten. Wir verstanden nicht, warum wir noch da waren, und wir waren uns nicht ganz sicher, ob wir überhaupt noch da sein wollten.

Wir erzählten uns gegenseitig die Geschichten unseres Lebens vor der Ankunft. Wir weinten unverhohlen um die Menschen, die wir verloren hatten. Wir weinten heimlich um unsere Smartphones, um unsere Autos, um unsere Mikrowellenherde und um das Internet.

Wir beobachteten den Nachthimmel. Das Mutterschiff starrte auf uns herab wie ein blassgrünes, bösartiges Auge.

Es gab Diskussionen darüber, wohin wir gehen sollten. Alle waren sich mehr oder weniger einig, dass wir nicht ewig in diesem Wald hocken konnten. Selbst wenn die Anderen nicht in naher Zukunft kommen sollten, der Winter würde bestimmt kommen. Wir mussten uns eine bessere Zuflucht suchen. Wir besaßen Vorräte für mehrere Monate – oder weniger, je nachdem, wie viele Flüchtlinge sich noch im Camp einfinden würden. Sollten wir auf Rettung warten oder aufbrechen, um nach ihr zu suchen? Dad war für Letzteres. Er wollte noch immer Wright-Patterson in Augenschein nehmen. Falls es Verantwortliche gab, standen die Chancen, dass wir sie finden würden, dort wesentlich besser.

Nach einer Weile konnte ich es nicht mehr hören. Anstatt tatsächlich etwas gegen das Problem zu unternehmen, wurde inzwischen nur noch darüber geredet. Ich war drauf und dran, Dad zu sagen, wir sollten diesen Idioten mitteilen, dass sie uns mal können, sollten mit denjenigen zum Wright-Patterson-Luftwaffenstützpunkt aufbrechen, die uns begleiten wollten, und auf die Übrigen pfeifen.

Manchmal war ich der Ansicht, dass zahlenmäßige Stärke weit überschätzt wurde.

Ich brachte Sammy nach drinnen und legte ihn ins Bett. Betete mit ihm. »Müde bin ich, geh zur Ruh' ...« Für mich nur weißes Rauschen. Geschwafel. Ich war mir nicht ganz sicher, was es war, hatte aber das Gefühl, was Gott betraf, war da irgendwo ein gebrochenes Versprechen.

Die Nacht war klar. Vollmond. Ich war in Stimmung, um einen Spaziergang in den Wald zu unternehmen.

Jemand im Camp hatte zur Gitarre gegriffen. Die Melodie schlängelte sich den Pfad entlang und folgte mir in den Wald. Ich hatte seit der Ersten Welle keine Musik mehr gehört.

»And, in the end, we lie awake
And we dream of making our escape.«

Plötzlich hätte ich mich am liebsten zu einer Kugel zusammengerollt und geweint. Ich wäre am liebsten durch den Wald abgehauen und weitergelaufen, bis mir die Beine abfielen. Ich hätte am liebsten gekotzt. Ich hätte am liebsten geschrien, bis meine Kehle blutete. Ich wünschte mir, meine Mutter wiederzusehen und Lizbeth und alle meine Freunde, sogar die Freunde, die ich nicht leiden konnte, und Ben Parish, nur um ihm zu sagen, dass ich verliebt in ihn sei und ein Kind von ihm mehr wolle, als ich leben wollte.

Das Lied verklang und wurde vom deutlich weniger melodischen Singen von Grillen übertönt.

Ein Zweig knackte.

Und aus dem Wald hinter mir ertönte eine Stimme.

»Cassie! Warte!«

Ich ging weiter. Ich erkannte die Stimme. Vielleicht hatte ich mich selbst mit einem Fluch belegt, indem ich an Ben gedacht hatte. So, als würde man sich nach Schokolade sehnen, doch das Einzige, was man in seinem Rucksack hat, ist eine halb zerquetschte Tüte Skittles-Kaudragees.

»Cassie!«

Jetzt rannte er. Ich hatte keine Lust zu rennen, also ließ ich mich von ihm einholen.

Das war eines von den Dingen, die sich nicht geändert hatten: Die einzig sichere Methode, um nicht allein zu sein, war, sich zu wünschen, allein zu sein.

»Was machst du denn?«, wollte Crisco von mir wissen. Er rang nach Luft. Leuchtend rote Wangen. Glänzende Schläfen, vielleicht von all der Pomade.

»Ist das nicht offensichtlich?«, entgegnete ich. »Ich baue eine atomare Vorrichtung, um das Mutterschiff zu vernichten.«

»Nuklearwaffen nützen nichts«, erklärte er und straffte die Schultern. »Wir sollten Fermis Dampfkanone bauen.«

»Fermi?«

»Der Typ, der die Bombe erfunden hat.«

»Ich dachte, das war Oppenheimer.«

Meine Geschichtskenntnisse schienen ihn zu beeindrucken. »Na ja, vielleicht hat er sie nicht erfunden, aber er war der Namensgeber.«

»Crisco, du bist ein Freak«, sagte ich. Das klang barsch, deshalb fügte ich hinzu: »Aber ich weiß nicht, wie du vor der Invasion drauf warst.«

»Man gräbt ein großes Loch und legt einen Sprengkopf hinein. Dann füllt man das Loch mit Wasser und deckt es mit ein paar hundert Tonnen Stahl ab. Die Explosion verwandelt das Wasser augenblicklich in Dampf, der den Stahl mit sechsfacher Schallgeschwindigkeit ins All schießt.«

»Ja«, erwiderte ich. »Das sollte unbedingt jemand machen. Stellst du mir deshalb nach? Weil ich dir helfen soll, eine nukleare Dampfkanone zu bauen?«

»Darf ich dich mal was fragen?«

»Nein.«

»Ich meine es ernst.«

»Ich auch.«

»Wenn du noch zwanzig Minuten zu leben hättest, was würdest du tun?«

»Keine Ahnung«, antwortete ich. »Aber es hätte nichts mit dir zu tun.«

»Wieso denn nicht?« Er wartete nicht auf eine Antwort. Wahrscheinlich war ihm klar, dass er sie nicht hören wollte. »Was wäre, wenn ich der letzte Mensch auf der Erde wäre?«

»Wenn du der letzte Mensch auf der Erde wärst, wäre ich nicht hier, um irgendwas mit dir zu machen.«

»Okay. Was wäre, wenn wir beide die letzten Menschen auf der Erde wären?«

»Dann wärst du schließlich doch der letzte, weil ich mich umbringen würde.«

»Du magst mich nicht.«

»Tatsächlich, Crisco? Wie kommst du denn darauf?«

»Mal angenommen, wir würden sie sehen, hier und jetzt, wie sie runterkommen, um uns zu erledigen. Was würdest du tun?«

»Ich weiß nicht. Sie bitten, dich als Erstes zu töten. Was soll das, Crisco?«

»Bist du noch Jungfrau?«, fragte er plötzlich.

Ich starrte ihn an. Er meinte es völlig ernst. Aber das tun die meisten dreizehnjährigen Jungs, wenn es um hormonelle Belange geht.

»Du kannst mich mal«, sagte ich, schob mich an ihm vorbei und ging zurück zum Camp.

Schlechte Wortwahl. Er hastete mir hinterher, und nicht eine einzige Strähne hingeklatschten Haars bewegte sich, während er lief. Es sah aus, als hätte er einen glänzenden schwarzen Helm auf.

»Ich meine es ernst, Cassie«, sagte er schnaufend. »Unter diesen Umständen könnte jede Nacht deine letzte sein.«

»Blödmann, das war auch schon so, bevor sie aufgetaucht sind.«

Er packte mich am Handgelenk. Zerrte mich herum. Schob sein breites, fettiges Gesicht nah an meines heran. Ich war ein paar Zentimeter größer als er, aber er war zehn Kilo schwerer als ich.

»Möchtest du wirklich sterben, ohne zu wissen, wie es ist?«

»Woher willst du wissen, dass ich es nicht schon weiß?«, entgegnete ich. »Fass mich nie wieder an.« Themenwechsel.

»Niemand wird es erfahren«, versprach er. »Ich werde es niemandem erzählen.«

Er versuchte abermals, mich zu packen. Ich stieß seine Hand mit meiner linken weg und schlug ihm mit der Handfläche meiner rechten fest auf die Nase. Das löste eine Fontäne von leuchtend rotem Blut aus, das ihm in den Mund lief und ihn würgen ließ.

»Du blöde Kuh«, keuchte er. »Du hast wenigstens noch jemanden. Die Leute, die du in deinem Leben gekannt hast, sind wenigstens nicht alle tot.«

Dann brach er in Tränen aus. Fiel auf den Pfad und gab sich geschlagen, gab sich der schieren Größe von allem geschlagen, dem großen Buick, der über einem geparkt ist, dem schrecklichen Gefühl, dass es – so schlimm es auch schon sein mochte – noch schlimmer werden würde.

Ah, verdammt.

Ich setzte mich neben ihn auf den Pfad. Forderte ihn auf, den Kopf in den Nacken zu legen. Er beklagte sich, dass ihm dann Blut in den Rachen laufen würde.

»Erzähl das niemandem«, flehte er. »Sonst verliere ich meine Glaubwürdigkeit.«

Ich lachte. Ich konnte es nicht unterdrücken.

»Wo hast du das gelernt?«, fragte er.

»Bei den Pfadfinderinnen.«

»Gibt es dafür Abzeichen?«

»Es gibt für alles Abzeichen.«

Genau genommen hatte ich es in sieben Jahren Karatetraining gelernt. Letztes Jahr habe ich mit Karate aufgehört. An meine Beweggründe kann ich mich nicht mehr erinnern. Damals kamen sie mir wie gute Gründe vor.

»Ich bin auch eine«, sagte er.

»Was?«

Er spuckte einen Batzen Blut und Schleim auf die Erde. »Eine Jungfrau.«

Welch Überraschung.

»Wie kommst du darauf, dass ich eine Jungfrau bin?«, fragte ich.

»Du hättest mich nicht geschlagen, wenn du keine wärst.«

—— **14. Kapitel** ——

An unserem sechsten Tag im Camp sah ich zum ersten Mal eine Drohne.

Grau funkelnd am strahlenden Nachmittagshimmel.

Die Leute schrien und rannten umher, griffen nach ihren Schusswaffen, schwenkten ihre Mützen und T-Shirts oder drehten einfach nur durch: Sie weinten, hüpften, umarmten sich, klatschten einander ab. Sie glaubten, sie würden gerettet werden. Hutchfield und Brodgen versuchten, alle zu beruhigen, waren dabei aber nicht besonders erfolgreich. Die Drohne schwirrte über den Himmel und verschwand hinter den Bäumen, dann kam sie wieder zurück, dieses Mal langsamer. Vom Boden sah sie aus wie ein kleines Luftschiff. Hutchfield und Dad kauerten nebeneinander im Eingang der Baracke und beobachteten sie abwechselnd mit einem Fernglas.

»Keine Flügel. Keine Kennzeichnung. Und haben Sie das gesehen, als sie das erste Mal vorbeigeflogen ist? Mindestens mit Mach 2. Dieses Ding ist auf keinen Fall irdisch, es sei denn, wir haben irgendein geheimes Fluggerät aus der Taufe gehoben.« Hutchfield schlug beim Sprechen ununterbrochen mit der Faust auf die Erde und trommelte einen Rhythmus, der zu seinen Worten passte.

Dad stimmte ihm zu. Wir wurden in die Baracke getrieben. Dad und Hutchfield blieben in der Türöffnung und wechselten sich nach wie vor mit dem Fernglas ab.

»Sind das die Außerirdischen?«, fragte Sammy. »Kommen sie, Cassie?«

»Psst.«

Ich drehte den Kopf und sah, dass Crisco mich beobachtete. *Zwanzig Minuten*, sagte er mit Lippensprache.

»Wenn sie kommen, vermöble ich sie«, flüsterte Sammy. »Ich verpasse ihnen Karatetritte und bringe sie alle um!«

»Genau«, sagte ich und strich ihm nervös übers Haar.

»Ich werde nicht abhauen«, erklärte er. »Ich bringe sie um, weil sie Mommy umgebracht haben.«

Die Drohne verschwand – senkrecht nach oben, wie mir Dad später sagte. Man brauchte nur zu blinzeln, dann verpasste man es.

Wir reagierten auf die Drohne, wie jeder darauf reagiert hätte.

Wir rasteten aus.

Etliche Leute suchten das Weite. Schnappten sich, was sie tragen konnten, und rannten in den Wald. Manche nahmen nur mit ihren Klamotten auf dem Rücken und der Angst im Nacken Reißaus. Nichts, was Hutchfield sagte, konnte sie aufhalten.

Die Übrigen von uns drängten sich in der Baracke zusammen, bis die Nacht anbrach, dann erreichte unsere Panik eine neue Dimension. Hatten sie uns entdeckt? Würden als Nächstes die Stormtrooper oder eine Klonarmee oder Roboter-Spinnen auftauchen? Standen wir kurz davor, von Laserkanonen verbrutzelt zu werden? Es war stockfinster. Wir konnten keine dreißig Zentimeter weit sehen, da wir es nicht wagten, unsere Kerosinlampen anzuzünden. Fieberhaftes Geflüster. Gedämpftes

Weinen. Wir saßen dicht gedrängt auf unseren Feldbetten und zuckten bei jedem Geräusch zusammen. Hutchfield teilte die besten Schützen zur Nachtwache ein. Wenn sich etwas bewegt erschießen, lautete der Befehl. Niemand durfte ohne Erlaubnis ins Freie. Und Hutchfield erteilte nie die Erlaubnis.

Die Nacht dauerte tausend Jahre.

Dad kam im Dunkeln zu mir und drückte mir etwas in die Hand.

Eine geladene halbautomatische Luger.

»Du glaubst doch nicht an Schusswaffen«, flüsterte ich.

»Früher habe ich an vieles nicht geglaubt.«

Eine ältere Lady fing an, das Vaterunser zu beten. Wir nannten sie Mutter Teresa. Dicke Beine. Dürre Arme. Ein ausgeblichenes blaues Kleid. Flaumiges graues Haar. Irgendwann hatte sie ihr künstliches Gebiss verloren. Sie betete ständig den Rosenkranz und sprach mit Jesus. Ein paar andere schlossen sich ihr an. Dann noch ein paar. »Und vergib uns unsere Schuld, wie auch wir vergeben unseren Schuldigern.‹« Dann rief ihr Erzfeind, der einzige Atheist im Camp Ashpit, ein Collegeprofessor namens Dawkins: »Vor allem denjenigen außerirdischer Herkunft!«

»Sie kommen in die Hölle!«, schrie ihm eine Stimme in der Dunkelheit zu.

»Woran soll ich denn den Unterschied erkennen?«, brüllte Dawkins zurück.

»Ruhe!«, rief Hutchfield leise von seinem Posten in der Türöffnung. »Hört auf mit der Beterei, Leute!«

»Sein Urteil ist über uns ergangen«, klagte Mutter Teresa.

Sammy rutschte auf dem Feldbett näher zu mir heran. Ich steckte die Pistole zwischen meine Beine, da ich befürchtete, er könnte sie sich schnappen und mir versehentlich den Kopf wegschießen.

»Seien Sie doch endlich leise!«, rief ich. »Sie machen meinem Bruder Angst.«

»Ich habe keine Angst«, widersprach Sammy. Seine kleine Faust drehte sich in meinem T-Shirt. »Hast du Angst, Cassie?«

»Ja«, entgegnete ich und küsste ihn auf den Scheitel. Sein Haar roch säuerlich. Ich beschloss, es ihm am Morgen zu waschen.

Falls es uns am Morgen noch gab.

»Nein, das hast du nicht«, protestierte er. »Du hast nie Angst.«

»Im Moment habe ich solche Angst, dass ich mir fast in die Hose mache.«

Er kicherte. Sein Gesicht fühlte sich warm an in meiner Armbeuge. Hatte er Fieber? Damit fängt es an. Ich sagte mir, dass ich paranoid war. Er war dem Virus zigmal ausgesetzt gewesen. Und der Rote Tsunami kommt schnell angerollt, wenn man ihm ausgesetzt ist, es sei denn, man ist dagegen immun. Und Sammy musste immun sein. Wenn nicht, wäre er bereits tot gewesen.

»Du ziehst dir besser eine Windel an«, neckte er mich.

»Vielleicht werde ich das tun.«

»›Und ob ich schon wanderte im finstern Tal …‹« Mutter Teresa machte keine Anstalten aufzuhören. Ihr Rosenkranz klickte in der Dunkelheit. Dawkins summte laut, um sie zu übertönen. »Drei blinde Mäuse …« Ich war unschlüssig, wer mir mehr auf die Nerven ging, die Fanatikerin oder der Zyniker.

»Mommy hat gesagt, dass sie vielleicht Engel sind«, sagte Sammy plötzlich.

»Wer?«, fragte ich.

»Die Außerirdischen. Als sie aufgetaucht sind, wollte ich wissen, ob sie gekommen sind, um uns zu töten, und sie hat gesagt, dass sie vielleicht gar keine Außerirdischen sind. Vielleicht sind sie Engel aus dem Himmel, wie in der Bibel, wo die Engel mit Abraham sprechen und mit Maria und mit Jesus und so.«

»Damals haben sie jedenfalls viel mehr mit uns gesprochen«, stellte ich fest.

»Aber dann haben sie uns getötet. Sie haben Mommy getötet.« Er fing an zu weinen.

»Du bereitest vor mir einen Tisch im Angesicht meiner Feinde.‹«

Ich küsste ihn abermals auf den Kopf und rieb seine Arme.

»Du salbest mein Haupt mit Öl.‹«

»Cassie, hasst uns Gott?«

»Nein. Ich weiß nicht.«

»Hasst er Mommy?«

»Natürlich nicht. Mommy war ein guter Mensch.«

»Warum hat er sie dann sterben lassen?«

Ich schüttelte den Kopf. Ich fühlte mich schwer, so als würde ich zwanzigtausend Tonnen wiegen.

»Und schenkest mir voll ein.‹«

»Warum hat er zugelassen, dass die Außerirdischen kommen und uns umbringen? Warum hält Gott sie nicht auf?«

»Vielleicht …«, flüsterte ich langsam. »Vielleicht wird er das noch tun.«

»Gutes und Barmherzigkeit werden mir folgen ein Leben lang.‹«

»Mach, dass sie mich nicht erwischen, Cassie. Lass mich nicht sterben.«

»Du wirst nicht sterben, Sams.«

»Versprochen?«

Ich versprach es ihm.

—— **15. Kapitel** ——

Am nächsten Tag kehrte die Drohne zurück.

Oder eine andere Drohne, die genauso aussah wie die erste. Die Anderen waren vermutlich nicht mit nur einer im Gepäck den ganzen weiten Weg von einem anderen Planeten hierhergereist.

Sie bewegte sich langsam über den Himmel. Lautlos. Kein dröhnender Motorenlärm. Kein Summen. Sie glitt geräuschlos dahin wie ein Angelköder durch ruhiges Wasser. Wir hasteten in die Baracke. Niemand brauchte uns dazu auffordern. Ich fand mich neben Crisco auf einem Feldbett sitzend wieder.

»Ich weiß, was sie vorhaben«, flüsterte er.

»Sei still«, flüsterte ich zurück.

Er nickte und sagte: »Schallbomben. Weißt du, was passiert, wenn du mit zweihundert Dezibel beschossen wirst? Dir platzen die Trommelfelle. Es zerreißt dir die Lunge, Sauerstoff gelangt in deinen Blutkreislauf, und dann kollabiert dein Herz.«

»Wie kommst du auf diesen Schwachsinn, Crisco?«

Dad und Hutchfield kauerten wieder an der geöffneten Tür. Sie beobachteten mehrere Minuten lang dieselbe Stelle. Anscheinend war die Drohne am Himmel erstarrt.

»Hier, ich habe was für dich«, sagte Crisco. Es handelte sich um eine Halskette mit Diamantanhänger. Leichenbeute aus der Aschegrube.

»Das ist widerlich«, entgegnete ich.

»Warum? Ich habe das schließlich nicht gestohlen.« Er zog einen Schmollmund. »Ich weiß schon, woran es liegt. Ich bin ja nicht blöd. Es liegt nicht an der Halskette. Es liegt an mir. Du würdest sie sofort nehmen, wenn du auf mich stehen würdest.«

Ich fragte mich, ob er recht hatte. Wenn Ben Parish die Halskette in der Aschegrube ausgebuddelt hätte, hätte ich das Geschenk dann angenommen?

»Nicht dass ich auf *dich* stehen würde«, fügte Crisco hinzu.

Mist. Crisco der Grabräuber stand also nicht auf mich.

»Warum willst du sie mir dann schenken?«

»Ich habe mich letzte Nacht im Wald wie ein Idiot benommen. Ich möchte nicht, dass du mich hasst. Mich für einen kranken Typen hältst.«

Das kam ein bisschen spät.

»Ich will keinen Schmuck von Toten haben«, sagte ich.

»Die wollen ihn auch nicht«, entgegnete er. Er meinte die Toten.

Er ließ mich einfach nicht in Ruhe. Ich flüchtete und setzte mich hinter Dad. Über seine Schulter sah ich einen winzigen grauen Punkt, eine silbrige Sommersprosse auf der makellosen Haut des Himmels.

»Was ist los?«, flüsterte ich.

Genau in dem Moment, als ich sprach, verschwand der Punkt. Bewegte sich so schnell, dass er plötzlich nicht mehr zu sehen war.

»Aufklärungsflüge«, flüsterte Hutchfield. »Eindeutig.«

»Wir hatten Satelliten, die aus der Umlaufbahn die Zeit auf jemandes Armbanduhr ablesen konnten«, sagte Dad leise. »Wenn wir das mit unserer primitiven Technologie hinbekommen haben, warum sollten sie dann ihr Raumschiff verlassen müssen, um uns auszuspionieren?«

»Haben Sie eine bessere Theorie?« Hutchfield mochte es nicht, wenn seine Entscheidungen infrage gestellt wurden.

»Womöglich haben sie nichts mit uns zu tun«, erklärte Dad. »Vielleicht handelt es sich um atmosphärische Sonden oder Apparate, die eingesetzt werden, um etwas zu messen, was sie aus dem All nicht bestimmen können. Oder sie suchen nach etwas, das sie erst aufspüren können, wenn wir größtenteils ausgeschaltet sind.«

Dann seufzte Dad. Ich kannte dieses Seufzen. Es bedeutete, dass er etwas für wahr hielt, von dem er nicht wollte, dass es wahr ist.

»Alles läuft auf eine einfache Frage hinaus, Hutchfield: Warum sind sie hier? Nicht, um unseren Planeten seiner Rohstoffe zu berauben – davon gibt es gleichmäßig im gesamten Universum verteilt jede Menge, also muss man nicht hunderte Lichtjahre weit reisen, um an sie zu gelangen. Nicht, um uns zu töten, wenngleich es nötig zu sein scheint, uns – oder zumindest die meisten von uns – zu töten. Sie sind wie ein Vermieter, der einen zahlungsunwilligen Mieter rauswirft, damit er das Haus für den nächsten Bewohner auf Vordermann bringen kann. Meiner Meinung nach ging es hier von Anfang an darum, diesen Ort vorzubereiten.«

»Vorzubereiten? Worauf vorzubereiten?«

Dad lächelte humorlos. »Auf den Umzugstag.«

—— **16. Kapitel** ——

Eine Stunde vor Tagesanbruch. Unser letzter Tag in Camp Ashpit. Ein Sonntag.

Sammy neben mir. Kleines Kind, mollig warm, eine Hand auf seinem Bären, die andere auf meiner Brust, zur rundlichen Babyfaust geballt.

Der beste Teil des Tages.

Diese wenigen Sekunden, wenn man wach ist, aber leer. Wenn man vergisst, wo man sich befindet. Wer man jetzt ist, wer man früher war. Alles ist nur Atem und Herzschlag und Blut in Bewegung. Als befände man sich wieder im Mutterleib. Der Frieden der Leere.

Dafür hielt ich das Geräusch zunächst: für meinen eigenen Herzschlag.

Ein Pochen. Erst leise, dann lauter, dann richtig laut – laut genug, um seinen Rhythmus auf der Haut zu spüren. Ein Schimmern flackerte im Raum auf, wurde heller. Leute stolperten umher, streiften sich Bekleidung über, tasteten nach Pistolen. Das helle Leuchten verblasste, kam zurück. Schatten huschten über den Fußboden, rasten zur Decke hinauf. Hutchfield befahl allen, Ruhe zu bewahren. Es half nichts. Jeder erkannte das Geräusch. Und jeder wusste, was dieses Geräusch zu bedeuten hatte.

Rettung!

Hutchfield versuchte, den Ausgang mit seinem Körper zu blockieren.

»Drinbleiben!«, brüllte er. »Wir wollen doch nicht …«

Er wurde beiseitegeschoben. *Oh, doch, wir wollen.* Wir strömten zur Tür hinaus, stellten uns auf den Vorplatz und winkten dem Hubschrauber, einem Black Hawk, als dieser einen weiteren Kreis über dem Gelände zog, schwarz vor dem Hintergrund des vor Tagesanbruch heller werdenden Himmels. Der Suchscheinwerfer stach herab, blendete uns, doch die meisten von uns waren bereits von Tränen geblendet. Wir hüpften, wir schrien, wir umarmten uns. Ein paar Leute schwenkten kleine Amerikafahnen, und ich erinnere mich, dass ich mich wunderte, woher in aller Welt sie diese hatten.

Hutchfield schrie uns wie wild an, dass wir wieder hineingehen sollten. Niemand hörte auf ihn. Er war nicht mehr unser Boss. Die Verantwortlichen waren gekommen.

Und dann flog der Hubschrauber eine letzte Kurve, ehe er genauso unerwartet, wie er aufgetaucht war, wieder aus dem Blickfeld verschwand. Das Geräusch seiner Rotoren verklang. Anschließend senkte sich eine erdrückende Stille herab. Wir waren verwirrt, fassungslos, verängstigt. Sie mussten uns gesehen haben. Warum waren sie nicht gelandet?

Wir warteten auf die Rückkehr des Hubschraubers. Den ganzen Vormittag warteten wir. Einige Leute packten ihre Sachen. Spekulierten, wohin sie uns bringen würden, wie es dort sein würde, wie viele andere dort sein würden. Ein Black-Hawk-Hubschrauber! Was hatte die Erste Welle noch überlebt? Wir träumten von elektrischem Licht und heißen Duschen.

Niemand zweifelte daran, dass wir gerettet werden würden, nachdem die Verantwortlichen jetzt von uns wussten. Hilfe war unterwegs.

Da Dad nun einmal Dad war, hatte er Zweifel. »Vielleicht kommen sie ja nicht mehr zurück«, mutmaßte er.

»Sie würden uns nicht einfach hierlassen, Dad«, widersprach ich. Manchmal musste man mit ihm reden, als wäre er so alt wie Sammy. »Das ergibt doch keinen Sinn, oder?«

»Vielleicht war das gar keine Such- und Rettungsaktion. Mag sein, dass sie nach etwas anderem gesucht haben.«

»Nach der Drohne?«

Nach derjenigen, die eine Woche zuvor abgestürzt war. Er nickte.

»Trotzdem wissen sie jetzt, dass wir hier sind«, erklärte ich. »Sie werden schon irgendwas unternehmen.«

Er nickte erneut. Abwesend, als wäre er mit seinen Gedanken woanders.

»Das werden sie«, sagte er dann und sah mich fest an. »Hast du die Pistole noch?«

Ich tätschelte meine Gesäßtasche. Er legte mir den Arm um die Schultern und führte mich zu dem Lagerschuppen, in dem er eine alte Plane beiseitezog, die in der Ecke lag. Ein halbautomatisches M16-Sturmgewehr kam zum Vorschein. Dasselbe Gewehr, das zu meinem besten Freund werden sollte, nachdem alle tot waren.

Er hob es auf, drehte es hin und her und untersuchte es mit demselben abwesenden Professorenblick in seinen Augen.

»Was hältst du davon?«, fragte er im Flüsterton.

»Davon? Total krass.«

Er maßregelte mich nicht wegen meiner Ausdrucksweise. Stattdessen stieß er ein kurzes Lachen aus.

Dann erklärte er mir, wie das Gewehr funktioniert. Wie man es hält. Wie man damit zielt. Wie man den Ladestreifen auswechselt.

»Hier, versuch es selbst.«

Er hielt es mir hin.

Ich glaube, er war angenehm überrascht, wie schnell ich lernte. Und meine Koordination war ziemlich gut, dank meiner Karatestunden. Tanzunterricht kann Karate nicht das Wasser reichen, wenn es darum geht, Anmut zu entwickeln.

»Behalt es«, sagte er, als ich es ihm zurückgeben wollte. »Ich habe es für dich hier drin versteckt.«

»Warum?«, fragte ich. Nicht dass ich etwas dagegen gehabt hätte, es zu behalten, aber er machte mich ein bisschen nervös. Während alle anderen feierten, verabreichte mein Vater mir ein Schusswaffentraining.

»Weißt du, wie man in Kriegszeiten den Feind erkennt, Cassie?« Sein Blick huschte in dem Schuppen hin und her. Warum konnte er mich nicht ansehen? »Der Feind ist derjenige, der auf dich schießt – so erkennst du ihn. Merk dir das.« Er deutete mit einem Nicken auf das Gewehr. »Lauf nicht damit herum. Bewahr es in deiner Nähe auf, aber halt es verborgen. Nicht hier drin und nicht in der Baracke. Okay?«

Klaps auf die Schulter. Klaps auf die Schulter genügte nicht ganz. Große Umarmung.

»Ab jetzt lässt du Sammy nie mehr aus den Augen. Verstanden, Cassie? Niemals. Und jetzt geh und such ihn. Ich muss mit Hutchfield reden. Und, Cassie? Wenn jemand versucht, dir dieses Gewehr wegzunehmen, dann sag ihm, er soll das mit mir besprechen. Und wenn er trotzdem versucht, es dir wegzunehmen, dann erschieß ihn.«

Er lächelte. Allerdings nicht mit den Augen. Sein Blick war hart und leer und kalt wie der eines Hais.

Er hatte Glück gehabt, mein Dad. Wir hatten alle Glück gehabt. Glück hatte uns die ersten drei Wellen überstehen lassen. Doch selbst der beste Spieler kann einem sagen, dass eine Glückssträhne nicht ewig anhält. Ich glaube, mein Dad hatte an jenem Tag eine Vorahnung. Nicht, was das Ende unserer Glückssträhne anbelangte. Das konnte niemand wissen. Aber ich glaube, er wusste, dass am Schluss nicht die Glücklichen überleben würden.

Die Knallharten würden überleben. Diejenigen, die der Glücks-
göttin sagten, sie solle sich zum Teufel scheren. Diejenigen, die
ein Herz aus Stein besaßen. Diejenigen, die hundert sterben lassen konnten, damit einer überlebt. Diejenigen, die den Sinn darin erkannten, ein Dorf niederzubrennen, um es zu retten.

Die Welt war inzwischen bis zur Unkenntlichkeit verstümmelt.
Und wer damit nicht einverstanden war, war eine Leiche in spe.

Ich nahm das M16 und versteckte es hinter einem Baum neben dem Pfad zur Aschegrube.

—— **17. Kapitel** ——

Der letzte Überrest der Welt, die ich kannte, zerbrach an einem
sonnigen, warmen Sonntagnachmittag.

Angekündigt vom Brummen von Dieselmotoren, dem Poltern
und Knarren von Achsen, dem Zischen von Druckluftbremsen.
Unsere Wachposten erspähten den Konvoi lange bevor er das
Lager erreichte. Sahen, wie das grelle Sonnenlicht von Fensterscheiben reflektiert wurde, und die Staubwolken, die den riesigen Rädern folgten wie Kondensstreifen. Wir eilten nicht nach
draußen, um sie mit Blumen und Küssen zu begrüßen, sondern
rührten uns nicht von der Stelle, als Hutchfield, Dad und unsere vier besten Schützen aufbrachen, um sie zu empfangen. Alle
waren ein wenig nervös. Und wesentlich weniger enthusiastisch
als noch wenige Stunden zuvor.

Nichts von dem, womit wir seit der Ankunft gerechnet hatten, war eingetreten. Alles, mit dem wir nicht gerechnet hatten,
war eingetreten. Nach dem Beginn der Dritten Welle brauchten
wir volle zwei Wochen, um zu begreifen, dass die tödliche Infektion zu ihrem Plan gehörte. Da man dazu neigt zu glauben,
was man schon immer geglaubt hat, zu denken, was man schon
immer gedacht hat, und zu erwarten, was man schon immer er-

wartet hat, hieß es nie: »Werden wir gerettet werden?« Es hieß: »Wann werden wir gerettet?«

Und als wir genau das sahen, was wir sehen wollten, was wir zu sehen gehofft hatten – den großen, mit Soldaten beladenen Pritschenlastwagen, die vor Maschinengewehrtürmen und Boden-Luft-Raketenwerfern strotzenden Humvees –, hielten wir uns trotzdem zurück.

Dann kamen die Schulbusse ins Blickfeld.

Drei an der Zahl, Stoßstange an Stoßstange.

Voller Kinder.

Damit hatte niemand gerechnet. Wie ich schon gesagt habe, es wirkte merkwürdig normal und gleichzeitig schockierend surreal. Einige von uns lachten sogar. Ein verdammter gelber Schulbus! Wo zum Teufel ist hier eine Schule?

Nach ein paar angespannten Minuten, in denen wir nur das heisere Knurren von Motoren und das entfernte Lachen und Rufen der Kinder in den Bussen hörten, ließ Dad Hutchfield mit dem Kommandanten sprechen und kam zu Sammy und mir zurück. Eine Traube von Menschen scharte sich um uns, um mitzuhören.

»Sie kommen vom Wright-Patterson-Luftwaffenstützpunkt«, sagte Dad. Er klang atemlos. »Und anscheinend hat ein viel größerer Teil unseres Militärs überlebt, als wir dachten.«

»Warum tragen sie Gasmasken?«, fragte ich.

»Das ist eine Vorsichtsmaßnahme«, entgegnete er. »Der Stützpunkt ist seit Ausbruch der Seuche abgeriegelt. Wir waren dem Virus alle ausgesetzt und könnten deshalb Überträger sein.«

Er blickte zu Sammy hinab, der sich an mich presste und die Arme um mein Bein geschlungen hatte.

»Sie sind wegen der Kinder hier«, erklärte Dad.

»Warum?«, fragte ich.

»Was ist mit uns?«, wollte Mutter Teresa wissen. »Nehmen sie uns etwa nicht mit?«

»Er sagt, dass sie wiederkommen, um uns zu holen. Im Moment gibt es nur genug Platz für die Kinder.«

Ein Blick auf Sammy.

»Wir lassen uns nicht von ihnen trennen«, sagte ich zu Dad.

»Natürlich nicht.« Er drehte sich um und marschierte abrupt in die Baracke. Kam mit meinem Rucksack und Sammys Teddybär wieder heraus. »Du begleitest ihn.«

Er verstand nicht.

»Ich gehe nicht ohne dich«, erklärte ich. Was war nur los mit Typen wie meinem Vater? Jemand, der das Sagen hat, taucht auf, und sie geben ihren Verstand an der Tür ab.

»Ihr habt doch gehört, was er gesagt hat!«, kreischte Mutter Teresa und schüttelte ihren Rosenkranz. »Nur die Kinder! Wenn irgendjemand anders geht, dann sollte ich das sein … Frauen. So gehört sich das. Frauen und Kinder zuerst! Frauen und Kinder.«

Dad ignorierte sie. Legte mir die Hand auf die Schulter. Ich schüttelte sie ab.

»Cassie, sie müssen die Schutzlosesten als Erstes in Sicherheit bringen. In ein paar Stunden komme ich nach …«

»Nein!«, schrie ich. »Entweder gehen wir alle, oder wir bleiben alle, Dad. Sag ihnen, dass wir hier schon zurechtkommen, bis sie wieder zurück sind. Ich kann mich um ihn kümmern. Ich kümmere mich schon die ganze Zeit um ihn.«

»Und du wirst dich auch in Zukunft um ihn kümmern, Cassie, weil du ebenfalls gehst.«

»Nicht ohne dich. Ich lasse dich nicht hier zurück, Dad.«

Er lächelte, als hätte ich etwas Kindlich-Niedliches gesagt. »Ich kann selber auf mich aufpassen.«

Ich konnte es nicht in Worte fassen, dieses Gefühl, als hätte ich glühende Kohlen im Bauch. Das Gefühl, dass die Trennung unserer verbliebenen Familie das Ende unserer Familie bedeuten würde. Dass ich ihn nie wiedersehen würde, wenn ich ihn zurückließ. Vielleicht war das nicht rational, doch die Welt, in der ich lebte, war ebenfalls nicht mehr rational.

Dad eiste Sammy von meinem Bein los, setzte ihn sich auf die Hüfte, packte mich mit seiner freien Hand am Ellbogen und marschierte mit uns zu den Bussen. Die Gesichter der Soldaten waren durch ihre insektenhaften Gasmasken nicht zu erkennen. Aber man konnte die Namen lesen, die auf ihre grünen Tarn-uniformen gestickt waren.

GREENE.

WALTERS.

PARKER.

Gute, solide, typisch amerikanische Namen. Und die Ameri-kaflagge an ihren Ärmeln.

Und ihre Haltung, aufrecht, aber locker, wachsam, aber unver-krampft. Wie gespannte Federn.

So, wie man sich Soldaten vorstellt.

Wir kamen bei dem letzten Bus in der Reihe an. Die Kinder, die sich darin befanden, schrien und winkten uns zu. Das Ganze war ein großes Abenteuer.

Der stämmige Soldat an der Tür hob die Hand. Auf seinem Namensschild stand BRANCH.

»Nur Kinder«, sagte er. Die Gasmaske dämpfte seine Stimme.

»Ich weiß, Corporal«, entgegnete Dad.

»Cassie, warum weinst du denn?«, fragte Sammy. Er streckte seine kleine Hand nach meinem Gesicht aus.

Daddy setzte ihn auf dem Boden ab. Kniete sich hin, um sein Gesicht nahe an Sammys zu bringen.

»Du machst eine Reise, Sam«, sagte Dad. »Diese netten Sol-daten bringen dich an einen Ort, an dem du in Sicherheit bist.«

»Kommst du nicht mit, Daddy?« Ein Zerren an Dads Hemd mit seinen winzigen Händen.

»Doch, doch, Daddy kommt auch mit, nur noch nicht jetzt. Aber bald. Sehr bald.« Er zog Sammy an sich. Eine letzte Umarmung. »Sei schön brav. Du tust, was dir diese netten Soldaten sagen, okay?«

Sammy nickte. Schob seine Hand in meine. »Komm, Cassie. Wir fahren mit dem Bus!«

Die schwarze Maske fuhr herum. Eine behandschuhte Hand ging hoch. »Nur der Junge.«

Ich setzte an, ihm zu sagen, dass er mich mal könne. Ich war nicht glücklich damit, Dad zurückzulassen, aber Sammy würde ohne mich nirgendwohin gehen.

Der Corporal fuhr mir über den Mund. »Nur der Junge.«

»Sie ist seine Schwester«, erklärte Dad. Er argumentierte. »Und sie ist ebenfalls noch ein Kind. Sie ist erst sechzehn.«

»Sie muss hierbleiben«, sagte der Corporal.

»Dann steigt er auch nicht ein«, erwiderte ich und schlang beide Arme um Sammys Brust. Er würde meine verdammten Arme wegreißen müssen, wenn er meinen kleinen Bruder mitnehmen wollte.

Es folgte ein schrecklicher Moment, in dem der Corporal überhaupt nichts sagte. Ich hätte ihm am liebsten die Maske vom Kopf gerissen und ihm ins Gesicht gespuckt. Die Sonne funkelte im Visier, ein gehässiger Lichtball.

»Du möchtest, dass er bleibt?«

»Ich möchte, dass er bei *mir* bleibt«, korrigierte ich ihn. »Im Bus. Nicht im Bus. Wie auch immer. Bei mir.«

»Nein, Cassie«, sagte Dad.

Sammy fing an zu weinen. Er hatte verstanden: Es hieß Daddy und der Soldat gegen ihn und mich, und wir konnten diesen Kampf nicht gewinnen. Er begriff es vor mir.

»Er kann bleiben«, sagte der Soldat. »Aber dann können wir nicht für seine Sicherheit garantieren.«

»Ach, tatsächlich?«, brüllte ich ihm in sein Insektengesicht. »Meinen Sie? Für wessen Sicherheit *können* Sie denn garantieren?«

»Cassie …«, setzte Dad an.

»Einen Dreck können Sie garantieren!«, schrie ich.

Der Corporal ignorierte mich. »Es ist Ihre Entscheidung«, sagte er zu Dad.

»Dad«, flehte ich. »Du hast doch gehört, was er gesagt hat. Sammy kann bei uns bleiben.«

Dad kaute auf seiner Unterlippe. Er hob den Kopf, kratzte sich unter dem Kinn und betrachtete den leeren Himmel. Er dachte über die Drohnen nach, über das, was er wusste und was er nicht wusste. Er erinnerte sich an das, was er gelernt hatte. Er wog die Chancen ab, kalkulierte die Wahrscheinlichkeiten und ignorierte die kleine Stimme, die sich aus seinem tiefsten Inneren zu Wort meldete: *Lass ihn nicht gehen.*

Also tat er das Vernünftige. Schließlich war er ein vernünftiger Erwachsener, und das ist es nun einmal, was vernünftige Erwachsene tun.

Das Vernünftige.

»Du hast recht, Cassie«, sagte er schließlich. »Sie können nicht für unsere Sicherheit garantieren – niemand kann das. Aber manche Orte sind sicherer als andere.« Er nahm Sammy an der Hand. »Komm mit, Kumpel.«

»Nein!«, schrie Sammy, und Tränen strömten seine leuchtend roten Wangen hinunter. »Nicht ohne Cassie!«

»Cassie kommt auch«, sagte Dad. »Wir kommen beide. Wir kommen ganz bald nach.«

»Ich beschütze ihn, ich passe auf ihn auf, ich lasse nicht zu, dass ihm etwas passiert«, flehte ich. »Sie kommen doch zurück, um die Übrigen von uns abzuholen, oder? Warten wir doch einfach, bis sie zurückkommen.« Ich zog an seinem Hemd und machte mein bestes Bittstellergesicht. Dasjenige, das mir in der Regel einbrachte, was ich wollte. »Bitte, Daddy, tu das nicht. Das ist nicht richtig. Wir müssen zusammenbleiben, unbedingt.«

Es funktionierte nicht. Er hatte wieder diesen harten Ausdruck in den Augen: kalt, verbissen, erbarmungslos.

»Sag deinem Bruder, dass es schon in Ordnung ist.«

Und ich tat es. Nachdem ich mir selbst gesagt hatte, dass es schon in Ordnung sei. Ich sagte mir, dass ich Dad vertrauen müsse, den Verantwortlichen vertrauen müsse, darauf vertrauen müsse, dass die Anderen die Schulbusse voller Kinder nicht in Brand stecken würden, darauf vertrauen müsse, dass dem Vertrauen an sich nicht dasselbe Schicksal widerfahren war wie Computern und Mikrowellenpopcorn und dem Hollywoodspielfilm, in dem die widerlichen Typen vom Planeten Xercon in den letzten zehn Minuten vernichtet werden.

Ich kniete mich vor meinem kleinen Bruder auf den staubigen Boden. »Du musst einsteigen, Sams«, sagte ich.

Seine dicke Unterlippe bebte. Er presste sich seinen Bären an die Brust. »Aber, Cassie, wer wird dich dann in den Arm nehmen, wenn du Angst hast?« Das meinte er völlig ernst. Mit seinem besorgten Stirnrunzeln sah er Dad so ähnlich, dass ich beinahe lachen musste.

»Ich habe keine Angst mehr. Und du solltest auch keine Angst haben. Die Soldaten sind jetzt hier und werden dafür sorgen, dass wir in Sicherheit sind.« Ich blickte zu Corporal Branch auf. »Hab ich recht?«

»Ja, da hast du recht.«

»Der sieht aus wie Darth Vader«, flüsterte Sammy. »Und klingen tut er auch so.«

»Stimmt, und erinnerst du dich noch, was passiert? Am Schluss wird er zu einem von den Guten.«

»Erst nachdem er einen ganzen Planeten in die Luft gejagt und eine Menge Leute getötet hat.«

Ich konnte es mir nicht verkneifen – ich lachte. Mein Gott, war er schlau. Manchmal glaubte ich, er war schlauer als Dad und ich zusammen.

»Kommst du später nach, Cassie?«

»Worauf du wetten kannst.«

»Versprochen?«

Ich versprach es ihm. Was auch immer passieren würde. Was. Auch. Immer.

Mehr brauchte er nicht zu hören. Er drückte mir seinen Teddybären gegen die Brust.

»Sam?«

»Falls du Angst bekommst. Aber lass ihn nicht allein.« Er hob einen winzigen Finger, um seine Worte zu unterstreichen. »Vergiss das nicht.«

Dann streckte er dem Corporal die Hand hin. »Gehen Sie voraus, Vader!« Behandschuhte Hand verschluckte rundliche Hand. Die erste Stufe war beinahe zu hoch für seine kurzen Beine. Die Kinder im Bus kreischten und klatschten, als er um die Ecke in den Mittelgang bog.

Sammy war der Letzte, der einstieg. Die Tür ging zu. Dad versuchte, den Arm um mich zu legen. Ich trat einen Schritt zur Seite. Der Motor heulte auf. Die Druckluftbremsen zischten.

Und dann erschien sein Gesicht an der schmutzigen Fensterscheibe – und ich sah sein Lächeln, als er in seinem gelben X-Wing-Starfighter durch eine ferne Galaxie schoss und auf Warpgeschwindigkeit beschleunigte, bis das verstaubte gelbe Raumschiff ganz von Staub verschluckt wurde.

—— 18. Kapitel ——

»Hier entlang, Sir«, sagte der Corporal höflich, und wir folgten ihm zurück zum Lager. Zwei Humvees waren losgefahren, um die Busse zum Wright-Patterson-Luftwaffenstützpunkt zu begleiten. Die übrigen Humvees standen gegenüber der Baracke und dem Lagerschuppen, die Läufe ihrer fest montierten

Maschinengewehre auf den Boden gerichtet wie die gesenkten Häupter irgendwelcher dösenden metallischen Kreaturen.

Das Camp war wie leergefegt. Alle – einschließlich der Soldaten – waren in die Baracke gegangen.

Alle, bis auf einen.

Als wir uns näherten, kam Hutchfield aus dem Lagerschuppen. Ich weiß nicht, was heller strahlte, sein kahl rasierter Kopf oder sein Lächeln.

»Hervorragend, Sullivan!«, dröhnte er Dad entgegen. »Und Sie wollten sich nach der ersten Drohne verkrümeln.«

»Sieht so aus, als hätte ich mich getäuscht«, erwiderte Dad mit einem knappen Lächeln.

»Briefing durch Colonel Vosch in fünf Minuten. Aber zuerst brauche ich Ihr Wehrmaterial.«

»Mein was?«

»Ihre Waffe. Befehl des Colonels.«

Dad warf dem Soldaten, der neben uns stand, einen flüchtigen Blick zu. Die leeren schwarzen Augen der Maske starrten zurück.

»Warum?«, fragte Dad.

»Sie brauchen eine Erklärung?« Hutchfields Lächeln dauerte an, doch seine Augen verengten sich zu Schlitzen.

»Ich hätte gern eine, ja.«

»Das ist Standardprozedere, Sullivan. In Kriegszeiten kann man einen Haufen unausgebildeter, unerfahrener Zivilisten nicht mit einer Waffe rumlaufen lassen.« Von oben herab, als sei Dad begriffsstutzig.

Er streckte die Hand aus. Dad nahm sein Gewehr langsam von der Schulter. Hutchfield schnappte sich Dads Waffe und verschwand damit im Lagerschuppen.

Dad drehte sich zu dem Corporal um. »Hat jemand Kontakt aufgenommen zu den …« Er suchte nach dem passenden Wort. »Den Anderen?«

Eine Silbe, gesprochen mit monotoner Reibeisenstimme:
»Nein.«

Hutchfield kam wieder aus dem Schuppen und salutierte vor
dem Corporal. Er war jetzt bis über beide Ohren in seinem Ele-
ment, zurück unter seinen Waffenbrüdern. Er platzte beinahe vor
Aufregung, als würde er sich jeden Moment in die Hose machen.

»Alle Waffen erfasst und sichergestellt, Corporal.«

Alle, bis auf zwei, dachte ich. Ich warf Dad einen Blick zu. Er
bewegte keinen Muskel, bis auf die um seine Augen. Nach links,
nach rechts. *Nein.*

Mir fiel nur ein Grund ein, weshalb er das tat. Und wenn ich
daran denke, wenn ich zu viel darüber nachdenke, fange ich an,
meinen Vater zu hassen. Ihn zu hassen, weil er seinen eigenen
Instinkten misstraute. Ihn zu hassen, weil er die kleine Stimme
ignorierte, die ihm zugeflüstert haben muss: *Da ist was faul. Irgendwas an der Sache ist faul.*

Ich hasse ihn in diesem Augenblick. Wenn er jetzt hier wäre,
würde ich ihm dafür, dass er sich so idiotisch verhalten hat, ins
Gesicht schlagen.

Der Corporal deutete auf die Baracke. Es war Zeit für Colonel
Voschs Briefing.

Zeit für das Ende der Welt.

—— **19. Kapitel** ——

Ich pickte Vosch sofort heraus.

Unmittelbar innerhalb des Eingangs, sehr groß, der Einzige im
Kampfanzug, der kein Gewehr vor der Brust hielt.

Er nickte Hutchfield zu, als wir das ehemalige Lazarett/
Leichenhaus betraten. Dann salutierte Corporal Branch und
quetschte sich in die Reihe von Soldaten, die an den Wänden einen Ring bildeten.

So war es: Die Soldaten hatten sich an dreien der vier Wände aufgereiht, die Flüchtlinge befanden sich in der Mitte.

Dads Hand suchte meine. Ich, mit dem Teddybären in der einen Hand und mit der anderen die seine umklammernd.

Was ist los, Dad? Wurde die kleine Stimme lauter, als du die bewaffneten Männer an den Wänden hast stehen sehen? Hast du deshalb nach meiner Hand gegriffen?

»Also, bekommen wir jetzt ein paar Antworten?«, rief jemand, als wir eintraten.

Alle fingen gleichzeitig an zu reden – alle, außer den Soldaten – und stellten Fragen.

»Sind sie gelandet?«

»Wie sehen sie aus?«

»Wie sind sie?«

»Worum handelt es sich bei den grauen Raumschiffen, die man immer wieder am Himmel sieht?«

»Wann wird der Rest von uns abgeholt?«

»Wie viele Überlebende haben Sie gefunden?«

Vosch hob die Hand, um für Ruhe zu sorgen. Es funktionierte nur halbwegs.

Hutchfield salutierte vor ihm. »Alle anwesend und erfasst, Sir!«

Ich zählte kurz durch. »Nein«, sagte ich. Dann wiederholte ich lauter, um mir über den Lärm hinweg Gehör zu verschaffen: »Nein!« Ich sah Dad an. »Crisco fehlt.«

Hutchfield runzelte die Stirn. »Wer ist Crisco?«

»Er ist dieser kran… dieser Junge …«

»Junge? Dann ist er mit den anderen im Bus weggefahren.«

Mit den *anderen*. Wenn ich es mir überlege, war das irgendwie witzig. Auf eine widerliche Weise witzig.

»Wir brauchen alle in diesem Gebäude«, sagte Vosch hinter seiner Gasmaske. Seine Stimme war sehr tief, wie ein unterirdisches Grollen.

»Wahrscheinlich hat er Muffensausen bekommen«, sagte ich. »Er ist ein ziemliches Weichei.«

»Wohin könnte er gegangen sein?«, wollte Vosch wissen.

Ich schüttelte den Kopf. Ich hatte keine Ahnung. Dann hatte ich doch eine, mehr als eine Ahnung. Ich wusste, wohin Crisco gegangen war.

»Zur Aschegrube.«

»Wo befindet sich die Aschegrube?«

»Cassie«, meldete sich Dad zu Wort. Er drückte fest meine Hand. »Warum gehst du nicht und holst Crisco her, damit der Colonel mit dem Briefing anfangen kann?«

»Ich?«

Ich verstand nicht. Vermutlich schrie Dads kleine Stimme inzwischen, aber ich konnte sie nicht hören, und er konnte nicht aussprechen, was sie ihm sagte. Ihm blieb nichts anderes übrig, als zu versuchen, mit den Augen zu telegrafieren. Vielleicht meinte er: *Weißt du, wie man den Feind erkennt, Cassie?*

Ich weiß nicht, weshalb er nicht anbot, mich zu begleiten. Vielleicht glaubte er, sie würden bei einem Kind keinen Verdacht schöpfen, und einer von uns beiden würde es schaffen – oder hätte zumindest eine Chance, es zu schaffen.

Vielleicht.

»In Ordnung«, sagte Vosch. Er signalisierte Corporal Branch mit einem Fingerschnippen: *Begleiten Sie sie.*

»Sie kommt schon allein zurecht«, sagte Dad. »Sie kennt diesen Wald wie ihre Westentasche. Fünf Minuten, oder, Cassie?« Er sah Vosch an und lächelte. »Fünf Minuten.«

»Seien Sie doch kein Idiot, Sullivan«, sagte Hutchfield. »Sie kann nicht ohne Begleitung da rausgehen.«

»Stimmt«, erwiderte Dad. »Richtig. Sie haben natürlich recht.«

Er beugte sich zu mir und umarmte mich. Nicht zu fest, nicht zu lang. Eine kurze Umarmung. Drücken. Loslassen. Schon ein bisschen mehr hätte wie eine Verabschiedung gewirkt.

Leb wohl, Cassie.

Branch wandte sich an seinen Kommandanten und fragte ihn: »Höchste Priorität, Sir?«

Und Vosch nickte. »Höchste Priorität.«

Wir traten in den grellen Sonnenschein, der Mann mit der Gasmaske und das Mädchen mit dem Teddybären. Genau vor uns lehnten ein paar Soldaten an einem Humvee. Als wir zuvor an den Humvees vorbeigegangen waren, hatte ich sie nicht gesehen. Bei unserem Anblick nahmen sie Haltung an. Branch signalisierte ihnen, dass alles in Ordnung sei, und hob dann den Zeigefinger: *Höchste Priorität.*

»Wie weit ist es?«, fragte er mich.

»Nicht weit«, entgegnete ich. Meine Stimme klang in meinen Ohren sehr klein. Vielleicht lag es an Sammys Teddybär, der mich in meine Kindheit zurückversetzte.

Er folgte mir auf dem Pfad, der sich in den dichten Wald hinter dem Lager schlängelte, sein Gewehr vor sich, den Lauf gesenkt. Der trockene Boden knirschte protestierend unter seinen braunen Stiefeln.

Der Tag war warm, aber unter den Bäumen, deren Blätter ein üppiges Spätsommergrün trugen, war es kühler. Wir kamen an dem Baum vorbei, hinter dem ich das M16 versteckt hatte. Ich drehte mich nicht um, sondern ging weiter auf die Lichtung zu.

Und da war er, der kleine Mistkerl. Er stand bis über die Knöchel in Staub und Knochen und durchwühlte die sterblichen Überreste nach einem letzten nutzlosen, kostbaren Schmuckstück, eines mehr für unterwegs, damit er der Boss sein würde, wenn er irgendwann dort ankam, wo der Weg endete.

Er drehte den Kopf, als wir die Lichtung betraten. Glänzend vor Schweiß und dem Zeug, das er sich ins Haar schmierte. Schwarze Rußstreifen auf den Wangen. Er sah aus wie der erbärmliche Abklatsch eines Footballspielers. Als er uns sah, schoss seine Hand hinter seinen Rücken. Irgendetwas Silbriges blitzte in der Sonne auf.

»Hey! Cassie? Hey, da bist du ja. Ich habe hier nach dir gesucht, weil du nicht in der Baracke warst, und dann sah ich … da war so ein …«

»Ist er das?«, fragte mich der Soldat. Er hängte sich sein Gewehr über die Schulter und ging einen Schritt auf die Grube zu.

Ich außen, der Soldat in der Mitte und Crisco in der Grube voller Asche und Knochen.

»Ja«, sagte ich. »Das ist Crisco.«

»So heiße ich nicht«, quiekte er. »Mein wirklicher Name ist …«

Ich werde Criscos wirklichen Namen nie erfahren.

Ich sah die Pistole des Soldaten nicht und hörte auch nicht ihren Knall. Ich sah nicht, wie der Soldat sie aus dem Halfter zog, aber ich hatte den Blick auch nicht auf ihn, sondern auf Crisco gerichtet. Sein Kopf wurde nach hinten gerissen, als hätte jemand an seinen fettigen Locken gezogen, und er klappte regelrecht zusammen, als er zu Boden fiel, die Schätze der Toten in der Hand.

———— **20. Kapitel** ————

Jetzt war ich an der Reihe.

Das Mädchen mit dem Rucksack, das den lächerlichen Teddybären trug und nur zwei Meter hinter ihm stand.

Der Soldat wirbelte mit ausgestrecktem Arm herum. Was den nächsten Teil anbelangt, ist meine Erinnerung ein bisschen verschwommen. Ich erinnere mich nicht mehr daran, den Bären fallen gelassen oder die Pistole aus meiner Gesäßtasche gerissen zu haben. Ich erinnere mich nicht einmal mehr daran, den Abzug betätigt zu haben.

Die nächste klare Erinnerung, die ich habe, ist das Zersplittern des schwarzen Visiers.

Und dass der Soldat vor mir auf die Knie fiel.

Und dass ich seine Augen sah.

Seine drei Augen.

Natürlich wurde mir später bewusst, dass er nicht wirklich drei Augen hatte. Bei dem mittleren handelte es sich um die geschwärzte Eintrittswunde der Kugel.

Er muss geschockt gewesen sein, als er sich umdrehte und die auf sein Gesicht gerichtete Pistole sah. Das ließ ihn zögern. Wie lange? Eine Sekunde? Weniger als eine Sekunde? Aber in diesem Sekundenbruchteil wand sich die Ewigkeit wie eine riesige Anakonda. Wer jemals ein traumatisches Erlebnis hatte, der weiß, wovon ich spreche. Wie lange dauert ein Autounfall? Zehn Sekunden? Fünf? Es fühlt sich nicht so kurz an, wenn man beteiligt ist. Es fühlt sich an wie eine ganze Lebenszeit.

Er kippte mit dem Gesicht voran auf die Erde. Es bestand kein Zweifel daran, dass ich ihn getötet hatte. Meine Kugel hatte ein untertassengroßes Stück aus seinem Hinterkopf gerissen.

Ich ließ meine Pistole trotzdem nicht sinken, sondern hielt sie auf seinen Kopf gerichtet, als ich zu dem Pfad zurückwich.

Dann drehte ich mich um und rannte los, als wäre der Teufel hinter mir her.

In die falsche Richtung.

Zum Lager.

Nicht klug. Aber in diesem Moment dachte ich nicht nach. Ich bin erst sechzehn, und er war der erste Mensch, dem ich ins Gesicht geschossen hatte. Ich hatte Probleme, damit umzugehen.

Ich wollte nur zurück zu Dad.

Dad würde alles wieder in Ordnung bringen.

Denn schließlich ist es das, was Dads tun: Dinge in Ordnung bringen.

Die Geräusche nahm mein Verstand zunächst gar nicht wahr. Im Wald hallten die Stakkatosalven automatischer Waffen und die Schreie von Menschen wider, aber ich registrierte sie nicht –

genauso wenig, wie ich registriert hatte, dass Criscos Kopf nach hinten gerissen wurde und er in den grauen Staub fiel, als hätte sich jeder Knochen in seinem Körper plötzlich in Wackelpudding verwandelt, und dass sein Killer in einer perfekt ausgeführten Pirouette herumwirbelte und der Lauf seiner Pistole im Sonnenlicht aufblitzte.

Die Welt brach auseinander. Und die Trümmer regneten überall um mich herab.

Das war der Beginn der Vierten Welle.

Ich kam schlitternd zum Stehen, bevor ich das Lager erreichte. Der heiße Geruch von Schießpulver. Rauchfahnen, die sich aus den Fenstern der Baracke kräuselten. Eine Person kroch auf den Lagerschuppen zu.

Es handelte sich um meinen Vater.

Sein Rücken war gekrümmt. Sein Gesicht war blutverschmiert und verdreckt. Der Boden hinter ihm war mit seinem Blut besprenkelt.

Er sah zu mir her, als ich zwischen den Bäumen hervorkam.

Nein, Cassie, formte er mit den Lippen. Dann versagten seine Arme. Er kippte um, blieb regungslos liegen.

Ein Soldat tauchte aus der Baracke auf und schlenderte zu meinem Vater hinüber. Locker, mit katzenartiger Eleganz, die Schultern entspannt, die Arme seitlich herabhängend.

Ich wich zwischen die Bäume zurück. Hob meine Pistole an. Doch ich war über dreißig Meter entfernt. Wenn ich mein Ziel verfehlte …

Es war Vosch. Er wirkte noch größer, als er über dem Körper meines Vaters stand. Dad bewegte sich nicht. Ich glaubte, er stellte sich tot.

Es spielte keine Rolle.

Vosch erschoss ihn trotzdem.

Ich erinnere mich nicht, einen Laut von mir gegeben zu haben, als er abdrückte. Aber ich muss irgendetwas getan haben, was Voschs sechster Sinn wahrnahm. Die schwarze Maske wirbelte herum, und das Visier reflektierte das Sonnenlicht. Er hob den Zeigefinger, als zwei Soldaten aus der Baracke kamen, dann deutete er mit dem Daumen in meine Richtung.

Höchste Priorität.

—— 21. Kapitel ——

Sie liefen wie zwei Geparden auf mich zu. So schnell schienen sie sich zu bewegen. Ich hatte noch nie in meinem Leben jemanden so schnell laufen sehen. Das einzig Vergleichbare ist ein völlig verängstigtes Mädchen, das gerade mit angesehen hat, wie sein Vater im Dreck ermordet wurde.

Blatt, Zweig, Kletterpflanze, Dornen. Das Rauschen der Luft in meinen Ohren. Das Schnellfeuer meiner Schritte auf dem Pfad.

Bruchstücke blauen Himmels durch das Baumkronendach, Klingen aus Sonnenlicht, die das brüchige Erdreich aufspießten. Die zerrissene Welt kippte auf die Seite.

Ich lief langsamer, als ich mich der Stelle näherte, wo ich das letzte Geschenk meines Vaters versteckt hatte. Ein Fehler. Die großkalibrigen Salven schlugen drei Zentimeter neben meinem Ohr in den Baumstamm ein und schleuderten mir zerborstenes Holz ins Gesicht. Winzige, hauchdünne Splitter bohrten sich in meine Wange.

Weißt du, wie man den Feind erkennt, Cassie?

Ich konnte ihnen nicht entkommen.

Ich konnte sie nicht beide erschießen.

Vielleicht konnte ich sie überlisten.

—— 22. Kapitel ——

Sie betraten die Lichtung, und das Erste, was sie sahen, war der Leichnam von Corporal Branch oder was auch immer es war, das sich Corporal Branch genannt hatte.

»Da drüben ist jemand«, hörte ich einen sagen.

Das Knirschen schwerer Stiefel in einem Becken voller brüchiger Knochen.

»Tot.«

Das Knistern von atmosphärischen Störungen, dann: »Colonel, wir haben Branch und einen nicht identifizierten Zivilisten gefunden. Negativ, Sir. Branch ist im Kampfeinsatz gefallen. Ich wiederhole, Branch ist im Kampfeinsatz gefallen.« Dann sagte der Soldat zu seinem Kameraden, der bei Crisco stand: »Vosch möchte, dass wir sofort zurückkommen.«

Knirsch, knirsch, sagten die Knochen, als er aus der Grube kletterte.

»Sie hat das hier liegen lassen.«

Mein Rucksack. Ich hatte versucht, ihn in den Wald zu werfen, so weit weg von der Grube wie möglich. Aber er hatte einen Baum getroffen und war am äußersten Rand der Lichtung gelandet.

»Komisch«, sagte der Soldat.

»Schon okay«, entgegnete sein Kamerad. »Das Auge wird sich um sie kümmern.«

Das Auge?

Die Stimmen der beiden verklangen, und die Geräusche des friedlichen Waldes kehrten zurück. Das Flüstern des Windes. Das Zwitschern der Vögel. Irgendwo im Gestrüpp protestierte ein Eichhörnchen.

Ich rührte mich trotzdem nicht von der Stelle. Jedes Mal, wenn der Drang wegzurennen in mir aufstieg, unterdrückte ich ihn.

*Kein Grund zur Eile, Cassie. Sie haben erledigt, wozu sie ge-
kommen sind. Du musst hierbleiben, bis es dunkel wird. Rühr
dich nicht vom Fleck!*

Also rührte ich mich nicht. Ich lag regungslos in dem Bett aus
Staub und Gebeinen, bedeckt mit der Asche der Opfer, der bitteren Ernte der Anderen.

Und ich gab mir Mühe, nicht darüber nachzudenken.

Womit ich bedeckt war.

Dann dachte ich: *Diese Knochen gehörten Menschen, und diese Menschen haben mir das Leben gerettet,* und dann fand ich
das Ganze weniger unheimlich.

Es hatte sich bei ihnen nur um Menschen gehandelt. Sie hatten ebenso wenig wie ich darum gebeten, hier zu sein. Aber sie
waren hier, und ich war hier, also hielt ich mich ganz still.

Seltsamerweise hatte ich beinahe das Gefühl, ihre Arme spüren zu können, warm und weich, die mich umschlossen.

Ich weiß nicht, wie lange ich dalag, in den Armen der Toten,
die mich hielten. Es fühlte sich an wie Stunden. Als ich mich
schließlich erhob, war das Sonnenlicht zu einem goldfarbenen
Schimmern gealtert, und die Luft war ein wenig abgekühlt. Ich
war von Kopf bis Fuß mit grauer Asche bedeckt. Ich muss ausgesehen haben wie ein Mayakrieger.

Das Auge wird sich um sie kümmern.

Hatte er von den Drohnen gesprochen, von einer Art »Auge
am Himmel«? Und wenn er von den Drohnen gesprochen hatte,
dann handelte es sich bei den Soldaten nicht um eine einzelne
Einheit, die das Gelände absuchte, um mögliche Überträger der
Dritten Welle zu vernichten und zu verhindern, dass Nicht-Er-
krankte infiziert wurden.

Das wäre zweifellos schlimm gewesen.

Doch die Alternative war noch viel, viel schlimmer.

Ich trottete zu meinem Rucksack. Der tiefe Wald rief mir zu.
Je mehr Abstand ich zwischen sie und mich brachte, desto bes-

ser. Dann erinnerte ich mich an das Geschenk meines Vaters, ein gutes Stück hinter mir neben dem Pfad, nur einen Steinwurf vom Lager entfernt. Mist, warum hatte ich es nicht in der Aschegrube versteckt?

Das Gewehr würde sich bestimmt als nützlicher erweisen als eine Pistole.

Ich hörte nichts. Selbst die Vögel waren verstummt. Nur der Wind war zu hören, dessen Finger die Asche durchkämmten und sie in die Luft rissen, wo sie unruhig im goldfarbenen Licht tanzte.

Sie waren weg. Ich war in Sicherheit.

Aber ich hatte sie nicht wegfahren hören. Hätte ich nicht den Motor des Pritschenlastwagens hören müssen, das Dröhnen der Humvees, als sie aufgebrochen waren?

Dann fiel mir wieder ein, wie Branch auf Crisco zugegangen war. *Ist er das?*

Wie er sich sein Gewehr über die Schulter gehängt hatte.

Das Gewehr. Ich schlich zu der Leiche hinüber. Meine Schritte klangen wie Donner. Mein Atem wie kleine Explosionen.

Er war vor meinen Füßen mit dem Gesicht voran zu Boden gefallen. Jetzt lag er mit dem Gesicht nach oben da, wenngleich ein Großteil davon hinter seiner Maske verborgen war.

Seine Pistole und sein Gewehr waren verschwunden. Sie mussten beides mitgenommen haben. Eine Sekunde lang bewegte ich mich nicht. Und Bewegung wäre in diesem kritischen Augenblick der Schlacht eine sehr gute Idee gewesen.

Das hier war kein Teil der Dritten Welle. Das war etwas völlig anderes. Es war der Beginn der Vierten, daran bestand kein Zweifel. Und vielleicht handelte es sich bei der Vierten Welle um eine kranke Version von *Unheimliche Begegnung der dritten Art*. Vielleicht war Branch gar kein Mensch und trug deshalb eine Maske.

Ich kniete mich neben den toten Soldaten. Packte die Maske und zog daran, bis ich seine Augen sehen konnte, sehr menschlich aussehende braune Augen, die mir blind ins Gesicht starrten. Ich zog weiter.

Hielt inne.

Ich wollte es sehen, und ich wollte es nicht sehen. Ich wollte es wissen, und ich wollte es doch nicht wissen.

Geh einfach. Es spielt keine Rolle, Cassie. Spielt es eine Rolle? Nein. Es spielt keine Rolle.

Manchmal sagt man Dinge zu seiner Angst – Dinge wie: *Es spielt keine Rolle,* wobei die Worte wirken wie tätschelnde Klapse auf den Kopf eines aufgedrehten Hundes.

Ich erhob mich. Nein, es spielte wirklich keine Rolle, falls der Soldat einen Mund wie ein Hummer hatte oder aussah wie Justin Biebers Zwillingsbruder. Ich hob Sammys Teddybären vom Boden auf und machte mich auf den Weg zum anderen Ende der Lichtung.

Irgendetwas hielt mich jedoch zurück. Ich verschwand nicht im Wald. Ich eilte nicht davon, um mich an die eine Sache zu klammern, die mir die besten Chancen bot: Abstand.

Möglicherweise war der Teddybär dafür verantwortlich. Als ich ihn aufhob, sah ich das Gesicht meines Bruders, gegen die Heckscheibe des Busses gepresst, hörte seine kleine Stimme in meinem Kopf.

Falls du Angst bekommst. Aber lass ihn nicht allein. Vergiss das nicht.

Beinahe hätte ich es vergessen. Wäre ich nicht zu Branch hinübergegangen, um nach seinen Waffen zu sehen, hätte ich es vergessen. Branch war praktisch auf den armen Teddy gefallen.

Lass ihn nicht allein.

Ich hatte im Lager keine Leichen gesehen. Nur die von Dad. Was war, wenn jemand diese drei Minuten Ewigkeit in der Baracke überlebt hatte? Verwundet, aber noch am Leben, für tot erklärt und zurückgelassen.

Es sei denn, ich suchte nicht das Weite. Falls tatsächlich noch jemand am Leben war und die falschen Soldaten gegangen waren, wäre ich diejenige, die ihn für tot erklärte und zurückließ.

Verdammter Mist.

Manchmal redet man sich ein, man hätte eine Wahl, doch in Wirklichkeit hat man keine. Nur weil es Alternativen gibt, bedeutet das nicht, dass sie auch wirklich infrage kommen.

Ich drehte mich um und machte mich auf den Rückweg, wobei ich einen Bogen um Branchs Leiche schlug. Dann tauchte ich in den düsteren Tunnel des Pfades ein.

—— 23. Kapitel ——

Als ich zum dritten Mal vorbeikam, vergaß ich das Sturmgewehr nicht. Ich steckte mir die Luger in den Gürtel, aber da ich mit einem Teddybären in einer Hand kein Sturmgewehr abfeuern konnte, musste ich ihn auf dem Pfad zurücklassen.

»Alles okay. Ich vergesse dich schon nicht«, flüsterte ich Sammys Bär zu.

Ich verließ den Pfad und schlängelte mich lautlos zwischen den Bäumen hindurch. Als ich in die Nähe des Lagers kam, ging ich auf alle viere und kroch das restliche Stück bis zum Waldrand.

Tja, deshalb hast du sie nicht wegfahren hören.

Vosch sprach an der Tür zu dem Lagerschuppen mit zwei Soldaten. Ein paar andere lungerten bei einem der Humvees herum. Insgesamt zählte ich sieben, womit noch fünf weitere blieben, die ich nicht sehen konnte. Waren sie womöglich irgendwo im Wald unterwegs, um nach mir zu suchen? Dads Leichnam war verschwunden – vielleicht hatten die Übrigen Beseitigungsdienst geschoben. Wir waren zweiundvierzig gewesen, die Kinder, die mit den Bussen abtransportiert worden waren, nicht mitgerechnet. Es gab also eine ganze Menge zu beseitigen.

117

Wie sich herausstellte hatte ich recht gehabt: Es handelte sich tatsächlich um einen Beseitigungseinsatz.

Nur dass Silencer Leichen anders beseitigen als wir.

Vosch hatte seine Maske abgenommen. Die beiden Typen, die bei ihm standen, ebenfalls. Sie hatten weder Hummermäuler noch Tentakel, die ihnen aus dem Kinn wuchsen. Sie sahen aus wie ganz normale Menschen, zumindest aus der Ferne.

Die Gasmasken brauchten sie nicht mehr. Warum nicht? Anscheinend hatte es sich bei ihnen um einen Teil der Show gehandelt. Schließlich würden wir von ihnen erwarten, dass sie sich vor einer Infektion schützten.

Zwei der Soldaten bei dem Humvee brachten etwas, das aussah wie eine Bowlingkugel oder ein Globus und die gleiche mattmetallicgraue Farbe hatte wie die Drohnen. Vosch deutete auf eine Stelle in der Mitte zwischen dem Lagerschuppen und der Baracke – auf genau die Stelle, so hatte es den Anschein, an der mein Vater zusammengebrochen war.

Dann entfernten sich alle bis auf eine Soldatin, die sich neben die graue Kugel kniete.

Die beiden Humvees erwachten dröhnend zum Leben. Ein weiterer Motor stimmte in das Duett ein: der Pritschen-Truppentransporter, der außer Sichtweite an der Einfahrt zum Lager geparkt war. Ihn hatte ich völlig vergessen. Die übrigen Soldaten waren vermutlich bereits eingestiegen und warteten. Doch worauf warteten sie?

Die verbliebene Soldatin erhob sich wieder und trottete zurück zu den Humvees. Ich beobachtete, wie sie einstieg. Beobachtete, wie die Humvees in einer Staubwolke losrasten. Beobachtete, wie der Staub umherwirbelte und sich wieder herabsenkte. Und mit ihm senkte sich auch die Stille der sommerlichen Abenddämmerung herab. Die Stille pochte in meinen Ohren.

Und dann fing die graue Kugel an zu leuchten.

Das war ein gutes Zeichen, ein schlechtes Zeichen oder ein

Zeichen, das weder gut noch schlecht war, doch was auch immer es war, gut, schlecht oder keines von beiden, hing von der jeweiligen Perspektive ab.

Sie hatten die Kugel dort abgelegt, also war es für sie ein gutes Zeichen.

Das Leuchten wurde heller. Ein widerliches, gelbliches Grün. Leicht pulsierend. Wie ein ... Ein was? Ein Signalfeuer?

Ich spähte in den sich verdunkelnden Himmel. Die ersten Sterne waren bereits zu sehen. Drohnen entdeckte ich keine.

Wenn es sich aus ihrer Sicht um ein gutes Zeichen handelte, bedeutete das, dass es aus meiner Sicht wahrscheinlich ein schlechtes war.

Nein, nicht wahrscheinlich. Eher in Richtung eindeutig.

Die Intervalle wurden alle paar Sekunden kürzer. Das Pulsieren wurde zu einem Blitzen. Das Blitzen zu einem Blinken.

Puls ... Puls ... Puls ...

Blitz, Blitz, Blitz.

Blinkblinkblink.

Im Halbdunkel erinnerte mich die Kugel an ein Auge, an einen blassen, grünlich gelben Augapfel, der mir zuzwinkerte.

Das Auge wird sich um sie kümmern.

Mein Gedächtnis hat das, was als Nächstes geschah, als eine Serie von Schnappschüssen gespeichert, als eingefrorene Standbilder aus einem Arthaus-Film, gedreht aus der wackeligen Perspektive einer Handkamera.

1. EINSTELLUNG: Ich, auf dem Hintern, wie ein Krebs vom Lager wegkrabbelnd.

2. EINSTELLUNG: Ich, auf den Beinen. Im Laufen. Das Laubwerk eine verschwommene Mischung aus Grün, Braun und Moosgrau.

3. EINSTELLUNG: Sammys Bär. Sein zerkauter kleiner Arm, an dem Sammy von Geburt an gelutscht und genagt hat, entgleitet meinen Fingern.

4. EINSTELLUNG: Ich bei meinem zweiten Versuch, den verdammten Teddybären aufzuheben.

5. EINSTELLUNG: Die Aschegrube im Vordergrund. Ich auf halbem Weg zwischen Criscos Leiche und der von Branch. Sammys Bär an meine Brust gedrückt.

6. bis 10. EINSTELLUNG: Wieder Wald, wieder ich, rennend. Wenn man genau hinschaut, sieht man die Schlucht in der linken Ecke des zehnten Einzelbilds.

11. EINSTELLUNG: Das letzte Einzelbild. Ich in der Luft hängend über der mit Schatten gefüllten Schlucht, aufgenommen unmittelbar nachdem ich über die Kante gesprungen bin.

Die grüne Welle walzte dröhnend über meinen auf dem Boden der Schlucht zusammengerollten Körper, führte Tonnen von Geröll mit sich, eine Lawine aus Bäumen, Erde, toten Vögeln und Eichhörnchen, Waldmurmeltieren und Insekten, dem Inhalt der Aschegrube, Trümmern der pulverisierten Baracke und des Lagerschuppens – Sperrholz, Beton, Nägel, Blech – und den obersten Zentimetern Erdreich aus hundert Metern Umkreis der Explosion. Ich spürte die Druckwelle, bevor ich auf dem Boden der schlammigen Schlucht aufschlug. Einen heftigen, alle Knochen durchrüttelnden Druck auf jedem Quadratzentimeter meines Körpers. Meine Trommelfelle knallten, und ich erinnerte mich daran, dass Crisco gesagt hatte: *Weißt du was passiert, wenn du mit zweihundert Dezibel beschossen wirst?*

Nein, Crisco, das weiß ich nicht.

Aber ich kann es mir ungefähr vorstellen.

—— **24. Kapitel** ——

Der Soldat hinter den Kühlregalen und das Kruzifix in seiner Hand gehen mir einfach nicht aus dem Kopf. Der Soldat und das Kruzifix. Ich denke, dass das womöglich der Grund war, warum ich abgedrückt hatte. Nicht weil ich das Kruzifix für eine Pistole gehalten hatte. Ich habe abgedrückt, weil er ein Soldat war oder zumindest wie ein Soldat gekleidet war.

Er war nicht Branch oder Vosch oder einer der anderen Soldaten, die ich an dem Tag gesehen hatte, an dem mein Vater starb.

Er war es nicht, und er war es doch.

Keiner von ihnen und jeder von ihnen.

Nicht meine Schuld. Das ist es, was ich mir sage. Es ist ihre Schuld. *Sie sind diejenigen, nicht ich,* sage ich dem toten Soldaten. *Wenn du jemandem die Schuld geben möchtest, dann gib sie den Anderen und lass mich in Frieden.*

Wegrennen = sterben. Bleiben = sterben. Sozusagen das Motto dieser Party.

Unter dem Buick glitt ich in ein warmes und traumähnliches Zwielicht. Mein provisorischer Druckverband hatte die Blutung weitgehend gestoppt, doch die Wunde pochte mit jedem der immer langsamer werdenden Schläge meines Herzens.

Es ist nicht so schlimm, erinnere ich mich, gedacht zu haben. *Zu sterben ist gar nicht so schlimm.*

Und dann sah ich Sammys gegen die Heckscheibe des gelben Schulbusses gepresstes Gesicht. Er lächelte. Er war glücklich. Er fühlte sich sicher inmitten der anderen Kinder, und außerdem waren jetzt die Soldaten da, die ihn beschützten und sich um ihn kümmerten und dafür sorgten, dass alles gut werden würde.

Es ließ mich seit Wochen nicht mehr los. Hielt mich nachts wach. Traf mich, wenn ich es am wenigsten erwartete, wenn ich las oder plünderte oder einfach nur in meinem kleinen Zelt im Wald lag und über mein Leben vor der Ankunft der Anderen nachdachte.

Was sollte das Ganze?

Warum hatten sie dieses riesige Affentheater mit Soldaten aufgeführt, die in letzter Sekunde auftauchten, um uns zu retten? Die Gasmasken, die Uniformen, das »Briefing« in der Baracke. Was sollte das Ganze, wenn sie einfach aus einer Drohne einen ihrer blinkenden Augäpfel hätten abwerfen und uns alle in die Luft hätten jagen können?

Als ich an diesem kalten Herbsttag unter dem Buick lag und langsam verblutete, kam mir plötzlich die Antwort. Plötzlicher als die Kugel, die sich durch mein Bein gebohrt hatte.

Sammy.

Sie wollten Sammy. Nein, nicht nur Sammy. Sie wollten alle Kinder. Und um die Kinder zu bekommen, mussten sie uns dazu bringen, dass wir ihnen vertrauten. *Sorgt dafür, dass die Menschen uns vertrauen, schnappt euch die Kinder, und dann jagen wir sie alle in die Luft.*

Warum machten sie sich die Mühe, die Kinder zu retten? Schließlich waren während der ersten drei Wellen Milliarden gestorben; es war nicht so, dass die Anderen eine Schwäche für Kinder gehabt hätten. Warum hatten die Anderen Sammy mitgenommen?

Ich hob den Kopf, ohne nachzudenken, und schlug ihn mir am Unterboden des Buick an, nahm es jedoch kaum zur Kenntnis.

Ich wusste nicht, ob Sammy noch am Leben war. Soweit ich wusste, war ich der letzte Mensch auf Erden. Aber ich hatte ein Versprechen gegeben.

Der kühle Asphalt kratzt an meinem Rücken.

Die warme Sonne scheint auf meine kalte Wange.

Meine tauben Finger umschließen den Türgriff, benutzen ihn, um meinen jämmerlichen, selbstmitleidigen Hintern vom Boden zu hieven.

Ich kann mein verletztes Bein nicht belasten. Ich lehne mich kurz gegen das Auto, dann drücke ich mich in eine aufrechte Position. Auf einem Bein, aber aufrecht.

Womöglich liege ich falsch damit, dass sie Sammy leben lassen möchten. Seit der Ankunft liege ich mit fast allem falsch. Vielleicht bin ich doch der letzte Mensch auf Erden.

Möglicherweise bin ich – nein, wahrscheinlich bin ich – todgeweiht.

Aber wenn ich es tatsächlich bin, die Letzte meiner Art, die letzte Seite der Menschheitsgeschichte, werde ich den Teufel tun, diese Geschichte so enden zu lassen.

Vielleicht bin ich die Letzte, aber ich bin diejenige, die noch da ist. Ich bin diejenige, die dem gesichtslosen Jäger im Wald auf einem verlassenen Highway entgegentreten wird. Ich bin diejenige, die nicht wegläuft, nicht bleibt, sondern ihm entgegentritt.

Denn wenn ich die Letzte bin, dann bin ich die Menschheit.

Und wenn das der letzte Krieg der Menschheit ist, dann bin ich das Schlachtfeld.

II. TEIL
WONDERLAND

25. Kapitel

Nennt mich Zombie.

Kopf, Hände, Füße, Rücken, Bauch, Beine, Arme, Brust – alles tut mir weh. Selbst Blinzeln tut weh. Deshalb versuche ich, mich nicht zu bewegen, und ich versuche, nicht zu viel an die Schmerzen zu denken. Ich versuche, nicht zu viel nachzudenken, Punkt. In den vergangenen drei Monaten habe ich genug von der Seuche gesehen, um zu wissen, was mir bevorsteht: ein totaler Systemausfall, beginnend mit dem Gehirn. Der Rote Tod verwandelt das Gehirn in Kartoffelbrei, bevor sich die übrigen Organe verflüssigen. Man weiß nicht mehr, wo man ist, wer man ist, was man ist. Man wird zu einem Zombie, einem wandelnden Toten – wenn man noch die Kraft hätte, um zu wandeln, die man nicht hat.

Ich sterbe. Das weiß ich. Siebzehn Jahre alt, und die Party ist zu Ende.

Kurze Party.

Vor sechs Monaten waren meine größten Sorgen, die Chemieprüfung zu bestehen und einen Ferienjob zu finden, der gut genug bezahlt war, damit ich die Überholung des Motors meiner 69er Corvette fertigstellen konnte. Und als das Mutterschiff zum ersten Mal auftauchte, nahm das natürlich einen Teil meiner Gedanken in Anspruch, doch nach einer Weile verblasste es und hatte nur noch einen fernen vierten Rang inne. Ich sah mir wie alle anderen die Nachrichten an und verbrachte zu viel Zeit damit, Links zu witzigen YouTube-Videos darüber weiterzuleiten, aber ich glaubte nie, dass es mich irgendwann persönlich betreffen würde. Im Fernsehen all die Demonstrationen, Protestmärsche und Ausschreitungen zu sehen, die vor dem ersten Angriff stattfanden, war, als würde man sich einen ausländischen Spielfilm oder Nachrichtenbeitrag anschauen. Es hatte nicht den Anschein, als würde mich irgendetwas davon betreffen.

Sterben ist dem Ganzen gar nicht so unähnlich. Man hat nicht das Gefühl, als sei man davon betroffen … bis man davon betroffen ist.

Ich weiß, dass ich sterbe. Das muss mir niemand sagen.

Chris, der Typ, der sein Zelt mit mir geteilt hat, bevor ich krank wurde, sagt es mir trotzdem: »Mann, ich glaube, du stirbst.« Er hockt mit weit aufgerissenen Augen vor dem Zelteingang und blickt starr über den schmutzigen Lumpen, den er sich an die Nase presst.

Chris ist gekommen, um nach mir zu sehen. Er ist ungefähr zehn Jahre älter als ich, und ich habe den Eindruck, dass er mich als eine Art kleinen Bruder betrachtet. Oder vielleicht ist er auch nur gekommen, um nachzusehen, ob ich noch lebe; er ist in diesem Teil des Flüchtlingslagers für die Entsorgung zuständig. Die Feuer brennen Tag und Nacht. Tagsüber hängt dichter, beißender Nebel über dem Lager, das den Wright-Patterson-Luftwaffenstützpunkt umgibt. Nachts taucht der Schein des Feuers den Rauch in ein tiefes Purpurrot, als würde die Luft selbst bluten.

Ich ignoriere seine Bemerkung und frage ihn, was er aus Wright-Patterson gehört hat. Der Stützpunkt ist komplett abgeriegelt, seit die Zeltstadt nach dem Angriff auf die Küsten aus dem Boden schoss. Niemand darf hinein oder heraus. Sie versuchen, den Roten Tod in Schach zu halten, oder zumindest sagen sie uns das. Hin und wieder kommen ein paar gut bewaffnete und in Chemikalienschutzanzüge verpackte Soldaten mit

Wasser und Essensrationen zum Haupttor heraus und sagen uns, es bestünde kein Grund zur Besorgnis, dann verschwinden sie wieder nach drinnen und überlassen uns unserem Schicksal. Wir brauchen Medikamente. Sie sagen uns, es gäbe kein Mittel gegen die Seuche. Wir brauchen sanitäre Einrichtungen. Sie geben uns Schaufeln, damit wir einen Graben ausheben. Wir brauchen Informationen. *Was zum Teufel geht vor sich?* Sie sagen uns, sie wüssten es nicht.

»Sie wissen gar nichts«, sagt Chris zu mir. Er ist ziemlich dünn, hat schütteres Haar und war Buchhalter, bevor die Angriffe Buchhaltung überflüssig machten. »Niemand weiß irgendwas. Nur einen Haufen Gerüchte, bei denen alle so tun, als würde es sich um Neuigkeiten handeln.« Er wirft mir einen Blick zu, dann sieht er weg. Als täte es weh, mich anzusehen. »Möchtest du das Neueste hören?«

Nicht wirklich. »Klar.« Damit er dableibt. Ich kenne den Typen erst seit einem Monat, aber sonst ist niemand mehr übrig, den ich kenne. Ich liege auf einem alten Feldbett, und meine Aussicht besteht aus einem kleinen Stück Himmel. Im Rauch ziehen vage, menschenförmige Silhouetten wie Figuren aus einem Horrorfilm vorbei, und manchmal höre ich jemanden schreien oder weinen, doch ich habe seit Tagen mit niemand anderem mehr gesprochen.

»Die Seuche ist nicht ihre, sondern unsere«, sagt Chris. »Sie ist nach dem Stromausfall aus irgendeiner streng geheimen Regierungseinrichtung entwischt.«

Ich huste. Er zuckt zusammen, geht aber nicht weg, sondern wartet, bis sich mein Anfall wieder legt. Irgendwo unterwegs hat er eines seiner Brillengläser verloren. Mit seinem linken Auge blinzelt er ununterbrochen. Er tritt auf dem schlammigen Boden von einem Fuß auf den anderen. Er möchte gehen; er möchte nicht gehen. Dieses Gefühl kenne ich.

»Wäre das nicht ironisch?«, keuche ich. Ich schmecke Blut.

Er zuckt mit den Schultern. Ironie? Es gibt keine Ironie mehr. Vielleicht gibt es aber auch so viel davon, dass man es nicht mehr Ironie nennen kann. »Die Seuche ist nicht unsere. Denk doch mal nach. Die ersten beiden Angriffe treiben die Überlebenden ins Landesinnere, wo sie in Lagern wie diesem hier Schutz suchen. Das konzentriert die Bevölkerung und schafft die perfekte Brutstätte für das Virus. Millionen Pfund Frischfleisch bequem an einem Ort versammelt. Das ist genial.«

»Das muss man ihnen lassen«, sage ich in dem Versuch, ironisch zu sein. Ich möchte nicht, dass er geht, aber ich möchte ebenso wenig, dass er redet. Er hat die Angewohnheit, Schimpftiraden loszulassen, und ist einer von den Typen, die zu allem eine Meinung haben. Aber irgendetwas passiert, wenn jeder, den man kennenlernt, innerhalb weniger Tage, nachdem man ihn kennengelernt hat, stirbt: Man wird plötzlich weniger wählerisch, mit wem man herumhängt. Man sieht über viele Fehler hinweg. Und man gibt etliche persönliche Marotten auf, wie etwa die große Lüge, dass es einem keine Scheißangst einjagt, seine Eingeweide in Suppe verwandelt zu bekommen.

»Sie wissen, wie wir denken«, sagt er.

»Woher zum Teufel willst du wissen, was sie wissen?« Ich werde langsam sauer. Ich bin mir nicht sicher, warum. Vielleicht bin ich eifersüchtig. Wir haben uns das Zelt geteilt, das gleiche Wasser, das gleiche Essen, und ich bin derjenige, der stirbt. Was macht ihn so besonders?

»Ich weiß es nicht«, antwortet er schnell. »Das Einzige, was ich weiß, ist, dass ich nichts weiß.«

In der Ferne ertönt ein Gewehrschuss. Chris nimmt es kaum zur Kenntnis. Gewehrfeuer ist im Lager nichts Außergewöhnliches. Schüsse auf Vögel. Warnschüsse für die Gangs, die es auf unsere Vorräte abgesehen haben. Manche Schüsse signalisieren einen Selbstmord von jemandem, der sich im Endstadium befindet und beschließt, der Seuche zu zeigen, wer der Boss ist. Als ich ins Lager kam, hörte ich die Geschichte von einer Mutter, die zuerst ihre drei Kinder und anschließend sich selbst umbrachte, anstatt dem Vierten Reiter entgegenzutreten. Ich konnte mich nicht entscheiden, ob sie tapfer oder dumm war. Und dann hörte ich auf, mir Gedanken darüber zu machen. Wen interessiert schon, was sie *war*, wenn sie inzwischen tot ist?

Er hat nicht mehr viel zu sagen, deshalb sagt er es schnell, um sich aus dem Staub machen zu können. Wie viele der Nicht-Infizierten ist Chris extrem nervös und wartet ständig auf die nächste Hiobsbotschaft. Kratziger Hals – vom Rauch oder …? Kopfschmerzen – vom Schlafmangel oder vom Hunger oder …? Das ist der Moment, in dem man den Ball zugespielt bekommt und aus dem Augenwinkel den hundertzwanzig Kilo schweren Linebacker mit vollem Tempo auf einen zurasen sieht – nur dass der Moment niemals endet.

»Ich komme morgen wieder«, sagt er. »Brauchst du irgendwas?«

»Wasser.« Obwohl ich es nicht bei mir behalten kann.

»Bringe ich dir, Kumpel.«

Er erhebt sich. Alles, was ich jetzt noch sehe, sind seine schlammbedeckte Hose und seine schmutzverkrusteten Stiefel. Ich weiß nicht, woher ich es weiß, aber ich weiß, dass ich Chris zum letzten Mal gesehen habe. Er wird nicht wiederkommen, und wenn er es doch tut, werde ich es nicht mehr zur Kenntnis nehmen. Wir verabschieden uns nicht. Inzwischen sagt niemand mehr auf Wiedersehen. Seit das Große Grüne Auge am Himmel aufgetaucht ist, hat das Wort eine völlig neue Bedeutung angenommen.

Ich beobachte, wie der Rauch umherwirbelt, als er geht. Dann hole ich die Silberkette unter der Decke hervor. Ich streiche mit dem Daumen über die glatte Oberfläche des herzförmigen Medaillons, halte es mir im schwindenden Licht dicht vor die Augen. Der Verschluss ging in der Nacht kaputt, als ich es ihr vom

Hals riss, aber es ist mir gelungen, ihn mithilfe einer Nagelschere zu reparieren.

Ich blicke zum Zelteingang und sehe sie dort stehen, doch ich weiß, dass es sich nicht wirklich um sie handelt, sondern dass das Virus sie mir zeigt, da sie dasselbe Medaillon trägt, das ich in der Hand halte. Der Krankheitserreger zeigt mir alle möglichen Dinge. Dinge, die ich sehen möchte, und Dinge, die ich nicht sehen möchte. Das kleine Mädchen im Zelteingang ist beides.

Bubby, warum hast du mich verlassen?

Ich öffne den Mund. Ich schmecke Blut. »Geh weg.«

Ihr Abbild beginnt zu flimmern. Ich reibe mir die Augen, und anschließend sind meine Fingerknöchel feucht vor Blut.

Du bist weggelaufen. Bubby, warum bist du weggelaufen?

Und dann reißt der Rauch sie auseinander, lässt sie zersplittern, zertrümmert ihren Körper in nichts. Ich rufe ihr zu. Sie nicht zu sehen, ist noch grausamer, als sie zu sehen. Ich umklammere die Silberkette so fest, dass mir ihre Glieder in die Handfläche schneiden.

Ich strecke die Hand nach ihr aus. Laufe von ihr weg.

Strecke die Hand aus. Laufe.

Vor dem Zelt der rötliche Rauch von Scheiterhaufen. Im Zelt der rötliche Nebel der Seuche.

Du hast Glück gehabt, sage ich zu Sissy. *Du bist gegangen, bevor es richtig scheußlich wurde.*

In der Ferne ertönen Schüsse. Nur dass es sich diesmal nicht um das sporadische *Peng-Peng* irgendeines verzweifelten Flüchtlings handelt, der auf Schatten schießt, sondern um schwere Waffen, die mit einem ohrenbetäubenden *Pa-DUMM* losgehen. Das schrille Kreischen von Leuchtspurmunition. Das Knattern von automatischen Waffen.

Wright-Patterson ist unter Beschuss.

Ein Teil von mir ist erleichtert. Es ist wie eine Befreiung, wie das letztendliche Losbrechen eines Gewitters nach langem Warten. Der andere Teil von mir – derjenige der noch immer glaubt, ich könnte die Seuche überleben –, ist drauf und dran, sich in die Hose zu machen. Zu schwach, um mich von dem Feldbett zu erheben, und zu verängstigt, um mich zu erheben, wenn ich nicht zu schwach wäre. Ich schließe die Augen und flüstere ein Gebet für die Männer und Frauen von Wright-Patterson, damit sie ein oder zwei Eindringlinge für mich und Sissy erledigen. Aber vor allem für Sissy.

Jetzt sind Explosionen zu hören. Heftige Explosionen. Explosionen, die den Boden erbeben lassen, die auf der Haut vibrieren, die einem fest gegen die Schläfen drücken und einem die Brust zusammenschnüren. Es klingt, als würde die Welt in Stücke gerissen werden, was in gewisser Weise auch passiert.

Das kleine Zelt wird von Rauch erstickt, und sein Eingang leuchtet wie ein dreieckiges Auge, wie eine glühende Kohle in hellem, höllischem Rot. *Das ist es*, denke ich. *Ich werde doch nicht an der Seuche sterben. Ich lebe noch lange genug, um von echten außerirdischen Eindringlingen vernichtet zu werden. Eine bessere Art und Weise, um das Zeitliche zu segnen, zumindest eine schnellere.* Ich versuche, meinem bevorstehenden Ableben etwas Positives abzugewinnen.

Ein Gewehrschuss ertönt. Sehr nah, seinem Klang nach zu urteilen etwa zwei oder drei Zelte weiter. Ich höre eine Frau zusammenhangloses Zeug schreien. Ein weiterer Schuss, und die Frau schreit nicht mehr. Dann noch zwei Schüsse. Der Rauch wirbelt umher, das rote Auge glüht. Ich kann ihn jetzt auf mich zukommen hören, kann seine Stiefel in der feuchten Erde schmatzen hören. Ich taste unter dem Haufen Klamotten und dem Berg von leeren Wasserflaschen nach meiner Pistole, einem Revolver, den Chris mir an dem Tag gegeben hat, als er mich fragte, ob ich sein Zelt mit ihm teilen möchte. *Wo ist deine Pistole?*, fragte er. Er war geschockt, als er erfuhr, dass ich keine bei mir hatte. *Du brauchst unbedingt eine Pistole, Kumpel*, sagte er. *Selbst Kin-*

der haben Pistolen. Ganz egal, dass ich nicht einmal ein Scheunentor treffen würde und dass die Chancen ziemlich gut stehen, dass ich mir selbst den Fuß wegschießen würde – auch im nachmenschlichen Zeitalter glaubt Chris noch fest an den Zweiten Zusatzartikel der Verfassung.

Ich warte darauf, dass er im Eingang erscheint, Sissys Silbermedaillon in der einen Hand, Chris' Revolver in der anderen. In einer Hand die Vergangenheit. In der anderen die Zukunft. Das ist eine Möglichkeit, es zu betrachten.

Wenn ich mich tot stelle, wird er – oder es – vielleicht weitergehen. Ich beobachte den Eingang mit fast vollständig geschlossenen Augenlidern.

Und dann ist er da, eine dicke schwarze Pupille in dem purpurroten Auge, und schwankt unsicher, als er sich ins Zelt beugt, etwa einen Meter von mir entfernt. Sein Gesicht sehe ich nicht, aber ich höre ihn nach Luft schnappen. Ich versuche, meine eigene Atmung zu kontrollieren, aber egal, wie flach ich atme, das Rasseln der Infektion in meiner Brust klingt lauter als die Explosionen der Schlacht. Ich kann nicht genau erkennen, wie er bekleidet ist, außer dass er sich die Hose in seine hohen Stiefel gesteckt zu haben scheint. Ein Soldat? Ohne Zweifel. Er hat ein Gewehr in den Händen.

Ich bin gerettet. Ich hebe die Hand, in der ich das Medaillon halte, und rufe ihm mit schwacher Stimme zu. Er stolpert vorwärts. Jetzt sehe ich sein Gesicht. Er ist jung, kaum älter als ich, und sein Hals schimmert blutig, genauso wie seine Hände, die das Gewehr halten. Er geht neben dem Feldbett auf ein Knie, dann zuckt er zurück, als er mein Gesicht sieht, die fahle Haut, die geschwollenen Lippen und die eingesunkenen, blutunterlaufenen Augen, die ein verräterisches Anzeichen für die Seuche sind.

Im Gegensatz zu meinen Augen sind die des Soldaten klar – und vor Entsetzen weit aufgerissen.

»Wir haben uns getäuscht, völlig getäuscht!«, flüstert er. »Sie sind bereits hier ... genau hier ... in uns ... schon die ganze Zeit ... in uns.«

Zwei große Gestalten springen durch die Zeltöffnung. Eine packt den Soldaten am Kragen und zerrt ihn ins Freie. Ich hebe den alten Revolver an – oder versuche es zumindest, da er mir aus der Hand rutscht, bevor ich ihn fünf Zentimeter über die Decke heben kann. Dann stürzt sich der Zweite auf mich, schlägt den Revolver beiseite, reißt mich hoch. Das Nachbeben der Schmerzen blendet mich einen Moment lang. Er ruft seinem Kameraden, der soeben wieder ins Zelt getreten ist, über die Schulter etwas zu. »Scanne ihn!« Eine große Metallscheibe wird mir gegen die Stirn gepresst.

»Er ist sauber.«

»Und krank.« Beide Männer tragen einen Kampfanzug – den gleichen Kampfanzug wie der Soldat, den sie weggezerrt haben.

»Wie heißt du, Kumpel?«, fragt einer der beiden.

Ich schüttle den Kopf. Ich kapiere das nicht. Mein Mund geht auf, aber es kommt kein verständlicher Laut heraus.

»Er ist zum Zombie mutiert«, sagt sein Partner. »Lass ihn.«

Der andere nickt, reibt sich das Kinn, blickt auf mich herab. Dann sagt er: »Der Kommandant hat die Bergung aller nicht-infizierten Zivilisten angeordnet.«

Er packt mich in meine Decke ein und hebt mich mit einer flüssigen Bewegung von dem Feldbett und auf seine Schulter. Als eindeutig infizierter Zivilist bin ich ziemlich schockiert.

»Ganz ruhig, Zombie«, sagt er zu mir. »Du kommst jetzt an einen besseren Ort.«

Ich glaube ihm. Und für einen kurzen Moment gestatte ich mir zu glauben, dass ich doch nicht sterben werde.

26. Kapitel

Sie bringen mich in das Krankenhaus des Stützpunkts, in eine unter Quarantäne gestellte Etage, die für Seuchenopfer reserviert ist und den Spitznamen »Zombie-Station« hat, wo ich einen Arm mit Morphium vollgepumpt und einen kräftigen Cocktail mit antiviralen Medikamenten verabreicht bekomme. Ich werde von einer Frau behandelt, die sich als Dr. Pam vorstellt. Sie hat sanfte Augen, eine ruhige Stimme und sehr kalte Hände. Ihr Haar trägt sie zu einem festen Knoten zusammengebunden. Und sie riecht nach Desinfektionsmittel vermischt mit einem Hauch Parfum. Die beiden Gerüche harmonieren nicht gut miteinander.

Ich habe eine zehnprozentige Überlebenschance, sagt sie mir. Ich fange an zu lachen. Anscheinend bin ich wegen der Medikamente ein bisschen im Delirium. Zehn Prozent? Und ich dachte, die Seuche wäre ein Todesurteil. Ich könnte gar nicht glücklicher sein.

In den nächsten beiden Tagen steigt mein Fieber auf vierzig Grad an. Ich breche in kalten Schweiß aus, und selbst mein Schweiß ist mit Blut gesprenkelt. Ich drifte immer wieder in einen deliriösen Dämmerschlaf ab, während sie die Infektion mit allen Mitteln bekämpfen. Es gibt kein Medikament gegen den Roten Tod. Sie können mich nur betäuben und es mir möglichst angenehm machen, bis sich das Virus entschieden hat, ob es ihm gefällt, wie ich schmecke.

Die Vergangenheit drängt sich herein. Manchmal sitzt Dad neben mir, manchmal Mom, aber meistens Sissy. Das Zimmer verfärbt sich rot. Ich sehe die Welt durch einen transparenten Vorhang aus Blut. Die Station verschwindet hinter dem roten Vorhang. Es gibt nur noch mich und den Eindringling in mir und die Toten – nicht nur meine Angehörigen, sondern alle Toten, wie viele Milliarden auch immer es sind, die die Hand nach mir ausstrecken, als ich weglaufe. Sie strecken die Hand aus. Ich laufe. Und mir wird bewusst, dass kein großer Unterschied zwischen uns besteht, zwischen den Lebenden und den Toten; es ist nur eine Frage der Zeitform: vergangenheitstot und zukunftstot.

Am dritten Tag lässt das Fieber nach. Am fünften behalte ich Flüssigkeiten bei mir, und meine Augen und meine Lunge werden langsam wieder frei. Der rote Vorhang zieht sich zurück, und ich sehe die Station, die Kittel und Masken tragenden Ärzte, Schwestern und Pfleger, die Patienten in verschiedenen Stadien des Todes, vergangen und zukünftig, die in einem sanften Meer aus Morphium treiben oder mit zugedecktem Gesicht aus dem Zimmer gerollt werden.

Am sechsten Tag verkündet Dr. Pam, dass ich das Schlimmste überstanden hätte. Sie setzt alle meine Medikamente ab, was mich irgendwie runterzieht. Ich werde mein Morphium vermissen.

»Nicht meine Entscheidung«, erklärt sie mir. »Sie werden auf die Genesungsstation verlegt, bis sie wieder aufstehen können. Wir brauchen Sie nämlich.«

»Sie brauchen mich?«

»Für den Krieg.«

Der Krieg. Ich erinnere mich an das Feuergefecht, an die Explosionen, an den Soldaten, der in mein Zelt geplatzt ist, und an *Sie sind in uns!*

»Was ist los?«, frage ich. »Was ist hier passiert?«

Sie hat sich bereits umgedreht, reicht einem Pfleger mein Krankenblatt und sagt zu ihm mit leiser Stimme, allerdings nicht so leise, dass ich sie nicht verstehe: »Bringen Sie ihn um fünfzehn Uhr in den Untersuchungsraum, wenn die Medikamente nicht mehr wirken. Dann etikettieren wir ihn und tüten ihn ein.«

27. Kapitel

Ich werde zu einem großen Hangar in der Nähe des Eingangs zum Stützpunkt gebracht. Wohin ich auch blicke, sehe ich Spuren des Gefechts, das vor kurzem stattgefunden hat. Ausgebrannte Fahrzeuge, die Trümmer zerstörter Gebäude, kleine, hartnäckig schwelende Feuer, pockennarbiger Asphalt und Krater von einem Meter Durchmesser durch Mörserbeschuss. Der Sicherheitszaum ist jedoch repariert worden, und dahinter sehe ich ein Niemandsland aus geschwärzter Erde, wo sich früher die Zeltstadt befunden hatte.

In dem Hangar malen Soldaten riesige rote Kreise auf den blanken Betonboden. Flugzeuge sind keine zu sehen. Ich werde durch eine Tür im hinteren Bereich in einen Untersuchungsraum geschoben, wo ich auf einen Tisch gehievt und ein paar Minuten allein gelassen werde, während ich in meinem dünnen Krankenhauskittel unter dem grellen Neonlicht fröstle. Was sollen die großen roten Kreise? Und wie haben sie es geschafft, die Stromversorgung wieder in Gang zu bringen? Und was hat sie mit »etikettieren und eintüten« gemeint? Ich kann meine Gedanken nicht daran hindern, in alle Richtungen abzuschweifen. Was ist hier passiert? Wenn die Außerirdischen den Stützpunkt angegriffen haben, wo sind dann die toten Außerirdischen? Wo ist ihr abgeschossenes Raumschiff? Wie ist es uns gelungen, uns gegen eine Intelligenz zu verteidigen, die der unseren Tausende von Jahren voraus ist – und sie zu besiegen?

Die innere Tür geht auf, und Dr. Pam kommt herein. Sie leuchtet mir mit einem grellen Licht in die Augen. Hört mein Herz und meine Lunge ab, drückt mit dem Daumen auf verschiedene Stellen meines Körpers. Dann zeigt sie mir ein silbergraues Kügelchen, das ungefähr so groß wie ein Reiskorn ist.

»Was ist das?«, frage ich. Ich rechne beinahe damit, dass sie mir sagt, es handle sich um ein außerirdisches Raumschiff:

Wir haben herausgefunden, dass sie die Größe von Amöben haben.

Stattdessen erklärt sie mir, dass es sich bei dem Kügelchen um einen Peilsender handelt, der mit dem Großrechner des Stützpunkts verbunden ist. Streng geheim und seit Jahren beim Militär in Gebrauch. Die Idee lautet, ihn der gesamten Belegschaft zu implantieren, die überlebt hat. Jedes Kügelchen überträgt sein ganz individuelles Signal, eine Signatur, die von Detektoren aus einer Entfernung von bis zu einer Meile aufgefangen werden kann. Um uns nicht aus den Augen zu verlieren, erklärt sie mir. Um für unsere Sicherheit zu sorgen.

Sie gibt mir eine Spritze in den Nacken, um mich zu betäuben, dann setzt sie mir das Kügelchen in der Nähe der Schädelbasis unter der Haut ein. Sie verbindet die Wunde, hilft mir wieder in den Rollstuhl und bringt mich in den angrenzenden Raum, der wesentlich kleiner ist als der erste. Ein weißer Kippstuhl, der mich an eine Zahnarztpraxis erinnert. Ein Computer und ein Monitor. Sie hilft mir auf den Stuhl und fängt an, mich festzuschnallen: Riemen über meine Handgelenke, Riemen über meine Knöchel. Ihr Gesicht ist meinem sehr nahe. Heute hat das Parfum im Krieg der Gerüche gegenüber dem Desinfektionsmittel die Nase leicht vorn. Ihr entgeht mein Gesichtsausdruck nicht. »Haben Sie keine Angst«, sagt sie. »Es tut nicht weh.«

Verängstigt flüstere ich: »Was tut nicht weh?«

Sie geht zu dem Monitor hinüber und hackt Befehle in die Tastatur.

»Wir haben dieses Programm auf einem Laptop gefunden, der einem der Befallenen gehört hat«, erklärt Dr. Pam. Bevor ich fragen kann, was zum Teufel ein Befallener ist, fährt sie fort: »Wir sind uns nicht sicher, wozu die Befallenen es benutzt haben, aber wir wissen, dass es völlig ungefährlich ist. Sein Codename lautet Wonderland.«

»Was tut es denn?«, frage ich. Ich bin mir nicht sicher, was sie mir sagt, aber es klingt so, als würde sie mir sagen, dass die Außerirdischen Wright-Patterson irgendwie infiltriert und sich in seine Computersysteme gehackt haben. Das Wort *befallen* geht mir nicht mehr aus dem Kopf. Und das blutige Gesicht des Soldaten, der in mein Zelt platzte. *Sie sind in uns.*

»Es ist ein Abbildungsprogramm«, antwortet sie. Was eigentlich keine Antwort ist.

»Was bildet es ab?«

Sie sieht mich einen langen, unbehaglichen Moment an, als überlege sie, ob sie mir die Wahrheit sagen soll oder nicht. »Es bildet Sie ab. Schließen Sie die Augen, atmen Sie tief ein. Ich zähle runter von drei ... zwei ... eins ...«

Und das Universum explodiert.

Plötzlich bin ich wieder drei Jahre alt, halte mich an den Stäben meines Kinderbetts fest, hüpfe auf und ab und schreie, als würde mich jemand ermorden. Ich erinnere mich nicht an diesen Tag, ich erlebe ihn.

Dann bin ich sechs und schwinge meinen Plastikbaseballschläger. Den ich geliebt habe; den ich ganz vergessen hatte.

Jetzt zehn, auf der Heimfahrt von der Tierhandlung mit einer Tüte voller Goldfische auf dem Schoß, diskutiere ich mit meiner Mom über Namen. Sie trägt ein leuchtend gelbes Kleid.

Dreizehn, es ist Freitagabend, ich spiele Kinderfootball, und die Menge feuert uns an. Ich presche vor.

Die Filmrolle verlangsamt sich. Ich habe das Gefühl zu ertrinken – in dem Traum von meinem Leben zu ertrinken. Meine Beine reißen hilflos an den Fesseln, festgezurrt, rennend.

Rennend.

Erster Kuss. Ihr Name ist Lacey. Meine Mathelehrerin in der neunten Klasse und ihre fürchterliche Handschrift. Ich mache meinen Führerschein. Alles da, keine Lücken, alles fließt aus mir heraus, während ich in Wonderland hineinfließe.

Alles.

Ein grüner Klecks am Nachthimmel.

Ich halte die Bretter, während Dad sie vor die Wohnzimmerfenster nagelt. Das Geräusch von Schüssen ein paar Häuser weiter, splitterndes Glas, schreiende Menschen. Und der Hammer klopft: *bam, bam, BAM.*

»Blast die Kerzen aus …« Moms hysterisches Flüstern. »Hört ihr sie denn nicht? Sie kommen!«

Und mein Vater, ruhig, in der völligen Finsternis: »Wenn mir irgendwas zustößt, dann kümmere dich um deine Mutter und um deine kleine Schwester.«

Ich befinde mich im freien Fall. Endgeschwindigkeit. Kein Entrinnen. Ich werde mich an jenen Abend nicht nur erinnern. Ich werde ihn noch einmal durchleben.

Es hat mich den ganzen Weg bis in die Zeltstadt verfolgt. Das, vor dem ich weggelaufen bin, vor dem ich noch immer weglaufe, das mich nie losgelassen hat.

Wonach ich die Hand ausstrecke. Wovor ich davonlaufe.

Kümmere dich um deine Mutter. Kümmere dich um deine kleine Schwester.

Die Haustür fliegt mit einem Krachen auf. Dad schießt dem ersten Eindringling direkt in die Brust. Der Typ muss von irgendetwas high sein, weil er einfach weiterläuft. Ich sehe eine abgesägte Schrotflinte im Gesicht meines Vaters, und das ist das Letzte, was ich vom Gesicht meines Vaters sehe.

Der Raum füllt sich mit Schatten, und bei einem der Schatten handelt es sich um meine Mutter, und dann sind da weitere Schatten und heisere Schreie. Ich renne mit Sissy in den Armen die Treppe hinauf und merke zu spät, dass ich in eine Sackgasse laufe.

Eine Hand packt mein T-Shirt und reißt mich nach hinten, und ich falle rückwärts die Treppe hinunter, wobei ich Sissy mit meinem Körper schütze und mit dem Kopf zuerst auf dem Boden aufschlage.

Dann Schatten, riesige Schatten, und ein Schwarm von Fingern, die sie mir aus den Armen reißen. Und Sissy, die schreit: *Bubby, Bubby, Bubby, Bubby!*

Ich strecke im Dunkeln die Hände nach ihr aus. Meine Finger packen das Medaillon um ihren Hals und reißen die Silberkette ab.

Dann, wie an dem Tag, als die Lichter für immer verloschen, erstirbt die Stimme meiner Schwester abrupt.

Jetzt gehen die Mistkerle auf mich los. Zu dritt, auf Drogen oder verzweifelt auf der Suche nach welchen, treten, schlagen, ein heftiger Regen von Hieben trifft meinen Rücken, meinen Bauch, und als ich die Hände hebe, um mein Gesicht zu schützen, sehe ich, wie sich die Silhouette von Dads Hammer über meinen Kopf erhebt.

Er saust nach unten. Ich rolle mich weg. Der Hammerkopf streift meine Schläfe, und sein Schwung sorgt dafür, dass er dem Typen gegen das Schienbein prallt. Er fällt mit einem gequälten Jaulen auf die Knie.

Wieder auf den Beinen, renne ich in die Küche und höre das Donnern ihrer Schritte, als sie mir folgen.

Kümmere dich um deine kleine Schwester.

Im Garten stolpere ich über irgendetwas, wahrscheinlich über den Gartenschlauch oder über eines von Sissys bescheuerten Spielzeugen. Ich falle mit dem Gesicht voran unter einem sternenübersäten Himmel ins feuchte Gras, und die leuchtende grüne Kugel, das kreisende Auge, starrt kalt auf mich herab, auf denjenigen mit dem silbernen Medaillon in seiner blutenden Hand, auf denjenigen, der überlebt hat, der nicht zurückgegangen ist, der weggelaufen ist.

——— 28. Kapitel ———

Ich bin so tief gefallen, dass mich nichts erreichen kann. Zum ersten Mal seit Wochen fühle ich mich betäubt. Ich fühle mich nicht einmal wie *ich*. Es gibt keine Grenze, wo ich ende und das Nichts beginnt.

Ihre Stimme dringt in die Dunkelheit, und ich halte mich an ihr fest wie an einer Rettungsleine, um mich aus dem bodenlosen Brunnen zu ziehen.

»Es ist vorbei. Alles in Ordnung. Es ist vorbei …«

Ich durchbreche die Oberfläche in die wirkliche Welt, schnappe nach Luft, weine unkontrolliert wie ein totales Weichei und denke: *Du täuschst dich, Doc. Es ist nie vorbei. Es geht einfach immer weiter.* Ihr Gesicht schwimmt ins Blickfeld, und mein Arm zuckt gegen die Fessel, als ich versuche, sie zu packen. Sie muss dafür sorgen, dass das aufhört.

»Was war das, verdammt?«, frage ich in krächzendem Flüsterton. Mein Rachen brennt, mein Mund ist trocken. Ich fühle mich, als würde ich ungefähr fünf Pfund wiegen, als sei mir alles Fleisch von den Knochen gerissen worden. Und ich hatte gedacht, die Seuche wäre schlimm!

»Wir können auf diese Weise in Sie hineinblicken, um zu sehen, was tatsächlich vor sich geht«, sagt sie in sanftem Tonfall. Sie streicht mir mit der Hand über die Stirn. Diese Geste erinnert mich an meine Mutter, was mich daran erinnert, wie ich meine Mutter im Dunkeln verloren habe, wie ich in der Nacht von ihr weggelaufen bin, was mich daran erinnert, dass ich nicht an diesen weißen Stuhl gefesselt sein sollte. Ich sollte bei ihnen sein. Ich hätte bleiben und mich dem stellen sollen, dem sie sich gestellt haben. *Kümmere dich um deine kleine Schwester.*

»Das ist meine nächste Frage«, sage ich und gebe mir Mühe, mich zu konzentrieren. »Was geht denn vor sich?«

»Sie sind in uns«, erwidert sie. »Wir wurden von innen angegriffen, von befallenen Mitarbeitern, die ins Militär eingeschleust wurden.«

Sie lässt mir ein paar Minuten Zeit, um das zu verdauen, während sie mir mit einem kühlen, feuchten Tuch die Tränen aus dem Gesicht wischt. Es macht mich wahnsinnig, wie mütterlich sie ist, und die wohltuende Kühle des Tuchs ist eine angenehme Folter.

Sie legt das Tuch beiseite und sieht mir tief in die Augen. »Auf Grundlage des Verhältnisses zwischen Befallenen und Reinen hier im Stützpunkt schätzen wir, dass es sich bei jedem dritten Menschen auf der Erde, der überlebt hat, um einen von ihnen handelt.«

Sie lockert die Riemen. Ich bin substanzlos wie eine Wolke, leicht wie ein Ballon. Als der letzte Riemen geöffnet wird, rechne ich damit, aus dem Stuhl zu fliegen und gegen die Decke zu prallen.

»Möchten Sie einen sehen?«, fragt sie mich.

Streckt die Hand aus.

—— 29. Kapitel ——

Sie schiebt mich einen Gang entlang zu einem Aufzug. Es handelt sich um einen One-Way-Express, der uns mehrere Dutzend Meter unter die Erdoberfläche befördert. Die Tür öffnet sich in einen langen Korridor mit weißen Ytong-Wänden. Dr. Pam verrät mir, dass wir uns im Luftschutzkomplex befinden, der beinahe so groß ist wie der Stützpunkt über uns und darauf ausgelegt, einer atomaren Explosion mit einer Wucht von fünfzig Megatonnen zu widerstehen. Ich sage ihr, dass ich mich bereits sicherer fühle. Sie lacht, als hielte sie das für ziemlich lustig. Ich rolle an Seitengängen und nicht gekennzeichneten Türen vorbei, und obwohl der Boden eben ist, kommt es mir so vor, als würde ich zum tiefsten Punkt der Erde gebracht werden, zu dem Loch, in dem der Teufel sitzt. Soldaten eilen den Korridor auf und ab; wenn ich an ihnen vorbeigeschoben werde, wenden sie den Blick ab und verstummen.

Möchten Sie einen sehen?

Ja. Um Gottes willen, nein.

Sie bleibt vor einer der nicht gekennzeichneten Türen stehen und zieht eine Schlüsselkarte durch den Schließmechanismus. Das rote Licht wird grün. Sie schiebt mich in den Raum und stellt den Rollstuhl vor einem langen Spiegel ab. Mein Mund geht auf, mir klappt die Kinnlade herunter, und ich schließe die Augen, denn was auch immer in dem Rollstuhl sitzt, kann nicht ich sein.

Als das Mutterschiff erstmals auftauchte, wog ich gut fünfundachtzig Kilo, das meiste davon Muskelmasse. Fast zwanzig Kilo dieser Muskeln sind verschwunden. Der Fremde im Spiegel sieht mich mit den Augen eines Verhungernden an: riesig, eingesunken, von geschwollenen schwarzen Ringen umgeben. Das Virus hat mein Gesicht mit dem Messer bearbeitet, hat meine Wangen weggeschabt, mein Kinn gespitzt, meine Nase verschmälert. Mein Haar ist strähnig und trocken und fällt stellenweise aus.

Er ist zum Zombie mutiert.

Dr. Pam deutet mit einem Nicken auf den Spiegel. »Keine Angst. Er kann uns nicht sehen.«

Er? Von wem spricht sie?

Sie drückt einen Knopf, und die Beleuchtung auf der anderen Seite des Spiegels geht an. Mein Spiegelbild wirkt jetzt gespenstisch. Ich kann durch mich hindurch auf die Person auf der anderen Seite blicken.

Es handelt sich um Chris.

Er ist an einen Stuhl gefesselt, der identisch mit dem im Wonderland-Raum ist. Kabel verlaufen von seinem Kopf zu einer großen Konsole mit blinkenden roten Lämpchen hinter ihm. Er hat Probleme damit, den Kopf oben zu halten, wie ein Schüler, der im Unterricht einnickt.

Sie bemerkt, dass ich mich bei seinem Anblick versteife, und fragt: »Was ist? Kennen Sie ihn?«

»Sein Name ist Chris. Er ist mein … Ich habe ihn im Flüchtlingslager kennengelernt. Er hat mir angeboten, sein Zelt mit mir zu teilen, und er hat mir geholfen, als ich krank wurde.«

»Sie sind mit ihm befreundet?« Sie wirkt überrascht.

»Ja. Nein. Ja, ich bin mit ihm befreundet.«

»Er ist nicht der, für den Sie ihn halten.«

Sie drückt eine Taste, und der Bildschirm erwacht zum Leben. Ich reiße den Blick von Chris los, richte ihn von seinem Äußeren auf sein Inneres, vom Sichtbaren auf das Verborgene, denn auf dem Bildschirm kann ich sein Gehirn sehen, das von durchsichtigen Knochen ummantelt ist und in einem widerlichen gelblichen Grün leuchtet.

»Was ist das?«, frage ich im Flüsterton.

»Der Befall«, erwidert Dr. Pam. Sie drückt erneut einen Knopf und zoomt den vorderen Teil von Chris' Gehirn heran. Die ekelerregende Farbe intensiviert sich und leuchtet neongrell. »Das ist der präfrontale Cortex, der denkende Teil des Gehirns – der Teil, der uns zu Menschen macht.«

Sie zoomt einen Bereich, der nicht größer als ein Stecknadelkopf ist, ganz nah heran, und dann sehe ich es. Mein Magen macht eine langsame Drehung. Im Weichgewebe eingebettet befindet sich eine pulsierende, eiförmige Wucherung, verankert mit Tausenden wurzelartigen Ranken, die in alle Richtungen ausfächern und sich in jede Falte und Ritze seines Gehirns graben.

»Wir wissen nicht, wie ihnen das gelungen ist«, sagte Dr. Pam. »Wir wissen nicht einmal, ob sich die Befallenen ihrer Anwesenheit bewusst sind oder ob sie schon ihr ganzes Leben lang Marionetten sind.«

Das Ding, das sich in Chris' Gehirn verankert hat, pulsiert.

»Entfernen Sie es aus seinem Kopf.« Ich bringe die Worte nur mit Mühe über die Lippen.

»Das haben wir schon versucht«, sagt Dr. Pam. »Medikamente, Bestrahlung, Elektroschockbehandlung, Operation. Nichts funktioniert. Man kann sie nur töten, indem man den Wirt tötet.« Sie schiebt mir die Tastatur hin. »Er wird nichts spüren.«

Verwirrt schüttle ich den Kopf. Ich verstehe nicht.

»Es dauert nicht mal eine Sekunde«, versichert mir Dr. Pam. »Und es ist völlig schmerzfrei. Dieser Knopf hier.«

Ich blicke auf den Knopf hinunter. Er ist mit einer Aufschrift versehen: HINRICHTEN.

»Sie töten nicht Chris. Sie zerstören das Ding in ihm, das Sie töten würde.«

»Er hätte Gelegenheit gehabt, mich zu töten«, erwidere ich. Schüttle den Kopf. Es ist zu viel. Ich werde damit nicht fertig. »Und er hat es nicht getan. Er hat mich am Leben gelassen.«

»Weil der richtige Zeitpunkt noch nicht gekommen war. Er hat Sie vor dem Angriff allein gelassen, nicht wahr?«

Ich nicke. Dann betrachte ich ihn noch einmal durch den halb durchlässigen Spiegel, durch die unscharfe Silhouette meines durchsichtigen Ichs.

»Sie töten nur das, was für das alles verantwortlich ist.« Sie drückt mir etwas in die Hand.

Sissys Medaillon.

Ihr Medaillon, der Knopf und Chris. Und das Ding in Chris.

Und ich. Oder was noch von mir übrig ist. Was ist noch von mir übrig? Was habe ich noch übrig? Die Metallglieder von Sissys Halskette, die in meine Handfläche schneiden.

»Auf diese Weise stoppen wir sie«, drängt mich Dr. Pam. »Bevor es niemanden mehr gibt, der sie stoppen kann.«

Chris auf dem Stuhl. Das Medaillon in meiner Hand. Wie lange bin ich gelaufen? Gelaufen, gelaufen, gelaufen. Verdammt,

145

ich habe es satt zu laufen. Ich hätte bleiben sollen. Ich hätte mich stellen sollen. Ich hätte mich schon damals stellen sollen, dann müsste ich mich jetzt nicht stellen, doch früher oder später muss man sich entscheiden, ob man sich dem stellt, von dem man glaubt, man könne sich ihm nicht stellen, oder ob man davor wegläuft.

Ich lasse meinen Finger so fest ich kann nach unten sausen.

——— **30. Kapitel** ———

Die Genesungsstation gefällt mir wesentlich besser als die Zombie-Station. Zunächst einmal riecht es hier besser, und man bekommt sein eigenes Zimmer. Man liegt nicht mit hundert anderen Leuten draußen auf den Gängen herum. Das Zimmer ist ruhig und bietet Privatsphäre, und es ist leicht, sich einzureden, dass die Welt dieselbe ist wie vor den Angriffen. Zum ersten Mal seit Wochen bin ich in der Lage, feste Nahrung zu mir zu nehmen und alleine ins Bad zu gehen – obwohl ich es nach wie vor vermeide, in den Spiegel zu sehen. Die Tage wirken heller, aber die Nächte sind immer noch schlimm: Jedes Mal, wenn ich die Augen schließe, sehe ich mein skelettartiges Ich in dem Hinrichtungsraum, sehe Chris, gefesselt in dem Raum auf der anderen Seite, und meinen knochigen Finger, der nach unten saust.

Chris ist tot. Dr. Pam zufolge hat er nie existiert. Es gab dieses Ding, das sich irgendwann in der Vergangenheit (sie wissen nicht, wann) in Chris' Gehirn eingenistet hatte (sie wissen nicht, wie). Aus dem Mutterschiff sind keine Außerirdischen heruntergekommen, um Wright-Patterson anzugreifen. Der Angriff fand von innen statt, durch befallene Soldaten, die ihre Waffen gegen ihre Kameraden richteten. Das bedeutet, dass sie sich schon lange in uns versteckt und gewartet hatten, bis die ersten drei Wellen unsere Bevölkerung auf eine überschaubare Zahl reduziert hatten, bevor sie sich zu erkennen gaben.

Was hat Chris gesagt? *Sie wissen, wie wir denken.*

Sie wussten, wir würden darauf vertrauen, dass man zu mehreren sicherer ist. Wussten, wir würden bei denjenigen Zuflucht suchen, die Waffen besaßen. Also, Außerirdische, wie werdet ihr damit fertig? Ganz einfach, schließlich wisst ihr, wie wir denken, nicht wahr? Ihr schleust dort, wo sich die Waffen befinden, Einheiten von Schläfern ein. Selbst wenn eure Truppen beim ersten Angriff scheitern, wie in Wright-Patterson, erreicht ihr euer Endziel, die Gesellschaft zu sprengen. Wenn der Feind genauso aussieht wie man selbst, wie soll man ihn dann bekämpfen?

Dann ist das Spiel vorbei. Hungersnot, Krankheiten, wilde Tiere: Es ist nur eine Frage der Zeit, bis die letzten isolierten Überlebenden tot sind.

Von meinem Fenster im sechsten Stock kann ich das Eingangstor sehen. Bei Einbruch der Dämmerung rollt ein Konvoi alter gelber Schulbusse hinaus, eskortiert von Humvees. Die Busse kehren einige Stunden später vollbeladen mit Menschen zurück, bei denen es sich – wenngleich es in der Dunkelheit nur schwer zu erkennen ist –, überwiegend um Kinder handelt. Sie werden in den Hangar gebracht, wo sie etikettiert und eingetütet werden, die befallenen aussortiert und vernichtet. Das haben mir zumindest die Krankenschwestern gesagt. Angesichts dessen, was wir über die Angriffe wissen, erscheint mir das Ganze verrückt. Wie haben sie so schnell so viele von uns getötet? Ach ja, weil Menschen Herdentiere sind, wie Schafe! Und hier sind wir und sammeln uns schon wieder. Genau in der Schusslinie. Wir könnten ebenso gut den großen roten Mittelpunkt einer Zielscheibe auf den Stützpunkt malen. *Hier sind wir! Feuert, wenn ihr bereit seid!*

Und ich kann einfach nicht mehr.

Auch wenn mein Körper wieder kräftiger wird, mein Lebensmut beginnt zu bröckeln.

Ich verstehe es wirklich nicht. Was hat das Ganze für einen Sinn? Ich meine nicht, was *sie* im Sinn haben; das war von Anfang an ziemlich klar.

Ich meine, was haben wir noch für einen Sinn? Ich bin mir sicher, sie hätten einen anderen Plan gehabt, falls wir uns nicht wieder an einem Ort versammelt hätten, und wenn sie befallene Attentäter hätten einsetzen müssen, um einen von uns dummen, isolierten Menschen nach dem anderen auszulöschen.

Es gibt nichts zu gewinnen. Auch wenn es mir irgendwie gelungen wäre, meine Schwester zu retten, hätte das letzten Endes nichts genützt. Es hätte ihr höchstens noch ein oder zwei Monate gebracht.

Wir sind die Toten. Inzwischen gibt es niemand anderen mehr. Es gibt die Toten der Vergangenheit und die Toten der Zukunft. Leichen und Leichen in spe.

Irgendwo zwischen dem Kellerraum und diesem Zimmer habe ich Sissys Medaillon verloren. Ich wache mitten in der Nacht auf, meine Hand umklammert leere Luft, und ich höre sie meinen Namen schreien, als stünde sie einen halben Meter neben mir, und ich bin wütend, ich bin stinksauer und sage ihr, dass sie den Mund halten soll, ich habe es verloren, es ist weg. Ich bin tot, wie sie, kapiert sie das denn nicht? Ein Zombie, das bin ich.

Ich höre auf zu essen. Ich verweigere meine Medikamente. Ich liege stundenlang im Bett, starre an die Decke, warte darauf, dass es vorbei ist, warte darauf, meiner Schwester und den anderen sieben Milliarden Glücklichen Gesellschaft leisten zu dürfen. Das Virus, das mich aufgefressen hat, wurde von einer anderen Krankheit abgelöst, die noch größeren Appetit hat. Von einer Krankheit mit einer Tötungsrate von hundert Prozent. Und ich sage mir: *Lass sie das nicht tun, Mann! Das ist ebenfalls ein Teil ihres Plans*, aber es bringt nichts. Ich kann mir den lieben langen Tag aufmunternde Worte sagen, doch das ändert nichts an der Tatsache, dass das Spiel in dem Augenblick vorbei war, als das Mutterschiff am Himmel auftauchte. Keine Frage von »ob«, sondern von »wann«.

Und genau in dem Moment, als ich den Punkt erreiche, an dem es kein Zurück mehr gibt, als der letzte Teil von mir, der noch in der Lage ist zu kämpfen, im Begriff ist zu sterben, erscheint mein Retter, als habe er die ganze Zeit darauf gewartet, dass ich diesen Punkt erreiche.

Die Tür geht auf, und sein Schatten füllt den Raum – groß, schlank, kantig, als sei er aus einer Platte schwarzen Marmors geschnitten. Der Schatten fällt auf mich, als er auf mein Bett zugeht. Ich möchte den Blick abwenden, kann aber nicht. Seine Augen – kalt und blau wie ein Gebirgssee – nageln mich fest. Er tritt ins Licht, und ich sehe sein kurz geschorenes sandfarbenes Haar, seine scharf geschnittene Nase und seine schmalen Lippen, die zu einem humorlosen Lächeln verzogen sind. Steife Uniform. Glänzende schwarze Stiefel. Offiziersabzeichen an seinem Kragen.

Er blickt einen langen, unbehaglichen Moment schweigend auf mich herab. Warum kann ich den Blick nicht von diesen eisblauen Augen abwenden? Sein Gesicht ist so kantig, dass es beinahe unwirklich aussieht, wie die Holzschnitzerei eines menschlichen Gesichts.

»Wissen Sie, wer ich bin?«, fragt er. Seine Stimme ist tief, sehr tief, wie die Hintergrundstimme in einem Spielfilmtrailer.

Ich schüttle den Kopf. Woher zum Teufel sollte ich das wissen. Ich habe ihn noch nie in meinem Leben gesehen.

»Ich bin Lieutenant Colonel Alexander Vosch, der Kommandant dieses Stützpunkts.«

Er reicht mir nicht die Hand, sondern starrt mich nur an. Geht um das Bett herum zum Fußende, wirft einen Blick auf mein Krankenblatt. Mein Herz klopft. Es fühlt sich an, als wäre ich ins Büro des Schuldirektors gerufen worden.

»Lunge in Ordnung. Herzfrequenz, Blutdruck. Alles in Ordnung.« Er hängt das Krankenblatt wieder an den Haken. »Nur dass nicht alles in Ordnung ist, oder? Genau genommen ist alles verdammt schlecht.«

Er schiebt einen Stuhl nah ans Bett heran und setzt sich. Die Bewegung ist flüssig, geschmeidig, schnörkellos, als habe er sie stundenlang geübt und Hinsetzen zu einer Wissenschaft gemacht. Er richtet die Bügelfalte seiner Hose zu einer perfekt geraden Linie aus, ehe er fortfährt.

»Ich habe Ihr Wonderland-Profil gesehen. Sehr interessant. Und sehr lehrreich.«

Er greift in seine Tasche, abermals mit solcher Eleganz, dass es eher an eine Tanz- als an eine Handbewegung erinnert, und holt Sissys Silbermedaillon hervor.

»Ich glaube, das gehört Ihnen.«

Er wirft es neben meiner Hand aufs Bett. Wartet darauf, dass ich danach greife. Ich zwinge mich, still liegen zu bleiben, obwohl ich nicht weiß, warum.

Seine Hand kehrt zu seiner Brusttasche zurück. Er wirft mir ein Foto in Portemonnaiegröße auf den Schoß. Es zeigt ein kleines blondes Kind im Alter von etwa sechs, vielleicht sieben Jahren. Mit Voschs Augen. In den Armen einer hübschen Frau, die ungefähr so alt ist wie Vosch.

»Wissen Sie, wer die beiden sind?«

Keine schwierige Frage. Ich nicke. Aus irgendeinem Grund beunruhigt mich das Foto. Ich halte es ihm hin, damit er es wieder einsteckt. Er nimmt es nicht.

»Sie sind meine Silberkette«, sagt er.

»Tut mir leid«, erwidere ich, da ich nicht weiß, was ich sonst sagen soll.

»Sie hätten es nicht so machen müssen, wissen Sie? Haben Sie darüber schon mal nachgedacht? Sie hätten sich alle Zeit der Welt lassen können, um uns zu töten – also warum haben sie beschlossen, uns so schnell zu töten? Warum eine Seuche schicken, die neun von zehn Menschen tötet? Warum nicht sieben von zehn? Warum nicht fünf? Mit anderen Worten, warum haben sie es so verdammt eilig? Ich habe dazu eine Theorie. Möchten Sie sie hören?«

Nein, denke ich. *Das möchte ich nicht. Wer ist dieser Typ, und warum ist er hier und redet mit mir?*

»Es gibt ein Zitat von Stalin«, fährt er fort. »Der Tod eines einzelnen Menschen ist eine Tragödie, aber der Tod von Millionen nur eine Statistik.‹ Können Sie sich sieben Milliarden von irgendetwas vorstellen? Ich habe damit Schwierigkeiten. Es übersteigt unsere Fähigkeit zu begreifen. Und das ist genau der Grund, warum sie es so gemacht haben. Es ist dasselbe, wie beim Football die Führung weiter auszubauen, obwohl das Spiel längst entschieden ist. Sie haben doch Football gespielt, oder? Es geht ihnen nicht darum, unsere Fähigkeit zu kämpfen zu zerstören, sondern darum, unseren Kampfwillen zu brechen.« Er nimmt das Foto und steckt es wieder in seine Tasche. »Also denke ich nicht an die sechs Komma achtundneunzig Milliarden Menschen. Ich denke nur an zwei.« Er deutet mit einem Nicken auf Sissys Medaillon. »Sie haben sie im Stich gelassen. Als sie Sie gebraucht hat, sind Sie weggelaufen. Und Sie laufen noch immer weg. Denken Sie nicht, es wird Zeit, dass Sie aufhören wegzulaufen und für sie kämpfen?«

Ich öffne den Mund, und was auch immer ich sagen wollte, kommt heraus als: »Sie ist tot.«

Er schwenkt die Hand in der Luft. Ich rede Blödsinn. »Wir sind alle tot, mein Sohn. Manche von uns sind allerdings ein Stück weiter als andere. Sie fragen sich, wer zum Teufel ich bin und warum ich hier bin. Tja, wer ich bin, habe Ihnen bereits gesagt, und jetzt werde ich Ihnen sagen, warum ich hier bin.«

»Gut«, flüstere ich. Vielleicht lässt er mich ja in Ruhe, nachdem er es mir erzählt hat. Er macht mich ganz kribbelig. Irgendwas an der Art und Weise, wie er mich ansieht, mit diesem eisigen Starren, mit seiner – es gibt kein anderes Wort dafür – Härte, als wäre er eine Statue, die zum Leben erwacht ist …

»Ich bin hier, weil sie fast alle von uns getötet haben, aber nicht jeden. Und das ist ihr Fehler, mein Sohn. Das ist die Schwachstelle in ihrem Plan. Denn wenn man uns nicht alle auf einmal tötet, dann handelt es sich bei denjenigen, die übrig bleiben, nicht um die Schwachen. Die Starken – und nur die Starken – überleben. Die Gebeugten, aber Ungebrochenen, wenn Sie wissen, was ich meine. Leute wie ich. Und Leute wie Sie.«

Ich schüttle den Kopf. »Ich bin nicht stark.«

»Tja, in diesem Punkt sind wir beide unterschiedlicher Meinung. Sehen Sie, Wonderland bildet nicht nur Ihre Erfahrungen ab; es bildet *Sie* ab. Es verrät uns nicht nur, wer Sie sind, sondern auch, was Sie sind. Ihre Vergangenheit und Ihr Potenzial. Und Ihr Potenzial ist – ohne Witz – jenseits von Gut und Böse. Sie sind genau das, was wir brauchen, und genau zu dem Zeitpunkt, zu dem wir es brauchen.« Er erhebt sich. »Stehen Sie auf.«

Keine Bitte. Sein Tonfall ist genauso steinhart wie seine Gesichtszüge. Ich hieve mich aus dem Bett. Er kommt mit seinem Gesicht ganz nah an meines heran und sagt mit tiefer, bedrohlicher Stimme: »Was wollen Sie? Seien Sie ehrlich.«

»Ich möchte, dass Sie gehen.«

»Nein.« Er schüttelt energisch den Kopf. »Was wollen Sie?«

Ich spüre, dass sich meine Unterlippe vorschiebt wie bei einem kleinen Kind, das kurz vor dem völligen Zusammenbruch steht. Meine Augen brennen. Ich beiße mir fest auf die Zungenspitze und zwinge mich, den Blick vom kalten Feuer in seinen Augen abzuwenden.

»Wollen Sie sterben?«

Nicke ich? Ich kann mich nicht mehr erinnern. Vielleicht habe ich genickt, da er sagt: »Ich lasse Sie aber nicht. Also was jetzt?«

»Ich nehme an, ich werde weiterleben.«

»Nein, das werden Sie nicht. Sie werden sterben. Sie werden sterben, und es gibt nichts, was Sie oder ich oder irgendjemand anders dagegen tun kann. Sie, ich, alle, die noch auf diesem schönen, großen, blauen Planeten übrig sind, werden sterben und ihnen Platz machen.«

Er hat den Nagel auf den Kopf getroffen. Es ist die perfekte Äußerung zum perfekten Zeitpunkt, und plötzlich platzt aus mir heraus, was er mir entlocken wollte.

»Was soll das Ganze dann, hm?«, schreie ich ihm ins Gesicht. »Was soll der ganze Scheiß? Sie haben doch auf alles eine Antwort, also verraten Sie es mir, ich habe nämlich keine Ahnung, warum zum Teufel es mich noch kümmern sollte!«

Er packt mich am Arm und schleudert mich zum Fenster. Zwei Sekunden später steht er neben mir und reißt den Vorhang auf. Ich sehe die Schulbusse im Leerlauf neben dem Hangar stehen und eine Schlange von Kindern, die darauf warten einzusteigen.

»Sie fragen den Falschen«, blafft er. »Fragen Sie doch sie, warum es Sie noch kümmern sollte. Sagen Sie ihnen, dass es keinen Sinn mehr hat. Sagen Sie ihnen, dass Sie sterben wollen.«

Er packt mich an den Schultern und wirbelt mich herum, damit ich ihn ansehen muss. Schlägt mir fest gegen die Brust.

»Sie haben die natürliche Ordnung auf den Kopf gestellt, mein Junge. Besser sterben als leben. Besser aufgeben als kämpfen. Besser sich verstecken als sich stellen. Sie wissen, dass sie uns zuerst hier töten müssen, um uns zu brechen.« Er schlägt mir abermals gegen die Brust. »Die letzte Schlacht um diesen Planeten wird nicht auf einer Ebene oder auf einem Berg oder im Dschungel oder in einer Wüste oder auf dem Meer ausgetragen. Sie wird hier ausgetragen.« Er schlägt mich erneut. Fest. *Peng, peng, peng.*

Und ich bin inzwischen völlig willenlos, gebe allem nach, was sich seit der Nacht, in der meine Schwester gestorben ist, in mir aufgestaut hat, und weine, wie ich noch nie zuvor geweint habe, als wäre Weinen etwas Neues für mich und mir würde gefallen, wie es sich anfühlt.

»Sie sind menschlicher Lehm«, flüstert mir Vosch wütend ins Ohr. »Und ich bin Michelangelo. Ich bin der Baumeister, und Sie werden mein Meisterwerk.« Blassblaues Feuer in seinen Augen, das bis zum Grund meiner Seele brennt. »Gott ruft nicht die Ausgerüsteten, mein Sohn. Gott rüstet die Gerufenen aus. Und Sie wurden gerufen.«

Er lässt mich mit einem Versprechen zurück. Die Worte brennen so heiß in meinem Kopf, dass mir das Versprechen in die tiefsten Stunden der Nacht und in die kommenden Tage folgt.

Ich werde Sie lehren, den Tod zu lieben. Ich werde Sie von Trauer, Schuldgefühlen und Selbstmitleid befreien und Sie mit Hass, Durchtriebenheit und Rachsucht füllen. Ich werde hier meinen letzten Widerstand leisten, Benjamin Thomas Parish.

Er schlägt immer und immer wieder auf meine Brust ein, bis meine Haut brennt und mein Herz in Flammen steht. *Und Sie werden mein Schlachtfeld sein.*

— III. TEIL —
SILENCER

—— 31. Kapitel ——

Eigentlich wäre es ganz einfach gewesen. Er hätte nur zu warten brauchen.

Er war sehr gut darin zu warten. Konnte sich stundenlang hinkauern, regungslos, lautlos, er und sein Gewehr ein Körper, eine Seele, die Grenze, wo er endete und die Waffe begann, verschwommen. Selbst die abgefeuerte Kugel schien mit ihm verknüpft zu sein, durch eine unsichtbare Schnur mit seinem Herzen verbunden, bis sie sich mit Knochen vereinigte.

Der erste Schuss ließ sie zu Boden gehen, und er feuerte sofort einen weiteren ab, der sie jedoch verfehlte. Ein dritter Schuss, als sie neben das Auto hechtete, und die Heckscheibe des Buick explodierte in einer Wolke aus zersplittertem Glas.

Sie war unter den Wagen gerobbt. Genau genommen ihre einzige Möglichkeit, sodass ihm noch zwei Optionen blieben: zu warten, bis sie wieder herauskam, oder seinen Posten im Wald neben dem Highway aufzugeben und die Sache zu beenden. Die weniger riskante Option war, sich nicht vom Fleck zu rühren. Wenn sie herauskroch, würde er sie töten. Wenn nicht, würde die Zeit es tun.

Er lud langsam nach, mit der Besonnenheit von jemandem, der weiß, dass er alle Zeit der Welt hat. Nachdem er ihr tagelang nachgestellt hatte, vermutete er, dass sie sich nicht von der Stelle bewegen würde. Dafür war sie zu schlau. Drei Schüsse hatten sie nicht töten können, doch sie konnte sich ausrechnen, wie gering die Wahrscheinlichkeit war, dass es auch einem vierten Schuss misslingen würde. Was hatte sie in ihr Tagebuch geschrieben?

Am Schluss werden nicht die Glücklichen überleben.

Sie würde ihre Chancen abwiegen. Herauskriechen hatte überhaupt keine Aussicht auf Erfolg. Sie konnte nicht davonlaufen, und selbst wenn sie es könnte, wüsste sie nicht, in welche Richtung sie laufen musste, um sich in Sicherheit zu bringen. Ihre einzige Hoffnung bestand darin, dass er sein Versteck verlassen und eine Entscheidung erzwingen würde. Dann war alles möglich. Vielleicht würde sie sogar Glück haben und ihn als Erstes erschießen können.

Falls es zu einer Konfrontation kam, hatte er keine Zweifel daran, dass sie nicht ohne Gegenwehr untergehen würde. Er hatte gesehen, was sie mit dem Soldaten in dem Mini-Markt gemacht hatte. Gut möglich, dass sie damals verängstigt gewesen war und von Gewissensbissen geplagt wurde, nachdem sie ihn getötet hatte, doch ihre Angst und ihre Schuldgefühle hatten sie nicht davon abgehalten, ihn mit Blei vollzupumpen. Angst lähmte manche Menschen, aber nicht Cassie Sullivan. Angst schärfte ihren Verstand, stärkte ihren Willen, führte ihr ihre Optionen vor Augen. Angst würde sie unter diesem Auto verharren lassen – nicht weil sie sich davor fürchtete herauszukommen, sondern weil dort auszuharren ihre einzige Hoffnung darstellte, am Leben zu bleiben.

Also würde er warten. Bis zum Einbruch der Dunkelheit blieben ihm noch Stunden. Bis dahin würde sie entweder verblutet oder aufgrund von Blutverlust und Dehydration so geschwächt sein, dass es ein Leichtes sein würde, sie auszulöschen.

Sie auszulöschen. Cassie auszulöschen. Nicht Cassie für Cassandra. Oder Cassie für Cassidy. Cassie für Cassiopeia, das Mädchen, das im Wald mit einem Teddybären in der einen Hand und einem Gewehr in der anderen geschlafen hatte. Das Mädchen mit den rotblonden Locken, das barfuß knapp einen Meter fünfundsechzig groß war und so jung aussah, dass er sich gewundert hatte, als er erfuhr, dass sie schon sechzehn war. Das Mädchen, das in der Finsternis des tiefen Waldes geschluchzt hatte, verängstigt im einen Moment, trotzig im nächsten, und sich gefragt hatte, ob sie der letzte Mensch auf Erden war, während er, der Jäger, sich drei oder vier Meter entfernt versteckt und ihrem Weinen gelauscht hatte, bis sie die Erschöpfung in einen ruhelosen Schlaf hatte fallen lassen. Der perfekte Zeitpunkt, um sich lautlos in ihr Camp zu schleichen, ihr das Gewehr an den Kopf zu halten und sie auszulöschen. Denn das war es, was er tat. Das war es, was er war: ein Auslöscher.

Seit dem Ausbruch der Seuche löschte er Menschenleben aus. Seit vier Jahren, seit er in dem für ihn auserwählten menschlichen Körper erwacht war, wusste er, was er war. Auslöscher. Jäger. Mörder. Die Bezeichnung spielte keine Rolle. Cassies Name für ihn, »Silencer«, war ebenso gut wie jeder andere. Er beschrieb seine Aufgabe: Menschen für immer zum Schweigen zu bringen.

Doch an jenem Abend tat er es nicht. Und auch nicht an den folgenden. Jeden Abend kroch er ein Stück näher zu dem Zelt, bewegte sich Zentimeter um Zentimeter über den Waldteppich aus faulendem Laub und feuchter lehmiger Erde, bis sich sein Schatten vor dem schmalen Zelteingang aufbaute und auf sie fiel. Das Zelt war von ihrem Geruch erfüllt, und da waren sie, das schlafende Mädchen, das seinen Teddybären umklammerte, und der Jäger, der sein Gewehr hielt – die eine, die von dem Leben träumte, das ihr genommen worden war, der andere, der an das Leben dachte, das er nehmen würde. Das schlafende Mädchen und der Auslöscher.

Warum löschte er sie nicht aus?

Warum konnte er sie nicht auslöschen?

Weil er sich sagte, dass es unklug wäre. Sie konnte nicht ewig in diesem Wald bleiben. Er konnte sie benutzen, um sich von ihr zu anderen ihrer Spezies führen zu lassen. Menschen sind Herdentiere. Sie scharen sich wie Bienen. Die Angriffe basierten auf dieser entscheidenden Verhaltensweise. Die evolutionäre Notwendigkeit, die sie dazu gezwungen hatte, in Gruppen zu leben, bot die Möglichkeit, sie zu Milliarden zu töten.

Und dann entdeckte er die Notizbücher und fand heraus, dass sie keinen Plan hatte, kein wirkliches Ziel, außer bis zum nächsten Tag zu überleben. Sie hatte keinen Ort mehr, an den sie hätte gehen können, und niemanden mehr, an den sie sich hätte wenden können. Sie war allein. Oder glaubte zumindest, allein zu sein.

An jenem Abend kehrte er nicht mehr zu ihrem Camp zurück. Er wartete bis zum Nachmittag des folgenden Tages, ohne sich einzugestehen, dass er ihr Zeit gab, um zusammenzupacken und aufzubrechen. Ohne sich zu gestatten, sich an ihren stillen, verzweifelten Hilferuf zu erinnern: *Manchmal denke ich, dass ich womöglich der letzte Mensch auf Erden bin.*

Jetzt, als die letzten Minuten des letzten Menschen langsam unter dem Auto verstrichen, ließ die Verspannung in seinen Schultern nach. Sie würde nirgendwohin gehen. Er senkte sein Gewehr, setzte sich an den Fuß des Baumes und rollte den Kopf hin und her, um die Steifheit in seinem Nacken zu lindern. Er war müde. Hatte in letzter Zeit nicht gut geschlafen. Und gegessen. Seit die Vierte Welle ausgerollt war, hatte er ein paar Pfund abgenommen, was ihn jedoch nicht beunruhigte. Zu Beginn der Vierten Welle hatten sie gewisse psychische und physische Rückschläge vorausgesagt. Der erste Abschuss würde der schwierigste werden, der nächste aber einfacher und der übernächste noch einfacher, denn es ist wahr: Selbst die sensibelste Person kann sich an die unsensibelste Sache gewöhnen.

Grausamkeit ist kein Charakterzug. Grausamkeit ist eine Angewohnheit.

Er verdrängte diesen Gedanken. Seine Tätigkeit als grausam zu bezeichnen unterstellte, dass er eine Wahl hatte. Doch zwischen seinesgleichen und einer anderen Spezies zu wählen, war nicht grausam. Es war notwendig. Nicht einfach, nachdem er die letzten vier Jahre seines Lebens vorgetäuscht hatte, sich nicht von ihnen zu unterscheiden, aber notwendig.

Was die beunruhigende Frage aufwarf: Warum hatte er sie nicht bereits am ersten Tag ausgelöscht? Als er die Schüsse in dem Mini-Markt gehört hatte und ihr zu ihrem Camp gefolgt war, warum hatte er sie nicht schon damals ausgelöscht, während sie weinend in der Dunkelheit gelegen hatte?

Für die drei Fehlschüsse auf dem Highway ließ sich eine Erklärung finden. Erschöpfung, Schlafmangel, der Schock, sie wiederzusehen. Er hatte angenommen, sie würde sich auf den Weg nach Norden machen, falls sie ihr Camp überhaupt jemals verlassen sollte, und nicht nach Süden umkehren. Er hatte einen plötzlichen Adrenalinstoß gespürt, als wäre er um eine Straßenecke gebogen und einem längst verloren geglaubten Freund begegnet. Das musste der Grund gewesen sein, weshalb er den ersten Schuss verpatzt hatte. Beim zweiten und beim dritten konnte man von Glück reden – ihrem Glück, nicht seinem.

Aber was war mit all den Tagen, an denen er ihr gefolgt war, sich in ihr Camp geschlichen hatte, während sie unterwegs gewesen war, um herumzustöbern, und selbst ein wenig in ihren Habseligkeiten gestöbert hatte, unter anderem in dem Tagebuch, in das sie geschrieben hatte: *Spätabends in meinem Zelt bilde ich mir manchmal ein, dass ich die Sterne am Himmel kratzen hören kann?* Was war mit den frühen Stunden vor Tagesanbruch, an denen er lautlos durch den Wald dorthin geschlichen war, wo sie schlief, entschlossen, sie dieses Mal auszulöschen, zu tun, worauf er sich sein ganzes Leben lang vorbereitet hatte? Sie war nicht sein erstes Opfer. Und sie würde nicht sein letztes sein.

Eigentlich wäre es ganz einfach gewesen.

Er rieb seine glitschigen Handflächen an den Oberschenkeln. Zwischen den Bäumen war es kühl, doch er triefte vor Schweiß.

Er wischte sich mit dem Ärmel über die Augen. Der Wind auf dem Highway: ein einsames Geräusch. Ein Eichhörnchen huschte an dem Baum neben ihm herunter, unbeeindruckt von seiner Anwesenheit. Unter ihm verschwand der Highway in beiden Richtungen hinter dem Horizont, und nichts bewegte sich außer dem Gras, das sich im einsamen Wind neigte. Bussarde hatten die drei Leichen entdeckt, die auf dem Mittelstreifen lagen; drei fette Vögel landeten und warfen einen genaueren Blick auf sie, während der Rest der Schar hoch oben im Aufwind kreiste. Bussarde und andere Aasfresser erlebten eine Bestandsexplosion. Bussarde, Krähen, verwilderte Katzen, Rudel von hungrigen Hunden. Er war bereits über mehr als eine vertrocknete Leiche gestolpert, die zweifellos jemandes Abendessen gewesen war.

Bussarde. Krähen. Tante Millies getigerte Katze. Onkel Hermans Chihuahua. Schmeißfliegen und andere Insekten. Würmer. Die Zeit und die Elemente räumten den Rest auf. Wenn Cassie nicht herauskam, würde sie unter dem Auto sterben. Nach ihrem letzten Atemzug würde binnen Minuten die erste Fliege auftauchen, um Eier in ihr abzulegen.

Er verdrängte diese ekelerregende Vorstellung. Diesen menschlichen Gedanken. Sein Erwachen lag erst vier Jahre zurück, und er kämpfte noch immer dagegen an, die Welt mit den Augen eines Menschen zu sehen. Am Tag seines Erwachens, als er zum ersten Mal das Gesicht seiner menschlichen Mutter sah, brach er in Tränen aus: Er hatte noch nie etwas so Schönes gesehen – oder etwas so Hässliches.

Für ihn war die Einverleibung schmerzhaft gewesen. Nicht nahtlos und rasch wie beim Erwachen anderer, wie er gehört hatte. Er nahm an, sein Erwachen war schwieriger gewesen als das anderer, weil sein Wirt eine glückliche Kindheit gehabt hatte. Eine ausgeglichene, gesunde menschliche Psyche war am schwierigsten zu absorbieren. Es war noch immer ein tagtäglicher Kampf. Beim Körper seines Wirts handelte es sich nicht um etwas, das unabhängig von ihm war und das er bedienen konnte wie eine Marionette. Es handelte sich um ihn selbst. Die Augen, mit denen er die Welt sah, waren seine Augen. Der Verstand, den er benutzte, um die Welt wahrzunehmen, zu interpretieren, zu analysieren und abzuspeichern, war sein Verstand, programmiert im Lauf von zigtausend Jahren Evolution. Menschlicher Evolution. Er war nicht in dem Körper gefangen und wandelte nicht darin umher, indem er ihn dirigierte wie ein Jockey sein Pferd. Er war dieser menschliche Körper, und der Körper war er. Und falls dem Körper irgendetwas zustoßen sollte – falls er zum Beispiel starb –, dann würde er mit ihm zugrunde gehen.

Das war der Preis des Überlebens. Die Kosten für das letzte verzweifelte Unternehmen der Seinen:

Um sein neues Zuhause von der Menschheit zu befreien, musste er menschlich werden.

Und als Mensch musste er sein Menschsein überwinden.

Er stand auf. Er wusste nicht, worauf er noch wartete. Cassie für Cassiopeia war todgeweiht, eine atmende Leiche. Sie war schwer verletzt. Ob sie weglief oder blieb, es gab keine Hoffnung für sie. Sie hatte keine Möglichkeit, um ihre Verletzung zu behandeln, und es gab meilenweit niemanden, der ihr hätte helfen können. In ihrem Rucksack befand sich eine kleine Tube antibiotische Salbe, aber kein Nähzeug und kein Verbandsmaterial. In ein paar Tagen würde sich die Wunde entzünden, Gangrän würde einsetzen, und sie würde sterben, vorausgesetzt, es kam bis dahin kein anderer Auslöscher vorbei.

Er verschwendete Zeit.

Also erhob sich der Jäger im Wald und erschreckte dabei das Eichhörnchen, das mit einem wütenden Fauchen den Baum hinaufschoss. Er legte sein Gewehr an der Schulter an, nahm den Buick ins Visier und schwenkte das rote Fadenkreuz an der Karosserie vor und zurück, hinauf und hinunter. Was wäre, wenn er die Reifen kaputtschießen würde? Der Wagen würde auf seine Felgen sacken und sie vermutlich unter seinen tausend Kilo Stahlblech zerquetschen. Wegzulaufen käme für sie dann nicht mehr infrage.

Der Silencer ließ sein Gewehr wieder sinken und kehrte dem Highway den Rücken zu.

Die Bussarde, die auf dem Mittelstreifen fraßen, hievten ihre schwerfälligen Körper in die Lüfte.

Der einsame Wind erstarb.

Und dann flüsterte der Instinkt des Jägers: *Dreh dich um.*

Eine blutige Hand tauchte unter dem Wagen auf. Ein Arm folgte. Dann ein Bein.

Er hob sein Gewehr. Visierte sie im Fadenkreuz an. Hielt den Atem an, während ihm Schweiß übers Gesicht strömte und ihm in den Augen brannte. Sie würde es tun. Sie würde weglaufen. Er war erleichtert und verunsichert zugleich.

Der vierte Schuss durfte sein Ziel nicht verfehlen. Er ging breitbeinig in Stellung, straffte die Schultern und wartete darauf, dass sie sich in Bewegung setzte. In welche Richtung, würde keine Rolle spielen. Sobald sie ins Freie gekrochen war, würde sie nirgendwo in Deckung gehen können. Trotzdem hoffte er insgeheim, dass sie in die entgegengesetzte Richtung laufen würde, damit er ihr nicht ins Gesicht schießen musste.

Cassie zog sich hoch, lehnte sich für einen Moment gegen das Auto und richtete sich dann auf, wobei sie unsicher auf ihrem verletzten Bein balancierte und ihre Pistole umklammerte. Er positionierte das rote Kreuz in der Mitte ihrer Stirn. Sein Finger spannte sich auf dem Abzug.

Jetzt, Cassie. Lauf.

Sie stieß sich von dem Auto ab. Hob die Pistole. Richtete sie auf eine Stelle fünfzig Meter zu seiner Rechten. Schwenkte sie um neunzig Grad, schwenkte sie zurück. In der regungslosen Luft kam ihre Stimme schrill und leise bei ihm an.

»Hier bin ich! Komm doch und hol mich, du Scheißkerl!«

Ich komme, dachte er, denn das Gewehr und die Patrone waren ein Teil von ihm, und wenn die Kugel auf Knochen traf, würde er ebenfalls da sein, in ihr, in dem Moment, in dem sie starb.

Noch nicht. Noch nicht, sagte er sich. *Warte, bis sie losrennt.*

Doch Cassie Sullivan rannte nicht los. Ihr Gesicht, gesprenkelt mit Dreck und Blut aus der Schnittwunde an ihrer Wange, schien durch das Zielfernrohr nur Zentimeter entfernt, so nah, dass er die Sommersprossen auf ihrer Nase zählen konnte. Er erkannte die vertraute Angst in ihrem Blick, einen Blick, den er schon hundertmal gesehen hatte, den Blick, den wir auf den Tod richten, wenn er uns in die Augen sieht.

Doch da war noch etwas in ihrem Blick. Etwas, das mit ihrer Angst rang, sich gegen sie wehrte, sie niederbrüllte, sie an der Flucht hinderte und die Pistole in Bewegung hielt. Nicht verstecken, nicht davonlaufen, sondern sich stellen.

Ihr Gesicht verschwamm hinter dem Fadenkreuz: Ihm tropfte Schweiß in die Augen.

Lauf, Cassie. Bitte lauf.

In jedem Krieg kommt der Moment, wenn die letzte Grenze überschritten werden muss. Die Grenze, die das, was man wertschätzt, von dem trennt, was der totale Krieg fordert. Wenn er diese Grenze nicht überschreiten konnte, war die Schlacht vorbei, und er war verloren.

Sein Herz, der Krieg.

Ihr Gesicht, das Schlachtfeld.

Mit einem Schrei, den er nur selbst hören konnte, drehte der Jäger sich um.

Und lief davon.

—— IV. TEIL ——
EINTAGSFLIEGE

—— 32. Kapitel ——

Was Arten zu sterben anbelangt ist Erfrieren gar keine so schlechte.

Das denke ich, während ich erfriere.

Es wird einem überall wärmer. Man hat keine Schmerzen, überhaupt keine. Und man hat das Gefühl zu schweben, als hätte man soeben in einem Zug eine ganze Flasche Hustensaft ausgetrunken. Die weiße Welt schlingt ihre weißen Arme um einen und trägt einen hinunter in ein eisiges weißes Meer.

Und die Stille ist so – Scheiße – still, dass der eigene Herzschlag das einzige Geräusch im Universum ist. So leise, dass die Gedanken in der trüben, bitterkalten Luft flüsternde Laute verursachen.

Hüfttief in einer Schneeverwehung, unter einem wolkenlosen Himmel, von der Schneedecke aufrecht gehalten, weil die Beine es nicht mehr schaffen.

Und man sagt sich: *Ich lebe, ich bin tot, ich lebe, ich bin tot.*

Und der verdammte Teddybär starrt einen von seinem Platz im Rucksack mit seinen großen, braunen, leeren, unheimlichen Augen an und sagt: *Du lausiges Miststück, du hast es versprochen.*

So kalt, dass einem die Tränen an den Wangen gefrieren.

»Es ist nicht meine·Schuld«, sage ich zu Bär. »Ich bin nicht für das Wetter verantwortlich. Wenn du dich beschweren willst, dann beschwer dich bei Gott.«

Das habe ich in letzter Zeit häufig getan: mich bei Gott beschwert.

Wie zum Beispiel: *Gott, was zum Teufel …?*

Er hat mich vor dem Auge verschont, damit ich den Kruzifix-Soldaten töten konnte. Hat mich vor dem Silencer gerettet, damit sich mein Bein entzünden konnte und jeder Schritt eine Reise auf dem Highway zur Hölle wurde. Hat mich weitergehen lassen, bis der Schneesturm kam, für zwei ganze Tage blieb und mich in dieser hüfthohen Verwehung fing, damit ich unter einem strahlend blauen Himmel an Unterkühlung sterben kann.

Vielen Dank, Gott.

Verschont, gerettet, im Stich gelassen, sagt der Bär. *Vielen Dank, Gott.*

Eigentlich spielt es keine Rolle, denke ich. Ich bin auf Dad losgegangen wegen seiner naiven Bewunderung für die Anderen und weil er die Fakten verdreht hat, um die Situation weniger trostlos erscheinen zu lassen, aber ich war eigentlich auch nicht viel besser als er. Mir fiel es genauso schwer, die Vorstellung wegzustecken, dass ich als menschliches Wesen ins Bett gegangen und als Kakerlake aufgewacht war. Ein widerliches, Krankheiten übertragendes Insekt mit einem Gehirn von der Größe eines Stecknadelkopfs zu sein ist etwas, mit dem man nicht so leicht fertigwird. Man braucht Zeit, um sich mit dieser Vorstellung anzufreunden.

Und der Bär sagt: *Wusstest du, dass eine Kakerlake bis zu einer Woche ohne Kopf überleben kann?*

Ja. Das habe ich in Bio gelernt. Soll das also heißen, dass ich ein bisschen schlechter dran bin als eine Kakerlake? Danke. Ich werde mir erarbeiten, was für eine Krankheiten übertragende Plage ich genau bin.

Dann dämmert es mir. Vielleicht ist das der Grund, warum mich der Silencer auf dem Highway am Leben gelassen hat: den Schädling besprühen, dann weggehen. Muss man wirklich in der Nähe bleiben, wenn er sich auf den Rücken dreht und mit seinen sechs dürren Beinen in der Luft strampelt?

Bleib unter dem Buick, lauf, behaupte dich – was spielte es schon für eine Rolle? Bleiben, laufen, behaupten, was auch immer; der Schaden war bereits angerichtet. Mein Bein würde nicht von selbst heilen. Der erste Schuss war ein Todesurteil, also warum noch weitere Munition verschwenden?

Ich saß den Schneesturm im Fond eines Explorer aus. Ich legte die Rückbank um, baute mir eine kuschelige Hütte aus Blech und schaute zu, wie die Welt weiß wurde. Da es mir nicht gelang, eines der elektrischen Fenster zu öffnen, um frische Luft hereinzulassen, füllte sich der Geländewagen schnell mit dem Gestank von Blut und meiner eiternden Wunde.

Meinen Vorrat an Schmerztabletten brauchte ich in den ersten zehn Stunden auf.

Vertilgte den Rest meines Proviants innerhalb eines Tages in dem Geländewagen.

Als ich Durst bekam, machte ich die Heckklappe einen Spalt auf und nahm mir ein paar Hände voll Schnee. Ließ die Heckklappe offen stehen, um ein bisschen frische Luft zu schnappen – bis meine Zähne klapperten und sich mein Atem vor meinen Augen in Eisblöcke verwandelte.

Am Nachmittag des zweiten Tages lag der Schnee fast einen Meter hoch, und meine kleine Blechhütte fühlte sich nicht mehr wie eine Zuflucht an, sondern eher wie ein Sarkophag. Die Tage waren nur zwei Watt heller als die Nächte, und die Nächte waren die Verneinung von Licht – nicht dunkel, sondern absolut lichtlos. *So also sehen Tote die Welt*, dachte ich.

Ich hörte auf, mir Gedanken darüber zu machen, warum der Silencer mich am Leben gelassen hatte. Hörte auf, mir Gedanken über das seltsame Gefühl zu machen, zwei Herzen zu besitzen: eines in der Brust und ein kleineres, ein Miniaturherz, im Knie. Hörte auf, mir Gedanken darüber zu machen, ob es aufhören würde zu schneien, bevor meine beiden Herzen aufhörten zu schlagen.

Ich schlief nicht wirklich. Ich schwebte in dem Bereich dazwischen, drückte Bär an meine Brust, Bär, der die Augen offen hielt, wenn ich es nicht konnte. Bär, der Sammys Versprechen an mich hielt, im Bereich dazwischen für mich da zu sein.

Ähm, apropos Versprechen, Cassie ...

Ich muss mich während dieser beiden eingeschneiten Tage tausendmal bei ihm entschuldigt haben. *Tut mir leid, Sams. Ich habe gesagt, was auch immer passiert, aber du bist zu jung, um zu verstehen, dass es mehr als eine Sorte Blödsinn gibt. Es gibt den Blödsinn, von dem man weiß, dass man ihn kennt; den Blödsinn, den man nicht kennt und von dem man weiß, dass man ihn nicht kennt; und den Blödsinn, den man zu kennen glaubt, aber in Wirklichkeit nicht kennt. Mitten in einer Geheimoperation von Außerirdischen ein Versprechen zu geben, fällt in die letzte Kategorie. Also ... es tut mir leid!*

So leid.

Einen Tag später, hüfttief in einer Schneeverwehung. Cassie, die eisige Jungfrau mit ihrer kecken kleinen Mütze aus Schnee, ihrem gefrorenen Haar und ihren eisverkrusteten Wimpern, ganz warm und schwerelos, langsam sterbend, aber zumindest aufrecht sterbend, während sie versucht, ein Versprechen zu halten, bei dem sie nicht die geringste Chance hat, es zu halten.

Tut mir so leid, Sams, so leid.

Schluss mit Blödsinn.

Ich komme nicht.

—— 33. Kapitel ——

Dieser Ort kann nicht der Himmel sein. Er hat nicht die richtige Atmosphäre.

Ich gehe durch einen dichten Nebel aus weißem, leblosem Nichts. Toter Raum. Kein Geräusch. Nicht einmal der Klang meines eigenen Atems. Um ehrlich zu sein, bin ich mir nicht einmal sicher, ob ich überhaupt noch atme. Das ist Punkt Nummer zwei auf der »Woher weiß ich, dass ich noch am Leben bin?«-Checkliste.

Ich weiß, dass jemand in meiner Nähe ist. Ich kann ihn weder sehen noch hören, weder spüren noch riechen, aber ich weiß, dass er hier ist. Ich weiß nicht, woher ich weiß, dass er ein Er ist, aber ich weiß es, und er beobachtet mich. Er bleibt still, während ich mich durch den dichten weißen Nebel bewege, und hält irgendwie immer denselben Abstand zu mir. Es macht mich nicht nervös, dass er da ist und mich beobachtet. Andererseits beruhigt es mich aber auch nicht wirklich. Er ist einfach ein weiterer Umstand – wie der Umstand, dass es neblig ist. Da sind der Nebel und ich, die Nicht-Atmende, und die Person in meiner Nähe, die mich ständig beobachtet.

Aber es ist niemand da, als sich der Nebel lichtet und ich mich in einem Himmelbett unter drei Lagen Steppdecken wiederfinde, die leicht nach Zeder riechen. Das weiße Nichts weicht und wird vom warmen gelben Schein einer Kerosinlampe abgelöst, die auf einem kleinen Tisch neben dem Bett steht. Als ich den Kopf ein wenig anhebe, sehe ich einen Schaukelstuhl, einen freistehenden hohen Spiegel und die Lamellentüren eines Schlafzimmerschranks. Aus meinem Arm ragt ein Plastikschlauch, dessen anderes Ende an einem Beutel mit durchsichtiger Flüssigkeit befestigt ist, der an einem Metallhaken hängt.

Ich brauche ein paar Minuten, um meine neue Umgebung in mich aufzunehmen, die Tatsache, dass ich von der Taille abwärts nichts spüre, und den ultra-mega-verwirrenden Umstand, dass ich definitiv nicht tot bin.

Ich greife nach unten, und meine Finger ertasten einen dicken Verband an meinem Knie. Gern würde ich auch meine Wade und meine Zehen ertasten, da ich sie nicht spüre und ein wenig beunruhigt bin, dass ich unter dem dicken Bündel von Verbänden womöglich gar keine Wade oder Zehen oder irgendetwas anderes mehr *habe*. Aber ich kann die Hand nicht so weit ausstrecken, ohne mich aufzusetzen, und mich aufzusetzen ist keine Option. Es hat den Anschein, als wären meine Arme die einzigen funktionierenden Körperteile. Ich benutze sie, um die Bettdecke zurückzuschlagen und die obere Hälfte meines Körpers der frostigen Luft auszusetzen. Ich bin mit einem Baumwollnachthemd mit Blumenmuster bekleidet. Und dann denke ich: *Woher kommt dieses Baumwollnachthemd?*, unter dem ich nackt bin. Was natürlich bedeutet, dass ich irgendwann zwischen dem Ausziehen meiner Bekleidung und dem Anziehen des Nachthemds völlig nackt gewesen sein muss, was bedeutet, dass ich *völlig nackt* gewesen sein muss.

Okay, ultra-mega-verwirrender Umstand Nummer zwei.

Ich drehe den Kopf nach links: Kommode, Tisch, Lampe. Nach rechts: Fenster, Stuhl, Tisch. Und da ist Bär, zurückgelehnt auf dem Kissen neben mir, nachdenklich an die Decke starrend, ohne eine Sorge auf der Welt.

Wo in aller Welt sind wir, Bär?

Die Dielen klappern, als unter mir jemand eine Tür zuschlägt. Das dumpfe Poltern von schweren Stiefeln auf blankem Holz. Dann Stille. Eine sehr tiefe Stille, wenn man mein Herz nicht mitzählt, das gegen meine Rippen schlägt, was man aber wahrscheinlich tun sollte, da es so laut ist wie eine von Criscos Schallbomben.

Ponk, ponk, ponk. Immer lauter mit jedem *Ponk.*

Jemand kommt die Treppe herauf.

Ich versuche, mich aufzusetzen. Keine schlaue Idee. Ich komme ungefähr zehn Zentimeter vom Kissen hoch, und das war es dann. Wo ist mein Gewehr? Wo ist meine Pistole? Jemand steht jetzt unmittelbar vor der Tür, und ich kann mich nicht bewegen, und selbst wenn ich es könnte, ich habe nichts außer diesem verdammten Plüschtier. Was könnte ich damit schon anfangen? Den Typen zu Tode kuscheln?

Wenn man keine Optionen hat, ist die beste Option die, nichts zu tun. Sich tot zu stellen. Die Opossum-Option.

Ich beobachte mit fast völlig geschlossenen Augenlidern, wie die Tür aufgeht. Ich sehe ein rotes Karohemd, einen breiten braunen Gürtel, Bluejeans. Ein Paar große, kräftige Hände und ordentlich geschnittene Fingernägel. Ich atme schön gleichmäßig, während er unmittelbar neben mir steht, bei der Metallstange, und vermutlich meine Tropfinfusion überprüft. Er dreht sich um, und ich sehe seinen Hintern, dann dreht er sich wieder um, und sein Gesicht senkt sich in mein Blickfeld, als er sich in den Schaukelstuhl neben dem Spiegel setzt. Ich kann sein Gesicht sehen, und ich kann mein Gesicht im Spiegel sehen. *Atme, Cassie, atme. Er hat ein gutes Gesicht, nicht das Gesicht von jemandem, der dir wehtun will. Wenn er dir wehtun wollte, hätte er dich nicht hierhergebracht und dir eine Infusion gelegt, damit du nicht austrocknest, und das Bettzeug fühlt sich gut und sauber an. Er hat dir deine Klamotten ausgezogen und dich in dieses Baumwollnachthemd gesteckt – na und, was hast du denn erwartet? Deine Klamotten waren verdreckt, genauso wie du, nur dass du es nicht mehr bist und dass deine Haut ein bisschen nach Flieder riecht, was bedeutet, gütiger Himmel, er hat dich gebadet.*

Ich gebe mir Mühe, gleichmäßig zu atmen, und bin dabei nicht besonders erfolgreich.

Dann sagt der Besitzer des guten Gesichts: »Ich weiß, dass du wach bist.« Als ich nicht reagiere, fügt er hinzu: »Und ich weiß, dass du mich beobachtest, Cassie.«

»Woher kennst du meinen Namen?«, krächze ich. Mein Rachen fühlt sich an, als wäre er mit Sandpapier tapeziert. Ich mache die Augen auf. Jetzt kann ich ihn deutlicher sehen. Was sein Gesicht anbelangt, habe ich mich nicht getäuscht. Es ist gut, auf eine ebenmäßige, Clark-Kent-artige Weise. Ich schätze ihn auf achtzehn, neunzehn. Breite Schultern, wohlgeformte Arme, und diese Hände mit der perfekten Nagelhaut. *Tja, sage ich mir, es*

könnte schlimmer sein. Du hättest auch von einem fünfzigjäh-
rigen Perversling mit einem Rettungsring von der Größe eines
Traktorreifens aufgelesen werden können, der seine tote Mut-
ter auf dem Dachboden aufbewahrt.

»Führerschein«, sagt er. Er steht nicht auf, sondern bleibt auf
dem Stuhl sitzen, mit gesenktem Kopf, die Ellbogen auf den Kni-
en, was auf mich eher schüchtern als bedrohlich wirkt. Ich betrachte seine baumelnden Hände und stelle mir vor, wie sie mit
einem warmen, feuchten Tuch über jeden Quadratzentimeter
meines Körpers fahren. Meines völlig nackten Körpers.

»Ich bin Evan«, sagt er als Nächstes. »Evan Walker.«

»Hi«, erwidere ich.

Er stößt ein kurzes Lachen aus, als hätte ich etwas Lustiges
gesagt.

»Hi«, sagt er.

»Wo in aller Welt bin ich, Evan Walker?«

»Im Zimmer meiner Schwester.« Seine tief liegenden Augen
sind schokoladenbraun, genau wie sein Haar, und ein bisschen
traurig und fragend, wie die eines Welpen.

»Ist sie …?«

Er nickt. Reibt langsam seine Hände aneinander. »Die ganze
Familie. Und bei dir?«

»Alle außer meinem kleinen Bruder. Das ist, ähm, sein Bär,
nicht meiner.«

Er lächelt. Es ist ein gutes Lächeln, genauso gut wie sein Gesicht. »Das ist ein sehr hübscher Bär.«

»Er hat schon mal besser ausgesehen.«

»Wie fast alles.«

Ich nehme an, er spricht von der Welt im Allgemeinen, nicht
von meinem Körper.

»Wie hast du mich gefunden?«, frage ich.

Er wendet den Blick ab. Sieht mich wieder an. Mit schokola-
denfarbenen Verirrter-Welpe-Augen. »Die Vögel.«

»Welche Vögel?«

»Bussarde. Wenn ich sie kreisen sehe, schaue ich immer nach. Falls …«

»Schon okay.« Ich möchte nicht, dass er noch weiter ins Detail geht. »Also hast du mich hierher zu dir nach Hause gebracht, mir eine Infusion gelegt … Woher hast du die überhaupt? Und dann hast du mir alle Klamotten … und hast mich gewaschen …«

»Zuerst konnte ich echt kaum glauben, dass du noch am Leben bist, und dann habe ich nicht geglaubt, dass du am Leben bleiben würdest.« Er reibt die Hände aneinander. Ist ihm kalt? Ist er nervös? Auf mich trifft beides zu. »Die Infusion war bereits hier. Während der Seuche kam sie ziemlich gelegen. Wahrscheinlich sollte ich dir das nicht sagen, aber ich habe echt jeden Tag, wenn ich nach Hause gekommen bin, damit gerechnet, dass du tot bist. Dein Zustand war ziemlich schlecht.«

Er greift in seine Hemdtasche, und ich zucke aus irgendeinem Grund zusammen, was er bemerkt und daraufhin beruhigend lächelt. Er hält mir ein Stück Metall von der Größe eines Fingerhuts hin.

»Wenn die dich irgendwo anders getroffen hätten, *wärst* du jetzt tot.« Er rollt die Kugel zwischen Daumen und Zeigefinger. »Woher kam sie?«

Ich verdrehe die Augen. Kann es mir nicht verkneifen. Aber ich verzichte auf das *Meine Güte*. »Aus einem Gewehr.«

Er schüttelt den Kopf. Er denkt, ich hätte die Frage nicht verstanden. Sarkasmus scheint bei ihm nicht zu funktionieren. Wenn dem so ist, stecke ich in Schwierigkeiten: Schließlich ist es mein normaler Kommunikationsmodus.

»Wessen Gewehr?«

»Keine Ahnung – von einem der Anderen. Ein paar von ihnen haben sich als Soldaten ausgegeben und meinen Vater und alle Übrigen in unserem Flüchtlingslager hingerichtet. Ich bin die

Einzige, die lebend rausgekommen ist. Na ja, von Sammy und den anderen Kindern mal abgesehen.«

Er sieht mich an, als wäre ich völlig durchgeknallt. »Und was ist mit den Kindern passiert?«

»Die haben sie weggebracht. Mit Schulbussen.«

»Mit Schulbussen?« Er schüttelt den Kopf. Außerirdische in Schulbussen? Es hat den Anschein, als würde er jeden Moment lächeln. Ich muss seine Lippen ein bisschen zu lange angestarrt haben, da er sich verlegen mit dem Handrücken über den Mund wischt. »Und wohin haben sie sie gebracht?«

»Das weiß ich nicht. Sie haben uns gesagt, nach Wright-Patterson, aber ...«

»Wright-Patterson? Der Luftwaffenstützpunkt? Ich habe gehört, der wäre verlassen.«

»Tja, ich bin mir nicht sicher, ob man irgendwas von dem glauben kann, was sie einem sagen. Sie sind schließlich der Feind.« Ich schlucke. Meine Kehle ist ausgetrocknet.

Evan Walker muss einer von den Menschen sein, denen alles auffällt, da er sagt: »Möchtest du was trinken?«

»Ich habe keinen Durst«, lüge ich. Warum, bitte, lüge ich bei so etwas? Um ihm zu zeigen, wie zäh ich bin? Oder um ihn auf diesem Stuhl zu halten, da er seit Wochen die erste Person ist, mit der ich mich unterhalte, wenn man den Teddybären nicht mitrechnet, was man auch nicht tun sollte.

»Warum haben sie die Kinder mitgenommen?« Seine Augen sind jetzt groß und rund, wie die von Bär. Es ist schwer zu entscheiden, was sein bestes Merkmal ist. Seine weichen, schokoladigen Augen oder sein kantiges Kinn? Vielleicht ist es auch sein dichtes Haar und wie es ihm in die Stirn fällt, wenn er sich zu mir vorbeugt.

»Den wirklichen Grund kenne ich nicht, aber ich nehme an, dass es ein sehr guter für sie und ein sehr schlechter für uns ist.«

»Glaubst du …?« Er kann die Frage nicht vollenden – oder will es nicht, um mir zu ersparen, dass ich sie beantworten muss. Er richtet den Blick auf Sams Bären, der an dem Kissen neben mir lehnt.

»Was? Dass mein kleiner Bruder tot ist? Nein. Ich glaube, er lebt. In erster Linie deshalb, weil es sonst keinen Sinn ergeben würde, die Kinder rauszuholen und anschließend alle anderen umzubringen. Sie haben das ganze Lager in die Luft gejagt, mit irgend so einer grünen Bombe …«

»Moment mal«, sagt er und hebt eine seiner großen Hände. »Mit einer grünen Bombe?«

»Ich erfinde das nicht.«

»Aber warum grün?«

»Weil grün die Farbe von Geld, Gras, Eichenblättern und Außerirdischen-Bomben ist. Woher zum Teufel soll ich wissen, warum sie grün war?«

Er lacht. Ein leises, unterdrücktes Lachen. Wenn er lächelt, geht sein rechter Mundwinkel etwas weiter hinauf als sein linker. Dann denke ich plötzlich: *Cassie, warum starrst du überhaupt seinen Mund an?*

Irgendwie ist die Tatsache, dass ich von einem sehr gut aussehenden Typen mit einem schiefen Grinsen und großen, kräftigen Händen gerettet wurde, das Unheimlichste, was mir seit dem Auftauchen der Anderen widerfahren ist.

Wenn ich daran denke, was im Lager passiert ist, bekomme ich Angstzustände, deshalb beschließe ich, das Thema zu wechseln. Ich senke den Blick auf die Steppdecke, mit der ich zugedeckt bin. Sie sieht selbst gemacht aus. Das Bild einer nähenden alten Frau schießt mir durch den Kopf, und aus irgendeinem Grund ist mir plötzlich zum Heulen zumute.

»Wie lange bin ich schon hier?«, erkundige ich mich mit schwacher Stimme.

»Morgen wird es eine Woche.«

»Musstest du mir das Bein …?« Ich weiß nicht, wie ich die Frage formulieren soll.

Zum Glück muss ich es nicht tun. »Amputieren? Nein. Die Kugel hat dein Knie knapp verfehlt, deshalb glaube ich, dass du wieder wirst gehen können, aber vielleicht haben Nerven Schaden genommen.«

»Ach«, entgegne ich, »daran gewöhne ich mich langsam.«

—— **34. Kapitel** ——

Er lässt mich kurz allein und kommt mit einer klaren Fleischbrühe zurück, keine Hühner- oder Rinderbrühe, sondern irgendein anderes Fleisch, Wild vielleicht, und während ich die Ecken der Steppdecke umklammere, hilft er mir beim Aufsetzen, damit ich an der warmen Tasse nippen kann, die ich mit beiden Händen halte. Er schaut mich gebannt an, nicht mit einem unheimlichen Starren, sondern so, wie man einen kranken Menschen ansieht, wenn man sich selbst ein bisschen krank fühlt und nicht weiß, wie man ihm helfen soll. Vielleicht handelt es sich aber doch um ein unheimliches Starren, denke ich, und der bekümmerte Blick ist nur eine clevere Tarnung. Sind Perverslinge nur dann Perverslinge, wenn man sie nicht attraktiv findet? Ich habe Crisco einen kranken Typen genannt, weil er versucht hat, mir den Schmuck einer Leiche zu schenken, und er hat gesagt, ich würde das anders sehen, wenn ich ihn so heiß wie Ben Parish fände.

Die Erinnerung an Crisco verdirbt mir den Appetit. Evan ertappt mich dabei, wie ich die Tasse in meinem Schoß anstarre, nimmt sie mir behutsam aus den Händen und stellt sie auf den Tisch.

»Das hätte ich auch selber geschafft«, sage ich in schärferem Ton als beabsichtigt.

»Erzähl mir von diesen Soldaten«, fordert er mich auf. »Woher weißt du, dass sie keine ... Menschen waren?«

Ich erzähle ihm, dass sie nicht lange nach den Drohnen aufgetaucht sind und wie sie die Kinder eingeladen und dann alle in die Baracke gelotst und niedergemäht haben. Doch das entscheidende Argument ist das Auge. Ohne Zweifel außerirdisch.

»Sie sind Menschen«, entscheidet er, als ich fertig bin. »Vermutlich arbeiten sie mit den Besuchern zusammen.«

»Oh, Gott, bitte nenn sie nicht so.« Ich hasse diese Bezeichnung. Sie wurde vor der Ersten Welle von den Nachrichtensprechern benutzt – wie auch von sämtlichen YouTube- und Twitter-Nutzern und sogar vom Präsidenten in Fernsehansprachen.

»Wie soll ich sie denn sonst nennen?«, fragt er. Er lächelt. Ich habe den Eindruck, er würde sie auch Rüben nennen, wenn ich es wollte.

»Dad und ich haben sie immer die Anderen genannt, wie in ›nicht wir‹, ›nicht menschlich‹.«

»Genau das meine ich«, sagt er und nickt ernst. »Die Wahrscheinlichkeit, dass sie genauso aussehen wie wir, ist verschwindend gering.«

Er klingt wie mein Dad bei einer seiner spekulativen Tiraden, und plötzlich bin ich genervt, ohne genau zu wissen, warum.

»Tja, das ist doch toll, oder? Ein Zweifrontenkrieg. Wir gegen sie und wir gegen uns und sie.«

Er schüttelt reumütig den Kopf. »Es wäre nicht das erste Mal, dass jemand die Seiten wechselt, sobald offensichtlich wird, wer gewinnt.«

»Also entführen die Verräter die Kinder aus dem Lager, weil sie bereit sind, beim Auslöschen der Menschheit mitzuhelfen, aber sie ziehen die Grenze bei allen unter achtzehn?«

Er zuckt mit den Schultern. »Was denkst du?«

»Ich denke, wir sind komplett geliefert, wenn die Männer mit Waffen beschließen, den Bösen zu helfen.«

»Mag sein, dass ich mich täusche«, sagt er, doch er klingt nicht so, als wäre er davon überzeugt. »Keine Ahnung, vielleicht handelt es sich bei ihnen um Besu... um Andere, die als Menschen getarnt sind, oder vielleicht sogar um eine Art Klone ...«

Ich nicke. Auch das habe ich schon einmal gehört, bei einer von Dads endlosen Grübeleien darüber, wie die Anderen aussehen mochten.

Die Frage lautet nicht, warum könnten sie nicht, sondern warum sollten sie nicht. Wir wissen seit fünf Monaten von ihrer Existenz. Sie müssen von unserer seit Jahren wissen. Seit hunderten, vielleicht sogar seit tausenden von Jahren. Genug Zeit, um DNA zu entnehmen und so viele Kopien zu »züchten«, wie sie brauchten. Womöglich müssen sie den Bodenkrieg mit Kopien von uns führen, weil ihre Körper auf unserem Planeten aus zig Gründen nicht lebensfähig sind. Erinnern Sie sich noch an *Krieg der Welten?*

Vielleicht ist das die Ursache dafür, dass ich momentan so schnippisch bin. Evan kommt mir total Oliver-Sullivan-mäßig. Und das lässt Oliver Sullivan vor meinen Augen im Dreck sterben, wenn ich mir nichts mehr wünsche, als den Blick abzuwenden.

»Vielleicht sind sie ja auch Cyborgs, wie der Terminator«, sage ich nur halb im Scherz. Ich habe einen Toten von ihnen aus der Nähe gesehen, den Soldaten, den ich in der Aschegrube aus nächster Nähe erschossen habe. Ich habe zwar nicht seinen Puls kontrolliert, aber er hat auf jeden Fall tot gewirkt, und sein Blut hat echt genug ausgesehen.

Die Erinnerung an das Lager und was dort geschehen ist, lässt mich jedes Mal ausrasten, deshalb fange ich an auszurasten.

»Wir können nicht hierbleiben«, sage ich eindringlich.

Er sieht mich an, als hätte ich den Verstand verloren. »Wie meinst du das?«

»Sie werden uns finden!« Ich packe die Kerosinlampe, reiße das Glas herunter und blase fest auf die tanzende Flamme. Sie faucht mich an, geht aber nicht aus. Er nimmt mir das Glas aus der Hand und steckt es wieder auf den Sockel der Lampe.

»Draußen hat es drei Grad, und wir sind meilenweit vom nächsten Unterschlupf entfernt«, sagt er. »Wenn du das Haus abbrennst, sind wir im Eimer.« Eimer? Vielleicht sollte das lustig sein, er lächelt allerdings nicht. »Außerdem kannst du in deinem Zustand nicht reisen. Frühestens in drei bis vier Wochen.«

In drei oder vier *Wochen*? Für wen hält sich diese Teenagerversion des Typen aus der Brawny-Papierhandtuchwerbung eigentlich? Wir werden keine drei *Tage* überstehen, wenn Licht durch die Fenster scheint und Rauch aus dem Schornstein aufsteigt.

Er hat meine wachsende Verzweiflung bemerkt. »Okay«, sagt er mit einem Seufzen. Er macht die Lampe aus, und das Zimmer wird in Dunkelheit getaucht. Ich kann ihn nicht mehr sehen, kann nichts mehr sehen. Riechen kann ich ihn allerdings, eine Mischung aus Rauch von verbranntem Holz und Babypuder oder etwas Ähnlichem, und ein paar Augenblicke später kann ich *spüren*, wie sein Körper wenige Zentimeter neben meinem Luft verdrängt.

»Meilenweit vom nächsten Unterschlupf entfernt?«, frage ich. »Wo in aller Welt wohnst du denn, Evan?«

»Auf der Farm meiner Familie. Ungefähr sechzig Meilen von Cincinnati entfernt.«

»Wie weit ist es nach Wright-Patterson?«

»Keine Ahnung. Siebzig, achtzig Meilen? Warum?«

»Ich habe dir doch gesagt, dass sie meinen kleinen Bruder dorthin gebracht haben.«

»Du hast gesagt, sie hätten *gesagt*, sie würden ihn dorthin bringen.«

Unsere Stimmen, die sich in der völligen Finsternis umschlingen, sich verflechten und sich dann wieder voneinander losreißen …

»Tja, irgendwo muss ich ja anfangen«, sage ich.

»Und wenn er dort nicht ist?«

»Dann gehe ich woandershin.« Ich habe ein Versprechen gegeben. Dieser verdammte Bär wird mir niemals verzeihen, wenn ich es nicht halte.

Ich kann seinen Atem riechen. Schokolade. Schokolade! Mir läuft das Wasser im Mund zusammen. Ich spüre förmlich, wie meine Speicheldrüsen pumpen. Ich habe seit Wochen keine feste Nahrung mehr zu mir genommen, und was bringt er mir? Irgendeine mysteriöse, fettige Fleischbrühe. Er hält mich hin, dieser Mistkerl von Farmerjunge.

»Dir ist schon bewusst, dass sie dir zahlenmäßig weit überlegen sind, oder?«, fragt er.

»Und was willst du damit sagen?«

Er antwortet nicht. Deshalb frage ich: »Glaubst du an Gott, Evan?«

»Klar tue ich das.«

»Ich nicht. Ich meine, ich bin mir nicht sicher. Bevor die Anderen aufgetaucht sind, habe ich an ihn geglaubt. Das dachte ich zumindest, wenn ich überhaupt darüber nachgedacht habe. Und dann sind sie aufgetaucht und …« Ich muss kurz innehalten, um mich zu sammeln. »Vielleicht gibt es einen Gott. Sammy glaubt daran. Aber er glaubt auch an den Weihnachtsmann. Ich habe trotzdem jeden Abend mit ihm gebetet, und es hatte nichts mit mir zu tun. Es ging nur um Sammy und um das, woran *er* glaubte, und wenn du gesehen hättest, wie er die Hand dieses falschen Soldaten genommen hat und ihm in den Bus gefolgt ist …«

Mir kommen die Tränen, doch das ist mir ziemlich egal. In der Dunkelheit ist es einfacher zu weinen. Plötzlich ist meine kalte Hand von Evans wärmerer Hand bedeckt, und seine Handfläche ist so weich und glatt wie der Kopfkissenbezug unter meiner Wange.

»Das macht mich fertig«, schluchze ich. »Wie vertrauensselig er war. Genauso vertrauensselig wie wir, bevor sie gekommen sind und die ganze verdammte Welt in Stücke gerissen haben. Wir haben darauf vertraut, dass es wieder hell wird, nachdem es dunkel war. Haben darauf vertraut, dass man sich nur ins Auto zu setzen, die Straße hinunterzufahren und einen beschissenen Erdbeer-Frappuccino zu kaufen braucht, wenn man einen haben will! Haben *vertraut* ...«

Seine andere Hand findet meine Wange, und er wischt meine Tränen mit dem Daumen fort. Der Schokoladenduft überwältigt mich, als er sich zu mir beugt und mir ins Ohr flüstert: »Nein, Cassie. Nein, nein, nein.«

Ich schlinge den Arm um seinen Hals und presse seine trockene Wange gegen meine feuchte. Ich zittere wie Espenlaub und spüre zum ersten Mal das Gewicht der Steppdecken auf meinen Zehenspitzen, da die blendende Dunkelheit alle anderen Sinne schärft.

Ich bin ein brodelnder Eintopf aus willkürlichen Gedanken und Gefühlen. Ich habe Angst, dass meine Haare stinken könnten. Ich möchte Schokolade. Dieser Typ, der mich festhält – oder vielmehr, an dem ich mich festhalte –, hat mich in meiner ganzen nackten Herrlichkeit gesehen. Was denkt er über meinen Körper? Was denke *ich* über meinen Körper? Schert sich Gott tatsächlich um Versprechen? Schere ich mich tatsächlich um Gott? Sind Wunder etwas, wie wenn das Rote Meer sich teilt oder eher etwas wie wenn Evan Walker mich in der weißen Wildnis in einem Eisblock gefangen findet?

»Alles wird gut, Cassie«, flüstert er mir mit seinem Schokoladenatem ins Ohr.

Als ich am nächsten Morgen aufwache, liegt auf dem Tisch neben mir eine Hershey's-Kiss-Praline.

—— 35. Kapitel ——

Er verlässt jeden Abend das alte Farmhaus, um in der Umgebung zu patrouillieren und zu jagen. Er hat mir gesagt, er hätte einen großen Vorrat an getrockneten Nahrungsmitteln, und seine Mom hätte mit Leidenschaft Obst eingekocht und eingedost, doch er würde frisches Fleisch bevorzugen. Deshalb lässt er mich allein, um sich auf die Suche nach essbaren Lebewesen zu machen, die er erlegen kann, und am vierten Tag kommt er mit einem waschechten Hamburger auf einem heißen, selbst gebackenen Brötchen und Bratkartoffeln als Beilage zu mir ins Zimmer. Seit ich aus Camp Ashpit geflohen bin, ist das meine erste richtige Mahlzeit. Obendrein handelt es sich um einen verdammten Hamburger, wie ich ihn seit der Ankunft nicht mehr gegessen habe und für den ich einen Mord begangen hätte, was ich – wenn ich mich recht erinnere – schon erwähnt habe.

»Woher hast du das Brötchen?«, frage ich auf halbem Weg durch den Burger, während mir Fett am Kinn herunterrinnt. Ein Brötchen habe ich auch schon ewig keines mehr gegessen. Es schmeckt leicht und locker und etwas süßlich.

Er könnte mir alle möglichen bissigen Antworten geben, da es nur eine Möglichkeit gibt, woher er es haben kann. Er tut es nicht. »Ich habe es gebacken.«

Nachdem er mich gefüttert hat, wechselt er den Verband an meinem Bein. Ich frage ihn, ob er glaubt, dass ich dabei zusehen möchte. Er sagt nein, das glaube er eher nicht. Ich würde gerne aufstehen, ein echtes Bad nehmen, um mich wieder wie ein Mensch zu fühlen. Er meint, dafür wäre es noch zu früh. Ich sage ihm, dass ich mir die Haare waschen und kämmen möchte. Zu früh, widerspricht er beharrlich. Ich sage ihm, dass ich die Kerosinlampe auf seinem Kopf zertrümmern werde, wenn er mir nicht helfen will. Also stellt er einen Küchenstuhl in die Klauenfußwanne in dem kleinen Badezimmer mit den abblät-

ternden Blumenmustertapeten am anderen Ende des Flurs, trägt
mich hin, setzt mich ab, geht und kommt mit einem großen, mit
dampfendem Wasser gefüllten Metallbottich zurück.

Der Bottich muss sehr schwer sein. Sein Bizeps presst gegen
seine Hemdsärmel, als wäre er Bruce Banner bei der Verwand-
lung in Hulk, und die Adern an seinem Hals treten hervor. Das
Wasser duftet leicht nach Rosenblättern. Er benutzt einen mit
Smileys dekorierten Limonadenkrug als Schöpfkelle, und ich
lege den Kopf für ihn in den Nacken. Er fängt an, das Shampoo
aufzutragen, und ich schiebe seine Hände weg. Um diesen Teil
kann ich mich selbst kümmern.

Das Wasser strömt von meinem Haar in mein Nachthemd und
klebt mir den Baumwollstoff an den Körper. Evan räuspert sich.
Als er den Kopf dreht, rutscht ihm sein dickes Haar über seine
dunklen Augenbrauen, und ich bin ein bisschen verwirrt, aber
auf eine angenehme Weise. Ich bitte ihn, mir einen Kamm mit
möglichst weit auseinanderliegenden Zähnen zu geben, und er
kramt in dem Schränkchen unter dem Waschbecken, während
ich ihn aus dem Augenwinkel beobachte. Dabei nehme ich weder seine kräftigen Schultern wirklich wahr, die sich unter seinem Flanellhemd wölben, noch seine ausgeblichenen Jeans mit
den fransigen Gesäßtaschen, achte ganz bestimmt nicht auf die
Rundung seines Hinterns in diesen Jeans und ignoriere völlig,
dass meine Ohrläppchen unter dem lauwarmen Wasser, das von
meinen Haaren tropft, wie Feuer brennen. Nach ein paar Ewigkeiten findet er einen Kamm und fragt mich, ob ich noch etwas
brauche, bevor er geht, und ich murmle *nein*, obwohl ich eigentlich am liebsten gleichzeitig lachen und weinen würde.

Wieder allein, zwinge ich mich dazu, mich auf mein Haar zu
konzentrieren, das ein fürchterliches Chaos ist. Knoten und
Knäuel und Stücke von Blättern und kleine Schmutzklumpen.
Ich arbeite an den Knoten, bis das Wasser kalt wird und ich in
meinem nassen Nachthemd zu frieren beginne. Einmal halte

ich kurz inne, als ich ein ganz leises Geräusch unmittelbar vor der Tür höre.

»Stehst du da draußen?«, frage ich. Das kleine, gefliese Badezimmer verstärkt Töne wie eine Echokammer.

Es folgt eine Pause und dann eine leise Antwort: »Ja.«

»Und *warum* stehst du da draußen?«

»Ich warte, bis ich dir die Haare ausspülen kann.«

»Das wird noch eine Weile dauern«, sage ich.

»Schon okay.«

»Warum gehst du nicht und backst einen Obstkuchen oder so und kommst in ungefähr fünfzehn Minuten wieder?«

Ich höre keine Antwort. Aber ich höre ihn auch nicht weggehen.

»Bist du noch da?«

Die Dielen im Flur knarren. »Ja.«

Nach weiteren zehn Minuten Zupfen und Ziehen gebe ich auf. Evan kommt wieder herein, setzt sich auf den Rand der Badewanne. Ich lege den Kopf auf seine Handfläche, während er mir den Schaum aus den Haaren spült.

»Ich bin überrascht, dass du hier bist«, sage ich zu ihm.

»Ich wohne hier.«

»Dass du hier *geblieben* bist.« Eine Menge junger Männer machte sich auf zum nächsten Polizeirevier oder Militärstützpunkt, nachdem von Überlebenden, die ins Landesinnere geflüchtet waren, Neuigkeiten von der Zweiten Welle hereinzutröpfeln begannen. Wie nach dem 11. September, nur zehnmal so viele.

»Wir waren zu acht, Mom und Dad mitgerechnet«, sagt er. »Ich bin der Älteste. Nach ihrem Tod habe ich mich um die Kinder gekümmert.«

»Langsamer, Evan«, sage ich, als er den halben Krug über meinen Kopf leert. »Ich komme mir vor, als würde ich eine Wasserfolter verpasst bekommen.«

»Entschuldige.« Er presst die Handkante gegen meine Stirn, um sie als eine Art Damm zu benutzen. Das Wasser ist angenehm warm und prickelt. Ich schließe die Augen.

»Bist du krank geworden?«, frage ich.

»Ja. Aber dann ging es mir wieder besser.« Er schöpft mit dem Krug mehr Wasser aus dem Metallbottich, und ich halte in Erwartung der prickelnden Wärme den Atem an. »Meine jüngste Schwester, Val, ist vor zwei Monaten gestorben. Das war ihr Zimmer, in dem du bist. Seitdem überlege ich, was ich machen soll. Mir ist klar, dass ich nicht ewig hierbleiben kann, aber ich bin per Anhalter den ganzen Weg nach Cincinnati gefahren und muss dir wahrscheinlich nicht erklären, warum ich da nie wieder hinwill.«

Eine Hand übergießt mich, während die andere mir mein nasses Haar gegen die Kopfhaut presst, um das überschüssige Wasser auszuwringen. Kräftig, aber nicht zu fest, genau richtig. Als wäre ich nicht das erste Mädchen, dem er die Haare wäscht. Eine kleine, hysterische Stimme in meinem Kopf schreit: *Was fällt dir eigentlich ein? Du kennst diesen Typen nicht einmal!*, aber dieselbe Stimme fügt hinzu: *Tolle Hände! Bitte ihn doch um eine Kopfhautmassage, wo er schon dabei ist.*

Während außerhalb meines Kopfes seine tiefe, ruhige Stimme sagt: »Inzwischen denke ich, dass es keinen Sinn hat aufzubrechen, bevor es wärmer wird. Vielleicht nach Wright-Patterson oder nach Kentucky. Fort Knox ist nur hundertvierzig Meilen von hier entfernt.«

»Fort Knox? Was, planst du etwa einen Raubüberfall?«

»Das ist eine Festung, wie in schwer be*fest*igt. Ein logischer Sammelpunkt.« Die Enden meiner Haare in seiner geballten Faust, und das *Plopp-Plopp* des Wassers, das in die Klauenfußwanne tropft.

»Wenn ich du wäre, würde ich um logische Sammelpunkte einen großen Bogen machen«, sage ich. »Ist doch logisch, dass das die ersten Punkte sind, die sie von der Landkarte löschen.«

»Nach dem, was du mir über die Silencer erzählt hast, ist es unlogisch, sich überhaupt irgendwo zu versammeln.«

»Oder sich irgendwo länger als ein paar Tage aufzuhalten. Man sollte die Anzahl niedrig halten und in Bewegung bleiben.«

»Bis …?«

»Es gibt kein *bis*«, fahre ich ihn an. »Es gibt nur *es sei denn*.«

Er trocknet mir mit einem flauschigen weißen Handtuch die Haare. Auf dem geschlossenen Toilettendeckel liegt ein frisches Nachthemd. Ich blicke auf, sehe ihm in seine schokoladenbraunen Augen und sage: »Dreh dich um.« Er dreht sich um. Ich greife an den fransigen Gesäßtaschen der Jeans vorbei, die sich dem Hintern anpassen, den ich nicht ansehe, und schnappe mir das trockene Nachthemd. »Wenn du versuchst, in den Spiegel zu linsen, merke ich es«, warne ich den Typen, der mich bereits nackt gesehen hat, doch das war *unbewusst* nackt, was nicht dasselbe ist. Er nickt, senkt den Kopf und beißt sich auf die Unterlippe, als würde er sich ein Lächeln verkneifen.

Ich schlängle mich aus dem nassen Nachthemd, ziehe mir das trockene über den Kopf und sage ihm, dass er sich wieder umdrehen darf.

Er hebt mich von dem Stuhl und trägt mich zurück zum Bett seiner toten Schwester. Ich habe einen Arm um seine Schultern gelegt, und sein Arm ist fest – aber nicht *zu* fest – um meine Taille geschlungen. Sein Körper fühlt sich ungefähr zwanzig Grad wärmer an als meiner. Er legt mich vorsichtig auf die Matratze und zieht die Steppdecken über meine nackten Beine. Seine Wangen sind sehr glatt, sein Haar ist sorgfältig gekämmt, und seine Nagelhaut ist, wie ich bereits erwähnt habe, makellos. Das bedeutet, Körperpflege steht in der postapokalyptischen Ära ganz weit oben auf seiner Prioritätenliste. Warum? Wer ist noch da, der ihn sehen könnte?

»Wann hast du zum letzten Mal einen anderen Menschen gesehen?«, frage ich. »Außer mir.«

»Ich sehe praktisch jeden Tag Leute«, erwidert er. »Die letzte *lebende* Person vor dir war Val. Vor ihr war es Lauren.«

»Lauren?«

»Meine Freundin.« Er wendet den Blick ab. »Sie ist ebenfalls tot.«

Ich weiß nicht, was ich sagen soll. Also sage ich: »Scheißseuche.«

»Es war nicht die Seuche«, sagt er. »Na ja, sie hatte sie, aber es war nicht die Seuche, die sie getötet hat. Sie hat es selbst getan, bevor die Seuche es tun konnte.«

Er steht verlegen neben dem Bett. Möchte nicht gehen, hat keinen Vorwand, um zu bleiben.

»Mir ist nicht entgangen, wie ordentlich …« Nein, keine gute Einleitung. »Ich nehme an, es ist schwierig, wenn man ganz allein ist, sich wirklich darum zu kümmern …« Mm-mm.

»Sich worum zu kümmern?«, fragt er. »Um einen Menschen, wenn fast alle Menschen tot sind?«

»Ich habe nicht mich gemeint.« Und dann gebe ich den Versuch auf, mir eine höfliche Formulierung einfallen zu lassen. »Du legst ziemlich großen Wert auf dein Äußeres.«

»Das hat nichts mit Wert legen zu tun.«

»Ich wollte dir nicht unterstellen, dass du eingebildet bist …«

»Ich weiß schon. Du fragst dich, was das Ganze noch soll.«

Tja, eigentlich hatte ich gehofft, dass *ich* der Grund bin. Aber ich sage nichts.

»Ich bin mir nicht ganz sicher«, erklärt er. »Aber das ist etwas, das ich kontrollieren kann. Mein Tag bekommt dadurch eine Struktur. Ich fühle mich dadurch irgendwie …« Er zuckt mit den Schultern. »Menschlicher, nehme ich an.«

»Und dazu brauchst du Hilfe? Um dich menschlich zu fühlen?«

Er wirft mir einen seltsamen Blick zu, dann sagt er etwas, worüber ich noch lange nachdenke, nachdem er gegangen ist:

»*Du* etwa nicht?«

—— 36. Kapitel ——

Nachts ist er meistens unterwegs. Tagsüber bedient er mich von vorne bis hinten, deshalb frage ich mich, wann der Typ eigentlich schläft. Nach einer Woche in dem kleinen Zimmer im Obergeschoss war ich kurz davor durchzudrehen, und als die Temperatur an einem Tag über den Gefrierpunkt stieg, half er mir in ein paar von Vals Kleidungsstücken, wandte den Blick in den richtigen Momenten ab, trug mich nach unten, damit ich mich auf die Veranda setzen konnte, und legte mir eine große Wolldecke über den Schoß. Dann ließ er mich kurz allein und kehrte mit zwei dampfenden Bechern heißer Schokolade zurück. Zur Aussicht gibt es nicht viel zu sagen. Braune, leblose, hügelige Erde, kahle Bäume, ein grauer, nichtssagender Himmel. Doch die kalte Luft fühlte sich gut auf meinen Wangen an, und die heiße Schokolade hatte die perfekte Temperatur.

Wir sprachen nicht über die Anderen. Wir sprachen über unser Leben vor den Anderen. Er wollte nach dem Highschoolabschluss Ingenieurwesen an der Kent State University studieren. Er hatte seinem Vater angeboten, noch ein paar Jahre auf der Farm zu bleiben, doch dieser hatte darauf bestanden, dass er studieren solle. Lauren kannte er seit der vierten Klasse, und die beiden waren in der zehnten Klasse zusammengekommen. Zu heiraten war im Gespräch gewesen. Ihm fiel auf, dass ich still wurde, wenn von Lauren die Rede war. Wie ich schon sagte, Evan entgeht nichts.

»Was ist mit dir?«, fragte er. »Hattest du einen Freund?«

»Nein. Na ja, irgendwie schon. Sein Name war Ben Parish. Man könnte wahrscheinlich sagen, dass er auf mich stand. Wir sind ein paar Mal miteinander ausgegangen. Du weißt schon, ganz zwanglos.«

Ich frage mich, warum ich ihn angelogen habe. Schließlich kannte er Ben Parish überhaupt nicht. Ungefähr genauso wenig, wie Ben *mich* kannte. Ich ließ den Rest meiner heißen Schokolade im Becher kreisen und mied seinen Blick.

Am nächsten Morgen tauchte er mit einer Krücke an meinem Bett auf, die aus einem Stück Holz geschnitzt war. Spiegelglatt geschliffen, leicht, die perfekte Höhe. Ich warf einen Blick darauf und verlangte von ihm, mir drei Dinge zu nennen, die er *nicht* gut konnte.

»Rollerskaten, Singen und mich mit Mädchen unterhalten.«

»Du hast Stalking vergessen«, sagte ich zu ihm, als er mir aus dem Bett half. »Ich merke immer, wenn du dich hinter Ecken versteckst.«

»Du hast nur nach drei Dingen gefragt.«

Ich werde ehrlich sein: Mit meiner Genesung ging es schlecht voran. Jedes Mal, wenn ich mein Bein belastete, schoss in meiner linken Körperhälfte ein Schmerz hinauf, mein Knie knickte ein, und das Einzige, was mich davor bewahrte, auf dem Hintern zu landen, waren Evans starke Arme.

Aber ich ließ nicht locker während der langen Tage und Nächte, die folgten. Ich war fest entschlossen, stark zu werden. Stärker, als ich es gewesen war, bevor mich der Silencer niedergestreckt und zum Sterben zurückgelassen hatte. Stärker, als ich es in meinem kleinen Versteck im Wald gewesen war, wo ich zusammengerollt in meinem Schlafsack gelegen und mich selbst bemitleidet hatte, während Sammy weiß Gott was erleiden musste. Stärker als in den Tagen in Camp Ashpit, wo ich enorm gereizt gewesen war und Groll gegen die Welt gehegt hatte, weil sie war, wie sie schon immer gewesen war: ein gefährlicher Ort, den die Geräusche der Menschheit wesentlich sicherer hatten erscheinen lassen.

Drei Stunden Training am Vormittag. Dreißig Minuten Pause zum Mittagessen. Dann noch einmal drei Stunden Training am Nachmittag. Ich arbeitete am Wiederaufbau meiner Muskeln, bis ich spürte, wie sie zu einer schweißnassen, geleeartigen Masse schmolzen.

Trotzdem war der Tag für mich noch nicht vorbei. Ich fragte Evan, was aus meiner Luger geworden sei. Ich musste meine Angst vor Schusswaffen loswerden. Und meine Zielgenauigkeit ließ zu wünschen übrig. Er zeigte mir, wie man sie richtig hält, wie man das Visier benutzt. Er stellte leere Vier-Liter-Farbdosen als Ziele auf die Zaunpfosten und ersetzte sie durch kleinere Dosen, als meine Trefferquote besser wurde. Ich bat ihn, mich auf die Jagd mitzunehmen – ich muss lernen, ein bewegliches, atmendes Ziel zu treffen –, doch er weigerte sich. Ich bin immer noch ziemlich geschwächt, ich kann noch nicht einmal laufen, und was ist, wenn uns ein Silencer entdeckt?

Wir gehen bei Sonnenuntergang spazieren. Anfangs schaffte ich nicht mehr als eine halbe Meile, bis mein Bein streikte und Evan mich zurück zum Farmhaus tragen musste. Doch ich schaffe jeden Tag hundert Meter mehr als am Tag zuvor. Aus einer halben Meile wurde eine Dreiviertelmeile, aus der eine ganze Meile wurde. Nach einer Woche schaffte ich bereits zwei Meilen, ohne zwischendurch stehen bleiben zu müssen. Rennen kann ich noch nicht, aber mein Tempo und mein Durchhaltevermögen haben sich enorm verbessert.

Evan bleibt während des Abendessens und ein paar Stunden in die Nacht hinein bei mir, dann schultert er sein Gewehr und sagt mir, dass er vor Sonnenaufgang wieder zurück ist. In der Regel schlafe ich, wenn er nach Hause kommt – und in der Regel ist es weit nach Sonnenaufgang.

»Wohin gehst du jede Nacht?«, fragte ich ihn eines Tages.

»Auf die Jagd.« Ein Mann weniger Worte, dieser Evan Walker.

»Du musst ein mieser Jäger sein«, zog ich ihn auf. »Du kommst fast immer mit leeren Händen zurück.«

»Eigentlich bin ich ziemlich gut«, erwiderte er sachlich. Selbst wenn er etwas sagt, das auf dem Papier nach Angeberei klingt, ist es das nicht. Das liegt an der Art und Weise, wie er es sagt, beiläufig, als würde er über das Wetter sprechen.

»Aber du hast nicht den Mut, um zu töten?«

»Ich habe den Mut zu tun, was ich tun muss.« Er fuhr sich mit den Fingern durchs Haar und seufzte. »Am Anfang ging es nur ums Überleben. Dann ging es darum, meine Geschwister vor den Verrückten zu beschützen, die nach dem Ausbruch der Seuche herumliefen. Dann ging es darum, mein Territorium und meine Vorräte zu verteidigen …«

»Und worum geht es jetzt?«, fragte ich leise. Das war das erste Mal, dass ich ihn ein bisschen verärgert erlebte.

»Es beruhigt meine Nerven«, gab er mit einem verlegenen Schulterzucken zu. »Ist eine Beschäftigung für mich.«

»Wie Körperhygiene.«

»Und ich habe Schwierigkeiten, nachts zu schlafen«, fuhr er fort. Sah mich nicht an. Sah eigentlich nichts an. »Gut zu schlafen. Überhaupt zu schlafen. Also habe ich nach einer Weile aufgegeben, es zu versuchen, und angefangen, tagsüber zu schlafen. Oder es zumindest versucht. Tatsache ist, ich schlafe nur zwei bis drei Stunden am Tag.«

»Du musst ziemlich müde sein.«

Schließlich sah er mich an, und in seinem Blick lag etwas Trauriges und Verzweifeltes. »Das ist das Schlimmste daran«, sagte er leise. »Ich bin es nicht. Ich bin überhaupt nicht müde.«

Sein allnächtliches Verschwinden beunruhigte mich nach wie vor, deshalb versuchte ich einmal, ihm zu folgen. Schlechte Idee. Ich verlor ihn nach zehn Minuten, bekam Angst, dass ich mich verlaufen könnte, machte kehrt und starrte ihm direkt ins Gesicht.

Er war nicht sauer. Warf mir nicht vor, ich würde ihm nicht vertrauen. Er sagte nur: »Du solltest nicht hier draußen sein, Cassie«, und begleitete mich ins Haus.

Mehr aus Sorge um meine geistige Gesundheit als um unsere Sicherheit (Ich glaube nicht, dass er von der ganzen Silencer-Geschichte völlig überzeugt war.) hängte er in dem großen Zimmer im Erdgeschoss schwere Decken vor die Fenster, damit wir Feuer machen und ein paar Lampen anzünden konnten. Ich wartete dort, bis er von seinen Streifzügen durch die Dunkelheit zurückkehrte, schlief auf dem großen Ledersofa oder las einen der Taschenbuch-Kitschromane seiner Mutter mit geschniegelten, halb nackten Typen auf dem Umschlag, die Damen in langen Ballkleidern auffingen, wenn diese ohnmächtig wurden. Wenn er dann gegen drei Uhr morgens nach Hause kam, legten wir noch etwas Holz aufs Feuer und unterhielten uns. Er erzählt nicht gerne von seiner Familie. (Als ich nach dem Buchgeschmack seiner Mutter fragte, zuckte er nur mit den Schultern und sagte, sie habe gerne gelesen.) Sobald es ihm zu persönlich wird, lenkt er das Gespräch wieder auf mich. Am liebsten spricht er über Sammy und wie ich mein Versprechen halten möchte, das ich ihm gegeben habe. Da ich keine Ahnung habe, wie ich das anstellen soll, nimmt diese Diskussion nie ein gutes Ende. Ich äußere mich vage; er drängt mich, Details zu nennen. Ich gehe in die Defensive; er hakt nach. Letzten Endes werde ich gemein, und er hält den Mund.

»Also jetzt erklär mir das noch mal«, sagt er eines späten Abends, nachdem wir uns eine Stunde lang im Kreis gedreht haben. »Du weißt nicht genau, wer oder was sie sind, aber du weißt, dass sie jede Menge schweres Geschütz und Zugriff auf Waffen von Außerirdischen haben. Du weißt nicht, wohin sie deinen Bruder gebracht haben, aber du gehst dorthin, um ihn zu retten. Wenn du dort ankommst, weißt du nicht, wie du ihn retten sollst, aber ...«

»Was soll das?«, frage ich. »Willst du mir helfen, oder willst du dafür sorgen, dass ich mir dumm vorkomme?«

Wir sitzen auf dem großen flauschigen Teppich vor dem offenen Kamin, sein Gewehr auf der einen Seite, meine Luger auf der anderen und wir beide dazwischen.

Er hebt die Hände in einer gespielten Geste der Kapitulation. »Ich versuche nur, das Ganze zu verstehen.«

»Ich beginne bei Camp Ashpit und nehme von dort aus die Spur auf«, sage ich zum ungefähr tausendsten Mal. Ich glaube zu wissen, weshalb er mir immer wieder dieselben Fragen stellt, aber er ist so verdammt begriffsstutzig, dass es mir schwerfällt, ihn einzuordnen. Selbstverständlich könnte er dasselbe von mir sagen. Was Pläne anbelangt handelt es sich bei meinem eher um ein generelles Ziel, das vorgibt, ein Plan zu sein.

»Und wenn es dir nicht gelingt, die Spur aufzunehmen?«, will er wissen.

»Ich werde nicht aufgeben, bis es mir gelingt.«

Er nickt ein Nicken, das sagt: *Ich nicke, aber ich nicke nicht, weil ich finde, dass das, was du sagst, einen Sinn ergibt. Ich nicke, weil ich denke, dass du eine totale Idiotin bist, und nicht will, dass du mit einer Krücke auf mich losgehst, die ich eigenhändig angefertigt habe.*

Also sage ich: »Ich bin keine totale Idiotin! Du würdest für Val dasselbe tun.«

Darauf hat er keine Antwort parat. Er schlingt die Arme um seine Beine, stützt das Kinn auf seine Knie und starrt ins Feuer.

»Du denkst, ich verschwende meine Zeit«, beschuldige ich sein makelloses Profil. »Du denkst, Sammy ist tot.«

»Woher sollte ich das wissen, Cassie?«

»Ich habe nicht gesagt, dass du es weißt. Ich habe gesagt, dass du es *denkst*.«

»Spielt es eine Rolle, was ich denke?«

»Nein, also halt die Klappe.«

»Ich habe doch gar nichts gesagt. *Du* hast gesagt …«

»Sag … einfach … nichts.«

»Tue ich doch nicht.«

»Hast du gerade.«

»Ich bin jetzt still.«

»Bist du aber nicht. Du sagst, du bist jetzt still, und dann redest du einfach weiter.«

193

Er will etwas sagen, dann macht er den Mund so fest zu, dass ich seine Zähne klacken höre.

»Ich habe Hunger«, sage ich.

»Ich hole dir was.«

»Habe ich dich gebeten, mir was zu holen?« Ich würde ihm am liebsten genau auf seinen perfekt geformten Mund hauen. Warum habe ich das Bedürfnis, ihn zu schlagen? Warum bin ich gerade so wütend? »Ich bin durchaus in der Lage, mich selbst zu bedienen. Das ist genau das Problem, Evan. Ich bin nicht hier aufgetaucht, um deinem Leben einen Sinn zu geben, nachdem dein altes Leben jetzt vorbei ist. Den musst du dir schon selber suchen.«

»Ich möchte dir helfen«, sagt er, und zum ersten Mal sehe ich echte Wut in seinen Welpenaugen. »Kann es denn nicht auch mein Ziel sein, Sammy zu retten?«

Seine Frage folgt mir in die Küche. Sie hängt über meinem Kopf wie eine Wolke, während ich geräuchertes Hirschfleisch auf ein flaches Brot klatsche, das Evan als alter Pfadfinder in seinem Freiluftofen gebacken haben muss. Sie folgt mir, als ich in das große Zimmer zurückhumple und mich genau hinter seinem Kopf aufs Sofa plumpsen lasse. Ich würde ihm am liebsten zwischen seine breiten Schultern treten. Auf dem Tisch neben mir liegt ein Buch mit dem Titel *Verzweifelte Begierde der Liebe*. Wenn ich nach dem Umschlag gehe, hätte ich es *Mein atemberaubender Waschbrettbauch* genannt.

Das ist mein großes Problem. Das ist es! Vor der Ankunft haben mich Typen wie Evan Walker nie eines zweiten Blickes gewürdigt, geschweige denn Wild für mich geschossen und mir die Haare gewaschen. Sie haben mich nie am Nacken gepackt wie das retuschierte Model auf dem Taschenbuch seiner Mutter, mit angespanntem Sixpack und hüpfenden Brustmuskeln. Mir wurde nie tief in die Augen geschaut oder das Kinn angehoben, um meine Lippen auf die Höhe ihrer Lippen zu bringen. Ich war immer das Mädchen im Hintergrund, die Nur-Freundin

oder – noch schlimmer – die Freundin einer Nur-Freundin, das
»Du sitzt in Geometrie neben ihr, kannst dich aber nicht an ihren Namen erinnern«-Mädchen. Es wäre besser gewesen, wenn
mich ein älterer Sammler von *Krieg der Sterne*-Actionfiguren
in der Schneeverwehung gefunden hätte.

»Was ist?«, frage ich seinen Hinterkopf. »Verpasst du mir jetzt
die Schweigebehandlung?«

Seine Schultern zucken auf und ab. Wie bei einem lautlosen
ironischen Kichern, begleitet von einem mitleidigen Kopfschüt-
teln. *Mädels! So doof.*

»Ich hätte fragen sollen, nehme ich an«, sagt er. »Ich hätte
nicht vermuten sollen.«

»Was?«

Er dreht sich auf dem Hintern um und sieht mich an. Ich auf
dem Sofa, er auf dem Fußboden, den Blick nach oben gerichtet.
»Dass ich dich begleite.«

»*Was?* Davon war doch gar nicht die Rede! Und warum willst
du mich denn überhaupt begleiten, Evan? Wo du doch denkst,
er ist *tot*?«

»Weil ich nicht will, dass *du* bald tot bist, Cassie.«

Das bringt das Fass zum Überlaufen.

Ich schleudere ihm mein Hirschfleisch an den Kopf. Der Teller
prallt von seiner Wange ab, und er ist auf den Beinen und stürzt
sich auf mich, bevor ich auch nur blinzeln kann. Er beugt sich
dicht zu mir, setzt die Hände links und rechts von mir ab, keilt
mich mit seinen Armen ein. In seinen Augen glänzen Tränen.

»Du bist nicht die Einzige«, sagt er durch zusammengebissene Zähne. »Meine zwölfjährige Schwester ist in meinen Armen
gestorben. Sie ist an ihrem eigenen Blut erstickt. Und ich konnte nichts dagegen tun. Es kotzt mich an, dass du dich benimmst,
als würde es bei der schlimmsten Katastrophe der Menschheitsgeschichte nur um *dich* gehen. Du bist nicht die Einzige, die
alles verloren hat – nicht die Einzige, die glaubt, sie hätte *die*

eine Sache gefunden, die dafür sorgt, dass irgendwas von diesem Scheiß noch einen Sinn hat. Du hast dein Versprechen an Sammy, und ich habe *dich*.«

Er hält inne. Er ist zu weit gegangen, und das weiß er.

»Du ›hast‹ mich nicht, Evan«, sage ich.

»Du weißt schon, was ich meine.« Er schaut mich eindringlich an, und es fällt mir sehr schwer, mich nicht wegzudrehen. »Ich kann dich nicht davon abhalten zu gehen. Na ja, vermutlich *könnte* ich es, aber ich kann dich auch nicht allein gehen lassen.«

»Allein ist besser. Das weißt du. Es ist der Grund, warum du noch am Leben bist!« Ich bohre den Finger in seine Brust, die sich hebt und senkt.

Er weicht zurück, und ich kämpfe gegen den Instinkt an, die Hände nach ihm auszustrecken. Ein Teil von mir möchte nicht, dass er zurückweicht.

»Aber es ist nicht der Grund, warum *du* noch am Leben bist«, fährt er mich an. »Ohne mich überlebst du da draußen keine zwei Minuten.«

Ich explodiere. Ich kann nichts dagegen tun. Das war die völlig verkehrte Bemerkung zum völlig verkehrten Zeitpunkt.

»Leck mich doch!«, schreie ich. »Ich brauche dich nicht. Ich brauche niemanden! Tja, ich *vermute*, wenn ich jemanden brauchen würde, der mir die Haare wäscht, mir ein Pflaster auf ein Wehwehchen klatscht und mir einen Kuchen backt, dann wärst du der Richtige!«

Nach zwei Anläufen gelingt es mir aufzustehen. Zeit für den »Wütend aus dem Zimmer stürmen«-Teil des Streits, während der Typ die Arme vor seiner männlichen Brust verschränkt und schmollt. Ich bleibe nach der Hälfte der Treppe stehen und rede mir ein, dass ich pausiere, um zu verschnaufen, und nicht, um mich von ihm einholen zu lassen. Er folgt mir sowieso nicht. Also kämpfe ich mich die restlichen Stufen hinauf und zu meinem Zimmer.

Nein, nicht zu meinem Zimmer. Zu Vals Zimmer. Ich habe kein Zimmer mehr. Werde wahrscheinlich nie wieder eines haben.

Oh, zum Teufel mit deinem Selbstmitleid. Die Welt dreht sich nicht um dich. Und zum Teufel mit deinen Schuldgefühlen. Du bist nicht diejenige, die Sammy gezwungen hat, in diesen Bus zu steigen. Und wo du schon dabei bist, zum Teufel mit deiner Trauer. Dass Evan um seine kleine Schwester weint, bringt sie auch nicht zurück.

Ich habe dich. Tja, Evan, die Wahrheit ist, es spielt keine Rolle, ob wir zu zweit sind oder ob wir zweihundert sind. Wir haben keine Chance. Nicht gegen einen Feind wie die Anderen. Ich mache mich stark für … Wofür? Damit ich wenigstens stark zugrunde gehe, wenn es so weit ist? Welchen Unterschied macht das?

Ich ohrfeige Bär mit einem wütenden Knurren vom Bett. *Was starrst du mich so an, verdammt?* Er plumpst auf die Seite, und einer seiner Arme ragt in die Luft, als würde er im Klassenzimmer die Hand heben, um eine Frage zu stellen.

Hinter mir knarren die rostigen Scharniere der Tür.

»Hau ab«, sage ich, ohne mich umzudrehen.

Ein weiteres Knarren. Dann ein Klacken. Dann Stille.

»Evan, stehst du vor der Tür?«

Pause. »Ja.«

»Du bist ein ziemlicher Schleicher, weißt du das?«

Falls er antwortet, höre ich ihn nicht. Ich schlinge die Arme um mich. Reibe mit den Händen an meinen Oberarmen auf und ab. In dem kleinen Zimmer ist es eiskalt. Mein Knie tut mir wahnsinnig weh, aber ich beiße mir auf die Lippe und bleibe hartnäckig stehen, mit dem Rücken zur Tür.

»Bist du noch da?«, frage ich, als ich die Stille nicht mehr ertrage.

»Wenn du ohne mich gehst, folge ich dir einfach. Du kannst mich nicht daran hindern, Cassie. Wie willst du mich daran hindern?«

Ich zucke hilflos mit den Schultern. »Indem ich dich erschieße, nehme ich an.«

»So, wie du den Kruzifix-Soldaten erschossen hast?«

Die Worte treffen mich wie eine Kugel zwischen den Schulterblättern. Ich wirble herum und reiße die Tür auf. Er zuckt zusammen, weicht aber nicht von der Stelle.

»Woher weißt du von ihm?« Natürlich, es gibt nur eine Möglichkeit, woher er es wissen kann. »Du hast mein Tagebuch gelesen.«

»Ich habe nicht gedacht, dass du überleben würdest.«

»Tut mir leid, dass ich dich enttäuschen muss.«

»Ich nehme an, ich wollte wissen, was passiert ist …«

»Du hast Glück, dass ich die Pistole unten habe liegen lassen, sonst *würde* ich dich nämlich auf der Stelle erschießen. Weißt du eigentlich, wie *unheimlich* das für mich ist zu wissen, dass du es gelesen hast? Wie viel hast du gelesen?«

Er senkt den Blick. Eine warme Schamröte breitet sich auf seinen Wangen aus.

»Du hast alles gelesen, stimmt's?« Ich fühle mich verletzt und gedemütigt. Es ist zehnmal schlimmer als am Anfang, als ich in Vals Zimmer aufgewacht bin und mir bewusst wurde, dass er mich nackt gesehen hatte. Das war nur mein Körper. Jetzt ist es meine Seele.

Ich boxe ihm in den Bauch, der überhaupt nicht nachgibt. Es ist, als würde ich gegen eine Betonplatte schlagen.

»Ich fasse es nicht!«, schreie ich. »Du hast dagesessen – einfach *dagesessen* –, während ich gelogen habe, was Ben Parish anbelangt. Du kanntest die Wahrheit, aber du hast einfach dagesessen und mich lügen lassen!«

Er steckt beide Hände in die Hosentaschen und blickt auf den Fußboden. Wie ein kleiner Junge, der dabei erwischt worden ist, dass er die antike Vase seiner Mutter kaputtgemacht hat. »Ich dachte nicht, dass es eine so große Rolle spielt.«

»Du hast nicht gedacht …?« Ich schüttle den Kopf. Wer *ist* dieser Typ? Mit einem Mal bekomme ich es so richtig mit der Angst zu tun. Irgendetwas ist hier völlig verkehrt. Vielleicht liegt es daran, dass er seine ganze Familie und seine Freundin verloren hat und seit Monaten allein lebt und so tut, als würde er etwas tun, obwohl er in Wirklichkeit überhaupt nichts tut. Vielleicht hat er sich hier auf diesem abgeschiedenen Fleck Farmland in Ohio eingemottet, um mit dem ganzen Mist fertigzuwerden, den uns die Anderen eingebrockt haben, vielleicht ist er aber auch einfach nur komisch – genauso komisch wie schon vor der Ankunft –, aber was auch immer es ist, irgendetwas ist ernsthaft schräg an diesem Evan Walker. Er ist zu ruhig, zu vernünftig, zu cool, um tatsächlich, na ja, cool zu sein.

»Warum hast du ihn erschossen?«, fragt er leise. »Den Soldaten in dem Mini-Markt.«

»Du weißt, warum«, sage ich. Ich bin kurz davor, in Tränen auszubrechen.

Er nickt. »Wegen Sammy.«

Jetzt bin ich *wirklich* verwirrt. »Das hatte nichts mit Sammy zu tun.«

Er blickt zu mir auf. »Sammy hat die Hand des Soldaten genommen. Sammy ist in diesen Bus gestiegen. Sammy hat *vertraut*. Und deshalb gestattest du dir nicht, mir zu vertrauen, obwohl ich dich gerettet habe.«

Er nimmt meine Hand. Drückt sie fest. »Ich bin nicht der Kruzifix-Soldat, Cassie. Und ich bin nicht Vosch. Ich bin wie du. Ich habe Angst, und ich bin wütend und verwirrt, und ich weiß nicht, was zum Teufel ich tun werde, aber ich weiß, dass man nicht beides sein kann: Du kannst nicht in einem Moment behaupten, du wärst ein Mensch, und im nächsten, du wärst eine Kakerlake. Du glaubst nicht, dass du eine Kakerlake bist. Wenn du das glauben würdest, hättest du dich auf dem Highway nicht umgedreht, um dem Heckenschützen entgegenzutreten.«

»Oh, mein Gott«, flüstere ich. »Das war doch nur eine *Metapher.*«

»Möchtest du dich mit einem Insekt vergleichen, Cassie? Wenn du ein Insekt bist, dann bist du eine Eintagsfliege. Für einen Tag hier und dann wieder weg. Das hat nichts mit den Anderen zu tun. Es war schon immer so. Wir sind hier, und dann sind wir wieder weg, und es geht nicht darum, wie viel Zeit wir hier haben, sondern darum, wie wir diese Zeit nutzen.«

»Was du sagst, ergibt überhaupt keinen Sinn, ist dir das bewusst?« Ich spüre, wie ich mich zu ihm vorbeuge, wie aller Widerstand aus mir weicht.

»Du bist eine Eintagsfliege«, murmelt er.

Und dann küsst mich Evan Walker.

Hält meine Hand gegen seine Brust, während mir seine andere Hand federleicht über den Nacken streicht und mir einen Schauer über den Rücken und in die Beine laufen lässt, die alle Mühe haben, mich aufrecht zu halten. Ich spüre sein Herz gegen meine Handfläche schlagen, und ich rieche seinen Atem und spüre die Bartstoppeln auf seiner Oberlippe, ein sandpapierner Kontrast zur Weichheit seiner Lippen. Evan sieht mich an, und ich erwidere seinen Blick.

Ich weiche gerade weit genug zurück, um sprechen zu können. »Küss mich nicht.«

Er hebt mich in seine Arme. Ich scheine ewig nach oben zu schweben, wie früher, als ich noch ein kleines Mädchen war, wenn Daddy mich in die Luft warf und es sich anfühlte, als würde ich einfach weiterfliegen, bis ich am Ende der Galaxie ankam.

Er legt mich aufs Bett. Unmittelbar bevor er mich ein weiteres Mal küsst, sage ich: »Wenn du mich noch mal küsst, ramme ich dir mein Knie in die Eier.«

Seine Hände sind unglaublich weich, als würde mich eine Wolke berühren.

»Ich lasse dich nicht einfach …« Er sucht nach dem passenden Wort. »Wegfliegen von mir, Cassie Sullivan.«

Dann bläst er die Kerze neben dem Bett aus.

Ich spüre seinen Kuss jetzt intensiver, in der Dunkelheit des Zimmers, in dem seine Schwester starb. In der Lautlosigkeit des Hauses, in dem seine Familie starb. In der Stille der Welt, in der das Leben starb, das wir vor der Ankunft kannten. Er schmeckt meine Tränen, bevor ich sie spüre. Wo Tränen wären, ist sein Kuss.

»Ich habe dich nicht gerettet«, flüstert er, wobei seine Lippen meine Wimpern kitzeln. »Du hast mich gerettet.«

Er wiederholt das immer und immer wieder, bis wir beide fest aneinandergepresst einschlafen, seine Stimme in meinem Ohr, meine Tränen in seinem Mund.

»Du hast mich gerettet.«

V. TEIL
SPREU UND WEIZEN

—— 37. Kapitel ——

Cassie, durch die verschmutzte Fensterscheibe, schrumpfend.

Cassie, auf der Straße, mit Bär in den Händen.

Hebt seinen Arm, um ihm zu helfen, zum Abschied zu winken.

Auf Wiedersehen, Sammy.

Auf Wiedersehen, Bär.

Der Straßenstaub wird von den großen Rädern des Busses aufgewirbelt, und Cassie schrumpft in den braunen Wolken.

Auf Wiedersehen, Cassie.

Cassie und Bär, immer kleiner, und das harte Glas unter seinen Fingern.

Auf Wiedersehen, Cassie. Auf Wiedersehen, Bär.

Bis der Staub die beiden verschluckt und er allein ist in dem überfüllten Bus, keine Mommy, kein Daddy, keine Cassie. Vielleicht hätte er Bär nicht zurücklassen sollen, denn Bär war bei ihm gewesen, solange er sich erinnern konnte. Bär war immer da gewesen. Aber Mommy war auch immer da gewesen. Mommy, Grandma und Grandpa und der Rest der Familie. Und die Kinder aus Ms Neymans Klasse und Ms Neyman und die Majewskis und die nette Kassiererin im Supermarkt, die immer Erdbeerlutscher unter ihrer Theke hatte. Sie alle waren auch immer da gewesen, wie Bär, solange er sich erinnern konnte, aber jetzt waren sie nicht mehr da. Alle, die immer da gewesen waren, waren nicht mehr da, und Cassie hatte gesagt, sie würden auch nicht mehr zurückkommen.

Nie wieder.

Die Fensterscheibe erinnert sich an seine Hand, als er sie wegnimmt. Sie bewahrt die Erinnerung an seine Hand. Nicht wie ein Foto, eher wie ein verschwommener Schatten, so verschwommen wie das Gesicht seiner Mutter, wenn er versucht, sich an sie zu erinnern.

Sämtliche Gesichter, die er jemals gekannt hat, seit er weiß, was Gesichter sind, verblassen, außer denen von Daddy und Cassie. Jetzt ist jedes Gesicht neu, ist jedes Gesicht das eines Fremden.

Ein Soldat geht den Mittelgang entlang und kommt auf ihn zu. Er hat seine schwarze Maske abgesetzt. Sein Gesicht ist rundlich, seine Nase klein und mit Sommersprossen gesprenkelt. Er sieht nicht viel älter aus als Cassie. Er verteilt Tüten mit Fruchtgummis und Trinkpäckchen. Schmutzige Finger grapschen nach den Süßigkeiten. Einige der Kinder haben seit Tagen nichts mehr zu essen gehabt. Für manche sind die Soldaten die ersten Erwachsenen, die sie seit dem Tod ihrer Eltern sehen. Manche Kinder, die stillsten, wurden am Stadtrand aufgelesen, wo sie zwischen Haufen von geschwärzten, halb verbrannten Körpern umherwanderten, und sie starren alles und jeden an, als handle es sich bei allem und jedem um etwas, das sie noch nie gesehen haben. Andere, wie Sammy, wurden aus Flüchtlingslagern oder kleinen Gruppen von Überlebenden auf der Suche nach Hilfe gerettet. Ihre Kleidungsstücke sind nicht ganz so zerlumpt, ihre Gesichter nicht ganz so hager und ihre Augen nicht ganz so leer wie die der stillen – derjenigen, die gefunden wurden, als sie zwischen den Haufen von Toten umherwanderten.

Der Soldat kommt bei der hintersten Reihe an. Er trägt eine weiße Binde mit einem großen roten Kreuz am Ärmel.

»Hey, möchtest du einen Snack?«, fragt der Soldat Sammy.

Ein Trinkpäckchen und weiche, klebrige Fruchtgummis in Gestalt von Dinosauriern. Der Saft ist kalt. Kalt. Er hat seit Ewigkeiten nichts Kaltes mehr getrunken.

Der Soldat lässt sich auf dem Sitz neben ihm nieder und streckt seine langen Beine in den Mittelgang. Sammy steckt den dünnen Plastikstrohhalm in das Trinkpäckchen und trinkt in kleinen Schlucken, während sein Blick auf die regungslose Gestalt eines Mädchens fällt, das auf dem Sitz auf der anderen Seite kauert. Die Shorts sind zerrissen, das pinkfarbene Oberteil mit Rußflecken verschmutzt, die Schuhe schlammverkrustet. Sie lächelt im Schlaf. Ein guter Traum.

»Kennst du sie?«, fragt der Soldat Sammy.

Sammy schüttelt den Kopf. Sie war nicht mit ihm zusammen im Flüchtlingslager gewesen.

»Warum tragen Sie dieses große rote Kreuz?«

»Ich bin Sanitäter. Ich helfe kranken Menschen.«

»Warum haben Sie Ihre Maske abgenommen?«

»Die brauche ich jetzt nicht mehr«, erwidert der Sanitäter und wirft sich eine Handvoll Fruchtgummis in den Mund.

»Warum nicht?«

»Die Seuche ist da hinten.« Der Soldat deutet mit dem Daumen Richtung Heckscheibe, wo Staub aufgewirbelt wird und Cassie mit Bär in den Händen zu einem Nichts geschrumpft ist.

»Aber Daddy hat gesagt, die Seuche ist überall.«

Der Soldat schüttelt den Kopf. »Nicht dort, wo wir hinfahren«, sagt er.

»Wohin fahren wir denn?«

»Camp Haven.«

Das Brummen des Motors und das Rauschen des Fahrtwinds durch die offenen Fenster sorgen dafür, dass es klingt, als würde der Soldat nicht *haven* sagen, »Zufluchtsstätte«, sondern *heaven*, »Himmel«.

»Wohin?«, fragt Sammy noch einmal.

»Es wird dir gefallen.« Der Soldat tätschelt seinen Oberschenkel. »Wir haben alles für dich vorbereitet.«

»Für mich?«

»Für euch alle.«

Cassie auf der Straße, die Bär hilft, zum Abschied zu winken.

»Warum bringen Sie dann nicht alle dorthin?«

»Das machen wir noch.«

»Wann denn?«

»Sobald ihr in Sicherheit seid.« Der Soldat wirft abermals einen Blick auf das Mädchen. Dann steht er auf, zieht seine grüne Jacke aus und deckt es behutsam damit zu.

»Ihr seid das Allerwichtigste«, sagt der Soldat, und der Ausdruck in seinem jungenhaften Gesicht ist entschlossen und ernst. »Ihr seid die Zukunft.«

Die schmale, staubige Straße wird zu einer breiteren asphaltierten Straße, und dann biegen die Busse auf eine noch breitere Straße ab. Ihre Motoren stoßen ein kehliges Röhren aus und schießen auf die Sonne zu, auf einem Highway, der von Wracks und liegen gebliebenen Autos geräumt wurde. Sie wurden an den Straßenrand gezogen oder geschoben, um den Weg für Busladungen von Kindern frei zu machen.

Der Sanitäter mit der Sommersprossennase geht abermals den Mittelgang entlang, und dieses Mal verteilt er Wasserflaschen und fordert sie auf, die Fenster zu schließen, da einige Kinder frieren und andere Angst vor dem Brausen des Fahrtwinds haben, der wie ein brüllendes Ungeheuer klingt. Die Luft im Bus wird schnell stickig, und die Temperatur steigt, was die Kinder schläfrig macht.

Doch Sam hat Cassie Bär gegeben, damit er ihr Gesellschaft leistet, und er hat noch nie ohne Bär geschlafen, zumindest kein einziges Mal, seit Bär zu ihm gekommen ist. Er ist müde, aber er ist auch Bär-los. Je mehr Mühe er sich gibt, Bär zu vergessen, desto stärker vermisst er ihn und desto sehnlicher wünscht er sich, er hätte ihn nicht zurückgelassen.

Der Soldat bietet ihm eine Flasche Wasser an. Er erkennt, dass irgendetwas nicht stimmt, obwohl Sammy lächelt und sich nicht anmerken lässt, wie leer und Bär-los er sich fühlt. Der Soldat setzt sich erneut neben ihn, fragt ihn nach seinem Namen und sagt, er heiße Parker.

»Wie weit ist es noch?«, fragt Sammy. Bald wird es dunkel werden, und die Dunkelheit ist die schlimmste Zeit. Niemand hat es ihm gesagt, aber er weiß einfach, dass es dunkel sein wird, wenn sie schließlich kommen, dass es wie bei den anderen Wellen keine Vorwarnung geben wird und dass man nichts dagegen wird tun können; es wird einfach passieren wie damals, als die Fernseher ausgingen und die Autos nicht mehr funktionierten und die Flugzeuge abstürzten und die Seuche kam, die »lästigen Ameisen«, wie Daddy und Cassie sie nannten, und seine Mommy in blutige Laken gewickelt war.

Als die Anderen auftauchten, sagte sein Vater, dass die Welt sich verändert habe und nichts wie früher sein würde und dass sie ihn vielleicht zu sich ins Mutterschiff holen würden, um ihn zu Abenteuern im Weltall mitzunehmen. Und Sammy konnte es kaum erwarten, ins Mutterschiff einzusteigen und ins All zu starten wie Luke Skywalker in seinem X-Wing-Starfighter. Es sorgte dafür, dass sich jeder Abend anfühlte wie der Weihnachtsabend. Wenn er am Morgen aufwachte, glaubte er, würden alle wunderbaren Geschenke da sein, die ihm die Anderen gebracht hatten.

Doch das Einzige, was die Anderen brachten, war der Tod.

Sie waren nicht gekommen, um ihm irgendetwas zu geben. Sie waren gekommen, um ihm alles zu nehmen.

Wann würde es – wann würden *sie* – endlich aufhören? Vielleicht nie. Vielleicht würden die Außerirdischen nicht aufhören, bis sie ihnen alles weggenommen hatten, bis die Welt leer war wie Sammy, leer und allein und Bär-los.

Deshalb fragt er den Soldaten: »Wie weit ist es noch?«

»Nicht mehr weit«, antwortet der Soldat namens Parker. »Möchtest du, dass ich bei dir bleibe?«

»Ich habe keine Angst«, sagt Sammy. *Du musst jetzt tapfer sein*, sagte Cassie an dem Tag zu ihm, als seine Mutter starb. Als er das leere Bett sah und ohne zu fragen wusste, dass sie mit Grandma und all den anderen gegangen war, mit denen, die er kannte, und mit denen, die er nicht kannte, mit denen, die am Stadtrand gestapelt und verbrannt wurden.

»Die brauchst du auch nicht zu haben«, sagt der Soldat. »Du bist jetzt vollkommen sicher.«

Das war genau das, was Daddy eines Abends sagte, nachdem der Strom ausgefallen war, nachdem er die Fenster zugenagelt und die Türen verbarrikadiert hatte, als die bösen Männer mit Gewehren kamen, um Sachen zu stehlen.

Du bist jetzt vollkommen sicher.

Nachdem Mommy krank geworden war und Daddy Cassie und ihm weiße Papiermasken aufgesetzt hatte.

Nur vorsichtshalber, Sam. Ich glaube, du bist vollkommen sicher.

»Und Camp Haven wird dir gefallen«, sagt der Soldat. »Warte ab, bis du es siehst. Wir haben nur für Kinder wie dich alles vorbereitet.«

»Und sie werden uns dort nicht finden?«

Parker lächelt. »Tja, das weiß ich nicht. Aber es ist im Moment der wahrscheinlich sicherste Ort in ganz Nordamerika. Es gibt dort sogar ein unsichtbares Kraftfeld, falls die Besucher irgendwas versuchen.«

»Kraftfelder gibt es in Wirklichkeit gar nicht.«

»Tja, dasselbe hat man auch über Außerirdische gesagt.«

»Haben Sie einen gesehen, Parker?«

»Noch nicht«, entgegnet Parker. »Niemand hat einen gesehen, zumindest niemand in meiner Kompanie, aber wir freuen uns schon darauf.« Er lächelt ein hartes soldatisches Lächeln, und Sammys Herz schlägt schneller. Er wünscht sich, er wäre alt genug, um ein Soldat wie Parker zu sein.

»Wer weiß?«, sagt Parker. »Vielleicht sehen sie genauso aus
wie wir. Vielleicht hast du in diesem Augenblick einen vor dir.«
Eine andere Art von Lächeln. Stichelnd.

Der Soldat erhebt sich, und Sammy greift nach seiner Hand.
Er möchte nicht, dass Parker geht.

»Hat Camp Haven tatsächlich ein Kraftfeld?«

»Ja. Und bemannte Wachtürme und Videoüberwachung rund
um die Uhr und einen sechs Meter hohen Zaun mit Stacheldraht
oben drauf und große, böse Wachhunde, die einen Nicht-Men-
schen aus fünf Meilen Entfernung riechen können.«

Sammys Nase kräuselt sich. »Das klingt aber gar nicht nach
Himmel! Das klingt nach Gefängnis!«

»Mit dem Unterschied, dass in einem Gefängnis die Bösen
eingesperrt werden, während unser Camp die Bösen aussperrt.«

───── **38. Kapitel** ─────

Nacht.

Sterne am Himmel, hell und kalt, darunter die dunkle Straße
und das Surren der Reifen auf der dunklen Straße unter den kalten Sternen. Die Scheinwerfer, die die Dunkelheit durchbohren.
Das Schwanken des Busses und die stickige warme Luft.

Das Mädchen auf der anderen Seite des Gangs setzt sich jetzt
auf. Ihr dunkles, verfilztes Haar klebt ihr seitlich am Kopf, ihre
Wangen sind eingefallen, und ihre Haut liegt straff an ihrem
Schädel an, wodurch ihre Augen so riesig wie die einer Eule
wirken.

Sammy lächelt sie zögerlich an. Sie erwidert sein Lächeln
nicht. Ihr Blick ist starr auf die Wasserflasche gerichtet, die an
seinem Bein lehnt. Er hebt die Flasche hoch. »Möchtest du was
davon?« Ein knochiger Arm schießt durch den Raum zwischen
ihnen. Sie reißt ihm die Flasche aus der Hand und trinkt den

Rest des Wassers in vier Schlucken aus, dann wirft sie die leere Flasche auf den Sitz neben ihr.

»Ich glaube, sie haben noch mehr, falls du noch Durst hast«, sagt Sammy.

Das Mädchen sagt nichts. Starrt ihn an, ohne zu blinzeln.

»Und Fruchtgummis haben sie auch, falls du Hunger hast.«

Sie sieht ihn nur an, ohne etwas zu sagen. Die Beine unter Parkers grüner Jacke angezogen, die runden Augen aufgerissen.

»Ich heiße Sam, aber alle nennen mich Sammy. Außer Cassie. Cassie nennt mich Sams. Wie heißt du?«

Das Mädchen erhebt die Stimme über das Surren der Reifen und das Dröhnen des Motors. »Megan.«

Ihre dünnen Finger zupfen am grünen Stoff der Armeejacke. »Woher kommt die?«, fragt sie sich laut, wobei ihre Stimme kaum gegen das Surren und Dröhnen im Hintergrund ankommt. Sammy steht auf und setzt sich auf den freien Platz neben ihr. Sie zuckt zusammen und zieht die Beine so weit wie möglich an.

»Von Parker«, erklärt ihr Sammy. »Das ist der, der da vorn neben dem Fahrer sitzt. Er ist Sanitäter. Das bedeutet, er kümmert sich um kranke Menschen. Er ist echt nett.«

Das dünne Mädchen namens Megan schüttelt den Kopf. »Ich bin nicht krank.«

Die Augen von dunklen Ringen umgeben, die Lippen aufgeplatzt und sich schälend, das Haar verfilzt und verwoben mit Zweigen und toten Blättern. Ihre Stirn glänzt, und ihre Wangen sind gerötet.

»Wohin fahren wir?«, möchte sie wissen.

»Camp Haven.«

»Camp ... was?«

»Das ist eine Festung«, sagt Sammy. »Und nicht nur irgendeine Festung. Die größte, beste, sicherste Festung auf der ganzen Welt. Sie hat sogar ein Kraftfeld!«

Im Bus ist es sehr warm und stickig, doch Megan hört nicht auf zu zittern. Sammy zieht ihr Parkers Jacke bis unters Kinn hoch. Sie starrt ihn mit ihren riesigen, eulenartigen Augen an. »Wer ist Cassie?«

»Meine Schwester. Sie kommt auch noch. Die Soldaten fahren zurück, um sie zu holen. Sie und Daddy und alle anderen.«

»Soll das heißen, sie lebt noch?«

Sammy nickt, verwirrt. Warum sollte Cassie nicht mehr leben?

»Dein Vater und deine Schwester leben noch?« Ihre Unterlippe bebt. Eine Träne zieht eine Spur durch den Ruß in ihrem Gesicht.

Ohne nachzudenken, nimmt Sammy ihre Hand. So wie Cassie seine Hand in der Nacht nahm, in der sie ihm erzählte, was die Anderen getan hatten.

Das war ihre erste Nacht im Flüchtlingslager gewesen. Das gewaltige Ausmaß der Ereignisse der vergangenen paar Monate war ihm bis zu dieser Nacht, nachdem das Licht aus war und er neben Cassie zusammengerollt in der Dunkelheit lag, noch gar nicht bewusst geworden. Alles war so schnell geschehen, vom Tag, an dem der Strom ausgefallen war, bis zu dem Tag, an dem sein Vater Mommy in das weiße Laken eingewickelt hatte, und ihrem Eintreffen im Lager. Er hatte immer gedacht, sie würden eines Tages wieder nach Hause gehen, und alles würde wieder so sein wie vor der Ankunft der Anderen. Mommy würde nicht wieder zurückkommen – er war schließlich kein Baby mehr und wusste, dass sie nicht zurückkommen würde –, aber er begriff nicht, dass es überhaupt kein Zurück mehr gab, dass das, was geschehen war, endgültig war.

Bis zu dieser Nacht. Der Nacht, in der Cassie seine Hand hielt und ihm sagte, dass Mommy nur eine von Milliarden sei. Dass fast alle Menschen auf der Erde tot seien. Dass sie nie wieder in ihrem Haus wohnen würden. Dass er nie wieder zur Schule gehen würde. Dass alle seine Freunde tot seien.

»Das ist nicht fair«, flüstert Megan im dunklen Bus. »Das ist nicht fair.« Sie starrt Sammy an. »Meine ganze Familie ist tot, und dein Vater *und* deine Schwester …? Das ist nicht fair.«

Parker ist wieder aufgestanden. Er bleibt an jedem Sitz stehen, spricht leise mit jedem Kind, und dann berührt er es an der Stirn. Sobald er ein Kind berührt, leuchtet in der Finsternis ein Licht auf. Manchmal ist das Licht grün, manchmal rot. Nachdem das Licht wieder erloschen ist, stempelt Parker die Hand des jeweiligen Kindes. Rotes Licht, roter Stempel. Grünes Licht, grüner Stempel.

»Mein kleiner Bruder war ungefähr so alt wie du«, sagt Megan zu Sammy. Es klingt wie ein Vorwurf: *Wie kann es sein, dass du lebst und er tot ist?*

»Wie hieß er denn?«, fragt Sammy.

»Was spielt das für eine Rolle? Warum möchtest du seinen Namen wissen?«

Er wünscht sich, Cassie wäre hier. Cassie wüsste, was sie sagen muss, damit es Megan besser geht. Sie hatte immer die richtigen Worte parat.

»Er hieß Michael, okay? Michael Joseph, und er war sechs Jahre alt und hat nie jemandem was zuleide getan. Okay? Bist du jetzt zufrieden? Michael Joseph hieß mein Bruder. Willst auch wissen, wie alle anderen hießen?«

Sie blickt über Sammys Schulter auf Parker, der bei ihrer Sitzreihe stehen geblieben ist.

»Hallo, Schlafmütze«, sagt der Sanitäter zu Megan.

»Sie ist krank, Parker«, sagt Sammy zu ihm. »Sie müssen etwas tun, damit es ihr wieder besser geht.«

»Wir werden dafür sorgen, dass es allen besser geht«, entgegnet Parker mit einem Lächeln.

»Ich bin nicht krank«, protestiert Megan, dann zittert sie heftig unter Parkers grüner Jacke.

»Natürlich nicht«, sagt Parker mit einem Nicken und einem breiten Grinsen. »Aber vielleicht sollte ich trotzdem deine Temperatur kontrollieren, um ganz sicherzugehen. Einverstanden?«

Er hält eine silberfarbene Scheibe von der Größe eines Vierteldollars hoch. »Alles über siebenunddreißig Komma acht Grad leuchtet grün.« Er beugt sich über Sammy und presst Megan die Scheibe gegen die Stirn. Sie leuchtet grün auf. »Oh-oh«, sagt Parker. »Lass mich mal bei dir kontrollieren, Sam.«

Das Metall fühlt sich warm auf seiner Stirn an. Parkers Gesicht ist kurz in rotes Licht getaucht. Parker rollt den Stempel über Megans Handrücken. Im Halbdunkel glänzt die grüne Tinte feucht. Es handelt sich um ein Smiley. Dann ein rotes Smiley für Sammy.

»Warte, bis deine Farbe aufgerufen wird, okay?«, sagt Parker zu Megan. »Die Grünen kommen direkt ins Krankenhaus.«

»Ich bin nicht krank!«, schreit Megan heiser. Ihre Stimme versagt. Sie krümmt sich, hustet, und Sammy zuckt instinktiv zurück.

Parker klopft ihm auf die Schulter. »Das ist nur eine starke Erkältung, Sam«, flüstert er. »Sie wird wieder gesund.«

»Ich gehe nicht ins Krankenhaus«, sagt Megan zu Sammy, nachdem Parker im Bus wieder nach vorn gegangen ist. Sie reibt ihren Handrücken wie wild an der Jacke und verschmiert dabei die Tinte. Das Smiley ist jetzt nur noch ein grüner Klecks.

»Du musst«, sagt Sammy. »Möchtest du denn nicht wieder gesund werden?«

Sie schüttelt energisch den Kopf. Er versteht einfach nicht. »Ins Krankenhaus geht man nicht, um gesund zu werden. Ins Krankenhaus geht man, um zu sterben.«

Nachdem seine Mutter krank geworden war, fragte er Daddy: »Bringst du Mommy nicht ins Krankenhaus?« Und sein Vater erwiderte, dass es dort nicht sicher sei. Zu viele Kranke, zu wenig Ärzte, und außerdem könnten die Ärzte sowieso nichts für sie tun. Cassie sagte ihm, das Krankenhaus sei kaputt, genauso wie der Fernseher und die Lampen, die Autos und alles andere.

»Alles ist kaputt?«, fragte er Cassie. »Alles?«

»Nein, nicht alles, Sams«, entgegnete sie. »Das nicht.«

Sie nahm seine Hand und legte sie ihm auf die Brust, und sein Herz klopfte heftig gegen seine Handfläche.

»Nicht kaputt«, sagte sie.

—— **39. Kapitel** ——

Seine Mutter kommt nur im Zwischenstadium zu ihm, in der grauen Zeit zwischen Schlafen und Erwachen. Sie hält sich aus seinen Träumen fern, als wisse sie, dass Träume tabu sind, weil sie nicht wirklich sind, einem jedoch mehr als wirklich vorkommen, wenn man sie träumt. Sie liebt ihn zu sehr, um ihm das anzutun.

Manchmal kann er ihr Gesicht sehen, die meiste Zeit allerdings nicht, sondern nur ihre Silhouette, ein wenig dunkler als das Grau hinter seinen Augenlidern, und er kann sie riechen und ihr Haar berühren, es durch seine Finger streichen fühlen. Wenn er sich zu sehr bemüht, ihr Gesicht zu erkennen, verschwindet sie in die Dunkelheit. Und wenn er versucht, sie zu festzuhalten, entgleitet sie ihm wie ihr Haar seinen Fingern.

Das Surren der Reifen auf der dunklen Straße. Die stickige warme Luft und das Schwanken des Busses unter den kalten Sternen. Wie weit noch bis Camp Haven? Es hat den Anschein, als wären sie seit Ewigkeiten auf der dunklen Straße unter den kalten Sternen unterwegs. Er wartet im Zwischenstadium mit geschlossenen Augen auf seine Mutter, während Megan ihn mit ihren großen, runden, eulenartigen Augen beobachtet.

Er schläft beim Warten ein.

Als die drei Schulbusse vor dem Tor von Camp Haven anhalten, schläft er noch immer. Hoch oben im Wachturm drückt der

Wachposten einen Knopf, das elektronische Schloss öffnet sich, und das Tor gleitet auf. Die Busse fahren hinein, und das Tor schließt sich hinter ihnen.

Er wacht nicht auf, bis die Busse mit einem letzten wütenden Zischen ihrer Bremsen zum Stillstand kommen. Zwei Soldaten gehen den Mittelgang entlang und wecken die Kinder, die eingeschlafen sind. Die Soldaten sind schwer bewaffnet, doch sie lächeln und ihre Stimmen sind sanft. *Schon okay. Es ist Zeit aufzuwachen. Ihr seid jetzt vollkommen sicher.*

Sammy setzt sich auf, blinzelt in den plötzlichen Lichtschein, der durch die Fenster fällt, und blickt nach draußen. Sie haben vor einem riesigen Flugzeughangar angehalten. Da die großen Tore geschlossen sind, kann er nicht hineinschauen. Einen Moment lang beunruhigt es ihn nicht, ohne Daddy oder Cassie oder Bär an einem fremden Ort zu sein. Er weiß, was das helle Licht bedeutet: Den Außerirdischen ist es nicht gelungen, auch hier die Stromversorgung zu kappen. Es bedeutet außerdem, dass Parker die Wahrheit gesagt hat: Das Camp besitzt tatsächlich ein Kraftfeld. Daran besteht kein Zweifel. Ihnen ist egal, ob die Anderen von dem Camp wissen.

Sie sind vollkommen sicher.

Megans schwerer Atem dringt an sein Ohr, und er dreht den Kopf, um sie anzusehen. Im grellen Schein des Flutlichts wirken ihre Augen riesig. Sie nimmt seine Hand.

»Lass mich nicht allein«, fleht sie.

Ein korpulenter Mann hievt sich in den Bus und stellt sich neben den Fahrer, die Hände auf die Hüften gestützt. Er hat ein breites, fleischiges Gesicht und sehr kleine Augen.

»Guten Morgen, Jungs und Mädels, und willkommen in Camp Haven! Ich bin Major Bob. Ich weiß, dass ihr müde und hungrig seid und vielleicht ein bisschen Angst habt … Wer von euch hat ein bisschen Angst? Hebt die Hand.« Keine Hand geht nach oben. Sechsundzwanzig Augenpaare starren ihn verständnislos an. Major Bob grinst. Seine Zähne sind klein, wie die Augen. »Das ist ja hervorragend. Und wisst ihr, was? Ihr braucht auch keine Angst zu haben! Unser Camp ist im Moment der sicherste Ort auf der ganzen Welt, ohne Witz. Ihr seid hier alle vollkommen sicher.« Er dreht sich zu einem der lächelnden Soldaten, der ihm ein Klemmbrett reicht. »In Camp Haven gibt es nur zwei Regeln. Regel Nummer eins: Merkt euch eure Farbe. Haltet mal alle eure Farbe hoch!« Fünfundzwanzig Fäuste schießen nach oben. Die sechsundzwanzigste, Megans, bleibt in ihrem Schoß. »Die Roten werden in ein paar Minuten zur Abfertigung in den Hangar eins begleitet. Die Grünen müssen noch warten, bei euch dauert es noch ein bisschen.«

»Ich steige nicht aus«, flüstert Megan Sammy ins Ohr.

»Regel Nummer zwei!«, dröhnt Major Bob. »Regel Nummer zwei besteht aus zwei Wörtern: zuhören und befolgen. Das kann man sich doch leicht merken, oder? Regel zwei, zwei Wörter: Hört auf euren Gruppenführer. Befolgt jede Anweisung, die euch euer Gruppenführer erteilt. Keine Fragen und keine Widerrede. Die Gruppenführer haben – wir alle haben – hier nur ein Ziel, ein einziges Ziel, und das ist, für eure Sicherheit zu sorgen. Und wir können nicht für eure Sicherheit sorgen, wenn ihr nicht zuhört und alle Anweisungen befolgt, und zwar auf der Stelle und ohne Fragen.« Er gibt dem lächelnden Soldaten das Klemmbrett zurück, klatscht in seine fleischigen Hände und sagt: »Noch irgendwelche Fragen?«

»Er hat doch gerade gesagt, wir sollen keine Fragen stellen«, flüstert Megan. »Und jetzt fragt er, ob wir irgendwelche Fragen haben.«

»Ausgezeichnet!«, brüllt Major Bob. »Dann wollen wir euch mal abfertigen! Rote, euer Gruppenführer ist Corporal Parker. Kein Gerenne, Geschiebe oder Geschubse, aber bewegt euch. Kein Ausscheren aus der Reihe und kein Gequatsche, und denkt daran, an der Tür euren Stempel vorzuzeigen. Bewegung, Leute.

Je schneller wir euch abfertigen, desto eher könnt ihr ein bisschen schlafen und frühstücken. Ich behaupte nicht, dass wir das beste Essen der Welt haben, aber es ist jede Menge davon da!«

Er stampft die Treppe hinunter. Der Bus schaukelt bei jedem Tritt. Sammy will aufstehen, doch Megan reißt ihn wieder auf den Sitz.

»Lass mich nicht allein«, sagt sie erneut.

»Aber ich bin ein Roter«, protestiert Sammy. Megan tut ihm leid, aber er kann es kaum erwarten auszusteigen. Er hat das Gefühl, schon ewig in dem Bus zu sitzen. Und je früher die Busse leer sind, desto früher können sie umkehren und Cassie und Daddy holen.

»Schon gut, Megan«, versucht er sie zu trösten. »Du hast Parker doch gehört. Sie sorgen dafür, dass es allen besser geht.«

Er reiht sich hinter den anderen Roten ein. Parker steht am Fuß der Treppe und kontrolliert die Stempel. Der Fahrer schreit: »Hey!«, und Sammy dreht sich in dem Augenblick um, als Megan auf die unterste Stufe tritt. Sie prallt gegen Parkers Brust und schreit, als dieser ihre rudernden Arme packt.

»Lassen Sie mich los!«

Der Fahrer entreißt sie Parkers Griff und zerrt sie die Stufen wieder hinauf, einen Arm fest um ihre Taille geschlungen.

»Sammy!«, schreit Megan. »Sammy, lass mich nicht allein! Lass sie nicht ...«

Die Türen schlagen zu, schneiden ihre Schreie ab. Sammy blickt zu Parker auf, der ihm beruhigend auf die Schulter klopft.

»Sie wird wieder gesund, Sam«, sagt der Sanitäter leise. »Komm mit.«

Als Sammy auf den Hangar zugeht, kann er Megan hinter der gelben Blechhülle des Busses schreien hören, über das kehlige Dröhnen des Motors und das Zischen der sich lösenden Bremsen hinweg. Sie schreit, als würde sie sterben, als würde sie gefoltert werden. Und dann betritt er den Hangar durch eine Seitentür und kann sie nicht mehr schreien hören.

Unmittelbar hinter der Tür steht ein Soldat. Er drückt Sammy eine Karte in die Hand, auf die die Nummer neunundvierzig gedruckt ist.

»Geh zum nächsten roten Kreis« fordert der Soldat ihn auf. »Setz dich hin und warte, bis deine Nummer aufgerufen wird.«

»Ich muss jetzt rüber zum Krankenhaus«, sagt Parker. »Bleib locker, Champ, und vergiss nicht, dass jetzt alles in Ordnung ist. Hier kann dir nichts passieren.« Er zerzaust Sammy das Haar, verspricht ihm, dass sie sich bald wiedersehen werden, und stößt zum Abschied mit der Faust gegen Sammys Faust.

Zu Sammys großer Enttäuschung befinden sich in dem riesigen Hangar keine Flugzeuge. Er hat noch nie einen Kampfjet aus der Nähe gesehen, wenngleich er seit der Ankunft in Gedanken tausende Male einen gesteuert hat. Während seine Mutter am anderen Ende des Flurs im Sterben lag, saß er im Cockpit einer Fighting Falcon und flog mit dreifacher Schallgeschwindigkeit am Rand der Atmosphäre direkt auf das Mutterschiff der Außerirdischen zu. Sicher, dessen graue Hülle starrte vor Geschütztürmen und Strahlenkanonen, und das Kraftfeld leuchtete in einem teuflischen, widerlichen Grün, doch es gab eine Schwachstelle in dem Feld, ein Loch, das fünf Zentimeter größer war als sein Kampfjet, und wenn er dieses genau traf … Und er musste es genau treffen, denn die gesamte Staffel war ausgelöscht worden, er verfügte nur noch über eine einzige Rakete, und außer ihm, Sammy »die Viper« Sullivan, war niemand mehr übrig, der die Erde gegen die Horde von Außerirdischen hätte verteidigen können.

Auf den Fußboden wurden drei große rote Kreise gemalt. Sam begibt sich zu den anderen Kindern in den Kreis, der sich am nächsten bei der Tür befindet, und setzt sich hin. Megans verängstigte Schreie gehen ihm nicht aus dem Kopf. Ihre riesigen

Augen, die Art und Weise, wie ihre verschwitzte Haut schimmerte, und ihr ungesund riechender Atem. Cassie hat ihm gesagt, dass die »lästigen Ameisen« verschwunden wären und dass sie bereits alle Menschen getötet hätten, die sie töten wollten, da manche Menschen nicht daran erkranken konnten, wie Cassie und Daddy und alle anderen im Camp Ashpit. Sie wären immun, sagte Cassie.

Doch was ist, wenn Cassie sich getäuscht hat? Vielleicht braucht die Krankheit bei manchen Menschen länger, um sie zu töten. Vielleicht tötet sie Megan in diesem Moment.

Oder vielleicht haben die Anderen eine zweite Seuche freigesetzt, die noch schlimmer ist als die »lästigen Ameisen« und alle töten wird, die die erste überlebt haben.

Er verdrängt den Gedanken. Seit dem Tod seiner Mutter ist er gut darin geworden, schlechte Gedanken zu verdrängen.

Insgesamt sind in den drei Kreisen über hundert Kinder versammelt, doch in dem Hangar ist es sehr still. Der Junge, der neben Sammy sitzt, ist so erschöpft, dass er sich auf dem kalten Beton auf die Seite legt, sich zu einer Kugel zusammenrollt und einschläft. Der Junge ist älter als Sammy, vielleicht zehn oder elf, aber er schläft mit dem Daumen fest zwischen den Lippen.

Eine Glocke läutet, und dann plärrt eine Frauenstimme aus einem Lautsprecher. Zuerst auf Englisch, dann auf Spanisch:

»WILLKOMMEN IN CAMP HAVEN, KINDER! WIR FREUEN UNS SEHR, EUCH ALLE ZU SEHEN! WIR WISSEN, DASS IHR MÜDE UND HUNGRIG SEID UND DASS SICH MANCHE VON EUCH NICHT GUT FÜHLEN, ABER VON JETZT AN WIRD ALLES BESSER. BLEIBT IN EUREM KREIS UND PASST GUT AUF, BIS EURE NUMMER AUFGERUFEN WIRD. VERLASST EUREN KREIS UNTER KEINEN UMSTÄNDEN. WIR MÖCHTEN NIEMANDEN VON EUCH VERLIEREN! BLEIBT GANZ RUHIG UND DENKT DARAN, DASS WIR HIER SIND, UM UNS UM EUCH ZU KÜMMERN! IHR SEID VOLLKOMMEN SICHER.«

Einen Augenblick später wird die erste Nummer aufgerufen. Das betreffende Kind erhebt sich und wird von einem Soldaten von seinem roten Kreis zu einer in derselben Farbe gestrichenen Tür am anderen Ende des Hangars gebracht. Der Soldat nimmt ihm seine Karte ab und öffnet die Tür. Das Kind geht alleine hinein. Der Soldat schließt die Tür und kehrt zu seinem Posten neben einem der roten Kreise zurück. An jedem Kreis stehen zwei Soldaten, beide schwer bewaffnet, aber beide lächelnd. Alle Soldaten lächeln. Sie hören nie auf zu lächeln.

Die Nummern der Kinder werden eine nach der anderen aufgerufen. Die Kinder verlassen ihren Kreis, durchqueren den Hangar und verschwinden hinter der roten Tür. Sie kommen nicht wieder zurück.

Es dauert fast eine Stunde, bis die Frau Sammys Nummer aufruft. Der Morgen ist bereits im Anmarsch, und Sonnenstrahlen fallen durch die hohen Fenster und tauchen den Hangar in goldfarbenes Licht. Er ist sehr müde, hungrig und vom langen Sitzen ein wenig steif, doch er springt auf, als er es hört – »NEUNUND-VIERZIG! GEH BITTE ZUR ROTEN TÜR! NUMMER NEUN-UNDVIERZIG!« –, und stolpert in seiner Eile beinahe über den schlafenden Jungen neben ihm.

Auf der anderen Seite der Tür wartet eine Krankenschwester auf ihn. Er weiß, dass sie eine Krankenschwester ist, weil sie wie Schwester Rachel aus der Praxis seines Kinderarztes einen grünen Kittel und Turnschuhe mit weichen Sohlen trägt. Auch ihr Lächeln ist genauso warm wie das von Schwester Rachel, und sie nimmt seine Hand und führt ihn in einen kleinen Raum. Darin steht ein Wäschekorb, der vor schmutziger Bekleidung überquillt, und neben einem weißen Vorhang hängen an Haken Bademäntel aus Papier.

»Okay, Champ«, sagt die Krankenschwester. »Wann hast du zum letzten Mal gebadet?«

Sie lacht über seinen erschrockenen Gesichtsausdruck. Dann

schiebt sie den weißen Vorhang beiseite und enthüllt eine Duschkabine.

»Alles wird ausgezogen und kommt in den Wäschekorb. Ja, auch die Unterwäsche. Wir mögen Kinder, aber keine Läuse und Zecken und alles andere mit mehr als zwei Beinen!«

Obwohl er protestiert, besteht die Krankenschwester darauf, die Arbeit selbst zu erledigen. Er steht mit vor der Brust verschränkten Armen da, während sie ihm einen Strahl übel riechendes Shampoo in die Haare spritzt und seinen ganzen Körper einschäumt, vom Scheitel bis zur Sohle. »Mach die Augen fest zu, sonst brennt es«, erklärt ihm die Schwester freundlich.

Sie überlässt es ihm, sich abzutrocknen, und fordert ihn anschließend auf, einen der Papierbademäntel anzuziehen.

»Geh durch die Tür da drüben.« Sie deutet auf eine Tür auf der anderen Seite des Raums.

Der Bademantel ist ihm viel zu groß und schleift auf dem Boden, als er in den nächsten Raum geht. Dort wartet eine weitere Krankenschwester auf ihn. Sie ist korpulenter als die erste, älter und nicht ganz so freundlich. Sie lässt Sammy auf die Waage steigen, notiert auf einem Klemmbrett neben seiner Nummer sein Gewicht und befiehlt ihm anschließend, auf einen Untersuchungstisch zu klettern. Dann legt sie ihm eine Metallscheibe – wie Parker sie im Bus benutzt hat – auf die Stirn.

»Ich messe deine Temperatur«, erklärt sie.

Er nickt. »Ich weiß. Parker hat es mir gesagt. Rot bedeutet normal.«

»Du bist rot, in Ordnung«, sagt die Krankenschwester. Ihre kalten Finger drücken sein Handgelenk, messen seinen Puls.

Sammy zittert. Er hat Gänsehaut in dem hauchdünnen Bademantel und ein bisschen Angst. Er ist noch nie gerne zum Arzt gegangen und befürchtet, dass er womöglich eine Spritze bekommt. Die Krankenschwester setzt sich vor ihn und sagt, dass sie ihm ein paar Fragen stellen muss. Er soll genau zuhören und so ehrlich wie möglich antworten. Wenn er die Antwort nicht weiß, ist das in Ordnung. Hat er verstanden?

Wie lautet sein vollständiger Name? Wie alt ist er? Hat er Geschwister? Leben sie noch?

»Cassie«, sagt Sammy. »Cassie lebt.«

Die Krankenschwester notiert Cassies Namen. »Wie alt ist Cassie denn?«

»Cassie ist sechzehn. Sie fahren zurück, um sie zu holen«, erzählt Sammy der Krankenschwester.

»Wer fährt zurück?«

»Die Soldaten. Die Soldaten haben gesagt, sie hätte keinen Platz mehr, aber sie fahren zurück, um sie und Daddy zu holen.«

»Daddy? Dann lebt dein Vater also auch noch? Was ist mit deiner Mutter?«

Sammy schüttelt den Kopf. Beißt sich auf die Unterlippe. Zittert heftig. So kalt. Er erinnert sich an zwei freie Sitzplätze im Bus, an den Platz neben ihm, auf den sich Parker setzte, und an den neben Megan, auf den er sich setzte. Dann sprudelt es aus ihm heraus: »Sie haben gesagt, im Bus wäre kein Platz mehr, aber da *war* noch Platz. Daddy und Cassie hätten auch mitfahren können. Warum haben die Soldaten sie nicht mitfahren lassen?«

Die Krankenschwester erwidert: »Weil du höchste Priorität hast, Samuel.«

»Aber sie bringen die beiden auch her, oder?«

»Letzen Endes schon.«

Weitere Fragen. Wie ist seine Mutter gestorben? Was geschah anschließend?

Der Stift der Krankenschwester fliegt übers Papier. Dann steht sie auf und tätschelt sein nacktes Knie. »Hab keine Angst«, sagt sie zu ihm, bevor sie geht. »Du bist hier vollkommen sicher.« Ihre Stimme klingt in Sammys Ohren monoton, als wiederhole sie etwas, das sie bereits tausendmal gesagt hat. »Bleib schön sitzen. Die Ärztin ist in einer Minute da.«

Sammy kommt es viel länger als eine Minute vor. Er schlingt sich die dünnen Arme um die Brust, um seine Körperwärme festzuhalten. Sein Blick wandert ruhelos in dem kleinen Raum hin und her. Ein Waschbecken und ein Schrank. Der Stuhl, auf dem die Krankenschwester saß. Ein Stuhl mit Rollen in einer Ecke und, genau über dem Stuhl, an der Decke montiert, eine Kamera, deren glänzendes schwarzes Auge direkt auf den Untersuchungstisch gerichtet ist.

Die Krankenschwester kommt wieder herein, gefolgt von der Ärztin. Dr. Pam ist so groß und schlank, wie die Krankenschwester klein und rundlich ist. Sammy wird augenblicklich ruhiger. Die große Ärztin hat irgendetwas an sich, was ihn an seine Mutter erinnert. Vielleicht ist es die Art und Weise, wie sie mit ihm spricht, mit warmer, sanfter Stimme, wobei sie ihm direkt in die Augen blickt. Ihre Hände sind ebenfalls warm. Im Gegensatz zu der Krankenschwester zieht sie keine Handschuhe an, bevor sie ihn berührt.

Sie tut, womit er gerechnet hat, was er von Ärzten gewohnt ist. Leuchtet ihm in die Augen, in die Ohren, in den Rachen. Lauscht mit dem Stethoskop seinem Atem. Reibt unmittelbar unter seinem Kiefer, aber nicht zu fest, während sie die ganze Zeit leise vor sich hin summt.

»Leg dich ganz zurück, Sam.«

Kräftige Finger drücken auf seinen Bauch.

»Tut es weh, wenn ich das mache?«

Sie lässt ihn aufstehen, sich vorbeugen, nach seinen Zehen greifen, während sie mit den Händen an seiner Wirbelsäule auf und ab fährt.

»Okay, Sportsfreund, und jetzt wieder auf den Tisch mit dir.«

Er springt schnell auf das zerknitterte Papier, da er spürt, dass die Untersuchung fast vorüber ist. Er wird keine Spritze bekommen. Vielleicht werden sie ihm in den Finger pieksen, und das ist kein Vergnügen, aber er wird zumindest keine Spritze bekommen.

»Streck mal deine Hand aus.«

Dr. Pam legt ihm ein winziges graues Kügelchen, das nicht größer ist als ein Reiskorn, auf die Handfläche.

»Weißt du, was das ist? Das nennt man Mikrochip. Hattest du mal ein Haustier, Sammy, einen Hund oder eine Katze?«

Nein. Sein Vater ist allergisch. Er wollte allerdings immer einen Hund haben.

»Nun, manche Besitzer lassen ihren Haustieren ein ganz ähnliches Gerät einsetzen, falls sie mal weglaufen oder sich verirren sollten. Das hier ist allerdings ein bisschen anders. Es sendet ein Signal, das wir verfolgen können.«

Es kommt unter seine Haut, erklärt die Ärztin, und ganz egal, wo Sammy ist, sie können ihn immer finden. Nur für den Fall, dass etwas passiert. Hier im Camp Haven ist es sehr sicher, aber noch vor wenigen Monaten dachte jeder, die Welt sei vor einem Angriff von Außerirdischen sicher, deshalb müssen wir jetzt achtsam sein, müssen jede Vorsichtsmaßnahme ergreifen …

Nach den Worten *unter seine Haut* hört er nicht mehr zu. Sie wollen ihm diese graue Röhre einsetzen? Erneut beginnt Angst an seinem Herzen zu nagen.

»Es tut nicht weh«, versichert ihm die Ärztin, als sie seine Angst spürt. »Wir geben dir vorher eine kleine Spritze, um dich zu betäuben, und anschließend hast du nur für ein oder zwei Tage eine kleine wunde Stelle.«

Die Ärztin ist sehr nett. Er merkt, dass sie versteht, wie sehr er Spritzen hasst, und sie möchte ihm wirklich keine geben. Doch sie muss ihm eine geben. Sie zeigt ihm die Nadel, die für die Betäubung benutzt wird. Sie ist winzig klein, kaum dicker als ein menschliches Haar. Wie ein Mückenstich, sagt die Ärztin. Das ist nicht so schlimm. Er ist schon oft von Mücken gestochen worden. Dr. Pam verspricht ihm, dass er es nicht spüren wird, wenn das graue Kügelchen eingesetzt wird. Nach der Betäubungsspritze wird er überhaupt nichts spüren.

Er liegt auf dem Bauch, vergräbt das Gesicht in der Armbeuge. In dem Raum ist es kalt, und als der mit Alkohol getränkte Tupfer seinen Nacken berührt, schüttelt es ihn heftig. Die Krankenschwester sagt ihm, er solle sich entspannen. »Je mehr du dich verkrampfst, desto mehr tut es später weh«, sagt sie ihm. Er versucht, an etwas anderes zu denken, an etwas, das ihn von dem ablenkt, was gleich passieren wird. Er sieht Cassies Gesicht vor seinem inneren Auge und ist überrascht. Er hat damit gerechnet, das Gesicht seiner Mutter zu sehen.

Cassie lächelt. Er lächelt zurück, in seine Armbeuge. Eine Mücke, die so groß sein muss wie ein Vogel, sticht ihm fest in den Nacken. Er bewegt sich nicht, wimmert aber leise in seinen angewinkelten Arm hinein. Nach weniger als einer Minute ist alles vorbei.

Nummer neunundvierzig wurde etikettiert.

———— **40. Kapitel** ————

Nachdem die Ärztin die Wunde verbunden hat, notiert sie etwas auf seinem Krankenblatt, gibt das Krankenblatt der Schwester und sagt Sammy, dass sie nur noch einen Test durchführen muss.

Er folgt der Ärztin in den nächsten Raum. Dieser ist kleiner als der Untersuchungsraum, kaum größer als eine Kammer. In der Mitte des Raums steht ein Stuhl, der Sammy an den bei seinem Zahnarzt erinnert, schmal und mit hoher Rückenlehne, Armlehnen auf beiden Seiten.

Die Ärztin bittet ihn, Platz zu nehmen. »Lehn dich ganz zurück, auch den Kopf. So ist es gut. Bleib ganz entspannt.«

Surrrr. Die Lehne des Stuhls senkt sich, der vordere Teil geht nach oben und hebt seine Beine an, bis er fast liegt. Das Gesicht der Ärztin kommt ins Blickfeld. Lächelnd.

»Okay, Sam, du hast viel Geduld mit uns gehabt, und das ist der letzte Test, versprochen. Es dauert nicht lange, und es tut nicht weh, aber manchmal kann es ein bisschen, na ja, intensiv sein. Wir testen das Implantat, das wir dir gerade eingesetzt haben. Um sicherzugehen, dass es richtig funktioniert. Der Test dauert ein paar Minuten, und du musst dich dabei ganz, ganz stillhalten. Das ist manchmal gar nicht so einfach, stimmt's? Du darfst nicht wackeln oder hin und her rutschen, darfst dich nicht einmal an der Nase kratzen, sonst ist das Testergebnis unbrauchbar. Meinst du, du schaffst das?«

Sammy nickt. Er erwidert das warme Lächeln der Ärztin. »Ich habe schon Versteinern gespielt«, versichert er ihr. »Darin bin ich richtig gut.«

»Prima! Aber um ganz sicherzugehen, lege ich dir diese Gurte hier um die Handgelenke und um die Knöchel, nicht fest. Falls deine Nase anfangen sollte zu jucken: Die Gurte werden dich daran erinnern, dass du stillhalten musst. Ist das okay für dich?«

Sammy nickt.

Als er festgeschnallt ist, sagt sie: »Okay, ich gehe jetzt zum Computer rüber. Der Computer sendet ein Signal, um den Transponder zu kalibrieren, und der Transponder sendet ein Signal zurück. Das dauert nur ein paar Sekunden, fühlt sich aber vielleicht länger an – vielleicht auch viel länger. Jeder reagiert anders. Bist du bereit, es zu versuchen?«

»Okay.«

»Gut! Schließ die Augen. Lass sie zu, bis ich dir sage, dass du sie wieder aufmachen kannst. Atme tief durch. Los geht's. Lass die Augen jetzt zu. Ich zähle runter von drei ... zwei ... eins ...«

Ein greller weißer Feuerball explodiert in Sammy Sullivans Kopf. Sein Körper versteift sich, seine Beine reißen an den Gurten, seine winzigen Finger krallen sich in die Armlehnen. Er hört die beruhigende Stimme der Ärztin auf der anderen Seite des grellen Lichts sagen: »Schon gut, Sammy. Nur noch ein paar Sekunden, versprochen ...«

Er sieht sein Kinderbett. Und da liegt Bär neben ihm im Kinderbett, und ein Mobile mit Sternen und Planeten dreht sich träge über dem Bett. Er sieht seine Mutter, die sich über ihn beugt, einen Löffel mit einer Arznei in der Hand hält und ihm sagt, dass er sie einnehmen muss. Da ist Cassie im Garten, es ist Sommer, und er tappt nur mit einer Windel bekleidet herum, während Cassie mit dem Gartenschlauch Wasser hoch in die Luft spritzt, sodass aus dem Nichts ein Regenbogen erscheint. Sie bewegt den Schlauch hin und her und lacht, als er den Regenbogen fangen will, die flüchtigen, nicht greifbaren Farben, schimmernde Splitter goldfarbenen Lichts. »Fang den Regenbogen, Sammy! Fang den Regenbogen!«

Die Bilder und Erinnerungen fließen aus ihm heraus wie Wasser in einen Abfluss. In weniger als neunzig Sekunden sprudelt Sammys gesamtes Leben aus ihm heraus und in den Großrechner hinein, eine Lawine aus Berührungen, Gerüchen und Geräuschen, bevor es ins weiße Nichts verschwindet. Sein Gedächtnis wird in dem grellen Weiß bloßgelegt, alles, was er erlebt hat, alles, woran er sich erinnert, und selbst die Dinge, an die er sich nicht erinnert. Alles, was die Persönlichkeit von Sammy Sullivan ausmacht, wird von dem Gerät in seinem Nacken gelesen, sortiert und an Dr. Pams Computer übermittelt.

Nummer neunundvierzig wurde eingetütet.

———— **41. Kapitel** ————

Dr. Pam löst die Gurte und hilft Sammy vom Stuhl. Seine Knie geben nach. Sie hält ihn an den Armen fest, damit er nicht hinfällt. Sein Magen krampft sich zusammen, und er übergibt sich auf den weißen Fußboden. Wohin er auch blickt, schaukeln und tanzen schwarze Kleckse. Die korpulente, nicht lächelnde Krankenschwester bringt ihn zurück in den Untersuchungsraum, legt ihn auf den Tisch, sagt ihm, dass alles in Ordnung sei, und fragt ihn, ob sie ihm irgendetwas bringen könne.

»Ich will meinen Bären!«, schreit er. »Ich will meinen Daddy und meine Cassie, und ich will nach Hause!«

Dr. Pam taucht neben ihm auf. Ihre freundlichen Augen leuchten verständnisvoll. Sie weiß, wie er sich fühlt. Sie sagt ihm, wie tapfer er sei, wie tapfer und klug, und wie glücklich er sich schätzen könne, so weit gekommen zu sein. Er habe den letzten Test mit Bravour bestanden. Er sei vollkommen gesund und vollkommen sicher. Das Schlimmste habe er hinter sich.

»Das hat mein Daddy auch jedes Mal gesagt, nachdem etwas Schlimmes passiert ist, und es wurde jedes Mal noch schlimmer«, sagt Sammy und kämpft gegen seine Tränen an.

Sie bringen ihm einen weißen Overall, den er anziehen soll. Er erinnert ihn an das Outfit eines Kampfjetpiloten, vorne mit Reißverschluss, und das Material fühlt sich glatt an. Der Overall ist ihm zu groß. Die Ärmel rutschen ihm immer wieder über die Hände.

»Weißt du, warum du so wichtig für uns bist, Sammy?«, fragt Dr. Pam. »Weil du die Zukunft bist. Ohne dich und all die anderen Kinder haben wir keine Chance gegen sie. Deshalb haben wir nach dir gesucht und dich hierhergebracht, und deshalb machen wir das alles. Du weißt von ein paar Dingen, die sie uns angetan haben. Schreckliche, scheußliche Dinge, aber das ist noch nicht das Schlimmste, das ist längst nicht alles, was sie getan haben.«

»Was haben sie denn noch getan?«, flüstert Sammy.

»Willst du das wirklich wissen? Ich kann es dir zeigen, aber nur, wenn du es wissen möchtest.«

In dem weißen Raum hat er soeben den Tod seiner Mutter noch einmal erlebt, hat ihr kupfriges Blut gerochen, hat seinem Vater dabei zugesehen, wie dieser es sich von den Händen wusch. Doch das war nicht das Schlimmste, was die Anderen getan haben, hat die Ärztin gesagt. Wollte er es wirklich wissen?

»Ich will es wissen«, sagt er.

Sie hält die silberfarbene Scheibe hoch, mit der die Krankenschwester seine Temperatur gemessen hat, die gleiche, die Parker ihm und Megan im Bus gegen die Stirn gedrückt hat.

»Das ist kein Thermometer, Sammy«, sagte Dr. Pam. »Es stellt etwas fest, aber nicht deine Temperatur. Es verrät uns, wer du bist. Oder vielleicht sollte ich lieber sagen, *was* du bist. Sag mir eines, Sam. Hast du schon einen von ihnen gesehen? Hast du einen Außerirdischen gesehen?«

Er schüttelt den Kopf. Zittert in seinem weißen Overall. Liegt zusammengerollt auf dem kleinen Untersuchungstisch. Ihm ist speiübel, sein Kopf pocht, er ist geschwächt vor Hunger und Erschöpfung. Irgendetwas in ihm möchte, dass sie aufhört. Beinahe schreit er: *Halt! Ich will es doch nicht wissen!* Aber er beißt sich auf die Zunge. Er möchte es nicht wissen; er *muss* es wissen.

»Es tut mir sehr leid, dir sagen zu müssen, dass du einen gesehen hast«, erklärt Dr. Pam mit leiser, trauriger Stimme. »Wir haben alle einen gesehen. Seit der Ankunft warten wir darauf, dass sie sich blicken lassen, aber in Wirklichkeit sind sie schon sehr lange hier, direkt vor unserer Nase.«

Er schüttelt immer und immer wieder den Kopf. Dr. Pam täuscht sich. Er hat noch nie einen gesehen. Stundenlang hat er Daddy zugehört, als dieser darüber spekulierte, wie sie wohl aussehen mochten. Hat seinen Vater sagen hören, sie würden womöglich nie erfahren, wie sie aussehen. Es hat keine Botschaften gegeben, keine Landefahrzeuge, keine Anzeichen für ihre Existenz, abgesehen vom Mutterschiff in der Umlaufbahn und den unbemannten Drohnen. Wie konnte Dr. Pam behaupten, er hätte einen gesehen?

Sie streckt die Hand aus. »Wenn du es sehen möchtest, zeige ich es dir.«

VI. TEIL
MENSCHLICHER LEHM

42. Kapitel

Ben Parish ist tot.

Ich vermisse ihn nicht. Ben war ein Weichei, eine Heulsuse, ein Daumenlutscher.

Im Gegensatz zu Zombie.

Zombie ist all das, was Ben nicht war. Zombie ist krass. Zombie ist knallhart. Zombie ist eiskalt.

Zombie wurde an dem Morgen geboren, als ich die Genesungsstation verlassen durfte. Ich tauschte meinen hauchdünnen Kittel gegen einen blauen Overall. Bekam ein Bett in Kaserne zehn zugeteilt. Wurde durch drei anständige Mahlzeiten am Tag und brutale Körperertüchtigung wieder in Form gebracht, vor allem aber durch Reznik, den leitenden Drill-Ausbilder des Regiments, den Mann, der Ben Parish in eine Million Stücke zertrümmert und ihn anschließend zu der erbarmungslosen Zombie-Tötungsmaschine aufgebaut hat, die er heute ist.

Verstehen Sie mich nicht falsch: Reznik ist ein grausamer, gefühlloser, sadistischer Mistkerl, und ich phantasiere jeden Abend beim Einschlafen, auf welche Art und Weise ich ihn umbringen könnte. Er hat es sich vom ersten Tag an zum Ziel gesetzt, mir das Leben so unerträglich wie möglich zu machen, und das ist ihm mehr oder weniger gelungen. Ich werde geschlagen, geboxt, geschubst, getreten und angespuckt. Ich werde verhöhnt, verspottet und angeschrien, bis mir die Ohren klingen. Werde gezwungen, stundenlang im eiskalten Regen zu stehen, den ganzen Kasernenboden mit der Zahnbürste zu schrubben, mein Gewehr zu zerlegen und wieder zusammenzubauen, bis mir die Finger bluten, zu laufen, bis meine Beine weich wie Pudding werden … Sie verstehen schon.

Ich verstand allerdings nicht. Zumindest nicht am Anfang. Bildete er mich zum Soldaten aus, oder versuchte er, mich umzubringen? Ich war mir ziemlich sicher, dass es Letzteres war. Dann wurde mir jedoch bewusst, es war beides: Er bildete mich tatsächlich zum Soldaten aus – indem er versuchte, mich umzubringen.

Ich nenne Ihnen ein Beispiel. Eines genügt.

Morgendliche Freiübungen auf dem Kasernenhof, alle Einheiten des Regiments sind anwesend, über dreihundert Soldaten, und Reznik wählt ausgerechnet diese Gelegenheit, um mich öffentlich zu demütigen. Baut sich vor mir auf, breitbeinig, die Hände auf den Knien, sein pockennarbiges Gesicht ganz nah an meinem, als ich gerade in Liegestütz Nummer neunundsiebzig abtauche.

»Gefreiter Zombie, haben irgendwelche Kinder Ihrer Mutter überlebt?«

»Sir! Ja, Sir!«

»Ich wette, als Sie geboren wurden, hat sie einen Blick auf Sie geworfen und versucht, Sie wieder reinzuschieben!«

Er rammt mir den Absatz seines schwarzen Stiefels in den Hintern, um mich niederzudrücken. Meine Einheit macht Fingerknöchel-Liegestütze auf dem asphaltierten Weg, der um den Kasernenhof führt, da der Boden festgefroren ist und Asphalt Blut aufsaugt – man rutscht nicht so leicht weg. Er möchte, dass ich scheitere, bevor ich hundert Stück geschafft habe. Ich drücke gegen seinen Absatz: Kommt nicht infrage, dass ich noch einmal von vorn anfange. Nicht vor den Augen des gesamten Regiments. Ich spüre, dass mich meine Rekrutenkameraden beobachten. Auf meinen unvermeidlichen Zusammenbruch warten. Darauf warten, dass Reznik gewinnt. Reznik gewinnt immer.

»Gefreiter Zombie, halten Sie mich für gemein?«

»Sir! Nein, Sir!«

Meine Muskeln brennen. Meine Knöchel sind aufgeschürft. Mein Normalgewicht habe ich annähernd wieder erreicht, aber habe ich auch meine Courage zurückerlangt?

Achtundachtzig. Neunundachtzig. Fast geschafft.

»Können Sie mich nicht ausstehen?«

»Sir! Doch, Sir!«

Dreiundneunzig. Vierundneunzig. Jemand aus einer anderen Einheit flüstert: »Wer ist dieser Typ?« Und eine Mädchenstimme erwidert: »Sein Name ist Zombie.«

»Sind Sie ein Killer, Gefreiter Zombie?«

»Sir! Ja, Sir!«

»Essen Sie Außerirdischenhirn zum Frühstück?«

»Sir! Ja, Sir!«

Fünfundneunzig. Sechsundneunzig. Auf dem Kasernenhof ist es so still wie bei einer Beerdigung. Ich bin nicht der einzige Rekrut, der Reznik hasst. Eines Tages wird ihn jemand mit seinen eigenen Waffen schlagen, so lautet mein Gebet. Das lastet auf meinen Schultern, als ich mich auf hundert zukämpfe.

»Schwachsinn! Ich habe mir sagen lassen, Sie sind ein Feigling! Ich habe mir sagen lassen, Sie laufen lieber weg, anstatt zu kämpfen!«

»Sir! Nein, Sir!«

Siebenundneunzig. Achtundneunzig. Noch zwei, und ich habe gewonnen. Ich höre dasselbe Mädchen – es muss ganz in der Nähe stehen – flüstern: »Komm schon.«

Beim neunundneunzigsten Liegestütz drückt mich Reznik mit seinem Absatz zu Boden. Ich lande hart auf der Brust, rolle mit der Wange auf dem Asphalt, und da sind sein aufgedunsenes Gesicht und seine winzigen hellen Augen zwei Zentimeter vor meiner Nase.

Neunundneunzig. Einer zu wenig. Dieser Dreckskerl.

»Gefreiter Zombie, Sie sind eine Schande für unsere Spezies. Ich habe schon Schleim rausgehustet, der zäher war als Sie. Sie lassen mich glauben, dass der Feind recht hatte, was die Menschheit anbelangt. Sie sollten zu Schweinefutter zerkleinert und von einer Sau rausgeschissen werden! Also, worauf warten Sie noch, Sie stinkende Kotztüte, auf eine verdammte Einladung oder was?«

Mein Kopf rollt zur Seite. *Eine Einladung wäre nett, vielen Dank, Sir.* Ich sehe ein Mädchen, das ungefähr so alt ist wie ich, bei seiner Einheit stehen. Sie hat die Arme vor der Brust verschränkt und schüttelt den Kopf. *Armer Zombie.* Sie lächelt nicht. Dunkle Augen, dunkles Haar, die Haut so hell, dass sie im frühmorgendlichen Licht zu glühen scheint. Ich habe das Gefühl, sie von irgendwoher zu kennen, obwohl ich mich nicht erinnern kann, sie schon einmal gesehen zu haben. Hunderte von Kids werden für den Krieg ausgebildet, und jeden Tag treffen hunderte weitere ein, bekommen blaue Overalls ausgehändigt, werden Einheiten zugeteilt und in die Kasernen gesteckt, die den Hof umgeben. Sie hat jedoch die Art von Gesicht, an das man sich erinnert.

»Hoch mit Ihnen, Sie Made! Hoch mit Ihnen, und machen Sie noch mal hundert für mich. Noch mal hundert, oder ich schwöre bei Gott, dass ich Ihnen die Augäpfel rausreiße und sie mir wie zwei flauschige Würfel an den Rückspiegel hänge!«

Ich bin völlig erledigt. Ich denke nicht, dass ich noch genug Kraft für einen einzigen weiteren Liegestütz habe.

Reznik schert sich allerdings einen Dreck darum, was ich denke. Das ist die andere Sache, die ich nicht auf Anhieb begriffen habe: Ihnen ist nicht nur egal, was ich denke – sie *wollen* nicht, dass ich überhaupt denke.

Sein Gesicht ist so nah an meinem, dass ich seinen Atem riechen kann. Er riecht nach Minze.

»Was ist los, Schätzchen? Sind Sie müde? Möchten Sie ein Nickerchen machen?«

Habe ich wenigstens noch das Zeug zu einem Liegestütz? Wenn ich noch einen zustande bringe, bin ich kein totaler Versager. Ich presse die Stirn gegen den Asphalt und schließe die Augen. Es gibt einen Ort, an den ich gehe, einen Raum, den ich in mir gefunden habe, nachdem mir Commander Vosch das letzte Schlachtfeld gezeigt hatte, ein Zentrum der vollkommenen Stille, das nicht von Erschöpfung oder Hoffnungslosigkeit oder Wut oder irgendetwas anderem betroffen ist, was vom Erscheinen des Großen Grünen Auges am Himmel ausgelöst wurde. An diesem Ort habe ich keinen Namen. Ich bin dort weder Ben noch Zombie – ich *bin* einfach. Ganz, unantastbar, ungebrochen. Der letzte lebendige Mensch im Universum, der das gesamte menschliche Potenzial in sich trägt – einschließlich des Potenzials, dem größten Arschloch auf Erden noch einen weiteren Liegestütz zu liefern.

Und ich tue es.

──── **43. Kapitel** ────

Nicht dass irgendetwas an mir besonders wäre.

Reznik ist ein Gleichberechtigungssadist. Er behandelt die anderen sechs Rekruten der Einheit 53 mit derselben brutalen Schamlosigkeit: Flintstone, der genauso alt ist wie ich, mit seinem großen Kopf und seinen buschigen zusammengewachsenen Augenbrauen; Tank, der dürre, hitzköpfige Farmerjunge; den zwölfjährigen Dumbo mit seinen Segelohren und seinem prompten Lächeln, das in der ersten Woche der Grundausbildung prompt verschwand; den achtjährigen Poundcake, der kein Wort sagt, aber mit Abstand unser bester Schütze ist; Oompa, der pummelige Junge, der bei jedem Drill der Letzte ist, aber bei der Essensausgabe immer der Erste; und schließlich Teacup, unsere Jüngste, die fieseste Siebenjährige, die es gibt, die Eifrigste von uns allen, die den Boden anbetet, über den Reznik geht, ganz egal, wie sehr sie angeschrien und herumgestoßen wird.

Ihre echten Namen kenne ich nicht. Wir sprechen nicht darüber, wer wir früher waren oder wie wir ins Camp gekommen sind oder was mit unseren Familien passiert ist. Nichts von alledem spielt eine Rolle. Wie Ben Parish sind diese Typen – die Vorgänger von Flintstone, Tank, Dumbo und so weiter – tot. Etikettiert, eingetütet und, wie uns gesagt wurde, die letzte große Hoffnung für die Menschheit, sind wir neuer Wein in alten Schläuchen. Verbunden durch Hass – durch Hass auf die Befallenen und ihre außerirdischen Meister, klar, aber auch durch unseren erbitterten, kompromisslosen, unverfälschten Hass auf Sergeant Reznik, wobei unsere Wut aufgrund der Tatsache, dass wir ihr nie Ausdruck verleihen können, noch verstärkt wird.

Dann wurde ein Junge namens Nugget der Kaserne zehn zugeteilt, und einer von uns, dieser Idiot, konnte seine Wut nicht mehr für sich behalten, und sein ganzer aufgestauter Zorn brach aus ihm heraus.

Einmal dürfen Sie raten, wer dieser Idiot war.

Ich konnte es nicht fassen, als der Junge beim Appell auftauchte. Höchstens fünf Jahre alt, verloren in seinem weißen Overall, in der kalten Morgenluft des Kasernenhofs zitternd, mit einem Gesichtsausdruck, als müsse er sich jeden Moment übergeben, und ganz offensichtlich völlig verängstigt. Und hier kommt Reznik, den Militärhut tief über seine Knopfaugen gezogen, die Stiefel auf Hochglanz poliert, die Stimme heiser vom ständigen Schreien, und schiebt dem Jungen seine pockennarbige Fresse ins Gesicht. Ich weiß nicht, wie es dem kleinen Pimpf gelang, sich nicht in die Hose zu machen.

Reznik fängt immer langsam und leise an und steigert sich dann zu einem großen Finale, um einen besser zu dem Irrglauben verleiten zu können, er sei tatsächlich ein menschliches Wesen.

»Na, was haben wir hier? Was hat uns die Casting-Agentur denn da geschickt – ist das etwa ein Hobbit? Bist du ein Zauberwesen aus einem Märchenkönigreich, das gekommen ist, um mich mit seiner dunklen Magie zu verzaubern?«

Reznik lief gerade erst warm, und der Junge kämpfte bereits mit den Tränen. Frisch aus dem Bus, nachdem er draußen weiß Gott was durchgemacht hatte, und dann fällt dieser verrückte Kerl mittleren Alters über ihn her. Ich fragte mich, wie er Reznik verarbeitete – oder irgendetwas von dem Wahnsinn, den sie Camp Haven nennen. Ich versuche noch immer, damit fertigzuwerden, und ich bin deutlich älter als fünf.

»Oh, das ist ja süß. Das ist so niedlich, dass ich gleich heulen muss! Gütiger Gott, ich habe schon Chicken Nuggets in meine kleine Plastikschale mit würziger Barbecuesoße getunkt, die größer waren als du!«

Er steigerte die Lautstärke, als er sich mit dem Gesicht dem des Jungen näherte. Und der Junge hielt sich erstaunlich gut, zuckte zusammen, ließ den Blick hin und her huschen, wich jedoch keinen Zentimeter zurück, obwohl mir klar war, dass er in Betracht zog, die Flucht über den Kasernenhof zu ergreifen und einfach weiterzurennen, bis er nicht mehr konnte.

»Was ist los, Gefreiter Nugget? Hast du deine Mommy verloren? Möchtest du nach Hause? *Ich weiß!* Schließen wir die Augen und wünschen wir uns, dass Mommy kommt und uns alle nach Hause holt! Wäre das nicht schön, Gefreiter Nugget?«

Und der Junge nickte eifrig, als hätte Reznik die Frage gestellt, auf die er gewartet hatte. Endlich kam jemand auf den Punkt! Er blickte mit seinen großen Teddybär-Augen in die Knopfaugen des Drill-Sergeants ... und das genügte, um einem das Herz zu brechen. Es genügte, dass man am liebsten geschrien hätte.

Aber man schreit nicht. Man steht völlig regungslos da, die Hände seitlich am Körper, die Brust herausgestreckt, das Herz brechend, und beobachtet das Ganze aus dem Augenwinkel, während sich tief in einem irgendetwas löst, sich aufwickelt wie eine Klapperschlange, die zum Angriff übergeht. Etwas, das man lange unterdrückt hat, während der Druck ständig zunahm. Man weiß nicht, wann es aus einem herausbricht, das lässt sich nicht vorhersagen, und wenn es so weit ist, kann man nichts tun, um es zu verhindern.

»Lassen Sie ihn in Ruhe.«

Reznik wirbelte herum. Niemand sagte einen Ton, doch man konnte das Schnappen nach Luft hören. Am anderen Ende der Reihe riss Flintstone die Augen weit auf; er konnte nicht fassen, was ich soeben getan hatte. Ich konnte es auch nicht fassen.

»Wer hat das gesagt? Welche von euch Abschaum fressenden Maden hat gerade ihr Todesurteil unterzeichnet?«

Er schritt an der Reihe entlang, das Gesicht vor Wut gerötet, die Hände zu Fäusten geballt, die Knöchel knochenweiß.

»Niemand, hm? Tja, ich werde auf die Knie fallen und meinen Kopf bedecken, denn Gott der Allmächtige hat von oben zu mir gesprochen!«

Er blieb vor Tank stehen, der durch seinen Overall schwitzte, obwohl die Außentemperatur weniger als fünf Grad betrug. »Warst du das, Arschloch? Ich reiße dir die Arme aus!« Er holte mit der Faust aus, um Tank in die Leiste zu boxen.

Das Einsatzzeichen für den Idioten.

»Sir, ich habe das gesagt, Sir!«, schrie ich.

Rezniks Kehrtwende war dieses Mal langsam. Seine Reise zu mir dauerte tausend Jahre. In der Ferne der harsche Schrei einer Krähe, doch das war das einzige Geräusch, das ich hörte.

Er blieb innerhalb meines Blickfelds stehen, aber nicht direkt vor mir, und das war schlecht. Ich konnte mich nicht zu ihm drehen. Ich musste den Blick nach vorn gerichtet halten. Das Schlimmste war, dass ich seine Hände nicht sehen konnte und nicht wusste, wann – oder wo – der Hieb landen würde, was bedeutete, dass ich mich nicht darauf gefasst machen konnte.

»Der Gefreite Zombie gibt jetzt also die Befehle«, sagte Reznik so leise, dass ich ihn kaum hören konnte. »Der Gefreite Zombie ist der ureigene Fänger im beschissenen Roggen der Einheit dreiundfünfzig. Gefreiter Zombie, ich glaube, ich stehe auf Sie. Bei Ihnen bekomme ich ganz weiche Knie. Ihretwegen hasse ich meine eigene Mutter dafür, dass sie ein männliches Baby zur Welt gebracht hat und es mir deshalb nicht möglich ist, von Ihnen ein Kind zu bekommen.«

Wo würde der Hieb landen? Auf meinen Knien? In meinem Schritt? Wahrscheinlich in meiner Magengrube. Reznik hatte eine Vorliebe für Magengruben.

Nein. Es war ein Handkantenschlag gegen meinen Adamsapfel. Ich taumelte rückwärts, gab mir alle Mühe, mich auf den Beinen zu halten, gab mir alle Mühe, meine Hände seitlich am Körper zu lassen, da ich ihm keinen Vorwand liefern wollte, mich noch einmal zu schlagen. Der Hof und die Kaserne vibrierten, dann wackelten und schmolzen sie ein wenig, als sich meine Augen mit Tränen füllten — mit Tränen des Schmerzes, natürlich, aber auch mit anderen Tränen.

»Sir, er ist doch noch ein kleines Kind, Sir«, würgte ich hervor.

»Gefreiter Zombie, Sie haben zwei Sekunden, genau zwei Sekunden, um dieses Abwasserrohr zu verschließen, das sich als Mund ausgibt, oder ich werde Ihren Arsch mit den übrigen befallenen außerirdischen Scheißkerlen einäschern!«

Er holte tief Luft und brachte sich für das nächste verbale Sperrfeuer auf Touren. Da ich völlig den Verstand verloren hatte, öffnete ich den Mund und ließ die Worte hinaus. Ich werde ehrlich sein: Ein Teil von mir war erleichtert und empfand noch etwas anderes, das sich verdammt nach Freude anfühlte. Ich hatte meinen Hass zu lange unterdrückt.

»Dann sollte der leitende Drill-Ausbilder das tun, Sir! Dem Gefreiten ist es egal, Sir! Aber ... aber lassen Sie den Jungen in Ruhe.«

Totale Stille. Selbst die Krähe verstummte. Der Rest der Einheit hatte aufgehört zu atmen. Ich wusste, was sie dachten. Wir hatten alle die Geschichte von dem vorlauten Rekruten und seinem »Unfall« auf dem Hindernisparcours gehört, der ihn für drei Wochen ins Krankenhaus brachte. Und die andere Geschichte von dem stillen Zehnjährigen, der in den Duschen gefunden wurde, aufgeknüpft an einem Verlängerungskabel. Selbstmord, sagte der Arzt. Eine Menge Leute waren sich nicht so sicher.

Reznik rührte sich nicht vom Fleck. »Gefreiter Zombie, wer ist Ihr Gruppenführer?«

»Sir, der Gruppenführer des Gefreiten ist der Gefreite Flintstone, Sir!«

»Gefreiter Flintstone, vortreten!«, bellte Reznik. Flint trat einen Schritt nach vorn und salutierte steif. Seine zusammengewachsenen Augenbrauen zuckten vor Anspannung. »Gefreiter Flintstone, Sie sind gefeuert. Neuer Gruppenführer ist jetzt der Gefreite Zombie. Der Gefreite Zombie ist ignorant und hässlich, aber er ist kein Weichling.« Ich spürte, wie sich Rezniks Blick in mein Gesicht bohrte. »Gefreiter Zombie, was ist mit Ihrer kleinen Schwester passiert?«

Ich blinzelte. Versuchte, mir nichts anmerken zu lassen. Meine Stimme versagte jedoch ein wenig, als ich antwortete. »Sir, die Schwester des Gefreiten ist tot, Sir!«

»Weil Sie wie ein Feigling abgehauen sind!«

»Sir, der Gefreite ist wie ein Feigling abgehauen, Sir!«

»Aber jetzt hauen Sie nicht mehr ab, oder? Gefreiter Zombie? Oder?«

»Sir, nein, Sir!«

Er trat einen Schritt zurück. Über sein Gesicht huschte etwas. Ein Ausdruck, den ich noch nie zuvor gesehen hatte. Es konnte natürlich nicht sein, aber es sah ganz so aus wie Respekt.

»Gefreiter Nugget, vortreten!«

Der Neuling rührte sich nicht von der Stelle, bis Poundcake ihn von hinten schubste. Er weinte. Er wollte nicht weinen und versuchte, es zu unterdrücken, aber gütiger Himmel, welches kleine Kind hätte in dieser Situation nicht geweint? Dein altes Leben kotzt dich aus, und das ist es, wo du landest?

»Gefreiter Nugget, der Gefreite Zombie ist dein Gruppenführer, und du beziehst mit ihm Quartier. Du wirst von ihm lernen. Er wird dir beibringen, wie man geht. Er wird dir beibringen, wie man spricht. Er wird dir beibringen, wie man denkt. Er wird der große Bruder sein, den du niemals hattest. Hast du mich verstanden, Gefreiter Nugget?«

»Sir, ja, Sir!« Die winzige Stimme schrill und piepsend, doch er hatte die Regeln begriffen, und zwar schnell.

Und so fing es an.

─── **44. Kapitel** ───

Hier ist ein typischer Tag in der untypischen neuen Wirklichkeit von Camp Haven.

5:00 Uhr: Weckruf und waschen. Anziehen und Betten für die Inspektion vorbereiten.

5:10 Uhr: Antreten. Reznik inspiziert unser Quartier. Findet eine Falte in jemandes Bettlaken. Schreit zwanzig Minuten lang. Sucht sich dann einen beliebigen anderen Rekruten aus und schreit noch einmal ohne echten Grund zwanzig Minuten. Anschließend drei Runden um den Kasernenhof, wobei wir uns den Arsch abfrieren und ich Oompa und Nugget dränge durchzuhalten, weil ich sonst als Letzter am Ziel eine weitere Runde laufen muss. Der gefrorene Boden unter unseren Stiefeln. Unser Atem gefriert in der Luft. Die beiden schwarzen Rauchsäulen des Kraftwerks, die hinter dem Flugfeld aufsteigen, und das Grollen von Bussen, die zum Haupttor hinausfahren.

6:30 Uhr: Frühstück in der überfüllten Kantine, in der es leicht nach säuerlicher Milch riecht, was mich an die Seuche erinnert und an die Tatsache, dass ich früher einmal nur drei Dinge im Kopf hatte: Autos, Football, Mädchen – in dieser Reihenfolge. Ich helfe Nugget mit seinem Tablett und dränge ihn, etwas zu essen, denn wenn er nichts isst, wird ihn das Ausbildungslager umbringen. Das sind haargenau meine Worte: *Das Ausbildungslager wird dich umbringen.* Tank und Flintstone lachen über mich, weil ich Nugget bemuttere. Nennen mich bereits Nuggets Oma. Sie können mich mal. Nach dem Essen werfen wir einen Blick auf die Bestenliste. Jeden Morgen werden die Punktzahlen des Vortags auf einem großen Anschlagbrett vor der Kantine ausgehängt. Punkte für Treffsicherheit. Punkte für die besten Zeiten auf dem Hindernisparcours, bei den Luftangriffsdrills, den Zwei-Meilen-Läufen. Die vier besten Einheiten machen Ende November ihren Abschluss, und die Konkurrenz ist erbittert. Unser zehnter Platz ist nicht schlecht, aber ist auch nicht gut genug.

7:30 Uhr: Training. Waffen. Nahkampf. Grundlagen des Überlebens in der Wildnis. Aufklärung. Fernmeldewesen. Mein Favorit ist Überlebenstraining. Die denkwürdige Trainingseinheit, in der wir unseren eigenen Urin trinken mussten.

12:00 Uhr: Mittagessen. Irgendein undefinierbares Fleisch zwischen harten Brotkrusten. Dumbo, dessen Scherze genauso geschmacklos wie seine Ohren groß sind, reißt den Witz, dass die Leichen der Befallenen nicht verbrannt, sondern zerkleinert werden, um damit die Truppen zu füttern. Ich muss Teacup von ihm wegzerren, bevor sie ihm mit einem Tablett auf den Kopf schlägt. Nugget starrt seinen Burger an, als würde der jeden Moment vom Teller springen und ihm ins Gesicht beißen. Danke, Dumbo. Der Junge ist ohnehin schon dürr genug.

13:00 Uhr: Wieder Training. Hauptsächlich auf dem Schießplatz. Nugget bekommt einen Stock anstelle eines Gewehrs und feuert vorgetäuschte Salven ab, während wir echte auf lebensgroße Sperrholzfiguren abgeben. Das Krachen der M16-Sturmgewehre. Das Bersten von geschreddertem Sperrholz. Poundcake erreicht die Höchstpunktzahl; ich bin der schlechteste Schütze unserer Einheit. Ich stelle mir vor, die Figur wäre Reznik, in der Hoffnung, dass das meine Trefferquote steigert. Fehlanzeige.

17:00 Uhr: Abendessen. Fleisch aus der Dose, Erbsen aus der Dose, Obst aus der Dose. Nugget schiebt sein Essen herum und bricht dann in Tränen aus. Die ganze Einheit starrt mich an. Ich bin für Nugget verantwortlich. Wenn Reznik uns wegen schlechter Führung zusammenstaucht, dann kommt uns das teuer zu stehen, und ich muss die Rechnung begleichen. Zusätzliche Liegestütze, reduzierte Rationen – womöglich wird er uns sogar einige Punkte abziehen. Das Einzige, was zählt, ist, während der Grundausbildung genügend Punkte zu sammeln, um den Abschluss zu machen, in den praktischen Einsatz zu kommen und Reznik loszuwerden. Von der anderen Seite des Tisches blickt mich Flintstone unter seinen zusammengewachsenen Augenbrauen finster an. Er ist wütend auf Nugget, aber noch wütender auf mich, weil ich ihm seinen Job weggenommen habe. Nicht dass ich darum gebeten hätte, Gruppenführer zu werden. Am Abend des fraglichen Tages kam er zu mir und knurrte: »Es ist mir egal, was du jetzt bist, nachdem wir unseren Abschluss gemacht haben, werde ich Sergeant.« Und ich: »Nur zu, Flint.« Die Vorstellung, dass ich eine Einheit ins Gefecht führen soll, ist sowieso lächerlich. In der Zwischenzeit vermag nichts, was ich sage, Nugget zu beruhigen. Er redet ständig von seiner Schwester. Dass sie ihm versprochen hat, zu ihm zu kommen. Ich frage mich, warum der Kommandant ein Kind in unsere Einheit gesteckt hat, das nicht einmal ein Gewehr halten kann. Wenn Wonderland die besten Kämpfer herausgefiltert hat, welche Art von Profil hatte dieser kleine Kerl vorzuweisen?

18:00 Uhr: Frage- und Antwortstunde mit dem Drill-Ausbilder in der Kaserne, mein Lieblingsteil des Tages, wenn ich ein paar schöne Momente mit meinem Lieblingsmenschen auf der ganzen weiten Welt verbringen darf. Nachdem Reznik uns mitgeteilt hat, was für wertlose Haufen vertrockneter Rattenfäkalien wir sind, eröffnet er die Frage- und Antwortstunde.

Die meisten unserer Fragen drehen sich um den Wettkampf: um die Regeln, das Prozedere im Fall eines Gleichstands, Gerüchte über Mogeleien der einen oder anderen Einheit. Unseren Abschluss zu machen ist das Einzige, woran wir denken können. Der Abschluss bedeutet aktiver Dienst, echter Kampfeinsatz – die Chance, denjenigen, die gestorben sind, zu zeigen, dass wir nicht völlig umsonst überlebt haben.

Andere Themen: der Status der Rettungs- und Ausfilterungsoperation (Codename Li'l Bo Peep; kein Scherz). Irgendwelche Neuigkeiten von draußen? Wann werden wir rund um die Uhr im unterirdischen Bunker hocken, nachdem der Feind offensichtlich sehen kann, was wir hier treiben, und es nur eine Frage der Zeit ist, bis er uns in die Luft jagt? Auf diese Frage bekommen wir die Standardantwort: Commander Vosch weiß, was er tut. Es ist nicht unsere Aufgabe, uns über Strategien und Logistik Gedanken zu machen. Unsere Aufgabe ist es, den Feind zu töten.

20:30 Uhr: Freizeit. Endlich frei von Reznik. Wir waschen unsere Overalls, polieren unsere Stiefel, schrubben den Fußboden der Kaserne und die Latrine, reinigen unsere Gewehre, lassen schmutzige Zeitschriften reihum gehen und tauschen andere verbotene Dinge wie Süßigkeiten und Kaugummis. Wir spielen Karten und hauen uns gegenseitig in die Eier und jammern über Reznik. Wir tauschen die Gerüchte des Tages aus, erzählen uns schlechte Witze und verdrängen die Stille in unserem Kopf, dem Ort, an dem sich der niemals endende stimmlose Schrei erhebt wie die überhitzte Luft über einem Lavastrom. Unweigerlich bricht Streit aus und endet kurz vor einem Faustkampf. Es nagt an uns. Wir wissen zu viel. Wir wissen nicht genug. Warum besteht unser Regiment ausschließlich aus Jugendlichen wie uns, von denen keiner älter als achtzehn ist? Was ist mit all den Erwachsenen passiert? Werden sie anderswohin gebracht und wenn ja, wohin und warum? Sind die Teds die letzte Welle oder ist noch eine weitere im Anmarsch, eine fünfte Welle, im Vergleich zu der die ersten vier blass aussehen werden? Der Gedanke an eine fünfte Welle lässt die Unterhaltung verstummen.

21:30 Uhr: Licht aus. Zeit, um wach zu liegen und über eine völlig neue und kreative Methode nachzudenken, wie ich Sergeant Reznik um die Ecke bringen könnte. Nach einer Weile habe ich es satt und denke stattdessen an die Mädchen, mit denen ich ausgegangen bin, wobei ich sie in verschiedene Reihenfolgen bringe. Die Heißesten. Die Schlauesten. Die Witzigsten. Blondinen. Brünette. Welche Erfolge ich bei ihnen erzielt habe. Nach und nach verschwimmen sie zu einen Mädchen, zu dem »Mädchen, das es nicht mehr gibt«, und in dessen Augen erwacht Ben Parish, der Gott der Highschoolflure, wieder zum Leben. Ich hole Sissys Medaillon aus seinem Versteck unter meinem Bett und presse es an mein Herz. Keine Schuldgefühle mehr. Keine Trauer mehr. Ich werde mein Selbstmitleid gegen Hass eintauschen. Meine Schuldgefühle gegen Arglist. Meine Trauer gegen Rachlust.

»Zombie?« Es ist Nugget, im Bett neben meinem.

»Wenn das Licht aus ist, wird nicht mehr gesprochen«, flüstere ich zurück.

»Ich kann nicht einschlafen.«

»Mach die Augen zu und denk an was Schönes.«

»Dürfen wir beten? Oder verstößt das gegen die Vorschriften?«

»Klar darfst du beten. Nur nicht zu laut.«

Ich höre ihn atmen, höre das Knarren des Metallgestells, als er sich in seinem Bett hin und her wälzt.

»Cassie hat immer mein Gebet mit mir gesprochen«, gesteht er.

»Wer ist Cassie?«

»Das habe ich dir doch gesagt.«

»Ich hab's vergessen.«

»Cassie ist meine Schwester. Sie kommt mich holen.«

»Oh, bestimmt.« Ich sage ihm nicht, dass sie vermutlich tot ist, wenn sie bislang noch nicht aufgetaucht ist. Es ist nicht meine Aufgabe, ihm das Herz zu brechen; das ist die Aufgabe der Zeit.

»Sie hat es versprochen. Versprochen.«

Ein kleiner Schluckauf von einem Seufzer. Toll. Niemand ist sich sicher, aber wir gehen davon aus, dass die Kaserne verwanzt ist, dass Reznik uns jede Sekunde bespitzelt und darauf wartet, dass wir gegen eine der Vorschriften verstoßen, damit er den Hammer herabsausen lassen kann. Die Missachtung der Vorschrift, dass nach dem Ausschalten der Lichter nicht mehr gesprochen werden darf, würde uns allen eine Woche Küchendienst einbringen.

»Hey, schon gut, Nugget …«

Ich strecke die Hand aus, um ihn zu trösten, finde seinen frisch geschorenen Scheitel, streiche ihm mit den Fingerspitzen über die Kopfhaut. Sissy gefiel es, sich von mir den Kopf streicheln zu lassen, wenn es ihr schlecht ging – vielleicht mag Nugget das auch.

»Hey, lass das da drüben!«, ruft Flintstone leise.

»Ja«, sagt Tank. »Möchtest du, dass wir auffliegen, Zombie?«

»Komm her«, flüstere ich Nugget zu, rutsche zur Seite und klopfe mit der flachen Hand auf die Matratze. »Ich spreche dein Gebet mit dir, und dann kannst du schlafen, okay?«

Die Matratze gibt unter seinem zusätzlichen Gewicht nach. Oh, Gott, was mache ich da? Wenn Reznik zu einer Überraschungsinspektion hereinkommt, werde ich einen Monat lang Kartoffeln schälen. Nugget legt sich mit dem Gesicht zu mir auf die Seite, und seine Fäuste streifen meinen Arm, als er sie zu seinem Kinn hebt.

»Welches Gebet spricht sie denn mit dir?«, erkundige ich mich.

»Müde bin ich, geh' zur Ruh«, flüstert er.

»Legt endlich jemand diesem Nugget ein Kissen über den Kopf?«, sagt Dumbo von seinem Bett aus.

Ich sehe das Licht aus der Umgebung in seinen großen braunen Augen glänzen. Sissys Medaillon an meine Brust gepresst und Nuggets Augen, die wie zwei Leuchtfeuer in der Dunkelheit funkeln. Gebete und Versprechen. Das Versprechen, das seine Schwester ihm gegeben hat. Das unausgesprochene Versprechen, das ich meiner Schwester gegeben habe. Auch Gebete sind Versprechen, und wir leben in einer Zeit der gebrochenen Versprechen. Plötzlich möchte ich mit der Faust durch die Wand schlagen.

»Müde bin ich, geh' zur Ruh, schließe meine Augen zu.«

Bei der nächsten Zeile stimmt er mit ein.

»Vater lass die Augen dein über meinem Bette sein.«

Das Zischen und Schnauben nimmt bei der nächsten Strophe zu. Irgendjemand schleudert ein Kissen auf uns, doch wir beten weiter.

»Kranken Herzen sende Ruh, müde Augen schließe zu. Lass den Mond am Himmel stehn, und die ganze Welt bestehn.«

Bei *die ganze Welt bestehn* verstummt das Zischen und Schnauben. Eine tiefe Stille legt sich über die Kaserne.

Bei der letzten Strophe verlangsamen sich unsere Stimmen. Als würden wir uns dagegen sträuben, fertig zu werden, da auf das Ende eines Gebets eine weitere Nacht erschöpften Schlafs folgt und dann ein weiterer Tag des Wartens auf den letzten Tag, auf den Tag, an dem wir sterben werden. Selbst Teacup ist bewusst, dass sie ihren achten Geburtstag wahrscheinlich nicht erleben wird. Aber wir werden trotzdem aufstehen und uns durch siebzehn Stunden Hölle quälen. Wir werden sterben, aber wir werden zumindest ungebrochen sterben.

»Vater lass die Augen dein über meinem Bette sein.«

——— 45. Kapitel ———

Am nächsten Morgen stehe ich mit einem Sonderwunsch in Rezniks Büro. Ich weiß, wie seine Antwort lauten wird, aber ich frage trotzdem.

»Sir, der Gruppenführer bittet den leitenden Drill-Ausbilder, den Gefreiten Nugget am heutigen Vormittag ausnahmsweise von seinen Pflichten zu entbinden.«

»Der Gefreite Nugget ist ein Mitglied dieser Einheit«, erinnert mich Reznik. »Und als Mitglied dieser Einheit wird von ihm erwartet, sämtliche vom Zentralkommando erteilten Aufgaben zu erledigen. Sämtliche Aufgaben, Gefreiter.«

»Sir, der Gruppenführer bittet den leitenden Drill-Ausbilder, seine Entscheidung in Hinblick auf das Alter des Gefreiten Nugget noch einmal zu überdenken und …«

Reznik weist das Argument mit einer Handbewegung zurück. »Der Junge ist nicht vom verdammten Himmel gefallen, Gefreiter. Wenn er die Voruntersuchung nicht bestanden hätte, wäre er Ihrer Einheit nicht zugeteilt worden. Aber Tatsache ist, er *hat* die Voruntersuchung bestanden, er *wurde* Ihrer Einheit zugeteilt, und er *wird* sämtliche Aufgaben erledigen, die das Zentralkommando Ihrer Einheit erteilt, einschließlich A&E. Haben wir uns verstanden, Gefreiter?«

Tja, Nugget, ich habe es versucht.

»Was ist A&E?«, fragt er beim Frühstück.

»Abfertigung und Entsorgung«, erwidere ich und wende den Blick von ihm ab.

Gegenüber von uns stöhnt Dumbo und schiebt sein Tablett weg. »Toll. Das Frühstück stehe ich nur durch, wenn ich nicht dran denke!«

»Augen zu und durch, Baby«, sagt Tank und wirft Flintstone einen Beifall heischenden Blick zu. Die beiden stehen sich nahe. An dem Tag, als Reznik mir meinen Job gab, sagte Tank zu mir, dass es ihm egal wäre, wer Gruppenführer ist, da er ohnehin nur auf Flint hören würde. Ich zuckte mit den Schultern. Meinetwegen. Sobald wir unsere Ausbildung abgeschlossen hatten – falls wir sie überhaupt jemals abschließen würden –, würde einer von uns zum Sergeant befördert werden, und ich wusste, dass dieser eine nicht ich sein würde.

»Dr. Pam hat dir einen Ted gezeigt«, sage ich zu Nugget. Er nickt. An seinem Gesichtsausdruck erkenne ich, dass es keine angenehme Erinnerung ist. »Du hast den Knopf gedrückt.« Ein weiteres Nicken. Langsamer als das erste. »Was, glaubst du, passiert mit der Person auf der anderen Seite der Scheibe, nachdem du den Knopf gedrückt hast?«

Nugget flüstert: »Sie stirbt.«

»Und die Kranken, die sie von draußen reinbringen, diejenigen, die nicht überleben, wenn sie hier sind – was, glaubst du, passiert mit ihnen?«

»Ach, komm schon, Zombie, erzähl es ihm einfach!«, sagt Oompa. Er schiebt sein Essen ebenfalls weg. Eine Premiere für ihn. Oompa ist der Einzige in der Einheit, der sich jemals einen Nachschlag holt. Um es nett zu formulieren, das Essen im Camp ist zum Kotzen.

»Wir machen es nicht gern, aber es muss gemacht werden«, sage ich und plappere damit das Firmenmotto nach. »Es herrscht nämlich Krieg, weißt du? Es herrscht Krieg.«

Ich blicke mich auf der Suche nach Unterstützung am Tisch um. Die Einzige, die Augenkontakt mit mir herstellt, ist Teacup, die vergnügt nickt.

»Krieg«, sagt sie. Vergnügt.

Vor der Kantine und auf dem Kasernenhof, wo mehrere Einheiten unter den wachsamen Augen ihrer Drill-Sergeants exerzieren, trottet Nugget neben mir her. »Zombies Hündchen« nennt die Einheit ihn hinter seinem Rücken. Wir kürzen zwischen den Kasernen drei und vier zu der Straße ab, die zum

Kraftwerk und den Abfertigungshangars führt. Der Tag ist kalt und bewölkt; es fühlt sich an, als würde es womöglich schneien. In der Ferne das Geräusch eines startenden Black Hawk und das scharfe *Tat-Tat-Tat* feuernder Automatikwaffen. Unmittelbar vor uns stoßen die Zwillingstürme des Kraftwerks schwarzen und grauen Rauch aus. Der graue Rauch verschmilzt mit den Wolken. Der schwarze Rauch verweilt.

Vor dem Eingang zum Hangar wurde ein großes weißes Zelt aufgestellt, und der Durchgangsraum ist mit rot-weißen Biogefahr-Warnschildern geschmückt. Hier staffieren wir uns für die Abfertigung aus. Sobald ich angezogen bin, helfe ich Nugget mit seinem orangefarbenen Overall, seinen Stiefeln, seinen Gummihandschuhen, seiner Maske und seiner Schutzhaube. Ich halte ihm den Vortrag, dass er im Hangar niemals und unter keinen Umständen irgendeinen Teil seiner Ausrüstung ablegen darf. Er muss um Erlaubnis fragen, bevor er irgendetwas anfasst, und wenn er das Gebäude aus irgendeinem Grund verlassen möchte, muss er sich dekontaminieren lassen und die Kontrolle passieren, bevor er wieder eintreten darf.

»Bleib einfach bei mir«, sage ich zu ihm. »Dann ist alles in Ordnung.«

Er nickt, und seine Schutzhaube wackelt vor und zurück, wobei ihm die Blende gegen die Stirn schlägt. Er versucht, sich zusammenzureißen, aber es läuft nicht gut. Deshalb sage ich: »Das sind nur Menschen, Nugget. Nur Menschen.«

In dem Abfertigungshangar werden die Leichen der Nur-Menschen sortiert, die Befallenen von den Nicht-Befallenen getrennt – oder, wie wir sie nennen, die Teds von den Nicht-Teds. Teds sind mit einem leuchtend grünen Kreis auf der Stirn gekennzeichnet, doch man braucht nur selten nachzusehen: Bei den frischesten Leichen handelt es sich immer um Teds.

Sie sind an der hinteren Wand gestapelt und warten darauf, auf die langen Metalltische gelegt zu werden, die durch den gesamten Hangar verlaufen. Die Leichen befinden sich in unterschiedlichen Stadien der Verwesung. Manche sind Monate alt. Andere wirken so frisch, als würden sie sich jeden Moment aufsetzen und einem zuwinken.

Drei Einheiten sind nötig, damit die Fließbandarbeit erledigt werden kann. Eine Einheit karrt die Leichen zu den Metalltischen. Eine weitere fertigt sie ab. Schließlich bringt eine dritte Einheit die abgefertigten Leichen nach vorne und stapelt sie zur Abholung. Um die Monotonie zu durchbrechen, wechselt man sich bei den Aufgaben ab.

Die Abfertigung ist die interessanteste Aufgabe und diejenige, mit der unsere Einheit beginnt. Ich sage Nugget, dass er nichts anfassen, sondern mir nur zusehen soll, bis er verstanden hat, worauf es ankommt.

Taschen ausleeren. Den Inhalt auseinandernehmen. Müll kommt in eine Tonne, Elektronik in eine andere, Edelmetall in eine dritte, alle anderen Metalle in eine vierte. Portemonnaies, Handtaschen, Papiere, Bargeld – alles Müll. Manche Einheiten können es sich einfach nicht verkneifen – alte Gewohnheiten legt man nur schwer ab – und laufen mit Bündeln wertloser Hundert-Dollar-Scheine in den Hosentaschen herum.

Fotos, Ausweise, jedes kleine Andenken, das nicht aus Keramik besteht – Müll. Fast ohne Ausnahme, von den Ältesten bis zu den Jüngsten, sind die Taschen der Toten randvoll mit den seltsamsten Dingen, deren Wert nur die Besitzer verstehen konnten.

Nugget sagt kein Wort. Er beobachtet, wie ich mich an dem Tisch entlangarbeite, und bleibt unmittelbar neben mir, wenn ich zur nächsten Leiche weitergehe. Der Hangar ist belüftet, trotzdem ist der Gestank überwältigend. Wie bei jedem allgegenwärtigen Gestank – oder vielmehr, wie bei allem Allgegenwärtigen – gewöhnt man sich daran. Nach einer Weile riecht man ihn nicht mehr.

Dasselbe gilt auch für die anderen Sinne. Und für die Seele.

Wenn man sein fünfhundertstes totes Baby gesehen hat, wie soll man da noch geschockt oder angewidert sein oder überhaupt noch irgendetwas empfinden?

Nugget steht schweigend neben mir, beobachtet.

»Gib mir Bescheid, wenn du kotzen musst«, sage ich streng. Es ist schrecklich, sich in seinen Anzug zu übergeben.

Die hoch oben angebrachten Lautsprecher erwachen zum Leben, und die Musik beginnt. Die meisten bevorzugen beim Abfertigen Rap; ich mische gerne ein bisschen Heavy Metal und etwas Rhythm & Blues darunter. Nugget möchte eine Beschäftigung, also lasse ich ihn die ruinierten Klamotten zu den Wäscheeimern tragen. Sie werden später am Abend zusammen mit den abgefertigten Leichen verbrannt. Die Entsorgung geht nebenan vonstatten, im Verbrennungsofen des Kraftwerks. Es heißt, der schwarze Rauch würde von der Kohle stammen und der graue Rauch von den Leichen. Ich habe keine Ahnung, ob das stimmt.

Das ist die schwierigste Abfertigung, die ich jemals zu erledigen hatte. Ich muss mich um Nugget kümmern, muss selbst Leichen abfertigen und muss den Rest der Einheit im Auge behalten, da im Abfertigungshangar kein Drill-Sergeant anwesend ist und auch kein anderer Erwachsener, mit Ausnahme der toten. Nur Minderjährige, und manchmal ist es wie in der Schule, wenn der Lehrer plötzlich aus dem Klassenzimmer gerufen wird. Die Lage kann außer Kontrolle geraten.

Außerhalb von A&E findet wenig Interaktion zwischen den Einheiten statt. Die Konkurrenz um die Spitzenplätze auf der Bestenliste ist zu erbittert, und die Rivalität hat nichts Kameradschaftliches an sich.

Als ich das hellhäutige, dunkelhaarige Mädchen Leichen von Poundcakes Tisch zum Entsorgungsbereich schieben sehe, gehe ich also nicht hin, um mich vorzustellen, und schnappe mir kein Mitglied ihres Teams, um mich nach ihrem Namen zu erkundigen. Ich beobachte sie nur, während ich mit meinen Fingern die Taschen von Toten durchwühle. Mir fällt auf, dass sie am Tor den Verkehr regelt; sie muss die Gruppenführerin sein. In der Vormittagspause nehme ich Poundcake beiseite. Er ist ein netter Junge, ruhig, aber nicht auf eine merkwürdige Weise. Dumbo hat die Theorie, dass eines Tages der Korken knallen und Poundcake eine Woche lang ohne Pause reden wird.

»Kennst du das Mädchen von Einheit 19, das an deinem Tisch arbeitet?«, frage ich ihn. »Weißt du irgendwas über sie?« Er schüttelt den Kopf. »Warum frage ich dich das, Cake?« Er zuckt mit den Schultern. »Okay«, sage ich. »Aber erzähl niemandem, dass ich gefragt habe.«

Nach vier Stunden Fließbandarbeit ist Nugget etwas wackelig auf den Beinen. Er braucht eine Pause, deshalb gehe ich mit ihm für ein paar Minuten nach draußen, wo wir uns an das Tor des Hangars setzen und beobachten, wie der schwarze und graue Rauch unter den Wolken wabert.

Nugget reißt sich seine Schutzhaube herunter und lehnt den Kopf gegen das kalte Stahltor. Auf seinem runden Gesicht glänzt Schweiß.

»Das sind nur Menschen«, sage ich abermals, in erster Linie, weil ich nicht weiß, was ich sonst sagen soll. »Es wird einfacher«, fahre ich fort. »Man empfindet mit jedem Mal ein bisschen weniger dabei. Bis es irgendwann so ist, als würde man … keine Ahnung, sein Bett machen oder sich die Zähne putzen.«

Ich bin extrem angespannt, warte darauf, dass er ausrastet. Losheult. Wegrennt. Explodiert. Irgendetwas. Aber da ist nur dieser leere, distanzierte Ausdruck in seinen Augen, und plötzlich bin ich derjenige, der beinahe explodiert. Nicht seinetwegen. Oder wegen Reznik, weil er mich gezwungen hat, ihn mitzunehmen. Ihretwegen. Wegen den Mistkerlen, die uns das angetan haben. Mir geht es nicht um mein Leben – wie das enden wird, weiß ich. Aber was ist mit Nuggets Leben? Gerade einmal fünf Jahre ist er alt, und welche Aussichten hat er? Und warum zum Teufel hat Commander Vosch ihn einer Kampfeinheit zugeteilt? Im Ernst, er kann nicht einmal ein Gewehr hochheben. Vielleicht steckt die Idee dahinter, sie jung einzufangen, sie von Grund auf auszubilden. Damit man nicht einen kalten Killer hat, wenn er einmal so alt ist wie ich, sondern einen eiskalten. Einen mit Flüssigstickstoff anstelle von Blut.

Ich höre seine Stimme, bevor ich seine Hand auf meinem Unterarm spüre. »Alles in Ordnung, Zombie?«

»Klar, mir geht's gut.« Eine seltsame Wendung der Ereignisse, dass er sich plötzlich Sorgen um mich macht.

Ein großer Pritschenlastwagen hält vor dem Hangartor, und die Rekruten von Einheit 19 beginnen mit dem Aufladen der Leichen, die sie auf den Lastwagen werfen wie Saisonarbeiter, die Getreidesäcke herumwuchten. Da ist wieder das dunkelhaarige Mädchen und müht sich ganz vorne mit einer besonders fettleibigen Leiche ab. Sie wirft einen Blick in unsere Richtung, ehe sie wieder hineingeht, um die nächste zu holen. Toll. Sie wird wahrscheinlich melden, dass wir gefaulenzt haben, damit uns ein paar Punkte abgezogen werden.

»Cassie meint, es spielt keine Rolle, was sie tun werden«, sagt Nugget. »Sie können uns nicht alle töten.«

»Und warum können sie das nicht?« Denn das, Kleiner, möchte ich wirklich unbedingt wissen.

»Weil es zu schwierig ist, uns zu töten. Wir sind unbezi… unbezu… unbezo…«

»Unbezwingbar?«

»Genau!« Mit einem beruhigenden Tätscheln meines Arms. »Unbezwingbar.«

Schwarzer Rauch, grauer Rauch. Und die Kälte, die uns in die Wangen beißt, und die Wärme unserer Körper, die in unseren Anzügen gefangen ist. Zombie und Nugget und die bedrohlichen Wolken über uns und, über ihnen verborgen, das Mutterschiff, das den grauen Rauch hervorgebracht hat und in gewisser Weise auch uns.

—— 46. Kapitel ——

Nugget kriecht jetzt jeden Abend, nachdem das Licht ausgeschaltet wurde, zu mir ins Bett, um sein Gebet zu sprechen, und ich lasse ihn bleiben, bis er eingeschlafen ist. Dann trage ich ihn zurück in sein eigenes Bett. Tank droht mir damit, mich zu verpfeifen, in der Regel immer dann, wenn ich ihm einen Befehl erteile, der ihm nicht gefällt. Aber er tut es nicht. Ich glaube, insgeheim freut er sich auf die Gebetsstunde.

Mich erstaunt, wie schnell sich Nugget auf das Leben im Camp eingestellt hat. Aber so sind Kinder nun einmal: Sie können sich an fast alles gewöhnen. Er schafft es nicht, ein Gewehr an der Schulter anzulegen, doch er macht alles andere und manches besser als ältere Kinder. Er ist schneller als Oompa auf dem Hindernisparcours und lernt rascher als Flintstone. Teacup ist die Einzige in der Einheit, die ihn nicht ausstehen kann. Ich vermute, der Grund dafür ist Eifersucht: Bevor Nugget kam, war Teacup das Baby der Familie.

Während seines ersten Luftangriffsdrills hatte Nugget einen kleinen Ausraster. Wie der Rest von uns hatte er keine Ahnung, dass der Drill stattfinden würde, aber im Gegensatz zum Rest von uns hatte er auch keine Ahnung, was zur Hölle überhaupt vor sich ging.

Es passiert einmal im Monat und immer mitten in der Nacht. Die Sirenen heulen so laut, dass man den Fußboden unter seinen nackten Füßen vibrieren spüren kann, wenn man in der Dunkelheit herumstolpert, hastig in seinen Overall und in seine Stiefel schlüpft, sich sein M16 schnappt und ins Freie rennt, während sich sämtliche Kasernen leeren und Hunderte Rekruten über den Hof zu den Zugangstunneln strömen, die unter die Erde führen.

Ich war ein paar Minuten später dran als der Rest meiner Einheit, da Nugget in dem Glauben, die Raumschiffe der Außerirdischen würden jeden Moment damit beginnen, ihre Bomben auf uns abzuwerfen, wie am Spieß brüllte und sich an mich klammerte wie ein Äffchen an seine Mutter.

Ich schrie ihn an, dass er sich beruhigen und mir folgen solle, doch ich hätte mir meine Worte sparen können. Schließlich hob ich ihn einfach hoch und warf ihn mir über die Schulter, mein Gewehr in der einen Hand, Nuggets Hintern in der anderen. Als ich nach draußen sprintete, dachte ich an eine andere Nacht und an ein anderes schreiendes Kind. Die Erinnerung ließ mich noch schneller rennen.

Ins Treppenhaus, die vier in gelbe Notbeleuchtung getauchten Treppen hinunter, wobei Nuggets Kopf gegen meinen Rücken schlug, dann durch die gepanzerte Tür am untersten Treppenabsatz, einen kurzen Gang entlang und in den Komplex hinein. Die schwere Tür fiel mit einem Knall hinter uns zu und schloss uns ein. Inzwischen hatte er begriffen, dass er womöglich doch nicht ausgelöscht werden würde, und ich konnte ihn absetzen.

Der Luftschutzbunker ist ein verwirrendes Labyrinth aus schwach beleuchteten, miteinander verbundenen Gängen, doch wir wurden so gut gedrillt, dass ich den Weg zu unserer Station mit geschlossenen Augen finden konnte. Ich rief Nugget über die Sirenen hinweg zu, dass er mir folgen solle, und rannte los. Eine Einheit, die in die entgegengesetzte Richtung unterwegs war, donnerte an uns vorbei.

Rechts, links, rechts, rechts, links, in den letzten Gang, meine freie Hand an Nuggets Nacken, damit er nicht zurückfiel. Ich sah meine Einheit zwanzig Meter vor der Rückwand des Sackgassentunnels knien, die Gewehre auf das Metallgitter gerichtet, das den Luftschacht zur Oberfläche verschließt.

Und hinter ihnen Reznik mit einer Stoppuhr in der Hand.

Scheiße.

Wir verfehlten die Zeitvorgabe um achtundvierzig Sekunden. Achtundvierzig Sekunden, die uns auf der Bestenliste einen weiteren Platz würden abrutschen lassen. Achtundvierzig Sekunden, die weiß Gott wie viele zusätzliche Tage mit Reznik bedeuteten.

Wieder zurück in der Kaserne sind wir alle zu aufgedreht, um schlafen zu können. Die Hälfte der Einheit ist sauer auf mich, die andere Hälfte ist sauer auf Nugget. Tank gibt natürlich mir die Schuld.

»Du hättest ihn zurücklassen sollen«, sagt er. Sein hageres Gesicht ist vor Wut gerötet.

»Es hat einen Grund, warum wir gedrillt werden, Tank«, erinnere ich ihn. »Was, wenn das der Ernstfall gewesen wäre?«

»Dann wäre er jetzt tot, nehme ich an.«

»Er ist ein Mitglied dieser Einheit wie der Rest von uns auch.«

»Du kapierst es immer noch nicht, oder, Zombie? Das ist die verdammte Natur. Wer zu krank oder zu schwach ist, bleibt auf der Strecke.« Er reißt seine Stiefel herunter und schleudert sie in den Spind am Fußende seines Betts. »Wenn es nach mir ginge, würden wir sie alle zusammen mit den Teds in den Verbrennungsofen werfen.«

»Menschen zu töten, ist das nicht die Aufgabe der Außerirdischen?«

Sein Gesicht ist knallrot. Er fuchtelt mit der Faust in der Luft herum. Flintstone geht zu ihm, um ihn zu beruhigen, aber Tank verscheucht ihn.

»Wer zu schwach ist, zu krank, zu alt, zu langsam oder zu klein, der bleibt auf der Strecke!«, schreit Tank. »Alle, die nicht kämpfen oder den Kampf unterstützen können, sind für uns nur ein Klotz am Bein.«

»Sie sind überflüssig«, feuere ich sarkastisch zurück.

»Die Kette ist nur so stark wie ihr schwächstes Glied!«, brüllt Tank. »So ist die verdammte Natur, Zombie. Nur die Starken überleben!«

»Hey, komm schon, Mann«, sagt Flintstone zu ihm. »Zombie hat recht. Nugget gehört zum Team.«

»Du kannst mich mal, Flint!«, schreit Tank. »Ihr alle! Als wäre das alles meine Schuld. Als wäre ich für diese Scheiße verantwortlich!«

»Zombie, unternimm irgendwas«, fleht Dumbo mich an. »Er macht gleich die Dorothy.«

Dumbo spielt auf eine Rekrutin an, die auf dem Schießplatz ausrastete und ihre Waffe auf ihre eigene Einheit richtete. Zwei Menschen wurden getötet und drei schwer verletzt, bevor der Drill-Sergeant ihr mit seiner Pistole in den Hinterkopf schoss. Jede Woche gibt es eine neue Geschichte über jemanden, der »die Dorothy macht« oder »fortgeht, um den Zauberer zu treffen.« Irgendwann wird der Druck zu groß, und man bricht ein. Manchmal geht man auf andere los. Manchmal geht man auf sich selbst los. Manchmal zweifle ich an der Weisheit des Zentralkommandos, das einigen ernsthaft kaputten Kindern automatische Hochleistungswaffen aushändigt.

»Ach, verpiss dich doch«, faucht Tank Dumbo an. »Als hättest du von irgendwas eine Ahnung. Als hätte irgendwer von irgendwas eine Ahnung. Was machen wir hier eigentlich, verdammt? Würdest du mir das mal verraten, Dumbo? Was ist mit dir, Gruppenführer? Kannst du es mir sagen? Irgendjemand sollte es mir lieber sagen, und zwar lieber sofort, oder ich mache den Laden hier platt. Ich mache alles platt, und ich mache euch platt, weil das alles eine Riesenscheiße ist, Mann. Wir sollen es mit ihnen aufnehmen? Mit denen, die sieben Milliarden von uns umgebracht haben? Womit? Womit?« Er zeigt mit dem Lauf seines Gewehrs auf Nugget, der sich an mein Bein klammert. »Damit?« Er lacht hysterisch.

Alle erstarren, als er das Gewehr anhebt. Ich halte meine leeren Hände hoch und sage so ruhig ich kann: »Gefreiter, lass sofort die Waffe sinken.«

»Du bist nicht mein Boss! Niemand ist mein Boss!« Er steht neben seinem Bett, sein Gewehr an der Hüfte. Auf dem gelben Ziegelsteinweg, kein Zweifel.

Mein Blick wandert zu Flintstone, der Tank am nächsten ist und nicht einmal einen Meter rechts von ihm steht. Flint antwortet mit einem kaum sichtbaren Nicken.

»Wundert ihr Dumpfbacken euch eigentlich nie, warum sie uns noch nicht angegriffen haben?«, sagt Tank. Inzwischen lacht er nicht mehr. Er weint jetzt. »Ihr wisst doch, dass sie das könnten. Ihr wisst doch, dass sie wissen, dass wir hier sind, und ihr wisst, dass sie wissen, was wir hier machen, also warum lassen sie es uns machen?«

»Ich weiß es nicht, Tank«, sage ich mit ausdrucksloser Stimme. »Warum denn?«

»Weil es keine Rolle mehr spielt, was wir machen, verdammt! Es ist vorbei, Mann. Es ist gelaufen!« Er schwingt sein Gewehr wild herum. Wenn es losgeht … »Und ihr und ich und alle anderen in diesem verdammten Stützpunkt, wir sind Geschichte! Wir sind …«

Flint stürzt sich auf ihn, reißt ihm das Gewehr aus der Hand und stößt ihn hart zu Boden. Im Fallen schlägt sich Tank den Kopf an seinem Bett an. Er rollt sich zu einem Ball zusammen, hält sich den Kopf mit beiden Händen und schreit aus voller Lunge. Als seine Lunge leer ist, füllt er sie und brüllt erneut los. Irgendwie ist das noch schlimmer als sein Herumfuchteln mit dem geladenen M16. Poundcake rennt in die Latrine und versteckt sich in einer der Kabinen. Dumbo hält sich seine großen Ohren zu und flüchtet zum Kopfende seines Betts. Oompa hat sich näher zu mir geschlichen, direkt neben Nugget, der sich jetzt mit beiden Händen an meinen Beinen festklammert und an meiner Hüfte vorbei zu Tank späht, der sich auf dem Fußboden der Kaserne krümmt. Die siebenjährige Teacup ist die Einzige, die Tanks Nervenzusammenbruch nicht tangiert. Sie sitzt auf ihrem Bett und starrt ihn stoisch an, als würde Tank jede Nacht auf den Boden fallen und schreien, als würde er ermordet werden.

Und dann dämmert es mir: Was sie uns antun, *ist* Mord. Ein sehr langsamer, sehr grausamer Mord, bei dem wir von unserer Seele nach außen getötet werden, und ich erinnere mich an die Worte des Kommandanten: *Es geht ihnen nicht darum, unsere Fähigkeit zu kämpfen zu zerstören, sondern darum, unseren Kampfwillen zu brechen.*

Es ist hoffnungslos. Es ist verrückt. Tank ist der Normale, weil er es deutlich erkennt.

Und deshalb muss er weg.

—— 47. Kapitel ——

Der leitende Drill-Ausbilder stimmt mir zu, und am nächsten Morgen ist Tank weg. Er wurde für eine umfassende psychologische Evaluierung ins Krankenhaus gebracht. Sein Bett bleibt eine Woche lang leer, während unsere Einheit mit einem Mann weniger immer weiter zurückfällt, was die Punkte anbelangt. Wir werden nie unseren Abschluss machen, werden nie unsere blauen Overalls gegen echte Uniformen eintauschen, werden uns nie außerhalb des elektrischen Zauns und des Stacheldrahts aufhalten, um uns zu beweisen, um einen Bruchteil dessen zurückzuzahlen, was wir verloren haben.

Wir sprechen nicht über Tank. Es ist, als habe Tank niemals existiert. Wir müssen glauben, dass das System perfekt und Tank ein Fehler im System ist.

Dann winkt mich Dumbo eines Vormittags im A&E-Hangar

zu seinem Tisch. Dumbo macht eine Ausbildung zum Sanitäter der Einheit, deshalb muss er bestimmte Leichen sezieren, in der Regel Teds, um mehr über die menschliche Anatomie zu erfahren. Als ich bei ihm ankomme, sagt er kein Wort und deutet mit einem Nicken auf die Leiche vor ihm.

Es handelt sich um Tank.

Wir starren sein Gesicht einen langen Moment an. Seine Augen sind geöffnet und starren blind an die Decke. Er ist beunruhigend frisch. Dumbo lässt den Blick durch den Hangar wandern, um sicherzugehen, dass uns niemand belauschen kann, dann flüstert er: »Erzähl das bloß nicht Flint.«

Ich nicke. »Was ist passiert?«

Dumbo schüttelt den Kopf. Er schwitzt heftig unter seiner Schutzhaube. »Das ist ja das Merkwürdige daran, Zombie. Ich finde überhaupt nichts.«

Ich blicke wieder auf Tank hinab. Er ist nicht bleich. Seine Haut ist leicht gerötet, aber völlig unversehrt. Wie ist Tank gestorben? Hat er in der Psychiatrie die Dorothy gemacht und womöglich eine Überdosis Medikamente geschluckt?

»Wie wär's, wenn du ihn aufschneidest?«, frage ich.

»Ich schneide Tank nicht auf«, erwidert er und sieht mich an, als hätte ich ihn soeben aufgefordert, von einer Klippe zu springen.

Ich nicke. Blöde Idee. Dumbo ist kein Arzt; er ist ein zwölfjähriger Junge. Ich blicke mich abermals im Hangar um. »Nimm ihn vom Tisch runter«, sage ich. »Ich möchte nicht, dass ihn irgendjemand sieht.« Mich eingeschlossen.

Tanks Leichnam wird zusammen mit den Leichen anderer am Tor des Hangars zur Entsorgung aufgestapelt. Dann wird er auf den Transporter geladen, für die letzte Etappe seiner Reise zu den Verbrennungsöfen, wo er von den Flammen verschlungen werden wird. Seine Asche wird sich mit dem grauen Rauch vermischen, in einer Säule überhitzter Luft emporsteigen und sich schließlich in Form von Partikeln, die zu winzig sind, als dass man sie sehen oder spüren könnte, auf uns niederlassen. Er wird bei uns bleiben – auf uns –, bis wir am Abend duschen und das, was von Tank noch übrig ist, in den Abfluss spülen.

—— 48. Kapitel ——

Tanks Nachfolger trifft zwei Tage später ein. Wir wissen, dass er kommt, weil Reznik es am Vorabend in der Frage- und Antwortstunde ankündigt. Er will uns nichts über ihn verraten, außer seinem Namen: Ringer. Nachdem er gegangen ist, hängen alle in der Luft; Reznik hat ihn sicher nicht ohne Grund Ringer genannt.

Nugget kommt an mein Bett und fragt: »Was ist ein Ringer?«

»Jemand, den man in ein Team einschleust, um diesem Team einen Vorteil zu verschaffen«, erkläre ich. »Jemand, der richtig gut ist.«

»Treffsicherheit«, vermutet Flintstone. »Das ist unser Schwachpunkt. Poundcake ist unser bester Schütze, und ich bin okay, aber du und Dumbo und Teacup, ihr seid total mies. Und Nugget kann überhaupt nicht schießen.«

»Komm her und sag mir ins Gesicht, dass ich mies bin!«, schreit Teacup. Immer auf der Suche nach Streit. Wenn ich das Sagen hätte, würde ich Teacup ein Gewehr und ein paar Ladestreifen geben und sie auf sämtliche Teds im Umkreis von hundert Meilen loslassen.

Nach dem Gebet dreht und windet sich Nugget an meinem Rücken, bis ich es nicht mehr aushalte und ihn anfauche, dass er zurück in sein Bett gehen soll.

»Zombie, das ist sie.«

»Was ist sie?«

»Ringer! Cassie ist Ringer!«

Ich brauche ein paar Sekunden, um mich daran zu erinnern, wer Cassie ist. *Oh, Gott, nicht schon wieder dieser Schwachsinn.*

»Ich glaube nicht, dass deine Schwester Ringer ist.«

»Du weißt aber auch nicht, dass sie es nicht ist.«

Es rutscht mir beinahe heraus: *Sei kein Blödmann, Kleiner. Deine Schwester wird nicht kommen, weil sie tot ist.* Aber ich behalte es für mich. Cassie ist Nuggets Silbermedaillon. Ist das, woran er sich klammert, denn wenn er loslässt, gibt es nichts mehr, was den Tornado davon abhalten würde, ihn nach Oz mitzunehmen wie die anderen Dorothys im Camp. Aus diesem Grund ist eine Kinderarmee sinnvoll. Erwachsene verschwenden keine Zeit mit magischem Denken. Sie halten sich mit denselben unbequemen Wahrheiten auf, die Tank auf den Seziertisch gebracht haben.

Beim Anwesenheitsappell am nächsten Morgen ist Ringer nicht zugegen. Und er ist weder beim Vormittagslauf noch beim Mittagessen dabei. Wir rüsten uns für den Schießplatz aus, kontrollieren unsere Waffen, machen uns auf den Weg über den Kasernenhof. Es ist ein klarer Tag, aber sehr kalt. Niemand redet viel. Wir fragen uns alle, wo der Neue bleibt.

Nugget entdeckt Ringer als Erster, in der Ferne auf dem Schießplatz, und wir sehen sofort, dass Flintstone recht gehabt hat: Ringer ist ein höllisch guter Scharfschütze. Das Ziel taucht aus dem hohen Gras auf, und *pop-pop!* explodiert der Kopf des Ziels. Dann ein anderes Ziel, aber dasselbe Ergebnis. Reznik steht ein Stück entfernt auf der Seite und bedient die Steuerung der Ziele. Als er uns kommen sieht, drückt er schnell ein paar Knöpfe. Die Ziele schießen aus dem Gras, eines unmittelbar nach dem anderen, und dieser Ringer knallt sie alle mit jeweils einem Schuss ab, bevor sie sich überhaupt ganz aufrichten. Neben mir gibt Flintstone einen langen, anerkennenden Pfiff von sich.

»Der ist gut.«

Nugget bemerkt es, bevor der Rest von uns es bemerkt. Irgendetwas an den Schultern oder vielleicht an den Hüften, und er sagt: »Das ist kein Er«, ehe er über das Feld auf die einsame

Gestalt zuläuft, die das Gewehr hält, das in der bitterkalten Luft raucht.

Sie dreht sich um, bevor er bei ihr ankommt, und Nugget bleibt stehen, ist zunächst verwirrt, dann enttäuscht. Offenbar handelt es sich bei Ringer nicht um seine Schwester.

Seltsam, dass sie aus der Ferne größer gewirkt hat. Ungefähr so groß wie Dumbo, aber dünner als Dumbo – und älter. Ich schätze sie auf fünfzehn oder sechzehn, mit einem Elfengesicht und dunklen, tief liegenden Augen, makelloser blasser Haut und glattem schwarzem Haar. Die Augen ziehen einen als Erstes in ihren Bann. Die Art von Augen, bei denen am Schluss nur zwei Möglichkeiten bleiben, wenn man in ihnen nach etwas sucht: Entweder liegt es so tief verborgen, dass man es nicht sehen kann, oder es gibt nichts, was man finden könnte.

Es handelt sich um das Mädchen vom Kasernenhof, das mich mit Nugget vor dem A&E-Hangar ertappt hat.

»Ringer ist ein Mädchen«, flüstert Teacup und rümpft die Nase, als hätte sie etwas Verfaultes gerochen. Jetzt ist sie nicht nur nicht mehr das Baby der Einheit, sondern auch nicht mehr das einzige Mädchen.

»Was machen wir mit ihr?« Dumbo ist auf dem besten Weg, in Panik zu geraten.

Ich grinse. Kann es mir nicht verkneifen. »Wir werden die erste Einheit, die ihre Ausbildung abschließt«, sage ich.

Und ich sollte recht behalten.

—— **49. Kapitel** ——

Ringers erste Nacht in Kaserne zehn in einem Wort: peinlich.

Kein Herumalbern. Keine schmutzigen Witze. Kein Macho-Getöse. Wir zählen die Minuten bis zum Ausschalten der Lichter wie ein Haufen nervöser Nerds beim ersten Date. In anderen Einheiten mag es Mädchen in ihrem Alter geben; wir haben Teacup. Ringer scheint unser Unbehagen überhaupt nicht wahrzunehmen. Sie sitzt auf dem Rand von Tanks ehemaligem Bett und zerlegt und reinigt ihr Gewehr. Ringer mag ihr Gewehr. Sehr. Das erkennt man daran, wie liebevoll sie mit dem öligen Lappen an seinen Lauf auf und ab fährt und ihn poliert, bis das kalte Metall im Neonlicht schimmert. Wir geben uns solche Mühe, sie nicht anzustarren, dass es beinahe wehtut. Sie baut ihre Waffe wieder zusammen, stellt sie behutsam in den Spind neben ihrem Bett und kommt zu meinem Bett herüber. Ich spüre, wie sich in meiner Brust etwas zusammenzieht. Mit einem Mädchen in meinem Alter habe ich nicht mehr gesprochen seit … wann? Vor der Seuche. Und ich denke nicht mehr an mein Leben vor der Seuche. Das war Bens Leben, nicht das von Zombie.

»Du bist der Gruppenführer«, sagt sie. Ihre Stimme ist ausdruckslos, ohne Emotion, wie ihre Augen. »Warum?«

Ich beantworte die Provokation in ihrer Frage mit einer Gegenfrage: »Warum nicht?«

Entkleidet bis auf ihre Unterwäsche und ein ärmelloses Einheits-T-Shirt, mit einem Pony, der knapp über ihren dunklen Augenbrauen endet, blickt sie auf mich herab. Dumbo und Oompa unterbrechen ihr Kartenspiel, um zuzusehen. Teacup lächelt, da sie wittert, dass sich ein Streit zusammenbraut. Flintstone, der gerade Wäsche zusammenlegt, lässt einen sauberen Overall auf den Stapel fallen.

»Du bist ein miserabler Schütze«, sagt Ringer.

»Ich habe andere Fertigkeiten«, erwidere ich und verschränke die Arme vor der Brust. »Du solltest mich mal mit einem Kartoffelschäler sehen.«

»Du hast einen guten Körper.« Jemand unterdrückt ein Lachen; ich glaube, es ist Flint. »Bist du Sportler?«

»Das war ich früher.«

Sie steht mit den Fäusten in die Hüften gestemmt über mir, die nackten Füße fest auf den Fußboden gepflanzt. Es sind ihre Augen, die mich in ihren Bann ziehen. Ihre tiefe Dunkelheit. Liegt nichts darin – oder fast alles? »Football.«

»Richtig geraten.«

»Und Baseball wahrscheinlich.«

»Als ich noch jünger war.«

Dann wechselt sie abrupt das Thema. »Der Typ, den ich ersetze, hat die Dorothy gemacht.«

»Das stimmt.«

»Warum?«

Ich zucke mit den Schultern. »Spielt das eine Rolle?«

Sie nickt. Es spielt keine Rolle. »Ich war Gruppenführerin meiner Einheit.«

»Kein Wunder.«

»Nur weil du Gruppenführer bist, heißt das nicht, dass du nach dem Abschluss der Ausbildung Sergeant wirst.«

»Ich hoffe, da hast du recht.«

»Ich weiß, dass ich recht habe. Ich habe gefragt.«

Sie macht auf ihrem nackten Absatz kehrt und geht zurück zu ihrem Bett. Ich sehe nach unten auf meine Füße und stelle fest, dass ich mir die Nägel schneiden muss. Ringer hat sehr kleine Füße mit knubbeligen Zehen. Als ich wieder aufblicke, steuert sie mit einem Handtuch über der Schulter auf die Duschen zu. Sie bleibt an der Tür stehen. »Wenn mich irgendjemand aus dieser Einheit anfasst, bringe ich ihn um.«

An der Art und Weise, wie sie das sagt, ist nichts Bedrohliches oder Lustiges. Es klingt, als würde sie eine Tatsache feststellen, wie etwa, dass es draußen kalt ist.

»Ich werde es weitersagen«, entgegne ich.

»Und wenn ich in der Dusche bin, ist die tabu. Totale Privatsphäre.«

»Verstanden. Noch was?«

Sie hält inne und starrt mich quer durch den Raum an. Ich spüre, wie ich mich anspanne. Was kommt als Nächstes? »Ich spiele gern Schach. Spielst du auch?«

Ich schüttle den Kopf. Rufe den Jungs zu: »Spielt einer von euch Perversen Schach?«

»Nein«, ruft Flint zurück. »Aber wenn sie Lust auf Strip-Poker hat …«

Es passiert, bevor ich mich fünf Zentimeter von der Matratze erheben kann: Flint liegt auf dem Fußboden, hält sich den Hals und strampelt mit den Beinen wie ein zertretenes Insekt. Ringer steht über ihm.

»Und keine erniedrigenden, sexistischen Pseudo-Macho-Bemerkungen.«

»Du bist cool!«, platzt Teacup heraus, und sie meint es ernst. Vielleicht muss sie die ganze Ringer-Sache noch einmal überdenken. Womöglich ist es gar nicht so schlecht, wenn noch ein anderes Mädchen da ist.

»Für das, was du gerade gemacht hast, gibt's zehn Tage lang nur die halbe Ration«, kläre ich sie auf. Vielleicht hatte Flint es verdient, aber wenn Reznik nicht da ist, bin immer noch ich der Boss, und das muss Ringer klar sein.

»Meldest du mich?« Keine Angst in ihrer Stimme. Keine Wut. Nichts.

»Ich verwarne dich.«

Sie nickt, tritt von Flint weg und eilt an mir vorbei, um ihren Kulturbeutel zu holen. Sie riecht nach … na ja, nach Mädchen, und für einen kurzen Moment bin ich ein bisschen benommen.

»Ich werde mich daran erinnern, dass du mich verschont hast«, sagt sie mit einem Wackeln ihres Ponys, »wenn sie mich zur neuen Gruppenführerin der dreiundfünfzigsten Einheit machen.«

——— 50. Kapitel ———

Eine Woche nach Ringers Ankunft stieg Einheit 53 vom zehnten auf den siebten Platz auf. Nach der dritten Woche schoben wir uns an Einheit 19 vorbei auf den fünften Platz vor. Dann, als nur noch zwei Wochen blieben, stießen wir an unsere Grenzen und fielen sechzehn Punkte hinter die Viertplatzierten zurück, ein beinahe uneinholbarer Rückstand.

Poundcake, der mit Worten nicht viel am Hut hat, aber ein Zahlengenie ist, schlüsselt die Punkteverteilung auf. In sämtlichen Kategorien mit Ausnahme von einer gibt es nur sehr wenig Verbesserungsmöglichkeiten: Wir sind Zweiter auf dem Hindernisparcours, Dritter bei den Luftangriffsdrills und beim Laufen und Erster bei »anderen zugeteilten Pflichten«, ein Sammelbegriff, der Punkte bei der Morgeninspektion und für »einer Einheit der Streitkräfte angemessenes Benehmen« umfasst. Was uns das Genick bricht, ist Treffsicherheit, wo wir trotz ausgezeichneter Schützen wie Ringer und Poundcake nur den sechzehnten Platz innehaben. Wenn wir dieses Ergebnis in den nächsten zwei Wochen nicht verbessern können, sind wir erledigt.

Man braucht natürlich kein Zahlengenie zu sein, um zu erkennen, warum unsere Punktezahl so niedrig ist. Der Gruppenführer ist ein miserabler Schütze. Deshalb geht der miserabel schießende Gruppenführer zum leitenden Drill-Ausbilder und bittet um zusätzliche Trainingszeit, doch seine Ergebnisse werden nicht besser. Meine Technik ist nicht schlecht: Ich mache alles richtig und in der richtigen Reihenfolge. Trotzdem kann ich von Glück reden, wenn ich mit einem Dreißig-Schuss-Ladestreifen einen Kopfschuss-Treffer erziele. Ringer gibt mir recht, dass es sich dabei um reinen Zufall handelt. Sie behauptet, selbst Nugget könnte bei einem von dreißig Schüssen treffen. Sie gibt sich alle Mühe, es sich nicht anmerken zu lassen, aber meine Ungeschicklichkeit mit Waffen geht ihr auf die Nerven. Ihre ehemalige Einheit hat den zweiten Platz inne. Wenn sie nicht versetzt worden wäre, bestünde kein Zweifel daran, dass sie ihre Ausbildung mit Auszeichnung abschließen würde und die erste Anwärterin auf ein Paar Sergeantstreifen wäre.

»Ich möchte dir einen Vorschlag machen«, sagt sie eines Morgens, als wir zum Laufen auf den Kasernenhof hinausgehen. Sie trägt ein Stirnband, um ihren seidigen Pony zu bändigen. Nicht dass ich diese Seidigkeit zur Kenntnis nehmen würde. »Ich helfe dir, aber nur unter einer Bedingung.«

»Hat die irgendwas mit Schach zu tun?«

»Du trittst als Gruppenführer zurück.«

Ich sehe sie flüchtig an. Die Kälte hat ein kräftiges Rot auf ihre elfenbeinfarbenen Wangen gemalt. Ringer ist ein stiller Mensch – nicht Poundcake-still, sondern still auf eine intensive, beunruhigende Art und Weise, und ihre Augen scheinen einen mit der Schärfe von einem von Dumbos chirurgischen Messern zu sezieren.

»Du hast nicht um den Job gebeten, du machst dir nichts draus, warum lässt du ihn also nicht einfach mich haben?«, fragt sie, den Blick zu Boden gerichtet.

»Warum willst du ihn denn unbedingt?«

»Wenn ich die Befehle gebe, habe ich die besten Chancen, am Leben zu bleiben.«

Ich lache. Ich würde ihr gern sagen, was ich gelernt habe. Vosch hat es gesagt, und in meinem tiefsten Inneren wusste ich es bereits: *Du wirst sterben.* Es geht hier nicht ums Überleben. Es geht um Rache.

Wir folgen dem Pfad, der sich vom Kasernenhof über den Parkplatz des Krankenhauses zur Zufahrtsstraße des Flugfeldes schlängelt. Vor uns spuckt das Kraftwerk schwarzen und grauen Rauch aus.

»Wie wär's damit?«, schlage ich vor. »Du hilfst mir, wir gewinnen, ich trete zurück.«

Mein Angebot ist bedeutungslos. Wir sind Rekruten. Es ist nicht unsere Entscheidung, wer Gruppenführer ist, sondern Rezniks. Und mir ist klar, dass es hier sowieso nicht wirklich darum geht, wer Gruppenführer ist. Es geht darum, wer Sergeant wird, sobald wir uns für den Felddienst qualifiziert haben. Gruppenführer zu sein ist keine Garantie für eine Beförderung, kann allerdings nicht schaden.

Über uns donnert ein Black Hawk vorbei, der von der Nachtpatrouille zurückkehrt.

»Hast du dich jemals gefragt, wie sie es geschafft haben?«, fragt sie, während sie den Helikopter dabei beobachtet, wie er nach rechts zum Landeplatz abdreht. »Wie sie nach dem elektromagnetischen Impuls alles wieder zum Laufen gebracht haben?«

»Nein«, erwidere ich ehrlich. »Was denkst du?«

Ihre Atemzüge gleichen winzigen weißen Explosionen in der eiskalten Luft. »Unterirdische Bunker, eindeutig. Entweder das oder …«

»Oder was?«

Sie schüttelt den Kopf und bläst ihre von der Kälte zusammengezogenen Wangen auf. Ihr schwarzes Haar schwingt beim Laufen vor und zurück und wird von der hellen Morgensonne geküsst.

»Zu verrückt, Zombie«, sagt sie schließlich. »Komm schon, lass mal sehen, was du draufhast, Footballstar.«

Ich bin zehn Zentimeter größer als sie. Für jeden Schritt, den ich mache, muss sie zwei machen. Deshalb schlage ich sie.

Mit Mühe.

Am Nachmittag gehen wir auf den Schießplatz und nehmen Oompa mit, damit er die Ziele steuert. Ringer beobachtet mich, als ich ein paar Salven abfeuere, dann tut sie ihre Expertenmeinung kund: »Du bist schrecklich.«

»Das ist das Problem. Meine Schrecklichkeit.« Ich schenke ihr mein bestes Lächeln. Vor dem Außerirdischen-Armageddon war ich für mein Lächeln bekannt. Ich möchte nicht angeben, aber ich musste darauf achten, beim Autofahren nie zu lächeln: Mein Lächeln war imstande, den Gegenverkehr zu blenden. Aber bei Ringer zeigt es überhaupt keine Wirkung. Sein überwältigendes Leuchten sorgt nicht dafür, dass sie die Augen zusammenkneift. Sie blinzelt nicht einmal.

»Deine Technik ist gut. Was passiert, wenn du abdrückst?«

»Für gewöhnlich schieße ich daneben.«

Sie schüttelt den Kopf. Apropos Lächeln: Bislang habe ich noch nicht einmal ein schmallippiges Grinsen von ihr gesehen. Ich beschließe, es zu meiner Mission zu machen, ihr eines zu entlocken. Das ist eher eine Ben-Idee als eine Zombie-Idee, aber alte Gewohnheiten legt man eben nur schwer ab.

»Ich meine, zwischen dir und dem Ziel«, sagt sie.

Hä? »Na ja, wenn es hochklappt …«

»Nein. Ich spreche davon, was zwischen hier« – ihre Fingerspitzen auf meiner rechten Hand – »und da passiert« – sie deutet auf das zwanzig Meter entfernte Ziel.

»Ich kann dir nicht folgen, Ringer.«

»Du musst deine Waffe als einen Teil von dir selbst betrachten. Nicht das M16 feuert, *du* feuerst. Es ist das Gleiche, als würde man auf einen Löwenzahn blasen. Man atmet die Kugel aus.«

Sie nimmt ihr Gewehr von der Schulter und nickt Oompa zu. Sie weiß nicht, wo das Ziel auftauchen wird, doch sein Kopf explodiert in einem Splitterregen, bevor es sich überhaupt ganz aufrichtet.

»Es ist, als gäbe es keinen Raum, nichts, was nicht zu dir gehört. Das Gewehr ist ein Teil von dir. Die Kugel ist ein Teil von dir. Das Ziel ist ein Teil von dir. Es gibt nichts, was nicht zu dir gehört.«

»Im Grunde genommen heißt das also, dass ich mir selber den Kopf wegschieße?«

Dafür bekomme ich beinahe ein Lächeln. Ihr linker Mundwinkel zuckt.

»Das ist ziemlich Zen-mäßig«, probiere ich es erneut.

Ihre Augenbrauen ziehen sich zusammen. Drei Versuche, dann ist Schluss. »Es hat eher was mit Quantenmechanik zu tun.«

Ich nicke ernst. »Oh, sicher. Das wollte ich eigentlich sagen. Quantenmechanik.«

Sie dreht den Kopf weg. Um ein Lächeln zu verbergen? Damit ich ihr verärgertes Augenrollen nicht sehe? Als sie sich wieder zu mir dreht, bekomme ich nur dieses intensive Starren, bei dem sich mein Magen zusammenkrampft.

»Willst du deine Ausbildung abschließen?«

»Ich will so schnell wie möglich weg von Reznik.«

»Das genügt nicht.« Sie deutet über das Feld auf eine der Figuren. Der Wind spielt mit ihrem Pony. »Was siehst du, wenn du ein Ziel anvisierst?«

»Ich sehe eine aus Sperrholz ausgeschnittene Person.«

»Okay, aber wen siehst du?«

»Ich weiß, was du meinst. Manchmal stelle ich mir Rezniks Gesicht vor.«

»Bringt das was?«

»Das musst du mir sagen.«

»Es geht darum, eine Verbindung herzustellen«, erklärt sie und gibt mir ein Zeichen, dass ich mich hinsetzen soll. Sie setzt sich vor mich, nimmt meine Hände. Ihre sind eiskalt, kalt wie die Leichen im A&E-Hangar. »Mach die Augen zu. Komm schon, Zombie. Wie hat deine Methode bisher für dich funktioniert? Gut. Okay, denk daran, es heißt nicht, du und das Ziel. Es geht nicht darum, was sich zwischen euch befindet, sondern darum, was euch verbindet. Denk an den Löwen und die Gazelle. Was verbindet die beiden?«

»Ähm. Hunger?«

»Das gilt für den Löwen. Ich habe gefragt, was sie gemeinsam haben.«

Das ist schwere Kost. Vielleicht war es doch keine gute Idee, auf ihr Angebot einzugehen. Ich habe sie nicht nur gründlich davon überzeugt, dass ich ein lausiger Soldat bin, jetzt sieht es auch noch ganz danach aus, als ob ich ein Idiot wäre.

»Angst«, flüstert sie mir ins Ohr, als würde sie mir ein Geheimnis anvertrauen. »Was die Gazelle betrifft, ist es die Angst, gefressen zu werden. Was den Löwen betrifft, ist es die Angst zu verhungern. Angst ist die Kette, die sie verbindet.«

Die Kette. Ich habe eine in der Hosentasche, an der ein Silbermedaillon hängt. Die Nacht, in der meine Schwester starb, liegt tausend Jahre zurück; jene Nacht war letzte Nacht. Sie ist vorbei. Sie ist niemals vorbei. Es ist keine Linie, die von jener Nacht zum heutigen Tag führt; es ist ein Kreis. Meine Finger schließen sich fester um ihre.

»Ich weiß nicht, was deine Kette ist«, fährt sie fort, ihr warmer Atem an meinem Ohr. »Jeder hat eine andere. Sie wissen das. Wonderland verrät es ihnen. Es ist der Grund, weshalb sie dir eine Waffe gegeben haben, und es ist das, was dich an das Ziel kettet.« Dann, als habe sie meine Gedanken gelesen: »Es ist keine Linie, Zombie. Es ist ein Kreis.«

Ich öffne die Augen. Die untergehende Sonne umgibt sie mit einem Halo aus goldfarbenem Licht. »Es gibt keine Entfernung.«

Sie nickt und bedeutet mir aufzustehen. »Es ist fast schon dunkel.«

Ich hebe das Gewehr und lege den Kolben an die Schulter. Man weiß nicht, wo das Ziel auftauchen wird – man weiß nur, dass es auftauchen wird. Ringer gibt Oompa ein Zeichen, und zu meiner Rechten raschelt das hohe, tote Gras eine Tausendstelsekunde, bevor das Ziel hochschießt, doch das ist mehr als genug Zeit; es ist eine Ewigkeit.

Es gibt keine Entfernung. Nichts zwischen mir und dem Nicht-Ich.

Der Kopf des Ziels zersplittert mit einem befriedigenden Krachen. Oompa stößt einen Schrei aus und boxt in die Luft. Ich vergesse mich, packe Ringer um die Taille, hebe sie hoch und wirble sie herum. Ich bin eine gefährliche Sekunde davon entfernt, sie zu küssen. Als ich sie wieder absetze, weicht sie zwei Schritte zurück und steckt sich das Haar sorgfältig hinter die Ohren.

»Das war schlechtes Benehmen«, sage ich. Ich bin mir nicht sicher, wer von uns verlegener ist. Wir ringen beide nach Atem. Vielleicht aus unterschiedlichen Gründen.

»Mach noch mal«, sagt sie.

»Schießen oder herumwirbeln?«

Ihr Mund zuckt. Oh, ich bin so nah dran.

»Das, was etwas bedeutet.«

—— **51. Kapitel** ——

Abschlusstag.

Unsere neuen Uniformen warteten auf uns, als wir vom Frühstück zurückkamen, gebügelt und gestärkt und ordentlich gefaltet auf unseren Betten. Und eine zusätzliche Überraschung als Dreingabe: Stirnbänder, versehen mit der neuesten Technologie auf dem Gebiet der Außerirdischen-Identifizierung, einer durchsichtigen Scheibe von der Größe eines Vierteldollars, die sich vor dem linken Auge befindet. Befallene Menschen leuchten durch die Linse betrachtet auf. Das hat man uns zumindest gesagt. Als ich den Techniker später am Tag fragte, hatte er eine simple Antwort parat: Unsauber leuchtet grün. Auf meine Bitte nach einer kurzen Demonstration lachte er. »Sie bekommen Ihre Demonstration im praktischen Einsatz, Soldat.«

Zum ersten Mal, seit wir nach Camp Haven gekommen sind – und vermutlich zum letzten Mal in unserem Leben –, sind wir wieder Kinder. Hauen auf die Pauke und springen von Bett zu Bett. Ringer verschwindet als Einzige zum Umziehen in der Latrine. Die Übrigen von uns ziehen sich an Ort und Stelle aus und werfen die verhassten blauen Overalls in der Mitte des Fußbodens auf einen Haufen. Teacup hat die prächtige Idee, sie anzuzünden, und hätte es auch fast getan, wenn Dumbo ihr nicht in letzter Sekunde das brennende Streichholz aus der Hand gerissen hätte.

Der Einzige ohne Uniform sitzt in seinem weißen Overall auf seinem Bett und lässt die Beine vor- und zurückbaumeln, die Arme vor der Brust verschränkt, die Unterlippe weit vorgeschoben. Ich bin nicht begriffsstutzig. Ich verstehe es. Nachdem ich mich angezogen habe, setze ich mich neben ihn und verpasse ihm einen Klaps auf den Oberschenkel.

»Du kommst auch noch dran, Gefreiter. Halte durch.«

»Zwei Jahre, Zombie.«

»Na und? Denk dran, was für ein knallharter Bursche du in zwei Jahren sein wirst. Du wirst uns alle in die Tasche stecken.«

Nugget wird einer anderen Ausbildungseinheit zugeteilt, sobald wir in den Einsatz geschickt worden sind. Ich habe ihm versprochen, dass er bei mir schlafen kann, wenn ich im Stützpunkt bin, obwohl ich keine Ahnung habe, wann ich – oder ob ich überhaupt jemals – wieder zurückkomme. Unsere Mission ist noch streng geheim: Nur das Zentralkommando kennt sie. Ich bin mir nicht einmal sicher, ob Reznik weiß, wohin wir ausgesandt werden. Das ist mir allerdings auch egal, solange Reznik hierbleibt.

»Komm schon, Soldat. Du solltest dich eigentlich für mich freuen«, brumme ich.

»Du kommst nicht mehr zurück.« Er sagt das mit einer solch wütenden Überzeugung, dass ich nicht weiß, was ich darauf erwidern soll. »Ich werde dich nie wiedersehen.«

»Natürlich wirst du mich wiedersehen, Nugget. Versprochen.«

Er schlägt mich so fest er kann. Immer und immer wieder, genau über meinem Herzen. Als ich sein Handgelenk packe, schlägt er mit der anderen Hand auf mich ein. Ich packe diese ebenfalls und befehle ihm, sich zusammenzureißen.

»Versprich mir nichts, versprich mir nichts, versprich mir nichts! Versprich mir nie, nie, nie was!« Sein kleines Gesicht ist wutverzerrt.

»Hey, Nugget, hey.« Ich verschränke seine Arme vor seiner Brust und beuge mich hinunter, um ihm in die Augen zu blicken. »Manche Dinge muss man nicht versprechen. Man tut sie einfach.«

Dann greife ich in meine Hosentasche und hole Sissys Medaillon heraus. Öffne den Verschluss der Kette. Lege sie ihm um den Hals und verhake die Enden miteinander. Kreis geschlossen.

»Ganz egal, was da draußen passiert, ich komme zu dir zurück«, verspreche ich ihm.

Über seine Schulter sehe ich Ringer aus dem Bad kommen und ihr Haar unter ihre neue Mütze stecken. Ich nehme Haltung an und salutiere.

»Gefreiter Zombie meldet sich zum Dienst, Gruppenführerin!«

»Mein Tag des Ruhms«, sagt sie und erwidert mein Salutieren. »Jeder weiß, wer zum Sergeant befördert wird.«

Ich zucke bescheiden mit den Schultern. »Ich höre nicht auf Gerüchte.«

»Du hast ein Versprechen gegeben, von dem du wusstest, dass du es nicht halten kannst«, sagt sie nüchtern – wie sie mehr oder weniger alles sagt. Das Unerfreuliche daran ist, dass sie es in Gegenwart von Nugget sagt. »Bist du sicher, dass du nicht mit Schach anfangen willst, Zombie? Du wärst bestimmt sehr gut darin.«

Da Lachen in diesem Augenblick das Ungefährlichste zu sein scheint, lache ich.

Die Tür fliegt auf, und Dumbo brüllt: »Sir! Guten Morgen, Sir!«

Wir eilen ans Fußende unserer Betten und nehmen Haltung an, als Reznik die Reihe entlanggeht, um uns ein allerletztes

Mal zu kontrollieren. Für seine Verhältnisse ist er kleinlaut. Er bezeichnet uns nicht als Maden oder Drecksäcke. Allerdings ist er spitzfindig wie immer. Flintstones Hemd hängt auf einer Seite aus der Hose. Oompas Mütze sitzt schief. Reznik wischt eine Fussel von Teacups Kragen, die nur er sehen kann. Er bleibt einen langen Moment vor Teacup stehen und starrt in ihr Gesicht hinunter, das in seiner Ernsthaftigkeit beinahe komisch wirkt.

»Und, Gefreite, bist du bereit zu sterben?«

»Sir, ja, Sir!«, brüllt Teacup mit ihrer lautesten Kriegerstimme. Reznik wendet sich den Übrigen von uns zu. »Was ist mit euch? Seid ihr bereit?«

Unsere Stimmen donnern im Einklang: »Sir! Ja, *Sir!*«

Bevor Reznik geht, lässt er mich vortreten. »Kommen Sie mit, Gefreiter.« Er salutiert den Soldaten ein letztes Mal, dann: »Wir sehen uns auf der Party, Kinder.«

Als ich hinausgehe, wirft mir Ringer einen wissenden Blick zu, als wolle sie mir mitteilen: *Ich habe es dir doch gesagt.*

Ich folge dem Drill-Ausbilder mit zwei Schritten Abstand, als er über den Kasernenhof marschiert. Rekruten in blauen Overalls erledigen die letzten Feinarbeiten an der Rednerbühne, hängen Wimpel auf, stellen Stühle für die hohen Tiere auf, rollen einen roten Teppich aus. Auf der anderen Seite wurde über den Kasernen ein riesiges Banner gespannt: WIR SIND DIE MENSCH-HEIT. Und auf der gegenüberliegenden Seite: WIR SIND EINS.

Hinein in ein nichtssagendes eingeschossiges Gebäude auf der Westseite des Geländes und durch eine Tür mit der Aufschrift: NUR AUTORISIERTES PERSONAL. Durch einen Metalldetektor, bemannt mit zwei schwer bewaffneten Soldaten, die keine Miene verziehen. In einen Aufzug, der uns vier Geschosse unter die Erde bringt. Reznik sagt kein Wort. Er sieht mich nicht einmal an. Ich habe eine ziemlich konkrete Ahnung, wohin wir unterwegs sind, aber keine Ahnung, warum. Ich zupfe nervös vorne an meiner neuen Uniform herum.

Einen langen Korridor entlang, der von Neonlicht geflutet ist. Durch eine zweite Sicherheitsschleuse. Weitere schwer bewaffnete Soldaten, die keine Miene verziehen. Reznik bleibt vor einer nicht gekennzeichneten Tür stehen und zieht seine Schlüsselkarte durch das Schloss. Wir betreten einen kleinen Raum. Ein Mann in Lieutenant-Uniform empfängt uns an der Tür, und wir folgen ihm einen weiteren Korridor entlang und in ein großes Einzelbüro. Hinter dem Schreibtisch sitzt ein Mann und blättert einen Stapel Computerausdrucke durch.

Vosch.

Er lässt Reznik und den Lieutenant wegtreten, und wir sind allein.

»Rühren, Gefreiter.«

Ich stelle mich breitbeiniger hin und nehme die Hände hinter den Rücken, wobei ich mit der rechten Hand locker das linke Handgelenk umschließe. Stehe vor dem großen Schreibtisch, den Blick nach vorn gerichtet, die Brust gewölbt. Er ist der Oberbefehlshaber. Ich bin ein Gefreiter, ein kleiner Rekrut, noch nicht einmal ein echter Soldat. Mein Herz droht, die Knöpfe meines brandneuen Hemds zu sprengen.

»Und, Ben, wie geht es Ihnen?«

Er lächelt mich beinahe herzlich an. Ich weiß nicht einmal, wie ich anfangen soll, seine Frage zu beantworten. Außerdem bringt es mich aus dem Konzept, dass er mich Ben nennt. Nachdem ich so viele Monate Zombie war, hört sich das in meinen Ohren seltsam an.

Er erwartet eine Antwort, und aus irgendeinem bescheuerten Grund posaune ich das Erstbeste heraus, was mir einfällt: »Sir! Der Gefreite ist bereit zu sterben, Sir!«

Er nickt, noch immer lächelnd, und dann erhebt er sich, geht um seinen Schreibtisch herum und sagt: »Lassen Sie uns offen miteinander sprechen, von Soldat zu Soldat. Schließlich ist es das, was Sie jetzt sind, Sergeant Parish.«

Dann sehe ich sie, die Sergeantstreifen in seiner Hand. Ringer hat also recht gehabt. Ich nehme wieder Haltung an, als er sie an meinem Kragen befestigt. Dann klopft er mir auf die Schulter, und seine blauen Augen bohren sich in meine.

Es ist schwierig, seinem Blick standzuhalten. Wenn er einen ansieht, fühlt man sich nackt, völlig entblößt.

»Sie haben einen Mann verloren«, sagt er.

»Ja, Sir.«

»Schreckliche Sache.«

»Ja, Sir.«

Er lehnt sich gegen den Schreibtisch, verschränkt die Arme. »Sein Profil war exzellent. Nicht so gut wie Ihres, aber … Die Lektion daraus, Ben, lautet, dass wir alle eine Belastbarkeitsgrenze haben. Wir sind schließlich alle Menschen, nicht wahr?«

»Ja, Sir.«

Er lächelt. Warum lächelt er? Es ist kühl in dem unterirdischen Bunker, aber ich fange an zu schwitzen.

»Fragen Sie ruhig«, sagt er mit einer einladenden Handbewegung.

»Sir?«

»Die Frage, die Ihnen bestimmt auf der Zunge liegt. Die Ihnen durch den Kopf geht, seit Tank bei der Abfertigung und Entsorgung aufgetaucht ist.«

»Wie ist er gestorben?«

»An einer Überdosis, wie Sie zweifellos vermutet haben. Einen Tag nachdem er nicht mehr unter Beobachtung wegen Selbstmordgefahr stand.« Er deutet auf den Stuhl neben mir. »Setzen Sie sich doch, Ben. Ich möchte etwas mit Ihnen besprechen.«

Ich lasse mich auf den Stuhl sinken, setze mich auf die Kante, mit geradem Rücken, das Kinn angehoben. Falls es möglich ist, im Sitzen stramme Haltung anzunehmen, tue ich das.

»Wir alle haben eine Belastbarkeitsgrenze«, wiederholt er und blickt mit seinen blauen Augen auf mich herab. »Ich werde Ihnen von meiner erzählen. Zwei Wochen nach der Vierten Welle habe ich in einem Flüchtlingslager ungefähr vier Meilen von hier Überlebende aufgesammelt. Na ja, nicht alle Überlebenden. Nur die Kinder. Obwohl wir damals noch nichts von dem Befall wussten, waren wir uns ziemlich sicher, dass Kinder von dem, was vor sich ging, nicht betroffen waren. Da wir nicht beurteilen konnten, wer zum Feind gehörte und wer nicht, hat das Zentralkommando entschieden, jeden über fünfzehn zu liquidieren.«

Sein Gesicht verdüstert sich. Sein Blick weicht aus. Er lehnt an seinem Schreibtisch und umklammert die Tischkante so fest, dass seine Knöchel weiß hervortreten.

»Ich will damit sagen, es war meine Entscheidung.« Tiefer Atemzug. »Wir haben sie getötet, Ben. Nachdem wir die Kinder eingeladen hatten, haben wir jeden Einzelnen von ihnen getötet. Und nachdem wir damit fertig waren, haben wir ihr Camp niedergebrannt. Haben es von der Erdoberfläche getilgt.«

Er blickt mich wieder an. Kaum zu glauben, aber ich sehe Tränen in seinen Augen. »Das war meine Belastbarkeitsgrenze. Anschließend wurde mir zu meinem Entsetzen bewusst, dass ich in ihre Falle getappt war. Ich war zu einem Instrument des Feindes geworden. Für jeden Befallenen, den ich getötet habe, mussten drei unschuldige Menschen sterben. Damit werde ich leben müssen – weil ich leben muss. Verstehen Sie, was ich meine?«

Ich nicke. Er lächelt traurig. »Natürlich verstehen Sie. Wir haben beide das Blut Unschuldiger an den Händen, nicht wahr?«

Er stemmt sich hoch, ist mit einem Mal völlig sachlich. Die Tränen sind verschwunden.

»Sergeant Parish, wir verleihen heute den besten vier Einheiten ihren Abschluss. Als Kommandant der siegreichen Einheit haben Sie die erste Wahl bei den Aufträgen. Zwei Einheiten werden als Umkreispatrouille eingesetzt, damit sie diesen Stützpunkt beschützen. Die anderen beiden kommen in feindlichem Gebiet zum Einsatz.«

Ich brauche ein paar Minuten, um das zu verarbeiten. Er lässt sie mir. Dann nimmt er einen der Computerausdrucke und hält ihn mir hin. Es befinden sich eine Menge Zahlen, schnörkelige Linien und seltsame Symbole darauf, die mir überhaupt nichts sagen.

»Ich erwarte nicht, dass Sie das lesen können«, sagt er. »Aber möchten Sie vielleicht raten, worum es sich handelt?«

»Mehr könnte ich nicht tun, Sir«, erwidere ich. »Als zu raten.«

»Das ist die Wonderland-Analyse eines befallenen Menschen.«

Ich nicke. Warum zum Teufel nicke ich? Schließlich kann bei mir von Verstehen keine Rede sein: *Ah, genau, Commander, eine Analyse! Bitte, fahren Sie doch fort.*

»Wir haben natürlich das Wonderland-Programm drüberlaufen lassen, aber es ist uns nicht gelungen, die Abbildung des Befalls von der des Opfers – oder Klons oder worum auch immer es sich handelt – zu entwirren. Bis jetzt.« Er hält den Ausdruck hoch. »So, Sergeant Parish, sieht ein außerirdisches Bewusstsein aus.«

Ich nicke abermals. Aber dieses Mal fange ich an zu begreifen. »Sie wissen, was sie denken.«

»Genau!« Er strahlt mich an, den Musterschüler. »Der Schlüssel zum Gewinn dieses Krieges ist nicht Taktik oder Strategie oder technologisches Ungleichgewicht. Der wirkliche Schlüssel zum Gewinn dieses Krieges, und auch jedes anderen Krieges, ist zu verstehen, wie der Feind denkt. Und das tun wir jetzt.«

Ich warte darauf, dass er es mir schonend beibringt. Wie denkt der Feind?

»Vieles von dem, was wir vermutet haben, ist korrekt. Sie beobachten uns seit einiger Zeit. Rund um die Welt wurde Schlüsselpersonen Befall eingepflanzt – Schläfern, wenn man so möchte, die auf das Kommando warteten, einen koordinierten Angriff zu starten, nachdem unsere Bevölkerung auf eine überschaubare

Zahl reduziert war. Wir wissen, wie dieser Angriff hier in Camp Haven ausgesehen hat, und wir haben die starke Vermutung, dass andere militärische Einrichtungen weniger Glück hatten.«

Er schlägt mit dem Papier auf seinen Oberschenkel. Offenbar zucke ich zusammen, da er mir ein beruhigendes Lächeln schenkt.

»Ein Drittel der überlebenden Bevölkerung. Hier eingeschleust, um die Überlebenden der ersten drei Wellen auszulöschen. Sie. Mich. Ihre Teammitglieder. Uns alle. Falls Sie Angst haben, dass noch eine fünfte Welle kommen könnte, wie der arme Tank, können Sie diese Angst ablegen. Es wird keine fünfte Welle geben. Sie haben nicht die Absicht, ihr Mutterschiff zu verlassen, bevor die Menschheit ausgerottet ist.«

»Ist das der Grund, warum sie uns nicht …?«

»Nicht noch einmal angegriffen haben? Davon gehen wir aus. Es hat den Anschein, als käme es ihnen in erster Linie darauf an, den Planeten zur Kolonisierung zu bewahren. Wir befinden uns jetzt in einem Zermürbungskrieg. Unsere Ressourcen sind begrenzt – sie reichen nicht ewig. Das ist uns bewusst. Das ist ihnen bewusst. Vom Nachschub abgeschnitten und ohne die Möglichkeit, konkurrenzfähige Kampftruppen aufzustellen, wird dieser Stützpunkt – und sämtliche anderen dieser Art da draußen – verwelken und eingehen wie eine Weinrebe, deren Wurzeln abgetrennt wurden.«

Seltsam. Er lächelt noch immer. Als würde ihn irgendetwas an seinem Weltuntergangsszenario antörnen.

»Was tun wir also?«, frage ich.

»Das Einzige, was uns übrig bleibt, Sergeant. Wir bringen die Schlacht zu ihnen.«

Die Art und Weise, wie er es sagt: kein Zweifel, keine Furcht, keine Hoffnungslosigkeit. *Wir bringen die Schlacht zu ihnen.* Deshalb ist er der Kommandant. Er steht lächelnd und selbstsicher vor mir, und seine gemeißelten Gesichtszüge erinnern mich an eine antike Statue – erhaben, weise, stark. Er ist der Fels, gegen den die außerirdischen Wellen anbranden, und er ist ungebrochen. *Wir sind die Menschheit,* stand auf dem Banner. Falsch. Wir sind blasse Spiegelbilder von ihr, schwache Schatten, ferne Echos. *Er* ist die Menschheit, ihr schlagendes, ungeschlagenes, unbesiegbares Herz. Wenn mich Commander Vosch in diesem Moment aufgefordert hätte, mir für die Sache eine Kugel in den Kopf zu jagen, hätte ich es getan. Ich hätte es getan, ohne zweimal darüber nachzudenken.

»Was uns zu Ihrem Einsatz zurückbringt«, sagt er leise. »Bei unseren Aufklärungsflügen wurden in und um Dayton beträchtliche Ansammlungen von befallenen Kämpfern entdeckt. Eine Einheit wird dort abgesetzt – und für die folgenden vier Stunden ist sie ganz auf sich allein gestellt. Die Chancen, lebend wieder herauszukommen, stehen ungefähr eins zu vier.«

Ich räuspere mich. »Und zwei Einheiten bleiben hier.«

Er nickt. Seine blauen Augen bohren sich tief in mich hinein – sehr tief. »Ihre Entscheidung.«

Das gleiche kleine, geheimnisvolle Lächeln. Er weiß, was ich antworten werde. Er wusste es bereits, bevor ich zur Tür hereinkam. Vielleicht hat es ihm mein Wonderland-Profil verraten, doch das glaube ich nicht. Er kennt mich.

Ich erhebe mich von dem Stuhl und nehme Haltung an.

Und sage ihm, was er bereits weiß.

—— **52. Kapitel** ——

Um neun Uhr morgens nimmt das gesamte Bataillon auf dem Kasernenhof Aufstellung und bildet ein Meer aus blauen Overalls, angeführt von den besten vier Einheiten in ihren steifen neuen Arbeitsuniformen. Über tausend Rekruten stehen in perfekter Formation, mit dem Gesicht nach Osten und zur Rednerbühne, die am Vortag aufgebaut wurde. Flaggen flattern in der eisigen Brise, doch wir spüren die Kälte nicht. Wir werden von innen von einem Feuer gewärmt, das heißer ist als das Feuer, das Tank in Asche verwandelt hat. Die hohen Tiere vom Zentralkommando gehen an der ersten Reihe entlang – an der Gewinnerreihe –, schütteln uns die Hand und gratulieren uns, dass wir unsere Aufgabe so gut gemeistert haben. Dann ein persönliches Wort der Dankbarkeit von den Drill-Ausbildern. Ich habe davon geträumt, was ich zu Reznik sage, wenn er mir die Hand schüttelt. *Danke, dass Sie mir das Leben zur Hölle gemacht haben ... Ach, verrecken Sie doch einfach, Sie Dreckskerl ...* Oder mein Favorit, kurz und knapp und auf den Punkt: *Leck mich.* Aber als er salutiert und mir die Hand reicht, raste ich fast aus. Ich würde ihm am liebsten ins Gesicht schlagen und ihn gleichzeitig umarmen.

»Gratuliere, Ben«, sagt er, was mich total überrumpelt. Ich hatte keine Ahnung, dass er meinen Namen überhaupt kennt. Er blinzelt mir zu und geht weiter die Reihe entlang.

Ein paar Offiziere, die ich noch nie gesehen habe, halten kurze Ansprachen. Dann wird der Oberbefehlshaber vorgestellt, und die Soldaten flippen völlig aus, schwenken ihre Mützen, recken die Fäuste in die Luft. Unser Jubel hallt von den Gebäuden wider, die den Kasernenhof umgeben, lassen das Gebrüll doppelt so laut erscheinen und unsere Anzahl doppelt so groß. Commander Vosch hebt ganz langsam und bewusst die Hand zur Stirn, und es ist, als habe er einen Schalter umgelegt: Der Lärm verstummt abrupt, als wir selbst die Hand heben, um zu salutieren. Ich höre überall um mich leises Schniefen. Es ist einfach zu viel. Nach dem, was uns hierhergebracht hat und was wir hier durchgemacht haben, nach all dem Blut und Tod und Feuer, nachdem uns mit Wonderland der hässliche Spiegel der Vergangenheit vorgehalten wurde und wir im Hinrichtungsraum der noch hässlicheren Zukunft gegenüberstanden, nach Monaten brutaler Ausbildung, die einige von uns über den Punkt hinausgebracht haben, an dem es kein Zurück mehr gibt, sind wir angekommen. Wir haben den Tod unserer Kindheit überlebt. Wir sind jetzt Soldaten, die vielleicht letzten Soldaten, die jemals kämpfen werden, die letzte und einzige Hoffnung der Erde, vereint durch Rachlust.

Ich höre kein Wort von Voschs Ansprache. Ich beobachte, wie die Sonne über seiner Schulter höher steigt, eingerahmt von den Zwillingstürmen des Kraftwerks, ihr Licht reflektiert vom Mutterschiff in der Umlaufbahn, der einzigen Unvollkommenheit am ansonsten vollkommenen Himmel. So klein, so unbedeutend. Ich habe das Gefühl, ich könnte die Hand ausstrecken und es vom Himmel pflücken, zu Boden werfen und mit dem Absatz zu Staub zermahlen. Das Feuer in meiner Brust wird weiß glühend, breitet sich in meinem gesamten Körper aus. Es bringt meine Knochen zum Schmelzen, verbrennt meine Haut. Ich bin die zur Supernova gewordene Sonne.

Ich habe mich darüber getäuscht, dass Ben Parish an dem Tag gestorben ist, an dem er die Genesungsstation verlassen hat. Ich habe seine stinkende Leiche während der gesamten Grundausbildung in mir herumgeschleppt. Jetzt verbrennt der Rest von ihm, während ich zu der einsamen Gestalt hinaufstarre, die dieses Feuer entfacht hat. Zu dem Mann, der mir das wahre Schlachtfeld gezeigt hat. Der mich entleert hat, damit ich wieder aufgefüllt werden kann. Der mich getötet hat, damit ich weiterleben kann. Und ich schwöre, ich kann ihn mit seinen eisigen blauen Augen, die bis zum Grund meiner Seele blicken, zu mir zurückstarren sehen, und ich weiß – ich weiß –, was er denkt.

Wir sind eins, du und ich. Brüder im Hass, Brüder in Arglist, Brüder in Rachlust.

VII. TEIL
DER MUT, UM ZU TÖTEN

53. Kapitel

Du hast mich gerettet.

In dieser Nacht liege ich in seinen Armen, mit jenen Worten im Ohr, und denke: *Idiotin, Idiotin, Idiotin. Du darfst das nicht tun. Du darfst nicht, du darfst nicht, du darfst nicht.*

Die erste Regel: Trau niemandem. Was uns zur zweiten Regel führt: Um möglichst lange am Leben zu bleiben, muss man möglichst lange allein bleiben.

Jetzt habe ich beide gebrochen.

Oh, sie sind so clever. Je schwieriger es wird zu überleben, desto mehr möchte man mit jemand anderem an einem Strang ziehen, und je mehr man mit jemand anderem an einem Strang ziehen möchte, desto schwieriger wird es zu überleben.

Der Punkt ist, ich hatte meine Chance, und ich habe mich allein nicht besonders gut geschlagen. Genau genommen habe ich kläglich versagt. Wenn Evan mich nicht gefunden hätte, wäre ich bereits tot.

Sein Körper ist an meinen Rücken gepresst, sein Arm schützend um meine Taille geschlungen, sein Atem ein köstliches Kitzeln an meinem Hals. Im Zimmer ist es bitterkalt; es wäre schön, unter die Decke zu kriechen, aber ich möchte mich nicht bewegen. Und ich möchte nicht, dass er sich bewegt. Ich streiche mit den Fingern über seinen nackten Unterarm, erinnere mich an die Wärme seiner Lippen, an die Seidigkeit seines Haars zwischen meinen Fingern. Der Junge, der niemals schläft, schläft.

Ist am cassiopeianischen Ufer zur Ruhe gekommen, einer Insel inmitten eines Meeres von Blut. *Du hast dein Versprechen, und ich habe dich.*

Ich darf ihm nicht vertrauen. Ich muss ihm vertrauen.

Ich darf nicht bei ihm bleiben. Ich kann ihn nicht zurücklassen.

Man kann nicht mehr auf sein Glück vertrauen. Das haben mich die Anderen gelehrt.

Aber kann man noch auf die Liebe vertrauen?

Nicht dass ich ihn lieben würde. Ich weiß nicht einmal, wie sich Liebe anfühlt. Ich weiß, welche Gefühle Ben Parish in mir ausgelöst hat, doch die lassen sich nicht in Worte fassen – zumindest nicht in Worte, die ich kenne.

Evan bewegt sich hinter mir. »Es ist schon spät«, murmelt er. »Du solltest besser ein bisschen schlafen.«

Woher weiß er, dass ich wach bin? »Und was ist mit dir?«

Er rollt sich vom Bett und trottet zur Tür. Ich setze mich auf, und mein Herz rast, wobei ich mir nicht ganz sicher bin, warum. »Wohin gehst du?«

»Ich sehe mich ein wenig um. Ich bin bald wieder da.«

Nachdem er gegangen ist, ziehe ich mich aus und schlüpfe in eines seiner karierten Holzfällerhemden. Val stand auf mit Rüschen besetzter Nachtwäsche. Nicht mein Stil.

Ich klettere wieder ins Bett und ziehe mir die Decke bis zum Kinn. Verdammt, ist das kalt. Ich lausche der Stille. Das heißt, der Stille im Evan-losen Haus. Draußen sind die entfesselten Geräusche der Natur zu hören. Das Bellen verwilderter Hunde in der Ferne. Das Heulen eines Wolfs. Das Schreien von Eulen. Es ist Winter, die Jahreszeit, in der die Natur flüstert. Eine Symphonie von Wildtieren erwarte ich, wenn der Frühling kommt.

Ich warte darauf, dass er zurückkommt. Eine Stunde vergeht. Dann noch eine.

Ich höre abermals das verräterische Knarren und halte den Atem an. Normalerweise höre ich ihn nachts hereinkommen.

Höre das Zuschlagen der Küchentür. Das schwere Stapfen seiner Stiefel, wenn er die Treppe heraufkommt. Jetzt höre ich nichts außer dem Knarren auf der anderen Seite der Tür.

Ich strecke die Hand aus und greife nach meiner Luger auf dem Nachttisch. Ich bewahre sie stets in meiner Nähe auf.

Er ist tot, lautet mein erster Gedanke. *Vor der Tür steht nicht Evan, sondern ein Silencer.*

Ich schlüpfe aus dem Bett und schleiche auf Zehenspitzen zur Tür. Presse das Ohr ans Holz. Schließe die Augen, um mich besser konzentrieren zu können. Halte die Pistole mit beiden Händen, so wie er es mir gezeigt hat. Gehe in Gedanken jeden Schritt durch, so wie er es mir beigebracht hat.

Linke Hand auf den Türknauf. Drehen, ziehen, zwei Schritte zurück, Pistole anheben. Drehen, ziehen, zwei Schritte zurück, Pistole anheben …

Knaaaaaar.

Okay, jetzt reicht's.

Ich reiße die Tür auf, trete nur einen Schritt zurück – so viel zum Probedurchgang – und hebe die Pistole an. Evan macht einen Satz rückwärts und prallt gegen die Wand, wobei er reflexartig die Hände hochreißt, als er die Mündung vor seiner Nase funkeln sieht.

»Hey!«, schreit er. Die Augen weit aufgerissen, die Hände oben, als wäre er von einem Straßenräuber überfallen worden.

»Was machst du da, verdammt?« Ich bebe vor Wut.

»Ich bin zurückgekommen, um … um nach dir zu sehen. Würdest du bitte die Pistole runternehmen?«

»Du weißt, dass ich nicht hätte aufmachen müssen«, fauche ich ihn an und senke die Pistole. »Ich hätte dich durch die Tür erschießen können.«

»Nächstes Mal werde ich auf jeden Fall anklopfen.« Er schenkt mir sein typisches schiefes Lächeln.

»Lass uns einen Code vereinbaren, falls du dich wieder mal

an mich heranpirschen willst. Einmal Klopfen bedeutet, dass du reinkommen möchtest. Zweimal bedeutet, dass du nur vorbeischaust, um mich heimlich beim Schlafen zu beobachten.« Sein Blick wandert von meinem Gesicht zu meinem Hemd (das zufälligerweise sein Hemd ist) und zu meinen nackten Beinen, wo er einen Hauch zu lange verweilt, ehe er wieder zu meinem Gesicht zurückkehrt. Sein Blick ist warm. Meine Beine sind kalt.

Dann klopft er einmal an den Türpfosten. Doch es ist sein Lächeln, das ihm Zutritt verschafft.

Wir setzen uns aufs Bett. Ich versuche, die Tatsache zu ignorieren, dass ich sein Hemd anhabe und dass dieses Hemd riecht wie er und dass er nur ungefähr dreißig Zentimeter von mir entfernt sitzt und ebenfalls riecht wie er und dass sich in meiner Magengrube ein harter kleiner Knoten befindet, der wie Kohle glüht.

Ich möchte, dass er mich noch einmal berührt. Ich möchte seine Hände spüren, die so weich wie Wolken sind. Allerdings befürchte ich, dass alle sieben Milliarden Milliarden Milliarden Atome, aus denen mein Körper besteht, in die Luft fliegen und sich im Universum verteilen werden, wenn er mich berührt.

»Ist er noch am Leben?«, fragt er flüsternd. Dieser traurige, verzweifelte Blick ist wieder da. Was ist da draußen passiert? Warum denkt er an Sams?

Ich zucke mit den Schultern. Woher soll ich die Antwort auf diese Frage wissen?

»Ich wusste es, als Lauren es war. Ich meine, ich wusste, als Lauren es nicht mehr war.« Er zupft an der Decke. Streicht mit den Fingern über die Nähte, zeichnet die Grenzen zwischen den Flicken nach, als würde er dem Pfad auf einer Schatzkarte folgen. »Ich habe es gespürt. Damals waren nur noch Val und ich übrig. Val war ziemlich krank, und ich wusste, dass ihr nicht mehr viel Zeit blieb. Ich kannte den Zeitplan, fast auf die Stunde genau: Ich hatte das Ganze bereits sechsmal miterlebt.«

Er braucht eine Weile, bis er fortfährt. Irgendetwas hat ihn zutiefst verängstigt. Sein Blick findet einfach keine Ruhe. Er huscht durchs Zimmer, als suche er nach etwas, das ihn ablenken kann – oder vielleicht auch das Gegenteil, nach etwas, das ihn in dem Moment erden kann. In diesem Moment mit mir. Nicht in dem Moment, den er nicht aus seinen Gedanken verbannen kann.

»Eines Tages war ich draußen«, sagt er, »und habe ein paar Laken zum Trocknen auf die Wäscheleine gehängt, und da überkam mich plötzlich ein komisches Gefühl. Als hätte mich irgendwas in die Brust getroffen. Ich meine, das war total körperlich, nicht mental, keine kleine Stimme in meinem Kopf, die mir gesagt hat … die mir gesagt hat, dass Lauren tot ist. Es hat sich angefühlt, als hätte mich jemand fest geschlagen. Und ich wusste es. Also habe ich das Laken fallen lassen, habe die Beine in die Hand genommen und bin zu ihr nach Hause gelaufen …«

Er schüttelt den Kopf. Ich berühre sein Knie, dann ziehe ich die Hand schnell zurück. Nach der ersten Berührung wird es allzu einfach, jemanden zu berühren.

»Wie hat sie es denn getan?«, frage ich. Ich möchte ihn nicht zu etwas drängen, wofür er noch nicht bereit ist. Bislang war er ein emotionaler Eisberg, der zu zwei Dritteln unter der Oberfläche verborgen ist, hat mehr zugehört als gesprochen, mehr gefragt als geantwortet.

»Sie hat sich erhängt«, sagt er. »Ich habe sie heruntergenommen.« Er wendet den Blick ab. Hier mit mir, dort mit ihr. »Dann habe ich sie beerdigt.«

Ich weiß nicht, was ich sagen soll. Also sage ich nichts. Zu viele Menschen sagen etwas, obwohl sie eigentlich nichts zu sagen haben.

»Ich glaube, so ist es«, sagt er nach einer kurzen Pause. »Wenn man jemanden liebt. Wenn demjenigen etwas zustößt, ist das ein Schlag ins Herz. Nicht *wie* ein Schlag ins Herz, sondern ein *echter* Schlag ins Herz.« Er zuckt mit den Schultern und lacht leise in sich hinein. »So habe ich es zumindest empfunden.«

»Und du denkst, da ich es nicht gespürt habe, muss Sammy noch am Leben sein?«

»Ich weiß schon.« Er zuckt erneut mit den Schultern und lacht verlegen. »Es klingt bescheuert. Tut mir leid, dass ich es erwähnt habe.«

»Du hast sie wirklich geliebt, nicht wahr?«

»Wir sind zusammen aufgewachsen.« Die Erinnerung lässt seine Augen leuchten. »Entweder war sie hier, oder ich war bei ihr zu Hause. Dann wurden wir älter, und sie war *immer* hier, und ich war *immer* bei ihr. Wenn ich mich davonstehlen konnte, da ich eigentlich meinem Dad auf der Farm helfen musste.«

»Heute Nacht bist du auch dorthin gegangen, oder? Zu Laurens Haus?«

Eine Träne fällt auf seine Wange. Ich wische sie mit dem Daumen fort, so wie er an dem Abend, als ich ihn fragte, ob er an Gott glaube, meine Tränen fortgewischt hat.

Plötzlich beugt er sich vor und küsst mich. Einfach so.

»Warum hast du mich geküsst, Evan?« Erst spricht er über Lauren, dann küsst er mich. Das fühlt sich irgendwie komisch an.

»Ich weiß nicht.« Er zieht den Kopf ein. Es gibt den mysteriösen Evan, den wortkargen Evan, den leidenschaftlichen Evan und jetzt noch den kindlich schüchternen Evan.

»Beim nächsten Mal solltest du lieber einen guten Grund haben«, stichle ich.

»Okay.« Er küsst mich noch einmal.

»Grund?«, frage ich leise.

»Ähm … du bist echt hübsch.«

»Der ist gut. Ich weiß zwar nicht, ob es wahr ist, aber er ist gut.«

Er nimmt meinen Kopf in seine weichen Hände, dann beugt er sich für einen dritten Kuss vor, der andauert, die schwelende Kohle in meinem Bauch entzündet und die Haare in meinem Nacken sich aufrichten und einen kleinen fröhlichen Tanz machen lässt.

»Es ist wahr«, flüstert er, während unsere Lippen sich streifen.

Wir schlafen in der gleichen Löffelstellung ein, in der wir ein paar Stunden zuvor dagelegen hatten, wobei seine Handfläche unmittelbar unterhalb meines Halses auf meiner Brust ruht. Ich wache in den stillen Stunden der Nacht auf, und für einen kurzen Moment bin ich zurück im Wald in meinem Schlafsack, nur ich, mein Teddybär und mein M16 – und irgendein Fremder, der seinen Körper an meinen presst.

Nein, ist schon gut, Cassie. Es ist Evan, der dich gerettet hat, der dich wieder gesund gepflegt hat und der bereit ist, sein Leben zu riskieren, damit du ein lächerliches Versprechen halten kannst. Evan, der Aufmerksame, der auf dich aufmerksam geworden ist. Evan, der einfache Farmerjunge mit den warmen, sanften, weichen Händen.

Mein Herz setzt einen Schlag aus. Welcher Farmerjunge hat weiche Hände?

Ich schiebe seine Hand vorsichtig von meiner Brust. Er bewegt sich, seufzt mir in den Nacken. Jetzt führen die Haare, die von seinen Lippen gekitzelt werden, einen anderen Tanz auf. Ich streiche ihm mit den Fingerspitzen leicht über die Handfläche. Weich wie ein Babypopo.

Okay, keine Panik. Es ist ein paar Monate her, seit er das letzte Mal Farmarbeit verrichtet hat. Und du weißt, wie gepflegt seine Nagelhaut ist … aber können ein paar Monate Jagen im Wald Jahre von Schwielen verschwinden lassen?

Jagen im Wald …

Ich senke den Kopf ein Stück, um an seinen Fingern zu riechen. Liegt es an meiner überaktiven Phantasie, oder entdecke ich den beißenden, metallischen Geruch von Schießpulver? Wann hat er eine Waffe abgefeuert? Er war heute Nacht nicht jagen, sondern hat nur Laurens Grab besucht.

Bei Tagesanbruch liege ich hellwach in seinen Armen und spüre sein Herz gegen meinen Rücken schlagen, während mein Herz gegen seine Hand drückt.

Du musst ein mieser Jäger sein. Du kommst fast immer mit leeren Händen zurück.

Eigentlich bin ich ziemlich gut.

Aber du hast nicht den Mut, um zu töten?

Ich habe den Mut zu tun, was ich tun muss.

Wozu hast du den Mut, Evan Walker?

—— 54. Kapitel ——

Der nächste Tag ist eine Qual.

Ich weiß, dass ich ihn nicht damit konfrontieren kann. Viel zu riskant. Was ist, wenn meine schlimmsten Befürchtungen zutreffen? Dass es Evan Walker, den Farmerjungen, gar nicht gibt, sondern nur Evan Walker, den Verräter an der Menschheit – oder das Unvorstellbare (ein Wort, das diese Invasion der Außerirdischen mehr oder weniger zusammenfasst): Evan Walker, den Silencer. Ich rede mir ein, dass diese letzte Möglichkeit lächerlich ist. Ein Silencer hätte mich nicht gesund gepflegt, geschweige denn mir Kosenamen gegeben und im Dunkeln mit mir gekuschelt. Ein Silencer hätte mich einfach … na ja, zum Schweigen gebracht.

Sobald ich den unwiderruflichen Schritt mache, ihn zu konfrontieren, ist die Sache so gut wie gelaufen. Falls er nicht derjenige ist, für den er sich ausgibt, lasse ich ihm keine Wahl. Aus welchem Grund auch immer er mich am Leben lässt, ich glaube nicht, dass ich noch sehr lange am Leben bleiben würde, wenn er vermutete, dass ich die Wahrheit kenne.

Mach langsam. Finde es heraus. Überstürz es nicht, wie du es sonst immer tust, Sullivan. Nicht dein Stil, aber du musst einmal in deinem Leben methodisch vorgehen.

Also tue ich so, als wäre alles in bester Ordnung. Beim Frühstück lenke ich das Gespräch allerdings auf sein Leben vor der Ankunft. Welche Arbeiten hat er auf der Farm erledigt? Alle möglichen, sagt er. Den Traktor gefahren, Heu zu Ballen gebündelt, die Tiere gefüttert, Maschinen repariert, Stacheldraht gespannt. Mein Blick ist auf seine Hände gerichtet, während mein Verstand Ausreden für ihn erfindet. Er hat immer Handschuhe getragen, lautet die beste, aber mir fällt keine Möglichkeit ein, wie ich danach fragen könnte, ohne dass es unnatürlich klingt. *Dafür, dass du auf einer Farm aufgewachsen bist, hast du wirklich unglaublich weiche Hände, Evan. Du hast bestimmt die ganze Zeit Handschuhe getragen und stehst mehr auf Handcreme als andere Jungs, hm?*

Er möchte nicht über die Vergangenheit sprechen; die Zukunft ist das, worüber er sich Sorgen macht. Er möchte Details zu der Mission erfahren. Als müsste jeder Schritt zwischen dem Farmhaus und Wright-Patterson genau geplant, jede Eventualität in Betracht gezogen werden. Was ist, wenn wir von einem weiteren Schneesturm überrascht werden? Was ist, wenn wir den Stützpunkt verlassen vorfinden? Wie nehmen wir dann Sammys Spur auf? Wann sagen wir, genug ist genug, und geben auf?

»Ich werde niemals aufgeben«, sage ich zu ihm.

Ich warte auf den Einbruch der Dunkelheit. Warten war noch nie meine Stärke, und er bemerkt meine Ruhelosigkeit.

»Kommst du zurecht?« Er steht an der Küchentür, das Gewehr von der Schulter baumelnd. Nimmt mein Gesicht zärtlich in seine weichen Hände. Und ich blicke nach oben in seine Welpenaugen, Cassie, die Tapfere, Cassie, die Vertrauensselige, Cassie, die Eintagsfliege. *Klar komme ich zurecht. Du gehst raus und bringst ein paar Leute zur Strecke, und ich mache einstweilen Popcorn.*

Dann schließe ich die Tür hinter ihm. Sehe ihm dabei zu, wie er leichtfüßig von der Veranda steigt und auf die Bäume zutrottet, nach Westen, zum Highway, wo sich gerne – wie jedermann weiß – frische Jagdbeute wie Rotwild und Hasen und *Homo sapiens* versammelt.

Ich durchsuche jedes Zimmer. Nachdem ich seit vier Wochen

eingesperrt bin wie jemand, der Hausarrest hat, möchte man meinen, ich hätte bereits ein wenig herumgestöbert.

Was finde ich? Nichts. Und eine Menge.

Alben mit Familienfotos. Evan als Baby im Krankenhaus mit einer gestreiften Neugeborenenmütze. Evan als Kleinkind, während er einen Plastikrasenmäher schiebt. Der fünfjährige Evan auf einem Pony. Der zehnjährige Evan auf einem Traktor. Der zwölfjährige Evan in Baseballkluft …

Und der Rest seiner Familie, einschließlich Val. Ich erkenne sie sofort, und als ich das Gesicht des Mädchens sehe, das in seinen Armen starb und dessen Bekleidung ich trage, ruft mir das die ganze beschissene Sache wieder in Erinnerung. Plötzlich komme ich mir vor wie der mieseste Mensch, der noch auf der Erde übrig ist. Seine Familie vor dem Weihnachtsbaum zu sehen, um Geburtstagskuchen versammelt, beim Wandern auf einem Bergpfad, zwingt es mir die Kehle hinunter: das Ende von Weihnachtsbäumen und Geburtstagskuchen, Familienurlauben und zehntausend anderen für selbstverständlich gehaltenen Dingen. Jedes Foto das Läuten einer Totenglocke.

Und sie ist auch auf einigen Fotos zu sehen. Lauren. Groß. Sportlich. Oh, und blond. Selbstverständlich, was sonst? Die beiden geben ein äußerst attraktives Paar ab. Und auf mehr als der Hälfte der Fotos schaut sie nicht in die Kamera; sie schaut ihn an. Nicht so, wie ich Ben Parish anschauen würde, mit verschwommenem Blick. Sie schaut ihn mit durchdringendem Blick an, als wollte sie sagen: *Der da? Meiner.*

Ich lege die Alben beiseite. Meine Paranoia klingt wieder ab. *Er hat also weiche Hände, na und? Weiche Hände sind etwas Angenehmes.* Ich mache ein loderndes Feuer, um das Zimmer aufzuheizen und die Schatten zu verdrängen, die mich einpferchen. *Seine Finger riechen also nach Schießpulver, nachdem er ihr Grab besucht hat, na und? Hier laufen überall wilde Tiere herum. Und das war nicht einer von den Momenten, in denen man sagt:* Ja, ich war bei ihrem Grab. Übrigens, auf dem Rückweg musste ich einen tollwütigen Hund erschießen. *Seit er dich gefunden hat, kümmert er sich um dich, beschützt er dich, ist er für dich da.*

Doch wie sehr ich auch auf mich einrede, ich kann mich einfach nicht beruhigen. Irgendetwas entgeht mir. Irgendetwas Wichtiges. Ich marschiere vor dem offenen Kamin auf und ab und zittere trotz der lodernden Flammen. Es ist, wie wenn man einen Juckreiz hat und sich nicht kratzen kann. Aber was könnte es sein? Mein Bauchgefühl sagt mir, dass ich nichts Belastendes finden werde, selbst wenn ich jeden Quadratzentimeter des Hauses durchsuche.

Aber du hast noch nicht überall nachgesehen, Cassie. Nicht an dem einen Ort, mit dem er nicht rechnet.

Ich humple in die Küche. Mir bleibt nicht mehr viel Zeit. Ich nehme eine dicke Jacke vom Haken neben der Tür, stecke mir die Luger in den Hosenbund und trete hinaus in die bittere Kälte. Der Himmel ist klar, der Hof in Sternenlicht getaucht. Ich versuche, nicht an das Mutterschiff zu denken, das ein paar hundert Meilen über mir schwebt, als ich zur Scheune schlurfe. Die Taschenlampe schalte ich erst ein, nachdem ich sie betreten habe.

Der Geruch von altem Dünger und verschimmeltem Heu. Das Trippeln von Rattenfüßen auf den morschen Brettern über meinem Kopf. Ich schwenke die Taschenlampe herum, über die leeren Boxen und zum Heuboden. Ich weiß zwar nicht genau, wonach ich Ausschau halte, suche aber trotzdem weiter. In jedem unheimlichen Spielfilm, der jemals gedreht wurde, ist die Scheune die Brutstätte Nummer eins für Dinge, von denen man nicht weiß, dass man nach ihnen sucht, und bei denen man es stets bereut, wenn man sie findet.

Ich finde, wonach ich nicht suche, unter einem Berg schäbiger Decken, die an der hinteren Wand liegen. Etwas Langes und Dunkles, das im Lichtkegel schimmert. Ich fasse es nicht an. Ich bringe es zum Vorschein, indem ich drei Decken beiseitewerfe, um an seinen Ruheplatz zu gelangen.

Es handelt sich um mein M16.

Ich weiß, dass es meines ist, weil ich meine Initialen am Schaft sehe: *C.S.*, hineingekratzt an einem Nachmittag, während ich mich in dem kleinen Zelt im Wald versteckte. *C.S.* für *Completely Stupid*, »völlig bescheuert«.

Ich habe es auf dem Mittelstreifen verloren, als der Silencer aus dem Wald zuschlug. Habe es in meiner Panik dort liegen lassen. Habe beschlossen, dass ich nicht zurückgehen kann, um es zu holen. Und jetzt ist es hier, in Evan Walkers Scheune. Mein bester Freund hat den Weg zurück zu mir gefunden.

Weißt du, wie man in Kriegszeiten den Feind erkennt, Cassie?

Ich weiche vor dem Gewehr zurück. Weiche vor der Botschaft zurück, die es aussendet. Weiche den ganzen Weg bis zur Tür zurück, während ich den Lichtstrahl auf seinen glänzend schwarzen Lauf gerichtet halte.

Dann drehe ich mich um und pralle gegen seine steinharte Brust.

───── **55. Kapitel** ─────

»Cassie?«, sagt er und packt meine Arme, um zu verhindern, dass ich auf dem Hintern lande. »Was machst du denn hier draußen?« Er späht über meine Schulter in die Scheune.

»Ich dachte, ich hätte ein Geräusch gehört.« Dämlich! Jetzt wird er womöglich auf die Idee kommen, selbst nachzusehen. Aber es ist das Erste, was mir einfällt. Nicht mit dem erstbesten Gedanken herauszuplatzen ist etwas, woran ich wirklich arbeiten sollte – falls ich die nächsten fünf Minuten überlebe. Mein Herz klopft so heftig, dass mir die Ohren klingen.

»Du dachtest, du …? Cassie, du solltest nachts nicht hier rausgehen.«

Ich nicke und zwinge mich, ihm in die Augen zu sehen. Evan

Walker, dem nichts entgeht. »Ich weiß, das war dumm von mir. Aber du warst schon so lange weg.«

»Ich habe mich an ein paar Rehe rangepirscht.« Er ist ein großer, Evan-förmiger Schatten vor mir, ein Schatten mit einem Hochleistungsgewehr vor einem Hintergrund von Millionen Sonnen.

Ich wette, das hast du. »Lass uns reingehen, okay? Ich bin am Erfrieren.«

Er rührt sich nicht von der Stelle. Richtet den Blick in die Scheune.

»Ich habe nachgesehen«, sage ich und versuche, meine Stimme ruhig klingen zu lassen. »Ratten.«

»Ratten?«

»Ja. Ratten.«

»Du hast Ratten gehört? In der Scheune? Als du im Haus warst?«

»Nein. Wie hätte ich denn von dort Ratten hören sollen?« Ein genervtes Augenrollen wäre jetzt angebracht. Nicht das nervöse Lachen, das mir stattdessen herausrutscht. »Ich bin auf die Veranda gegangen, um ein bisschen frische Luft zu schnappen.«

»Und du hast sie von der Veranda aus gehört?«

»Das waren sehr große Ratten.« *Kokettes Lächeln!* Ich zeige eines, von dem ich hoffe, dass es als solches durchgeht, dann hake ich mich bei ihm ein und ziehe ihn in Richtung Haus. Es ist, als würde ich versuchen, eine Betonsäule zu bewegen. Wenn er in die Scheune geht und das Gewehr frei herumliegen sieht, ist es vorbei. Warum zum Teufel habe ich das Gewehr nicht wieder zugedeckt?

»Evan, da ist nichts. Ich habe es mit der Angst zu tun bekommen, mehr nicht.«

»Okay.«

Er schiebt das Scheunentor zu, und wir gehen zurück zum Farmhaus, sein Arm schützend um meine Schultern gelegt. Als wir bei der Tür ankommen, lässt er den Arm fallen.

Jetzt, Cassie. Ein schneller Schritt nach rechts, die Luger aus dem Hosenbund ziehen, sie mit beidhändigem Griff richtig halten, die Knie leicht gebeugt. Jetzt.

Wir betreten die warme Küche. Die Gelegenheit verstreicht.

»Ich nehme also an, du hast kein Reh erlegt«, sage ich beiläufig.

»Nein.« Er lehnt sein Gewehr an die Wand, lässt seine Jacke von den Schultern rutschen. Seine Wangen sind von der Kälte leuchtend rot.

»Vielleicht hast du ja auf etwas anderes geschossen«, sage ich. »Vielleicht war es das, was ich gehört habe.

Er schüttelt den Kopf. »Ich habe auf nichts geschossen.« Er haucht seine Finger an. Ich folge ihm in das große Zimmer, wo er sich vor dem offenen Kamin bückt, um sich die Hände zu wärmen. Ich bleibe ein kleines Stück entfernt hinter dem Sofa stehen.

Meine zweite Chance, ihn zur Strecke zu bringen. Ihn aus so geringer Entfernung zu treffen wäre keine große Herausforderung. Zumindest dann nicht, wenn sein Kopf einer leeren Dose Mais ähnlich sehen würde, dem einzigen Ziel, an das ich gewöhnt bin.

Ich ziehe die Pistole aus dem Hosenbund.

Nachdem ich mein Gewehr in seiner Scheune gefunden habe, bleiben mir nicht mehr viele Möglichkeiten. Es ist, als würde ich wieder auf dem Highway unter dem Auto liegen: Verstecken oder auf Konfrontationskurs gehen. Nichts zu unternehmen und so zu tun, als wäre zwischen uns alles in bester Ordnung, bringt gar nichts. Ihm in den Hinterkopf zu schießen würde etwas bringen – es würde ihn töten –, doch nach der Sache mit dem Kruzifix-Soldaten habe ich mir geschworen, nie wieder einen unschuldigen Menschen zu töten. Lieber lege ich jetzt meine Karten auf den Tisch, während ich die Pistole in der Hand habe.

»Es gibt da etwas, das ich dir erzählen muss«, sage ich. Meine Stimme bebt. »Das mit den Ratten war gelogen.«

»Du hast das Gewehr gefunden.« Keine Frage.

Er dreht sich um. Mit dem Rücken zum Feuer liegt sein Gesicht im Schatten. Ich kann seinen Gesichtsausdruck nicht lesen, doch sein Tonfall ist beiläufig. »Ich habe es vor ein paar Tagen neben dem Highway gefunden und mich daran erinnert, dass du gesagt hast, du hättest deines auf der Flucht verloren. Als ich die Initialen sah, nahm ich an, dass es deines sein muss.«

Eine Weile sage ich nichts. Seine Erklärung klingt völlig plausibel. Ich habe nur nicht damit gerechnet, dass er sofort zum Punkt kommen würde.

»Warum hast du mir das nicht erzählt?«, frage ich schließlich.

Er zuckt mit den Schultern. »Das wollte ich eigentlich. Ich nehme an, ich habe es vergessen. Was machst du da mit der Pistole, Cassie?«

Oh, ich habe mir gerade überlegt, ob ich dir den Kopf wegblasen soll, das ist alles. Ich dachte mir, du bist womöglich ein Silencer oder vielleicht auch ein Verräter an deiner Spezies oder so was in der Art. Haha!

Ich folge seinem Blick zu der Waffe in meiner Hand, und plötzlich würde ich am liebsten in Tränen ausbrechen.

»Wir müssen einander vertrauen«, flüstere ich. »Nicht wahr?«

»Ja«, erwidert er und kommt auf mich zu. »Das müssen wir.«

»Aber wie … wie bringt man sich dazu, jemandem zu vertrauen?«, frage ich. Inzwischen steht er neben mir. Er greift nicht nach der Pistole. Er greift mit seinem Blick nach mir. Und ich wünsche mir, dass er mich festhält, bevor ich mich zu weit von dem Evan entferne, den ich zu kennen glaubte, der mich gerettet hat, damit ich ihn davor rette zu fallen. Er ist alles, was ich noch habe. Er ist meine winzige Pflanze, die aus der Felswand wächst, an die ich mich klammere. *Hilf mir, Evan. Lass mich nicht den Teil von mir verlieren, der mich zu einem Menschen macht.*

»Man kann sich nicht dazu zwingen, an etwas zu glauben«, erwidert er leise. »Aber man kann sich selbst glauben lassen. Man kann sich selbst erlauben, jemandem zu vertrauen.«

Ich nicke und blicke in seine Augen auf. So schokoladig warm. So sanft und traurig. Verflucht noch mal, warum muss er so verdammt gut aussehen? Und warum muss mir das so verdammt bewusst sein? Und worin unterscheidet sich mein Vertrauen in ihn von Sammys Vertrauen in den Soldaten, dessen Hand er nahm, bevor er in den Bus stieg? Das Komische ist, dass mich seine Augen an die von Sammy erinnern – gefüllt mit der Sehnsucht zu erfahren, ob alles gut werden wird. Die Anderen haben diese Frage mit einem unmissverständlichen Nein beantwortet. Wozu macht es mich also, wenn ich Evan dieselbe Antwort gebe?

»Das möchte ich. Unbedingt.«

Ich weiß nicht, wie es passiert ist, aber meine Pistole befindet sich jetzt in seiner Hand. Er nimmt meine Hand und führt mich zum Sofa. Legt die Pistole auf *Verzweifelte Begierde der Liebe*, setzt sich nah neben mich, aber nicht zu nah, und stützt die Ellbogen auf die Knie. Er reibt seine großen Hände aneinander, als wären sie immer noch kalt. Das sind sie nicht; ich habe gerade eine gehalten.

»Ich möchte nicht von hier weg«, gesteht er. »Aus vielen verschiedenen Gründen, die mir sehr gut erschienen, bevor ich dich gefunden habe.« Er klatscht frustriert in die Hände, da er nicht den richtigen Ton trifft. »Ich weiß, du hast nicht darum gebeten, mein Grund dafür zu sein, mit … mit allem weiterzumachen. Aber von dem Moment an, in dem ich dich gefunden habe …« Er dreht sich zu mir und nimmt meine Hände in seine, und plötzlich bekomme ich ein bisschen Angst. Sein Griff ist fest, seine Augen sind voller Tränen. Es kommt mir vor, als würde ich ihn halten, damit er nicht von einer Klippe in den Abgrund stürzt.

»Ich lag völlig falsch«, sagt er. »Bevor ich dich gefunden habe, dachte ich, man könnte nur dann durchhalten, wenn man etwas findet, wofür man leben kann. Das stimmt nicht. Um durchzuhalten, muss man etwas finden, wofür man bereit ist zu sterben.«

– VIII. TEIL –
RACHLUST

—— 56. Kapitel ——

Die Welt schreit.

Es ist nur der eisige Wind, der durch die geöffnete Heckklappe des Black Hawk fegt, doch so hört es sich an. Am Höhepunkt der Seuche, als täglich hunderte Menschen starben, warfen die panischen Bewohner der Zeltstadt manchmal versehentlich Personen ins Feuer, die nur bewusstlos waren. Wenn sie bei lebendigem Leib verbrannten, hörte man ihre Schreie nicht nur, man spürte sie wie einen Schlag ins Herz.

Manche Dinge kann man nie hinter sich lassen. Sie gehören nicht der Vergangenheit an. Sie gehören einem selbst an.

Die Welt schreit. Die Welt wird bei lebendigem Leib verbrannt.

Durch die Fenster des Hubschraubers sieht man die Feuer, mit denen die dunkle Landschaft gesprenkelt ist, bernsteinfarbene Kleckse vor dem pechschwarzen Hintergrund. Sobald man sich dem Stadtrand nähert, vervielfachen sie sich. Bei den Feuern handelt es sich nicht um Scheiterhaufen. Blitze von Sommergewittern haben sie entfacht, und die Herbstwinde haben die Glut zu neuen Futterplätzen getragen, denn es gab so viel zu verzehren. Die Speisekammer war gefüllt. Die Welt wird noch jahrelang brennen. Sie wird brennen, bis ich so alt bin wie mein Vater – falls ich so lange lebe.

Wir fliegen drei Meter über den Baumwipfeln dahin, das Geräusch der Rotoren von irgendeiner Tarntechnologie gedämpft, und nähern uns dem Stadtzentrum von Dayton aus nördlicher Richtung. Es herrscht leichter Schneefall, der um die Feuer schimmert wie goldfarbene Halos, Licht spendet, aber nichts erleuchtet.

Ich drehe mich vom Fenster weg und sehe, dass mich Ringer von der anderen Seite des Mittelgangs anstarrt. Sie hält zwei Finger hoch. Ich nicke. Noch zwei Minuten bis zum Ausstieg. Ich ziehe mein Stirnband nach unten, um die Linse des Okulars vor meinem linken Auge zu positionieren, und justiere das Band.

Ringer deutet auf Teacup, die neben mir sitzt. Ihr Okular verrutscht immer wieder. Ich stelle das Band enger; sie gibt mir ein Daumen-nach-oben-Zeichen, und etwas Säuerliches steigt in meiner Kehle auf. Sieben Jahre alt. Gütiger Himmel. Ich beuge mich zu ihr und brülle ihr ins Ohr: »Du bleibst in meiner unmittelbaren Nähe, verstanden?«

Teacup lächelt, schüttelt den Kopf, deutet auf Ringer. *Ich bleibe bei ihr!* Ich lache. Teacup ist nicht dumm.

Der Black Hawk fliegt jetzt knapp über der Wasseroberfläche des Flusses. Ringer kontrolliert zum tausendsten Mal ihre Waffe. Neben ihr klopft Flintstone nervös mit dem Fuß auf den Boden, starrt vor sich hin, blickt ins Leere.

Dumbo kontrolliert den Inhalt seines Verbandskastens, während Oompa den Kopf nach unten neigt, damit wir nicht sehen, wie er sich einen letzten Schokoriegel in den Mund stopft.

Und zu guter Letzt Poundcake mit gesenktem Kopf, die Hände im Schoß gefaltet. Reznik hat ihn Poundcake genannt, weil er ihn für weich und süß hielt. Für mich ist er weder das eine noch das andere, vor allem nicht auf dem Schießplatz. Ringer ist insgesamt der bessere Scharfschütze, aber ich habe Poundcake sechs Ziele in sechs Sekunden umnieten sehen.

Ja, Zombie. Ziele. Aus Sperrholz ausgeschnittene menschliche Silhouetten. Wenn es ans Eingemachte geht, wie wird es dann um seine Trefferquote bestellt sein? Und um die von euch allen?

Unglaublich. Wir sind die Vorhut. Sieben Kinder, die noch vor sechs Monaten, na ja, Kinder waren. Wir sind der Gegenschlag auf Angriffe, die sieben Milliarden Todesopfer gefordert haben.

Ringer starrt mich abermals an. Als der Hubschrauber in den Sinkflug geht, löst sie ihre Gurte und macht einen Schritt auf die andere Seite des Mittelgangs. Legt mir die Hände auf die Schultern und schreit mir ins Gesicht: »Denk an den Kreis! Wir werden nicht sterben!«

Wir tauchen schnell und in steilem Winkel zur Ausstiegsstelle hinab. Der Hubschrauber landet nicht, sondern schwebt ein paar Zentimeter über dem gefrorenen Rasen, während die Einheit hinausspringt. Als ich in der offenen Ladeluke stehe, blicke ich zu Teacup hinüber und sehe, dass sie mit ihren Gurten kämpft. Dann hat sie sich befreit und springt vor mir hinaus. Ich steige als Letzter aus. Der Pilot im Cockpit blickt sich über die Schulter um und gibt mir ein Daumen-nach-oben-Zeichen. Ich erwidere das Signal.

Der Black Hawk schießt in den Nachthimmel und dreht scharf nach Norden ab. Sein schwarzer Rumpf verschmilzt rasch mit den dunklen Wolken, bis sie ihn verschlucken und er verschwunden ist.

Die Rotoren haben sämtliche Schneeflocken aus der Luft in dem kleinen Park am Fluss vertrieben. Nachdem der Hubschrauber weggeflogen ist, kehrt der Schnee zurück und wirbelt wütend um uns herum. Die plötzliche Stille, die auf den kreischenden Wind folgt, ist ohrenbetäubend. Unmittelbar vor uns türmt sich eine riesige menschliche Silhouette auf: die Statue eines Veteranen aus dem Koreakrieg. Links von der Statue befindet sich die Brücke. Auf der anderen Seite der Brücke und zehn Häuserblocks weiter in südwestlicher Richtung steht das alte Gerichtsgebäude, in dem mehrere Befallene ein kleines Arsenal von automatischen Waffen und Granatwerfern sowie FIM-92-Stinger-Luftabwehrraketen zusammengetragen haben, wie dem

Wonderland-Profil eines Befallenen, der bei der Operation Li'l Bo Peep gefangen genommen wurde, zu entnehmen gewesen war. Die Luftabwehrraketen sind der Grund, weshalb wir hier sind. Unsere Luftstreitkräfte haben bei den Angriffen schwer gelitten; es ist zwingend notwendig, dass wir die wenigen Ressourcen schützen, über die wir noch verfügen.

Unsere Mission besteht aus zwei Teilen: sämtliches feindliches Kriegsgerät zu zerstören oder zu erbeuten und sämtliche befallenen Personen zu vernichten.

Endgültig zu vernichten.

Ringer übernimmt die Führung; sie hat die besten Augen. Wir folgen ihr an der Statue mit dem strengen Gesichtsausdruck vorbei zur Brücke. Flint, Dumbo, Oompa, Poundcake und Teacup, wobei ich uns den Rücken frei halte. Wir schlängeln uns durch die liegen gebliebenen Autos, die durch einen weißen Vorhang aufzutauchen scheinen und mit dem Schmutz von drei Jahreszeiten bedeckt sind. Einige haben eingeschlagene Fensterscheiben, wurden mit Graffiti verziert und sämtlicher Wertgegenstände beraubt, doch was ist inzwischen noch wertvoll? Teacup trippelt vor mir auf ihren winzigen Füßen dahin – sie ist wertvoll. Das ist die Lektion, die ich aus der Ankunft gelernt habe: Indem sie uns töten, zeigen sie uns, wie idiotisch Besitz ist. Der Typ, dem dieser BMW gehört hat? Er befindet sich am selben Ort wie die ehemalige Besitzerin dieses Kia.

Wir machen kurz vor dem Patterson Boulevard Halt, am südlichen Ende der Brücke. Kauern uns neben der zertrümmerten vorderen Stoßstange einer Geländelimousine hin und inspizieren die Straße vor uns. Der Schneefall reduziert unsere Sichtweite auf etwa einen halben Häuserblock. Die Sache könnte eine Weile dauern. Ich werfe einen Blick auf meine Uhr. Noch vier Stunden, bis wir wieder im Park abgeholt werden.

Ein Tanklastzug ist mitten auf der knapp zwanzig Meter entfernten Kreuzung stehen geblieben und versperrt uns die Sicht auf die linke Straßenseite. Ich kann es zwar nicht sehen, weiß aber aus der Einsatzbesprechung, dass auf dieser Seite ein vierstöckiges Gebäude steht, bei dem es sich um einen hervorragenden Aussichtspunkt handeln würde, wenn sie die Brücke im Auge behalten wollen. Ich gebe Ringer ein Zeichen, dass sie sich rechts halten sollen, wenn wir die Brücke verlassen, damit sich der Lastwagen zwischen uns und dem Gebäude befindet.

An der vorderen Stoßstange des Lastwagens bleibt sie abrupt stehen und lässt sich auf den Boden fallen. Die Einheit folgt ihrem Beispiel, und ich robbe auf dem Bauch zu ihr.

»Was siehst du?«, frage ich flüsternd.

»Drei von ihnen, auf zwei Uhr.«

Ich spähe durch mein Okular auf das Gebäude auf der anderen Straßenseite. Durch den baumwollartigen Flaum aus Schnee erkenne ich drei grüne Lichtkleckse, die am Gehweg entlanghüpfen und immer größer werden, als sie sich der Kreuzung nähern. Mein erster Gedanke ist: *Heilige Scheiße, diese Linsen funktionieren tatsächlich.* Mein zweiter Gedanke ist: *Heilige Scheiße, Teds, und sie kommen direkt auf uns zu.*

»Ein Spähtrupp?«

Sie zuckt mit den Schultern. »Wahrscheinlich haben sie den Hubschrauber bemerkt und kommen jetzt nachsehen.« Sie liegt auf dem Bauch, hat sie im Visier, wartet auf das Kommando zu schießen. Die grünen Kleckse werden größer; sie haben die gegenüberliegende Straßenecke erreicht. Unter den grünen Leuchtfeuern auf ihren Schultern kann ich ihre Körper nur mit Mühe ausmachen. Der Effekt ist seltsam schrill, als wären ihre Köpfe von einem kreisenden, changierenden grünen Feuer umgeben.

Noch nicht. Sobald sie die Straße überqueren wollen, gibst du den Befehl.

Neben mir holt Ringer tief Luft, hält sie an, wartet geduldig auf meinen Schießbefehl, als könne sie tausend Jahre darauf warten. Schneeflocken lassen sich auf ihren Schultern nieder, bleiben in ihrem dunklen Haar hängen. Ihre Nasenspitze ist knallrot. Der Moment zieht sich in die Länge. Was ist, wenn es mehr als drei von ihnen sind? Wenn wir unsere Anwesenheit verraten, werden womöglich hundert von ihnen aus einem Dutzend verschiedener Verstecke über uns herfallen. Angreifen oder warten? Ich kaue auf meiner Unterlippe, gehe die Optionen durch.

»Ich habe sie im Visier«, sagt sie, als sie mein Zögern fehlinterpretiert.

Die grünen Lichtkleckse auf der anderen Straßenseite bewegen sich nicht, sind an einem Fleck zusammengeschart, als würden sie sich unterhalten. Ich kann nicht beurteilen, ob sie überhaupt in unsere Richtung blicken, bin mir allerdings sicher, dass sie sich unserer Anwesenheit nicht bewusst sind. Wenn sie es wären, würden sie auf uns zulaufen, das Feuer eröffnen, in Deckung gehen, irgendetwas tun. Wir haben das Überraschungsmoment auf unserer Seite. Und wir haben Ringer. Selbst wenn ihr erster Schuss sein Ziel verfehlt, werden die nachfolgenden treffen. Eigentlich ist die Entscheidung einfach.

Was hält mich also davon ab, sie zu treffen?

Die gleiche Frage stellt sich vermutlich auch Ringer, da sie mir einen Blick zuwirft und flüstert: »Zombie? Wie sieht's aus?«

Mein Befehl lautet: *Sämtliche befallenen Personen vernichten.* Mein Bauchgefühl lautet: *Nichts überstürzen. Keine Entscheidung erzwingen. Abwarten.* Und ich sitze dazwischen in der Klemme.

Einen Herzschlag, bevor unsere Ohren den Knall des Hochleistungsgewehrs registrieren, fliegt einen halben Meter vor uns die Straße in einer Fontäne aus schmutzigem Schnee und pulverisiertem Asphalt in die Luft. Das erlöst mich im Handumdrehen von meinem Dilemma. Die Worte fliegen heraus, als hätte der eisige Wind sie mir aus der Lunge gerissen: »Feuer eröffnen!«

Ringers Kugel schlägt in einem der hüpfenden grünen Kleckse ein, und das Licht geht aus. Ein anderes Licht huscht nach rechts. Ringer schwenkt den Lauf auf mein Gesicht, und ich ducke mich, als sie ein weiteres Mal feuert. Das zweite Licht geht aus. Das dritte scheint zu schrumpfen, als die betreffende Person auf der Straße in die Richtung wegrennt, aus der sie gekommen ist.

Ich springe auf. Wir dürfen ihn nicht entkommen und Alarm schlagen lassen. Ringer packt mich am Handgelenk und reißt mich mit einem Ruck wieder zu Boden.

»Verdammt, Ringer, was soll dass …?«

»Das ist eine Falle.« Sie deutet auf die fünfzehn Zentimeter breite Narbe im Asphalt. »Hast du es denn nicht gehört? Das kam nicht von ihnen. Das kam von da drüben.« Sie deutet mit einer Kopfbewegung auf das Gebäude auf der anderen Straßenseite. »Von links. Und dem Winkel nach zu schließen von weit oben, vielleicht vom Dach.«

Ich schüttle den Kopf. Ein vierter Befallener auf dem Dach? Woher wusste er, wo wir uns befinden – und warum hat er die anderen nicht gewarnt? Wir verstecken uns hinter dem Lastwagen, was bedeutet, dass er uns bereits auf der Brücke entdeckt haben muss – dass er uns entdeckt und nicht gefeuert hat, bis ihm die Sicht auf uns versperrt war und er uns unmöglich treffen konnte. Das ergibt einfach keinen Sinn.

Und Ringer sagt, als habe sie meine Gedanken gelesen: »Ich nehme an, das ist es, was sie mit ›der Nebel des Krieges‹ gemeint haben.«

Ich nicke. Alles wird viel zu schnell viel zu kompliziert.

»Wie konnte er uns beim Überqueren der Brücke sehen?«, frage ich.

Sie schüttelt den Kopf. »Nachtsichtbrille, das ist die einzige Möglichkeit.«

»Dann sind wir geliefert.« Festgenagelt. Neben mehreren tausend Litern Benzin. »Er wird den Lastwagen in die Luft jagen.«

Ringer zuckt mit den Schultern. »Mit einer Kugel schafft er das nicht. So was funktioniert nur im Film, Zombie.« Sie sieht mich an. Wartet auf meine Entscheidung.

Wie auch der Rest der Einheit. Ich blicke hinter mich. Die Augen der anderen sehen mich an, groß und insektenartig in der verschneiten Dunkelheit. Teacup ist entweder am Erfrieren, oder sie zittert vor Panik. Flint blickt finster drein und ist der Einzige, der den Mund aufmacht und mich wissen lässt, was die anderen denken: »Wir sitzen in der Falle. Also brechen wir jetzt ab, oder?«

Verlockend, aber selbstmörderisch. Wenn uns der Heckenschütze auf dem Dach nicht beim Rückzug tötet, wird die Verstärkung es tun, die bestimmt bereits im Anmarsch ist.

Rückzug ist keine Option. Vorrücken ist keine Option. An Ort und Stelle zu bleiben ist keine Option. Es gibt keine Option.

Wegrennen = sterben. Bleiben = sterben.

»Apropos Nachtsichtbrille«, knurrt Ringer. »Daran hätten sie eigentlich denken können, bevor sie uns zu einem nächtlichen Einsatz abgesetzt haben. Wir sind hier völlig blind.«

Ich starre sie an. *Völlig blind. Gott segne dich, Ringer.* Ich befehle der Einheit, sich dicht um mich zu scharen und flüstere: »Der nächste Häuserblock, rechts von uns: Auf der Rückseite des Bürogebäudes befindet sich eine Parkgarage.« Der Karte zufolge sollte dem zumindest so sein. »Geht hinauf auf die dritte Ebene. Zweiergruppen bilden: Flint und Ringer, Poundcake und Oompa, Dumbo und Teacup.«

»Was ist mit dir?«, will Ringer von mir wissen. »Wer ist dein Partner?«

»Ich brauche keinen Partner«, erwidere ich. »Ich bin ein verdammter Zombie.«

Gleich kommt es, das Lächeln. Abwarten.

──── 57. Kapitel ────

Ich deute auf die Böschung, die zum Wasser hinunterführt. »Bis ganz nach unten zu dem Fußweg«, sage ich zu Ringer. »Und warte nicht auf mich.« Sie schüttelt den Kopf, runzelt die Stirn. Ich beuge mich zu ihr und mache eine möglichst ernste Miene. »Ich dachte, mit der Zombie-Bemerkung hätte ich dich. Eines Tages werde ich dir schon noch ein Lächeln entlocken, Gefreite.«

Ganz und gar nicht lächelnd erwidert sie: »Das glaube ich nicht, Sir.«

»Hast du was gegen Lächeln?«

»Das war das Erste, was verschwunden ist.« Dann wird sie vom Schnee und von der Dunkelheit verschluckt. Der Rest der Einheit folgt ihr. Ich höre Teacup leise wimmern, als Dumbo sie wegführt und sagt: »Lauf schnell, wenn er explodiert, okay, Cup?«

Ich gehe neben dem Kraftstofftank des Lastwagens in die Hocke, packe den Deckel und bete eines von jenen Gebeten gegen die eigene Intuition, dass der Tank voll ist – oder, noch besser, halb voll, da Treibstoffdämpfe der größte Kracher wären. Ich wage es nicht, die Befüllung des Tanklastzugs in Brand zu stecken, doch das, was sich an Diesel im Fahrzeugtank befindet, müsste sie eigentlich hochgehen lassen. Hoffentlich.

Der Deckel ist festgefroren. Ich schlage mit dem Kolben meines Gewehrs auf ihn ein, umschließe ihn mit beiden Händen und mobilisiere meine gesamten Kräfte. Er löst sich mit einem sehr lauten, sehr befriedigenden Zischen. Mir bleiben zehn Sekunden. Sollte ich mitzählen? Ach was, egal. Ich ziehe den Sicherungsstift der Handgranate, lasse sie in die Öffnung fallen und renne die Böschung hinunter. In meinem Sog tanzen die Schneeflocken wild durcheinander. Ich bleibe mit der Stiefelspitze irgendwo hängen, rolle das restliche Stück hinunter und schlage mit dem Kopf auf dem asphaltierten Fußweg auf. Ich sehe, wie

311

sich Schneeflocken um mich drehen, und rieche den Fluss, dann höre ich einen gedämpften Knall, als der Tanklastzug einen halben Meter in die Luft springt, gefolgt von einem prächtigen Feuerball, der von den Schneeflocken reflektiert wird: ein Miniatur-Universum von schimmernden Sonnen. Dann bin ich wieder auf den Beinen und stapfe die Böschung hinauf, mein Team nirgendwo in Sicht, und ich spüre die Hitze an meiner linken Wange, als ich auf einer Höhe mit dem Tanklastzug bin, der noch immer in einem Stück ist, der Tank unversehrt. Die Handgranate, die ich in den Fahrzeugtank habe fallen lassen, hat die Ladung nicht entzündet. Soll ich noch eine hineinwerfen? Soll ich weglaufen? Von der Explosion geblendet würde der Heckenschütze seine Nachsichtbrille herunterreißen. Lange wird er nicht geblendet sein.

Ich habe die Kreuzung überquert und komme am Randstein an, als sich das Benzin entzündet. Die Druckwelle wirft mich nach vorn, über die Leiche des ersten Ted, den Ringer niedergestreckt hat, und geradewegs gegen die Glastür des Bürogebäudes. Ich höre etwas brechen und hoffe, dass es sich um die Tür handelt und nicht um irgendeinen wichtigen Teil von mir. Gezackte Metallfetzen regnen herab, Bruchstücke des von der Explosion zerstörten Tanks, die mit Geschossgeschwindigkeit hundert Meter weit in alle Richtungen geschleudert werden. Ich höre jemanden schreien, als ich die Arme über den Kopf lege und mich zur kleinstmöglichen Kugel zusammenrolle. Die Hitze ist unglaublich. Ich habe das Gefühl, von der Sonne verschluckt worden zu sein.

Das Glas hinter mir zersplittert – durch ein großkalibriges Geschoss, nicht durch die Explosion. *Nur noch ein halber Häuserblock bis zu der Parkgarage – lauf, Zombie.* Und ich laufe um mein Leben, bis ich auf Oompa stoße, der auf dem Gehweg liegt. Poundcake kniet neben ihm, reißt an seiner Schulter, das Gesicht zu einem stummen Schrei verzerrt. Es war Oompa, den ich nach der Explosion des Tanklastzugs habe schreien hören, und ich brauche nur eine halbe Sekunde, um zu erkennen, warum: Aus seinem Rücken ragt ein Stück Metall von der Größe einer Frisbeescheibe.

Ich schiebe Poundcake in Richtung Parkgarage – »Lauf!« – und wuchte mir Oompas kleinen rundlichen Körper über die Schulter. Dieses Mal höre ich das Krachen des Gewehrs, als der Schütze auf der andere Straßenseite abdrückt, und aus der Wand hinter mir bricht ein Brocken Beton heraus.

Die unterste Ebene der Parkgarage ist vom Gehweg durch eine hüfthohe Betonmauer abgetrennt. Ich hebe Oompa vorsichtig über die Mauer, dann springe ich selbst hinüber und ducke mich. *Ka-bong:* Ein faustgroßer Brocken Wand fliegt auf mich zu. Während ich neben Oompa knie, blicke ich auf und sehe Poundcake zum Treppenhaus tippeln. Na ja, solange sich in diesem Gebäude kein weiteres Nest von Heckenschützen befindet, und solange der Befallene, der flüchten konnte, nicht ausgerechnet hier Zuflucht gesucht hat …

Eine kurze Überprüfung von Oompas Verletzung ist nicht ermutigend. Je schneller ich ihn nach oben zu Dumbo bringe, desto besser.

»Gefreiter Oompa«, hauche ich ihm ins Ohr. »Du hast nicht die Erlaubnis zu sterben, verstanden?«

Er nickt, schnappt nach eiskalter Luft, atmet sie warm aus dem Zentrum seines Körpers wieder aus. Doch er ist genauso weiß wie der Schnee, der im goldfarbenen Licht wabert. Ich wuchte ihn mir wieder über die Schulter und stapfe zu den Stufen, wobei ich mich so tief bücke wie möglich, ohne das Gleichgewicht zu verlieren.

Ich nehme jeweils zwei Stufen auf einmal, bis ich die dritte Ebene erreiche, wo ich meine Einheit hinter der ersten Reihe Autos kauernd antreffe, ein kleines Stück von der Wand entfernt, die auf das Gebäude des Heckenschützen weist. Dumbo kniet neben Teacup und macht sich an ihrem Bein zu schaffen.

Ihr Kampfanzug ist zerrissen, und ich sehe eine scheußliche rote, klaffende Wunde, wo eine Kugel ihre Wade gestreift hat. Dumbo klatscht einen Verband auf die Wunde, übergibt sie an Ringer und eilt dann zu Oompa hinüber. Flintstone sieht mich an und schüttelt den Kopf.

»Ich habe dir doch gesagt, wir sollen abbrechen«, knurrt Flint. Seine Augen funkeln wütend. »Jetzt sieh dir das an.«

Ich ignoriere ihn. Drehe mich zu Dumbo. »Und?«

»Sieht nicht gut aus, Sarge.«

»Dann unternimm was dagegen.« Ich werfe einen Blick auf Teacup, die den Kopf in Ringers Brust vergraben hat und leise wimmert.

»Es ist nur oberflächlich«, erklärt mir Ringer. »Sie kann sich bewegen.«

Ich nicke. Oompa außer Gefecht. Teacup angeschossen. Flint bereit zur Meuterei. Ein Heckenschütze auf der anderen Straßenseite und hundert oder mehr von seinen besten Freunden auf dem Weg zur Party. Ich muss mir irgendetwas Brillantes einfallen lassen, und zwar schnell. »Er weiß, wo wir uns aufhalten, also können wir hier nicht lange bleiben. Sieh zu, ob du ihn ausschalten kannst.«

Ringer nickt, doch sie kann Teacup nicht abschütteln. Ich strecke meine Hände aus, die feucht von Oompas Blut sind: *Gib sie mir.* Nach der Übergabe windet sich Teacup an meinem Hemd. Sie will mich nicht. Ich deute mit dem Kopf zur Straße und drehe mich zu Poundcake: »Cake, geh mit Ringer. Erledigt diesen Dreckskerl.«

Ringer und Poundcake ducken sich zwischen zwei Autos und verschwinden. Ich streichle Teacups bloßen Kopf – sie hat irgendwo unterwegs ihre Mütze verloren – und beobachte, wie Dumbo behutsam an dem Bruchstück in Oompas Rücken zieht. Oompa heult vor Schmerz auf und krallt die Finger in den Boden. Dumbo blickt verunsichert zu mir. Ich nicke. Es muss raus.

»Schnell, Dumbo. Langsam macht es nur noch schlimmer.« Also zieht er heftig.

Oompa krümmt sich zusammen, und das Echo seiner Schreie hallt durch die Parkgarage. Dumbo wirft das gezackte Metallstück beiseite und richtet seine Taschenlampe auf die klaffende Wunde.

Mit einer Grimasse rollt er Oompa auf den Rücken. Die Vorderseite des Hemds ist durchnässt. Dumbo reißt das Hemd auf und legt die Austrittswunde frei. Das Bruchstück ist in den Rücken eingedrungen und hat sich bis nach vorne durchgebohrt.

Flint wendet sich ab und kriecht ein kurzes Stück, dann krümmt er den Rücken und übergibt sich. Teacup wird ganz still, während sie all das beobachtet. Sie erleidet einen Schock. Teacup, die auf dem Kasernenhof bei fingierten Angriffen am lautesten geschrien hat. Teacup, die Blutrünstigste von allen, die bei der Abfertigung und Entsorgung am lautesten gesungen hat. Ich bin im Begriff, sie zu verlieren.

Und ich bin im Begriff, Oompa zu verlieren. Während Dumbo Mulltupfer auf die Wunde an Oompas Bauch presst, um die Blutung einzudämmen, suchen seine Augen meine.

»Wie lautet dein Befehl, Gefreiter?, frage ich ihn.

»Ich ... ich darf nicht ... nicht ...«

Dumbo wirft das blutdurchtränkte Verbandsmaterial weg und presst Oompa ein frisches Stück auf den Bauch. Sieht mich an. Hat nichts zu sagen. Nicht zu mir. Nicht zu Oompa.

Ich hebe Teacup von meinem Schoß und knie mich neben Oompa. Sein Atem riecht nach Blut und Schokolade.

»Es liegt daran, dass ich fett bin«, stößt er hervor. Dann fängt er an zu weinen.

»Red nicht so einen Mist«, ermahne ich ihn.

Er flüstert irgendetwas. Ich gehe mit dem Ohr nahe an seinen Mund. »Mein Name ist Kenny.« Als wäre das ein schreckliches Geheimnis, das er nicht gewagt hat zu verraten.

Seine Augen rollen zur Decke. Dann ist er tot.

58. Kapitel

Teacup ist völlig von der Rolle. Sie hat die Arme um ihre Beine geschlungen und presst die Stirn gegen ihre angewinkelten Knie. Ich rufe Flint zu, dass er ein Auge auf sie haben soll. Ich mache mir Sorgen um Ringer und Poundcake. Flint erweckt den Eindruck, als wolle er mich mit bloßen Händen umbringen.

»Du bist derjenige, der den Befehl gegeben hat«, faucht er mich an. »Behalt sie doch selber im Auge.«

Dumbo wischt sich Oompas – nein, Kennys – Blut von den Händen. »Wird erledigt, Sarge«, sagt er ruhig, doch seine Hände zittern.

»Sarge«, spuckt Flint aus. »Genau. Was nun, Sarge?«

Ich ignoriere ihn und krieche zur Wand, wo ich Poundcake finde, der neben Ringer kauert. Sie kniet und späht über die Kante der Mauer zu dem Gebäude auf der anderen Straßenseite hinüber. Ich gehe neben ihr in die Hocke und meide Poundcakes fragenden Blick.

»Oompa schreit nicht mehr«, stellt Ringer fest, ohne den Blick von dem Gebäude abzuwenden.

»Sein Name war Kenny«, sage ich. Ringer nickt; sie hat verstanden. Poundcake dagegen braucht noch ein oder zwei Minuten. Er eilt davon, bis er ein Stück von uns entfernt ist, dann presst er beide Hände gegen den Beton und atmet tief und schaudernd ein.

»Du hattest keine andere Wahl, Zombie«, sagt Ringer. »Wenn du es nicht getan hättest, wäre es uns womöglich allen so wie Kenny ergangen.«

Das klingt richtig gut. Es hat auch gut geklungen, als ich es zu mir gesagt habe. Während ich ihr Profil betrachte, frage ich mich, was Vosch sich dabei gedacht hat, mir die Streifen an den Kragen zu heften. Der Kommandant hat das falsche Mitglied der Einheit befördert.

»Und?«, frage ich sie.

Sie deutet mit dem Kopf auf die andere Straßenseite. »Da, der Schachtelteufel.«

Ich richte mich langsam auf. Im Schein des sterbenden Feuers sehe ich das Gebäude: eine Fassade mit zersplitterten Fenstern, abblätternde weiße Farbe und das Dach eine Etage über uns. Ein vager Schatten, bei dem es sich um einen Wasserturm handeln könnte, doch das ist alles, was ich sehe.

»Wo?«, erkundige ich mich flüsternd.

»Er hat sich gerade wieder geduckt. Das macht er schon die ganze Zeit. Rauf, runter, rauf, runter, wie ein Springteufel.«

»Nur einer?«

»Ich habe nur einen gesehen.«

»Leuchtet er auf?«

Ringer schüttelt den Kopf. »Negativ, Zombie. Er wird nicht als befallen angezeigt.«

Ich kaue auf meiner Unterlippe. »Hat Poundcake ihn ebenfalls gesehen?«

Sie nickt. »Kein Grün.« Sieht mich mit ihren dunklen Augen an, die sich wie Messer tief in mich hineinbohren.

»Vielleicht ist er nicht der Schütze …«, schlage ich vor.

»Ich habe seine Waffe gesehen«, sagt sie. »Scharfschützengewehr.«

Also warum leuchtet er nicht grün? Die anderen auf der Straße haben geleuchtet, und sie waren weiter weg, als er es ist. Dann denke ich, dass es keine Rolle spielt, ob er grün oder violett oder überhaupt nicht leuchtet: Er versucht, uns zu töten, und wir können uns nicht von der Stelle bewegen, bevor wir ihn ausgeschaltet haben. Und wir müssen weg, bevor derjenige, der uns entwischt ist, mit Verstärkung zurückkommt.

»Sind sie nicht clever?«, murmelt Ringer, als habe sie meine Gedanken gelesen. »Setzen ein menschliches Gesicht auf, damit man keinem menschlichen Gesicht mehr trauen kann. Die einzige Antwort: Man tötet alle, oder man riskiert, von einem x-Beliebigen getötet zu werden.«

»Er denkt, wir wären welche von ihnen?«

»Oder er hat entschieden, dass es keine Rolle spielt. Die einzige Möglichkeit, um jede Gefahr auszuschließen.«

»Aber er hat doch auf uns geschossen – nicht auf die drei direkt unter ihm. Warum sollte er die sichere Beute ignorieren und sich stattdessen für den unmöglichen Schuss entscheiden?«

Sie hat auf diese Frage genauso wenig eine Antwort wie ich. Anders als bei mir steht diese Frage auf ihrer Liste mit Problemen, die sie lösen muss, allerdings nicht weit oben. »Die einzige Möglichkeit, um jede Gefahr auszuschließen«, wiederholt sie betont. Ich sehe zu Poundcake hinüber, der meinen Blick erwidert und auf meine Entscheidung wartet. Doch eigentlich gibt es keine Entscheidung, die getroffen werden könnte.

»Kannst du ihn von hier aus treffen?«, frage ich Ringer.

Sie schüttelt den Kopf. »Zu weit weg. Ich würde nur unsere Position verraten.«

Ich krabble zu Poundcake hinüber. »Bleib hier. In zehn Minuten eröffnest du das Feuer auf ihn, um uns Deckung zu geben, wenn wir rübergehen.« Er starrt mich rehäugig und vertrauensselig an. »Weißt du, Gefreiter, es ist üblich, dass man einen Befehl von seinem kommandierenden Offizier bestätigt.« Poundcake nickt. Ich versuche es noch einmal: »Mit einem ›Ja, Sir.‹« Er nickt abermals. »Und zwar laut. Mit Worten.« Noch ein Nicken.

Okay, ich habe es zumindest versucht.

Als Ringer und ich zu den anderen zurückkehren, ist Oompas Leiche verschwunden. Sie haben sie in einem der Autos versteckt. Flints Idee. Sehr ähnlich wie seine Idee für den Rest von uns.

»Wir haben hier gute Deckung. Ich schlage vor, wir verkriechen uns in den Autos, bis wir abgeholt werden.«

»In dieser Einheit zählt nur die Stimme einer Person, Flint«, sage ich zu ihm.

»Ja, und was springt für uns dabei raus?«, fragt er und streckt mir das Kinn entgegen, den Mund zu einem spöttischen Grinsen verzogen. »Oh, ich weiß. Fragen wir doch Oompa!«

»Flintstone«, sagt Ringer. »Ganz ruhig. Zombie hat recht.«

»Bis ihr beiden in einen Hinterhalt marschiert, dann hat er vermutlich unrecht.«

»In diesem Fall wirst du kommandierender Offizier und kannst die Entscheidungen selbst treffen«, belle ich. »Dumbo, du hast Teacup-Dienst.« Falls wir sie von Ringer loseisen können, an deren Bein sie sich geheftet hat. »Wenn wir in dreißig Minuten nicht zurück sind, kommen wir gar nicht mehr zurück.«

Und dann sagt Ringer, weil sie Ringer ist: »Wir kommen zurück.«

──── **59. Kapitel** ────

Der Tanklastzug ist bis auf die Räder ausgebrannt. Ich kauere im Fußgängerzugang der Parkgarage und deute auf das Gebäude auf der anderen Straßenseite, das im Schein des Feuers orangefarben leuchtet.

»Das ist unser Eintrittspunkt. Das dritte Fenster von links, komplett rausgeschossen. Siehst du es?«

Ringer nickt abwesend. Sie hat irgendetwas auf dem Herzen. Sie fummelt unentwegt an ihrem Okular herum, zieht es von ihrem Auge weg, drückt es wieder hin. Die Sicherheit, die sie vor der Einheit an den Tag gelegt hat, ist verschwunden.

»Der unmögliche Schuss …«, flüstert sie. Dann dreht sie sich zu mir. »Woher weiß man, wenn man drauf und dran ist, die Dorothy zu machen?«

Ich schüttle den Kopf. Woher kommt das plötzlich? »Du machst nicht die Dorothy«, sage ich zu ihr und unterstreiche es, indem ich ihr den Arm tätschle.

319

»Wie kannst du dir da sicher sein?« Ihr Blick huscht hin und her, ruhelos, sucht nach etwas, auf dem er sich niederlassen kann. So wie Tanks Blick, bevor er ausgerastet ist. »Verrückte denken nie, sie wären verrückt. Ihre Verrücktheit erscheint ihnen völlig normal.«

In ihren Augen liegt ein verzweifelter, ganz und gar Ringer-untypischer Ausdruck.

»Du bist nicht verrückt. Vertrau mir.«

Die falsche Bemerkung.

»Warum sollte ich?«, schießt sie zurück. Es ist das erste Mal, dass ich eine Emotion bei ihr erkenne. »Warum sollte ich dir vertrauen, und warum solltest du mir vertrauen? Woher weißt du, dass ich keine von ihnen bin, Zombie?«

Endlich eine einfache Frage. »Weil wir überprüft wurden. Und keiner von uns leuchtet im Okular des anderen grün auf.«

Sie sieht mich einen sehr langen Moment an, dann murmelt sie: »Mein Gott, ich wünschte, du würdest Schach spielen.«

Unsere zehn Minuten sind um. Über uns eröffnet Poundcake das Feuer auf das Dach des Gebäudes auf der anderen Straßenseite. Der Heckenschütze erwidert das Feuer umgehend, und wir setzen uns in Bewegung. Kaum sind wir vom Randstein getreten, explodiert vor uns der Asphalt. Wir trennen uns – Ringer huscht nach rechts, ich nach links –, und ich höre das Heulen einer Kugel, ein helles, sandpapierartiges Geräusch, eine halbe Ewigkeit bevor sie mir den Ärmel meiner Jacke aufreißt. Dem Instinkt, das Feuer zu erwidern, der mir in monatelangem Drill anerzogen wurde, lässt sich nur sehr schwer widerstehen. Ich springe auf den Randstein, mache zwei Schritte und presse mich mit dem Rücken gegen den beruhigenden kalten Beton des Gebäudes. Dann sehe ich Ringer auf einem Fleck Eis ausrutschen und mit dem Gesicht auf dem Randstein aufschlagen. Sie winkt mich zurück. »Nein!« Eine Salve reißt ein Stück des Randsteins neben ihrem Hals weg. Zum Teufel mit ihrem *Nein*. Ich eile zu ihr, packe ihren Arm und schleife sie zu dem Gebäude. Eine weitere Salve zischt an meinem Kopf vorbei, als ich uns rückwärts in Sicherheit bringe.

Sie blutet. Die Wunde schimmert schwarz im Schein des Feuers. Sie signalisiert mir mit einem Winken: *Los, los.* Wir traben an dem Gebäude entlang zu dem kaputten Fenster und tauchen hindurch.

Die Straße zu überqueren hat nicht einmal eine Minute gedauert. Angefühlt hat es sich wie zwei Stunden.

Der Raum, in dem wir uns befinden, war früher eine exklusive Boutique: mehrfach geplündert, voller leerer Regale, kaputter Kleiderbügel, unheimlicher kopfloser Schaufensterpuppen und Poster mit übertrieben ernst dreinblickenden Models an den Wänden. Auf einem Schild auf der Ladentheke steht: RÄUMUNGSVERKAUF.

Ringer hat sich in eine Ecke des Raums gekauert, aus der sie gute Sicht auf die Fenster und auf die Tür hat, die in die Lobby führt. Sie hat eine Hand am Hals, und diese Hand ist blutüberströmt. Ich muss nachsehen. Sie möchte nicht, dass ich nachsehe. Ich sage: »Stell dich nicht so an, ich muss nachsehen.« Also lässt sie mich nachsehen. Die Verletzung ist nur oberflächlich. Auf einem Vitrinentisch finde ich einen Schal, den sie zusammenlegt und sich gegen den Hals presst. Dann deutet sie mit einem Nicken auf meinen zerfetzten Ärmel.

»Wurdest du getroffen?«

Ich schüttle den Kopf und lasse mich neben ihr auf dem Fußboden nieder. Wir ringen beide nach Luft. Adrenalin flutet meinen Kopf. »Ich möchte niemandem unrecht tun, aber als Heckenschütze taugt dieser Typ nichts.«

»Drei Schüsse. Dreimal daneben. Da wünscht man sich, das hier wäre Baseball.«

»Wesentlich mehr als drei«, korrigiere ich sie. Er hat mehrfach auf seine Zielpersonen geschossen, aber der einzige echte Treffer ist eine oberflächliche Wunde an Teacups Bein.

»Amateur.«

»Wahrscheinlich ist er das.«

»Wahrscheinlich«, brummt sie.

»Er hat nicht aufgeleuchtet, und er ist kein Profi. Ein Einzelgänger, der sein Revier verteidigt. Der sich vielleicht vor denselben Typen versteckt, hinter denen wir her sind, und völlig verängstigt ist.« Ich füge nicht hinzu: *wie wir.* Ich bin mir nur bei einem von uns beiden sicher.

Draußen hält Poundcake den Heckenschützen weiterhin auf Trab. *Pop-pop-pop,* eine schwere Stille, dann wieder: *Pop-pop-pop.* Der Heckenschütze erwidert das Feuer jedes Mal.

»Dann sollte das eigentlich ganz einfach sein«, sagt Ringer, ihr Mund eine grimmige Linie.

Ich bin ein wenig überrascht. »Er hat nicht aufgeleuchtet, Ringer. Wir haben keine Befugnis …«

»Ich schon.« Sie zieht ihr Gewehr auf den Schoß. »Die hier.«

»Ähm, ich dachte, wir sollten die Menschheit retten.«

Sie sieht mich aus dem Augenwinkel ihres unbedeckten Auges an. »Schach, Zombie: sich gegen den Spielzug verteidigen, der noch nicht stattgefunden hat. Spielt es eine Rolle, dass er durch unsere Okulare nicht aufleuchtet? Dass er uns verfehlt hat, als er uns hätte töten können? Wenn zwei Möglichkeiten gleich wahrscheinlich sind, sich aber gegenseitig ausschließen, welche von beiden spielt dann die größere Rolle? Auf welche würdest du dein Leben verwetten?«

Ich nicke, obwohl ich ihr überhaupt nicht folgen kann. »Du willst damit also sagen, dass er trotzdem befallen sein könnte?«, rate ich.

»Ich will damit sagen, die sichere Variante ist zu handeln, als wäre er es.«

Sie zieht ihr Kampfmesser aus der Scheide. Ich zucke zusammen, da ich mich an ihre Dorothy-Bemerkung erinnere. Warum zückt Ringer ihr Messer?

»Was spielt eine Rolle?«, sagt sie nachdenklich. Sie strahlt jetzt eine beängstigende Ruhe aus, wie eine Gewitterwolke, die kurz davor ist zu bersten, wie ein dampfender Vulkan, der kurz davor ist auszubrechen. »Was spielt eine Rolle, Zombie? Ich war immer ziemlich gut darin, das zu beurteilen. Wurde nach den Angriffen noch viel besser. Was spielt wirklich eine Rolle? Meine Mom starb als Erstes. Das war schlimm – doch was wirklich eine Rolle gespielt hat, war, dass ich noch meinen Dad, meinen Bruder und meine kleine Schwester hatte. Dann habe ich auch sie verloren, und was eine Rolle gespielt hat, war, dass ich *mich* noch hatte. Und was mich anbelangt gab es nicht viel, was eine Rolle gespielt hat. Essen. Wasser. Unterschlupf. Was braucht man noch? Was spielt noch eine Rolle?«

Das hier ist schlimm, auf halbem Weg zu richtig schlimm. Ich habe keine Ahnung, worauf es hinauslaufen wird, aber wenn Ringer mir jetzt die Dorothy macht, bin ich erledigt. Und der Rest meiner Crew vermutlich ebenfalls. Ich muss sie in die Gegenwart zurückholen. Am besten funktioniert das durch Berührung, aber ich habe Angst, dass sie mir diese Fünfundzwanzig-Zentimeter-Klinge in den Bauch rammt, wenn ich sie anfasse.

»Spielt es eine Rolle, Zombie?« Sie reckt den Hals, um zu mir aufzublicken, dreht das Messer langsam in ihren Händen. »Dass er auf uns geschossen hat und nicht auf die drei Teds unmittelbar vor ihm? Oder dass er uns jedes Mal verfehlt hat, als er auf uns geschossen hat?« Sie dreht das Messer langsam, dessen Spitze ihre Fingerkuppe einbeult. »Spielt es eine Rolle, dass sie nach dem elektromagnetischen Impuls alles wieder zum Laufen gebracht haben? Dass sie genau unter dem Mutterschiff operieren, Überlebende einsammeln, Befallene töten und ihre Leichen zu hunderten verbrennen, uns bewaffnen und ausbilden und uns losschicken, damit wir die Übrigen töten? Sag mir, dass diese Dinge keine Rolle spielen. Sag mir, die Wahrscheinlichkeit, dass sie nicht wirklich *sie* sind, ist vernachlässigbar. Sag mir, auf welche Möglichkeit ich mein Leben verwetten soll.«

Ich nicke erneut, doch diesmal kann ich ihr folgen, und der Pfad endet an einem sehr dunklen Ort. Ich gehe neben ihr in die Hocke und sehe ihr direkt in die Augen. »Ich weiß nicht, was es mit diesem Typen auf sich hat, und ich weiß nicht, was es mit der Sache mit dem elektromagnetischen Impuls auf sich hat, aber der Kommandant hat mir gesagt, warum sie uns in Ruhe lassen: weil sie denken, wir würden keine Gefahr mehr für sie darstellen.«

Sie wirft ihr Pony nach hinten und blafft: »Woher will der Kommandant wissen, was sie denken?«

»Wonderland. Wir waren in der Lage, ein Profil von …«

»Wonderland«, wiederholt sie. Nickt energisch. Ihr Blick huscht von meinem Gesicht nach draußen auf die verschneite Straße und wieder zurück. »Wonderland ist ein außerirdisches Programm.«

»Genau.« Bleib bei ihr, aber versuche, sie behutsam zurückzuführen. »Das ist es, Ringer. Erinnerst du dich? Nachdem wir den Stützpunkt zurückerobert hatten, haben wir es gefunden, versteckt …«

»Es sei denn, wir haben es nicht gefunden, Zombie. *Es sei denn, wir haben es nicht gefunden.*« Sie stößt mit dem Messer in meine Richtung. »Das ist eine Möglichkeit, die genauso relevant ist, und Möglichkeiten spielen eine Rolle. Glaub mir, Zombie, ich bin eine Expertin darin zu beurteilen, was eine Rolle spielt. Bislang habe ich Blindekuh gespielt. Jetzt wird es Zeit für ein bisschen Schach.« Sie dreht das Messer um und hält mir den Griff hin. »Schneid es mir raus.«

Ich weiß nicht, was ich sagen soll, und starre stumm auf das Messer in ihrer Hand.

»Die Implantate, Zombie.« Sie stupst mir gegen die Brust. »Wir müssen sie entfernen. Du bei mir und ich bei dir.«

Ich räuspere mich. »Ringer, wir können sie nicht rausschneiden.« Ich suche einen Moment nach dem besten Argument, doch alles, was mir einfällt, ist: »Wie sollen sie uns finden, wenn wir es nicht zurück zum Treffpunkt schaffen?«

»Verdammt, Zombie, hast du mir denn überhaupt nicht zugehört? Was ist, wenn sie nicht *wir* sind? Was ist, wenn sie *sie* sind? Was ist, wenn das Ganze eine Lüge ist?«

Ich bin kurz davor auszurasten. Okay, nicht nur kurz davor. »Oh, Herrgott noch mal, Ringer! Weißt du eigentlich, was du da für einen Sch… Blödsinn redest? Der Feind rettet uns, bildet uns aus, gibt uns Waffen? Komm schon, lass uns mit diesem Unsinn aufhören. Wir haben einen Job zu erledigen. Mag sein, dass dir das nicht passt, aber ich bin dein kommandierender Offizier …«

»In Ordnung.« Mit einem Mal ganz ruhig. Unterkühlt, während ich koche. »Dann mache ich es eben selbst.«

Sie neigt den Kopf weit nach unten und setzt das Messer an ihrem Nacken an. Ich reiße es ihr aus der Hand. Es reicht.

»Schluss jetzt, Gefreite.« Ich schleudere ihr Messer quer durch den Raum in die tiefen Schatten und richte mich auf. Ich zittere, jeder Teil von mir, sogar meine Stimme. »Wenn du auf Nummer sicher gehen möchtest, okay. Bleib hier, bis ich wieder zurück bin. Oder noch besser, erledige mich jetzt auf der Stelle. Vielleicht haben sich meine außerirdischen Meister etwas einfallen lassen, wie sie meinen Befall vor dir verbergen können. Und wenn du mich erledigt hast, dann geh auf die andere Straßenseite und töte alle anderen ebenfalls. Jag Teacup eine Kugel in den Kopf. Schließlich könnte sie zum Feind gehören, nicht wahr? Man tötet alle, oder man riskiert, selbst getötet zu werden.«

Ringer rührt sich nicht von der Stelle. Eine sehr lange Zeit sagt sie auch nichts. Schnee wird durch das kaputte Fenster hereingeweht, die Flocken purpurfarben, da sie die schwelenden Überreste des Tanklastzugs reflektieren.

»Bist du sicher, dass du nicht Schach spielst?«, fragt sie. Sie zieht das Gewehr wieder auf ihren Schoß, lässt den Zeigefinger über den Abzug wandern. »Kehr mir den Rücken zu, Zombie.«

Wir sind am Ende des dunklen Pfads angelangt, und es handelt sich um eine Sackgasse. Mir fällt nichts mehr ein, was als überzeugendes Argument durchgehen würde, deshalb sage ich das Erstbeste, was mir durch den Kopf schießt.

»Mein Name ist Ben.«

Sie zögert keine Sekunde. »Bescheuerter Name. Zombie ist besser.«

»Wie heißt du denn?« Ich lasse nicht locker.

»Das gehört zu den Dingen, die keine Rolle spielen. Es spielt schon lange keine mehr, Zombie.« Ihr Finger streichelt langsam den Abzug. Sehr langsam. Es ist hypnotisierend, schwindelerregend.

»Wie wär's damit?« Ich suche nach einem Ausweg. »Ich schneide dir den Peilsender raus, und du versprichst mir, dass du mich nicht umlegst.« Auf diese Weise halte ich sie auf meiner Seite, da ich es lieber mit einem Dutzend Heckenschützen aufnehme als mit einer Ringer, die die Dorothy macht. Vor meinem geistigen Auge sehe ich meinen Kopf zerbersten wie eine der Sperrholzfiguren auf dem Schießplatz.

Sie neigt den Kopf zur Seite, und einer ihrer Mundwinkel zuckt bei einem Beinahe-Lächeln. »Schach!«

Ich antworte mit einem echten Lächeln, einem alten Ben-Parish-Lächeln, mit dem ich früher praktisch alles bekam, was ich wollte. Nein, nicht nur praktisch; ich bin zu bescheiden.

»Heißt das, dass du die Waffen streckst, oder erteilst du mir eine Schachlektion?«

Sie legt ihr Gewehr beiseite und kehrt mir den Rücken zu. Neigt den Kopf nach unten. Schiebt sich ihr seidiges schwarzes Haar aus dem Nacken.

»Beides.«

Pop-pop-pop tönt Poundcakes Gewehr. Und der Heckenschütze erwidert das Feuer. Der Schusswechsel der beiden geht im Hintergrund weiter, als ich mich mit meinem Messer hinter Ringer knie. Ein Teil von mir ist mehr als bereit, sie bei Laune zu halten, wenn das mich – und den Rest der Einheit – am Leben erhält. Der andere Teil von mir schreit stumm: *Gibst du da nicht einer Maus ein Stück Käse? Was wird sie als Nächstes verlangen – eine Untersuchung meiner Großhirnrinde?*

»Entspann dich, Zombie«, sagte sie, leise und ruhig, wieder ganz die alte Ringer. »Wenn die Peilsender nicht von uns sind, ist es wahrscheinlich keine gute Idee, dass wir sie in uns haben. Sollten sie doch von uns sein, kann Dr. Pam uns jederzeit neue implantieren, sobald wir wieder zurück sind. Habe ich recht?«

»Schachmatt.«

»Schach und matt«, korrigiert sie mich.

Ihr Hals ist lang und zierlich und fühlt sich unter meinen Fingern sehr kalt an, als ich den Bereich unter der Narbe nach dem Implantat abtaste. Meine Hand zittert. *Halt sie einfach bei Laune. Wahrscheinlich wirst du dafür vors Kriegsgericht gestellt und darfst für den Rest deines Lebens Kartoffeln schälen, aber du wirst zumindest am Leben bleiben.*

»Sei vorsichtig«, flüstert sie.

Ich hole tief Luft und ziehe die Spitze der Klinge an der winzigen Narbe entlang. Ihr Blut quillt leuchtend rot hervor, erschreckend rot auf ihrer perlmuttfarbenen Haut. Sie zuckt nicht zusammen, aber ich muss trotzdem fragen: »Tue ich dir weh?«

»Nein, es gefällt mir sehr.«

Ich löse das Implantat mit der Messerspitze aus ihrem Nacken. Sie stöhnt leise auf. Das Kügelchen bleibt am Metall hängen, versiegelt von einem Blutstropfen.

»So«, sagt sie und dreht sich um. Das Beinahe-Lächeln ist beinahe da. »Wie war es für dich?«

Ich antworte nicht. Ich kann nicht. Ich habe die Fähigkeit zu sprechen verloren. Das Messer fällt mir aus der Hand. Ich bin einen halben Meter von ihr entfernt und blicke sie direkt an, doch ihr Gesicht ist verschwunden. Ich kann es durch mein Okular nicht mehr sehen.

Ringers ganzer Kopf wird von einem grellgrünen Feuer erleuchtet.

—— **60. Kapitel** ——

Mein erster Impuls ist, mir die Vorrichtung vom Kopf zu reißen. Ich bin vor Schreck wie gelähmt. Als Nächstes überkommt mich Ekel. Dann Panik. Dicht gefolgt von Verwirrung. Ringers Kopf ist erleuchtet wie ein Weihnachtsbaum, hell genug, um aus einer Meile Entfernung zu erkennen zu sein. Die grünen Flammen lodern und tanzen so intensiv, dass sie ein Nachbild in meinem linken Auge hinterlassen.

»Was ist los?«, will sie wissen. »Was ist passiert?«

»Du hast aufgeleuchtet. Sofort nachdem ich den Peilsender entfernt habe.«

Wir starren uns eine Minute lang an. Dann sagt sie: »Unsauber leuchtet grün.«

Ich bin bereits auf den Beinen, das M16 in den Händen, und weiche zur Tür zurück. Und draußen, im schalldämpfenden Schneefall, liefern sich Poundcake und der Heckenschütze ihr Duell. Unsauber leuchtet grün. Ringer macht keine Anstalten, zu dem Gewehr zu greifen, das neben ihr liegt. Mit meinem rechten Auge betrachtet sieht sie normal aus. Mit meinem linken betrachtet brennt sie wie ein römisches Licht.

»Überleg doch mal, Zombie«, sagt sie. »Überleg doch mal.« Sie hält ihre leeren Hände hoch, die von ihrem Sturz zerkratzt und aufgeschürft sind, eine davon blutverkrustet. »Ich habe aufgeleuchtet, nachdem du das Implantat entfernt hast. Die Okulare erkennen nicht Befall, sondern reagieren, wenn kein Implantat vorhanden ist.«

»Tut mir leid, Ringer, aber das ergibt verdammt noch mal keinen Sinn. Die drei Befallenen haben aufgeleuchtet. Warum hätten sie aufleuchten sollen, wenn sie nicht befallen waren?«

»Du weißt, warum. Du willst es dir bloß nicht eingestehen. Diese Leute haben aufgeleuchtet, weil sie keine Befallenen sind. Sie sind genau wie wir, mit dem einzigen Unterschied, dass sie kein Implantat besitzen.«

Sie erhebt sich. Mein Gott, sie wirkt so zierlich, wie ein Kind ... Aber sie ist auch noch ein Kind, oder? Mit einem Auge betrachtet normal. Mit dem anderen betrachtet ein grüner Feuerball. Welche ist sie? *Was* ist sie?

»Sie nehmen uns auf.« Sie geht einen Schritt auf mich zu. Ich hebe mein Gewehr. Sie bleibt stehen. »Etikettieren uns und tüten uns ein. Bringen uns bei zu töten.« Ein weiterer Schritt. Ich schwenke die Mündung auf sie zu: *Bleib stehen.* »Alle, die nicht etikettiert wurden, leuchten grün, und wenn sie sich verteidigen oder uns herausfordern, wenn sie auf uns schießen, wie dieser Heckenschütze da oben ... Tja, das beweist, dass es sich bei ihnen um den Feind handelt, oder?« Ein weiterer Schritt. Jetzt ziele ich direkt auf ihr Herz.

»Nein«, flehe ich sie an. »Bitte, Ringer.« Ein Gesicht normal. Ein Gesicht in Flammen.

»Bis wir alle getötet haben, die nicht etikettiert wurden.« Ein weiterer Schritt. Sie steht jetzt unmittelbar vor mir. Die Mündung meines Gewehrs drückt leicht gegen ihre Brust. »Das ist die Fünfte Welle, Ben.«

Ich schüttle den Kopf. »Keine fünfte Welle. Keine fünfte Welle! Der Kommandant hat gesagt ...«

»Der Kommandant hat gelogen.«

Sie streckt ihre blutigen Hände aus und zieht das Gewehr

aus meinem Griff. Ich spüre, wie ich in ein völlig anderes Wonderland falle, in dem oben unten ist und wahr falsch und der Feind zwei Gesichter hat, mein Gesicht und seines, das Gesicht desjenigen, der mich vor dem Ertrinken gerettet hat, der mein Herz genommen und es zu einem Schlachtfeld gemacht hat.

Sie legt ihre Hände in meine und erklärt mich für tot.

»Ben, *wir* sind die Fünfte Welle.«

—— 61. Kapitel ——

Wir sind die Menschheit.

Eine Lüge. Wonderland. Camp Haven. Der Krieg selbst.

Wie einfach es war. Wie unglaublich einfach, selbst nach allem, was wir durchgemacht hatten. Vielleicht war es aber auch einfach *wegen* allem, was wir durchgemacht hatten.

Sie haben uns eingesammelt. Sie haben uns ausgeleert. Sie haben uns mit Hass, Arglist und Rachlust aufgefüllt.

Sodass sie uns wieder aussenden konnten.

Damit wir töten, was vom Rest von uns noch übrig ist.

Schach und matt.

Ich muss mich übergeben. Ringer hält mich an den Schultern fest, während ich mich auf ein Poster erbreche, das von der Wand gefallen ist: GEHEN SIE MIT DER MODE!

Da ist Chris, hinter dem halb durchlässigen Spiegel. Und da ist der Knopf mit der Aufschrift HINRICHTEN. Und da ist mein Finger, der nach unten saust. Wie einfach es war, mich dazu zu bringen, einen anderen Menschen zu töten.

Als ich fertig bin, kippe ich zurück auf meine Fersen. Ich spüre Ringers kühle Finger, die mir den Nacken massieren. Höre ihre Stimme, die mir sagt, dass alles gut wird. Ich reiße mir das Okular vom Kopf, lösche das grüne Feuer und gebe Ringer ihr

Gesicht zurück. Sie ist Ringer, und ich bin ich, allerdings bin ich mir nicht mehr sicher, was *ich* bedeutet. Ich bin nicht der, für den ich mich hielt. Die Welt ist nicht das, wofür ich sie hielt. Vielleicht ist das genau der Punkt:

Es ist jetzt ihre Welt, und wir sind die Außerirdischen.

»Wir können nicht zurückgehen«, stoße ich hervor. Und da sind ihr tief bohrender Blick und ihre kühlen Finger, die mir den Nacken massieren.

»Nein, das können wir nicht. Aber wir können vorwärtsgehen.« Sie hebt mein Gewehr auf und drückt es mir an die Brust. »Und wir können mit dem Scheißkerl da oben anfangen.«

Erst, wenn mein Implantat entfernt ist. Es schmerzt mehr, als ich erwarte, weniger, als ich verdiene.

»Mach dir keine Vorwürfe«, sagt Ringer zu mir, während sie mein Implantat herauspult. »Sie haben uns alle zum Narren gehalten.«

»Und diejenigen, bei denen es ihnen nicht gelungen ist, haben sie Dorothy genannt und getötet.«

»Nicht nur die«, sagt sie verbittert. Und dann trifft es mich wie ein Schlag ins Herz: der Abfertigungs- und Entsorgungshangar. Die Zwillingsschornsteine, die schwarzen und grauen Rauch ausspucken. Die Lastwagen, die mit Leichen beladen werden – mit hunderten Leichen am Tag. Tausenden in der Woche. Und die Busse, die die ganze Nacht ankommen, jede Nacht, gefüllt mit Flüchtlingen, gefüllt mit lebendigen Toten.

»Camp Haven ist kein Militärstützpunkt«, flüstere ich, während mir Blut den Nacken hinunterrinnt.

Sie schüttelt den Kopf. »Und auch kein Flüchtlingslager.«

Ich nicke. Schlucke die schwarze Galle hinunter, die in meiner Kehle aufsteigt. Ich spüre, sie wartet darauf, dass ich es laut sage. Manchmal muss man die Wahrheit laut sagen, sonst fühlt sie sich nicht echt an. »Es ist ein Vernichtungslager.«

Ein altes Sprichwort besagt, dass die Wahrheit frei macht. Das stimmt nicht. Manchmal schlägt die Wahrheit die Zellentür zu und schiebt tausend Riegel vor.

»Bist du bereit?«, fragt Ringer. Sie scheint darauf erpicht zu sein, es hinter sich zu bringen.

»Wir töten ihn nicht«, sage ich. Ringer sieht mich an, als hätte ich den Verstand verloren. Aber ich denke an Chris, der hinter einem halb durchlässigen Spiegel an einem Stuhl festgegurtet ist. Denke daran, wie ich Leichen auf das Förderband gehievt habe, das seine menschliche Ladung in das heiße, hungrige Maul des Verbrennungsofens transportiert. Ich war lange genug ihr Werkzeug. »Ausschalten und entwaffnen lautet der Befehl. Verstanden?«

Sie zögert, dann nickt sie. Ich kann ihren Gesichtsausdruck nicht deuten – das ist nicht ungewöhnlich. Spielt sie wieder Schach? Wir hören Poundcake noch immer auf der anderen Straßenseite feuern. Ihm muss langsam die Munition ausgehen. Es wird Zeit.

In die Lobby zu treten gleicht einem Sprung in völlige Finsternis. Wir rücken Schulter an Schulter vor, fahren mit den Fingern an der Wand entlang, um uns in der Dunkelheit zu orientieren, probieren jede Tür aus, um diejenige zu finden, die ins Treppenhaus führt. Die einzigen Geräusche sind unser Atem in der abgestandenen kalten Luft und das Platschen unserer Stiefel durch zwei bis drei Zentimeter säuerlich riechendes, eiskaltes Wasser; eine Rohrleitung muss geplatzt sein. Ich drücke eine Tür am Ende des Korridors auf und spüre eine Brise frische Luft: das Treppenhaus.

Auf dem Treppenabsatz der vierten Ebene, am unteren Ende der schmalen Stufen, die aufs Dach hinaufführen, legen wir eine Pause ein. Die Tür steht einen Spalt offen; wir hören das scharfe Knallen des Heckenschützengewehrs, können ihn jedoch nicht sehen. Handzeichen sind in der Dunkelheit nutzlos, deshalb ziehe ich Ringer an mich heran und presse ihr den Mund ans Ohr.

»Klingt so, als wäre er genau vor uns.« Sie nickt. Ihr Haar kitzelt mich an der Nase. »Wir machen kurzen Prozess.«

Ringer ist der bessere Schütze; sie geht voraus. Ich werde den zweiten Schuss abgeben, falls sie ihr Ziel verfehlt oder selbst getroffen wird. Wir haben das hundertmal trainiert, doch wir haben immer geübt, unsere Zielperson zu eliminieren, und nicht, sie zu entwaffnen. Und die Zielperson hat unser Feuer niemals erwidert. Ringer tritt an die Tür. Ich stehe unmittelbar hinter ihr, die Hand auf ihrer Schulter. Der Wind pfeift durch den Spalt wie das Wimmern eines sterbenden Tieres. Ringer wartet mit gesenktem Kopf auf mein Signal, atmet gleichmäßig und tief, und ich frage mich, ob sie betet, und wenn sie das tut, ob sie zum selben Gott betet wie ich. Aus irgendeinem Grund glaube ich das nicht. Ich klopfe ihr einmal auf die Schulter. Sie tritt die Tür auf, und es ist, als sei sie aus einer Kanone geschossen worden: Sie verschwindet im Schneegestöber, bevor ich auch nur zwei Schritte aufs Dach mache, und ich höre das Scharfe *Pop-Pop-Pop* ihrer Waffe, dann stolpere ich beinahe über sie. Ringer kniet auf dem nassen weißen Teppich aus Schnee, und drei Meter vor ihr liegt der Heckenschütze auf der Seite und hält sich mit einer Hand das Bein, während er mit der anderen nach seinem Gewehr tastet. Es muss ihm aus den Händen gefallen sein, als er von ihr getroffen wurde. Ringer schießt erneut, dieses Mal auf die tastende Hand. Das Ziel hat keine acht Zentimeter Durchmesser, doch sie trifft beim ersten Versuch. In der Dunkelheit. Bei starkem Schneefall. Der Heckenschütze zieht die Hand mit einem verängstigten Schrei zu seiner Brust zurück. Ich tippe Ringer auf den Scheitel und signalisiere ihr damit, dass sie das Feuer einstellen soll.

»Liegen bleiben!«, brülle ich ihn an. »Keine Bewegung!«

Er setzt sich auf, mit dem Gesicht zur Straße, presst vornübergebeugt seine zerfetzte Hand an die Brust, und wir sehen nicht, was seine andere Hand macht, aber ich sehe etwas silbern aufblitzen und höre ihn knurren: »Maden«, und irgendetwas in mir wird kalt. Ich kenne diese Stimme.

Sie hat mich angeschrien, mich verspottet, mich erniedrigt, mir gedroht, mich verflucht. Sie ist mir gefolgt von dem Moment, in dem ich aufgewacht bin, bis zu dem Moment, in dem ich eingeschlafen bin. Sie hat mich angezischt, angebrüllt, angefaucht und angespuckt – uns alle.

Reznik.

Wir hören die Stimme beide. Und sie nagelt uns fest. Sie lässt uns aufhören zu atmen. Sie friert unsere Gedanken ein.

Und sie verschafft ihm Zeit.

Zeit, die verrinnt, als er sich aufrichtet, und langsamer wird, als würde der universellen Uhr, die vom Urknall in Bewegung gesetzt wurde, die Puste ausgehen.

Er kämpft sich auf die Füße. Das dauert etwa sieben bis acht Minuten.

Dreht sich zu uns um. Das dauert mindestens zehn.

Hält etwas in seiner unversehrten Hand. Schlägt mit seiner blutigen darauf. Das zieht sich mindestens zwanzig Minuten hin.

Und dann erwacht Ringer zum Leben. Die Salve schlägt in Rezniks Brust ein. Er fällt auf die Knie. Sein Mund öffnet sich. Er kippt nach vorn und landet vor uns mit dem Gesicht auf dem Boden.

Die Uhr stellt sich auf null. Niemand bewegt sich. Niemand sagt etwas.

Schnee. Wind. Als stünden wir allein auf einem eisigen Berggipfel. Ringer geht zu ihm, rollt ihn auf den Rücken. Nimmt ihm das silberfarbene Gerät aus der Hand. Ich blicke hinab auf sein teigiges, pockennarbiges, rattenäugiges Gesicht, und irgendwie bin ich überrascht und nicht überrascht.

»Er hat Monate damit zugebracht, uns auszubilden, um uns dann zu töten«, sage ich.

Ringer schüttelt den Kopf. Sie betrachtet das Display des silberfarbenen Geräts. Sein Licht scheint ihr ins Gesicht und verstärkt den Kontrast zwischen ihrer hellen Haut und ihrem pechschwarzen Haar. Sie sieht wunderschön aus in diesem Licht, nicht engelsgleich schön, sondern eher racheengelsgleich schön.

»Er wollte uns nicht töten, Zombie. Bis wir ihn überrascht und ihm keine andere Wahl gelassen haben. Und auch dann nicht mit dem Gewehr.« Sie hält das Gerät hoch, damit ich das Display sehen kann. »Ich glaube, er wollte uns hiermit töten.«

Ein Gitternetz nimmt die obere Hälfte ein. Ganz links in der Ecke befindet sich eine Ansammlung von grünen Punkten. Ein weiterer grüner Punkt ist in der Nähe der Mitte zu sehen.

»Die Einheit«, sage ich.

»Und dieser einzelne Punkt hier muss Poundcake sein.«

»Was bedeutet, wenn wir unsere Implantate nicht rausgeschnitten hätten …«

»Hätte er genau gewusst, wo wir uns befinden«, sagt Ringer. »Er hätte auf uns gewartet, und wir wären erledigt gewesen.«

Sie deutet auf die beiden hervorgehobenen Nummern unten auf dem Bildschirm. Bei einer von ihnen handelt es sich um die Nummer, die mir zugewiesen wurde, als Dr. Pam mich etikettiert und eingetütet hat. Ich nehme an, die andere ist Ringers Nummer. Unter den Nummern befindet sich ein grün blinkender Knopf.

»Was passiert, wenn man diesen Knopf drückt?«, frage ich.

»Vermutlich nichts.« Und sie drückt ihn.

Ich zucke zusammen, aber ihre Vermutung erweist sich als richtig.

»Das ist ein Tötungsknopf«, sagt sie. »Kein Zweifel. Verbunden mit unseren Implantaten.«

Er hätte uns alle jederzeit nach Belieben hinrichten können. Uns zu töten war nicht das Ziel, also was war dann das Ziel? Ringer erkennt die Frage in meinem Blick. »Die drei ›Befallenen‹ –

deshalb hat er den ersten Schuss abgegeben«, sagt sie. »Wir sind die erste Einheit, die das Camp verlassen hat. Es ist verständlich, dass sie uns genau überwachen wollten, um zu sehen, wie wir uns im tatsächlichen Kampfeinsatz schlagen. Oder vielmehr bei dem, was wir für einen tatsächlichen Kampfeinsatz halten. Um sicherzugehen, dass wir auf die grünen Köder reagieren wie gute kleine Ratten. Sie müssen ihn vor uns abgesetzt haben – damit er den Knopf drücken kann, falls wir nicht spuren. Und als wir das nicht taten, hat er uns einen kleinen Ansporn gegeben.«

»Und er hat immer wieder auf uns geschossen, weil …?«

»Damit wir unter Strom stehen und jedes verdammte grüne Ding wegpusten, das aufleuchtet.«

Im Schnee hat es den Anschein, als würde sie mich durch einen hauchdünnen weißen Vorhang ansehen. Flocken bestäuben ihre Augenbrauen, lassen ihr Haar funkeln.

»Ein enormes Risiko, das er da eingegangen ist«, stelle ich fest.

»Nicht wirklich. Er hatte uns auf diesem kleinen Radarschirm. Im schlimmsten Fall hätte er lediglich den Knopf zu drücken brauchen. Nur hat er den allerschlimmsten Fall nicht in Betracht gezogen.«

»Dass wir unsere Implantate rausschneiden.«

Ringer nickt. Sie wischt den Schnee weg, der ihr im Gesicht hängt. »Der bescheuerte Mistkerl hat wohl nicht damit gerechnet, dass wir umkehren und kämpfen.«

Sie reicht mir das Gerät. Ich schließe den Deckel, stecke es in meine Hosentasche.

»Wir sind am Zug, Sarge«, sagt sie leise. Vielleicht liegt es auch daran, dass der Schnee ihre Stimme dämpft. »Wie lautet der Befehl?«

Ich sauge eine Lunge voll Luft ein und atme sie langsam wieder aus. »Zur Einheit zurückkehren. Allen das Implantat entfernen …«

»Und?«

»Inständig hoffen, dass kein ganzes Bataillon von Rezniks auf dem Weg hierher ist.«

Ich drehe mich um und setze mich in Bewegung. Sie packt mich am Arm. »Warte! Wir können nicht ohne unsere Implantate zurückgehen.«

Ich brauche einen Moment, bis ich verstehe. Dann nicke ich und reibe mir mit dem Handrücken über meine tauben Lippen. Ohne die Implantate werden wir in ihren Okularen aufleuchten. »Poundcake würde uns abknallen, bevor wir die Straße halb überquert haben.«

»Sollen wir sie in den Mund nehmen?«

Ich schüttle den Kopf. Was ist, wenn wir sie versehentlich verschlucken? »Wir müssen sie wieder dorthin stecken, wo sie waren, die Wunde gut verbinden und …«

»Inständig hoffen, dass sie nicht rausfallen?«

»Und hoffen, dass sie beim Herausnehmen nicht deaktiviert wurden … Was ist?«, frage ich. »Zu viel Hoffen?«

Ihr Mundwinkel zuckt. »Vielleicht ist das unsere geheime Waffe.«

——— **62. Kapitel** ———

»Das ist ja echt total abgefahren«, sagt Flintstone zu mir. »Reznik soll aus dem Hinterhalt auf uns geschossen haben?«

Wir sitzen an die halbhohe Wand der Parkgarage gelehnt, Ringer und Poundcake jeweils ganz außen, und beobachten die Straße unter uns. Dumbo sitzt auf der einen Seite von mir, Flint auf der anderen, und Teacup presst den Kopf gegen meine Brust.

»Reznik ist ein Ted«, erkläre ich ihm zum dritten Mal. »Camp Haven ist in ihrer Hand. Sie haben uns benutzt, um …«

»Halt die Klappe, Zombie! Das ist der verrückteste, paranoideste Haufen Müll, den ich je gehört habe!« Flintstones breites Gesicht ist puterrot. Seine zusammengewachsenen Augenbrauen hüpfen und zucken. »Du hast unseren Drill-Ausbilder umgelegt! Der versucht hat, uns umzulegen! Bei unserer Mission, Teds umzulegen! Ihr könnt machen, was ihr wollt, aber das ist nichts für mich. Ich hab die Schnauze voll.« Er rappelt sich hoch und droht mir mit der Faust. »Ich gehe zurück zum Treffpunkt und warte auf die Evakuierung. Das ist doch …« Er sucht nach dem passenden Wort. »Schwachsinn.«

»Flint«, sage ich mit ruhiger Stimme. »Schluss jetzt.«

»Unglaublich. Du hast die Dorothy gemacht. Dumbo, Cake, kauft ihr ihm das ab? Es kann nicht sein, dass ihr ihm das abkauft.«

Ich hole das silberfarbene Gerät aus der Hosentasche. Klappe es auf. Halte es ihm vor die Nase. »Siehst du diesen grünen Punkt da? Das bist du.« Ich scrolle zu seiner Nummer hinunter und markiere sie mit einem Daumendruck. Der grüne Knopf leuchtet auf. »Weiß du, was passiert, wenn man den grünen Knopf drückt?«

Das ist eine von den Bemerkungen, die dafür sorgen, dass man für den Rest seines Lebens nachts wach liegt und sich wünscht, man könnte sie zurücknehmen.

Flintstone macht einen Satz nach vorn und reißt mir das Gerät aus der Hand. Vielleicht wäre ich rechtzeitig bei ihm gewesen, doch Teacup sitzt auf meinem Schoß und bremst mich. Das Einzige, was passiert, bevor er den Knopf drückt, ist mein Schrei: »Nein!«

Flintstones Kopf wird ruckartig nach hinten gerissen, als hätte ihm jemand mit voller Wucht gegen die Stirn geschlagen. Sein Mund klappt auf, und seine Augen rollen nach oben.

Dann sackt er mit schlaffen Gliedmaßen in sich zusammen und fällt zu Boden wie eine Marionette, deren Fäden durchtrennt wurden.

Teacup schreit. Ringer nimmt sie mir ab, und ich knie mich neben Flint. Ich brauche seinen Puls nicht zu kontrollieren, um zu wissen, dass er tot ist, tue es aber trotzdem. Ich brauche nur auf das Display des Geräts in seiner Hand zu schauen, auf den roten Punkt, der gerade noch grün war.

»Ich nehme an, du hattest recht, Ringer«, sage ich über meine Schulter.

Ich löse das Steuergerät aus Flintstones lebloser Hand. Meine eigene Hand zittert. Panik. Verwirrung. Aber vor allem Verärgerung: Ich bin wütend auf Flint und ernsthaft versucht, ihm mit der Faust in sein großes, dickes Gesicht zu schlagen.

Hinter mir sagt Dumbo: »Was machen wir jetzt, Sarge?« Auch er ist in Panik.

»Als Erstes schneidest du Poundcake und Teacup das Implantat heraus.«

Seine Stimme klingt eine Oktave höher. »Ich?«

Meine klingt eine tiefer. »Du bist doch der Sanitäter, oder? Ringer kümmert sich um dein Implantat.«

»Okay, aber was machen wir dann? Wir können nicht zurück. Das geht nicht. Wohin sollen wir dann?«

Ringer sieht mich an. Ich werde langsam besser darin, ihren Gesichtsausdruck zu deuten. Die leicht gesenkten Mundwinkel bedeuten, dass sie sich auf etwas gefasst macht, als wüsste sie bereits, was ich gleich sagen werde. Wer weiß? Wahrscheinlich weiß sie es tatsächlich.

»Du gehst nicht zurück, Dumbo.«

»Du meinst, *wir* gehen nicht zurück«, korrigiert mich Ringer. »*Wir*, Zombie.«

Ich richte mich auf. Es scheint ewig zu dauern, bis ich mich hochgerappelt habe. Dann gehe ich zu ihr. Der Wind peitscht ihr Haar auf eine Seite wie eine schwarze Fahne.

»Wir haben einen zurückgelassen«, sage ich.

Sie schüttelt energisch den Kopf. Ihr Pony schaukelt dabei auf ansprechende Weise hin und her. »Nugget? Zombie, du kannst nicht zurück, um ihn zu holen. Das wäre Selbstmord.«

»Ich kann ihn nicht zurücklassen. Ich habe es ihm versprochen.« Ich setze an, um es zu erklären, weiß aber nicht einmal, wie ich anfangen soll. Wie soll ich es in Worte fassen? Es ist unmöglich. Es ist, als wolle man den Anfangspunkt eines Kreises bestimmen.

Oder, als wolle man das erste Glied einer Silberkette finden.

»Ich bin einmal weggelaufen«, sage ich schließlich. »Und ich werde nicht noch mal weglaufen.«

──── **63. Kapitel** ────

Der Schnee, winzige weiße Flocken, die herabtrudeln.

Der Fluss, der nach menschlichen Abfällen und menschlichen Überresten stinkt, schwarz, schnell und lautlos unter den Wolken, die das leuchtende grüne Auge des Mutterschiffs verbergen.

Und die siebzehnjährige Highschool-Football-Sportskanone, als Soldat verkleidet, mit einem halbautomatischen Hochleistungsgewehr bewaffnet, das ihr die aus dem leuchtenden grünen Auge gegeben haben, und neben der Statue eines echten Soldaten kauernd, der mit klarem Verstand und reinem Herzen gekämpft hat und gestorben ist, unverdorben von den Lügen eines Feindes, der weiß, wie er denkt, der alles Gute in ihm in Böses verwandelt, der seine Hoffnung benutzt, um ihn zu einer Waffe gegen seine eigene Spezies zu machen. Der Junge, der nicht umgekehrt ist, als er es hätte tun sollen, und der jetzt umkehrt, wenn er es nicht tun sollte. Der Junge namens Zombie, der ein Versprechen gegeben hat, und falls er dieses Versprechen bricht, ist der Krieg vorbei – nicht der große Krieg, sondern der Krieg, der wirklich wichtig ist, der Krieg auf dem Schlachtfeld seines Herzens.

Denn Versprechen spielen eine Rolle. Sie spielen jetzt eine größere Rolle als je zuvor.

Im Park am Fluss inmitten der herabtrudelnden Schneeflocken.

Ich spüre den Hubschrauber, bevor ich ihn höre. Eine Veränderung des Luftdrucks, ein Trommeln auf meiner entblößten Haut. Dann das rhythmische Schlagen der Rotorblätter, und ich richte mich unsicher auf, wobei ich die Hand auf die Schusswunde seitlich an meinem Bauch presse.

»Wohin soll ich dir schießen?«, fragte Ringer.

»Ich weiß nicht, aber auf keinen Fall ins Bein oder in den Arm.«

Und Dumbo, der beim Abfertigungsdienst eine Menge über menschliche Anatomie gelernt hat, meinte: »Schieß ihm seitlich in den Bauch. Aus nächster Nähe. Und in diesem Winkel, sonst durchlöcherst du ihm die Gedärme.«

Und Ringer fragte: »Was machen wir, wenn ich dir die Gedärme durchlöchere?«

»Mich begraben, weil ich dann tot bin.«

Ein Lächeln? Nein. Mist.

Und anschließend, als Dumbo die Wunde untersuchte, fragte sie: »Wie lange warten wir auf dich?«

»Nicht länger als einen Tag.«

»Einen Tag?«

»Okay, zwei Tage. Wenn wir in achtundvierzig Stunden nicht da sind, kommen wir nicht mehr.«

Sie ließ sich nicht auf eine Diskussion mit mir ein, sagte jedoch: »Wenn ihr in achtundvierzig Stunden nicht da seid, komme ich euch holen.«

»Schlechter Zug, Schachspielerin.«

»Wir spielen hier nicht Schach.«

Ein schwarzer Schatten, der über die Bäume braust, die den Park umgeben, der schwere pulsierende Rhythmus der Rotoren, der klingt wie ein riesiges rasendes Herz, und der eisige Wind, der herabbläst und auf meine Schultern drückt, als ich zu der geöffneten Klappe renne.

Der Pilot dreht den Kopf, als ich hineinspringe. »Wo ist Ihre Einheit?«

Ich lasse mich auf einen freien Sitz fallen. »Los! Los!«

Und der Pilot: »Soldat, wo ist Ihre Einheit?«

Aus den Bäumen antwortet meine Einheit, eröffnet ein unablässiges Sperrfeuer, und die Salven schlagen in den verstärkten Rumpf des Black Hawk ein, während ich aus vollem Hals schreie: »Los, los, los!« Dafür muss ich bezahlen: Mit jedem »Los!« wird Blut aus der Wunde gepresst, das durch meine Finger quillt.

Der Pilot hebt ab, schießt vorwärts und dreht dann scharf nach links ab. Ich schließe die Augen. *Los, Ringer. Los.*

Der Hubschrauber feuert im Tiefflug, macht Kleinholz aus den Bäumen, und der Pilot ruft dem Copiloten etwas zu, und dann befindet sich der Hubschrauber über den Bäumen, doch Ringer und meine Crew sollten inzwischen längst weg sein, unten auf dem Wanderweg, der am dunklen Flussufer entlangführt. Wir kreisen mehrmals über den Bäumen und feuern, bis diese nur noch zerfetzte Stümpfe sind. Der Pilot wirft einen Blick in den Frachtraum, und sieht, wie ich auf zwei Sitzen liege und mir meinen blutigen Bauch halte. Dann zieht er den Helikopter hoch und gibt Gas. Wir schießen auf die Wolken zu. Der Park wird von dem weißen Nichts des Schnees verschluckt.

Ich verliere das Bewusstsein. Zu viel Blut. Zu viel. Ich sehe Ringers Gesicht, und sie lächelt nicht nur, sie lacht. Gut für mich, dass ich sie zum Lachen gebracht habe.

Und ich sehe Nugget, der definitiv nicht lächelt.

Versprich mir nichts, versprich mir nichts, versprich mir nichts! Versprich mir nie, nie, nie was!

»Ich komme. Versprochen.«

─── 64. Kapitel ───

Ich wache auf, wo alles begann: in einem Krankenhausbett, bandagiert und auf einem Meer von Schmerzmitteln treibend. Der Kreis ist geschlossen.

Ich brauche ein paar Minuten, um zu realisieren, dass ich nicht allein bin. Jemand sitzt in dem Stuhl auf der anderen Seite des Tropfs. Ich drehe den Kopf und sehe als Erstes seine Stiefel – schwarz, auf Hochglanz poliert. Die makellose Uniform gestärkt und gebügelt. Das gemeißelte Gesicht, die stechenden blauen Augen, die sich bis auf den Grund meiner Seele gebohrt haben.

»Da sind Sie also wieder«, sagt Vosch leise. »In Sicherheit, wenn auch nicht ganz unversehrt. Die Ärzte haben mir gesagt, Sie hätten außerordentliches Glück gehabt, dass Sie überlebt haben. Keine schwerwiegenden Verletzungen. Die Kugel ist glatt durchgegangen. Wirklich erstaunlich, wenn man bedenkt, dass aus so geringer Entfernung auf Sie geschossen wurde.«

Was wirst du ihm sagen?

Ich werde ihm die Wahrheit sagen.

»Das war Ringer«, sage ich zu ihm. *Du Dreckskerl. Du mieses Schwein.* Monatelang habe ich ihn als meinen Retter betrachtet – als den Retter der *Menschheit* sogar. Seine Versprechungen haben mir das grausamste Geschenk überhaupt gemacht: Hoffnung.

Er neigt den Kopf zur Seite und erinnert mich dabei an einen helläugigen Vogel, der ein schmackhaftes Häppchen betrachtet.

»Und warum hat die Gefreite Ringer auf Sie geschossen, Ben?«

Du kannst ihm nicht die Wahrheit sagen.

Okay. Zum Teufel mit der Wahrheit. Ich nenne ihm stattdessen Fakten.

»Wegen Reznik.«

»Reznik?«

»Sir, die Gefreite Ringer hat auf mich geschossen, weil ich Rezniks Anwesenheit vor Ort verteidigt habe.«

»Und warum mussten Sie Rezniks Anwesenheit vor Ort verteidigen, Sergeant?« Er schlägt die Beine übereinander und verschränkt die Finger über dem oben liegenden Knie. Es ist schwierig, länger als drei oder vier Sekunden am Stück Blickkontakt mit ihm zu halten.

»Sie sind auf uns losgegangen, Sir. Na ja, nicht alle. Flintstone und Ringer. Und Teacup, aber nur wegen Ringer. Sie sagten, Rezniks Anwesenheit würde beweisen, dass all das eine Lüge ist und dass Sie …«

Er hebt die Hand. »All das‹?«

»Das Camp, die Befallenen. Dass wir nicht ausgebildet wurden, um die Außerirdischen zu töten, sondern dass die Außerirdischen uns ausgebildet hätten, damit wir uns gegenseitig töten.«

Zunächst sagt er gar nichts. Ich wünsche mir beinahe, er würde lachen oder lächeln oder den Kopf schütteln. Wenn er irgendetwas davon tun würde, bekäme ich womöglich Zweifel. Vielleicht würde ich das Ganze noch einmal überdenken und zu dem Schluss kommen, dass ich unter Paranoia und kriegsbedingter Hysterie leide.

Stattdessen starrt er mich mit seinen hellblauen Augen einfach ausdruckslos an. »Und Sie wollten mit ihrer kleinen Verschwörungstheorie nichts zu tun haben?«

Ich nicke. Ein gutes, kräftiges, überzeugtes Lächeln – hoffe ich. »Sie haben die Dorothy gemacht, Sir. Haben die gesamte Einheit gegen mich aufgehetzt.« Ich lächle. Ein grimmiges, hartes Soldatenlächeln – hoffe ich. »Aber erst nachdem ich mich um Flint gekümmert hatte.«

»Wir haben seine Leiche geborgen«, sagt Vosch. »Wie in Ihrem Fall wurde aus nächster Nähe auf ihn geschossen. Anders als in Ihrem Fall lag das Ziel etwas weiter oben in der Anatomie.«

Bist du dir da sicher, Zombie? Warum musst du ihm in den Kopf schießen?

Sie dürfen nicht wissen, dass er per Knopfdruck getötet wurde. Wenn ich genug Schaden anrichte, wird das vielleicht die Beweise vernichten. Geh ein Stück zur Seite, Ringer. Du weißt ja, dass ich nicht besonders gut zielen kann.

»Ich hätte auch die Übrigen von ihnen liquidiert, aber sie waren in der Überzahl, Sir. Ich beschloss, dass es das Beste ist, wenn ich mich zum Stützpunkt rette und Bericht erstatte.«

Er macht abermals keine Bewegung, sagt lange Zeit nichts. Starrt mich nur an. *Was bist du?*, frage ich mich. *Bist du ein Mensch? Bist du ein Ted? Oder bist du ... irgendwas anderes? Was zum Teufel bist du?*

»Sie sind verschwunden, wissen Sie?«, sagt er schließlich. Dann wartet er auf meine Antwort. Zum Glück habe ich mir eine einfallen lassen. Oder vielmehr, Ringer hat sich eine einfallen lassen. Ehre, wem Ehre gebührt.

»Sie haben ihre Peilsender herausgeschnitten.«

»Ihren ebenfalls«, stellt er fest. Und wartet. Über seine Schulter sehe ich Krankenpfleger in ihren grünen Krankenhauskitteln an der Bettenreihe entlanggehen und höre das Quietschen ihrer Schuhe auf dem Linoleumfußboden. Ein ganz normaler Tag im Hospital der Verdammten.

Ich bin bereit für seine Frage. »Ich habe mitgespielt. Habe auf eine Gelegenheit gewartet. Nach mir hat sich Dumbo um Ringer gekümmert, und dann bin ich in Aktion getreten.«

»Und haben Flintstone erschossen ...«

»Und dann hat Ringer auf mich geschossen.«

»Und dann ...?« Er hat die Arme jetzt vor der Brust verschränkt. Das Kinn gesenkt. Studiert mich mit schweren Lidern. Wie ein Raubvogel sein Abendessen.

»Und dann habe ich das Weite gesucht, Sir.«

Ich bin also in der Lage, Reznik in der Dunkelheit inmitten eines Schneesturms zu töten, aber dich kann ich nicht mal aus einem halben Meter Entfernung erschießen? Das wird er dir nicht abkaufen, Zombie.

Er braucht es mir nicht abzukaufen. Er braucht es nur für ein paar Stunden zu mieten.

Er räuspert sich. Kratzt sich unter dem Kinn. Betrachtet eine Zeit lang die Platten an der Decke, bevor er mich wieder ansieht.

»Sie hatten Glück, Ben, dass Sie es zum Treffpunkt geschafft haben, bevor Sie verblutet sind.«

Oh, worauf Sie wetten können, Sie, was auch immer Sie sind. Verdammtes Glück.

Stille kehrt ein. Blaue Augen. Aufeinandergepresste Lippen. Verschränkte Arme.

»Sie haben mir nicht alles erzählt.«

»Sir?«

»Sie haben etwas weggelassen.«

Ich schüttle langsam den Kopf. Der Raum schwankt wie ein Schiff im Sturm. Wie viel Schmerzmittel haben sie mir eingeflößt?

»Ihr ehemaliger Drill-Ausbilder – irgendjemand aus Ihrer Einheit muss ihn durchsucht haben. Und eines von diesen hier bei ihm gefunden haben.« Er hält ein silberfarbenes Gerät hoch, das identisch mit dem von Reznik ist. »Und dann hat sich sicher jemand gefragt – ich nehme an Sie, als Sergeant –, warum Reznik im Besitz einer Vorrichtung ist, mit der sich durch einen Knopfdruck ihr Leben beenden lässt.«

Ich nicke. Ringer und ich gingen davon aus, dass er das ansprechen würde, und ich habe eine Antwort parat. Ob er sie mir abnimmt oder nicht, ist allerdings die Frage.

»Nur eine Erklärung ergibt einen Sinn, Sir. Das war unsere erste Mission, unser erster echter Kampfeinsatz. Und Sie mussten sich absichern, falls einer von uns die Dorothy macht, auf die anderen losgeht …«

Ich verstumme, da ich außer Atem und froh darum bin, weil ich mir unter Medikamenteneinfluss selbst nicht traue. Ich kann nicht wirklich klar denken. Ich wandere bei sehr dichtem Nebel über ein Minenfeld. Ringer hat das vorausgesehen und mich diesen Teil immer und immer wieder üben lassen, während wir im Park auf die Rückkehr des Hubschraubers warteten. Kurz bevor sie mir ihre Pistole an den Bauch hielt und abdrückte.

Der Stuhl kratzt auf dem Fußboden, und plötzlich füllt Voschs hartes, hageres Gesicht mein Blickfeld aus.

»Das ist wirklich außerordentlich, Ben. Dass Sie sich der Gruppendynamik im Kampfeinsatz widersetzt haben, dem enormen Druck, der Herde zu folgen. Das ist beinahe … nun, unmenschlich, mangels eines besseren Wortes.«

»Ich bin ein Mensch«, flüstere ich, und mein Herz hämmert so fest in meiner Brust, dass ich mir einen Moment lang sicher bin, es durch meinen dünnen Kittel schlagen sehen zu können.

»Sind Sie das? Das ist nämlich die Crux daran, nicht wahr, Ben? Genau darum geht es doch! Wer ist ein Mensch, und wer ist keiner? Haben wir keine Augen, Ben? Hände, Gliedmaßen, Werkzeuge, Sinne, Neigungen, Leidenschaften? Wenn ihr uns stecht, bluten wir nicht? Und wenn ihr uns beleidigt, sollen wir uns nicht rächen?«

Die harten Winkel seines Kiefers. Die Strenge seiner blauen Augen. Seine dünnen Lippen, blass in seinem geröteten Gesicht.

»Shakespeare. *Der Kaufmann von Venedig.* Gesprochen von einem Mitglied einer verachteten und verfolgten Rasse. Wie unsere Rasse, Ben. Die menschliche Rasse.«

»Ich glaube nicht, dass sie uns hassen, Sir.« Ich versuche, bei dieser seltsamen und unerwarteten Wegbiegung auf dem Minenfeld die Nerven zu behalten. Alles in meinem Kopf dreht sich. Angeschossen und mit Medikamenten vollgepumpt spreche ich mit dem Kommandanten eines der effizientesten Vernichtungslager in der Geschichte der Welt über Shakespeare.

»Sie zeigen ihre Zuneigung auf merkwürdige Art und Weise.«

»Sie lieben uns nicht, und sie hassen uns nicht. Wir sind ihnen einfach im Weg. Vielleicht sind aus ihrer Sicht wir die Befallenen.«

»Die *Periplaneta americana* gegen ihren *Homo sapiens?* Bei diesem Kampf entscheide ich mich für die Kakerlake. Sie ist nur sehr schwer auszurotten.«

Er klopft mir auf die Schulter. Wird sehr ernst. Es geht ans Eingemachte. Jetzt heißt es hopp oder topp, das spüre ich. Er dreht das glatte, silberfarbene Gerät immer und immer wieder in der Hand um.

Dein Plan taugt nichts, Zombie. Das weißt du.

Okay. Dann lass mal deinen hören.

Wir bleiben zusammen. Versuchen unser Glück in dem Gerichtsgebäude, wer auch immer sich dort verkrochen hat.

Und Nugget?

Ihm werden sie nichts tun. Warum machst du dir solche Sorgen um Nugget? Mein Gott, Zombie, da sind Hunderte von Kindern …

Ja, das stimmt. Aber einem *habe ich ein Versprechen gegeben.*

»Das ist eine sehr ernste Entwicklung, Ben. Sehr ernst. Ringers Wahnvorstellungen werden sie dazu treiben, ausgerechnet bei denen Unterschlupf zu suchen, die sie hätte vernichten sollen. Sie wird ihnen alles über unsere Operationen erzählen, was sie weiß. Wir haben drei weitere Einheiten ausgesandt, um ihr zuvorzukommen, aber ich fürchte, es könnte bereits zu spät sein. Falls es zu spät *ist*, bleibt uns nichts anderes übrig, als den letzten Ausweg zu wählen.«

In seinen Blick brennt das Feuer seiner blauen Augen. Ich zittere, als er sich abwendet, da ich mit einem Mal friere und völlig verängstigt bin.

Was ist der letzte Ausweg?

Er mag mir meine Geschichte nicht abgekauft haben, aber er

hat sie zumindest vorübergehend gemietet. Ich bin noch am Leben. Und solange ich noch am Leben bin, hat Nugget eine Chance.

Er dreht sich wieder um, als wäre ihm noch etwas eingefallen. *Mist. Jetzt kommt's.*

»Oh, eine Sache noch. Es tut mir leid, der Überbringer schlechter Nachrichten zu sein, aber wir setzen Ihre Schmerzmittel ab, damit wir Sie einer kompletten Stressbearbeitung unterziehen können.«

»Stressbearbeitung, Sir?«

»Ein Kampfeinsatz ist eine seltsame Sache, Ben. Er spielt dem Gedächtnis Streiche. Und wir haben herausgefunden, dass sich die Medikamente störend auf das Programm auswirken. Es wird ungefähr sechs Stunden dauern, bis Ihr System gereinigt ist.«

Ich kapiere das immer noch nicht, Zombie. Warum soll ich auf dich schießen? Warum kannst du nicht einfach sagen, du hättest uns abgeschüttelt? Wenn du mich fragst, ist das ein bisschen zu viel des Guten.

Ich muss verletzt sein, Ringer.

Warum?

Damit sie mir Medikamente verabreichen.

Warum?

Weil mir das Zeit verschafft. Damit sie mich nicht direkt aus dem Helikopter hinbringen.

Dich wohin bringen?

Also brauche ich nicht nachzufragen, wovon Vosch spricht, aber ich frage trotzdem: »Sie schließen mich an Wonderland an?«

Er winkt mit dem Finger einen Krankenpfleger herbei, der mit einem Tablett in den Händen zu uns kommt. Mit einem Tablett, auf dem eine Spritze und ein winziges silberfarbenes Kügelchen liegen.

»Wir schließen Sie an Wonderland an.«

── IX. TEIL ──
WIE EINE BLUME DEM REGEN

── 65. Kapitel ──

Wir sind letzte Nacht vor dem offenen Kamin eingeschlafen, und heute Morgen bin ich in unserem Bett aufgewacht – nein, nicht in unserem Bett. In meinem Bett. In Vals Bett? Im Bett, und ich erinnere mich nicht, die Treppe hinaufgegangen zu sein, also muss er mich getragen und ins Bett gesteckt haben, doch er liegt jetzt nicht neben mir. Ich gerate ein wenig in Panik, als ich feststelle, dass er nicht hier ist. Es ist viel einfacher für mich, meine Zweifel zu verdrängen, wenn er bei mir ist. Wenn ich in seine Augen blicken kann, die die Farbe geschmolzener Schokolade haben, und seine tiefe Stimme höre, die sich über mich legt wie eine warme Decke in einer kalten Nacht. *Oh, du bist so ein hoffnungsloser Fall, Cassie. Ein totales Desaster.*

Ich ziehe mich im schwachen Licht der Morgendämmerung schnell an und gehe nach unten. Dort ist er auch nicht, aber mein M16 ist da und lehnt gesäubert und geladen am Kaminsims. Ich rufe seinen Namen. Stille.

Ich nehme das Gewehr in die Hand. Das letzte Mal habe ich es am Kruzifix-Soldaten-Tag abgefeuert.

Nicht deine Schuld, Cassie. Und nicht seine Schuld.

Ich schließe die Augen und sehe meinen Vater mit einem Bauchschuss im Dreck liegen und *Nein, Cassie* mit den Lippen formen, unmittelbar bevor Vosch ihn zum Schweigen bringt.

Seine Schuld. Nicht deine. Nicht die des Kruzifix-Soldaten. Seine.

Ich habe ein überaus lebendiges Bild vor Augen, wie ich Vosch die Mündung meines Gewehrs gegen die Schläfe ramme und ihm den Schädel von den Schultern schieße.

Zuerst muss ich ihn finden. Und dann muss ich ihn höflich bitten, still zu stehen, damit ich ihm die Mündung meines Gewehrs gegen die Schläfe rammen und ihm den Schädel von den Schultern schießen kann.

Ich finde mich neben Bär auf dem Sofa wieder und nehme sie beide in den Arm, Bär in den einen, mein Gewehr in den anderen, als befände ich mich wieder im Wald in meinem Zelt unter den Bäumen und unter dem Himmel, der sich unter dem unheilvollen Auge des Mutterschiffs befand, das sich wiederum unter dem Meer von Sternen befand, von denen unserer nur einer ist – und wie groß war die verdammte Wahrscheinlichkeit, dass sich die Anderen von den hundert Trilliarden Sternen im Universum ausgerechnet den unseren aussuchen würden, um ihren Laden aufzumachen?

Das ist einfach zu viel für mich. Ich kann die Anderen nicht besiegen. Ich bin eine Kakerlake. Okay, ich nehme lieber Evans Eintagsfliegenmetapher; Eintagsfliegen sind hübscher und können wenigstens fliegen. Dann kann ich immerhin ein paar von den Mistkerlen unschädlich machen, bevor mein einziger Tag auf Erden vorüber ist. Und ich habe vor, mit Vosch zu beginnen.

Eine Hand fällt auf meine Schulter. »Warum weinst du, Cassie?«

»Tue ich nicht. Das liegt an meiner Allergie. Dieser verdammte Bär ist voller Staub.«

Er setzt sich neben mich, auf die Bär-Seite, nicht auf die Gewehr-Seite.

»Wo warst du?«, frage ich, um das Thema zu wechseln.

»Nach dem Wetter sehen.«

»Und?« *Ganze Sätze, bitte. Mir ist kalt, und ich brauche deine warme, deckenartige Stimme, um mich sicher zu fühlen.* Ich ziehe die Knie zur Brust und stelle die Fersen auf die Kante des Sofapolsters.

»Für heute Abend sieht es gut aus.« Das morgendliche Licht zwängt sich durch einen Spalt zwischen den Laken, die vor den Fenstern hängen, und bemalt sein Gesicht goldfarben. Das Licht schimmert auf seinem dunklen Haar, funkelt in seinen Augen.

»Gut.« Ich schniefe laut.

»Cassie.« Er berührt mein Knie. Seine Hand ist warm; ich spüre ihre Hitze durch meine Jeans. »Ich habe da so eine komische Idee.«

»Das alles ist nur ein schlechter Traum?«

Er schüttelt den Kopf, lacht nervös. »Ich möchte nicht, dass du das in den falschen Hals bekommst, also lass mich bitte ausreden, bevor du irgendwas sagst, okay? Ich habe mir eine Menge Gedanken darüber gemacht, und ich würde es für mich behalten, wenn ich nicht der Meinung wäre …«

»Sag es mir, Evan. Sag. Es. Mir. Einfach.« *Oh, Gott, was wird er mir sagen?* Mein ganzer Körper spannt sich an. *Schon gut, Evan. Sag es mir nicht.*

»Lass mich gehen.«

Ich schüttle den Kopf. Soll das ein Witz sein? Ich blicke hinunter auf seine Hand, deren Finger sanft mein Knie drücken. »Ich dachte, du würdest mitkommen.«

»Ich meine, lass *mich* gehen.« Er rüttelt ganz leicht an meinem Knie, um mich dazu zu bringen, dass ich ihn ansehe.

Dann verstehe ich. »Dich alleine gehen lassen? Ich bleibe hier, und du suchst nach meinem Bruder?«

»Okay, du hast versprochen, mich ausreden zu lassen …«

»Ich habe gar nichts versprochen.« Ich stoße seine Hand von meinem Knie. Die Vorstellung, dass er mich zurücklassen möchte, ist nicht nur beleidigend – sie ist erschreckend. »Ich habe Sammy ein Versprechen gegeben, also hör auf damit.«

Das tut er nicht. »Aber du weißt nicht, was dich da draußen erwartet.«

353

»Weißt du es denn?«

»Besser als du.«

Er streckt die Arme nach mir aus; ich stemme die Hand gegen seine Brust. *Oh, nein, Freundchen.* »Dann sag mir, was mich da draußen erwartet.«

Er hebt die Hände. »Überleg dir mal, wer von uns beiden bessere Chancen hat, lange genug am Leben zu bleiben, um dein Versprechen einzulösen. Ich will damit nicht sagen, es liegt daran, dass du ein Mädchen bist, oder daran, dass ich stärker oder härter im Nehmen oder sonst was bin. Ich will damit bloß sagen, wenn nur einer von uns beiden geht, dann hätte der andere immer noch die Chance, ihn zu finden, falls das Schlimmste eintritt.«

»Tja, mit dem letzten Teil hast du wahrscheinlich recht. Aber du solltest nicht derjenige sein, der es als Erster versucht. Er ist schließlich mein Bruder. Einen Teufel werde ich tun und hier warten, bis ein Silencer an die Tür klopft und sich eine Tasse Zucker ausleihen möchte. Ich gehe einfach allein.«

Ich erhebe mich vom Sofa, als würde ich im nächsten Augenblick zur Tür hinausgehen wollen. Er packt mich am Arm; ich reiße mich los.

»Hör auf, Evan. Du vergisst immer wieder, dass ich dich mitkommen lasse, nicht umgekehrt.«

Er lässt den Kopf sinken. »Ich weiß. Das weiß ich schon.« Dann ein reumütiges Lachen. »Ich wusste auch, wie deine Antwort lauten würde, aber ich musste trotzdem fragen.«

»Weil du glaubst, ich könnte nicht selbst auf mich aufpassen?«

»Weil ich nicht möchte, dass du stirbst.«

——— 66. Kapitel ———

Wir bereiten uns seit Wochen vor. Heute, am letzten Tag, gab es nicht mehr viel zu tun, außer auf den Anbruch der Dunkelheit zu warten. Wir reisen mit leichtem Gepäck; Evan ist der Meinung, dass wir Wright-Patterson in zwei oder drei Nächten erreichen können, es sei denn, es kommt zu einer unerwarteten Verzögerung durch einen weiteren Schneesturm oder weil einer von uns getötet wird – oder sogar beide, was die Operation auf unbestimmte Zeit verzögern würde. Obwohl ich meinen Proviant auf ein absolutes Minimum reduziere, habe ich Schwierigkeiten, Bär im Rucksack unterzubringen. Vielleicht sollte ich ihm die Beine abschneiden und Sammy sagen, sie wären von dem Auge weggeschossen worden, das Camp Ashpit vernichtet hat.

Das Auge. Das wäre noch besser, also beschließe ich: anstelle einer Kugel in Voschs Gehirn eine Außerirdischen-Bombe in seiner Hose.

»Vielleicht solltest du ihn besser nicht mitnehmen«, schlägt Evan vor.

»Vielleicht solltest du besser die Klappe halten«, brumme ich, drücke Bär den Kopf in den Bauch und mache den Reißverschluss zu. »So.«

Evan lächelt. »Weißt du, als ich dich im Wald entdeckt habe, dachte ich zuerst, er wäre dein Bär.«

»Im Wald?«

Sein Lächeln verschwindet.

»Du hast mich nicht im Wald gefunden«, erinnere ich ihn. Plötzlich fühlt sich das Zimmer ungefähr zehn Grad kälter an. »Du hast mich mitten in einer Schneeverwehung gefunden.«

»Ich meinte, ich war im Wald, nicht du«, sagt er. »Ich habe dich vom Wald aus in einer halben Meile Entfernung entdeckt.«

Ich nicke. Nicht, weil ich ihm glaube. Ich nicke, weil ich weiß, dass ich recht habe, ihm nicht zu glauben.

»Du bist noch immer im Wald, Evan. Du bist süß und hast unglaubliche Nagelhaut, aber ich bin mir immer noch nicht sicher, warum deine Hände so weich sind und warum du in der Nacht, in der du angeblich das Grab deiner Freundin besucht hast, nach Schießpulver gerochen hast.«

»Ich habe dir doch gestern Abend gesagt, dass ich seit zwei Jahren nicht mehr auf der Farm geholfen habe und dass ich an dem Tag mein Gewehr gereinigt hatte. Ich weiß nicht, was ich sonst noch …«

Ich falle ihm ins Wort. »Ich vertraue dir nur, weil du gut mit einem Gewehr umgehen kannst und mich damit noch nicht getötet hast, obwohl du ungefähr tausend Gelegenheiten dazu gehabt hättest. Nimm das nicht persönlich, aber ich werde einfach nicht schlau aus dir und der ganzen Situation, aber das heißt nicht, dass ich es nie verstehen werde. Ich komme schon noch dahinter, und wenn die Wahrheit etwas ist, das dich zu meinem Gegenspieler macht, dann werde ich tun, was ich tun muss.«

»Was denn?« Er schenkt mir wieder dieses schiefe sexy Lächeln, die Schultern angehoben, die Hände mit einer »Ach, was soll's?«-Einstellung tief in den Hosentaschen vergraben, die vermutlich dazu dienen soll, mich auf eine angenehme Weise verrückt zu machen. Was hat er nur an sich, das dafür sorgt, dass ich ihn ohrfeigen und küssen möchte, von ihm weg- und zu ihm hinlaufen möchte, die Arme um ihn schlingen und ihm das Knie in die Eier rammen möchte, und zwar alles gleichzeitig? Ich würde gerne der Ankunft die Schuld für seine Wirkung auf mich geben, aber irgendetwas sagt mir, dass Jungs das schon viel länger mit uns machen als nur ein paar Monate.

»Was ich tun muss«, sage ich zu ihm.

Ich laufe nach oben. Der Gedanke an das, was ich tun muss, hat mich an etwas erinnert, was ich noch tun wollte, bevor wir aufbrechen.

Im Badezimmer durchstöbere ich die Schubladen, bis ich eine Schere finde, dann mache ich mich daran, mir fünfzehn Zentimeter von meinem Haar abzuschneiden. Die Dielen hinter mir knarren, und ich schreie: »Hör auf, mir nachzuspionieren!«, ohne mich umzudrehen. Einen Augenblick später streckt Evan den Kopf zur Tür herein.

»Was machst du denn da?«, will er wissen.

»Mir symbolisch die Haare schneiden. Und was machst *du* da? Oh, natürlich. Mich verfolgen, mir in Türöffnungen auflauern. Vielleicht wirst du eines Tages den Mut aufbringen, über die Schwelle zu treten, Evan.«

»Sieht so aus, als würdest du dir tatsächlich die Haare schneiden.«

»Ich habe beschlossen, alles loszuwerden, was mir auf die Nerven geht.« Ich werfe ihm im Spiegel einen Blick zu.

»Warum nerven sie dich denn?«

»Warum willst du das denn wissen?«

Ich betrachte jetzt mein Spiegelbild, aber er ist in meinem Augenwinkel. Verdammt, noch mehr Symbolismus.

Er ist so schlau, sich zu verdrücken. *Schnipp, schnipp, schnipp,* und das Waschbecken füllt sich mit meinen Locken. Ich höre ihn im Erdgeschoss herumtrampeln, dann fällt die Küchentür mit einem Knallen zu. Ich nehme an, ich hätte ihn zuerst um Erlaubnis fragen sollen. Als würde er mich besitzen. Als wäre ich ein verirrtes Hündchen, das er im Schnee gefunden hat.

Ich trete einen Schritt zurück, um mein Werk zu betrachten. Mit dem Kurzhaarschnitt und ohne Make-up sehe ich ungefähr wie zwölf aus. Okay, nicht älter als vierzehn. Aber mit der richtigen Einstellung und den richtigen Requisiten könnte mich vielleicht sogar jemand für um die zehn halten. Könnte mir womöglich sogar eine Mitfahrgelegenheit in den sicheren Hafen in ihrem freundlichen gelben Schulbus anbieten.

Am Nachmittag schiebt sich eine graue Wolkenwand über den

Himmel und sorgt für eine frühe Abenddämmerung. Evan verschwindet erneut und kommt ein paar Minuten später mit zwei Zwanzig-Liter-Kanistern Benzin zurück. Ich sehe ihn an, und er sagt: »Ich dachte mir, ein bisschen Ablenkung kann nicht schaden.«

Ich brauche einen Moment, um das zu verarbeiten. »Du willst dein Haus abfackeln?«

Er nickt. Die Aussicht darauf scheint er irgendwie spannend zu finden.

»Ich werde mein Haus abfackeln.«

Er schleppt einen der beiden Kanister nach oben, um seinen Inhalt in den Schlafzimmern zu verschütten. Ich gehe auf die Veranda hinaus, um den Dämpfen zu entkommen. Eine große schwarze Krähe hüpft durch den Garten, hält inne und wirft mir einen knopfäugigen Blick zu. Ich ziehe in Erwägung, meine Pistole zu zücken und sie zu erschießen.

Ich glaube nicht, dass ich sie verfehlen würde. Dank Evan bin ich inzwischen eine ziemlich gute Schützin, und außerdem hasse ich Vögel.

Hinter mir geht die Tür auf, und eine Welle widerlicher Dämpfe schwappt nach draußen. Ich trete von der Veranda, und die Krähe fliegt kreischend davon. Evan übergießt die Veranda, dann wirft er den leeren Kanister gegen die Hauswand.

»Die Scheune«, sage ich. »Wenn du für Ablenkung sorgen wolltest, hättest du auch die Scheune abfackeln können. Dann würde das Haus wenigstens noch stehen, wenn wir zurückkommen.« *Ich möchte nämlich daran glauben, dass wir wieder zurückkommen, Evan. Du, ich und Sammy, eine große, glückliche Familie.*

»Du weißt, dass wir nicht zurückkommen«, sagt er und zündet ein Streichholz an.

———— 67. Kapitel ————

Vierundzwanzig Stunden später habe ich den Kreis geschlossen, der Sammy und mich wie ein Silberfaden verbindet, und kehre an den Ort zurück, an dem ich mein Versprechen gegeben habe.

Camp Ashpit sieht noch genauso aus wie an dem Tag, als ich es verlassen habe, was heißen soll, dass es kein Camp Ashpit gibt, sondern nur eine unbefestigte Straße, die durch den Wald führt, unterbrochen von einer Leere mit einem Durchmesser von einer Meile, wo sich Camp Ashpit einst befunden hat. Der Boden ist härter als Stahl und wie leergefegt: kein noch so winziges Unkraut, kein Grashalm, kein Blatt. Natürlich, es ist Winter, aber irgendwie kann ich mir nicht vorstellen, dass diese Anderen-gemachte Lichtung blühen wird wie eine Wiese, wenn der Frühling kommt.

Ich deute auf eine Stelle zu unserer Rechten. »Dort stand die Baracke. Glaube ich zumindest. Ohne irgendeinen Bezugspunkt außer der Straße ist es schwer zu beurteilen. Da drüben befand sich der Lagerschuppen. Da hinten die Aschegrube und noch weiter hinten die Schlucht.«

Evan schüttelt verwundert den Kopf. »Da ist ja nichts mehr übrig.« Er stampft mit dem Fuß auf dem steinharten Boden auf.

»Oh, doch. Ich bin noch übrig.«

Er seufzt. »Du weißt schon, was ich meine.«

»Ich bin zu gefühlsduselig«, sage ich.

»Hm. Das sieht dir gar nicht ähnlich.« Er versucht zu lächeln, doch sein Lächeln funktioniert in letzter Zeit nicht besonders gut. Seit wir sein inmitten von Farmland brennendes Haus verlassen haben, ist er sehr still. Er kniet sich im schwindenden Tageslicht auf den Boden, holt die Landkarte hervor und deutet mit dem Strahl seiner Taschenlampe auf unsere Position.

»Die unbefestigte Straße da drüben ist nicht auf der Karte, aber sie muss auf diese Straße führen, vielleicht irgendwo da?

Wir können ihr bis zur 675 folgen, und dann geht es immer geradeaus nach Wright-Patterson.«

»Wie weit noch?«, frage ich, während ich über seine Schulter spähe.

»Etwa fünfundzwanzig oder dreißig Meilen. Noch ein Tag, wenn wir uns beeilen.«

»Wir werden uns beeilen.«

Ich setze mich neben ihn und durchsuche seinen Rucksack nach etwas Essbarem. Ich finde undefinierbares gepökeltes Fleisch und ein paar harte Kekse. Einen davon biete ich Evan an. Er schüttelt den Kopf.

»Du musst was essen«, ermahne ich ihn. »Hör auf, dir so viele Sorgen zu machen.«

Er befürchtet, dass uns der Proviant ausgehen wird. Er hat natürlich sein Gewehr, aber während dieser Phase der Rettungsmission wird nicht gejagt. Wir müssen uns leise durch die Landschaft bewegen – nicht dass die Landschaft bislang besonders leise gewesen wäre. In der ersten Nacht hörten wir Schüsse. Manchmal das Echo einer einzelnen Waffe, die abgefeuert wurde, manchmal das von mehreren Waffen. Allerdings immer in der Ferne, nie so nah, dass es uns nervös gemacht hätte. Vielleicht einsame Jäger wie Evan, die sich von der Natur ernährten. Vielleicht umherstreifende Banden von Twigs. Wer weiß? Vielleicht gibt es noch andere sechzehnjährige Mädchen mit einem M16, die so dumm sind zu glauben, sie wären die letzten Vertreterinnen der Menschheit auf Erden.

Evan gibt nach und nimmt einen Keks. Beißt ein Stück davon ab. Kaut nachdenklich und lässt den Blick über das Ödland schweifen, während das Tageslicht stirbt. »Was ist, wenn sie den Busverkehr eingestellt haben?«, fragt er zum hundertsten Mal. »Wie kommen wir dann rein?«

»Dann lassen wir uns was anderes einfallen.« Cassie Sullivan, Strategieexpertin.

Er sieht mich an. »Berufssoldaten. Humvees. Und Black-Hawk-Hubschrauber. Und diese – wie hast du sie genannt? – grünäugige Bombe. Wir sollten uns lieber was Gutes einfallen lassen.«

Er steckt die Landkarte wieder in die Tasche, erhebt sich und rückt das Gewehr über seiner Schulter zurecht. Er ist kurz vor irgendetwas. Ich bin mir nicht sicher, wovor. Zu weinen? Zu schreien? Zu lachen?

Mir geht es genauso – vielleicht nicht aus demselben Grund. Ich habe beschlossen, ihm zu vertrauen, aber, wie jemand einmal gesagt hat, man kann sich nicht dazu zwingen zu vertrauen. Deshalb steckt man alle seine Zweifel in eine kleine Schachtel und vergräbt sie tief und versucht dann zu vergessen, wo man sie vergraben hat. Mein Problem ist, dass diese vergrabene Schachtel wie ein Schorf ist, an dem ich ständig herumzupfen muss.

»Wir sollten lieber wieder aufbrechen«, sagt er mit einem Blick in den Himmel. Die Wolken, die gestern aufgezogen sind, haben sich festgesetzt und verbergen die Sterne. »Hier sind wir völlig ungeschützt.«

Plötzlich dreht Evan den Kopf nach links und erstarrt zu einer Statue.

»Was ist los?«, frage ich im Flüsterton.

Er hebt die Hand. Schüttelt energisch den Kopf. Späht in die fast perfekte Finsternis. Ich sehe nichts. Höre nichts. Aber ich bin auch kein Jäger wie Evan.

»Eine verdammte Taschenlampe«, murmelt er. Er presst die Lippen an mein Ohr. »Was ist näher, der Wald auf der anderen Seite der Straße oder die Schlucht?«

Ich schüttle den Kopf. Ich weiß es wirklich nicht. »Vermutlich die Schlucht.«

Er zögert nicht, packt meine Hand, und wir starten in schnellem Trott in die Richtung, in der ich die Schlucht vermutete. Ich weiß nicht, wie weit wir laufen, bis wir dort ankommen. Wahrscheinlich nicht so weit, wie es mir vorkommt, da es mir so vorkommt, als würden wir ewig laufen. Evan lässt mich an der felsigen Böschung hinunter, dann springt er mir hinterher.

»Evan?«

Er presst den Zeigefinger an die Lippen. Huscht die Böschung wieder hinauf, um über den Rand zu spähen. Dann deutet er auf seinen Rucksack, und ich taste umher, bis ich sein Fernglas finde. Ich ziehe an seinem Hosenbein – *Was ist denn los?* –, doch er schüttelt meine Hand ab. Er klopft sich mit den Fingern auf den Oberschenkel, den Daumen unter die Handfläche gekrümmt. Sie sind zu viert? Ist es das, was er meint? Oder benutzt er irgendeinen Jägercode, wie zum Beispiel: *Geh auf alle viere!*

Lange Zeit bewegt er sich überhaupt nicht. Schließlich kommt er wieder herunter und presst abermals die Lippen an mein Ohr.

»Sie sind auf dem Weg hierher.« Er blickt in der Dunkelheit mit zusammengekniffenen Augen auf die gegenüberliegende Wand der Schlucht, die viel steiler ist als die, an der wir hinuntergeklettert sind, doch auf der anderen Seite ist Wald oder was davon noch übrig ist: zersplitterte Baumstümpfe, ein Gewirr aus abgebrochenen Ästen und Kletterpflanzen. Gute Deckung. Oder zumindest besser, als völlig ungeschützt in einer Schlucht zu stehen, aus der einen die Bösewichte herauspicken können wie Fische aus einem Fass. Evan beißt sich auf die Unterlippe, wägt unsere Möglichkeiten gegeneinander ab. Haben wir genug Zeit, um auf der anderen Seite hinaufzuklettern, bevor wir entdeckt werden?

»Bleib unten!«

Er schwingt sein Gewehr von der Schulter, sucht mit seinen Stiefeln festen Halt auf der Schräge und stützt die Ellbogen oben auf die Kante. Ich stehe unmittelbar hinter ihm, mein M16 in den Armen. Ja, er hat mir gesagt, ich soll unten bleiben, ich weiß. Aber ich werde mich nicht als Häufchen zusammenkauern und auf das Ende warten. So weit war ich schon einmal, und ich gehe nicht mehr dorthin zurück.

Evan feuert; der Schuss zerreißt die Stille des Zwielichts. Durch den Rückschlag des Gewehrs verliert er das Gleichgewicht, rutscht mit einem Fuß weg und fällt nach hinten. Zum Glück befindet sich genau unter ihm eine Idiotin, die seinen Sturz abfängt. Ein glücklicher Umstand für ihn. Ein weniger glücklicher Umstand für die Idiotin.

Er rollt sich von mir weg, reißt mich auf die Füße und schiebt mich zur anderen Seite. Aber es ist nicht ganz einfach, sich schnell zu bewegen, wenn man keine Luft bekommt.

Eine Leuchtkugel fällt in die Schlucht, und höllisches rotes Licht zerreißt die Dunkelheit. Evan schiebt die Hände unter meine Achseln und schleudert mich nach oben. Ich bekomme die Kante zu fassen und versuche wie ein wild gewordener Radfahrer, meine Schuhspitzen in die Wand zu bohren.

Dann sind Evans Hände für ein letztes Hauruck an meinem Hintern, und ich bin oben.

Ich drehe mich um und will ihm hochhelfen, aber er brüllt mich an, dass ich weglaufen soll – schließlich gibt es jetzt keinen Grund mehr, leise zu sein –, als ein kleiner, ananasförmiger Gegenstand hinter ihm in der Schlucht landet.

Ich schreie: »Granate!«, was Evan eine Sekunde verschafft, um in Deckung zu gehen.

Diese Zeit reicht nicht ganz aus.

Die Explosion wirft ihn zu Boden, und in diesem Moment erscheint auf der anderen Seite der Schlucht eine Gestalt im Kampfanzug. Ich eröffne mit meinem M16 das Feuer, während ich aus vollem Hals zusammenhangsloses Zeug schreie. Die Gestalt weicht zurück, aber ich feuere weiter auf die Stelle, an der sie gestanden hat. Ich glaube nicht, dass der Typ mit Cassie Sullivans Antwort auf seine Einladung, im postapokalyptischen Außerirdischenstil Party zu machen, gerechnet hat.

Ich leere meinen Ladestreifen und lege einen neuen ein. Zähle bis zehn. Zwinge mich, nach unten zu blicken, obwohl ich mir sicher bin, was ich sehen werde, wenn ich es tue. Evans Leiche auf dem Boden der Schlucht, in Stücke gerissen, und alles nur, weil er in mir die eine Sache gefunden hat, für die es sich lohnt zu sterben. In mir, dem Mädchen, das sich von ihm hat küssen lassen, ihn aber nie von sich aus geküsst hat. Dem Mädchen, das sich nie bei ihm dafür bedankt hat, dass er es gerettet hat, sondern es ihm mit Sarkasmus und Anschuldigungen heimgezahlt hat. Ich weiß, was ich sehen werde, wenn ich nach unten blicke, doch das ist es nicht, was ich sehe.

Evan ist verschwunden.

Die kleine Stimme in meinem Kopf, deren Aufgabe es ist, mich am Leben zu erhalten, schreit: *Hau ab!*

Also haue ich ab.

Springe über umgestürzte Bäume und vom Winter vertrocknetes Gestrüpp, und jetzt höre ich das vertraute *Pop-Pop-Pop* von Sturmgewehren. Das sind keine Twigs, die hinter uns her sind. Das sind Profis.

Außerhalb des teuflischen Scheins der Leuchtkugel stoße ich auf eine Wand aus Dunkelheit, dann laufe ich gegen einen Baum. Der Aufprall reißt mich von den Füßen. Ich weiß nicht, wie weit ich gelaufen bin, aber es muss ein gutes Stück gewesen sein, da ich die Schlucht nicht mehr sehe und außer dem Dröhnen meines Herzschlags in den Ohren nichts mehr höre.

Ich krabble auf eine umgestürzte Kiefer zu, kauere mich hinter sie und warte, bis mein Atem, den ich in der Schlucht zurückgelassen habe, mich einholt. Warte darauf, dass vor mir eine weitere Leuchtkugel im Wald landet. Warte darauf, dass Silencer aus dem Unterholz stürmen.

In der Ferne knallt ein Gewehr, gefolgt von einem schrillen Schrei. Dann als Antwort das Sperrfeuer von Automatikwaffen und eine weitere Granatenexplosion, dann Stille.

Tja, auf mich wird nicht geschossen, also muss es sich um Evan handeln, denke ich. Was dafür sorgt, dass ich mich besser und gleichzeitig viel schlechter fühle, weil er es da draußen alleine mit Profis aufnimmt, und wo bin ich? Ich verstecke mich hinter einem Baum wie ein Mädchen.

Aber was ist mit Sams? Entweder laufe ich zurück in einen Kampf, den ich vermutlich verlieren werde, oder ich verstecke mich, um lange genug zu überleben, damit ich mein Versprechen einlösen kann.

Es ist eine Entweder/Oder-Welt.

Ein weiteres Krachen eines Gewehrs. Ein weiterer schriller Schrei.

Mehr Stille.

Er knallt sie einen nach dem anderen ab. Ein Farmerjunge ohne Kampferfahrung gegen eine Einheit von Berufssoldaten. Zahlenmäßig unterlegen. Waffentechnisch unterlegen. Und trotzdem mäht er sie mit der gleichen brutalen Effizienz um wie der Silencer auf dem Highway, der Jäger im Wald, der mich unter ein Auto gehetzt hat und dann auf mysteriöse Weise verschwunden ist.

Krach!

Schrei.

Stille.

Ich rühre mich nicht vom Fleck. Ich warte verängstigt hinter meinem Baumstamm. In den vergangenen zehn Minuten ist dieser zu einem so guten Freund geworden, dass ich in Erwägung ziehe, ihm einen Namen zu geben: Howard, mein Lieblingsstamm.

Weißt du, als ich dich im Wald entdeckt habe, dachte ich zuerst, er wäre dein Bär.

Das Rascheln und Knacken von Laub und Zweigen unter Schuhsohlen. Ein dunklerer Schatten vor der Dunkelheit des Waldes. Der leise Ruf von einem Silencer. Von meinem Silencer.

»Cassie? Die Luft ist rein, Cassie.«

Ich rapple mich auf und richte mein Gewehr direkt auf Evan Walkers Gesicht.

——— 68. Kapitel ———

Er bleibt abrupt stehen, und ein verwirrter Ausdruck tritt auf sein Gesicht.

»Cassie, ich bin's.«

»Ich weiß schon, dass du es bist. Ich weiß nur nicht, wer du bist.«

Sein Kiefer verkrampft sich. Seine Stimme klingt angespannt. Wut? Enttäuschung? Ich kann es nicht beurteilen. »Nimm das Gewehr runter, Cassie.«

»Wer bist du, Evan? Falls das überhaupt dein richtiger Name ist. *Evan*tuell auch nicht.«

Er lächelt matt. Und dann fällt er auf die Knie, schwankt, kippt um und bleibt regungslos liegen.

Ich warte, das Gewehr auf seinen Hinterkopf gerichtet. Er bewegt sich nicht. Ich hüpfe über Howard und stoße ihn mit der Schuhspitze an. Er bewegt sich immer noch nicht. Ich knie mich neben ihn, stütze den Kolben meines Gewehrs auf dem Oberschenkel auf und drücke ihm meine Finger an den Hals, um seinen Puls zu fühlen. Er lebt. Seine Hosenbeine sind vom Oberschenkel an nach unten zerfetzt. Fühlen sich feucht an. Ich rieche an meinen Fingerspitzen. Blut.

Ich lehne mein M16 gegen den umgestürzten Baum und rolle Evan auf den Rücken. Seine Augenlider flattern. Er hebt die Hand und berührt meine Wange mit seiner blutigen Handfläche.

»Cassie«, flüstert er. »Cassie von Cassiopeia.«

»Hör auf«, sage ich. Ich nehme sein Gewehr zur Kenntnis, das neben ihm liegt, und kicke es außer Reichweite. »Wie schwer bist du verletzt?«

»Ziemlich schwer, glaube ich.«

»Zu wievielt waren sie denn?«

»Zu viert.«

»Sie hatten nie eine Chance, stimmt's?«

Langer Seufzer. Sein Blick geht nach oben und sucht meinen.

Er braucht nichts zu sagen; ich sehe die Antwort in seinen Augen. »Keine große, nein.«

»Weil du nicht den Mut hast, um zu töten, aber den Mut zu tun, was du tun musst.« Ich halte den Atem an. Er muss wissen, worauf ich hinauswill.

Er zögert. Nickt. Ich sehe den Schmerz in seinem Blick und schaue weg, damit er den Schmerz in meinem nicht sieht. *Aber du hast diesen Weg eingeschlagen, Cassie. Du kannst jetzt nicht mehr umkehren.*

»Und du bist sehr gut in dem, wofür du den Mut hast, nicht wahr?«

Tja, das ist doch die Frage, oder etwa nicht? Deine ebenfalls: Wozu hast du den Mut, Cassie?

Er hat mir das Leben gerettet. Wie kann er dann auch derjenige sein, der versucht hat, es zu beenden? Das ergibt einfach keinen Sinn.

Habe ich den Mut, ihn verbluten zu lassen, weil ich jetzt weiß, dass er mich angelogen hat – dass er nicht der sanfte Evan Walker ist, der zurückhaltende Jäger, der trauernde Sohn, Bruder und Freund, sondern womöglich nicht einmal ein Mensch? Habe ich, was nötig ist, um die erste Regel bis zu ihrem bitteren, brutalen, unbarmherzigen Ende zu befolgen und ihm eine Kugel durch seine wohlgeformte Stirn zu jagen?

Ach, Blödsinn, wem möchtest du etwas vormachen?

Ich fange an, sein Hemd aufzuknöpfen. »Wir müssen dir diese Klamotten ausziehen«, murmle ich.

»Du weißt gar nicht, wie lange ich schon darauf warte, dich das sagen zu hören.« Ein Lächeln. Schief. Sexy.

»Diesmal schmeichelst du dich nicht aus der Affäre, Freundchen. Kannst du dich ein bisschen aufsetzen? Noch ein bisschen weiter. Hier, nimm die.« Zwei Schmerztabletten aus dem Verbandskasten. Er schluckt sie mit zwei langen Zügen Wasser aus der Flasche, die ich ihm reiche.

Ich ziehe ihm sein Hemd aus. Er schaut in mein Gesicht auf; ich meide seinen Blick. Während ich ihm die Stiefel ausziehe, öffnet er seinen Gürtel und macht den Reißverschluss auf. Er hebt den Hintern an, aber ich schaffe es nicht, ihm seine Hose auszuziehen – das klebrige Blut sorgt dafür, dass sie an seinem Körper haftet.

»Zerreiß sie«, fordert er mich auf. Er dreht sich auf den Bauch. Ich versuche es, aber der Stoff rutscht mir immer wieder aus den Fingern, wenn ich daran ziehe.

»Hier, benutz das.« Er hält mir ein blutiges Messer hin. Ich frage ihn nicht, woher das Blut stammt.

Ich schneide langsam von Loch zu Loch, da ich Angst habe, ihn zu verletzen. Dann ziehe ich die Hose in Streifen von seinen Beinen, als würde ich eine Banane schälen. Das ist die perfekte Metapher: eine Banane schälen. Ich muss die Wahrheit erfahren, aber an die schmackhafte Frucht gelangt man nur, wenn man die Schale entfernt.

Apropos Frucht: Mir bleibt – ich meine, ihm bleibt – nur noch seine Unterhose.

Als ich mit ihr konfrontiert bin, frage ich: »Muss ich mir deinen Hintern ansehen?«

»Mich würde deine Meinung interessieren.«

»Schluss jetzt mit den lahmen Witzen.« Ich schneide den Stoff an beiden Hüften durch und entblöße ihn. Sein Hintern sieht schlimm aus. Ich meine, schlimm wie in »mit Granatsplitterwunden übersät«. Ansonsten sieht er ziemlich gut aus.

Ich tupfe das Blut mit Mull aus dem Verbandskasten ab und unterdrücke dabei ein hysterisches Kichern. Dafür mache ich den unerträglichen Stress verantwortlich, nicht die Tatsache, dass ich Evan Walker den Hintern abwische.

»Mein Gott, du siehst echt übel aus.«

Er schnappt nach Luft. »Versuch erst mal, die Blutung zu stoppen.«

Ich verarzte die Wunden auf dieser Seite so gut es geht. »Kannst du dich wieder umdrehen?«, frage ich.

»Lieber nicht.«

»Ich muss mir die Vorderseite ansehen.« *Oh, mein Gott. Die Vorderseite.*

»Die Vorderseite ist okay. Wirklich.«

Ich lehne mich erschöpft zurück. Was das anbelangt glaube ich ihm ausnahmsweise einmal aufs Wort. »Erzähl mir, was passiert ist.«

»Nachdem ich dir aus der Schlucht geholfen hatte, bin ich losgerannt. Habe eine flache Stelle gefunden, wo ich rausklettern konnte. Habe sie umkreist. Den Rest hast du vermutlich gehört.«

»Ich habe drei Schüsse gehört. Du hast doch gesagt, sie wären zu viert gewesen.«

»Messer.«

»Dieses Messer?«

»Dieses Messer. Das ist sein Blut an meinen Händen, nicht meins.«

»Oh, danke.« Ich reibe mir die Wange, wo er mich berührt hat, und beschließe, mit der schlimmsten Erklärung für das herauszurücken, was vor sich geht. »Du bist ein Silencer, nicht wahr?«

Stille. Wie ironisch.

»Oder bist du doch ein Mensch?«, flüstere ich. *Sag, dass du ein Mensch bist, Evan. Und wenn du es sagst, dann sag es so überzeugend, dass kein Zweifel besteht. Bitte, Evan, du musst unbedingt meine Zweifel ausräumen. Ich weiß, du hast gesagt, dass man sich selbst nicht dazu zwingen kann zu vertrauen – dann bring verdammt noch mal jemand anderen dazu zu vertrauen. Bring mich dazu zu vertrauen. Sag es. Sag, dass du ein Mensch bist.*

»Cassie …«

»Bist du ein Mensch?«

»Natürlich bin ich ein Mensch.«

Ich hole tief Luft. Er hat es gesagt, allerdings nicht völlig überzeugend. Sein Gesicht kann ich nicht sehen, da er es in der Armbeuge vergraben hat. Wenn ich sein Gesicht sehen könnte, würde es das vielleicht überzeugend machen, und ich könnte diesen schrecklichen Gedanken verwerfen. Ich nehme ein paar sterile Wischtücher und fange an, meine Hände von seinem Blut – oder wessen Blut auch immer – zu reinigen.

»Wenn du ein Mensch bist, warum hast du mich dann angelogen?«

»Ich habe dich nicht bei allem angelogen.«

»Nur bei den Dingen, die eine Rolle spielen.«

»Das sind die Dinge, bei denen ich nicht gelogen habe.«

»Hast du die drei Leute auf dem Highway getötet?«

»Ja.«

Ich zucke zusammen, da ich nicht damit gerechnet habe, dass er ja sagen würde. Ich habe gerechnet mit einem: *Soll das ein Witz sein? Hör auf, so paranoid zu sein.* Stattdessen bekomme ich eine leise, simple Antwort, als hätte ich ihn gefragt, ob er schon einmal nackt geschwommen ist.

Die nächste Frage ist die bislang schwierigste: »Hast du mir ins Bein geschossen?«

»Ja.«

Ich schaudere und lasse das blutige Wischtuch zwischen meine Beine fallen. »Warum hast du mir ins Bein geschossen, Evan?«

»Weil ich dir nicht in den Kopf schießen konnte.«

Tja. Da hast du es.

Ich ziehe die Luger heraus und halte sie in meinem Schoß. Sein Kopf ist ungefähr dreißig Zentimeter von meinem Knie entfernt. Was mich verblüfft, ist die Tatsache, dass die Person mit der Pistole zittert wie Espenlaub, während die andere, die ihr auf Gedeih und Verderb ausgeliefert ist, völlig ruhig bleibt.

»Ich gehe jetzt«, sage ich zu ihm. »Ich lasse dich verbluten, wie du mich unter dem Auto verbluten lassen wolltest.«

Ich warte darauf, dass er irgendetwas sagt.

»Du gehst nicht«, stellt er fest.

»Ich warte noch darauf zu hören, was du zu sagen hast.«

»Das ist kompliziert.«

»Nein, Evan. Lügen sind kompliziert. Die Wahrheit ist einfach. Warum hast du auf dem Highway Menschen erschossen?«

»Weil ich Angst hatte.«

»Angst wovor?«, frage ich.

»Angst davor, dass es sich bei ihnen nicht um Menschen handelt.«

Ich seufze und fische eine Flasche Wasser aus meinem Rucksack, lehne mich zurück und trinke einen großen Schluck.

»Du hast auf diese Leute auf dem Highway geschossen – und auf mich und weiß Gott auf wen noch. Du bist nicht jede Nacht auf die Jagd nach Tieren gegangen – weil du bereits von der Vierten Welle wusstest. Ich bin dein Kruzifix-Soldat.«

Er nickt in seine Armbeuge hinein. Erwidert mit gedämpfter Stimme: »Wenn du es so formulieren möchtest.«

»Warum hast du mich aus dem Schnee gezogen, anstatt mich erfrieren zu lassen, wenn du mich tot sehen wolltest?«

»Ich wollte dich nicht tot sehen.«

»Nachdem du mir ins Bein geschossen hattest und mich unter dem Auto verbluten lassen wolltest.«

»Nein, du warst auf den Beinen, als ich abgehauen bin.«

»Du bist abgehauen? Warum bist du abgehauen?« Ich habe Schwierigkeiten, mir das vorzustellen.

»Ich hatte Angst.«

»Du hast diese Leute erschossen, weil du Angst hattest. Du hast auf mich geschossen, weil du Angst hattest. Du bist abgehauen, weil du Angst hattest.«

»Vielleicht habe ich ein Angstproblem.«

»Dann findest du mich und nimmst mich mit in das Farmhaus, pflegst mich wieder gesund, machst mir einen Hamburger, wäschst mir die Haare und bringst mir bei, wie man schießt … machst mit mir rum, um … wozu?«

Er dreht den Kopf und sieht mich mit einem Auge an. »Weißt du, Cassie, das ist jetzt echt ein bisschen unfair von dir.«

Mir klappt die Kinnlade herunter. »Unfair von mir?«

»Mich so in die Mangel zu nehmen, wo ich voller Granatsplitter bin.«

»Das ist doch nicht meine Schuld«, schnauze ich ihn an. »Du wolltest schließlich unbedingt mitkommen.« Ein Angstschauer rast mir den Rücken hinunter. »Warum eigentlich? Ist das irgendein Trick? Benutzt du mich für irgendwas?«

»Sammy zu retten war deine Idee«, stellt er fest. »Ich habe versucht, es dir auszureden. Ich habe sogar angeboten, mich alleine auf den Weg zu machen.«

Er zittert. Er ist nackt, und es hat nur ein paar Grad über null. Ich lege ihm seine Jacke über den Rücken und bedecke den Rest von ihm so gut es geht mit seinem Jeanshemd.

»Tut mir leid, Cassie.«

»Was genau?«

»Alles.« Er spricht undeutlich; die Schmerztabletten beginnen zu wirken.

Ich umklammere meine Pistole jetzt fest mit beiden Händen. Zittere genauso wie er, allerdings nicht wegen der Kälte.

»Evan, ich habe diesen Soldaten getötet, weil ich keine andere Wahl hatte – ich habe nicht jeden Tag nach Leuten Ausschau gehalten, die ich töten kann. Ich habe mich nicht neben der Straße im Wald versteckt und jeden, der vorbeikam, abgeknallt, weil er einer von ihnen hätte sein können.« Ich nicke vor mich hin. Es ist wirklich ganz einfach. »Du kannst nicht derjenige sein, für den du dich ausgibst, da derjenige, für den du dich ausgibst, nicht hätte tun können, was du getan hast!«

Inzwischen interessiert mich nur noch die Wahrheit. Und keine Idiotin zu sein. Und nichts für ihn zu empfinden, denn wenn ich etwas für ihn empfinde, wird es noch schwieriger, vielleicht sogar unmöglich, das zu tun, was ich tun muss, und wenn ich meinen Bruder retten möchte, darf nichts unmöglich sein.

»Wie geht es weiter?«, frage ich.

»Morgen früh müssen wir die Granatsplitter rausbekommen.«

»Ich meine, nach dieser Welle. Oder bist du die letzte Welle, Evan?«

Er blickt zu mir auf und wackelt mit dem Kopf hin und her. »Ich weiß nicht, wie ich dich überzeugen kann.«

Ich presse ihm die Mündung meiner Pistole an die Schläfe, direkt neben dem großen schokoladigen Auge, das zu mir aufblickt, und fauche: »Erste Welle: Licht aus. Zweite Welle: hohe Brandung. Dritte Welle: Seuche. Vierte Welle: Silencer. Was kommt als Nächstes, Evan? Wie sieht die Fünfte Welle aus?«

Er antwortet nicht. Er hat das Bewusstsein verloren.

—— 69. Kapitel ——

Bei Tagesanbruch ist er immer noch bewusstlos, deshalb schnappe ich mir mein Gewehr und marschiere aus dem Wald, um sein Werk zu begutachten. Wahrscheinlich keine besonders schlaue Idee. Was ist, wenn unsere nächtlichen Angreifer Verstärkung gerufen haben? Ich wäre leichte Beute. Ich bin keine schlechte Schützin, aber ich bin auch kein Evan Walker.

Na ja, selbst Evan Walker ist kein Evan Walker.

Ich weiß nicht, was er ist. Er behauptet, ein Mensch zu sein, und er sieht aus wie ein Mensch, spricht wie ein Mensch, blutet wie ein Mensch und, okay, küsst wie ein Mensch. Er sagt auch das Richtige, wie zum Beispiel, dass er Menschen aus dem gleichen Grund erschossen hat, aus dem ich den Kruzifix-Soldaten erschossen habe.

Das Problem ist, ich kaufe es ihm nicht ab. Und jetzt kann ich mich nicht entscheiden, was besser ist: ein toter Evan oder ein lebendiger Evan. Ein toter Evan kann mir nicht dabei helfen, mein Versprechen einzulösen. Ein lebendiger Evan schon.

Warum hat er zuerst auf mich geschossen und mich dann gerettet? Was hat er damit gemeint, als er sagte, ich hätte ihn gerettet?

Schon komisch. Als er mich in den Armen gehalten hat, habe ich mich sicher gefühlt. Als er mich geküsst hat, habe ich mich in ihm verloren. Es ist, als gäbe es zwei Evan. Den Evan, den ich kenne, und den Evan, den ich nicht kenne. Evan, den Farmerjungen mit den weichen Händen, der mich streichelt, bis ich schnurre wie eine Katze. Evan, den Heuchler, der ein kaltblütiger Killer ist und auf mich geschossen hat.

Ich gehe davon aus, dass er ein Mensch ist – zumindest biologisch. Vielleicht ist er ein Klon, gezüchtet an Bord des Mutterschiffes aus geernteter DNA. Oder vielleicht auch etwas weniger *»Krieg der Sterne«*-Mäßiges und viel Verachtenswerteres: ein Verräter an seiner Spezies. Womöglich ist es das, was Silencer sind: menschliche Söldner.

Die Anderen flößen ihm etwas ein, damit er uns tötet. Oder sie haben ihm gedroht – zum Beispiel, indem sie jemanden entführt haben (Lauren? Ich habe ihr Grab nie mit eigenen Augen gesehen.) und ihm ein Geschäft unterbreiten: *Töte zwanzig Menschen, und du bekommst sie zurück.*

Die letzte Möglichkeit? Dass er ist, was er zu sein behauptet. Dass er allein und verängstigt ist und tötet, bevor jemand anderer ihn töten kann. Dass er sich strikt an die erste Regel gehalten hat, bis er sie brach, und mich zuerst hat laufen lassen und dann zurückgeholt hat.

Das ist eine ebenso gute Erklärung für das, was passiert ist, wie die ersten beiden Möglichkeiten. Alles passt. Es könnte sich um die Wahrheit handeln. Bis auf ein nagendes kleines Problem.

Die Soldaten.

Das ist der Grund, weshalb ich ihn nicht im Wald zurücklasse. Ich möchte mit eigenen Augen sehen, was er getan hat.

Da Camp Ashpit inzwischen nichtssagender als eine Salzwüste ist, habe ich keine Probleme, Evans Opfer zu finden. Eines am Rand der Schlucht. Zwei weitere nebeneinander ein paar hundert Meter entfernt. Alle drei wurden in den Kopf getroffen. In der Dunkelheit. Während sie auf ihn schossen. Der Letzte liegt in der Nähe der Stelle, wo sich früher die Baracke befunden hat, vielleicht sogar genau dort, wo Vosch meinen Vater ermordet hat.

Keiner von ihnen ist älter als vierzehn. Alle tragen eine seltsame silberfarbene Augenklappe. Irgendeine Nachtsichtvorrichtung? Wenn ja, macht das Evans Leistung noch beeindruckender – auf eine ekelerregende Art und Weise.

Evan ist wach, als ich zurückkomme. Hat sich an dem umgestürzten Baum aufgesetzt. Blass, zitternd, seine Augen tief in den Höhlen.

»Sie waren noch Kinder«, sage ich zu ihm. »Das waren nur Kinder.«

Ich stapfe in das abgestorbene Gebüsch hinter ihm und entleere meinen Magen.

Anschließend fühle ich mich besser.

Ich gehe zu ihm zurück. Ich habe beschlossen, ihn nicht zu töten. Noch nicht. Lebend ist er nach wie vor wertvoller für mich. Wenn er ein Silencer ist, weiß er vielleicht, was mit meinem Bruder passiert ist. Also nehme ich den Verbandskasten und knie mich zwischen seine gespreizten Beine.

»Okay, Zeit zu operieren.«

Ich finde noch eine Packung sterile Wischtücher im Verbandskasten. Er beobachtet mich schweigend dabei, als ich das Messer vom Blut seines Opfers säubere.

Ich hole tief Luft, schmecke frisch Erbrochenes. »Ich habe so was noch nie gemacht«, sage ich. Das liegt eigentlich auf der Hand, aber ich habe das Gefühl, mit einem Fremden zu sprechen.

Er nickt, dreht sich auf den Bauch. Ich ziehe das Hemd weg und entblöße seine untere Hälfte.

Ich habe noch nie einen nackten Typen gesehen. Und hier knie ich zwischen seinen Beinen, wenngleich ich ihn nicht in seiner ganzen Nacktheit sehen kann. Nur die hintere Hälfte. Seltsam, ich hätte nie gedacht, dass mein erstes Mal mit einem nackten Typen so sein würde.

»Möchtest du noch eine Schmerztablette?«, erkundige ich mich. »Es ist kalt, und meine Hände zittern …«

»Keine Tablette«, knurrt er, das Gesicht in der Armbeuge vergraben.

Zuerst arbeite ich langsam, stochere vorsichtig mit der Messerspitze in den Wunden herum, aber ich lerne schnell, dass das nicht die beste Methode ist, um Metall aus menschlichem oder vielleicht auch nicht-menschlichem Fleisch zu pulen: Auf diese Weise dehnt man die Qualen nur aus.

Für seinen Hintern brauche ich am längsten. Nicht weil ich trödle – es stecken einfach so viele Granatsplitter darin. Er windet sich nicht. Er zuckt nur unmerklich zusammen. Manchmal sagt er: »Oooh!« Manchmal seufzt er.

Ich hebe die Jacke von seinem Rücken. Hier hat er nicht allzu viele Wunden und die meisten davon geballt im unteren Bereich. Steife Finger, schmerzende Handgelenke: Ich zwinge mich, schnell zu arbeiten – schnell, aber vorsichtig.

»Halt durch«, murmle ich. »Ich bin fast fertig.«

»Ich auch.«

»Wir haben nicht genug Pflaster.«

»Kleb nur welche auf die schlimmsten Wunden.«

»Infektion …?«

»Im Verbandskasten sind Penicillin-Tabletten.«

Er dreht sich wieder um, während ich die Tabletten heraussuche. Er nimmt zwei davon mit einem Schluck Wasser. Ich lehne mich schwitzend zurück, obwohl es nur ein paar Grad über null hat.

»Warum Kinder?«, frage ich.

»Ich wusste nicht, dass es sich um Kinder handelt.«

»Mag sein, aber sie waren schwer bewaffnet und wussten, was sie tun. Ihr Problem war, du wusstest es ebenfalls. Du musst vergessen haben, deine Kampfausbildung zu erwähnen.«

»Cassie, wenn wir einander nicht vertrauen können …«

»Evan, wir können einander *nicht* vertrauen.« Ich würde ihm am liebsten auf den Kopf schlagen und gleichzeitig in Tränen ausbrechen. Ich bin an einem Punkt angelangt, wo ich es satthabe, es sattzuhaben. »Das ist ja das Problem.«

Über uns hat sich die Sonne von den Wolken befreit und setzt uns einem strahlend blauen Himmel aus.

»Außerirdische Klon-Kinder?«, vermute ich. »Amerikas letztes Aufgebot? Im Ernst, warum laufen Kinder mit Automatikwaffen und Handgranaten herum?«

Er schüttelt den Kopf. Trinkt etwas Wasser. Zuckt zusammen. »Vielleicht nehme ich doch noch eine von den Schmerztabletten.«

»Vosch hat gesagt, nur die Kinder. Sie sammeln Kinder ein, um eine Armee aus ihnen zu machen?«

»Vielleicht ist Vosch gar keiner von ihnen. Vielleicht hat die Armee die Kinder einkassiert.«

»Warum hat er dann alle anderen getötet? Warum hat er meinem Vater eine Kugel in den Kopf gejagt? Und wenn er keiner von ihnen ist, woher hat er dann das Auge? Irgendwas stimmt da nicht, Evan. Und du weißt, was Sache ist. Wir wissen beide, dass du das weißt. Warum kannst du es mir nicht einfach sagen? Du vertraust mir ein Gewehr an und lässt dir von mir Granatsplitter aus dem Hintern popeln, aber die Wahrheit willst du mir nicht anvertrauen?«

Er starrt mich einen langen Moment an. Dann sagt er: »Hättest du dir bloß nicht deine Haare abgeschnitten.«

Ich würde ausrasten, wenn mir nicht zu kalt, zu übel und zu schwindlig wäre. »Ich schwöre bei Gott, Evan Walker«, sage ich mit monotoner Stimme, »wenn ich dich nicht bräuchte, würde ich dich auf der Stelle töten.«

»Dann bin ich froh, dass du mich brauchst.«

»Und wenn ich herausfinde, dass du mich anlügst, was die wichtigste Sache betrifft, dann *werde* ich dich töten.«

»Was ist denn die wichtigste Sache?«

»Dass du ein Mensch bist.«

»Ich bin genauso ein Mensch wie du, Cassie.«

Er nimmt meine Hand in seine. Beide sind blutverschmiert. Meine mit seinem. Seine mit dem eines Jungen, der nicht viel älter war als mein Bruder. Wie viele Menschen hat diese Hand schon getötet?

»Ist es das, was wir sind?«, frage ich. Ich bin drauf und dran, komplett durchzudrehen. Ich kann ihm nicht vertrauen. Ich muss ihm vertrauen. Ich kann ihm nicht glauben. Ich muss ihm glauben. Ist das das letztendliche Ziel der Anderen, die Welle, die alle Wellen beendet: uns unsere Menschlichkeit bis auf die blanken, animalischen Knochen auszuziehen, bis wir nur noch seelenlose Raubtiere sind, die die Drecksarbeit für sie erledigen, so einsam wie Haie und mit genauso wenig Mitgefühl?

Er bemerkt den Ausdruck in meinen Augen, der dem eines in die Enge getriebenen Tieres gleicht. »Was ist denn?«

»Ich möchte kein Hai sein«, flüstere ich.

Er sieht mich einen langen, unbehaglichen Moment an. Er hätte auch sagen können: *Hai? Wer? Was? Hä? Wer hat gesagt, du wärst ein Hai?* Stattdessen beginnt er zu nicken, als hätte er völlig verstanden. »Das bist du nicht.«

Du, nicht *wir*. Ich erwidere seinen langen Blick. »Wenn die Erde sterben würde und wir sie verlassen müssten«, sage ich langsam, »und wenn wir einen Planeten finden würden, auf dem aber schon jemand ist, jemand, der aus irgendeinem Grund nicht kompatibel mit uns ist …«

»Würdet ihr tun, was auch immer nötig wäre.«

»Wie Haie.«

»Wie Haie.«

Ich nehme an, er hat versucht, es mir schonend beizubringen. Es spielt vermutlich eine Rolle für ihn, dass meine Landung nicht zu hart ist, dass der Schock nicht zu groß ist. Ich glaube, er möchte, dass ich es begreife, ohne dass er es direkt sagen muss.

Ich stoße seine Hand weg. Ich bin wütend, weil ich mich jemals von ihm habe berühren lassen. Wütend auf mich selbst, weil ich bei ihm geblieben bin, obwohl ich wusste, dass er mir Dinge verheimlicht. Wütend auf meinen Vater, weil er Sammy in den Bus hat einsteigen lassen. Wütend auf Vosch. Wütend auf das grüne Auge, das über dem Horizont schwebt. Wütend auf mich selbst, weil ich für den ersten Typen, der mir über den Weg gelaufen ist, die erste Regel gebrochen habe, und warum? Warum? Weil er große, aber sanfte Hände hat und weil sein Atem nach Schokolade riecht?

Ich schlage immer und immer wieder auf seine Brust ein, bis ich vergessen habe, warum ich ihn eigentlich schlage, bis ich meine ganz Wut entleert habe und in meinem Inneren nur noch aus einem schwarzen Loch bestehe, wo sich früher Cassie befunden hat.

Er greift nach meinen Fäusten. »Cassie, hör auf damit! Beruhig dich! Ich bin nicht dein Feind.«

»Wessen Feind bist du dann, hm? Irgendjemandes Feind musst du schließlich sein. Du bist nicht jede Nacht auf die Jagd gegangen – zumindest nicht auf die Jagd nach Tieren. Und bei der Arbeit auf der Farm deines Daddys hast du dir dein Killer-Ninja-

Repertoire nicht angeeignet. Du sagst ständig, was du nicht bist, und dabei will ich nur wissen, was du bist. Was bist du, Evan Walker?«

Er lässt meine Handgelenke los und überrascht mich damit, dass er mir seine Hand seitlich ans Gesicht presst und mir mit seinem weichen Daumen über die Wange und den Nasenrücken streicht. Als würde er mich ein allerletztes Mal berühren.

»Ich bin ein Hai, Cassie«, sagt er langsam, dehnt die Worte aus, als würde er zum letzten Mal zu mir sprechen. Sieht mich mit Tränen in den Augen an, als würde er mich zum letzten Mal sehen. »Ein Hai, der geträumt hat, er wäre ein Mensch.«

Ich falle schneller als mit Lichtgeschwindigkeit in das schwarze Loch, das sich mit der Ankunft aufgetan und dann alles verschlungen hat, was ihm im Weg war. Das Loch, in das mein Vater gestarrt hat, als meine Mutter starb, das Loch, von dem ich geglaubt habe, es sei irgendwo da draußen, außerhalb von mir, wo es aber niemals war. Es ist in mir, war es von Anfang an, ist gewachsen, hat jeden Funken Hoffnung, Vertrauen und Liebe verzehrt, den ich besaß, hat sich durch die Galaxie meiner Seele gefressen, während ich mich an eine Wahlmöglichkeit geklammert habe – an eine Wahlmöglichkeit, die mich jetzt ansieht, als sei es zum letzten Mal.

Also tue ich, was die meisten vernünftigen Menschen in meiner Situation tun würden.

Ich renne weg.

Hetze in der bitterkalten Winterluft durch den Wald. Kahler Ast, blauer Himmel, verwelktes Blatt. Stürme über die Baumgrenze auf ein freies Feld hinaus, wobei der gefrorene Boden unter meinen Füßen knirscht. Unter der Kuppel des gleichgültigen Himmels, dem leuchtend blauen Vorhang vor einer Milliarde von Sternen, die noch immer da sind, noch immer herabblicken auf das rennende Mädchen mit seinem kurzen wippenden Haar und seinen tränenüberströmten Wangen. Das vor nichts wegrennt, nirgendwo hinrennt, nur rennt, rennt, als wäre der Teufel hinter ihm her, da das die logischste Reaktion ist, wenn einem bewusst wird, dass ausgerechnet die Person auf Erden, der man sein Vertrauen geschenkt hat, gar nicht von der Erde ist. Ganz egal, dass er dir öfter die Haut gerettet hat, als du dich erinnern kannst, dass er dich schon hundertmal hätte töten können oder dass er etwas an sich hat, etwas Gequältes und Trauriges und schrecklich, schrecklich Einsames, als wäre *er* der letzte Mensch auf Erden und nicht das Mädchen, das in einer Welt, die still geworden ist, in einem Schlafsack zittert und einen Teddybären an sich drückt …

Halt die Klappe, halt die Klappe, halt einfach die Klappe.

—— 70. Kapitel ——

Er ist verschwunden, als ich zurückkomme. Und, ja, ich bin zurückgekommen. Wohin hätte ich auch gehen sollen ohne mein Gewehr und vor allem ohne den verdammten Bären, den Grund dafür, weshalb ich lebe? Ich hatte keine Angst davor zurückzukehren – er hätte bereits zehn Milliarden Gelegenheiten gehabt, um mich zu töten; was spielte da eine weitere schon für eine Rolle?

Sein Gewehr ist noch da. Sein Rucksack. Der Verbandskasten. Und seine zerfetzten Jeans bei Howard, dem Baumstamm. Da er keine zweiten Jeans eingepackt hat, vermute ich, dass er nur mit seinen Wanderstiefeln bekleidet im bitterkalten Wald herumspringt wie ein Pin-up-Boy. Nein, halt. Sein Hemd und seine Jacke sind weg.

»Komm schon, Bär«, knurre ich und schnappe mir meinen Rucksack. »Es wird Zeit, dich zu deinem Besitzer zurückzubringen.«

Ich nehme mein Gewehr, kontrolliere das Magazin, mache dasselbe mit der Luger, ziehe schwarze Strickhandschuhe an, weil meine Finger taub geworden sind, klaue die Landkarte und die Taschenlampe aus seinem Rucksack und mache mich auf den Weg zur Schlucht. Ich werde das Risiko des Tageslichts eingehen, um Abstand zwischen mich und den Haimenschen zu bringen. Ich weiß nicht, wohin er gegangen ist, vielleicht ruft er die Drohnen zum Angriff herbei, nachdem seine Tarnung aufgeflogen ist, doch das spielt keine Rolle. Das ist der Schluss, zu dem ich auf dem Rückweg gekommen bin, nachdem ich gelaufen war, bis ich nicht mehr laufen konnte: Es spielt wirklich keine Rolle, wer oder was Evan Walker ist. Er hat verhindert, dass ich sterbe. Hat mich gefüttert, gebadet, beschützt. Er hat mir dabei geholfen, stark zu werden. Er hat mir sogar beigebracht, wie man tötet. Wozu braucht man Freunde, wenn man einen solchen Feind hat?

In die Schlucht. Zehn Grad kälter im Schatten. Wieder hinaus und weiter zur öden Landschaft von Camp Ashpit, über einen Boden, der hart wie Asphalt ist, und dort liegt die erste Leiche, und ich denke: *Falls Evan einer von ihnen ist, für welches Team spielst* du *dann?* Würde Evan einen seiner eigenen Spezies töten, um mir gegenüber die Fassade aufrechtzuerhalten? Oder war er gezwungen, sie zu töten, weil sie ihn für einen Menschen hielten? Bei dem Gedanken wird mir vor Verzweiflung übel: Diese ganze verdammte Sache ist ein Fass ohne Boden. Je tiefer man vordringt, desto weiter hinunter geht es.

Ich komme an einer weiteren Leiche vorbei, auf die ich nur einen flüchtigen Blick werfe, dann nimmt dieser flüchtige Blick etwas zur Kenntnis, und ich drehe mich um. Der Kindersoldat trägt keine Hose.

Es spielt keine Rolle. Ich bleibe in Bewegung. Inzwischen auf der unbefestigten Straße Richtung Norden. Noch immer trabend. *Beweg dich, Cassie, beweg dich, beweg dich.* Essen vergessen. Wasser vergessen. Spielt keine Rolle. Spielt keine Rolle. Der Himmel ist wolkenlos, ein riesiges, gigantisches blaues

Auge, das auf mich herabstarrt. Ich laufe am Straßenrand in der Nähe des Waldes, der auf der Westseite angrenzt. Falls ich eine Drohne sehe, werde ich in Deckung gehen. Falls ich Evan sehe, werde ich zuerst schießen und dann Fragen stellen. Na ja, nicht nur bei Evan. Bei jedem.

Nichts spielt eine Rolle außer der ersten Regel. Nichts spielt eine Rolle, außer Sammy zu retten. Das habe ich eine Zeit lang ganz vergessen.

Silencer: Menschen, Halbmenschen, menschliche Klone oder außerirdische, Menschen projizierende Holografien? Egal. Das letztendliche Ziel der Anderen? Ausrottung, Internierung oder Versklavung? Egal. Meine Erfolgsaussichten? Ein, null Komma ein oder null Komma null null null ein Prozent? Egal.

Folg der Straße, folg der Straße, folg der staubigen, unbefestigten Straße ...

Nach ein paar Meilen dreht die Straße nach Westen ab und mündet in den Highway 35. Dann noch ein paar Meilen auf dem Highway 35 bis zur Anschlussstelle 675. Dort kann ich bei der Überführung in Deckung gehen und auf die Busse warten. Falls die Busse noch auf dem Highway 35 fahren. Falls sie überhaupt noch fahren.

Am Ende der unbefestigten Straße lege ich eine Pause ein, um den Blick über das Gelände hinter mir schweifen zu lassen. Nichts. Er kommt nicht. Er lässt mich gehen.

Ich trotte ein paar Schritte in den Wald, um zu verschnaufen. In dem Augenblick, als ich mich zu Boden sinken lasse, holt mich alles ein, vor dem ich weggelaufen bin, lange bevor ich wieder zu Atem komme.

Ich bin ein Hai, der geträumt hat, er wäre ein Mensch ...

Jemand schreit – ich höre die Schreie von den Bäumen widerhallen. Das Geräusch dauert an und an. Soll es doch eine ganze Horde Silencer auf mich hetzen, es ist mir egal. Ich presse die Hände auf die Ohren, schaukle vor und zurück und habe das eigenartige Gefühl, über meinem Körper zu schweben, und dann schieße ich mit einer Geschwindigkeit von tausend Meilen in der Stunde in den Himmel und sehe mich selbst zu einem winzigen Punkt schrumpfen. Es ist, als wäre ich von der Erde losgelöst. Als gäbe es nichts, was mich noch unten halten würde, und als würde ich in die Leere gesaugt werden. Als wäre ich von einem Silberfaden gehalten worden, und jetzt ist dieser Faden gerissen.

Bevor er mich gefunden hat, glaubte ich zu wissen, was Einsamkeit ist, doch ich hatte keine Ahnung. Man weiß erst, was echte Einsamkeit ist, wenn man das Gegenteil kennengelernt hat.

»Cassie.«

Zwei Sekunden: Ich bin auf den Beinen. Weitere zweieinhalb: Ich schwenke das M16 auf die Stimme. Zu meiner Linken huscht ein Schatten zwischen den Bäumen hindurch, und ich eröffne das Feuer, verteile planlos Kugeln auf Baumstämme, Äste und leere Luft.

»Cassie.«

Vor mir, ungefähr auf zwei Uhr. Ich leere den Ladestreifen. Mir ist klar, dass ich ihn nicht getroffen habe. Klar, dass ich nicht die geringste Chance habe, ihn zu treffen. Er ist schließlich ein Silencer. Aber wenn ich weiterschieße, wird er vielleicht verschwinden.

»Cassie.«

Genau hinter mir. Ich hole tief Luft, lade nach und drehe mich dann bewusst um und pumpe noch mehr Blei in die unschuldigen Bäume.

Kapierst du denn nicht, Dummerchen? Er verleitet dich dazu, dass du deine gesamte Munition aufbrauchst.

Also warte ich, breitbeinig, die Schultern gestrafft, das Gewehr angehoben, nach links und nach rechts blickend, und dann höre ich in meinem Kopf seine Stimme, wie er mir auf der Farm Anweisungen gegeben hat: *Du musst dein Ziel spüren. Als wäre es mit dir verbunden. Als wärst du mit ihm verbunden ...*

Es passiert in dem Zeitraum zwischen einer Sekunde und der nächsten. Seine Arme sausen vor meiner Brust nach unten, er reißt mir das Gewehr aus den Händen, und dann nimmt er mir auch die Luger ab. Nach einer weiteren halben Sekunde hält er mich mit einer ungestümen Umarmung fest, presst mich an sich und hebt mich ein paar Zentimeter vom Boden hoch, während ich wie wild mit den Hacken ausschlage, den Kopf hin- und herdrehe und mit den Zähnen nach seinem Unterarm schnappe.

Und dabei kitzeln seine Lippen die ganze Zeit die empfindliche Haut meines Ohrs. »Cassie. Nicht. Cassie …«

»Lass … mich … los.«

»Das ist ja das Problem. Ich kann nicht.«

—— **71. Kapitel** ——

Evan lässt mich strampeln und mich winden, bis ich erschöpft bin, dann setzt er mich an einem Baum ab und tritt einen Schritt zurück.

»Du weißt, was passiert, wenn du wegläufst«, warnt er mich. Sein Gesicht ist gerötet. Er ringt nach Atem. Als er sich umdreht, um meine Waffen einzusammeln, sind seine Bewegungen steif und bedächtig. Mich wieder einzufangen – nachdem er die Handgranate für mich abgefangen hat – hat seinen Tribut gefordert. Seine Jacke ist offen, sodass sein Jeanshemd zu sehen ist, und die Hose, die er dem toten Jungen abgenommen hat, ist zwei Nummern zu klein und sitzt an allen falschen Stellen zu eng. Es sieht aus, als hätte er eine Caprihose an.

»Du wirst mir in den Hinterkopf schießen«, erwidere ich.

Er steckt sich meine Luger in den Gürtel und schwingt sich das M16 über die Schulter.

»Das hätte ich schon längst machen können.«

Ich nehme an, er spricht von unserer ersten Begegnung. »Du bist ein Silencer«, sage ich. Es bedarf meiner ganzen Selbstbeherrschung, nicht aufzuspringen und wieder durch den Wald abzuhauen. Natürlich ist es sinnlos, vor ihm davonzulaufen. Sinnlos, gegen ihn zu kämpfen. Man muss ihn überlisten. Es ist, als läge ich wieder unter dem Auto wie an dem Tag, als wir uns zum ersten Mal begegnet sind. Keine Chance, mich zu verstecken. Keine Chance wegzulaufen.

Er setzt sich ein Stück entfernt hin und legt sich das Gewehr über die Oberschenkel. Er zittert.

»Wenn es deine Aufgabe ist, uns zu töten, warum hast du mich dann nicht getötet?«, frage ich.

Er antwortet, ohne zu zögern, als habe er schon lange, bevor ich die Frage stelle, beschlossen, wie seine Antwort lauten würde.

»Weil ich verliebt in dich bin.«

Mein Kopf kippt zurück gegen die raue Rinde des Baums. Die kahlen Äste über mir zeichnen sich hart vor dem strahlend blauen Himmel ab. »Tja, das ist eine tragische Liebesgeschichte, nicht wahr? Außerirdischer Eindringling verguckt sich in Menschen-Mädchen. Der Jäger in seine Beute.«

»Ich bin ein Mensch.«

»›Ich bin ein Mensch … aber.‹ Führ es zu Ende, Evan.« *Denn ich bin jetzt am Ende, Evan. Du warst der Letzte, mein einziger Freund auf der Welt, und jetzt bist du weg. Ich meine, du bist hier, was auch immer du bist, aber, Evan, mein Evan, ist weg.*

»Kein *aber*, Cassie. *Und.* Ich bin ein Mensch, und ich bin es nicht. Ich bin keines von beiden, und ich bin beides. Ich bin anders, und ich bin du.«

Ich schaue ihm in die Augen, die in der schattigen Luft tief liegend und sehr dunkel wirken, und sage: »Ich finde dich zum Kotzen.«

»Wie hätte ich dir die Wahrheit sagen können, wenn die

Wahrheit bedeutet hätte, dass du mich verlässt, und wenn mich zu verlassen deinen Tod bedeutet hätte?«

»Halt mir keine Vorträge übers Sterben, Evan.« Ich fuchtle mit dem Finger vor seinem Gesicht herum. »Ich habe meine Mutter sterben sehen. Ich habe einen von euch meinen Vater töten sehen. Ich habe in sechs Monaten mehr Tod gesehen als irgendjemand anders in der Geschichte der Menschheit.«

Er drückt meine Hand nach unten und sagt mit zusammengebissenen Zähnen: »Und wenn es etwas gegeben hätte, was du hättest tun können, um deinen Vater zu schützen, um deine Mutter zu retten, hättest du es dann nicht getan? Wenn du wüsstest, dass eine Lüge Sammy retten würde, würdest du dann nicht lügen?«

Und ob ich das tun würde. Ich würde sogar Vertrauen in den Feind heucheln, um Sammy zu retten. Ich versuche noch immer, sein *Weil ich verliebt in dich bin* zu begreifen. Versuche, irgendeinen anderen Grund dafür zu finden, warum er seine Spezies verraten hat.

Egal, egal. Nur eine Sache spielt eine Rolle. An dem Tag, als Sammy in den Bus stieg, ist eine Tür hinter ihm zugefallen, eine Tür mit tausend Schlössern, und mir wird bewusst, dass der Typ mit den Schlüsseln vor mir sitzt.

»Du weißt, was in Wright-Patterson los ist, nicht wahr?«, sage ich. »Du weißt genau, was mit Sam passiert ist.«

Er antwortet nicht. Nickt nicht bejahend. Schüttelt nicht verneinend den Kopf. Was denkt er? Dass es eine Sache ist, ein einzelnes, armseliges menschliches Wesen zu verschonen, aber etwas vollkommen anderes, das Gesamtkonzept preiszugeben? Ist das Evan Walkers »Unter dem Buick«-Moment, in dem er nicht weglaufen kann, sich nicht verstecken kann und es seine einzige Möglichkeit ist, sich umzudrehen und sich zu stellen?

»Ist er noch am Leben?«, frage ich und beuge mich vor; die raue Baumrinde bohrt sich in meine Wirbelsäule.

Er zögert für einen halben Atemzug, dann sagt er: »Wahrscheinlich schon.«

»Warum haben sie … Warum habt ihr ihn dorthin gebracht?«

»Um ihn vorzubereiten.«

»Um ihn worauf vorzubereiten?«

Diesmal wartet er einen vollen Atemzug. Dann: »Auf die Fünfte Welle.«

Ich schließe die Augen. Zum ersten Mal ertrage ich es nicht, dieses wunderschöne Gesicht zu betrachten. Mein Gott, bin ich müde. So verdammt müde, dass ich tausend Jahre schlafen könnte. Falls ich tausend Jahre schlafen würde, wären die Anderen vielleicht verschwunden, wenn ich wieder aufwache, und fröhliche Kinder würden in diesem Wald herumtollen. *Ich bin anders, und ich bin du.* Was zum Teufel soll das heißen? Ich bin zu müde, um diesen Gedanken weiterzuverfolgen.

Ich mache die Augen wieder auf und zwinge mich, ihn anzusehen. »Du kannst uns reinbringen.«

Er schüttelt den Kopf.

»Warum nicht?«, will ich wissen. »Du bist einer von ihnen. Du kannst doch sagen, du hättest mich gefangen.«

»Wright-Patterson ist kein Gefangenenlager, Cassie.«

»Was ist es dann?«

»Für dich?« Er beugt sich zu mir vor; sein Atem wärmt mein Gesicht. »Eine Todesfalle. Du würdest keine fünf Minuten überleben. Warum, glaubst du, habe ich alles versucht, was mir eingefallen ist, um dich davon abzuhalten, dorthin zu gehen?«

»Alles? Tatsächlich? Wie wär's damit gewesen, mir die Wahrheit zu sagen? Wie wär's mit etwas gewesen wie: ›Hey, Cass, wegen deiner Rettungsaktion … Ich bin ein Außerirdischer wie die Typen, die Sam mitgenommen haben, also weiß ich, dass dein Plan total aussichtslos ist‹?«

»Hätte das einen Unterschied gemacht?«

»Das ist nicht der Punkt.«

»Nein, der Punkt ist, dein Bruder wird in dem wichtigsten Stützpunkt festgehalten, den wir – ich meine, die Anderen – eingerichtet haben, seit die Säuberung begonnen ...«

»Seit was begonnen hat? Wie hast du es genannt? Die Säuberung?«

»Oder die Reinigung.« Er kann mir nicht in die Augen sehen. »Manchmal wird es auch so bezeichnet.«

»Oh, das macht ihr also? Den menschlichen Schmutz beseitigen?«

»So würde ich es nicht nennen, und die Säuberung oder Reinigung oder wie auch immer man es nennen mag, war nicht meine Entscheidung«, protestiert er. »Falls du dich dann besser fühlst, ich dachte nie, wir sollten ...«

»Ich möchte mich nicht besser fühlen. Der Hass, den ich gerade empfinde, ist alles, was ich brauche, Evan. Alles, was ich brauche.« *Okay, das war ehrlich, aber geh nicht zu weit. Er ist der Typ mit den Schlüsseln. Sorg dafür, dass er weiterredet.* »Du dachtest nie, ihr solltet was tun?«

Er nimmt einen großen Schluck aus der Wasserflasche, bietet sie mir an. Ich schüttle den Kopf. »Wright-Patterson ist nicht irgendein Stützpunkt – es ist *der* Stützpunkt«, sagt er, wobei er jedes Wort sorgfältig abwägt. »Und Vosch ist nicht irgendein Kommandant – er ist *der* Kommandant, der Befehlshaber bei allen Kampfeinsätzen und der Architekt der Reini... derjenige, der die Angriffe geplant hat.«

»Vosch hat sieben Milliarden Menschen ermordet.« Die Zahl klingt seltsam hohl in meinen Ohren. Eines der Lieblingsthemen meines Dads nach der Ankunft war, wie weit uns die Anderen voraus sein mussten, wie hoch sie auf der Leiter der Evolution geklettert sein mussten, um die Stufe des intergalaktischen Reisens erreicht zu haben. Und das ist ihre Lösung für das menschliche »Problem«?

»Einige von uns hielten Vernichtung nicht für die richtige Antwort«, sagt Evan. »Ich war einer davon, Cassie. Aber meine Seite hat die Auseinandersetzung verloren.«

»Nein, Evan, es war *meine* Seite, die verloren hat.«

Das Ganze ist einfach zu viel für mich. Ich stehe auf und rechne damit, dass er sich ebenfalls erhebt, aber er bleibt sitzen und blickt zu mir auf.

»Er sieht dich nicht so, wie einige von uns dich sehen … wie ich dich sehe«, sagt er. »Für ihn bist du eine Krankheit, die ihren Wirt töten wird, es sei denn, sie wird ausgelöscht.«

»Ich bin eine Krankheit. Das ist es, was ich für dich bin.«

Ich kann ihn nicht mehr ansehen. Wenn ich Evan Walker noch eine Sekunde länger ansehe, muss ich mich übergeben.

Seine Stimme hinter mir klingt sanft, gleichmäßig, beinahe traurig. »Cassie, du hast es mit etwas zu tun, das deine Möglichkeiten, es zu bekämpfen, weit übersteigt. Wright-Patterson ist nicht nur ein weiteres Säuberungslager. Der Komplex darunter ist die Koordinationszentrale für sämtliche Drohnen in dieser Hemisphäre. Das sind Voschs Augen, Cassie; so sieht er dich. Einzubrechen, um Sammy zu retten, wäre nicht nur riskant – es wäre selbstmörderisch. Für uns beide.«

»Für uns beide?« Ich werfe ihm aus dem Augenwinkel einen Blick zu. Er hat sich nicht von der Stelle gerührt.

»Ich kann nicht so tun, als hätte ich dich gefangen genommen. Mein Auftrag lautet nicht, Menschen einzufangen – ich soll sie töten. Wenn ich versuche, mit dir als meiner Gefangenen dort reinzumarschieren, werden sie dich töten. Und dann werden sie mich töten, weil ich dich nicht getötet habe. Und heimlich reinschleusen kann ich dich nicht. Der Stützpunkt wird von Drohnen überwacht und ist mit einem sechs Meter hohen Elektrozaun gesichert, mit Wachtürmen, Infrarotkameras, Bewegungsmeldern … und hundert Leuten, die genauso sind wie ich, und du weißt ja, wozu ich imstande bin.«

»Dann schleiche ich mich eben ohne dich rein.«

Er nickt. »Das ist die einzige Möglichkeit – aber nur weil etwas möglich ist, heißt das nicht, dass es nicht trotzdem selbstmörderisch ist. Jeder, den sie reinbringen – ich meine damit die Leute, die sie nicht sofort töten –, wird mit einem Screeningprogramm untersucht, das seine gesamte Psyche abbildet, einschließlich seiner Erinnerungen. Sie werden also wissen, wer du bist und warum du gekommen bist ... und dann werden sie dich töten.«

»Es muss irgendein Szenario geben, das nicht damit endet, dass sie mich töten«, beharre ich.

»Das gibt es«, entgegnet er. »Das Szenario, in dem wir einen sicheren Ort finden, an dem wir uns verstecken und warten können, bis Sammy zu uns kommt.«

Mir klappt die Kinnlade herunter, und ich denke: *Hä?* Dann sage ich es: »Hä?«

»Es mag ein paar Jahre dauern. Wie alt ist er, fünf? Das Mindestalter ist sieben.«

»Das Mindestalter wofür?«

Er wendet den Blick ab. »Das hast du ja gesehen.«

Der kleine Junge, dem er im Camp Ashpit die Kehle durchgeschnitten hat. Der einen Kampfanzug trug und ein Gewehr mit sich herumgeschleppt hat, das beinahe so groß war wie er selbst. Jetzt möchte ich doch etwas trinken. Ich gehe zu ihm hin, und er hält sich ganz still, als ich mich bücke, um die Flasche aufzuheben. Nach vier großen Schlucken ist mein Mund immer noch trocken.

»Sam ist die Fünfte Welle«, sage ich. Die Worte schmecken schlecht. Ich trinke noch einen langen Schluck.

Evan nickt. »Wenn er das Screening bestanden hat, ist er am Leben und wird ...« Er sucht nach dem passenden Wort. »Ausgebildet.«

»Er bekommt eine Gehirnwäsche, meinst du.«

»Eher eine Indoktrination – der Idee, dass die Außerirdischen menschliche Körper benutzen, und wir – ich meine, wir Menschen – eine Methode ausfindig gemacht haben, um sie zu entdecken. Und wenn man sie entdeckt hat, kann man …«

»Das ist keine Fiktion«, unterbreche ich ihn. »Ihr benutzt tatsächlich menschliche Körper.«

Er schüttelt den Kopf. »Nicht auf die Weise, wie Sammy glaubt.«

»Was soll das heißen? Entweder tut ihr es, oder ihr tut es nicht.«

»Sammy glaubt, wir wären eine Art Befall des menschlichen Gehirns, aber …«

»Lustig, genauso sehe ich dich auch, Evan. Als Befall.« Ich kann es mir nicht verkneifen.

Seine Hand geht nach oben. Als ich sie nicht beiseiteschlage oder Reißaus in den Wald nehme, umschließt er langsam mein Handgelenk mit seinen Fingern und zieht mich sanft zu sich auf den Boden. Ich schwitze leicht, obwohl es bitterkalt ist. Was jetzt?

»Es gab einen Jungen, einen echten menschlichen Jungen namens Evan Walker«, sagt er und blickt mir tief in die Augen. »Er war ein Kind wie jedes andere, mit einer Mom und einem Dad und Geschwistern – durch und durch ein Mensch. Vor seiner Geburt wurde ich in ihn eingepflanzt, während seine Mutter schlief. Dreizehn Jahre lang schlief ich in Evan Walker, während er lernte, sich aufzusetzen, feste Nahrung zu sich zu nehmen, zu gehen und zu sprechen, zu laufen und Fahrrad zu fahren. Ich war da und wartete darauf zu erwachen. Wie Tausende Andere in Tausenden anderen Evan Walkers rund um die Welt. Einige von uns waren bereits erwacht und richteten sich ihr Leben so ein, dass sie an dem Ort sein konnten, an dem sie sein mussten, wenn die Zeit kam.«

Ich nicke, aber warum nicke ich? Er ist in einen menschlichen Körper gelangt? Was zum Teufel soll das bedeuten?

»Die Vierte Welle«, sagt er, um mir auf die Sprünge zu helfen. »Silencer. Das ist ein guter Name für uns. Wir waren still, haben uns in Menschenkörpern versteckt, haben uns in Menschenleben versteckt. Wir mussten nicht vortäuschen, ihr zu sein. Wir *waren* ihr. Mensch und Anderer. Evan ist nicht gestorben, als ich erwacht bin. Er wurde … absorbiert.«

Evan, dem nichts entgeht, entgeht nicht, dass mir das richtig Angst einjagt. Er streckt die Hand aus, um mich zu berühren, und zuckt zusammen, als ich zurückweiche.

»Also was bist du, Evan?«, flüstere ich. »Wo bist du? Du hast gesagt, du wärst … was hast du gesagt?« Meine Gedanken rasen mit abertausend Meilen in der Stunde dahin. »Eingepflanzt? Wo eingepflanzt?«

»Vielleicht ist *eingepflanzt* nicht das richtige Wort. Ich nehme an, am besten trifft es *heruntergeladen*. Ich wurde in Evan heruntergeladen, als sich sein Gehirn noch in der Entwicklung befand.«

Ich schüttle den Kopf. Für ein Lebewesen, das mir Jahrhunderte voraus ist, hat er ziemliche Probleme, eine einfache Frage zu beantworten.

»Aber was bist du? Wie siehst du aus?«

Er runzelt die Stirn. »Du weißt doch, wie ich aussehe.«

»Nein! Oh, Gott, du kannst manchmal so …« *Vorsicht, Cassie, schlag nicht diese Richtung ein. Erinnere dich, was eine Rolle spielt.* »Bevor du Evan wurdest, als du auf dem Weg zur Erde warst, von wo auch immer du gekommen bist, wie hast du da ausgesehen?«

»Gar nicht. Wir besitzen seit zehntausenden von Jahren keine Körper mehr. Die mussten wir aufgeben, als wir unser Zuhause verließen.«

»Du lügst schon wieder. Was, siehst du etwa aus wie eine Kröte oder wie ein Warzenschwein oder wie eine Schnecke oder so? Jedes Lebewesen sieht wie irgendwas aus.«

»Wir sind reines Bewusstsein. Reines Sein. Unsere Körper zu verlassen und unsere Psyche auf den Großrechner des Mutterschiffs herunterzuladen war unsere einzige Möglichkeit, um diese Reise zu machen.« Er nimmt meine Hand und rollt mir die Finger zur Faust zusammen. »Das bin ich«, sagt er sanft. Dann bedeckt er meine Faust mit seinen Fingern, umschließt sie. »Das ist Evan. Es ist nicht die perfekte Analogie, da es keine Grenze gibt, wo ich ende und er beginnt.« Er lächelt schüchtern. »Ich stelle mich nicht besonders gut an, oder? Soll ich dir zeigen, wer ich bin?«

Heilige Scheiße! »Nein. Ja. Was meinst du damit?« Ich stelle mir vor, wie er sich das Gesicht abschält wie eine Kreatur aus einem Horrorfilm.

Seine Stimme zittert ein wenig. »Ich kann dir zeigen, was ich bin.«

»Dazu gehört aber keine Einpflanzung in irgendeiner Form, oder?«

Er lacht leise. »Doch, ich denke schon. In gewisser Weise. Wenn du es sehen möchtest, zeige ich es dir, Cassie.«

Natürlich möchte ich es sehen. Und natürlich möchte ich es nicht sehen. Es besteht kein Zweifel daran, dass er es mir zeigen möchte. Wird mich das Sams auch nur einen Schritt näher bringen? Aber es geht hier nicht ausschließlich um Sammy. Wenn Evan es mir zeigt, werde ich vielleicht verstehen, warum er mich gerettet hat, wo er mich doch eigentlich hätte töten sollen. Warum er mich Nacht um Nacht in der Dunkelheit gehalten hat, um mich zu beschützen – und um zu verhindern, dass ich wahnsinnig werde.

Er lächelt mich noch immer an, da er sich wahrscheinlich freut, dass ich ihm nicht die Augen auskratze oder ihn auslache, was womöglich mehr wehtun würde. Meine Hand verliert sich in seiner, von der sie sanft gehalten wird wie das zarte Herz einer Rose in der Knospe, die auf den Regen wartet.

»Was muss ich tun?«, frage ich flüsternd.

Er lässt meine Hand los. Streckt seine zu meinem Gesicht aus. Ich zucke zusammen. »Ich würde dir niemals wehtun, Cassie.« Ich atme. Nicke. Atme noch einmal. »Schließ die Augen.« Er berührt sanft meine Augenlider, so sanft wie Schmetterlingsflügel.

»Entspann dich. Atme tief durch. Mach deinen Kopf frei. Wenn du das nicht tust, kann ich nicht reinkommen. Möchtest du, dass ich reinkomme, Cassie?«

Ja. Nein. Lieber Gott, wie weit muss ich gehen, um mein Versprechen zu halten?

Ich flüstere: »Ja.«

Es beginnt nicht in meinem Kopf, wie ich es erwartet habe. Stattdessen breitet sich in meinem Körper eine wohlige Wärme aus, die sich von meinem Herzen aus verteilt, und meine Knochen, meine Muskeln und meine Haut lösen sich in der Wärme auf, die sich von mir ausbreitet, bis sie die Erde und die Grenzen des Universums überwindet. Die Wärme ist überall und alles. Mein Körper und alles außerhalb meines Körpers gehören zu ihr. Dann spüre ich ihn; er ist ebenfalls in der Wärme, und es gibt keine Trennlinie zwischen uns, keinen Punkt, an dem ich ende und er beginnt, und ich öffne mich wie eine Blume dem Regen, schmerzhaft langsam und schwindelerregend schnell, löse mich in der Wärme auf, löse mich in ihm auf, und es gibt nichts zu *sehen*, das ist nur das praktische Wort, das er benutzt hat, denn es gibt kein Wort, mit dem man ihn beschreiben könnte, er *ist* einfach.

Und ich öffne mich ihm wie eine Blume dem Regen.

72. Kapitel

Nachdem ich die Augen wieder geöffnet habe, breche ich als Erstes in herzzerreißendes Schluchzen aus. Ich kann nichts dagegen tun: Ich habe mich in meinem ganzen Leben noch nie so verlassen gefühlt.

»Vielleicht war das zu früh«, sagt er, zieht mich in seine Arme und streicht mir übers Haar.

Und ich lasse ihn. Ich bin zu schwach, zu verwirrt, zu leer und verzweifelt, um irgendetwas anderes zu tun, als mich von ihm halten zu lassen.

»Es tut mir leid, dass ich dich angelogen habe, Cassie«, murmelt er in mein Haar.

Die Kälte zwängt sich wieder herein. Ich habe nur noch die Erinnerung an die Wärme.

»Es muss schrecklich für dich sein, da drin gefangen zu sein«, flüstere ich und presse meine Hand an seine Brust. Ich spüre, wie sein Herz den Druck erwidert.

»Ich komme mir nicht gefangen vor«, sagt er. »In gewisser Weise fühlt es sich an, als wäre ich befreit worden.«

»Befreit?«

»Um wieder etwas empfinden zu können. Um das empfinden zu können.« Er küsst mich. Eine andere Art von Wärme breitet sich in meinem Körper aus.

Ich liege in den Armen des Feindes. Was ist nur mit mir los? Diese Wesen haben uns bei lebendigem Leib verbrannt, haben uns zerquetscht, uns ertränkt, uns mit einer Seuche infiziert, die uns von innen verbluten ließ. Ich habe mit angesehen, wie sie alle, die ich kannte und liebte – mit einer ganz speziellen Ausnahme –, getötet haben, und hier bin ich und knutsche mit einem von ihnen herum! Ich habe ihn in meine Seele gelassen. Ich habe etwas Wertvolleres und Intimeres mit ihm geteilt als meinen Körper.

Sammy zuliebe, deshalb. Eine gute Antwort, aber kompliziert. Die Wahrheit ist simpel.

»Du hast gesagt, du hättest die Auseinandersetzung verloren, was gegen die menschliche Krankheit unternommen werden soll«, sage ich. »Was wäre denn deine Lösung gewesen?«

»Koexistenz.« Er redet mit mir, spricht aber zu den Sternen über uns. »Wir sind nicht so viele, Cassie. Nur ein paar hunderttausend. Wir hätten uns in euch einpflanzen und unser neues Leben führen können, ohne dass irgendjemand von unserer Anwesenheit gewusst hätte. Nicht viele von uns waren einer Meinung mit mir. Sie betrachteten es als unter ihrer Würde, sich als Menschen auszugeben. Und sie befürchteten, je länger wir uns als Menschen ausgeben, desto menschlicher würden wir werden.«

»Und wer würde das schon wollen?«

»Ich dachte nicht, dass ich es wollen würde«, gibt er zu. »Bis ich einer wurde.«

»Als du in Evan … ›erwacht‹ bist?«

Er schüttelt den Kopf und sagt, als handle es sich um die offensichtlichste Sache der Welt: »Als ich in *dir* erwacht bin, Cassie. Ich bin erst dann wirklich zu einem Menschen geworden, als ich mich in deinen Augen gesehen habe.«

Und dann füllen echte menschliche Tränen seine echten menschlichen Augen, und jetzt bin ich an der Reihe, ihn zu halten, während ihm das Herz bricht. Jetzt bin ich an der Reihe, mich in seinen Augen zu sehen.

Man könnte sagen, dass ich nicht die Einzige bin, die in den Armen des Feindes liegt.

Ich bin die Menschheit, aber wer ist Evan Walker? Mensch und Anderer. Beides und keines von beiden. Indem er mich liebt, gehört er zu niemandem.

Er sieht das nicht so.

»Ich werde alles tun, was du verlangst, Cassie«, sagt er hilflos. Seine Augen leuchten heller als die Sterne über uns. »Ich verstehe, warum du gehen musst. Wenn du diejenige in diesem Lager wärst, würde ich auch gehen. Nicht mal hunderttausend Silencer könnten mich aufhalten.«

Er presst die Lippen an mein Ohr und flüstert leise und leidenschaftlich, als würde er das wichtigste Geheimnis auf der Welt teilen, was er vielleicht tatsächlich tut.

»Es ist aussichtslos. Und es ist dumm. Es ist selbstmörderisch. Aber Liebe ist eine Waffe, auf die sie keine Antwort haben. Sie wissen, wie du denkst, aber sie werden nie wissen, wie du empfindest.«

Nicht *wir*. *Sie*.

Eine Schwelle wurde übertreten, und er ist nicht dumm. Er weiß, dass es in diesem Fall kein Zurück gibt.

—— 73. Kapitel ——

Unseren letzten gemeinsamen Tag verbringen wir schlafend unter der Highway-Überführung wie zwei Obdachlose, was wir im wörtlichen Sinn auch sind. Einer schläft, der andere hält Wache. Als er an der Reihe ist, sich auszuruhen, gibt er mir, ohne zu zögern, meine Schusswaffen zurück und schläft augenblicklich ein, als würde es ihm nicht im Traum einfallen, dass ich mit Leichtigkeit weglaufen oder ihm in den Kopf schießen könnte. Ich weiß nicht; vielleicht fällt es ihm doch im Traum ein. Unser Problem war schon immer, dass wir anders denken als sie. Deshalb habe ich ihm am Anfang vertraut, und deshalb hat er gewusst, dass ich ihm vertrauen würde. Silencer töten Menschen. Evan hat mich nicht getötet. Folglich konnte Evan kein Silencer sein. Verstanden? Das ist Logik. Ähm, menschliche Logik.

Bei Anbruch der Dämmerung essen wir unsere restlichen Vorräte auf und steigen die Böschung empor, um in dem Wald in Deckung zu gehen, der an den Highway 35 grenzt. Die Busse fahren nur nachts, erklärt er mir. Und man hört, wenn sie kommen. Man hört ihre Motorengeräusche meilenweit, weil es sich bei ihnen um die einzigen Geräusche meilenweit handelt. Zuerst sieht man die Scheinwerfer, dann hört man sie, und dann rauschen sie vorbei wie große gelbe Rennwagen, weil der Highway von Wracks geräumt wurde und weil es keine Geschwindigkeitsbeschränkung mehr gibt. Er weiß es nicht: Vielleicht werden sie anhalten, vielleicht auch nicht. Vielleicht werden sie nur lange genug abbremsen, damit mir einer der Soldaten an Bord eine Kugel zwischen die Augen jagen kann. Vielleicht werden sie auch gar nicht kommen.

»Du hast doch gesagt, sie sammeln immer noch Leute ein«, stelle ich fest. »Warum sollten sie nicht kommen?«

Er betrachtet die Straße unter uns. »Irgendwann werden die ›Geretteten‹ dahinterkommen, dass sie hintergangen wurden, oder die Überlebenden draußen werden dahinterkommen. Wenn das passiert, werden sie den Stützpunkt dichtmachen – oder zumindest den Teil des Stützpunkts, welcher der Säuberung dient.« Er räuspert sich. Starrt hinunter auf die Straße.

»Was heißt das, ›den Stützpunkt dichtmachen‹?«

»Ihn auf die gleiche Weise dichtmachen wie Camp Ashpit.«

Ich denke über seine Äußerung nach. Wie er betrachte ich dabei die leere Straße.

»Okay«, sage ich schließlich. »Dann hoffen wir mal, dass Vosch den Stecker noch nicht gezogen hat.«

Ich schaufle eine Handvoll Dreck und Zweige und verwelkte Blätter auf und verreibe sie in meinem Gesicht. Eine weitere Handvoll für meine Haare. Er beobachtet mich dabei, ohne etwas zu sagen.

»Das ist der Zeitpunkt, wo du mir eins auf den Schädel gibst«, sage ich. Ich rieche nach Erde, und aus irgendeinem Grund muss ich an meinen Vater denken, als er im Rosenbeet kniete, und an das weiße Laken. »Oder dich anbietest, an meiner Stelle zu gehen. Oder mir eins auf den Schädel gibst und dann an meiner Stelle gehst.«

Er springt auf. Für einen Augenblick befürchte ich, dass er mir eins auf den Schädel gibt, weil er wütend ist. Stattdessen schlingt er die Arme um sich, als wäre ihm kalt – oder er tut es, um sich selbst daran zu hindern, mir eins auf den Schädel zu geben.

»Das ist Selbstmord«, stößt er hervor. »Das denken wir doch beide. Einer von uns kann es genauso gut sagen. Selbstmord, wenn ich gehe, Selbstmord, wenn du gehst. Tot oder lebendig, er ist verloren.«

Ich ziehe die Luger aus dem Hosenbund. Lege sie vor ihm auf den Boden. Dann das M16.

»Bewahr die für mich auf«, sage ich zu ihm. »Ich werde sie brauchen, wenn ich zurückkomme. Und übrigens, irgendjemand muss es dir sagen: Du siehst lächerlich aus in dieser Hose.« Ich rutsche zu meinem Rucksack hinüber, ohne aufzustehen. Ziehe Bär heraus. Es besteht kein Grund, ihn ebenfalls schmutzig zu machen; er sieht ohnehin schon ziemlich mitgenommen aus.

»Hörst du mir überhaupt zu?«, will er von mir wissen.

»Das Problem ist, du hörst dir selber nicht zu«, entgegne ich. »Es führt nur ein Weg hinein, und das ist der Weg, den Sammy genommen hat. Du kannst nicht gehen. Ich muss gehen. Also mach den Mund erst gar nicht auf. Wenn du noch einen Ton sagst, haue ich dir eine runter.«

Ich stehe auf, und etwas Merkwürdiges passiert: Als ich mich erhebe, scheint Evan zu schrumpfen. »Ich werde meinen kleinen Bruder holen, und es gibt nur eine Möglichkeit, wie ich das tun kann.«

Er blickt zu mir auf, nickt. Er war in mir. Es gab keine Grenze, wo er endete und ich begann. Er weiß, was ich gleich sagen werde:

»Allein.«

—— 74. Kapitel ——

Am Himmel die Sterne, deren Lichtstrahlen wie Nadeln herabstechen.

Die leere Straße unter den herabstechenden Lichtstrahlen und auf der Straße das Mädchen mit dem verschmutzten Gesicht und mit Zweigen und verwelkten Blättern in seinen kurzen, lockigen Haaren, das einen ramponierten alten Teddybären umklammert, auf der leeren Straße unter den herabstechenden Lichtstrahlen.

Das Brummen der Motoren, und dann durchschneiden die zwei Lichtkegel der Scheinwerfer den Horizont, immer größer und heller wie zwei Sterne, die zur Supernova werden, und nähern sich dem Mädchen, das Geheimnisse in seinem Herzen und ein Versprechen zu halten hat, und es tritt den Lichtern entgegen, die sich ihm nähern, anstatt wegzulaufen oder sich zu verstecken.

Der Fahrer sieht mich und hat genug Zeit, um zu bremsen. Die Bremsen quietschen, die Tür öffnet sich zischend, und ein Soldat tritt auf den Asphalt. Er hat eine Pistole, doch er richtet sie nicht auf mich. Er sieht mich im Licht der Scheinwerfer an, und ich erwidere seinen Blick.

Er trägt eine weiße Armbinde mit einem roten Kreuz. Auf seinem Namensschild steht PARKER. Ich erinnere mich an diesen Namen. Mein Herz setzt für einen Moment aus. Was ist, wenn er mich wiedererkennt? Ich sollte eigentlich tot sein.

Wie heiße ich? Lizbeth. Bin ich verletzt? Nein. Bin ich allein? Ja.

Parker dreht sich langsam einmal im Kreis und lässt den Blick über die Umgebung schweifen. Den Jäger im Wald, der das Ganze beobachtet und seinen Sucher auf Parkers Kopf gerichtet hat, sieht er nicht. Natürlich sieht Parker ihn nicht. Der Jäger im Wald ist ein Silencer.

Parker nimmt mich am Arm und hilft mir in den Bus, in dem es nach Blut und Schweiß riecht. Die Hälfte der Sitze ist leer. Im Bus sind Kinder. Erwachsene ebenfalls. Sie spielen jedoch keine Rolle. Nur Parker und der Fahrer und der Soldat mit dem Namensschild HUDSON spielen eine Rolle. Ich lasse mich auf einen Sitz in der hintersten Reihe beim Notausgang fallen, auf den gleichen Sitz, auf dem Sam gesessen hat, als er seine kleine Hand gegen die Scheibe presste und mich schrumpfen sah, bis der Staub mich verschluckte.

Parker gibt mir eine Tüte zerquetschte Fruchtgummis und eine Flasche Wasser. Ich will nichts davon, konsumiere aber beides. Die Fruchtgummis waren in seiner Hosentasche und sind warm und klebrig, und ich habe Angst, mich übergeben zu müssen.

Der Bus nimmt Fahrt auf. Im vorderen Bereich weint jemand. Die einzigen anderen Geräusche sind das Summen der Räder, die hohen Umdrehungen des Motors und der kalte Wind, der durch die gesplitterten Scheiben pfeift.

Parker kommt mit einer silberfarbenen Scheibe zurück, die er mir an die Stirn presst. Um meine Temperatur zu messen, erklärt er mir. Die Scheibe leuchtet rot auf. Alles in Ordnung mit mir, sagt er. Wie heißt mein Bär?

Sammy, entgegne ich.

Licht am Horizont. Das ist Camp Haven, sagt mir Parker. Dort bin ich vollkommen sicher. Kein Wegrennen mehr. Kein Verstecken mehr. Ich nicke. Vollkommen sicher.

Das Licht wird heller, sickert zuerst langsam durch die Frontscheibe, dann strömt es herein, als wir uns nähern, und flutet den Bus, als wir vor dem Tor anhalten. Eine laute Glocke ertönt, und das Tor geht auf. Weit oben auf dem Wachturm die Silhouette eines Soldaten.

Wir bleiben vor einem Hangar stehen. Ein fettleibiger Mann springt in den Bus und bewegt sich geschmeidig auf den Fußballen, wie so viele fettleibige Typen. Sein Name ist Major Bob.

Wir brauchen keine Angst zu haben, sagt er uns. Wir sind hier vollkommen sicher. Es gibt nur zwei Regeln, die wir uns merken müssen. Regel Nummer eins lautet, wir müssen uns unsere Farbe merken. Regel Nummer zwei lautet, zuhören und befolgen.

Ich schließe mich meiner Gruppe an und folge Parker zur Seitentür des Hangars. Er klopft Lizbeth auf die Schulter und wünscht ihr viel Glück.

Ich finde einen roten Kreis und setze mich auf den Boden. Überall sind Soldaten. Doch bei den meisten dieser Soldaten handelt es sich um Kinder, manche von ihnen kaum älter als Sam. Sie wirken alle sehr ernst, vor allem die jüngeren. Die ganz jungen sind die ernstesten von allen.

Man kann ein Kind manipulieren, sodass es fast alles glaubt und fast alles tut, erklärte mir Evan bei unserer Einsatzbesprechung. *Es gibt nur wenig, was brutaler ist als ein Zehnjähriger mit der richtigen Ausbildung.*

Ich habe eine Nummer bekommen: T-zweiundsechzig. *T* für *Terminator.* Ha!

Die Nummern werden über einen Lautsprecher aufgerufen.

»ZWEIUNDSECHZIG! T-ZWEIUNDSECHZIG! ZUR ROTEN TÜR, BITTE! NUMMER T-ZWEIUNDSECHZIG!«

Die erste Station ist der Duschraum.

Auf der anderen Seite der roten Tür wartet eine schlanke Frau in grüner OP-Kleidung. Alles kommt runter und in den Wäschekorb. Auch die Unterwäsche. Sie lieben hier Kinder, aber keine Läuse und Zecken. Da ist die Dusche. Hier ist Seife. Zieh den weißen Bademantel an, wenn du fertig bist, und warte, bis du gerufen wirst.

Ich setze den Teddybären an die Wand und trete nackt auf die kalten Fliesen. Das Wasser ist lauwarm. Die Seife hat einen scharfen medizinischen Geruch. Ich bin noch feucht, als ich in den Papierbademantel schlüpfe. Er klebt mir an der Haut und ist beinahe durchsichtig. Ich hebe Bär auf und warte.

Als Nächstes kommt die Vorselektion. Eine Menge Fragen. Manche sind fast identisch. So soll deine Geschichte geprüft werden. Bleib ruhig. Bleib konzentriert.

Durch die nächste Tür. Auf den Untersuchungstisch. Eine neue Krankenschwester, fülliger, böser. Sie sieht mich kaum an. Ich muss ungefähr die tausendste Person sein, die sie gesehen hat, seit die Silencer den Stützpunkt eingenommen haben.

Wie lautet mein vollständiger Name? Elizabeth Samantha Morgan.

Wie alt bin ich? Zwölf.

Woher komme ich? Habe ich Geschwister? Ist aus meiner Familie noch irgendjemand am Leben? Was ist mit den anderen passiert? Wohin bin ich gegangen, als ich von zu Hause aufgebrochen bin? Was ist mit meinem Bein passiert? Wie wurde auf mich geschossen? Wer hat auf mich geschossen? Weiß ich, wo sich irgendwelche anderen Überlebenden aufhalten? Wie hießen meine Geschwister? Meine Eltern? Was hat mein Vater beruflich gemacht? Wie hieß meine beste Freundin? Ich erzähle ihr noch einmal, was mit meiner Familie passiert ist.

Als es vorbei ist, tätschelt sie mir das Knie und sagt mir, dass ich keine Angst zu haben brauche. Ich bin vollkommen sicher.

Ich drücke Bär an meine Brust und nicke.

Vollkommen sicher.

Die ärztliche Untersuchung ist das Nächste. Dann kommt das Implantat. Der Einschnitt ist sehr klein. Sie wird ihn wahrscheinlich mit Klebstoff verschließen.

Die Frau namens Dr. Pam ist unglaublich nett, und ich mag sie, obwohl ich mich dagegen sträube. Die Traumärztin schlechthin: liebenswürdig, sanft, geduldig. Sie überstürzt nichts und beginnt nicht sofort, an mir herumzustochern; sie spricht zuerst mit mir. Lässt mich genau wissen, was sie vorhat. Zeigt mir das Implantat. Wie ein Chip für Haustiere, nur besser! Falls irgendetwas passieren sollte, wissen sie, wo sie mich finden.

»Wie heißt denn dein Teddybär?«

»Sammy.«

»Ist es okay, wenn ich Sammy auf diesen Stuhl da lege, während wir den Peilsender einsetzen?«

Ich drehe mich auf den Bauch. Ich habe völlig irrationale Bedenken, dass sie durch den Papierbademantel womöglich meinen Hintern sehen kann. Dann verkrampfe ich mich und warte auf den Stich der Nadel.

Das Gerät kann dich erst dann downloaden, wenn es an das Wonderland-Programm angeschlossen ist. Aber sobald es dir eingesetzt wurde, ist es voll funktionsfähig. Sie können es benutzen, um dich zu verfolgen, und sie können es benutzen, um dich zu töten.

Dr. Pam erkundigt sich, was mit meinem Bein passiert ist. Irgendwelche bösen Leute haben auf mich geschossen. Das wird hier nicht passieren, versichert sie mir. In Camp Haven gibt es keine bösen Leute. Ich bin vollkommen sicher.

Ich bin jetzt etikettiert. Es fühlt sich an, als hätte sie mir einen zehn Kilo schweren Felsbrocken um den Hals gehängt. Zeit für einen letzten Test, sagt sie mir. Ein Programm, das beim Feind beschlagnahmt wurde.

Sie nennen es Wonderland.

Ich schnappe mir Bär von seinem Stuhl und folge ihr in den nächsten Raum. Weiße Wände. Weißer Fußboden. Weiße Decke. Weißer Zahnarztstuhl, Gurte hängen von den Armlehnen und den Fußstützen herab. Eine Tastatur und ein Bildschirm. Sie sagt mir, dass ich Platz nehmen soll, und geht zum Computer.

»Was macht Wonderland denn?«, erkundige ich mich.

»Tja, das ist ziemlich kompliziert, Lizbeth, aber im Wesentlichen erstellt Wonderland eine virtuelle Abbildung deiner kognitiven Funktionen.«

»Eine Abbildung des Gehirns?«

»So etwas in der Art, ja. Setz dich auf den Stuhl, Liebes. Es dauert nicht lange, und ich verspreche dir, es tut nicht weh.«

Ich setze mich und drücke Bär an die Brust.

»Oh, nein, Liebes, Sammy kann nicht mit dir auf dem Stuhl sitzen.«

»Warum nicht?«

»Komm, gib ihn mir. Ich setze ihn gleich da neben meinen Computer.«

Ich werfe ihr einen argwöhnischen Blick zu. Aber sie lächelt, und sie war bislang so nett. Ich sollte ihr vertrauen. Schließlich vertraut sie mir völlig.

Aber ich bin so nervös, dass mir Bär aus der Hand fällt, als ich ihn ihr hinhalte. Er landet neben dem Stuhl auf seinem dicken, flauschigen Kopf. Ich drehe mich, um ihn aufzuheben, aber Dr. Pam sagt mir, ich soll still sitzen bleiben, sie hebt ihn auf, und dann bückt sie sich.

Ich packe ihren Kopf mit beiden Händen und reiße ihn nach unten auf die Armlehne des Stuhls. Der Aufprall lässt meine Unterarme vor Schmerz singen. Sie knickt ein, ist von dem Schlag benommen, bricht aber nicht völlig zusammen. Als sie mit den Knien auf dem weißen Fußboden aufschlägt, bin ich bereits aus dem Stuhl gesprungen und husche um sie herum. Der Plan war ein Karateschlag in die Kehle, da sie mir jedoch den Rücken zukehrt, muss ich improvisieren. Ich packe den Gurt, der von der Armlehne herabhängt, und wickle ihn ihr zweimal um den Hals. Ihre Hände gehen nach oben – zu spät. Ich ziehe den Gurt mit einem Ruck straff, stütze mich mit einem Fuß am Stuhl ab und ziehe.

Die Sekunden, in denen ich darauf warte, dass sie das Bewusstsein verliert, sind die längsten Sekunden meines Lebens.

Sie erschlafft. Ich lasse den Gurt sofort los, und sie fällt mit dem Gesicht voran auf den Boden. Ich kontrolliere ihren Puls.

Ich weiß, die Verlockung wird groß sein, aber du darfst sie nicht töten. Sie und das gesamte übrige Personal des Stützpunkts sind mit einem Überwachungssystem in der Kommandozentrale verbunden. Wenn sie das Zeitliche segnet, ist die Hölle los.

Ich rolle Dr. Pam auf den Rücken. Aus ihren Nasenlöchern rinnt Blut. Vermutlich ist ihre Nase gebrochen. Ich greife hinter meinen Kopf. Jetzt kommt der unappetitliche Teil. Aber ich bin aufgeputscht von Adrenalin und Euphorie. Bislang ist alles perfekt gelaufen. Ich schaffe das.

Ich reiße das Pflaster weg und ziehe fest an beiden Seiten des Einschnitts, und es fühlt sich an, als würde ein heißes Streichholz auf meine Haut drücken, als sich die Wunde öffnet. Eine Pinzette und ein Spiegel wären jetzt praktisch, aber ich habe keines von beiden, deshalb benutze ich einen Fingernagel, um den Peilsender herauszupulen. Diese Methode funktioniert besser, als ich erwartet habe: Beim dritten Versuch bleibt das Gerät unter meinem Nagel hängen, und ich kann es problemlos entfernen.

Der Download dauert nur neunzig Sekunden. Dir bleiben also drei, vielleicht vier Minuten. Auf keinen Fall mehr als fünf.

Wie viele Minuten sind schon verstrichen? Zwei? Drei? Ich knie mich neben Dr. Pam und schiebe ihr den Peilsender so tief wie möglich in die Nase. Igitt.

Nein, du kannst ihn ihr nicht in den Hals stecken. Er muss in der Nähe ihres Gehirns sein. Tut mir leid.

Das tut *dir* leid, Evan?

Blut an meinem Finger, mein Blut, ihr Blut, vermischt.

Ich gehe zur Tastatur. Jetzt kommt der wirklich unheimliche Teil.

Du hast Sammys Nummer nicht, aber sie müsste mit einem Querverweis zu seinem Namen versehen sein. Wenn eine Variante nicht funktioniert, dann versuch es mit einer anderen. Eigentlich müsste es eine Suchfunktion geben.

Blut rinnt meinen Nacken hinab, läuft zwischen meinen Schulterblättern nach unten. Ich zittere unkontrolliert, was mir das Tippen erschwert. In die blinkende blaue Box tippe ich das Wort *suchen*. Ich brauche zwei Versuche, um es richtig zu schreiben.

NUMMER EINGEBEN.

Ich habe keine Nummer, verdammt. Ich habe einen Namen. Wie komme ich zu der blauen Box zurück? Ich drücke die *Enter*-Taste.

NUMMER EINGEBEN.

Verfluchter Mist. Ich tippe *Sullivan* ein.

DATENEINGABEFEHLER.

Ich bin hin- und hergerissen, ob ich den Bildschirm quer durchs Zimmer werfen oder Dr. Pam so lange treten soll, bis sie tot ist. Nichts davon würde mir dabei helfen, Sam zu finden, aber beides würde dafür sorgen, dass ich mich besser fühle. Ich drücke die *Escape*-Taste, bekomme die blaue Box zu sehen und tippe *suchen nach Namen* ein.

Die Worte verschwinden. Von Wonderland in Luft aufgelöst. Die blaue Box blinkt, ist abermals leer.

Ich unterdrücke einen Schrei. Meine Zeit ist abgelaufen.

Wenn du ihn im System nicht findest, müssen wir Plan B anwenden.

Ich bin nicht besonders scharf auf Plan B. Mir gefällt Plan A, bei dem Sammys Aufenthaltsort auf einem Lageplan angezeigt wird und ich direkt zu ihm laufe. Plan A ist simpel und sauber. Plan B ist kompliziert und schmutzig.

Noch ein letzter Versuch. Fünf Sekunden können keinen so großen Unterschied machen.

Ich tippe *Sullivan* in die blaue Box.

Die Anzeige spielt verrückt. Zahlen rasen über den grauen Hintergrund und füllen den Bildschirm aus, als hätte ich soeben den Befehl eingegeben, dass der Wert von Pi berechnet werden soll. Ich gerate in Panik und hacke willkürlich auf irgendwelche Tasten ein, doch es hört nicht auf. Ich habe die fünf Minuten deutlich überschritten. Plan B nervt, aber Plan B steht an.

Ich husche in den angrenzenden Raum, wo ich die weißen Overalls finde. Ich reiße einen aus dem Regal und versuche schlauerweise hineinzuschlüpfen, ohne vorher den Bademantel auszuziehen. Mit einem verärgerten Knurren streife ich ihn ab, und für einen Moment bin ich völlig nackt, für den Moment, in dem die Tür neben mir auffliegen und ein Bataillon Silencer den Raum stürmen wird. So ist das bei jedem Plan B. Der Overall ist viel zu groß, aber besser zu groß als zu klein, denke ich, und ich bin im Handumdrehen angezogen und wieder im Wonderland-Raum.

Wenn du ihn über die Hauptschnittstelle nicht findest, besteht durchaus die Möglichkeit, dass sie ein Handgerät bei sich trägt. Es funktioniert nach demselben Prinzip, aber du musst sehr vorsichtig sein. Bei einem Knopf handelt es sich um einen Positionsanzeiger, bei dem anderen um einen Sprengzünder. Drück den falschen, und du wirst ihn nicht finden, sondern in die Luft jagen.

Als ich wieder hineinstürme, hat sie sich aufgesetzt, hält Bär in einer Hand und ein kleines silberfarbenes Gerät, das aussieht wie ein Mobiltelefon, in der anderen.

Wie ich schon gesagt habe, Plan B nervt.

—— 75. Kapitel ——

Ihr Hals ist flammend rot, wo ich sie gewürgt habe. Ihr Gesicht ist blutverschmiert. Doch ihre Hände zittern nicht, und ihre Augen haben sämtliche Wärme verloren. Ihr Daumen schwebt über einem grünen Knopf unter einer Ziffernanzeige.

»Drücken Sie ihn nicht«, sage ich. »Ich werde Ihnen nicht wehtun.« Ich gehe in die Hocke, halte ihr die Handflächen hin. »Ehrlich, Sie sollten diesen Knopf wirklich nicht drücken.«

Sie drückt den Knopf.

Ihr Kopf wird nach hinten gerissen, und sie sackt zusammen. Ihre Beine zucken zweimal, dann ist sie tot.

Ich mache einen Satz nach vorn, entreiße Bär ihren toten Fingern und rase zurück durch den Raum mit den Overalls und in den Korridor dahinter. Evan hat sich nicht die Mühe gemacht, mir zu sagen, wie lange es nach dem Ertönen des Alarms dauert, bis die Stormtrooper mobilisiert werden, der Stützpunkt abgeriegelt und der Eindringling gefangen, gefoltert und langsam und qualvoll hingerichtet wird. Wahrscheinlich nicht sehr lange.

So viel zu Plan B. Ich habe ihn sowieso gehasst. Die einzige Kehrseite ist, dass Evan und ich keinen Plan C entworfen haben.

Vermutlich gehört er einer Einheit mit anderen Kindern an, also hast du in den Kasernen, die den Paradeplatz umgeben, die besten Aussichten, ihn zu finden.

Die Kasernen, die den Paradeplatz umgeben. Wo auch immer der sein mag. Vielleicht sollte ich irgendjemanden nach dem Weg fragen, da ich nur einen Weg aus diesem Gebäude kenne, und zwar den, auf dem ich hineingelangt bin, vorbei an der Leiche und an der alten, fetten, bösen Krankenschwester und der jungen, schlanken, netten Krankenschwester und geradewegs in die liebevollen Arme von Major Bob.

Am Ende des Korridors befindet sich ein Aufzug mit nur einer Ruftaste: ein One-Way-Express in den unterirdischen Komplex, wo Evan zufolge Sammy und den anderen »Rekruten« die falschen Kreaturen gezeigt werden, die an echte menschliche Gehirne »angekoppelt« sind. Behangen mit Überwachungskameras. Voller Silencer. Nur zwei andere Wege führen aus diesem Korridor hinaus: die Tür unmittelbar rechts vom Aufzug und die Tür, durch die ich gekommen bin.

Endlich ein Selbstläufer.

Ich stürme durch die Tür rechts neben dem Aufzug und finde

mich in einem Treppenhaus wieder. Wie der Aufzug führen die Treppen nur in eine Richtung: nach unten.

Ich zögere eine halbe Sekunde. Das Treppenhaus ist still und eng, aber auf eine gute, behagliche Weise eng. Vielleicht sollte ich eine Weile hierbleiben und meinen Bären umarmen, vielleicht Daumen lutschen.

Ich zwinge mich, die fünf Treppen langsam hinunterzugehen. Die metallenen Stufen fühlen sich kalt unter meinen nackten Füßen an. Ich warte auf das Kreischen eines Alarms, das Trampeln schwerer Stiefel und den Kugelhagel von oben und von unten. Ich denke daran, wie Evan in Camp Ashpit die vier schwer bewaffneten, hervorragend ausgebildeten Killer in fast völliger Dunkelheit ausgeschaltet hat, und frage mich, warum ich es jemals für schlau gehalten habe, mich allein in die Höhle des Löwen zu begeben, wenn ich einen Silencer an meiner Seite hätte haben können.

Na ja, nicht ganz allein. Immerhin habe ich Bär.

Ich presse das Ohr an die Tür auf der untersten Ebene und lege die Hand auf die Klinke. Ich höre meinen Herzschlag und sonst nichts.

Die Tür fliegt nach innen auf und drückt mich gegen die Wand, und dann höre ich das Trampeln von Stiefeln, als Männer mit halbautomatischen Gewehren die Treppen hinaufeilen. Die Tür geht langsam wieder zu, und ich packe die Klinke, damit die Tür vor mir bleibt, bis sie die erste Kehre nehmen und außer Sichtweite poltern.

Ich husche um die Tür, bevor sie ins Schloss fällt, und in den Korridor. Rote, an der Decke montierte Lampen drehen sich und werfen meinen Schatten an die weißen Wände, wischen ihn wieder weg, werfen ihn wieder hin. Rechts oder links? Ich habe ein wenig die Orientierung verloren, glaube aber, dass sich die Vorderseite des Hangars rechts von mir befindet. Ich laufe in diese Richtung, dann bleibe ich stehen. Wo werde ich bei einem Notfall den Großteil der Silencer finden? Vermutlich um den Haupteingang zum Tatort geschart.

Ich drehe mich um und pralle gegen die Brust eines sehr großen Mannes mit stechenden blauen Augen.

In Camp Ashpit war ich ihm nicht nahe genug, um seine Augen sehen zu können.

Aber ich erinnere mich an die Stimme.

Tief, hart, rasiermesserscharf.

»Hallo, mein Lämmchen«, sagt Vosch. »Du hast dich bestimmt verlaufen.«

—— **76. Kapitel** ——

Sein Griff, mit dem er mich an der Schulter packt, ist genauso hart wie seine Stimme.

»Warum bist du hier unten?«, will er wissen. »Wer ist dein Gruppenführer?«

Ich schüttle den Kopf. Die Tränen, die mir kommen, sind nicht vorgetäuscht. Ich muss mir schnell etwas einfallen lassen, und mein erster Gedanke ist, dass Evan recht hatte: Dieser Alleingang war von Anfang an zum Scheitern verurteilt, ganz egal, wie viele Alternativpläne wir ausheckten. Wenn Evan doch nur hier wäre …

Wenn Evan hier wäre!

»Er hat sie umgebracht!«, platze ich heraus. »Dieser Mann hat Dr. Pam umgebracht!«

»Welcher Mann? Wer hat Dr. Pam umgebracht?«

Ich schüttle den Kopf, heule mir meine kleinen Augen aus, presse meinen ramponierten Teddybären an meine Brust. Hinter Vosch stürmt ein weiterer Trupp Soldaten im Korridor auf uns zu. Er stößt mich zu ihnen hin.

»Nehmen Sie die da in Gewahrsam und treffen Sie mich oben. Es gab einen Verstoß.«

Ich werde zur nächstgelegenen Tür gezerrt, in einen dunklen Raum geschubst, und das Schloss klickt. Dann geht das Licht flackernd an. Das Erste, was ich sehe, ist ein verängstigtes, jung wirkendes Mädchen in einem weißen Overall, das einen Teddybären hält. Ich stoße tatsächlich einen erschrockenen Schrei aus.

Unter dem Spiegel befindet sich eine lange Ablage, auf der ein Bildschirm und eine Tastatur stehen.

Ich befinde mich in dem Hinrichtungsraum, den mir Evan beschrieben hat, wo sie den neuen Rekruten die angeblich Befallenen zeigen.

Vergiss den Computer. Ich habe nicht die Absicht, wieder irgendwelche Tasten zu drücken. Optionen, Cassie. Welche Optionen hast du?

Ich weiß, dass sich auf der anderen Seite des Spiegels ein weiterer Raum befindet. Und es muss mindestens eine Tür geben, die abgesperrt sein mag oder nicht. Mir ist bewusst, dass die Tür zu diesem Raum abgesperrt ist, also kann ich entweder warten, bis Vosch zurückkommt, oder ich kann den Spiegel zerschlagen, um auf die andere Seite zu gelangen.

Ich hebe einen der Stühle hoch, nehme Anlauf und ramme ihn gegen den Spiegel. Der Aufprall reißt mir den Stuhl aus den Händen, der mit einem – zumindest für mein Empfinden – ohrenbetäubenden Scheppern auf dem Boden landet. Ich habe dem dicken Glas einen großen Kratzer zugefügt, doch das ist die einzige Beschädigung, die ich erkennen kann. Ich hebe den Stuhl abermals hoch. Hole tief Luft. Senke die Schultern. Drehe mich in der Hüfte, als ich mit dem Stuhl aushole. Das lernt man im Karateunterricht: Rotation bringt Kraft. Ich ziele auf den Kratzer. Richte meine gesamte Energie auf diesen Punkt.

Der Stuhl prallt vom Glas ab, und ich verliere das Gleichgewicht und lande so hart auf dem Hintern, dass meine Zähne durchgerüttelt werden. So hart, dass ich mir dabei fest auf die

Zunge beiße. Mein Mund füllt sich mit Blut. Als ich ausspucke, treffe ich das Mädchen im Spiegel genau an der Nase.

Schwer atmend hebe ich den Stuhl noch einmal mit einem Ruck an. Ich habe eine Sache vergessen, die ich im Karateunterricht gelernt habe: den *Eich!* Den Kriegsschrei. Wer möchte, soll darüber lachen, aber er konzentriert tatsächlich alle Kräfte.

Beim dritten und letzten Versuch zersplittert der Spiegel. Mein Schwung lässt mich gegen die hüfthohe Ablage prallen, und meine Füße heben vom Boden ab, als der Stuhl in den angrenzenden Raum fällt. Ich sehe einen weiteren Zahnarztstuhl, eine Reihe von Prozessoren, Kabel, die über den Fußboden laufen, und eine weitere Tür. *Bitte, lieber Gott, mach, dass sie nicht abgeschlossen ist.*

Ich hebe Bär auf und klettere durch das Loch im Glas. Dabei stelle ich mir Voschs Gesichtsausdruck vor, wenn er zurückkommt und den kaputten Spiegel sieht. Die Tür auf der anderen Seite ist nicht abgesperrt. Sie führt in einen weiteren Flur mit weißen Wänden aus Betonschalstein, der von nicht gekennzeichneten Türen gesäumt ist. Ah, die Möglichkeiten! Doch ich betrete diesen Korridor nicht. Ich bleibe in der Türöffnung stehen. Vor mir der nicht gekennzeichnete Weg. Hinter mir der Weg, den ich gekennzeichnet habe: Sie werden das Loch sehen. Sie werden wissen, welche Richtung ich eingeschlagen habe. Wie lange wird es dauern, bis sie mich einholen? Mein Mund hat sich erneut mit Blut gefüllt, und ich zwinge mich, es hinunterzuschlucken. Ich darf es ihnen nicht zu leicht machen, mir zu folgen.

Zu leicht: Ich habe vergessen, im ersten Raum den Stuhl unter die Türklinke zu klemmen. Das würde sie zwar nicht daran hindern hineinzugelangen, aber es würde mein Sparschwein mit ein paar wertvollen Sekunden füttern.

Wenn irgendwas schiefgeht, mach dir nicht allzu viele Gedanken, Cassie. Du besitzt einen guten Instinkt; verlass dich auf ihn.

*Jeden Schritt zu durchdenken ist gut, wenn man Schach spielt,
aber das ist keine Schachpartie.*

Ich laufe zurück in den Hinrichtungsraum und tauche durch
das Loch im Spiegel. Da ich die Breite der Ablage falsch einschät-
ze, mache ich einen Purzelbaum über die Kante und lande auf
dem Rücken, wobei ich mit dem Kopf hart auf dem Fußboden
aufschlage. Ich bleibe für einen Moment benommen liegen, und
rote Sternchen funkeln in meinem Blickfeld. Ich blicke zur Decke und auf die Metallkanäle, die darunter verlaufen. Die gleiche Anordnung habe ich auch in den Korridoren gesehen: das
Lüftungssystem des Luftschutzbunkers.

Und ich denke: *Cassie, das ist das verdammte Lüftungssystem
des Luftschutzbunkers.*

—— 77. Kapitel ——

Ich bewege mich auf dem Bauch robbend voran, in ständiger
Angst, dass ich zu schwer bin für die Halterungen und dass der
gesamte Abschnitt des Luftkanals herunterbrechen wird. Deshalb halte ich an jeder Verbindungsstelle inne und lausche. Ich
bin mir nicht ganz sicher, mit welchen Geräuschen ich rechne,
wenn ich lausche. Mit dem Weinen verängstigter Kinder? Mit
dem Lachen fröhlicher Kinder? Die Luft in dem Kanal ist kalt:
Sie kommt von draußen und wird unter die Erde geleitet – so
ähnlich wie ich.

Die Luft gehört hierher; ich dagegen nicht. Was hat Evan gesagt?

*Die besten Aussichten, ihn zu finden, hast du in den Kaser-
nen, die den Paradeplatz umgeben.*

Das ist es, Evan. Das ist der neue Plan. Ich werde den nächstgelegenen Luftschacht suchen und an die Oberfläche klettern. Ich
werde natürlich nicht wissen, wo ich mich befinde oder wie weit

ich vom Paradeplatz entfernt bin, und der gesamte Stützpunkt wird komplett abgeriegelt sein und voller Silencer und gehirngewaschener Kindersoldaten, die nach dem Mädchen im weißen Overall suchen. Von dem Teddybären ganz zu schweigen. Wenn er kein verräterisches Erkennungszeichen ist, was dann? Warum habe ich bloß darauf bestanden, diesen verdammten Bären mitzunehmen? Sam würde es verstehen, wenn ich Bär zurückgelassen hätte. Schließlich habe ich ihm nicht versprochen, dass Bär zu ihm kommt. Ich habe ihm versprochen, dass ich zu ihm komme.

Was soll die Sache mit dem Bären?

Alle paar Meter eine Wahlmöglichkeit: links abbiegen, rechts abbiegen oder weiter geradeaus? Und alle paar Meter eine Pause, um zu lauschen und um das Blut aus meinem Mund zu entfernen. Hier drin habe ich keine Bedenken, Blutstropfen zu hinterlassen – das sind die Brotkrumen, die meinen Rückweg markieren. Meine Zunge schwillt jedoch an und pocht fürchterlich mit jedem Schlag meines Herzens, der menschlichen Uhr, die tickend die Minuten herunterzählt, die mir noch bleiben, bis sie mich finden, zu Vosch bringen und er mich erledigt, wie er meinen Vater erledigt hat.

Etwas Braunes und Kleines trippelt auf mich zu, sehr schnell, als befände es sich auf einem wichtigen Botengang. Eine Kakerlake. Mir sind Spinnweben und jede Menge Staub und irgendeine undefinierbare schleimige Substanz begegnet, bei der es sich um giftigen Schimmel handeln könnte, doch sie ist das erste wirklich Eklige, was ich sehe. Spinnen oder Schlangen ziehe ich Kakerlaken jederzeit vor. Und jetzt steuert eine geradewegs auf mein Gesicht zu. Da ich eine äußerst lebhafte Vorstellung davon habe, wie mir das Ding in den Overall krabbelt, benutze ich das Einzige, was mir zur Verfügung steht, um es zu zerquetschen: meine bloße Hand. Igitt.

Ich setze mich wieder in Bewegung. Vor mir ist ein grünlich

graues Leuchten zu sehen; in Gedanken nenne ich es Mutter-schiff-Grün. Ich krieche langsam auf das Gitter zu, aus dem das Leuchten kommt. Spähe durch die Gitterstäbe in den darunter-liegenden Raum – nur dass es diesem nicht gerecht wird, wenn man ihn als Raum bezeichnet. Er ist riesig, mindestens so groß wie ein Footballstadion, hat die Form einer Schale, mit unzähli-gen Reihen von Computerstationen, die von über hundert Men-schen bemannt sind – nur dass es echten Menschen gegenüber ungerecht ist, wenn man sie als Menschen bezeichnet. Es handelt sich bei ihnen um *sie*, um Voschs unmenschliche Menschen, und ich habe keinen blassen Schimmer, was sie tun, glaube aber, das muss es sein, das Herz der Operation, das Zentrum der »Säube-rung«. Ein riesiger Bildschirm nimmt eine ganze Wand ein und zeigt eine Weltkarte, die mit leuchtend grünen Punkten übersät ist – die Quelle des widerlich grünen Lichts. Städte, denke ich, und dann wird mir bewusst, dass die grünen Punkte vermutlich Ansammlungen von Überlebenden darstellen.

Vosch braucht uns nicht aufzuspüren. Vosch weiß genau, wo wir uns befinden.

Ich robbe weiter und zwinge mich dazu, mir Zeit zu lassen, bis das grünliche Leuchten genauso klein ist wie die Punkte auf der Karte im Kontrollraum. Vier Abzweigungen später höre ich Stimmen. Männerstimmen. Und das Scheppern von Metall auf Metall, das Quietschen von Gummisohlen auf hartem Beton.

Weiter, Cassie. Keine Pausen mehr. Sammy ist nicht da unten, und Sammy ist das Ziel.

Dann fragt einer der Typen: »Wie viele, hat er gesagt?«

Und ein anderer erwidert: »Mindestens zwei. Das Mädchen und derjenige, der Walters, Pierce und Jackson erledigt hat.«

Derjenige, der Walters, Pierce und Jackson erledigt hat?

Evan. Die einzige Erklärung.

Was, zum …? Für einen langen Moment bin ich stinksauer auf ihn. Unsere einzige Hoffnung bestand darin, dass ich allein gehe, dass ich mich unbemerkt an ihren Sicherheitsmaßnahmen vorbeischleiche und mir Sam schnappe, bevor ihnen bewusst wird, was vor sich geht. Klar, es hat nicht ganz so funktioniert, doch das konnte Evan unmöglich wissen.

Trotzdem. Die Tatsache, dass Evan unseren sorgfältig durchdachten Plan ignoriert hat und in den Stützpunkt eingedrungen ist, bedeutet außerdem, dass er hier ist.

Und Evan tut, wozu er den Mut hat.

Ich nähere mich ihren Stimmen, krieche unmittelbar über ihre Köpfe hinweg, bis ich das Gitter erreiche. Ich spähe durch die Metallstreben und sehe zwei Silencer-Soldaten, die augenförmige Kugeln in einen großen Handwagen laden. Ich erkenne sofort, worum es sich dabei handelt. Ich habe schon einmal eine gesehen.

Das Auge wird sich um sie kümmern.

Ich beobachte sie, bis der Wagen beladen ist und sie ihn langsam außer Sichtweite schieben.

Irgendwann wird der Punkt kommen, wo du dich nicht mehr verbergen kannst. Wenn es so weit ist, werden sie den Stützpunkt abriegeln – oder zumindest den Teil des Stützpunkts, der entbehrlich ist.

Oje. Vosch macht in Camp Haven einen auf Camp Ashpit.

Und in dem Augenblick, als mir das bewusst wird, ertönt eine Sirene.

X. TEIL
TAUSEND MÖGLICHKEITEN

—— 78. Kapitel ——

Zwei Stunden.

In dem Moment, in dem Vosch geht, beginnt eine Uhr in meinem Kopf zu ticken. Nein, keine Uhr. Eher ein Timer, der die Zeit bis zum Weltuntergang herunterzählt. Ich werde jede Sekunde brauchen, also wo ist der Krankenpfleger? Als ich drauf und dran bin, mir die Infusionsnadel selbst herauszuziehen, taucht er auf. Ein großer dürrer Junge namens Kistner; wir haben uns kennengelernt, als ich das letzte Mal flachlag. Er hat die Angewohnheit, nervös an seinem Krankenhauskittel herumzuzupfen, als würde das Material seine Haut reizen.

»Hat er es dir gesagt?«, fragt mich Kistner mit leiser Stimme, als er sich über das Bett beugt. »Es gilt Alarmstufe Gelb.«

»Warum?«

Er zuckt mit den Schultern. »Glaubst du, die erzählen mir irgendwas? Ich hoffe nur, das bedeutet nicht, dass wir wieder in den Bunker abtauchen müssen.« Niemand im Krankenhaus mag die Luftangriffsübungen. Mehrere hundert Patienten in weniger als drei Minuten unter die Erde zu verfrachten, ist ein logistischer Albtraum.

»Besser, als oben zu bleiben und von einem außerirdischen Todesstrahl verschmort zu werden.«

Vielleicht ist es nur psychologisch, aber in dem Augenblick, als Kistner die Infusion entfernt, setzen die Schmerzen ein, ein dumpfes Pochen, wo Ringers Schuss mich getroffen hat, das im

Takt mit meinem Herz bleibt. Während ich darauf warte, einen klaren Kopf zu bekommen, frage ich mich, ob ich den Plan noch einmal überdenken sollte. Eine Evakuierung in den unterirdischen Bunker wird die Sache womöglich vereinfachen. Nach dem Fiasko bei Nuggets erster Luftangriffsübung hat die Kommandozentrale beschlossen, alle nicht-kämpfenden Kinder in einem gesicherten Raum in der Mitte des Komplexes zu versammeln. Es wird um einiges einfacher sein, ihn mir dort zu schnappen, als in sämtlichen Kasernen auf dem Stützpunkt nach ihm zu suchen.

Aber ich habe keine Ahnung, wann es – oder ob es überhaupt jemals – so weit sein wird. Ich halte mich lieber an den ursprünglichen Plan. Ticktack.

Ich schließe die Augen und visualisiere jeden Schritt der Flucht so detailliert wie möglich. Das habe ich früher auch immer gemacht, als es noch Highschools gab und Freitagabendspiele und Zuschauer, die uns angefeuert haben. Damals, als der Gewinn des Bezirkstitels für uns die wichtigste Sache auf der Welt war. Ich stellte mir meine Routen vor, die Flugkurve des Balls, der auf die Lampen zusegelt, den Verteidiger, der neben mir Schritt hält, den genauen Moment, in dem ich den Kopf drehe und die Hände hebe, ohne aus dem Tritt zu geraten. Stellte mir nicht nur die perfekten Spielzüge vor, sondern auch die misslungenen und wie ich meine Route anpassen würde, wie ich dem Quarterback ein Ziel geben würde, um den Versuch zu retten.

Es gibt tausend Möglichkeiten, wie das schiefgehen kann, aber nur eine, wie es funktionieren wird. Man darf nicht einen Spielzug vorausdenken oder zwei oder drei. Man muss an diesen Spielzug denken, an diesen Schritt. Wenn ein Schritt nach dem anderen gelingt, punktet man.

Erster Schritt: der Krankenpfleger.

Mein bester Kumpel Kistner, der zwei Betten weiter jemandem mit dem Schwamm wäscht.

»Hey«, rufe ich ihm zu. »Hey, Kistner!«

»Was ist denn?«, ruft Kistner zurück und ist eindeutig genervt von mir. Er mag es nicht, wenn man ihn unterbricht.

»Ich muss aufs Klo.«

»Du darfst nicht aufstehen, sonst geht die Naht auf.«

»Ach, komm schon, Kistner. Das Bad ist doch gleich da drüben.«

»Anweisung vom Arzt. Ich bringe dir eine Bettpfanne.«

Ich beobachte ihn, als er sich zwischen den Betten hindurch den Weg zur Vorratsstation bahnt. Ich mache mir ein bisschen Sorgen, dass ich nicht lange genug gewartet habe, bis die Wirkung der Medikamente nachlässt. Was ist, wenn ich es nicht schaffe aufzustehen? *Ticktack, Zombie. Ticktack.*

Ich schlage die Decke zurück und schwinge die Beine aus dem Bett. Beiße die Zähne zusammen; das ist der schwierige Teil. Ich bin von der Brust bis zur Taille fest eingewickelt, und wenn ich mich aufrichte, werden die Muskeln gedehnt, die Ringers Kugel auseinandergerissen hat.

Ich habe dich geschnitten. Du schießt auf mich. Das ist nur fair.

Aber die Sache eskaliert. Was passiert, wenn du wieder dran bist? Steckst du mir dann eine Handgranate in die Hose?

Das ist eine verstörende Vorstellung, Ringer eine entsicherte Handgranate in die Hose zu stecken. Auf vielen verschiedenen Ebenen.

Ich bin noch immer voller Drogen, aber als ich mich aufsetze, lässt mich der Schmerz beinahe ohnmächtig werden. Also bleibe ich eine Weile still sitzen und warte darauf, einen klaren Kopf zu bekommen.

Zweiter Schritt: das Badezimmer.

Zwing dich, dir Zeit zu lassen. Mach kleine Schritte. Schlurfe. Ich spüre, wie mein Umhang hinten aufklappt; ich zeige der ganzen Station meinen Hintern.

Bis zum Badezimmer sind es etwa sechs Meter. Sie fühlen sich an wie zwanzig Meilen. Wenn es abgesperrt oder besetzt ist, bin ich geliefert.

Weder noch. Ich schließe die Tür hinter mir ab. Waschbecken, Toilette und eine kleine Duschkabine. Die Vorhangstange ist an der Wand festgeschraubt. Ich hebe den Deckel des Spülkastens an. Ein kurzer Metallarm mit zwei stumpfen Enden betätigt das Ablaufventil. Der Toilettenpapierhalter ist aus Plastik. So viel dazu, dass ich hier drin eine Waffe finde. Aber ich bin noch immer auf Kurs. *Komm schon, Kistner, ich bin anspielbar.*

Zwei feste Schläge gegen die Tür, und dann ertönt draußen seine Stimme.

»Hey, bist du da drin?«

»Ich habe dir doch gesagt, ich muss mal!«, brülle ich.

»Und ich habe dir gesagt, ich bringe dir eine Bettpfanne!«

»Ich konnte es nicht mehr länger halten!«

Die Türklinke wackelt.

»Sperr die Tür auf!«

»Privatsphäre, bitte!«, schreie ich.

»Ich rufe den Sicherheitsdienst!«

»Schon gut, schon gut! Als würde ich irgendwohin abhauen, verdammt!«

Ich zähle bis zehn, sperre auf, gehe rückwärts zur Toilette, setze mich hin. Die Tür öffnet sich einen Spalt, und ich sehe einen kleinen Teil von Kistners hagerem Gesicht.

»Zufrieden?«, knurre ich. »Würdest du die Tür jetzt bitte wieder zumachen?«

Kistner starrt mich einen langen Moment an, zupft an seinem Oberteil. »Ich warte direkt vor der Tür«, verspricht er.

»Gut«, sage ich.

Die Tür geht wieder zu. Jetzt sechsmal langsam bis zehn zählen. Eine gute Minute.

»Hey, Kistner!«

»Was ist?«

»Ich brauche deine Hilfe.«

»Definier ›Hilfe‹.«

»Beim Aufstehen! Ich komme von der verdammten Schüssel nicht mehr hoch! Ich glaube, es ist womöglich eine Naht auf-gegangen …«

Die Tür fliegt auf. Kistners Gesicht ist vor Wut gerötet.

»Ich hab's dir doch gesagt.«

Er tritt vor mich. Streckt beide Hände aus.

»Hier, pack meine Handgelenke.«

»Könntest du erst die Tür zumachen? Das ist mir peinlich.«

Kistner macht die Tür zu. Ich umklammere seine Handgelenke.

»Bereit?«, fragt er.

»Bereiter werde ich nie mehr sein.«

Dritter Schritt: rohe Gewalt.

Als Kistner zieht, drücke ich mich mit den Beinen nach vorne ab und ramme ihm eine Schulter in seine schmale Brust, wo-rauf er rückwärts gegen die Betonwand prallt. Dann reiße ich ihn nach vorn, drehe mich hinter ihn und ziehe seinen Arm hin-ter dem Rücken weit nach oben. Das zwingt ihn vor der Toilet-te auf die Knie. Ich packe eine Handvoll von seinem Haar und drücke sein Gesicht ins Wasser. Kistner ist kräftiger, als er aus-sieht, oder ich bin deutlich schwächer, als ich dachte. Es scheint ewig zu dauern, bis er das Bewusstsein verliert.

Ich lasse los und trete einen Schritt zurück. Kistner macht eine langsame Drehung und landet auf dem Fußboden. Schuhe, Hose. Ich zerre ihn hoch, um ihm sein Oberteil herunterzureißen. Das Oberteil wird mir zu eng sein, die Hose wird mir zu lang sein, und die Schuhe werden mir zu klein sein. Ich reiße meinen Kit-tel herunter, werfe ihn in die Duschkabine, ziehe Kistners Kran-kenhausbekleidung an. Für die Schuhe brauche ich am längsten. Sie sind mir viel zu klein. Ein stechender Schmerz schießt mir durch die Seite, als ich damit kämpfe, sie anzuziehen. Ich blicke an mir hinunter und sehe Blut durch den Verband sickern. Was ist, wenn ich durch das Oberteil blute?

Tausend Möglichkeiten. Konzentrier dich auf die eine Möglichkeit.

Ich zerre Kistner in die Duschkabine. Ziehe den Vorhang zu. Wie lange wird er ohnmächtig bleiben? Spielt keine Rolle. Mach einfach weiter. Denk nicht voraus.

Vierter Schritt: der Peilsender.

An der Tür zögere ich. Was ist, wenn jemand Kistner hat hineingehen sehen und jetzt mich, als Kistner verkleidet, herauskommen sieht?

Dann bist du erledigt. Er wird dich sowieso töten. Okay, dann stirb nicht einfach so. Stirb beim Versuch.

Die Türen des Operationssaals sind etwa ein Footballfeld weit entfernt, vorbei an Betten und durch eine gefühlte Horde von Krankenpflegern und Schwestern und Ärzten im Laborkittel. Ich gehe so schnell ich kann auf die Türen zu. Dabei entlaste ich meine verletzte Seite, was meinen Gang ungleichmäßig macht, doch dagegen kann ich nichts tun; Vosch hat mich vermutlich ohnehin überwacht und fragt sich, warum ich nicht zu meinem Bett zurückgehe.

Durch die Schwingtür und in den Waschraum, wo sich ein müde wirkender Arzt die Hände bis zu den Ellbogen eingeseift hat, um sich auf eine Operation vorzubereiten. Er zuckt zusammen, als ich hereinkomme.

»Was haben Sie hier drin zu suchen?«, will er von mir wissen.

»Ich bin auf der Suche nach Handschuhen. Wir haben vorne keine mehr.«

Der Chirurg deutet mit einem Nicken auf eine Reihe von Schränken an der gegenüberliegenden Wand.

»Sie hinken«, stellt er fest. »Sind Sie verletzt?«

»Ich habe mir einen Muskel gezerrt, als ich einen fetten Typen aufs Klo setzen wollte.«

Der Arzt spült sich die grüne Seife von den Unterarmen. »Sie hätten eine Bettpfanne benutzen sollen.«

Schachteln mit Latexhandschuhen, OP-Masken, antiseptische Tupfer, Klebebandrollen. Wo zum Teufel ist es?

Ich spüre seinen Atem im Nacken.

»Da ist die Schachtel, genau vor Ihnen«, sagt er. Der Typ sieht mich seltsam an.

»Entschuldigung«, erwidere ich. »Habe nicht viel geschlafen.«

»Wem sagen Sie das!« Der Chirurg lacht und knufft mich mit dem Ellbogen genau in die Schusswunde. Der Raum dreht sich wie ein Karussell. Ich beiße die Zähne zusammen, um nicht zu schreien.

Er eilt durch die inneren Türen des Operationssaals. Ich gehe an der Schrankreihe entlang, reiße Türen auf, durchwühle die Vorräte, finde aber nicht, wonach ich suche. Benommen, außer Atem, und meine Seite pocht wie verrückt. Wie lange wird Kistner noch ohnmächtig bleiben? Wie lange wird es noch dauern, bis jemand pinkeln geht und ihn findet?

Neben den Schränken auf dem Fußboden steht ein Mülleimer mit der Aufschrift GEFÄHRLICHE ABFÄLLE – HANDSCHUHE BENUTZEN. Ich reiße den Deckel herunter und, Bingo, da ist es zwischen blutigen chirurgischen Schwämmen, gebrauchten Spritzen und weggeworfenen Kathedern.

Okay, das Skalpell ist mit getrocknetem Blut verkrustet. Ich nehme an, ich könnte es mit einem antiseptischen Wischtuch sterilisieren oder es im Waschbecken säubern, aber dafür ist keine Zeit, und ein schmutziges Skalpell ist meine geringste Sorge.

Lehn dich gegen das Waschbecken, um dich zu stabilisieren. Fahr mit den Fingern über deinen Nacken, um den Peilsender unter der Haut zu orten, und drück dann die stumpfe, schmutzige Klinge in deinen Nacken, bis die Haut aufplatzt.

79. Kapitel

Fünfter Schritt: Nugget.

Ein sehr jung aussehender Arzt, der einen weißen Laborkittel und eine OP-Maske trägt, eilt den Korridor entlang zu den Aufzügen. Er hinkt und entlastet den rechten Fuß. Wenn man seinen weißen Kittel öffnen würde, könnte man den dunkelroten Fleck auf seiner grünen OP-Bekleidung sehen. Wenn man seinen Kragen nach unten ziehen würde, könnte man außerdem das hastig angebrachte Pflaster an seinem Hals sehen. Doch wenn man irgendetwas davon täte, würde einen der jung aussehende Arzt töten.

Aufzug. Ich schließe die Augen, während die Kabine nach unten fährt. Der Kasernenhof ist zu Fuß zehn Minuten entfernt, es sei denn, jemand hat praktischerweise an der Eingangstür einen unbeaufsichtigten Golfwagen geparkt. Dann der schwierigste Teil: Nugget unter den mehr als fünfzig Einheiten zu finden, die dort untergebracht sind, und ihn herauszuholen, ohne dabei jemanden aufzuwecken. Also etwa eine halbe Stunde, um ihn zu finden und mitzunehmen. Ungefähr weitere zehn Minuten, um zum Wonderland-Hangar zu gelangen, wo die Busse entladen werden. Das ist der Punkt, an dem der Plan in eine Serie von wilden Unwahrscheinlichkeiten übergeht: in einem leeren Bus als blinde Passagiere mitfahren, den Fahrer und etwaige Soldaten an Bord überwältigen, sobald wir zum Tor hinausgefahren sind, und dann entscheiden, wann, wo und wie wir den Bus loswerden, um zu Fuß zum Treffpunkt mit Ringer zu gelangen.

Was ist, wenn ihr auf den Bus warten müsst? Wo werdet ihr euch verstecken?

Das weiß ich nicht.

Und wie lange werdet ihr warten müssen, wenn ihr im Bus seid? Dreißig Minuten? Eine Stunde?

Das weiß ich nicht.

Das weißt du nicht? Tja, das ist es, was ich weiß: Zu lange, Zombie. Irgendjemand wird Alarm schlagen.

Sie hatte recht. Es ist zu lange. Ich hätte Kistner töten sollen. Das war einer der ursprünglichen Schritte.

Vierter Schritt: Kistner töten.

Aber Kistner ist keiner von ihnen. Kistner ist ein ganz normaler Junge. Wie Tank. Wie Oompa. Wie Flint. Kistner hat nicht um diesen Krieg gebeten, und er kennt die Wahrheit nicht, die dahintersteckt. Vielleicht hätte er mir nicht geglaubt, wenn ich ihm die Wahrheit verraten hätte, aber diese Chance habe ich ihm nie gegeben.

Du bist ein Weichling. Du hättest ihn töten sollen. Du darfst dich nicht auf dein Glück und dein Wunschdenken verlassen. Die Zukunft der Menschheit gehört den Knallharten.

Als sich die Aufzugstür zur Lobby öffnet, gebe ich Nugget deshalb im Stillen ein Versprechen – das Versprechen, das ich meiner Schwester, deren silbernes Medaillon er um den Hals trägt, nicht gegeben habe.

Wenn sich irgendjemand zwischen uns stellt, ist er tot.

Und in dem Augenblick, als ich dieses Versprechen gebe, scheint irgendetwas im Universum zu beschließen, mir zu antworten, da die Luftangriffssirenen mit einem ohrenbetäubenden Kreischen zum Leben erwachen.

Perfekt! Das Glück ist ausnahmsweise einmal auf meiner Seite. Jetzt muss ich nicht den gesamten Stützpunkt durchqueren. Muss mich nicht in die Kasernen schleichen, um nach dem Nugget im Heuhaufen zu suchen. Muss nicht mit ihm zu den Bussen rennen. Stattdessen brauche ich nur die Treppe hinunter in den unterirdischen Komplex zu gehen, mir Nugget im organisierten Chaos des Schutzraums zu schnappen, mich mit ihm zu verstecken, bis Entwarnung gegeben wird, und mich dann mit ihm zu den Bussen zu begeben.

Simpel.

Ich bin auf halbem Weg zur Treppe, als die verlassene Lobby von einem widerlichen Grün erleuchtet wird, von dem gleichen rauchigen Grün, das um Ringers Kopf getanzt ist, wenn ich sie durch das Okular betrachtet habe. Die Neonbeleuchtung an der Decke ist ausgegangen, Standardprozedere bei Übungen, daher befindet sich die Lichtquelle nicht hier drin, sondern irgendwo draußen auf dem Parkplatz.

Ich drehe den Kopf, um nachzusehen. Ein Fehler.

Durch die Glastüren sehe ich einen Golfwagen über den Parkplatz rasen und auf das Flugfeld zusteuern. Dann sehe ich die Quelle des grünen Lichts im überdachten Eingangsbereich des Krankenhauses. Sie hat die Form eines Footballs, ist jedoch doppelt so groß. Sie erinnert mich an ein Auge. Ich starre es an; es starrt zurück.

Puls … Puls … Puls …

Blitz, Blitz, Blitz.

Blinkblinkblink.

XI. TEIL
DAS UNENDLICHE MEER

──── 80. Kapitel ────

Das Heulen der Sirenen ist so laut, dass ich meine Nackenhaare vibrieren spüre.

Ich krabble rückwärts zum Hauptkanal, weg vom Waffenarsenal, als ich plötzlich innehalte.

Cassie, das ist das Waffenarsenal.

Zurück zu dem Gitter, durch das ich volle drei Minuten starre und den Raum unter mir nach irgendeinem Anzeichen für eine Bewegung absuche, während mir die Sirene in den Ohren dröhnt und es mir schwierig macht, mich zu konzentrieren. Besten Dank, Colonel Vosch.

»Okay, du verdammter Bär«, murmle ich mit meiner geschwollenen Zunge. »Wir gehen jetzt da rein.«

Ich ramme meine nackte Ferse gegen das Gitter. *Eich!* Es springt schon beim ersten Tritt heraus. Als ich mit Karate aufhörte, wollte Mom von mir wissen, warum, und ich erwiderte, dass es einfach keine Herausforderung mehr für mich wäre. Das war meine Art zu sagen, dass ich mich langweilte, was man vor meiner Mutter nicht sagen durfte. Wenn man sich in ihrer Gegenwart beklagte, dass einem langweilig ist, hatte man sofort einen Staublappen in der Hand.

Ich lasse mich in den Raum fallen. Na ja, es handelt sich eher um eine mittelgroße Lagerhalle als um einen Raum. Alles, was man als außerirdischer Eindringling braucht, um ein Menschen-Vernichtungslager zu betreiben. An einer Wand findet man Augen, und zwar Hunderte davon, ordentlich gestapelt in speziell dafür konstruierten Regalfächern. An der gegenüberliegenden Wand Reihen um Reihen von Gewehren und Granatenwerfern sowie anderen Waffen, mit denen ich überhaupt nichts anzufangen wüsste. Kleinere Waffen in einer Ecke, halbautomatische Schusswaffen, Handgranaten und Kampfmesser mit fünfundzwanzig Zentimeter langer Klinge. Es gibt auch eine Garderobensektion, in der jede militärische Abteilung und jeder Dienstgrad vertreten sind, mit der gesamten dazugehörigen Ausrüstung: Gürtel und Stiefel und Bauchtaschen in Militärausführung.

Und ich wie ein Kind im Süßigkeitenladen.

Als Erstes runter mit dem weißen Overall. Ich ziehe den kleinsten Kampfanzug heraus, den ich finden kann, und schlüpfe hinein. Ziehe Stiefel an.

Zeit, um mich auszurüsten. Eine Luger mit vollem Ladestreifen. Ein paar Handgranaten. M16? Warum nicht? Wenn man glaubwürdig sein möchte, muss man auch glaubwürdig wirken. Ich stecke ein paar zusätzliche Ladestreifen in meine Bauchtasche. Oh, siehe da, an meinem Gürtel befindet sich sogar eine Halterung für eines von den fiesen Messern mit fünfundzwanzig Zentimeter langer Klinge! Hallo, fieses Messer mit fünfundzwanzig Zentimeter langer Klinge.

Neben dem Gewehrschrank steht eine Holzkiste. Ich spähe hinein und sehe einen Stapel grauer Metallröhren. Worum handelt es sich dabei, um eine Art längliche Handgranate? Ich nehme eine heraus. Sie ist hohl und hat an einem Ende ein Gewinde. Jetzt weiß ich, worum es sich bei dem Ding handelt.

Um einen Schalldämpfer.

Und er passt perfekt auf den Lauf meines neuen M16. Lässt sich ganz leicht hineinschrauben.

Ich stopfe mein Haar unter eine Mütze, die zu groß für mich ist, und wünsche mir, ich hätte einen Spiegel zur Hand. Ich hoffe, als eine von Voschs zehn- bis zwölfjährigen Rekrutinnen durchzugehen, aber wahrscheinlich sehe ich eher aus wie GI Joes kleine Schwester, die Verkleiden spielt.

Was mache ich nur mit Bär? Ich entdecke eine Umhängetasche aus Leder, stopfe ihn hinein und schlinge mir den Trageriemen diagonal um die Schulter. Inzwischen nehme ich das Heulen der Sirene gar nicht mehr wahr. Ich bin völlig high. Nicht nur, weil ich die Chancen ein wenig ausgeglichen habe, sondern auch, weil ich weiß, dass Evan hier ist, und Evan wird nicht aufgeben, bis ich in Sicherheit bin oder er tot ist.

Ich überlege hin und her, ob ich es mit meinen gut zwanzig Pfund zusätzlichem Gewicht riskieren soll, wieder in die Lüftungsanlage zu klettern, oder ob ich lieber mein Glück in den Korridoren versuche. Wozu ist eine Verkleidung gut, wenn man sich damit versteckt? Ich drehe mich um und gehe auf die Tür zu, und genau in diesem Moment verstummt die Sirene, und es kehrt abrupt Stille ein.

Ich betrachte das als schlechtes Zeichen.

Außerdem wird mir bewusst, dass es womöglich keine besonders gute Idee ist, sich in einem Waffenarsenal voller grüner Bomben aufzuhalten – von denen eine einzige eine ganze Quadratmeile dem Erdboden gleichmachen kann –, wenn oben gerade etwa ein Dutzend ihrer engsten Freunde gezündet werden.

Ich eile zur Tür, schaffe es aber nicht, bevor das erste Auge hochgeht. Der gesamte Raum erbebt. Nur ein kurzer Moment, dann blinkt das nächste Auge sein letztes Blinken, und dieses muss näher sein, da Staub von der Decke regnet und der Lüftungskanal am anderen Ende aus seinen Halterungen bricht und krachend herunterfällt.

Ähm, Voschy, das war ganz schön knapp, findest du nicht?

Ich stürme durch die Tür. Keine Zeit, um das Gebiet auszukundschaften. Je mehr Abstand ich zwischen mich und die verbliebenen Augen bringe, desto besser. Ich sprinte unter den kreisenden roten Lichtern hindurch, biege wahllos in Korridore ein und versuche, nichts zu durchdenken und mich nur auf meinen Instinkt und mein Glück zu verlassen.

Eine weitere Explosion. Die Wände zittern. Staub fällt herab. Von oben das Geräusch von Gebäuden, die gesprengt und vollständig geschreddert werden. Und hier unten die Schreie verängstigter Kinder.

Ich folge den Schreien.

Hin und wieder biege ich falsch ab, und die Schreie werden leiser. Ich kehre um, dann versuche ich es mit dem nächsten Korridor. Dieser Ort ist ein Labyrinth, und ich bin die Laborratte.

Das Donnern von oben hat aufgehört, zumindest für den Moment, und ich verlangsame mein Tempo zu einem Trott, halte das Gewehr fest in beiden Händen, probiere einen Korridor, drehe wieder um, wenn das Geschrei leiser wird, arbeite mich weiter voran.

Ich höre Major Bobs Stimme durch ein Megafon, die von den Wänden zurückgeworfen wird und von überall und nirgendwo kommt.

»Okay, ihr bleibt alle bei eurem Gruppenführer sitzen! Beruhigt euch und hört mir zu! Bleibt bei eurem Gruppenführer!«

Ich biege um eine Ecke und sehe eine Gruppe von Soldaten genau auf mich zulaufen. Überwiegend Teenager. Ich presse mich an die Wand, und sie eilen an mir vorbei, ohne auch nur einen Blick in meine Richtung zu werfen. Warum sollten sie mich auch zur Kenntnis nehmen? Ich bin nur eine weitere Rekrutin, die in die Schlacht gegen die Außerirdischen-Horde zieht.

Sie biegen um die Ecke, und ich setze mich wieder in Bewegung. Hinter der nächsten Kurve höre ich Major Bobs Anweisungen zum Trotz Kinder schnattern und wimmern.

Ich komme gleich, Sam. Sei bloß da.

»Halt!«

Hinter mir gebrüllt. Keine Kinderstimme. Ich bleibe stehen. Straffe die Schultern. Halte mich still.

»Wo ist dein Posten, Soldat? Soldat, ich spreche mit dir!«

»Abgeordnet, um die Kinder zu bewachen, Sir!«, sage ich in der tiefsten Stimmlage, die ich hinbekomme.

»Umdrehen! Sieh mich an, wenn du mit mir sprichst, Soldat.«

Ich seufze. Drehe mich um. Er ist Mitte zwanzig, sieht nicht übel aus, ein durch und durch amerikanischer Typ. Ich kenne mich mit Militärabzeichen nicht aus, glaube aber, er könnte ein Offizier sein.

Um absolut sicherzugehen, ist jeder über achtzehn verdächtig. Womöglich gibt es einige menschliche Erwachsene in verant- wortlichen Positionen, aber so, wie ich Vosch kenne, bezweifle ich das. Wenn es sich also um einen Erwachsenen handelt, und vor allem dann, wenn er Offizier ist, kannst du vermutlich da- von ausgehen, dass es sich bei ihm nicht um einen Menschen handelt.

»Wie lautet deine Nummer?«, bellt er.

Meine Nummer? Ich platze mit dem Erstbesten heraus, was mir einfällt. »T-zweiundsechzig, Sir!«

Er sieht mich verdutzt an. »T-zweiundsechzig? Bist du sicher?«

»Ja, Sir, Sir!« *Sir, Sir? Oh, Gott, Cassie.*

»Warum bist du nicht bei deiner Einheit?«

Er wartet nicht auf eine Antwort, was gut ist, da mir nichts einfällt. Er tritt einen Schritt vor und mustert mich von Kopf bis Fuß, und ich bin eindeutig nicht vorschriftsmäßig gekleidet. Officer Alien gefällt nicht, was er sieht.

»Wo ist dein Namensschild, Soldat? Und was machst du mit einem Schalldämpfer auf deiner Waffe? Und was ist das?«

Er zieht an der prallen Ledertasche, in der sich Bär befindet.

Ich weiche zurück. Die Tasche geht auf, und ich bin geliefert.

»Das ist ein Teddybär, Sir.«

»Ein was?«

Er starrt herab in mein nach oben gerichtetes Gesicht, und irgendetwas huscht über seines, als ihm ein Licht aufgeht und ihm bewusst wird, wen er vor sich hat. Seine rechte Hand greift nach seiner Pistole, doch das ist dumm von ihm, wenn er mir nur mit der Faust eins auf die Rübe zu geben bräuchte. Ich schwinge den Schalldämpfer in einem schneidenden Bogen, bis er sich zwei Zentimeter vor seinem jungenhaft hübschen Gesicht befindet, und betätige den Abzug.

Jetzt hast du es tatsächlich getan, Cassie. Hast deine einzige Chance vermasselt, und du warst so nah dran.

Ich kann Officer Alien nicht einfach dort liegen lassen, wo er zusammengebrochen ist. Das ganze Blut würden sie im Eifer des Gefechts womöglich übersehen, da es im kreisenden roten Licht ohnehin kaum zu erkennen ist, aber nicht die Leiche. Was mache ich bloß mit der Leiche?

Ich bin nah dran, so nah dran, und ich werde nicht zulassen, dass mich irgendein toter Typ von Sammy fernhält. Ich packe ihn an den Knöcheln und zerre ihn den Korridor entlang, in einen anderen Gang hinein, um eine weitere Ecke und lasse ihn dann fallen. Er ist schwerer, als er aussieht. Ich nehme mir einen Moment Zeit und strecke mich, um die Verspannung in meinem Rücken zu lösen, ehe ich mich aus dem Staub mache. Falls mich noch einmal jemand aufhält, bevor ich den Schutzraum erreiche, werde ich sagen, was nötig ist, damit ich nicht noch einmal töten muss. Es sei denn, ich habe keine andere Wahl. Dann werde ich noch einmal töten.

Evan hatte recht: Es wird mit jedem Mal ein bisschen einfacher.

Der Raum ist brechend voll mit Kindern. Hunderten von Kindern. Alle in identischen weißen Overalls. Sie sitzen in großen Gruppen über einen Bereich verteilt da, der ungefähr so groß ist wie eine Highschoolsporthalle. Inzwischen haben sie sich ein wenig beruhigt. Vielleicht sollte ich einfach Sams Namen rufen oder mir Major Bobs Megafon ausleihen. Ich bahne mir den Weg durch den Raum und hebe dabei meine Stiefel hoch an, um nicht auf irgendwelche kleinen Finger oder Zehen zu treten.

So viele Gesichter. Sie beginnen, miteinander zu verschwimmen. Der Raum dehnt sich aus, sprengt seine Wände, erstreckt sich in die Unendlichkeit, ist mit Milliarden von kleinen, nach oben gerichteten Gesichtern gefüllt, und, oh, diese Mistkerle, diese Mistkerle, was haben sie getan? In meinem Zelt habe ich um mich selbst geweint und um das alberne, dämliche Leben, das mir genommen wurde. Jetzt bitte ich das unendliche Meer nach oben gerichteter Gesichter um Vergebung.

Ich stolpere noch immer wie ein Zombie umher, als ich eine kleine Stimme meinen Namen rufen höre. Sie kommt aus einer Gruppe, an der ich gerade vorbeigegangen bin, und es ist komisch, dass er mich erkannt hat und nicht umgekehrt. Ich erstarre. Ich drehe mich nicht um. Ich schließe die Augen, kann mich aber nicht überwinden, mich umzudrehen.

»Cassie?«

Ich senke den Kopf. In meinem Hals steckt ein Kloß, der so groß ist wie ganz Texas. Und dann drehe ich mich um, und er starrt mich mit einem Ausdruck von Angst an, als könnte es der sprichwörtliche letzte Tropfen sein, dass er eine Doppelgängerin seiner Schwester als Soldatin verkleidet auf Zehenspitzen herumschleichen sieht. Als wäre er an die Grenzen der Grausamkeit der Anderen gestoßen.

Ich knie mich vor meinen Bruder. Er stürmt nicht in meine Arme, sondern starrt mein tränenüberströmtes Gesicht an und fährt mit den Fingern über meine feuchte Wange. Über meine Nase, meine Stirn, mein Kinn, meine flatternden Augenlider.

»Cassie?«

Ist es jetzt okay? Kann er es jetzt glauben? Wenn die Welt eine Million und ein Versprechen bricht, kann man dem eine Million und zweiten trauen?

»Hey, Sams.«

Er neigt leicht den Kopf. Mit meiner geschwollenen Zunge muss es sich komisch für ihn anhören. Ich fummle an der Schließe der Ledertasche herum.

»Ich, ähm, ich dachte mir, du hättest den hier gerne zurück.«

Ich ziehe den ramponierten alten Teddybären heraus und halte ihn ihm hin. Er runzelt die Stirn und schüttelt den Kopf und streckt nicht die Hand danach aus, und für mich fühlt es sich an, als hätte er mir in die Magengrube geschlagen.

Dann wischt mir mein kleiner Bruder den verdammten Bären aus der Hand und vergräbt das Gesicht an meiner Brust, und zwischen den Gerüchen von Schweiß und starker Seife kann ich ihn riechen, seinen Geruch, den Geruch meines Bruders Sammy.

—— XII. TEIL ——
WEGEN KISTNER

—— 81. Kapitel ——

Das grüne Auge hat mich angesehen, und ich habe seinen Blick erwidert, und ich erinnere mich nicht mehr, was mich von dem Grat zwischen dem blinkenden Auge und dem, was als Nächstes geschah, geholt hat.

Meine erste klare Erinnerung? Ich renne.

Lobby. Treppenhaus. Untergeschoss. Erster Treppenabsatz. Zweiter Treppenabsatz.

Als ich beim dritten Treppenabsatz ankomme, rammt die Druckwelle der Explosion meinen Rücken wie eine Abrissbirne, schleudert mich die Treppe hinunter und gegen die Tür, die zum Luftschutzbunker führt.

Über mir schreit das Krankenhaus, als es in Stücke gerissen wird. Genauso klingt es: wie ein Lebewesen, das zerfetzt wird. Das donnernde Krachen von berstendem Mörtel und Stein. Das Prasseln von zweihundert zersplitternden Fensterscheiben. Der Fußboden wölbt sich und platzt auf. Ich hechte kopfüber in den Korridor aus Stahlbeton, als das Gebäude über mir einstürzt.

Die Lampen flackern einmal, und dann versinkt der Korridor in Dunkelheit. Ich war noch nie in diesem Teil des Komplexes, aber ich brauche die beleuchteten Pfeile an den Wänden nicht, um mir von ihnen den Weg zum Schutzraum weisen zu lassen. Ich muss nur den verängstigten Schreien der Kinder folgen.

Aber zunächst wäre es hilfreich, wenn ich aufstehen würde.

Der Sturz hat dafür gesorgt, dass meine Naht völlig aufgegangen ist; ich blute stark, und zwar aus beiden Wunden: aus der, wo Ringers Kugel eingedrungen ist, und aus der, wo sie wieder ausgetreten ist. Ich versuche aufzustehen. Ich gebe mir alle Mühe, doch meine Beine wollen mich einfach nicht aufrecht halten. Ich rapple mich halb hoch, dann gehe ich wieder zu Boden. Mir ist schwindlig, und ich ringe nach Atem.

Eine zweite Explosion streckt mich ganz nieder. Es gelingt mir, ein paar Zentimeter weit zu kriechen, ehe mich eine dritte Explosion abermals flachlegt. Verdammt, Vosch, was treibst du da oben?

Falls es zu spät ist, bleibt uns nichts anderes übrig, als den letzten Ausweg zu wählen.

Tja, ich nehme an, dieses Rätsel wäre gelöst. Vosch jagt seinen eigenen Stützpunkt in die Luft. Zerstört das Dorf, um es zu retten. Aber um es wovor zu retten? Es sei denn, es ist gar nicht Vosch. Vielleicht liegen Ringer und ich völlig falsch. Vielleicht riskiere ich mein Leben und das von Nugget für nichts. Camp Haven ist, was Vosch behauptet, und das bedeutet, dass Ringer unvorbereitet in ein Lager von Befallenen marschiert ist. Ringer ist tot. Ringer und Dumbo, Poundcake und die kleine Teacup. Mein Gott, habe ich es schon wieder getan? Bin ich weggelaufen, als ich hätte bleiben sollen? Habe ich mich abgewendet, als ich hätte kämpfen sollen?

Die nächste Explosion ist die schlimmste. Ich bedecke meinen Kopf mit beiden Armen, als Betonbrocken herabregnen, die so groß sind wie meine Faust. Die Erschütterungen der Bomben, die Medikamente, die sich noch in meinem Körper befinden, der Blutverlust, die Dunkelheit … all das wirkt zusammen und lähmt mich. In der Ferne höre ich jemanden schreien – und dann wird mir bewusst, dass ich derjenige bin, der schreit.

Du musst aufstehen. Du musst aufstehen. Du musst dein Versprechen an Sissy einhalten …

Nein. Nicht an Sissy. Sissy ist tot. Du hast sie zurückgelassen, du stinkende Kotztüte.

Verdammt, tut das weh. Der Schmerz meiner blutenden Wunden und der Schmerz der alten Wunde, die nicht verheilen will.

Sissy mit mir in der Dunkelheit.

Ich sehe, wie sie in der Dunkelheit die Hand nach mir ausstreckt.

Ich bin hier, Sissy. Nimm meine Hand.

Ich greife in der Dunkelheit nach ihr.

—— **82. Kapitel** ——

Sissy weicht zurück, und ich bin wieder allein.

Wenn der Moment kommt, in dem man nicht mehr vor seiner Vergangenheit davonlaufen kann, wenn man sich umdrehen und sich dem stellen muss, von dem man geglaubt hat, man könnte sich ihm nicht stellen – der Moment, in dem das Leben zwischen Aufgeben und Aufstehen schwankt –, wenn dieser Moment kommt, und er kommt immer, wenn man weder aufstehen noch aufgeben kann, dann tut man Folgendes:

Man kriecht.

Ich robbe auf dem Bauch weiter und erreiche die Kreuzung mit dem Hauptkorridor, der durch den ganzen Komplex verläuft. Muss mich ausruhen. Zwei Minuten, nicht länger. Die Notbeleuchtung erwacht flackernd zum Leben. Ich weiß jetzt, wo ich mich befinde. Links geht es zum Luftschacht, rechts zur Kommandozentrale und zum Schutzraum.

Ticktack. Meine zweiminütige Pause ist vorbei. Ich rapple mich auf, indem ich mich an der Wand abstütze, und werde vor Schmerzen fast ohnmächtig. Selbst wenn es mir gelingen sollte, mir Nugget zu schnappen, ohne dabei selbst geschnappt zu werden, wie soll ich ihn in meinem momentanen Zustand von hier wegbringen?

Außerdem habe ich ernste Zweifel, dass es überhaupt noch Busse gibt. Oder ein Camp Haven. Wenn ich ihn mir schnappe – *falls* ich ihn mir schnappe –, wohin zum Teufel sollen wir dann verschwinden?

Ich schlurfe den Korridor entlang und stütze mich dabei mit einer Hand an der Wand ab, um nicht das Gleichgewicht zu verlieren. Vor mir höre ich jemanden die Kinder im Schutzraum anschreien und sie auffordern, ruhig zu sein und sitzen zu bleiben, alles wird gut werden, und sie sind vollkommen sicher.

Ticktack. Unmittelbar vor der letzten Ecke werfe ich einen Blick nach links und sehe etwas an der Wand liegen: einen menschlichen Körper.

Einen toten menschlichen Körper.

Noch warm. In der Uniform eines Lieutenant. Die Hälfte seines Gesichts wurde von einer großkalibrigen, aus nächster Nähe abgefeuerten Kugel weggerissen.

Kein Rekrut. Einer von ihnen. Hat hier noch jemand die Wahrheit herausgefunden? Vielleicht.

Vielleicht wurde der tote Typ aber auch von einem schießwütigen, überreizten Rekruten erschossen, der ihn fälschlicherweise für einen Ted hielt.

Kein Wunschdenken mehr, Parish.

Ich nehme die Seitenwaffe aus dem Pistolenhalfter des Toten und stecke sie in die Tasche meines Laborkittels. Dann ziehe ich mir die OP-Maske übers Gesicht.

Dr. Zombie, Sie werden im Schutzraum gebraucht, sofort!

Und da ist er, direkt vor mir. Noch ein paar Meter, und ich bin da.

Ich habe es geschafft, Nugget. Ich bin hier. Sei bloß da.

Und es ist, als hätte er mich gehört, denn da kommt er auf mich zu und hält – ob man es glauben möchte oder nicht – einen Teddybären in der Hand.

Allerdings ist er nicht allein. Er wird von jemandem begleitet, von einem Rekruten, der ungefähr so alt ist wie Dumbo, in
einer schlabberigen Uniform und mit einer tief ins Gesicht ge-
zogenen Mütze, deren Schirm sich unmittelbar über seinen Augen befindet, und der mit einem M16 mit irgendeinem am Lauf
befestigten Metallrohr bewaffnet ist.

Keine Zeit, um die Sache zu durchdenken. Mich durch diese
Situation zu mogeln, würde zu lange dauern und zu sehr vom
Glück abhängen, und um Glück geht es nicht mehr. Es geht nur
noch darum, knallhart zu sein.

Denn das ist der letzte Krieg, und nur die Knallharten werden ihn überleben.

Wegen des Schrittes im Plan, den ich übersprungen habe. Wegen Kistner.

Ich lasse die Hand in die Tasche meines Kittels gleiten. Ich
schließe die Lücke. Noch nicht, noch nicht. Meine Wunde macht
meinen Gang unsicher. Ich muss ihn mit dem ersten Schuss ausschalten.

Ja, er ist noch ein Kind.

Ja, er ist unschuldig.

Und, ja, er ist erledigt.

──── XIII. TEIL ────
DAS SCHWARZE LOCH

──── **83. Kapitel** ────

Ich möchte bis in alle Ewigkeit seinen süßen Sammy-Geruch inhalieren, doch das geht nicht. Es wimmelt von bewaffneten Soldaten, einige von ihnen Silencer – oder zumindest keine Teenager, sodass ich annehmen muss, dass es sich bei ihnen um Silencer handelt. Ich führe Sammy hinüber zu einer Wand, damit sich eine Gruppe von Kindern zwischen uns und dem nächsten Wachposten befindet. Dann kauere ich mich so tief wie möglich hin und flüstere: »Alles in Ordnung mit dir?«

Er nickt. »Ich wusste, dass du kommst, Cassie.«

»Ich habe es dir versprochen, nicht wahr?«

Er trägt ein herzförmiges Medaillon um den Hals. Was soll das? Als ich es berühre, weicht er ein Stück zurück.

»Warum bist du so angezogen?«, fragt er.

»Das erkläre ich dir später.«

»Du bist jetzt eine Soldatin, oder? In welcher Einheit bist du denn?«

Einheit? »Ich bin in keiner Einheit«, sage ich zu ihm. »Ich bin meine eigene Einheit.«

Er runzelt die Stirn. »Man kann nicht seine eigene Einheit sein, Cassie.«

Das ist nicht der richtige Zeitpunkt, um näher auf die ganze lächerliche Sache mit Einheiten einzugehen. Ich blicke mich im Raum um. »Sam, wir verschwinden von hier.«

»Ich weiß. Major Bob hat gesagt, wir steigen in ein großes

Flugzeug.« Er deutet mit einem Nicken auf Major Bob und hebt die Hand, um ihm zuzuwinken. Ich ziehe seine Hand wieder nach unten.

»In ein großes Flugzeug? Wann denn?«

Er zuckt mit den Schultern. »Bald.« Er hat Bär aufgehoben und untersucht ihn, dreht ihn in seinen Händen hin und her. »Sein Ohr ist zerrissen«, stellt er vorwurfsvoll fest, als hätte ich meine Pflichten vernachlässigt.

»Heute Abend?«, frage ich. »Sam, das ist wichtig. Ihr fliegt heute Abend weg?«

»Ja, das hat Major Bob gesagt. Er hat gesagt, sie evaluieren alles nicht unbedingt Nötige.«

»Evaluieren? Oh. Okay, dann evakuieren sie also die Kinder.« Meine Gedanken rasen, versuchen, das Ganze zu verarbeiten. Ist das der Ausweg? Einfach mit den anderen an Bord zu gehen und unser Glück zu versuchen, wenn wir landen – wo auch immer wir landen? Mein Gott, warum habe ich nur den weißen Overall weggeworfen? Aber selbst wenn ich ihn behalten hätte und es mir gelingen würde, mich in das Flugzeug zu mogeln, der Plan sah anders aus.

Irgendwo auf dem Stützpunkt muss es Rettungskapseln geben – wahrscheinlich in der Nähe der Kommandozentrale oder von Voschs Quartier. Im Grunde genommen sind das Ein-Mann-Raketen, die darauf programmiert sind, einen sicher an irgendeinem weit vom Stützpunkt entfernten Ort zu landen. Frag mich nicht, wo. Aber die Kapseln sind deine beste Chance. Bei ihnen handelt es sich nicht um menschliche Technologie, aber ich werde dir erklären, wie du sie bedienst. Falls du eine findest, und falls ihr beide hineinpasst, und falls ihr lange genug überlebt, um in eine hineinzupassen …

Das sind eine Menge »falls«. Vielleicht sollte ich einfach eine Jugendliche in meinem Alter verprügeln und ihr ihren Overall abnehmen.

»Wie lange bist du schon hier, Cassie?«, will Sam wissen. Ich glaube, er hat den Verdacht, dass ich ihn gemieden habe – vielleicht, weil ich zugelassen habe, dass Bärs Ohr zerreißt.

»Länger, als ich wollte«, murmle ich, und das gibt den Ausschlag: Wir bleiben hier keine Minute länger, als wir müssen, und wir machen keinen One-Way-Flug zu Camp Haven II. Ich tausche nicht ein Vernichtungslager gegen ein anderes ein.

Sammy fummelt an Bärs zerfetztem Ohr herum. Das ist bei weitem nicht dessen erste Verletzung. Ich weiß nicht, wie oft Mom und ich ihn wieder zusammenflicken mussten. Er hat mehr Nähte als Frankenstein. Ich beuge mich zu Sammy hinüber, um seine Aufmerksamkeit auf mich zu lenken, worauf er mich direkt ansieht und fragt: »Wo ist Daddy?«

Mein Mund bewegt sich, aber es kommt kein Ton heraus. Ich hatte keinen einzigen Gedanken daran verschwendet, es ihm zu erzählen – oder daran, wie ich es ihm erzählen würde.

»Dad? Oh, er ist …« *Nein, Cassie. Mach es nicht kompliziert.* Ich möchte nicht, dass er ausgerechnet in dem Moment einen Zusammenbruch erleidet, wenn wir uns auf unsere Flucht vorbereiten. Ich beschließe, Dad noch ein bisschen leben zu lassen.

»Er wartet in Camp Ashpit auf uns.«

Seine Unterlippe beginnt zu beben. »Daddy ist nicht hier?«

»Daddy ist beschäftigt«, sage ich in der Hoffnung, dass er dann den Mund hält, und fühle mich richtig mies dabei. »Deshalb hat er mich geschickt. Um dich zu holen. Und das mache ich gerade, dich holen.«

Ich ziehe ihn auf die Füße. Er sagt: »Aber was ist mit dem Flugzeug?«

»Das ist überbucht.« Er wirft mir einen verständnislosen Blick zu: *Überbucht?* »Gehen wir.«

Ich nehme seine Hand und steuere auf den Tunnel zu, mit gestrafften Schultern und erhobenen Hauptes, da es mit Sicherheit Verdacht erregen würde, sich wie Shaggy und Scooby trippelnd zum nächsten Ausgang zu schleichen. Ich belle sogar einige Kinder an, dass sie aus dem Weg gehen sollen. Falls uns jemand aufhält, werde ich ihn nicht erschießen. Ich werde erklären, dass der kleine Junge krank ist und ich ihn zum Arzt bringe, bevor er sich und alle anderen vollkotzt. Wenn er mir meine Geschichte nicht abkauft, werde ich ihn doch erschießen.

Und dann befinden wir uns im Tunnel, und kaum zu glauben, es kommt tatsächlich ein Arzt direkt auf uns zu, die Hälfte seines Gesichts hinter einer OP-Maske verborgen. Seine Augen weiten sich, als er uns sieht. So viel zu meiner cleveren Ausrede, denn wenn er uns aufhält, muss ich ihn erschießen. Als wir uns ihm nähern, sehe ich, wie er beiläufig die Hand in die Tasche seines weißen Kittels gleiten lässt, und in meinem Kopf läuten die Alarmglocken, dieselben Alarmglocken, die in dem Mini-Markt hinter den Bier-Kühlregalen geläutet haben, kurz bevor ich einen ganzen Ladestreifen in einen Soldaten gepumpt habe, der ein Kruzifix in der Hand hielt.

Ich habe die Hälfte einer halben Sekunde, um eine Entscheidung zu treffen.

Das ist die erste Regel des letzten Krieges: Trau niemandem.

Ich bringe den Schalldämpfer auf eine Höhe mit seiner Brust, als seine Hand aus der Tasche auftaucht.

Die Hand, die eine Pistole hält.

Doch meine Hand hält ein M16-Sturmgewehr.

Wie lange ist die Hälfte einer halben Sekunde?

Lange genug für einen kleinen, unbedarften Jungen, um zwischen die Pistole und das Gewehr zu springen.

»Sammy!«, schreie ich und reiße die Waffe ruckartig hoch. Mein kleiner Bruder stellt sich auf die Zehenspitzen; seine Finger zerren an der Maske des Arztes und reißen sie ihm herunter.

Ich würde es hassen, meinen Gesichtsausdruck sehen zu müssen, als die Maske weg ist und ich das Gesicht dahinter sehe. Hagerer, als ich es in Erinnerung habe. Blasser. Die Augen tief in den Höhlen, irgendwie glasig, als wäre er krank oder verwundet, aber ich erkenne es. Ich weiß, wessen Gesicht hinter der Maske verborgen war. Ich bin nur nicht in der Lage, es zu verarbeiten.

Hier, an diesem Ort. Tausend Jahre später und hundert Millionen Meilen von den Korridoren der George-Barnard-Highschool entfernt. Hier, im Bauch der Bestie auf dem Boden der Welt, steht er unmittelbar vor mir.

Benjamin Thomas Parish.

Und Cassiopeia Marie Sullivan, die eine ausgewachsene außerkörperliche Erfahrung hat, bei der sie sich sieht, wie sie ihn sieht. Das letzte Mal hat sie ihn in der Sporthalle ihrer Highschool gesehen, nachdem das Licht ausgegangen war, und dann auch nur seinen Hinterkopf. Seitdem hat sie ihn nur in Gedanken gesehen, und ihre Vernunft wusste, dass Ben Parish tot ist wie alle anderen.

»Zombie!«, ruft Sammy. »Ich wusste, dass du es bist.«

Zombie?

»Wohin bringst du ihn?«, fragt mich Ben mit tiefer Stimme. Ich erinnere mich nicht, dass er eine so tiefe Stimme hat. Lässt mich mein Gedächtnis im Stich, oder senkt er sie absichtlich, um älter zu wirken?

»Zombie, das ist Cassie«, sagt Sammy in vorwurfsvollem Ton zu ihm. »Du weißt schon … Cassie.«

»Cassie?« Als hätte er den Namen noch nie gehört.

»Zombie?«, sage ich, denn diesen Namen habe ich tatsächlich noch nie gehört.

Ich setze meine Mütze ab, da ich glaube, dass ihm das womöglich dabei helfen wird, mich zu erkennen, bereue es aber sofort. Mir ist bewusst, wie mein Haar aussehen muss.

»Wir gehen auf dieselbe Highschool«, sage ich und fahre mir hastig mit den Fingern durch meine abgeschnittenen Locken. »Ich sitze in Chemie vor dir.«

Ben schüttelt den Kopf, als wolle er auf diese Weise seine Gedanken ordnen.

Sammy sagt: »Ich habe dir doch gesagt, sie kommt.«

»Still, Sam«, ermahne ich ihn.

»Sam?«, fragt Ben.

»Ich heiße jetzt Nugget, Cassie«, teilt Sam mir mit.

»Ja, natürlich.« Ich drehe mich zu Ben. »Du kennst meinen Bruder?«

Ben nickt bedächtig. Ich werde aus seinem Verhalten immer noch nicht schlau. Nicht dass ich von ihm erwarten würde, dass er mich stürmisch umarmt oder sich überhaupt an mich erinnert, aber er hält immer noch die Pistole bereit.

»Warum bist du wie ein Arzt angezogen?«, fragt Sammy.

Ben wie ein Arzt. Ich wie ein Soldat. Als würden zwei Kinder Verkleiden spielen. Ein falscher Arzt und ein falscher Soldat, die beide überlegen, ob sie dem anderen eine Kugel durch den Kopf jagen sollen.

Diese ersten Momente zwischen Ben Parish und mir sind äußerst merkwürdig.

»Ich bin gekommen, um dich hier rauszuholen«, sagt Ben zu Sam, ohne den Blick von mir abzuwenden.

Sam sieht mich an. Ist das nicht auch der Grund, weshalb ich gekommen bin? Jetzt ist er völlig verwirrt.

»Du nimmst meinen Bruder nirgendwohin mit«, sage ich.

»Es ist alles eine Lüge«, platzt Ben heraus. »Vosch ist einer von ihnen. Sie benutzen uns, damit wir die Überlebenden ausrotten, damit wir uns gegenseitig töten …«

»Das weiß ich schon«, fauche ich. »Aber woher weißt *du* das, und was hat das damit zu tun, dass du Sam mitnehmen willst?«

Ben scheint von meiner Reaktion auf seinen Paukenschlag überrascht zu sein. Dann geht mir ein Licht auf. Er glaubt, ich wäre genauso wie alle anderen im Camp indoktriniert worden. Das ist so lächerlich, dass ich tatsächlich lachen muss. Während ich lache wie eine Idiotin, wird mir noch etwas anderes bewusst: Er hat ebenfalls keine Gehirnwäsche bekommen.

Was bedeutet, dass ich ihm trauen kann.

Ich kann seine Gedanken nicht lesen, aber ihm geht bestimmt etwas Ähnliches durch den Kopf, als ich in Gelächter ausbreche. Warum lacht dieses durchgeknallte Mädchen mit der Helmfrisur? Weil er das Offensichtliche ausgesprochen hat oder weil ich seine Geschichte für Schwachsinn halte?

»Ich habe eine Idee«, sagt Sammy, um Frieden zu stiften. »Wir können doch alle gemeinsam gehen!«

»Kennst du einen Weg hier raus?«, frage ich Ben. Sammy ist vertrauensseliger als ich, aber es lohnt sich, die Optionen auszuloten. Die Rettungskapseln zu finden – selbst wenn sie tatsächlich existieren – war immer die Schwachstelle in meinem Fluchtplan.

Er nickt. »Und du?«

»Ich kenne einen Weg – ich kenne nur nicht den Weg zu diesem Weg.«

»Den Weg zum Weg? Okay.« Er grinst. Er sieht fürchterlich aus, aber sein Lächeln hat sich kein bisschen verändert. Es erleuchtet den Tunnel wie eine Tausend-Watt-Birne. »Ich kenne den Weg und den Weg zum Weg.« Er lässt die Pistole in seine Tasche gleiten und streckt seine leere Hand aus. »Gehen wir gemeinsam.«

Was mir zu schaffen macht, ist die Frage, ob ich diese Hand auch nehmen würde, wenn sie irgendjemand anderem als Ben Parish gehören würde.

—— **84. Kapitel** ——

Sammy wird vor mir auf das Blut aufmerksam.

»Das ist nichts«, sagt Ben.

Sein Gesichtsausdruck sagt mir jedoch etwas anderes. Sein Gesichtsausdruck sagt mir, dass es viel mehr als nichts ist.

»Das ist eine lange Geschichte, Nugget«, sagt Ben. »Ich erzähle sie dir später.«

»Wohin gehen wir?«, frage ich. Nicht dass wir besonders schnell dort – wo auch immer »dort« sein mag – ankommen werden. Ben schlurft durch das Labyrinth von Korridoren, als wäre er tatsächlich ein Zombie. Das Gesicht des Ben, an den ich mich erinnere, ist immer noch da, aber es ist verblasst … oder vielleicht nicht verblasst, sondern zu einer hagereren, scharfkantigeren, härteren Version seines alten Gesichts geworden. Als hätte jemand all die Teile weggeschnitten, die Ben nicht unbedingt braucht, um seine Ben-Essenz zu bewahren.

»Allgemein formuliert? So schnell wie möglich raus hier. Nach dem nächsten Tunnel, der auf der rechten Seite kommt. Er führt zu einem Luftschacht, den wir …«

»Halt!« Ich packe ihn am Arm. In meinem Schock, ihn wiederzusehen, habe ich eines völlig vergessen. »Sammys Peilsender.«

Er starrt mich einen Moment lang an, dann lacht er reumütig. »Das hatte ich total vergessen.«

»Was vergessen?«, will Sammy wissen.

Ich knie mich mit einem Bein hin, nehme seine Hände in meine. Wir sind mehrere Korridore vom Schutzraum entfernt, doch Major Bobs Megafonstimme hallt noch immer durch die Gänge. »Sams, es gibt da etwas, was wir tun müssen. Etwas sehr Wichtiges. Die Leute hier, die sind nicht die, für die sie sich ausgeben.«

»Wer sind sie dann?«, fragt er flüsternd.

»Böse Leute, Sam. Sehr böse Leute.«

»Teds«, wirft Ben ein. »Dr. Pam, die Soldaten, der Kommandant … sogar der Kommandant. Sie sind alle Befallene. Sie haben uns reingelegt, Nugget.«

Sammys Augen sind so groß wie Untertassen. »Der Kommandant auch?«

»Der Kommandant auch«, erwidert Ben. »Deshalb hauen wir

von hier ab und treffen uns mit Ringer.« Er ertappt mich dabei, als ich ihn anstarre. »Das ist nicht ihr wirklicher Name.«

»Tatsächlich?« Ich schüttle den Kopf. Zombie, Nugget, Ringer. Das muss eine Armeesache sein. Ich drehe mich wieder zu Sam. »Sie haben bei vielen Sachen gelogen, Sam. Bei fast allem.« Ich lasse seine Hand los und streiche ihm mit den Fingern über den Nacken, bis ich den kleinen Knoten unter der Haut finde. »Das ist eine ihrer Lügen, dieses Ding, das sie dir eingesetzt haben. Sie benutzen es, um dich zu verfolgen – aber sie können es auch benutzen, um dir wehzutun.«

Ben geht neben mir in die Hocke. »Deshalb müssen wir es rausnehmen, Nugget.«

Sam nickt. Seine dicke Unterlippe bebt, seine großen Augen füllen sich mit Tränen. »Oh-kay-ay …«

»Aber du musst ganz leise sein und ganz stillhalten«, warne ich ihn. »Du darfst nicht weinen oder dich wegdrehen. Meinst du, du schaffst das?«

Er nickt abermals, und eine Träne quillt hervor und tropft ihm auf den Unterarm. Ich richte mich wieder auf und trete für eine kurze Operationsvorbesprechung einen Schritt zurück.

»Wir müssen es damit machen«, sage ich und zeige Ben das fünfundzwanzig Zentimeter lange Kampfmesser, wobei ich aufpasse, das Sammy es nicht zu Gesicht bekommt.

Bens Augen weiten sich. »Wenn du meinst. Ich wollte eigentlich das hier benutzen.« Und er zieht ein Skalpell aus der Tasche seines Laborkittels.

»Das ist wahrscheinlich besser.«

»Möchtest du es machen?«

»Ich sollte wohl. Er ist schließlich mein Bruder.« Doch bei der Vorstellung, in Sammys Nacken zu schneiden, bekomme ich weiche Knie.

»Ich kann es machen«, bietet Ben an. »Du hältst ihn fest, und ich schneide.«

»Dann ist das also keine Verkleidung? Du hast hier an der E.T.-Universität deinen Doktor gemacht?«

Er lächelt grimmig. »Versuch einfach, ihn so still wie möglich zu halten, damit ich nicht in irgendwas Wichtiges schneide.«

Wir gehen zu Sam zurück, der inzwischen mit dem Rücken an der Wand dasitzt, Bär an seine Brust drückt und uns beobachtet, wobei sein Blick ängstlich zwischen uns hin- und herhuscht. Ich flüstere Ben zu: »Wenn du ihm wehtust, Parish, steche ich dir dieses Messer ins Herz.«

Er blickt mich erschrocken an. »Ich würde ihm niemals wehtun.«

Ich setze mir Sam auf den Schoß. Drehe ihn um, sodass er mit dem Gesicht nach unten quer auf meinen Beinen liegt und sein Kinn über meinen Oberschenkel hängt. Ben kniet sich hin. Ich werfe einen Blick auf die Hand, die das Skalpell hält. Sie zittert.

»Alles okay«, flüstert Ben. »Wirklich. Alles in Ordnung. Pass auf, dass er sich nicht bewegt.«

»Cassie …!«, wimmert Sam.

»Psst. Psst. Halt dich ganz still. Er braucht nicht lange«, sage ich. »Beeil dich«, fordere ich Ben auf.

Ich halte Sams Kopf mit beiden Händen. Als Bens Hand mit dem Skalpell sich nähert, erstarrt er.

»Hey, Nugget«, sagt Ben. »Einverstanden, wenn ich mir zuerst das Medaillon wiedernehme?« Sammy nickt, und Ben öffnet den Verschluss. Die Kette klimpert, als er sie wegzieht.

»Das gehört dir?«, frage ich Ben verdutzt.

»Meiner Schwester.« Ben steckt die Kette in seine Tasche. Die Art und Weise, wie er es sagt, verrät mir, dass sie tot ist.

Ich drehe den Kopf weg. Vor dreißig Minuten habe ich einem Typen das Gesicht weggeschossen, und jetzt kann ich nicht zusehen, wenn jemand einen winzigen Schnitt macht. Sammy zuckt zusammen, als die Klinge seine Haut durchtrennt, und beißt mir ins Bein, um nicht zu schreien. Beißt fest zu. Mich still zu halten, verlangt mir alles ab. Wenn ich mich bewege, wird Ben mit dem Skalpell womöglich ausrutschen.

»Beeil dich«, quietsche ich mit Mäusestimme.

»Hab ihn!« Der Peilsender klebt an der Kuppe von Bens blutigem Mittelfinger.

»Wirf ihn weg.«

Ben schüttelt ihn von seiner Hand und klebt ein Pflaster auf Sammys Wunde. Er kam vorbereitet. Ich kam mit einem fünfundzwanzig Zentimeter langen Kampfmesser.

»Okay, Sam, es ist vorbei«, stöhne ich. »Du kannst jetzt aufhören, mich zu beißen.«

»Es tut weh, Cassie!«

»Ich weiß, ich weiß.« Ich ziehe ihn hoch und umarme ihn fest. »Und du warst sehr tapfer.«

Er nickt mit ernstem Gesicht. »Ich weiß.«

Ben reicht mir die Hand, hilft mir auf die Füße. Seine Hand ist klebrig vom Blut meines Bruders. Er steckt das Skalpell in seine Tasche, und dann hat er wieder die Pistole in der Hand.

»Wir setzen uns besser in Bewegung«, sagt er ruhig, als könnten wir einen Bus verpassen.

Zurück in den Hauptkorridor, wobei Sam sich fest an mich presst. Nachdem wir ein letztes Mal abgebogen sind, bleibt Ben so abrupt stehen, dass ich gegen seinen Rücken pralle. In dem Gang hallt das Geräusch von einem Dutzend halbautomatischer Waffen wieder, die durchgeladen werden, und ich höre eine vertraute Stimme sagen: »Sie sind spät dran, Ben. Ich habe Sie viel früher erwartet.«

Eine sehr tiefe Stimme, hart wie Stahl.

—— 85. Kapitel ——

Ich verliere Sammy ein zweites Mal. Ein Silencer-Soldat nimmt ihn mit, zurück in den Schutzraum, damit er zusammen mit den übrigen Kindern evakuiert werden kann, nehme ich an. Ein anderer Silencer bringt Ben und mich in den Hinrichtungsraum. In den Raum mit dem Spiegel und dem Knopf. Den Raum, in dem Unschuldige verdrahtet und mit einem Stromschlag getötet werden. Den Raum des Blutes und der Lügen. Das erscheint passend.

»Wissen Sie, warum wir diesen Krieg gewinnen werden?«, fragt uns Vosch, nachdem wir eingeschlossen wurden. »Warum wir ihn nicht verlieren können? Weil wir wissen, wie Sie denken. Wir beobachten Sie seit sechstausend Jahren. Als in der ägyptischen Wüste Pyramiden errichtet wurden, haben wir Sie beobachtet. Als Cäsar die Bibliothek in Alexandria niederbrannte, haben wir Sie beobachtet. Als Sie im ersten Jahrhundert diesen bäuerlichen Juden kreuzigten, haben wir zugesehen. Als Columbus einen Fuß in die Neue Welt setzte … als Sie einen Krieg führten, um Millionen Ihrer Mitmenschen zu befreien … als Sie lernten, wie man Atome spaltet … als Sie sich zum ersten Mal aus Ihrer Atmosphäre wagten … Was haben wir da getan?«

Ben sieht ihn nicht an. Keiner von uns beiden sieht ihn an. Wir sitzen beide vor dem Spiegel und blicken geradeaus auf unsere verzerrten Abbilder in dem zersprungenen Glas. Im Raum auf der anderen Seite ist es dunkel.

»Sie haben uns beobachtet«, sage ich. Vosch sitzt etwa dreißig Zentimeter von mir entfernt vor dem Bildschirm. Neben mir sitzt Ben, und hinter uns steht ein sehr gut gebauter Silencer.

»Wir haben gelernt, wie Sie denken. Das ist das Geheimnis hinter einem Sieg, wie Sergeant Parish bereits weiß: zu verstehen, wie der Feind denkt. Die Ankunft des Mutterschiffs war nicht der Anfang, sondern der Anfang vom Ende. Und hier sind

Sie jetzt, auf einem Platz in der ersten Reihe für das Finale, für eine ganz spezielle Vorschau in die Zukunft. Möchten Sie die Zukunft sehen? Ihre Zukunft?«

Vosch drückt eine Taste auf der Computertastatur. Das Licht in dem Raum auf der anderen Seite des Spiegels geht flackernd an.

Ich sehe einen Stuhl, neben dem ein Silencer steht, und auf dem Stuhl festgeschnallt ist mein Bruder, Sammy, an dessen Kopf dicke Kabel befestigt sind.

»Das ist die Zukunft«, flüstert Vosch. »Das menschliche Tier gefesselt, sein Leben in unserer Hand. Und wenn Sie die Arbeit erledigt haben, die wir Ihnen gegeben haben, werden wir den Hinrichtungsknopf drücken, und Ihre Zeit als erbärmliche Verwalter dieses Planeten wird zu Ende gehen.«

»Das brauchen Sie nicht zu tun!«, schreie ich. Der Silencer hinter mir legt seine Hand auf meine Schulter und drückt fest zu. Aber nicht fest genug, um mich daran zu hindern, von meinem Stuhl aufzuspringen. »Sie brauchen uns doch nur ein Implantat einzusetzen und können uns dann auf Wonderland downloaden. Würde Ihnen das nicht alles verraten, was Sie wissen möchten? Sie brauchen ihn nicht zu töten …«

»Cassie«, sagt Ben leise. »Er wird ihn so oder so töten.«

»Sie sollten nicht auf ihn hören, junge Lady«, sagt Vosch. »Er ist schwach. Er war schon immer schwach. Sie haben in ein paar Stunden mehr Mut und Entschlossenheit gezeigt, als er in seinem ganzen erbärmlichen Leben.«

Er nickt dem Silencer zu, der mich daraufhin zurück auf meinen Stuhl reißt.

»Ich werde Sie ›downloaden‹«, sagt Vosch zu mir. »Und ich werde Sergeant Parish töten. Aber Sie können das Kind retten, wenn Sie mir sagen, wer ihnen dabei geholfen hat, den Stützpunkt zu infiltrieren.«

»Wird Ihnen das der Download denn nicht verraten?«, frage ich. Während ich denke: *Evan ist am Leben!* Und dann denke ich: *Nein, vielleicht ist er das nicht mehr.* Womöglich ist er bei der Bombardierung getötet worden, ausgelöscht wie alles andere auf der Erdoberfläche. Es könnte sein, dass Vosch ebenso wenig wie ich weiß, ob Evan lebt oder tot ist.

»Denn irgendjemand hat Ihnen geholfen«, sagt Vosch und ignoriert meine Frage. »Und ich habe den Verdacht, dieser Jemand ist nicht jemand wie Mr Parish. Bei ihm – oder ihnen – muss es sich eher um jemanden wie … na ja, wie mich handeln. Um jemanden, der weiß, dass man das Wonderland-Programm überlisten kann, indem man seine wahren Erinnerungen verbirgt – dieselbe Methode, die wir seit Jahrhunderten benutzen, um uns vor Ihnen zu verbergen.«

Ich schüttle den Kopf. Ich habe keine Ahnung, wovon er spricht. Wahre Erinnerungen?

»Erinnerungen an Vögel kommen am häufigsten vor«, sagt Vosch. Er streicht mit dem Finger abwesend über den Knopf mit der Aufschrift HINRICHTEN. »An Eulen. In der Anfangsphase, als wir uns Ihnen eingepflanzt haben, benutzten wir oft die Deckerinnerung an eine Eule, um die Tatsache vor der werdenden Mutter zu verbergen.«

»Ich hasse Vögel«, flüstere ich.

Vosch lächelt. »Das Nützlichste in der heimischen Fauna dieses Planeten. Vielfältig. Überwiegend als harmlos erachtet. So allgegenwärtig, dass sie praktisch unsichtbar sind. Wussten Sie, dass Vögel von den Dinosauriern abstammen? Darin steckt eine äußerst befriedigende Ironie. Die Dinosaurier haben Ihnen Platz gemacht, und mit der Hilfe ihrer Nachfahren werden Sie uns Platz machen.«

»Mir hat niemand geholfen!«, kreische ich und unterbreche seinen Vortrag. »Ich habe das alles selbst gemacht!«

»Tatsächlich? Wie ist es dann möglich, dass genau in dem Moment, als Sie in Hangar eins Dr. Pam getötet haben, zwei unserer Wachposten erschossen wurden, ein weiterer unschädlich gemacht und ein vierter von seinem Posten auf dem südlichen Wachturm dreißig Meter in die Tiefe geschleudert wurde?«

»Davon weiß ich nichts. Ich bin nur gekommen, um meinen Bruder zu finden.«

Sein Gesicht verdüstert sich. »Es besteht wirklich keine Hoffnung, wissen Sie? Alle Ihre Tagträume und Ihre kindischen Phantasien, in denen Sie uns besiegen – aussichtslos.«

Ich mache den Mund auf, und die Worte kommen heraus. Sie kommen einfach heraus.

»Leck mich doch!«

Und sein Finger landet hart auf dem Knopf, als würde er ihn hassen, als hätte der Knopf ein Gesicht, und dieses Gesicht wäre ein menschliches Gesicht, das Gesicht einer fühlenden Kakerlake, und sein Finger wäre der Stiefel, der sie zerquetscht.

—— 86. Kapitel ——

Ich kann mich nicht erinnern, was ich als Erstes getan habe. Ich glaube, ich habe geschrien. Ich weiß, dass ich mich von dem Silencer losgerissen und mich auf Vosch gestürzt habe, in der Absicht, ihm die Augen herauszureißen. Aber ich kann mich nicht erinnern, was als Erstes kam, der Schrei oder der Sprung. Ich weiß nur noch, dass Ben die Arme um mich geschlungen hat, um mich zurückzuhalten. Er schlang die Arme um mich und zog mich zurück, weil ich auf Vosch fokussiert war, auf meinen Hass. Ich sah nicht einmal durch den Spiegel zu meinem Bruder, doch Ben hatte einen Blick auf den Bildschirm und auf das Wort geworfen, das erschien, als Vosch den Hinrichtungsknopf drückte:

HOPPLA.

Ich wirble zum Spiegel herum. Sammy ist noch am Leben – er heult wie ein Schlosshund, aber er ist am Leben. Neben mir steht Vosch so abrupt auf, dass sein Stuhl durch den Raum fliegt und gegen die Wand prallt.

»Er hat sich in den Großrechner gehackt und das Programm überschrieben«, faucht er den Silencer an. »Als Nächstes wird er die Stromversorgung kappen. Halten Sie sie hier fest.« Dem Mann, der neben Sammy steht, ruft er zu: »Sichern Sie die Tür! Niemand verlässt den Raum, bevor ich zurückkomme.«

Dann stürmt er nach draußen. Das Schloss klickt. Jetzt führt kein Weg mehr hinaus. Oder vielleicht doch, und zwar der Weg, den ich genommen habe, als ich das erste Mal in diesem Raum gefangen war. Ich werfe einen Blick hinauf zu dem Gitter. *Vergiss es, Cassie. Du und Ben gegen zwei Silencer, und Ben ist verletzt. Denk nicht mal drüber nach.*

Nein. Ich und Ben und *Evan* gegen die Silencer. Evan ist am Leben. Und wenn Evan am Leben ist, sind wir noch nicht am Ende angelangt – der Stiefel hat die Kakerlake noch nicht zerquetscht. Noch nicht.

Und dann sehe ich sie zwischen den Gitterstäben hindurch auf den Fußboden fallen, eine echte Kakerlake, frisch zerquetscht. Ich sehe sie in Zeitlupe fallen, so langsam, dass ich den winzigen Hüpfer erkennen kann, nachdem sie aufgeprallt ist.

Möchtest du dich mit einem Insekt vergleichen, Cassie?

Mein Blick huscht wieder zu dem Gitter, wo ein Schatten flattert wie die Flügel einer Eintagsfliege.

Und ich flüstere Ben Parish zu: »Ich übernehme den, der bei Sammy steht.«

Ben flüstert erschrocken zurück: »Was?«

Ich ramme unserem Silencer die Schulter in den Bauch und erwische ihn unvorbereitet. Er taumelt rückwärts unter das Gitter, wobei er mit den Armen rudert, um das Gleichgewicht wiederzuerlangen. Evans Kugel trifft ihn in sein vollkommen menschliches Gehirn und tötet ihn auf der Stelle. Ich nehme ihm seine Pistole ab, noch bevor er auf dem Fußboden aufschlägt, und ich habe eine Chance, einen Schuss durch das Loch, das ich zuvor in den Spiegel geschlagen habe. Wenn ich mein Ziel verfehle, ist Sammy tot – der Silencer neben ihm geht auf ihn los, obwohl ich auf ihn losgehe.

Aber ich hatte einen ausgezeichneten Lehrer. Einen der besten Schützen der Welt – der er auch wäre, wenn noch sieben Milliarden Menschen auf ihr leben würden.

Allerdings ist es nicht dasselbe, wie eine Dose von einem Zaunpfosten zu schießen.

Es ist eigentlich viel einfacher: Sein Kopf ist näher und um einiges größer.

Sammy ist bereits auf halbem Weg zu mir, als der Typ auf dem Fußboden aufschlägt. Ich ziehe meinen Bruder durch das Loch im Spiegel. Ben sieht uns an, den toten Silencer, den anderen toten Silencer, die Pistole in meiner Hand. Er ist sich nicht sicher, was er ansehen soll. Ich sehe nach oben zu dem Gitter.

»Die Luft ist rein!«, rufe ich Evan zu.

Er klopft einmal gegen den Lüftungsschacht. Zuerst verstehe ich es nicht, und dann lache ich.

Lass uns einen Code vereinbaren, falls du dich wieder mal an mich heranpirschen willst. Einmal Klopfen bedeutet, dass du reinkommen möchtest.

»Ja, Evan.« Ich muss so heftig lachen, dass es beinahe wehtut. »Du kannst reinkommen.« Ich bin drauf und dran, mir in die Hose zu machen vor Erleichterung darüber, dass wir alle am Leben sind, aber vor allem, dass er am Leben ist.

Er lässt sich in den Raum fallen und landet geschmeidig wie eine Katze. Ich brauche nicht länger, bis ich in seinen Armen liege, als es dauert, »Ich liebe dich« zu sagen, was er tut. Er streicht mir übers Haar, flüstert meinen Namen und die Worte: »Meine Eintagsfliege.«

»Wie hast du uns gefunden?«, frage ich ihn. Er ist so vollständig bei mir, so präsent, dass ich das Gefühl habe, seine leckeren schokoladigen Augen zum ersten Mal zu sehen, seine kräftigen Arme und seine weichen Lippen zum ersten Mal zu spüren.

»Ganz einfach: Jemand war vor mir da oben und hat eine Blutsspur hinterlassen.«

»Cassie?«

Es ist Sammy, der sich an Ben festklammert, da er im Moment mehr auf ihn als auf mich fixiert ist. *Wer ist dieser Typ, der aus dem Lüftungsschacht gefallen ist, und was macht er mit meiner Schwester?*

»Das muss Sammy sein«, sagt Evan.

»Ja, das ist Sammy«, entgegne ich. »Oh! Und das ist …«

»Ben Parish«, sagt Ben.

»Ben Parish?« Evan sieht mich an. *Der Ben Parish?*

»Ben«, sage ich mit glühendem Gesicht. Ich möchte gleichzeitig lachen und unter die Ablage kriechen. »Das ist Evan Walker.«

»Ist er dein Freund?«, fragt Sammy.

Ich weiß nicht, was ich darauf erwidern soll. Ben wirkt völlig verloren, Evan amüsiert sich köstlich, und Sammy ist nur verdammt neugierig. Das ist mein erster wirklich peinlicher Moment im Versteck der Außerirdischen, und ich habe schon eine Menge Momente hinter mir.

»Er ist ein Freund aus der Highschool«, murmle ich.

Und Evan korrigiert mich, da ich ganz offensichtlich den Verstand verloren habe. »Genau genommen ist Ben ein Freund von Cassie aus der Highschool, Sam.«

»Sie ist keine Freundin von mir«, sagt Ben. »Ich meine, ich erinnere mich an sie …« Dann werden ihm Evans Worte bewusst. »Woher weißt du, wer ich bin?«

»Das weiß er nicht!«, schreie ich beinahe.

»Cassie hat mir von dir erzählt«, erklärt Evan. Ich ramme ihm den Ellbogen in die Rippen, und er wirft mir einen Blick zu, der so viel sagen soll wie: *Was ist denn?*

»Vielleicht können wir uns später darüber unterhalten, woher wir uns kennen«, flehe ich Evan an. »Meinst du nicht, es wäre eine gute Idee, wenn wir uns jetzt aus dem Staub machen würden?«

»Stimmt.« Evan nickt. »Gehen wir.« Er sieht Ben an. »Du bist verletzt.«

Ben zuckt mit den Schultern. »Das ist nur eine aufgegangene Naht. Ich bin okay.«

Ich stecke die Pistole des Silencer in mein leeres Halfter. Dann wird mir bewusst, dass Ben eine Waffe braucht, und ich klettere durch das Loch im Spiegel und hole sie. Als ich zurückkomme, lächeln Ben und Evan sich an – wissend, meiner Meinung nach.

»Worauf warten wir noch?«, frage ich. Mein Tonfall ist ein wenig barscher als beabsichtigt. Ich schiebe den Stuhl neben die Leiche des Silencer und deute auf das Gitter. »Evan, du solltest vorausgehen.«

»Wir nehmen einen anderen Weg«, erwidert Evan. Er nimmt eine Schlüsselkarte aus der Bauchtasche des Silencer und zieht sie durch das Türschloss. Das Lämpchen leuchtet grün.

»Wir marschieren hinaus?«, frage ich. »Einfach so?«

»Einfach so«, antwortet Evan.

Er wirft einen prüfenden Blick in den Korridor, dann gibt er uns ein Zeichen, dass wir ihm folgen sollen, und wir verlassen den Hinrichtungsraum. Die Tür fällt hinter uns ins Schloss. Im Korridor herrscht eine unheimliche Stille, und er wirkt verlassen.

»Er hat gesagt, du würdest die Stromversorgung kappen«, flüstere ich und ziehe die Pistole aus meinem Halfter.

Evan hält ein silberfarbenes Gerät hoch, das aussieht wie ein Klapphandy. »Das mache ich auch. Und zwar jetzt.«

Er drückt einen Knopf, und der Korridor versinkt in Dunkelheit. Ich sehe überhaupt nichts mehr. Meine freie Hand sucht in der Finsternis nach der von Sammy. Stattdessen findet sie Bens Hand. Er packt sie fest, bevor er sie wieder loslässt. Kleine Finger zupfen an meinem Hosenbein, und ich ziehe sie nach oben und hake einen davon an meiner Gürtelschlaufe ein.

»Ben, halt dich an mir fest«, sagt Evan leise. »Cassie, halt du dich an Ben fest. Es ist nicht weit.«

Ich rechne mit einem langsamen Schlurfen unserer Rumba-Tanzformation durch die völlige Finsternis, doch wir setzen uns schnell in Bewegung und stolpern beinahe über die Fersen unseres jeweiligen Vordermanns. Evan ist anscheinend in der Lage, im Dunkeln zu sehen – eine weitere katzenartige Fähigkeit. Wir gehen nicht sehr weit, bis wir vor einer Tür zum Stehen kommen. Ich glaube zumindest, dass es sich um eine Tür handelt. Die Oberfläche ist glatt, anders als die strukturierten Betonschalsteinwände. Irgendjemand – es muss Evan sein – drückt gegen die glatte Oberfläche, und es ist ein Hauch kalter, frischer Luft zu spüren.

»Treppe?«, frage ich flüsternd. Ich bin völlig blind und orientierungslos, glaube aber, dass es sich womöglich um dieselbe Treppe handelt, über die ich hier heruntergekommen bin.

»Auf halber Höhe werdet ihr auf Trümmer stoßen«, sagt Evan. »Aber ihr solltet euch eigentlich durchzwängen können. Seid vorsichtig; es könnte etwas instabil sein. Wenn ihr oben ankommt, dann geht nach Norden. Wisst ihr, wo Norden ist?«

Ben sagt: »Ich weiß es. Oder zumindest weiß ich, wie man es rausfindet.«

»Was soll das heißen, wenn *wir* oben ankommen?«, will ich wissen. »Kommst du etwa nicht mit uns?«

Ich spüre seine Hand auf meiner Wange. Ich weiß, was das zu bedeuten hat, und stoße sie weg.

»Du kommst mit uns mit, Evan«, sage ich.

»Ich habe noch etwas zu erledigen.«

»Genau.« Ich suche in der Dunkelheit mit meiner Hand nach seiner. Als ich sie finde, ziehe ich fest an ihr. »Du musst mit uns mitkommen.«

»Ich finde dich schon, Cassie. Finde ich dich nicht immer? Ich …«

»Nein, Evan. Du kannst nicht wissen, ob du mich finden wirst.«

»Cassie.« Die Art und Weise, wie er meinen Namen sagt, gefällt mir nicht. Seine Stimme klingt zu weich, zu traurig, zu sehr nach einer Lebewohlstimme. »Ich habe mich getäuscht, als ich gesagt habe, ich wäre beides und keines von beiden. Das geht nicht; das ist mir klar geworden. Ich muss mich entscheiden.«

»Moment mal«, sagt Ben. »Dieser Typ ist einer von ihnen, Cassie?«

»Das ist kompliziert«, erwidere ich. »Wir reden später darüber.« Ich nehme Evans Hand in beide Hände und drücke sie an meine Brust. »Lass mich nicht wieder zurück.«

»Du hast *mich* zurückgelassen, erinnerst du dich?« Er spreizt die Finger über meinem Herzen, als wollte er es festhalten, als würde es ihm gehören, das hart umkämpfte Territorium, das er auf anständige und ehrliche Weise gewonnen hat.

Ich gebe auf. Was soll ich machen, ihm eine Pistole an den Kopf halten? *Er ist so weit gekommen,* sage ich mir. *Er wird auch noch den Rest des Weges schaffen.*

»Was befindet sich im Norden?«, frage ich und drücke gegen seine Finger.

»Das weiß ich nicht. Aber es ist der kürzeste Weg zum am weitesten entfernten Ort.«

»Am weitesten entfernt wovon?«

»Von hier. Wartet auf das Flugzeug. Wenn das Flugzeug abhebt, dann rennt los. Ben, denkst du, du kannst rennen?«

»Ich glaube schon.«

»Schnell rennen?«

»Ja.« Er klingt allerdings nicht besonders überzeugt.

»Wartet auf das Flugzeug«, flüstert Evan mir zu. »Vergiss das nicht.«

Er küsst mich fest auf den Mund, und dann wird das Treppenhaus Evan-los. Ich spüre Bens Atmen im Nacken, heiß in der kühlen Luft.

»Ich kapiere nicht, was hier vor sich geht«, sagt Ben. »Wer ist dieser Typ? Ist er ein …? Was ist er? Woher kommt er? Und wohin geht er jetzt?«

»Ich bin mir nicht sicher, aber ich glaube, er hat das Waffenarsenal gefunden.«

Jemand war vor mir da oben und hat eine Blutsspur hinterlassen.

Oh, Gott, Evan. Kein Wunder, dass du es mir nicht gesagt hast.

»Er wird den ganzen Laden in die Luft jagen.«

——— 87. Kapitel ———

Es ist kein Rennen, die Stufen hinauf in die Freiheit. Wir kriechen eher nach oben und halten uns dabei aneinander fest: ich vorne, Ben hinten und Sammy zwischen uns. Das Treppenhaus ist voller feiner Staubpartikel, und es dauert nicht lange, bis wir alle laut genug keuchen und husten, um von jedem Silencer im Umkreis von zwei Meilen gehört zu werden – so kommt es mir zumindest vor. Ich strecke einen Arm vor mir aus, während ich mich durch die Dunkelheit bewege, und verkünde flüsternd unsere Fortschritte.

»Erster Treppenabsatz!«

Hundert Jahre später erreichen wir den zweiten Treppenabsatz. Das ist fast die Hälfte des Weges bis ganz nach oben, doch wir sind noch nicht auf die Trümmer gestoßen, vor denen uns Evan gewarnt hat.

Ich muss mich entscheiden.

Jetzt, wo er weg ist und wo es zu spät ist, fallen mir ungefähr ein Dutzend Argumente ein, warum er bei uns hätte bleiben sollen. Mein bestes Argument ist folgendes:

Dir bleibt nicht genug Zeit.

Von der Aktivierung bis zur Detonation des Auges vergehen – wie viel? – ein bis zwei Minuten. Gerade einmal genug Zeit, um zur Tür des Waffenarsenals zu gelangen. *Okay, du machst also einen auf edelmütig und opferst dich, um uns zu retten, aber dann sag nicht Sachen wie* Ich finde dich, *was voraussetzt, dass es dich noch gibt, nachdem du den grünen Feuerball aus der Hölle gezündet hast.*

Es sei denn … Vielleicht können die Augen auch aus der Ferne gezündet werden. Vielleicht mit diesem silberfarbenen Ding, das er mit sich herumträgt …

Nein. Wenn das funktionieren würde, wäre er mit uns mitgekommen und hätte sie gezündet, sobald wir in sicherer Entfernung gewesen wären.

Verdammt. Jedes Mal, wenn ich denke, ich fange an, Evan Walker zu verstehen, entgleitet er mir wieder. Es ist, als wäre ich von Geburt an blind und würde versuchen, mir einen Regenbogen vorzustellen. Wenn das, womit ich rechne, tatsächlich eintritt, werde ich seinen Tod dann spüren, wie er Laurens Tod gespürt hat? Wie einen Schlag ins Herz?

Wir sind auf halbem Weg zum dritten Treppenabsatz, als ich mit der Hand gegen Stein stoße. Ich drehe mich zu Ben um und flüstere: »Ich versuche mal, ob ich hochklettern kann – vielleicht können wir uns ganz oben durchzwängen.«

Ich gebe ihm meine Waffe und suche mit beiden Händen festen Halt. Ich habe zwar nicht viel Erfahrung mit Felsklettern – okay, eigentlich gar keine –, aber wie schwierig kann es sein?

Als ich etwa einen Meter hochgekommen bin, löst sich ein Brocken unter meinem Fuß, und ich rutsche wieder nach unten, wobei ich mir das Kinn anschlage.

»Lass mich es versuchen«, sagt Ben.

»Red doch keinen Blödsinn. Du bist verletzt.«

»Ich hätte es sowieso versuchen müssen, wenn du es geschafft hättest, Cassie.«

Er hat natürlich recht. Ich halte Sammy fest, während Ben den Berg aus Betonbrocken und abgeknicktem Bewehrungsstahl erklimmt. Ich höre ihn jedes Mal stöhnen, wenn er nach oben greift, um mit der Hand Halt zu finden. Etwas Feuchtes tropft mir auf die Nase: Blut.

»Alles okay mit dir?«, rufe ich zu ihm hinauf.

»Ähm, was genau verstehst du unter ›okay‹?«

»›Okay‹ bedeutet, dass du nicht verblutest.«

»Ich bin okay.«

Er ist schwach, hat Vosch gesagt. Ich erinnere mich, wie Ben in der Schule durch die Korridore schlenderte, mit seinen rollenden breiten Schultern, und die Leute mit seinem Todesstrahl-Lächeln beschoss, der Herr über sein Universum. Damals hätte ich ihn auf keinen Fall als schwach bezeichnet. Doch der Ben Parish, den ich damals kannte, unterscheidet sich deutlich von dem Ben Parish, der sich jetzt an einer zerklüfteten Wand aus zertrümmertem Stein und verbogenem Metall hinaufzieht. Der neue Ben Parish hat die Augen eines verwundeten Tieres. Ich weiß nicht, was ihm seit dem Tag in der Sporthalle alles widerfahren ist, aber ich weiß, dass es den Anderen gelungen ist, die Schwachen von den Starken zu trennen.

Die Schwachen wurden weggefegt.

Das ist der Haken an Voschs Plan: Wenn man uns nicht alle auf einmal tötet, handelt es sich bei denen, die übrig bleiben, nicht um die Schwachen.

Die Starken sind es, die übrig bleiben, die Gebeugten, aber Ungebrochenen – wie die Eisenstäbe, die diesem Beton Stabilität verliehen haben.

Überschwemmungen, Brände, Erdbeben, Krankheiten, Hungersnöte, Verrat, Isolation, Mord.

Was uns nicht umbringt, härtet uns ab. Schärft uns. Schult uns.

Du schmiedest aus Pflugscharen Schwerter, Vosch. Du erschaffst uns neu.

Wir sind der Lehm, und du bist Michelangelo.

Und wir werden dein Meisterwerk sein.

─── 88. Kapitel ───

»Und?«, frage ich, nachdem mehrere Minuten vergangen sind und Ben noch nicht wieder heruntergekommen ist – weder auf die langsame noch auf die schnelle Art und Weise.

»Gerade ... genug ... Platz. Glaube ich.« Seine Stimme klingt winzig. »Es geht ziemlich weit hinter. Aber ich sehe Licht.«

»Licht?«

»Helles Licht. Wie Flutlicht. Und ...«

»Und? Und was?«

»Und es ist nicht besonders stabil. Ich spüre, wie es unter mir wegrutscht.«

Ich gehe vor Sammy in die Hocke, sage ihm, dass er an Bord klettern soll, und lege mir seine Arme um den Hals.

»Halt dich fest, Sam.« Er nimmt mich in den Würgegriff. »Ahhh«, keuche ich. »So fest auch wieder nicht.«

»Lass mich nicht fallen, Cassie«, flüstert er mir ins Ohr, als ich mich auf den Weg nach oben mache.

»Ich lasse dich nicht fallen, Sam.«

Er presst das Gesicht an meinen Rücken und verlässt sich völlig darauf, dass ich ihn nicht werde fallen lassen. Mein Bruder hat vier Außerirdischen-Angriffe hinter sich, hat in Voschs Todesfabrik weiß Gott was durchgemacht, und trotzdem vertraut er darauf, dass alles irgendwie gut werden wird.

Es besteht wirklich keine Hoffnung, wissen Sie?, hat Vosch gesagt. Ich habe diese Worte schon einmal gehört, von einer anderen Stimme, meiner Stimme, in meinem Zelt im Wald, unter dem Auto auf dem Highway. *Aussichtslos. Nutzlos. Sinnlos.*

Ich habe geglaubt, was Vosch ausgesprochen hat.

Im Schutzraum habe ich ein unendliches Meer von nach oben gerichteten Gesichtern gesehen. Wenn sie mich gefragt hätten, hätte ich ihnen dann gesagt, dass keine Hoffnung bestünde, dass alles sinnlos sei? Oder hätte ich ihnen gesagt: *Klettert auf meinen Rücken, ich lasse euch nicht fallen?*

Greifen. Fassen. Ziehen. Schritt. Pause.

Greifen. Fassen. Ziehen. Schritt. Pause.

Klettert auf meinen Rücken. Ich lasse euch nicht fallen.

—— **89. Kapitel** ——

Ben packt mich an den Handgelenken, als ich mich dem Gipfel des Trümmerhaufens nähere, doch ich sage ihm keuchend, dass er Sammy zuerst hochziehen soll. Ich habe keine Kraft mehr für den letzten halben Meter. Ich hänge einfach da und warte, bis mich Ben wieder packt. Er hievt mich in die schmale Lücke, in den Spalt zwischen der Decke und der Oberkante des Trümmerhaufens. Hier oben ist die Dunkelheit nicht ganz so undurchdringlich, und ich sehe sein hageres, mit Betonstaub bedecktes Gesicht, das aus frischen Kratzern blutet.

»Geradeaus«, flüstert er. »Etwa dreißig Meter.« Wir haben nicht genug Platz, um uns aufzusetzen, geschweige denn, um aufzustehen, deshalb liegen wir auf dem Bauch, beinahe Nase an Nase. »Cassie, da ist … nichts. Der gesamte Stützpunkt ist verschwunden. Einfach … verschwunden.«

Ich nicke. Ich habe selbst aus nächster Nähe gesehen, was die Augen anrichten können. »Ich brauche eine Pause«, keuche ich, und aus irgendeinem Grund mache ich mir Sorgen, dass ich womöglich Mundgeruch habe. Wann habe ich mir zum letzten Mal die Zähne geputzt? »Sams, alles okay mit dir?«

»Ja.«

»Und mit dir?«, fragt Ben.

»Was genau verstehst du unter ›okay‹?«

»Das ändert sich ständig«, erwidert er. »Sie haben da draußen alles beleuchtet.«

»Das Flugzeug?«

»Das ist da. Groß, eines von diesen riesigen Frachtflugzeugen.«

»Es sind eine Menge Kinder.«

Wir kriechen auf den Lichtstreifen zu, der durch den Spalt zwischen den Trümmern und der Oberfläche fällt. Schwerstarbeit. Sammy fängt an zu wimmern. Seine Hände sind aufgeschürft, und er hat am ganzen Körper Schrammen von den scharfkantigen Steinen. Wir zwängen uns durch so enge Spalten, dass wir uns den Rücken an der Decke aufscheuern. Einmal bleibe ich stecken, und Ben braucht mehrere Minuten, um mich wieder zu befreien. Das Licht verdrängt die Finsternis und wird immer heller, so hell, dass ich vor dem pechschwarzen Hintergrund einzelne Staubpartikel wirbeln sehe.

»Ich habe Durst«, jammert Sammy.

»Wir sind fast da«, versichere ich ihm. »Siehst du das Licht?«

Dank der Flutlichtscheinwerfer, die an hastig in den Luftschächten des unterirdischen Komplexes errichteten Masten hin- und herschwenken, sehe ich von der Öffnung aus über Death Valley East: die gleiche karge Landschaft wie Camp Ashpit, nur zehnmal so groß.

Und am Nachthimmel über uns wimmelt es von Drohnen. Hunderte von ihnen schweben bewegungslos in dreihundert Metern Höhe, und ihre grauen Unterseiten schimmern im Licht. Unter ihnen, auf dem Boden und weit rechts von mir, steht ein riesiges Flugzeug im rechten Winkel zu unserer Position: Wenn es abhebt, wird es direkt an uns vorbeifliegen.

»Haben sie die Kinder schon …«, setze ich an, doch Ben schneidet mir mit einem Zischen das Wort ab.

»Sie haben die Triebwerke angelassen.«

»In welcher Richtung ist Norden?«

»Ungefähr auf zwei Uhr.« Er deutet hin. Sein Gesicht hat keine Farbe. Überhaupt keine. Sein Mund steht leicht offen, wie bei einem hechelnden Hund. Als er sich nach vorne beugt, um einen Blick auf das Flugzeug zu werfen, sehe ich, dass die ganze Vorderseite seines Hemds nass ist.

»Bist du in der Lage zu rennen?«, frage ich ihn.

»Mir bleibt nichts anderes übrig. Also, ja.«

Ich drehe mich zu Sam. »Sobald wir im Freien sind, kletterst du wieder an mir rauf, okay?«

»Ich kann rennen, Cassie«, protestiert er. »Ich bin schnell.«

»Ich werde ihn tragen«, bietet Ben an.

»Mach dich nicht lächerlich«, erwidere ich.

»Ich bin nicht so schwach, wie ich aussehe.« Vermutlich denkt er an Vosch.

»Natürlich nicht«, entgegne ich. »Aber wenn du mit ihm stürzt, sind wir alle tot.«

»Das gilt für dich genauso.«

»Er ist mein Bruder. Ich trage ihn. Außerdem bist du verletzt und …«

Mehr bekomme ich nicht heraus. Der Rest wird von dem Dröhnen des riesigen Flugzeugs verschluckt, das auf uns zukommt und Geschwindigkeit aufnimmt.

»Es ist so weit!«, schreit Ben, doch ich kann ihn nicht hören. Ich muss es von seinen Lippen ablesen.

—— 90. Kapitel ——

Wir kauern an der Öffnung, stützen uns mit den Fingerspitzen und den Fußballen ab. Die kalte Luft vibriert aus Solidarität mit dem ohrenbetäubenden Donnern des Flugzeugs, das kreischend über den harten Boden rast. Es befindet sich auf unserer Höhe, als das vordere Fahrwerk abhebt, und genau in dem Moment ertönt die erste Explosion.

Und ich denke: *Ähm, ein bisschen früh, Evan.*

Der Boden hebt sich, und wir rennen los, wobei Sammy auf meinem Rücken auf und ab hüpft. Hinter uns scheint das Treppenhaus lautlos in sich zusammenzustürzen, da jedes Geräusch vom Dröhnen des Flugzeugs verschluckt wird. Der Rückstoß der Triebwerke trifft mich von links, worauf ich seitwärts taumle und beinahe ausrutsche. Ben fängt mich und schleudert mich nach vorn.

Dann fliege ich. Die Erde schwillt an wie ein Ballon und zieht sich wieder zusammen, wobei der Boden mit solcher Wucht aufbricht, dass ich befürchte, mir seien die Trommelfelle geplatzt. Sam hat Glück, dass ich auf dem Bauch lande, doch das ist mein Pech, da mir der Aufprall jeden Kubikzentimeter Luft aus der Lunge presst. Ich spüre Sammys Gewicht verschwinden und sehe, wie Ben ihn sich über die Schulter wirft, und dann bin ich wieder auf den Beinen, falle aber zurück und denke: *Von wegen schwach, von wegen.*

Vor uns scheint sich der Boden in die Unendlichkeit zu erstrecken. Hinter uns wird er in ein schwarzes Loch gesaugt, und dieses Loch verfolgt uns, während es sich ausdehnt, und verschlingt alles, was sich in seinem Weg befindet. Ein falscher Tritt, und wir werden ebenfalls eingesaugt, und unsere Körper werden zu mikroskopisch kleinen Teilen zermahlen …

Von oben höre ich ein schrilles Kreischen, dann schlägt eine Drohne gut zehn Meter entfernt in den Boden ein. Der Aufprall reißt sie auseinander, verwandelt sie in eine Granate von der Größe eines Mittelklassewagens, und tausend messerscharfe Granatsplitter von der Explosion zerfetzen mein khakifarbenes T-Shirt und dringen in meine entblößte Haut.

Der Drohnenregen hat einen Rhythmus. Zuerst das fürchterliche Kreischen. Dann das Krachen, wenn sie auf dem steinharten Boden aufschlagen. Und schließlich das Explodieren der Trümmer. Wir weichen den tödlichen Regentropfen aus, laufen im Zickzack durch die leblose Landschaft, während diese Landschaft von dem hungrigen schwarzen Loch verzehrt wird, das uns verfolgt.

Ich habe noch ein anderes Problem: mein Knie. Die alte Verletzung, als mich ein Silencer aus dem Wald niedergestreckt hat.

Jedes Mal, wenn mein Fuß auf den harten Boden trifft, schießt mir ein stechender Schmerz im Bein nach oben, bringt mich aus dem Tritt, verlangsamt mich. Ich falle immer weiter zurück, und genauso fühlt es sich an – als würde ich nicht rennen, sondern vorwärtsfallen, während mir jemand mit einem Vorschlaghammer gegen das Knie schlägt, immer und immer wieder.

Im vollkommenen Nichts vor uns taucht ein Schatten auf. Wird größer. Er kommt schnell näher, rast direkt auf uns zu.

»Ben!«, schreie ich, doch er kann mich nicht hören bei all dem Kreischen und Knallen und der ohrenbetäubenden Implosion von zweihundert Tonnen Fels, die in das von den Augen verursachte Vakuum stürzen.

Der verschwommene Schatten, der auf uns zukommt, verhärtet sich zu einer Form, und dann wird die Form zu einem vor Geschütztürmen strotzenden Humvee, der auf uns zuhält.

Entschlossene kleine Mistkerle.

Ben sieht ihn jetzt auch, aber wir haben keine andere Wahl, wir können nicht stehen bleiben, wir können nicht umdrehen. *Wenigstens werden sie ebenfalls in die Tiefe gerissen*, denke ich.

Und dann falle ich.

Ich bin mir nicht sicher, warum. An den Sturz selbst erinnere ich mich nicht. Im einen Moment stehe ich aufrecht, im nächsten drückt harter Stein gegen mein Gesicht, und ich denke: *Woher kommt diese Wand?* Vielleicht hat mein Knie gestreikt. Vielleicht bin ich ausgerutscht. Aber ich liege auf dem Boden und spüre die Erde unter mir weinen und schreien, als das Loch sie auseinanderreißt, wie ein Lebewesen, das von einem hungrigen Raubtier bei lebendigem Leib gefressen wird.

Ich versuche, mich hochzudrücken, doch der Boden spielt nicht mit. Er bricht unter mir ein, und ich falle wieder hin. Ben und Sam sind einige Meter vor mir und noch auf den Beinen. Der Humvee weicht ihnen in letzter Sekunde mit blockierenden Reifen aus, ohne deutlich langsamer zu werden. Die Tür fliegt auf, und ein dürrer Jugendlicher beugt sich heraus und streckt die Hand nach Ben aus.

Ben wirft Sammy dem Jugendlichen zu, der meinen Bruder in den Humvee hievt und dann mit der Hand seitlich gegen das Fahrzeug schlägt, als wolle er sagen: *Los, Parish, Beeilung!*

Und dann, anstatt in den Humvee zu springen, wie jeder normale Mensch es tun würde, dreht Ben Parish sich um und rennt zu mir zurück.

Ich winke ihn weg. *Keine Zeit, keine Zeit, keine Zeit, keine Zeit, keine Zeit, keine Zeit.*

Ich spüre den Atem der Bestie an meinen entblößten Beinen – heißes, staubiges, pulverisiertes Gestein und Erdreich –, und dann spaltet sich der Boden zwischen mir und Ben, als sich der Brocken löst, auf dem ich liege, und in ihr lichtloses Maul zu rutschen beginnt.

Was dafür sorgt, dass ich nach hinten rutsche, weg von Ben, der sich klugerweise am Rand der Spalte auf den Bauch geworfen hat, um nicht zusammen mit mir auf dem Brocken in das schwarze Loch zu reiten. Unsere Fingerspitzen berühren sich, flirten miteinander, sein kleiner Finger hakt sich bei meinem ein – *Rette mich, Parish, Kleiner-Finger-Schwur, okay?* –, doch er kann mich nicht an meinem kleinen Finger hochziehen, sodass er sich in der halben Sekunde, die er hat, um sich zu entscheiden, dafür entscheidet, meinen Finger loszulassen und seinen einzigen Versuch zu wagen, mich am Handgelenk zu packen.

Ich sehe, wie sich sein Mund öffnet, höre aber nichts herauskommen, als er sich nach hinten wirft und mich hoch und über den Rand zieht. Er lässt nicht los, hält mit beiden Händen mein Handgelenk fest, dreht sich um die eigene Achse wie ein Kugelstoßer und schleudert mich in Richtung Humvee. Ich glaube, meine Füße verlassen dabei tatsächlich den Boden.

Eine andere Hand packt mich am Arm und zieht mich hinein. Ich lande rittlings über den Beinen des dürren Typen, nur sehe ich jetzt aus der Nähe, dass es sich gar nicht um einen Typen handelt, sondern um ein Mädchen mit dunklen Augen und glänzendem, glattem schwarzem Haar. Über ihre Schulter hinweg sehe ich Ben zum Heck des Humvee springen, erkenne aber nicht, ob er es schafft. Dann werde ich gegen die Tür geschleudert, als der Fahrer das Lenkrad hart nach links reißt, um einer abstürzenden Drohne auszuweichen. Er tritt aufs Gaspedal.

Das Loch hat inzwischen sämtliche Lampen verschluckt, doch die Nacht ist klar, und ich habe keine Schwierigkeiten zu beobachten, wie der Rand der Schlucht auf den Humvee zuschießt, als die Bestie ihr Maul weit aufreißt. Der Fahrer, der viel zu jung ist, um überhaupt einen Führerschein zu besitzen, reißt das Lenkrad hin und her, um der Flut von Drohnen auszuweichen, die überall um uns explodieren. Eine schlägt eine Fahrzeuglänge vor uns ein, sodass keine Zeit zum Ausweichen bleibt und wir genau durch die Explosion fahren. Die Windschutzscheibe zerplatzt und überschüttet uns mit Glassplittern.

Die Hinterräder drehen durch, wir werden durchgerüttelt, dann machen wir einen Satz nach vorn, inzwischen nur noch Zentimeter vor dem Loch. Ich kann nicht mehr hinsehen, deshalb blicke ich nach oben.

Wo das Mutterschiff gelassen über den Himmel segelt.

Und darunter, im Sturzflug zum Horizont, eine weitere Drohne.

Nein, keine Drohne, denke ich. *Das Ding leuchtet.*

Eine Sternschnuppe, kein Zweifel, deren glühender Schweif sie mit dem Himmel verbindet wie ein Silberfaden.

────── **91. Kapitel** ──────

Als der Tag anbricht, sind wir meilenweit weg und kauern unter einer Highway-Überführung. Der Junge mit den großen Ohren, den sie Dumbo nennen, kniet neben Ben und bringt einen neuen

Verband auf dessen Wunde seitlich am Bauch an. Sammy und mich hat er bereits versorgt, hat Granatsplitter entfernt und unsere Wunden abgetupft, genäht und verbunden.

Er wollte wissen, was mit meinem Bein passiert sei. Ich habe ihm gesagt, dass ich von einem Hai angeschossen wurde. Er hat darauf nicht reagiert. Schien weder verdutzt noch amüsiert noch sonst irgendetwas zu sein. Als sei es seit der Ankunft völlig normal, von einem Hai angeschossen zu werden. Genauso normal, wie seinen Namen in Dumbo zu ändern. Als ich ihn fragte, wie sein echter Name laute, sagte er, er hieße … Dumbo.

Ben ist Zombie. Sammy ist Nugget. Dumbo ist Dumbo. Dann gibt es noch Poundcake, einen Jungen mit einem süßen Gesicht, der nichts sagt – ob er nicht kann oder nicht will, weiß ich nicht. Und Teacup, ein kleines Mädchen, das nicht viel älter ist als Sams und völlig derangiert wirkt, was mich beunruhigt, da es ein M16 hält und streichelt und knuddelt, in dem ein voller Ladestreifen zu stecken scheint.

Schließlich ist da noch das hübsche dunkelhaarige Mädchen namens Ringer, das ungefähr so alt ist wie ich und nicht nur sehr glänzendes und sehr glattes schwarzes Haar hat, sondern auch die makellose Gesichtshaut eines retuschierten Models, wie man sie auf dem Cover von Modezeitschriften sieht, von dem sie einen in der Schlange an der Kasse arrogant anlächeln. Mit dem Unterschied, dass Ringer niemals lächelt, so wie Poundcake niemals spricht. Deshalb habe ich beschlossen, mich an die Möglichkeit zu klammern, dass ihr ein paar Zähne fehlen.

Irgendetwas ist zwischen ihr und Ben: Die beiden scheinen sich nahezustehen. Als wir hier angekommen sind, haben sie sich lange miteinander unterhalten. Nicht dass ich die beiden belauscht hätte oder so, aber ich war ihnen nahe genug, um die Worte *Schach, Kreis* und *Lächeln* zu verstehen.

Dann hörte ich Ben fragen: »Woher habt ihr den Humvee?«

»Wir hatten Glück«, entgegnete sie. »Sie haben einen Berg

Ausrüstung und Proviant zu einem Sammelpunkt etwa zwei Meilen westlich vom Stützpunkt transportiert, vermutlich in Erwartung der Bombardierung. Bewacht, aber Poundcake und ich waren im Vorteil.«

»Ihr hättet nicht zurückkommen sollen, Ringer.«

»Wenn wir nicht zurückgekommen wären, würden wir beide uns jetzt nicht unterhalten.«

»So habe ich es nicht gemeint. Als ihr gesehen habt, dass der Stützpunkt in die Luft fliegt, hättet ihr euch nach Dayton zurückziehen sollen. Womöglich sind wir die Einzigen, die wissen, was es wirklich mit der Fünften Welle auf sich hat. Das ist wichtiger als ich.«

»Du bist wegen Nugget zurückgekommen.«

»Das ist etwas anderes.«

»Zombie, so dumm bist du doch nicht.« Als wäre Ben nur ein bisschen dumm. »Hast du es denn immer noch nicht kapiert? In dem Augenblick, in dem wir beschließen, dass ein Mensch keine Rolle mehr spielt, haben sie gewonnen.«

In diesem Punkt muss ich Little Miss Mikroskopisch-kleine-Poren zustimmen. Während ich meinen kleinen Bruder auf meinem Schoß halte, um ihn zu wärmen. Auf der Anhöhe mit Blick auf den verlassenen Highway. Unter einem Himmel, der mit einer Milliarde Sternen übersät ist. Mir ist egal, wie klein wir den Sternen erscheinen. Jeder, selbst der Kleinste, Schwächste, Unbedeutendste, spielt eine Rolle.

Der Tag ist fast angebrochen. Man kann ihn förmlich kommen spüren. Die Welt hält den Atem an, da es keine Garantie dafür gibt, dass die Sonne wirklich aufgehen wird. Dass es ein Gestern gab, heißt nicht, dass es auch ein Morgen geben wird.

Was hat Evan gesagt?

Wir sind hier, und dann sind wir wieder weg, und es geht nicht darum, wie viel Zeit wir hier haben, sondern darum, wie wir diese Zeit nutzen.

Und ich flüstere: »Eintagsfliege.« Sein Name für mich.

Er war in mir. Er war in mir, und ich war in ihm. Gemeinsam waren wir in einem unendlichen Raum, und es gab keine Grenze, wo er endete und ich begann.

Sammy bewegt sich auf meinem Schoß. Er hat geschlafen, doch jetzt ist er wieder wach. »Cassie, warum weinst du?«

»Tue ich nicht. Sei still und schlaf weiter.«

Er streicht mir mit den Fingerknöcheln über die Wange. »Doch, du weinst.«

Jemand kommt auf uns zu. Es ist Ben. Ich wische hastig meine Tränen fort. Er setzt sich neben mich, ganz vorsichtig, und stöhnt dabei vor Schmerz leise auf. Wir sehen uns nicht an, sondern beobachten den feurigen Schluckauf der abgestürzten Drohnen in der Ferne. Wir lauschen dem einsamen Wind, der durch die vertrockneten Zweige der Bäume rauscht. Wir spüren die Kälte des gefrorenen Bodens, die durch die Sohlen unserer Schuhe dringt.

»Ich wollte mich bei dir bedanken«, sagt er.

»Wofür?«, frage ich.

»Du hast mir das Leben gerettet.«

Ich zucke mit den Schultern. »Du hast mich aufgehoben, als ich gestürzt bin«, sage ich. »Also sind wir quitt.«

Mein Gesicht ist von Pflastern bedeckt, mein Haar sieht aus, als hätte ein Vogel darin genistet, ich bin bekleidet wie einer von Sammys Spielzeugsoldaten, und trotzdem beugt sich Ben Parish zu mir herüber und küsst mich. Ein kleiner flüchtiger Kuss, halb auf die Wange, halb auf den Mund.

»Wofür ist das?«, frage ich. Meine Stimme klingt wie ein winziges Quietschen, wie die des kleinen Mädchens von vor langer Zeit, der sommersprossigen früheren Cassie mit dem struppigen Haar und den knubbeligen Knien, dem ganz normalen Mädchen, das an einem ganz normalen Tag in einem ganz normalen Schulbus mit ihm gefahren ist.

In allen meinen Phantasien zu unserem ersten Kuss – und davon hat es ungefähr sechshunderttausend gegeben – habe ich mir nicht ein einziges Mal vorgestellt, dass er so wie dieser sein würde. Zu unserem Phantasiekuss gehörte in der Regel Mondschein oder Nebel oder Mondschein *und* Nebel, eine äußerst mysteriöse und romantische Kombination, zumindest am richtigen Schauplatz. Vom Mond beleuchteter Nebel neben einem See oder einem trägen Fluss: romantisch. Vom Mond beleuchteter Nebel an fast jedem anderen Ort, wie zum Beispiel in einer schmalen Gasse: Jack the Ripper.

Erinnerst du dich noch an die Sache mit den Babys?, fragte ich in meinen Phantasien. Und Ben erwiderte jedes Mal: *Oh, ja. Natürlich erinnere ich mich. Die Sache mit den Babys!*

»Hey, Ben, ich habe mich gefragt, ob du dich noch erinnerst … Wir sind in der Mittelschule mit demselben Bus gefahren, und du hast von deiner kleinen Schwester gesprochen, und ich habe dir erzählt, dass Sammy auch gerade auf die Welt gekommen ist. Ich habe mich gefragt, ob du dich daran noch erinnerst. Dass sie gemeinsam geboren wurden. Nicht gemeinsam, dann wären sie ja Zwillinge, *haha* – ich meine zur selben Zeit. Nicht genau zur selben Zeit, aber nur ungefähr mit einer Woche Abstand. Sammy und deine Schwester. Die Babys.«

»Tut mir leid … Babys?«

»Vergiss es. Es ist nicht wichtig.«

»Inzwischen ist nichts mehr nicht wichtig.«

Ich zittere. Er muss es bemerkt haben, denn er legt den Arm um mich, und wir sitzen eine Weile so da, mein Arm um Sammy, Bens Arm um mich, und wir drei sehen gemeinsam zu, wie die Sonne über den Horizont klettert und die Dunkelheit mit einer Explosion von goldfarbenem Licht auslöscht.

—— Danksagung ——

Einen Roman zu schreiben mag eine einsame Angelegenheit sein, ein fertiges Buch daraus zu machen, dagegen nicht, und ich wäre ein totaler Idiot, wenn ich das nur mir allein als Verdienst anrechnen würde. Ich stehe tief in der Schuld des Teams von Putnam, dessen grenzenloser Enthusiasmus noch zuzunehmen schien, als dieses Projekt über alle unsere Erwartungen hinauswuchs. Herzlichen Dank an Don Weisberg, Jennifer Besser, Shanta Newlin, David Briggs, Jennifer Loja, Paula Sadler und Sarah Hughes.

Es gab Momente, in denen ich überzeugt davon war, dass meine Lektorin, die unerschütterliche Arianne Lewin, von irgendeinem Dämon besessen ist, der es auf die Zerstörung meiner Kreativität abgesehen hat und mein Durchhaltevermögen auf die Probe stellt, als sie mich an die verschwommenen Grenzen meiner Fähigkeiten trieb, wie alle herausragenden Lektorinnen und Lektoren es tun. Trotz mehrerer Entwürfe, endloser Überarbeitungen und unzähliger Änderungen geriet Aris Glauben an das Manuskript – und an mich – nie ins Wanken.

Mein Agent Brian DeFiore sollte als meisterhafter Bändiger meiner Schreibangst eine Medaille (oder zumindest eine schicke, geschmackvoll gerahmte Urkunde) verliehen bekommen. Brian gehört zu der extrem seltenen Spezies von Agenten, die niemals zögern, mit ihrem Klienten ins tiefste Dickicht vorzudringen, und immer bereit sind – ich sage nicht, immer darauf erpicht sind –, ihm zuzuhören, seine Hand zu halten und die vierhundertneunundsiebzigste Fassung eines sich ständig verändernden Manuskripts zu lesen. Er würde niemals behaupten, er wäre der Beste, ich dagegen schon: Brian, du bist der Beste.

Vielen Dank an Adam Schear für seinen fachkundigen Umgang mit den Auslandsrechten, und ein spezielles Dankeschön an Matthew Snyder von CAA, dass er durch die wunderbare und rätselhafte Welt des Films navigiert ist und seine geheimnisvollen Kräfte mit Ehrfurcht gebietender Effizienz eingesetzt hat – noch bevor das Buch überhaupt fertiggestellt war. Ich wünschte, ich wäre als Schriftsteller nur halb so gut wie er als Agent.

Die Familie eines Schriftstellers hat während der Entstehung eines Buches eine ganz besondere Last zu tragen. Ich weiß wirklich nicht, wie sie es manchmal ertragen haben, die langen Nächte, das mürrische Schweigen, den ausdruckslosen Blick und die abwesenden Antworten auf Fragen, die sie eigentlich nie gestellt hatten. Meinem Sohn Jake bin ich äußerst dankbar dafür, dass er seinen alten Herrn mit einer Teenagerperspektive versorgt hat, und für das Wort »Boss«, als ich es am dringendsten brauchte.

Niemandem schulde ich mehr Dank als meiner Frau Sandy. Ein spätabendliches Gespräch, gefüllt mit der gleichen anregenden Mischung aus Heiterkeit und Sorge, die für viele unserer spätabendlichen Gespräche charakteristisch ist, war der Ursprung dieses Buches. Das und eine äußerst merkwürdige Diskussion ein paar Monate später, bei der wir eine Invasion von Außerirdischen mit einem Mumien-Angriff verglichen haben. Sandy ist meine furchtlose Führerin, meine beste Kritikerin, mein fanatischster Fan und meine leidenschaftlichste Verteidigerin. Außerdem ist sie meine beste Freundin.

Während der Arbeit an diesem Buch habe ich einen lieben Freund und Begleiter verloren, meinen treuen Schreib-Hund Casey, der jedem Angriff getrotzt, jeden Strand gestürmt und an meiner Seite um jeden Zentimeter Boden gekämpft hat. Ich werde dich vermissen, Case.

Sie wollen uns vernichten. Aber wir geben nicht auf.
Nicht, solange es noch Menschen gibt …

Die erste Welle vernichtete eine halbe Million Menschen, die zweite Welle noch viel mehr. Die dritte Welle dauerte ganze zwölf Wochen an, danach waren vier Milliarden tot. Nach der vierten Welle kann man niemandem mehr trauen. Und die fünfte Welle? Cassie Sullivan hat die ersten vier Wellen der Zerstörung überlebt, nur um sich jetzt in einer Welt wiederzufinden, die von Misstrauen, Verrat und Verzweiflung bestimmt wird. Und während die fünfte Welle ihren Verlauf nimmt, halten Cassie, Ben und Ringer ihre kleine Widerstandsgruppe zusammen, um gemeinsam gegen die Anderen zu kämpfen. Sie sind, was von der Menschheit übrig blieb, und sie werden sich so schnell nicht geschlagen geben. Und während Cassie immer noch hofft, dass ihr Retter Evan Walker lebt, wird der Kampf ums Überleben immer aussichtsloser. Bis eines Tages ein Fremder versucht, in ihr Versteck einzudringen …

Die grandiose Fortsetzung des internationalen Bestsellers
»Die 5. Welle«.

Auf den folgenden Seiten finden Sie Ihre Leseprobe aus
»Das unendliche Meer«.

——— Der Weizen ———

Es würde keine Ernte geben.

Der Frühjahrsregen weckte schlummernde Schösslinge, und aus der feuchten Erde sprossen hellgrüne Triebe und erhoben sich wie Schlafende, die sich nach einem langen Nickerchen strecken. Als der Frühling dem Sommer wich, wurden die hellgrünen Halme dunkler, verfärbten sich hell- und schließlich goldbraun. Die Tage wurden lang und heiß. Dicke schwarze Wolkentürme brachten Regen, und die braunen Stängel glänzten im fortwährenden Zwielicht, das unter dem Himmelszelt wohnte. Der Weizen wuchs, und seine reifenden Ähren beugten sich im Präriewind – ein wallender Vorhang, ein endloses wogendes Meer, das sich bis zum Horizont erstreckte.

Zur Erntezeit gab es keinen Farmer mehr, der eine Ähre vom Halm hätte pflücken, sie zwischen seinen schwieligen Händen hätte reiben und die Spreu vom Korn hätte blasen können. Es gab keinen Schnitter mehr, der das Korn hätte mähen oder die zarte Schale zwischen seinen Zähnen hätte brechen können. Der Farmer war an der Seuche gestorben, und seine Angehörigen waren in die nächste Stadt geflohen, wo sie ihr ebenfalls erlagen und sich damit unter die Milliarden Menschen reihten, die während der Dritten Welle den Tod fanden. Das alte Haus, das der Großvater des Farmers erbaut hatte, war jetzt eine verlassene Insel, umgeben von einem unendlichen Meer von Braun. Dann wurden die Tage kürzer und die Nächte kühl, und der Weizen knisterte im trockenen Wind.

Der Weizen hatte den Hagel und die Blitze der Sommergewitter überlebt, doch kein Glück der Welt konnte ihn vor der Kälte retten. Als Flüchtlinge in dem alten Haus Zuflucht suchten, war der Weizen bereits tot, erschlagen von der harten Faust eines strengen Frosts.

Fünf Männer und zwei Frauen, einander fremd am Vorabend jener letzten Anbausaison, jetzt durch das unausgesprochene Versprechen verbunden, dass der Geringste von ihnen mehr zähle als die Summe von ihnen allen.

Die Männer hielten abwechselnd Wache auf der Veranda. Untertags zeigte sich der wolkenlose Himmel in einem makellos strahlenden Blau, und die Sonne, die tief über dem Horizont hing, tauchte das matte Braun des Weizens in ein schimmerndes Gold. Die Nächte senkten sich nicht sanft über die Erde herab, sondern schienen wütend auf ihr aufzuschlagen, und das Sternenlicht verwandelte das Goldbraun des Weizens in ein glänzendes Silber.

Die mechanisierte Welt war gestorben. Erdbeben und Tsunamis hatten die Küstenregionen ausgelöscht. Die Seuche hatte Milliarden verzehrt.

Und die Männer auf der Veranda richteten den Blick auf den Weizen und fragten sich, was wohl als Nächstes kommen mochte.

Eines frühen Nachmittags sah der Mann, der gerade Wache hielt, wie sich das tote Getreidemeer teilte, und wusste, dass sich jemand näherte, dass sich jemand einen Weg durch den Weizen zu dem alten Farmhaus bahnte. Er rief die anderen im Haus, und eine der Frauen kam zu ihm auf die Veranda. Ge-

Leseprobe

meinsam beobachteten sie, wie die hohen Halme in dem braunen Meer versanken, als würde die Erde selbst sie verschlucken. Wer auch immer – oder *was* auch immer – sich näherte, ragte nicht aus dem Weizen heraus. Der Mann trat von der Veranda und richtete sein Gewehr auf den Weizen. Er wartete auf dem Hof, und die Frau wartete auf der Veranda. Die Übrigen warteten im Haus und pressten ihre Gesichter an die Fensterscheiben. Niemand sagte etwas. Alle warteten darauf, dass sich der Weizenvorhang teilte.

Als es so weit war, kam ein Kind zum Vorschein, und die Stille des Wartens war gebrochen. Die Frau rannte von der Veranda und drückte den Gewehrlauf nach unten. *Er ist doch noch ein kleiner Junge. Willst du etwa ein Kind erschießen?* Und der Mann verzog das Gesicht vor Unschlüssigkeit und vor Wut darüber, dass er von allem, was er jemals als selbstverständlich betrachtet hatte, hintergangen worden war. *Woher wissen wir das?, fragte er die Frau. Wie können wir uns überhaupt noch bei irgendetwas sicher sein?* Der kleine Junge kam aus dem Weizen gestolpert und fiel zu Boden. Die Frau rannte zu ihm, hob ihn auf und drückte sein schmutziges Gesicht an ihre Brust, und der Mann mit dem Gewehr stellte sich ihr in den Weg. *Er friert. Wir müssen ihn ins Haus bringen.* Und der Mann spürte einen gewaltigen Druck in seiner Brust. Er war gefangen zwischen der Welt, wie sie einst gewesen war, und der Welt, wie sie geworden war, zwischen seinem einstigen Ich und seinem jetzigen Ich, und der Preis all der unausgesprochenen Versprechen lastete auf seinem Herzen. *Er ist doch noch ein kleiner Junge. Willst du etwa ein Kind erschießen?* Die Frau ging an ihm vorbei, die Stufen zur Veranda hinauf ins Haus, und der Mann senkte den Kopf wie im Gebet, dann hob er ihn, als würde er flehen. Er wartete ein paar Minuten, ob noch jemand aus dem Weizen auftauchte, da er nicht glauben wollte, dass ein Kleinkind so lange überlebt hatte, allein und wehrlos, ohne jemanden, der es beschützte. Wie konnte so etwas möglich sein?

Als der Mann das Wohnzimmer des alten Farmhauses betrat, sah er den kleinen Jungen auf dem Schoß der Frau sitzen. Sie hatte ihn in eine Decke gewickelt und ihm Wasser gebracht, kleine, von der Kälte gerötete Finger um die Tasse gelegt. Die anderen hatten sich im Zimmer versammelt, und niemand sagte ein Wort. Alle starrten das Kind voller sprachloser Verwunderung an. *Wie konnte so etwas möglich sein?* Der Junge wimmerte. Sein Blick huschte von Gesicht zu Gesicht, suchte nach etwas Vertrautem, doch alle waren Fremde für ihn, wie auch sie einander fremd gewesen waren, bevor die Welt geendet hatte. Er klagte, dass er friere und Halsschmerzen habe. Dass er ein schlimmes Aua im Rachen habe.

Die Frau, die den Jungen hielt, brachte ihn dazu, den Mund aufzumachen. Sie sah das entzündete Gewebe hinten in seinem Mund, aber nicht den hauchdünnen Draht, der in seinem Rachen eingebettet war. Sie sah weder den Draht noch die winzige Kapsel am Ende des Drahts. Als sie sich über den Jungen beugte, um ihm prüfend in den Mund zu schauen, konnte sie nicht wissen, dass die dem Kind eingepflanzte Vorrichtung darauf ausgelegt war, das Kohlendioxid in ihrem Atem zu erkennen.

Unser Atem, der Auslöser.

Unser Kind, die Waffe.

Die Explosion machte das alte Farmhaus sofort dem Erdboden gleich.

Beim Weizen dauerte es länger. Vom Farmhaus, den Nebengebäuden und dem Silo, in dem in jedem anderen Jahr die ergiebige Ernte gelagert gewesen war, blieb nichts übrig. Die trockenen, geschmeidigen Halme dagegen wurden von den Flammen verschlungen und verwandelten sich in Asche, und bei Sonnenuntergang fegte eine steife Brise aus Norden über die Prärie, hob die Asche hoch und trug sie hunderte Meilen mit sich, ehe sie wieder vom Himmel fiel wie grauer und schwarzer Schnee, um sich gleichgültig auf kargem Boden niederzulassen.

ERSTES BUCH

Leseprobe

————— I. TEIL —————
DAS RATTENPROBLEM

————— 1. Kapitel —————

Die Welt ist eine Uhr, die abläuft.

Das höre ich am Kratzen der eisigen Finger des Windes an der Fensterscheibe. Das rieche ich an dem schimmligen Teppichboden und den verrottenden Tapeten des alten Hotels. Und das fühle ich in Teacups Brust, wenn sie schläft. Das Hämmern ihres Herzens, der Rhythmus ihres Atems, warm in der bitterkalten Luft: die Uhr, die abläuft.

Auf der anderen Seite des Zimmers hält Cassie Sullivan am Fenster Wache. Mondlicht sickert durch den winzigen Spalt zwischen den Vorhängen hinter ihr, erleuchtet die gefrorenen Atemwolken, die ihr Mund ausstößt. Ihr kleiner Bruder schläft in dem Bett, das am nächsten bei ihr steht, ein winziger Klumpen unter einem Berg von Decken. Fenster, Bett und wieder zurück: Ihr Kopf dreht sich wie ein schwingendes Pendel. Die Drehbewegung ihres Kopfes, der Rhythmus ihres Atems – wie Nuggets, wie Teacups, wie meiner – markieren die Zeit auf der Uhr, die abläuft.

Ich schlüpfe aus dem Bett. Teacup stöhnt im Schlaf und vergräbt sich tiefer unter der Bettdecke. Die Kälte packt mich, schnürt mir die Brust zu, obwohl ich vollständig angezogen bin bis auf meine Stiefel und meinen Parka, den ich mir vom Fußende schnappe. Sullivan sieht mir dabei zu, wie ich die

Stiefel anziehe, wie ich meinen Rucksack und mein Gewehr aus dem Schrank hole. Ich gehe zu ihr ans Fenster, da ich das Bedürfnis habe, irgendetwas zu ihr zu sagen, bevor ich aufbreche. Womöglich werden wir uns nie wiedersehen.

»Es geht also los«, sagt sie. Ihre helle Haut leuchtet im milchigen Licht. Ihre Sommersprossen scheinen wie ein Sprühnebel über ihrer Nase und ihren Wangen zu schweben.

Ich rücke das Gewehr zurecht, das ich um die Schulter trage. »Es geht los.«

»Weißt du, Dumbo verstehe ich ja noch. Die großen Ohren. Und Nugget, weil Sam so klein ist. Teacup auch. Zombie ist mir nicht ganz klar – Ben rückt einfach nicht damit raus –, und ich nehme an, Poundcake hat was mit seiner Pummeligkeit zu tun. Aber warum Ringer?«

Ich ahne, wohin das führt. Außer bei Zombie und ihrem Bruder ist sie sich bei niemandem mehr sicher. Der Name Ringer rüttelt ihre Paranoia wach. »Ich bin ein Mensch.«

»Ja.« Sie späht durch den Spalt zwischen den Vorhängen auf den Parkplatz zwei Geschosse weiter unten, auf dem Eis schimmert. »Das hat mir schon mal jemand gesagt. Und ich Blödmann habe es ihm geglaubt.«

»In Anbetracht der Umstände war das gar nicht so blöd.«

»Tu doch nicht so, Ringer«, faucht sie mich an. »Ich weiß, dass du mir das mit Evan nicht glaubst.«

»Dir glaube ich schon. Seine Geschichte ergibt keinen Sinn.«

Ich gehe zur Tür, bevor sie mich zur Schnecke macht. Was Evan Walker anbelangt, bohrt man bei Cassie Sullivan besser nicht nach. Ich nehme ihr das nicht übel. Evan Walker ist der kleine Zweig, der aus der Felswand herauswächst und an dem sie sich festklammert, und seit Evan weg ist, klammert sie sich noch fester daran.

Leseprobe

Teacup gibt keinen Mucks von sich, aber ich spüre ihren Blick; ich weiß, dass sie wach ist. Ich gehe zurück zum Bett.

»Nimm mich mit«, flüstert sie.

Ich schüttle den Kopf. Wir haben das schon hundert Mal diskutiert. »Ich bin nicht lange weg. Ein paar Tage.«

»Versprochen?«

Kommt nicht infrage, Teacup. Versprechen sind die einzige Währung, die es noch gibt. Man muss sparsam mit ihnen umgehen. Ihre Unterlippe bebt; ihre Augen werden feucht. »Hey«, sage ich leise. »Was habe ich dir gesagt, Soldat?« Ich widerstehe dem Impuls, sie zu berühren. »Was hat höchste Priorität?«

»Keine negativen Gedanken«, erwidert sie pflichtbewusst.

»Denn negative Gedanken tun was?«

»Sie machen uns weich.«

»Und was passiert, wenn wir weich werden?«

»Dann sterben wir.«

»Und wollen wir sterben?«

Sie schüttelt den Kopf. »Noch nicht.«

Ich berühre ihr Gesicht. Kühle Wange, warme Tränen. Noch nicht. Nachdem auf der Uhr der Menschheit keine Zeit mehr übrig ist, hat dieses kleine Mädchen vermutlich bereits die Mitte seines Lebens erreicht. Sullivan und ich, wir sind alt. Und Zombie? Der Alte der Tage.

Er wartet in der Lobby auf mich und trägt einen Skianorak über einem knallgelben Kapuzensweatshirt, beides in den Hinterlassenschaften im Hotel aufgestöbert. Zombie ist nur mit einem hauchdünnen OP-Kittel bekleidet aus Camp Haven geflüchtet. Unter seinem ungepflegten Bart trägt sein Gesicht das verräterische Scharlachrot von Fieber. Die Schusswunde, die ich ihm verpasst habe und die bei seiner Flucht aus Camp

Haven wieder aufgeplatzt ist, wurde von unserem zwölfjährigen Sanitäter verarztet und muss sich entzündet haben. Er lehnt sich gegen den Empfangstresen, presst eine Hand in die Seite und tut so, als wäre alles in Ordnung.

»Ich dachte schon, du hättest es dir anders überlegt«, sagt Zombie. Seine dunklen Augen funkeln, als würde er mich auf den Arm nehmen, aber das könnte auch am Fieber liegen.

Ich schüttle den Kopf. »Teacup.«

»Sie kommt schon klar.« Um mich zu beruhigen, lässt er sein Killerlächeln aus dem Käfig. Zombie ist sich anscheinend nicht ganz darüber im Klaren, wie unschätzbar wertvoll Versprechen sind, sonst würde er nicht so beiläufig damit herumwerfen.

»Um Teacup mache ich mir keine Sorgen. Aber du siehst richtig beschissen aus, Zombie.«

»Das liegt am Wetter. Es ist Gift für meinen Teint.« Bei der Pointe springt mich ein weiteres Lächeln an. Er beugt sich vor und versucht, mich dazu zu bringen, es zu erwidern. »Eines Tages, Private Ringer, wirst du über irgendetwas lächeln, das ich sage, und die Welt wird entzweibrechen.«

»Ich bin nicht bereit, eine solche Verantwortung zu übernehmen.«

Er lacht, und vielleicht höre ich tief in seiner Brust ein Rasseln. »Hier.« Er hält mir noch eine Broschüre über die Höhlen hin.

»Ich habe schon eine«, sage ich zu ihm.

»Nimm sie trotzdem, falls du deine verlierst.«

»Ich verliere sie schon nicht, Zombie.«

»Ich schicke Poundcake mit dir mit«, sagt er.

»Nein, das tust du nicht.«

»Ich habe das Kommando. Also tue ich es.«

Leseprobe

»Ihr braucht Poundcake hier dringender, als ich ihn da draußen brauche.«

Er nickt. Ihm war klar, dass ich nein sagen würde, aber er konnte sich einen letzten Versuch nicht verkneifen. »Vielleicht sollten wir die Aktion abbrechen«, sagt er. »Eigentlich ist es hier doch gar nicht so schlecht. Etwa tausend Bettwanzen, ein paar hundert Ratten und ein paar Dutzend Leichen, aber die Aussicht ist fantastisch …«

Er macht noch immer Scherze, versucht noch immer, mir ein Lächeln zu entlocken. Er wirft einen Blick auf die Broschüre in seiner Hand. *Ganzjährig knapp fünfundzwanzig Grad!*

»Bis wir eingeschneit werden oder die Temperatur wieder sinkt. Die Situation ist unerträglich, Zombie. Wir sind schon zu lange hier.«

Ich kapiere das nicht. Wir haben die Sache bis zum Abwinken diskutiert, und jetzt fängt er wieder damit an. Manchmal wundere ich mich schon über Zombie.

»Wir müssen das Risiko eingehen, und du weißt, dass wir da nicht blindlings reinmarschieren können«, fahre ich fort. »Wahrscheinlich verstecken sich noch andere Überlebende in den Höhlen, und die sind vielleicht nicht bereit, uns den roten Teppich auszurollen – vor allem dann nicht, wenn ihnen einer von Sullivans Silencern begegnet ist.«

»Oder Rekruten wie wir«, fügt er hinzu.

»Also schaue ich mich dort um und bin in ein paar Tagen wieder zurück.«

»An dieses Versprechen erinnere ich dich.«

»Das war kein Versprechen.«

Es gibt nichts mehr zu sagen. Es gäbe noch unendlich viel zu sagen. Womöglich sehen wir uns zum letzten Mal, und er

Leseprobe

denkt offenbar dasselbe, da er sagt: »Danke, dass du mir das Leben gerettet hast.«

»Ich habe dir eine Kugel in die Seite verpasst, und du wirst vielleicht dran sterben.«

Er schüttelt den Kopf. Seine Augen funkeln vor Fieber. Seine Lippen sind grau. Warum mussten sie ihn ausgerechnet Zombie nennen? Das ist wie ein Omen. Als ich ihn das erste Mal sah, machte er Liegestütze auf den Fingerknöcheln im Kasernenhof, das Gesicht vor Wut und Schmerz verzerrt, und unter seinen Fäusten bildeten sich Blutlachen auf dem Asphalt. *Wer ist der Typ?, fragte ich. Er heißt Zombie. Er hat gegen die Seuche gekämpft und gewonnen,* sagten sie mir, und ich glaubte ihnen nicht. Niemand besiegt die Seuche. Die Seuche ist ein Todesurteil. Und Reznik, der Drill-Ausbilder, beugte sich über ihn und schrie ihn aus voller Kehle an, und Zombie im schlabberigen blauen Overall quälte sich über den Punkt hinaus, an dem auch nur ein einziger weiterer Liegestütz unmöglich ist. Ich weiß nicht, warum ich überrascht war, als er mir befahl, ihn anzuschießen, damit er sein uneinlösbares Versprechen an Nugget einlösen konnte. Wenn man dem Tod ins Auge sieht und der Tod als Erster blinzelt, erscheint nichts mehr unmöglich.

Nicht einmal Gedankenlesen. »Ich weiß, was du denkst«, sagt er.

»Nein. Weißt du nicht.«

»Du fragst dich, ob du mir einen Abschiedskuss geben sollst.«

»Warum tust du das?«, frage ich. »Mit mir flirten.«

Er zuckt mit den Schultern. Sein Grinsen ist schief wie sein Körper, der am Empfangstresen lehnt.

»Das ist normal. Vermisst du normal etwa nicht?«, fragt er. Sein Blick bohrt sich tief in meine Augen, immer auf der Suche nach etwas, doch ich weiß nie, wonach. »Du weißt schon, Drive-in und Kino am Samstagabend und Eis-Sandwichs und seinen Twitter-Feed checken.«

Ich schüttle den Kopf. »Ich habe nicht getwittert.«

»Facebook?«

Ich bin langsam etwas genervt. Manchmal kann ich mir nur schwer vorstellen, wie Zombie es so weit geschafft hat. Sich nach etwas zu sehnen, das wir verloren haben, ist dasselbe, wie auf etwas zu hoffen, das niemals eintreten kann. Beides endet in einer Sackgasse der Verzweiflung. »Das ist nicht wichtig«, sage ich. »Nichts davon spielt eine Rolle.«

Zombies Lachen kommt tief aus seinem Bauch. Es sprudelt an die Oberfläche wie die überhitzte Luft einer heißen Quelle, und ich bin plötzlich nicht mehr genervt. Ich weiß, dass er seinen Charme spielen lässt, und irgendwie wird die Wirkung nicht davon gedämpft, dass ich weiß, was er tut. Ein weiterer Grund, warum Zombie ein bisschen unheimlich ist.

»Schon komisch«, sagt er. »Für wie wichtig wir das alles gehalten haben. Weißt du, was wirklich eine Rolle spielt?« Er wartet auf meine Antwort. Ich habe das Gefühl, dass ich für einen Witz herhalten soll, deshalb sage ich gar nichts. »Der zweite Gong.«

Jetzt hat er mich in die Ecke gedrängt. Mir ist klar, dass Manipulation im Spiel ist, aber ich bin nicht imstande, sie zu stoppen. »Der zweite Gong?«

»Das normalste Geräusch der Welt. Und wenn all das vorbei ist, wird es wieder einen zweiten Gong geben.« Er reitet darauf herum. Vielleicht macht er sich Sorgen, dass ich es nicht kapiere. »Denk doch mal nach! Wenn der zweite Gong ertönt, ist wieder alles beim Alten. Schüler strömen in den Unterricht, hocken gelangweilt da, warten auf den Schlussgong und überlegen, was sie am Abend, am Wochenende, in den nächsten fünfzig Jahren machen sollen. Sie werden wie wir von Naturkatastrophen, Epidemien und Weltkriegen erfahren. Du weißt schon: ›Als die Außerirdischen kamen, starben sieben Milliarden Menschen‹, und dann ertönt der Gong, und alle gehen zum Mittagessen und beklagen sich über die pampigen Kroketten. So in etwa: ›Boah, sieben Milliarden Menschen, das ist ganz schön viel. Echt traurig. Isst du alle deine Kroketten?‹ *Das* ist normal. *Das* ist es, was eine Rolle spielt.«

Also doch kein Witz. »Pampige Kroketten?«

»Okay, gut. Das ergibt alles keinen Sinn. Ich bin ein Idiot.«

Er lächelt. Sein ungepflegter Bart lässt seine Zähne sehr weiß wirken, und weil er es angesprochen hat, überlege ich tatsächlich, ob ich ihn küssen soll und ob die Bartstoppeln an seiner Oberlippe kitzeln würden.

Ich verdränge den Gedanken. Versprechen sind unschätzbar wertvoll, und ein Kuss ist auch eine Art Versprechen.